U0560005

殤

GUOSHANG

王晓华 著

川军出川

第十二部

UNITY PRESS 团结出版社

图书在版编目（C I P）数据

国殇 : 川军出川 / 王晓华著 . -- 北京 : 团结出版社 , 2025. 7. -- ISBN 978-7-5234-1295-4

Ⅰ . K265.06

中国国家版本馆 CIP 数据核字第 20243FT059 号

责任编辑：韩 旭
封面设计：阳洪燕

出　　版：团结出版社
（北京市东城区东皇城根南街 84 号 邮编：100006）
电　　话：（010）65228880 65244790（出版社）
（010）65238766 85113874 65133603（发行部）
（010）65133603（邮购）
网　　址：http://www.tjpress.com
电子邮箱：zb65244790@vip.163.com
经　　销：全国新华书店
印　　装：三河市东方印刷有限公司

开　　本：170mm × 240mm　16 开
印　　张：26.25　　字　　数：385 千字
版　　次：2025 年 7 月 第 1 版　　印　　次：2025 年 7 月 第 1 次印刷

书　　号：978-7-5234-1295-4
定　　价：89.00 元

序

国难是指国家遇到外国侵略，已经到了生死存亡的关头。

中国自古有救国难的传统。远的不说，宋代有文天祥“生无以救国难，死犹为厉鬼以击贼”。明代有王猷定“国难轻妻子，时危重甲兵”。张煌言说：“某生也晚，不及见盛明之典型，始策名而辄遭国难，故署名削牍之仪，益为阙焉。”清末梁启超《刘荆州》诗：“忍将国难供谈柄，敢与民权有夙仇。”

1937 年，七七事变爆发。日寇大举侵华，国难当头，救国平难，匹夫有责，中华民族的抗日战争全面展开。

抗日战争之中，哪个省对抗战付出的最多？出兵、出粮最多？应该是大后方四川省。四川为中国流血最多，流泪也最多，悲壮而惨烈！死字旗就是川军出川的象征。

上海商店门前警示“国难”的广告

1937 年的初冬，绵阳安县举办了一场盛大的欢送川军出征的大会，为即将奔赴前线的“川西北青年请缨杀敌队”送行。在会议结束之际，战士王建堂的父亲王者成寄来了一个特殊的包裹，希望县政府可以转交给王建堂。县长成云章在台上当着大家的面打开了包裹，里面的东西，令所有在场的人深深感动，热泪盈眶，热血沸腾。

这个包裹里面正是目前我们看到的这面死字旗。旗帜的左侧写着“国难当头，日寇狰狞，国家兴亡，匹夫有分，本欲服役，奈过年龄，幸吾有子，自觉请缨，赐旗一面，时刻随身，伤时拭血，死后裹身，勇往直前，勿忘本分！”右侧写着“我不愿你在我近前尽孝，只愿你在民族分上尽忠”；中间则是斗大的一个“死”字。

儿子报名参军上战场之前，作为父亲就有了易水之寒，就已经知道可能再也见不到他了。但是，在民族和国家面临生死存亡时，普通老百姓真正体现了什么是民族大义。

王建堂承载着父亲对他的期望，毅然投身抗日战场，参与了武汉、鄂西、大洪山、常德、长沙等多个战役。在七年的时间里，他始终身处战火之中，参与了数十次大小战斗，四次负伤，多次立功受奖（其中两次获得最高长官部授予的甲级勋章），实现了他曾发下的“受伤时用血拭去”的誓言。他以实际行动回应了父亲对他的期待。

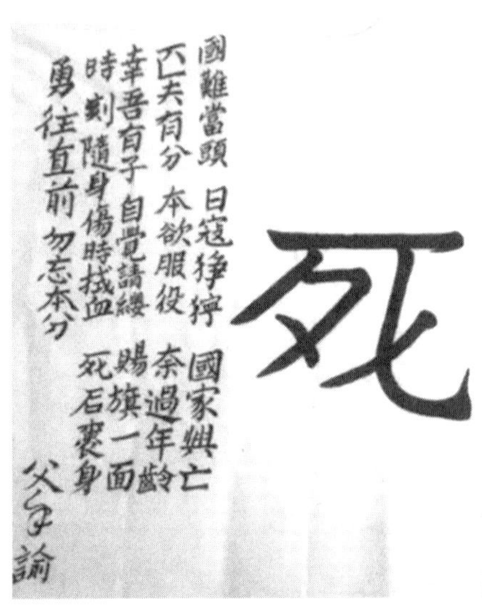

死字旗

八年来，川军无役不从，无血不流，身经百战，前赴后继。川军的英勇顽强、艰苦卓绝，成为中国军队之楷模。在整个抗日战争时期，四川为前线输送了三百四十余万名无畏的将士。

抗日战争是中华

民族一个沉重而悲壮的话题，也是一个永远的话题。

本书题为《国殇——川军出川》，全景式描写川军抗战史，资料主要来源于中国第二历史档案馆，即我工作了二十多年的单位。那里川军史料汗牛充栋，还有众多川军抗战亲历者的回忆资料。本书近三十万字，难免挂一漏万，略述川军出川抗战的整个过程，略述巴山蜀水出英雄的“烈士志”。

目 录

CONTENTS

六、南京外围战

七、川枭之死

八、鲁南会战

九、坚持晋南

十、武汉会战

十一、随枣、枣宜两会战

十二、长江“盲肠”

十三、“布雷”大战

十四、“哈儿司令”出征

十五、第一次长沙会战

十六、上高之战

十七、第二次长沙会战

十八、第三次长沙会战

十九、鄂西会战

二十、常德会战

二十一、豫中会战

二十二、长衡会战

二十三、桂柳会战

名编壮士籍，不得中顾私。
捐躯赴国难，视死忽如归。

——曹植《白马篇》

一、川军混战

1. 百虫斗一蛊

古话说："天下未乱蜀先乱，天下已治蜀未治。"

从民国以来到抗战以前，四川军阀之多、战争之多，在中国是首屈一指的。从1912年到1932年，据统计，二十年间四川共有战争四百七十八次，平均每月能摊上两次。军阀们以打仗为家常便饭。能在以强凌弱、以众敌寡的环境中生存下来，必有过人之处。

古代有一种毒虫叫蛊，"取百虫入瓮中，经年开之，必有一虫尽食诸虫。"这个唯一胜利的虫就叫蛊。在军阀混战中，好比毒虫在瓮中撕咬，能剩下来的，也算是蛊。抗战以前，在四川军阀数百次的混战中，刘湘之所以能保全下来，统一全川，除了他头脑机敏、手腕灵活、拳头也硬，擅长纵横捭阖之术外，还因他有独特的政治眼光，因此能在群雄争霸的混战中，逐步成为全川的"扛把子"。

刘湘（1888—1938）

刘湘，字甫澄，四川大邑县人。他这一辈子过得颇为不易，却也轰轰烈烈。

刘家早年家境不错，刘湘开蒙之时也读过“人之初，性本善”，然而，生于乱世，崇尚武力是自然而然的事。

1908 年，四川总督赵尔丰在成都开办了一所陆军速成学堂，一年半结业。20 岁的刘湘考入了这所速成学堂。别看此学堂是速成的，可同班同学中和他一样后来做到陆军上将的却大有人在，如杨森、潘文华、唐式遵、王瓒绪、贺国光等。除了贺国光是“下江佬”之外，这五个哥们儿是不折不扣的“五虎上将”，一部四川近现代军事史，少不了这几位袍哥小子的恩恩怨怨，打打杀杀。

四川的军阀除了“速成系”以外，还有“保定系”，即保定军官学校毕业的，代表人物有刘文辉、邓锡侯、田颂尧等人。刘文辉与刘湘是同族叔侄，都是大邑人，刘文辉虽然比刘湘岁数小，但是按照辈分，刘文辉是刘湘的“幺爸”。这一系的学历虽比那一系正宗，但打仗不拼学历，靠实力。叔侄二人是欢喜冤家，出了刘家祠堂，就是乌眼鸡，是你死我活的对头；回到刘家大院，又成了麻将桌上的搭档。

刘湘从速成学堂毕业后，分到新军三十三混成协，做见习小排长。常言道：猛将起于卒伍。不在枪林弹雨中滚杀出来的小兵辣子，是做不得将军的。十年的光景，刘排长便升为第二军军长兼靖川军总司令。其中有几步棋，他委实走得巧妙。

第一步，是护国战争。刘湘当时属于川军第一师周骏手下的一个团长；川军第二师师长便是刘存厚。这两个师都听袁世凯的号令，与攻入川南的蔡锷护国军对阵，一战下来，刘湘便有了几分名气。没几天，他看形势不对头，便倒戈加入护国军行列，硬生生把顶头上司周骏吓跑了，刘湘便成了旅长。

第二步，是袁世凯死后，蔡锷的讨袁大将罗佩金（滇军）、戴戡（黔军）控制了四川，罗是督军，戴为省长，与川军第一军军长刘存厚成了“同舟敌国”。外省军人鸠占鹊巢，伤了“上江人”的自尊心，双方大打出手。川军旅长刘湘、但懋辛、刘成勋和团长邓锡侯、田颂尧、赖心辉、吕超等联名皓电，痛斥罗佩金，将矛头指向戴戡。在这场驱逐外省军人的内战中，刘存厚和熊克武与罗、戴等鹬蚌相争，而刘湘坐收渔利，一跃成为川军军长。他与但懋辛和刘成勋以“自治”相号召，一跃成为川军总司令兼省长，并将客军打出四川。四川又成了川军的天下。刘湘一度想向外发展，曾兵出三峡，大战宜昌，但被北洋吴佩孚撅了回来。刘湘又与熊克武互相火并，兵败下野，其部由师长杨森率领，退往鄂西。

第三步，1923 年川军内讧，杨森趁势卷土重来，夺回重庆。熊克武第一军败退川西，后与第三军刘成勋联合攻打杨森。刘湘复出，被北京政府委任为四川清乡督办和川滇督办。但第二军分裂为刘湘、潘文华等的旧二军和杨森、王瓒绪、郭汝栋等的新二军。杨森被北京政府委任为四川军务督办，形成军阀割据之势。杨森欲统一全川，东征西讨，南战北伐，终成众矢之的。黔军袁祖铭为联军总司令，指挥各部攻打杨森。杨大败，只身逃往汉口。

第四步，1926 年，袁祖铭与刘湘间大战。刘部唐式遵、潘文华、王陵基联合杨森旧部，新旧二军重新合作，逼袁出省，杨森返川。此时，北伐军到达武汉，杨森响应革命，任国民革命军第二十军军长。刘湘、赖心辉、刘成勋、刘文辉分别被国民政府委任为第二十一、第二十二、第二十三、第二十四军军长。由于杨森收容吴佩孚，国民政府下令免去其本兼各职，将其军队交给刘文辉、刘湘叔侄接收。不久，国民政府又任命郭汝栋为第二十军军长。刘湘支持郭汝栋，并伺机拉走了杨森的亲信范绍增。杨森因元气大伤，无法招架，刘湘独霸一方的局面终于形成，兵力扩充为十个师，共十万多人。

1930 年，蒋、冯、阎中原大战之前，交战双方都八方串联，竭力扩大自己的阵线。2 月 20 日，南京国民政府行政院、立法院、司法院、考试院、监察院的谭延闿、胡汉民等五位院长，致电刘湘《告全国军人书》，望其支持中央。刘湘复电："……湘拥护中央，未渝初志，既承鞭策，敢忘驰驱。"

不久，阎锡山以中华民国陆海空军总司令的名义，委任了八个方面军总司令，其中第六方面军总司令为刘文辉。阎锡山命令刘文辉率部出川，占领湖北宜昌，然后会同李宗仁部合攻武汉，夺取南京。

大战开始，湖北的中央军被抽调一空，最高军事当局便命刘湘部东下接防。刘湘派了一个旅和一个独立团到宜昌。

此时，刘文辉、邓锡侯、田颂尧等人决定助冯、阎反蒋；而刘湘占据川东重庆，出川必须通过刘湘的地盘。于是，他们订立四条秘密协定，以拉拢刘湘。其中包括：全川军队归刘湘指挥，一致倒蒋；由刘湘出任阎冯集团的陆海军副司令，兼领四川、西康、贵州、云南四省军政事宜；以刘湘为四川军政首领；并保证不再内争。

刘湘拿到这份“密约”之后，踌躇了半天，在密约上批语：“何不通令拥护中央？”刘文辉等人气得大骂刘湘。刘湘还暗地里派代表邓汉祥去张学良处，了解张的立场以决定对双方的态度。张学良对邓汉祥说：“恶政府甚于无政府，最高军事当局诚然不对，但阎锡山、冯玉祥又有什么对呢？我已决心维持南京政府，并准备通电率兵入关助蒋。”

这样，刘湘越发靠拢最高军事当局。而刘文辉等人则通电反蒋，声言要派兵出川助战。刘湘公开表态：“成都方面要发动，我必起来制止。”这样，刘文辉等队伍无法出川。中原大战之后，最高军事当局理所当然地另眼看待刘湘了。

1932 年 10 月，刘湘、刘文辉之间矛盾激化。刘湘的地盘在川东，占有重庆等重要的水陆码头。刘文辉的军械从长江中下游买来，经过重庆时，屡被刘湘扣押。刘文辉便想打败刘湘，占据川东生命线；而刘湘则垂涎于刘文辉所占的富庶的成都、嘉定、叙府、自流井等地，欲扩充其实力。一时间，川蜀大地上战云密布，周天寒彻。双方军队逾四十万，战线绵亘八百里，并动用了飞机、大炮。据当时报载：第二十一军军长刘湘率陆海空军大举进攻泸州，驻泸之第二十四军刘文辉部全力抵抗，战况空前激烈，双方损失都很惨重。有趣的是，双方还同时向南京最高军事当局报捷，咸称“大胜敌军”。

打到最后，刘文辉招架不住，不得不退出成都，在眉山开会并召集残军败将，兵分三路，欲作孤注一掷。其八个旅的兵力一起大举反攻，刘湘猝不及防，吃了大亏，于是迅速调整部署，复派第一路总指挥唐式遵率四个旅；第二路总指挥王治易率五个旅；第三路总指挥范绍增率五个旅全线反攻；另有潘文华率五个旅接应后路。在飞机、大炮的狂轰滥炸之下，最后双方的敢死队都吸足鸦片烟，赤身裸体，挥舞刀枪，上阵肉搏，刘文辉部遭受重创，终于败北，退往雅安一带。刘湘部虽大获全胜，但也伤筋动骨。刘文辉派人求和，刘湘借坡下驴，双方停战，划嘉定、仁寿为缓冲区。这样，刘湘表面上就统一了全川，南京国民政府委任其为四川省主席，并命令四川军阀共同对付红四方面军。

2. 兄弟阋于墙

1933年10月，刘湘就任四川“剿匪”总司令，纠集了四川大小军阀队伍，采取了分进合击、步步为营、稳扎稳打的作战方针，对红四方面军和川陕苏区进行六路围攻，妄图在三个月之内围歼红四方面军于川陕边区。

刘湘部署六路兵马如下：第一路是邓锡侯的第二十八军共十八个团，由广元、昭化向木门、南江方向进攻；第二路是田颂尧的第二十九军共二十四个团，由阆中向巴中方向进攻；第三路是李家钰的第六师、罗泽洲的第二十三师共十五个团，由南充向巴中方向进攻；第四路是杨森的第二十军共十二个团，由蓬安向通江方向进攻；第五路是刘湘自己的第二十一军共二十四个团，由王陵基任总指挥，由开江、大竹向宣汉、达县方向进攻；第六路是刘邦俊的第二十三军及土匪王三春等部共十八个团，分别由开县、城口地区向万源方向进攻。

面对刘湘六路大军共二十万兵力气势汹汹的进攻，红四方面军在总指挥徐向前等指挥下，经过八个月的艰苦战斗，开始转入反攻。他们集中优势兵力，大量歼灭敌人，共俘敌两万余人，缴枪三万余支、炮一百余门，击落敌机一架，取得了“反围攻”胜利。

刘湘失败之后很不服气，认为邓锡侯、田颂尧、李家钰和范绍增阳奉阴违，作战不力，没有执行刘湘的作战计划，致使他的直属部队王陵基、唐式遵等部在万源被红军击溃，损失惨重，才造成了失败的结局。

1934年10月，中央红军进行战略大转移。最高军事当局召刘湘到南京商量对策。既要刘湘阻击中央红军入川，以达两败俱伤之目的；又要借防堵红军之口实，派重兵入川。刘湘对最高军事当局的险恶用心，洞若观火。但他故意装疯卖傻，迷惑最高军事当局。蒋介石的谋士杨永泰认为刘湘是三国时期刘璋式的人物，难成大气候。刘湘则以不变应万变，哼哼哈哈，不说同意也不说反对，只是推说川军有五十万人，如果中央军十个师进川，则川军会生出主客利害不同的心理，反而不肯努力作战。

杨永泰表态：入川的中央军和四川各军可以统归刘湘指挥调遣，至于军费及械弹，全由中央负责。

刘湘却说："我个人纵肯负责，但军队不卖劲也是无济于事的，四川的红军还是由我们川军负责吧！各家自扫门前雪，莫管他人瓦上霜。我愿意尽力效命疆场。"

最高军事当局对刘湘割据四川，不让中央插手的做法恼火至极，但又像一只想吃刺猬的狐狸，一时无法下嘴，双方只好僵在那里。刘湘最后不软不硬地威胁说："如果中央军十个师执意要入川，就请中央另外指派一个资望较高的人担任'剿匪'总司令一职，我愿听其指挥。"

最高军事当局有心制裁，却没有办法。最后，经过三番五次的磋商，决定组织军事委员会入川参谋团，指导川军抵抗红军。派刘湘的老同学贺国光为参谋团主任、蒋志澄为教育厅厅长、康泽为保安处处长，入川工作。刘湘一口拒绝康泽做四川省保安处处长。讨价还价，最后商定康泽以别动队队长身份进川，分驻交通要道和各县，名为清查共产党，实则暗中监视刘湘的活动。就这样，最高军事当局硬是将一只脚插进了"蜀道难，难于上青天"的四川。

最高军事负责人本身也是上海滩青帮出身，对付刘湘这种袍哥地头蛇有的是办法。派贺国光到川最重要的目的就是整理四川各军，统一服从中央军政命令。1935 年 10 月，以参谋团为基础，军事委员会委员长重庆行营在重庆成立，开始点验川军各部，按中央陆军序列统一颁布番号。行营以顾祝同为主任、贺国光为参谋长、杨永泰为秘书长。

1935 年 2 月，秘书长杨永泰提出要在重庆训练四川县政人员，由行营负责培训，然后由省政府委用。刘湘一听就反对，提出训练县政人员的工作，应由省政府主办。最后折中，由行营和省府合办。刘湘让省政府秘书长邓汉祥以刘湘名义，主持县政干部训练所，并暗示受训人员要拥护刘湘，不要拥护中央，并明白告诉受训人员，各县政干部是省府任命的，行营无权任命。

同年夏，省府在成都颁布征收房捐的命令，一些地方士绅抗捐，并以罢市相威胁。刘湘遂派兵将主要人物的住宅“保护”起来。此时，最高军事当局为收买人心，下令刘湘立即撤去包围的士兵，释放闹事人员。刘湘火冒三丈，拒不执行命令。蒋、刘矛盾因而公开化。

刘湘刚硬起又软下来，他懂得胳膊拧不过大腿，于是表面上敷衍老蒋，暗地却与广西、云南、广东的反蒋势力进行联络。

1936年，“两广”发动“六一事变”，陈济棠、李宗仁通电反蒋，内战一触即发。最高军事当局电示刘湘，要其通电斥责陈济棠据地称兵，破坏统一的罪行。刘湘立即召集主要心腹密商此事。

潘文华和参谋长傅常抽胳膊、捋袖子地大喊：“一不做二不休，打他个龟儿子！先将重庆行营和成都的中央军校拿过来。”

邓汉祥说：“我原则上同意，但采取的步骤要慎重考虑。万一陈济棠的部下被高上收买，‘两广’失败，那中央会将矛头对准我们。眼下我们只能暗中准备，到双方战事的重要关头，再动手不迟。”

刘湘虽然点头：“这个办法稳妥。”

说归说，开完会后，刘湘仍密令川军向成都和重庆两地集结。

果然，让邓汉祥不幸言中，最高军事当局买通了陈济棠的部将余汉谋，余汉谋通电反陈，形势逆转。最高军事当局一枪不发就平定了广东。刘湘后悔不迭，急令邓汉祥去庐山见蒋介石，揣摩蒋介石对四川的态度，以便决定应对之策。

蒋介石在庐山见了邓汉祥，一脸怒容，叫副官拿来四川地图，指着地图说：“刘甫澄图谋不轨，在夜里调动军队，想附和陈济棠叛乱。对他的一举一动我十分清楚！”

邓汉祥吓得满头是汗，辩解道：“刘甫澄在夜间调兵是为了剿匪。四川的土匪向来与袍哥有关系，互通声气，剿匪军队一定要在夜间行进，才不致泄密。刘湘绝没有反对中央的意思啊！”

尽管有三寸不烂之舌，但蒋介石对刘湘的疑忌却无法消除，且与日俱增。

同年12月12日，“西安事变”爆发，张学良、杨虎城出手了，扣押了蒋介石。消息传来，刘湘喜出望外，连夜召集干部会议。潘文华、傅常等人又提出调集军队包围重庆行营和成都的中央军校。

邓汉祥反对说："如果张学良把蒋介石杀了，蒋介石的军校、行营又搬不走，那时动手也不迟；如果张学良把老蒋放了，我们已经发动了，怎么下台？"

吃一堑长一智，刘湘这一次学乖了，要邓汉祥去安抚成都的蒋系人员。此时，何应钦派其弟何辑五来到成都，希望与刘湘合作，并说何应钦要派飞机去西安轰炸，逼张杀蒋。刘湘听了之后大喜，摩拳擦掌。然而，就在他准备行动之际，张学良在中共调解下，释放了蒋介石，"西安事变"和平解决了。刘湘吃了一惊，赶紧勒马。而成都、重庆的军统特务已将刘湘的企图报告给了戴笠，蒋知道后恨得咬牙切齿。

刘湘从此深惧蒋介石，知道自己是斗不过他的，于是秘密派一个叫张斯可的人代表他到桂林与李宗仁联系，寻求共同应对之策。此时，中共方面也有代表在桂林。于是，张斯可、李宗仁与共产党代表签订了反蒋抗日的《红、桂、川军事协定》，商定如果最高军事当局不抗日，继续打内战的话，便联合起来反蒋。刘湘为了保住四川的地盘，不能不联合各派反蒋力量，他对共产党的态度也发生了变化，和延安互派代表。李一氓代表中共入川，王干青代表刘湘到延安。不久，中共又派罗世文到成都去谈判。

1937年5月，在国民党五届三中全会上，刘湘大声疾呼："集中人才，精诚团结，解放言论，发扬民气"；对"国家人才之摧残，便是对元气之受损伤"。这些话与国民党的反共腔调混杂在一起，显得有些荒腔走板，不甚和谐。

同年7月，七七事变爆发，日本要占领中国成为板上钉钉的事实。国难当头，"兄弟阋于墙，外御其侮"的古训又回来了。再大的怨仇也没有抗日的事大。

二、国难当头

1. 刘湘请缨杀敌

清凉庐山，郁郁葱葱、云海飞瀑，千变万化。大雨过后，空气格外清新。

7月17日上午，蒋介石步出美庐，来到图书馆，举行第二次谈话会。他发表谈话："卢沟桥事变已到了退让的最后关头"，"卢沟桥事变的推演是关系中国国家的整个问题，此事能否结束，就是最后关头的境界"，"如果放弃尺寸土地与主权，便是中华民族的千古罪人"。这就是蒋介石在庐山发表的抗日宣言。因为，蒋介石已经有了底气，他的军事顾问法肯豪森制订了以四川为抗日根据地和战略大后方的抗日计划。有了四川作根据地，日本就无法战胜中国。但是此时，他的心腹之患便是川枭刘湘及其五十万川军。

早在6月中旬，为了调虎离山，最高军事当局便制订了一个缩编川康军队的"整军"方案，主要是压缩四川军队，统由最高军事当局调遣；团以上军官由中央委任，经费统由中央管理等。6月28日，何应钦、顾祝同到达重庆，并电邀刘湘前往。

刘湘正拟整装启程，不料，部下大多阻止其前往，并有三个旅长跪在地上痛哭，说刘是赴鸿门宴，万一被扣，就毫无办法。刘湘也很犹豫，与省府秘书长邓汉祥密商，邓则认为最高军事当局采取这种方式的可能性不大，扣刘并不能解决川军几十万人的问题。

纠结多时，刘湘还是决定前往重庆出席整军会议。

7月1日，川康各军将领在重庆欢迎何应钦、顾祝同入川，主持整军事宜。

是日，整军会议开幕。何应钦代表蒋介石说明整军的意义后，四川的内部矛盾开始发作。军长李家钰首先发言，借题发挥："老子在前方同红军作战，刘甫澄（刘湘）就在后面，整编老子的军队，我想不通这是什么道理。"

何应钦立即制止说："我们这个会议有一定的范围，李军长的话是横生枝节，出乎范围以外了。"李家钰就没有往下再说。

何应钦等开会的结果：（一）各军缩减十分之二；（二）团长以上军官，由中央直接委派；（三）川军的军饷，每月由军政部派员点名发放。

这一来，最高军事当局把川军的用人权、经济权都拿走了。各军事长官尤其是刘湘，当然不愿意，但因不愿和蒋介石破裂，不能不勉强接受。

会议尚未结束，七七事变爆发，何应钦匆忙飞回南京，留顾祝同继续开会，但这会已经开不下去了。所谓整军会议，必然是无疾而终了。蒋介石询问四川将领对出兵抗战的意见。顾祝同向蒋介石报告川军刘湘、潘文华等表示出兵参战态度电：

特急牯岭。委员长蒋：寒（13）日辰渝电谅达钧鉴。密。顷接刘甫澄咸（14）日秘电称，潘仲三（注：潘文华）旋省转述，奉委座电询川省出兵事敬悉，在此国难当前正我辈捍卫国家，报效领袖之时，弟昨已迳委座陈明下悃并通电各省，主张于委座整个计划之下，同德一心，共同御侮，自当漏夜，整军方案，赶速改编，以期适于抗敌之用，十师之数，决当遵办，川省应负责任，不惟不敢迟误，且思竭尽心力，多所贡献也。耿耿此心，尚乞代陈等语。查整军会后，甫澄心理确已较前好转，兵事当可做到。谨先电呈。职顾祝同

8月3日，最高军事当局决定在南京召开国防会议，下令全国各军政负责人员都前往参加。

这一天下午二时，刘湘带着省政府秘书长邓汉祥从重庆九龙坡机场乘飞机，穿云破雾，于四时许抵达南京明故宫机场；驱车去黄埔路中央军校内的憩庐官邸拜访军事委员会委员长蒋介石。

蒋介石对刘湘说："甫澄兄，我晓得你今天来，故决定推迟时间，八月七日晚开国防会议，请甫澄兄务必参加，一切事情，我们另外约时间再谈。"

随即，刘湘一行，来到上海路附近的铜银巷四川省驻京办事处下榻。那是一条狭窄的巷子，仅能通过一辆小卧车。为什么叫铜银巷呢？清末学者陈诒绂所作《金陵琐志九种》里有《石城山志》记载：雨后山水入涧，其色如银。后成巷，名涧银巷。民间有一传说：因为明清此处为制作铜银兵器的场所，故称铜银巷。

7日晚八时，南京城依然像个大蒸笼，暑气难当。在中山东路励志社门前警卫森严。大礼堂前停满了黑色轿车，礼堂大厅内数台电扇狂吹，衣冠楚楚的军政官员依然汗流浃背，国防联席会议正式召开。

议长为蒋介石，秘书厅长程潜，副厅长杨杰、刘光，国民政府主席林森，国防最高会议副主席汪兆铭，政界大佬张继、居正、于右任、叶楚伧、戴传贤、孙科、陈立夫、王宠惠、王世杰、蒋作宾、吴鼎昌、张嘉璈、俞飞鹏等以及高级将领何应钦、唐生智、陈调元、刘湘、何成濬、陈绍宽、白崇禧、何健、余汉谋出席。列席者有邵力子、张群、黄绍竑、熊式辉、钱大钧等人。

首先由军政部长何应钦报告：关于卢沟桥事变经过及我方处置事变情形。

其次由军委会办公厅副主任刘光报告：敌我态势、战斗序列、部队集中情况。

最后，由蒋议长阐明我方决心和战争意义。他说："目前中国之情势，乃是生死存亡的最后关头，今天集合了全国各地高级将领，共同商讨今后处置国防的计划。……"

第四位发言者是总参谋长程潜，接下来汪兆铭、林森、阎锡山陆续发言，表达了各自的意见。

山西阎锡山发言之后，刘湘站起来，用四川官话抑扬顿挫地慷慨陈词：

第一，此次日本打到中国来，是要灭亡中华民族。故而四川人民愿在国民政府领导下，不顾一切地为民族求生存而战。

第二，兄弟认为：最后的胜利，必属于我国，唯有坚持持久抗战，可以奏杀敌致果之效，方知多难兴邦，言之不谬，反能使民众发愤图强、战胜困境，使国家兴盛起来。

第三，四川可以出兵三十万，以两年为期，四川可筹出壮丁五百万和粮食若干万石以支持抗战。

此言一出，全场沸腾，热烈的气氛被推向高潮。代表们报以热烈的掌声，表达对刘湘的豪言壮语的支持与感谢。

与此同时，巴山蜀水与之呼应。

8 月 7 日，成都各界抗敌后援会举行了十万余人的市民大会，提出如下要求：

（一）中央应立即发动全民族对日抗战；

（二）厉行对日经济绝交；

（三）保全领土，收复失地；

（四）肃清汉奸，巩固国防；

（五）四川各军立即出师抗敌；

（六）政府必须武装民众，强化后援。

此外，温江、眉山、新都、绵阳、灌县、万县等地民众组织，亦相继召开了数万至十万余人不等的大会，发表了为抗日“告民众书”等，呼吁全国人民一致团结起来，要求国民政府对日作战。坚决抗日，反对妥协退让的呼声响遍全川，抗日运动空前高涨。

但是，最高军事当局仍然坚持要刘湘裁减川军。刘湘当时脸色就变了，认为蒋介石是有意整他。他对邓汉祥说：“我们想法子溜回四川再说。”

蒋介石却坚持己见，约邓汉祥谈话。邓说：“川军出兵的事已商量好了，分为二路，邓锡侯部由川北开拔，取道陕南；刘主席所部，则顺江东下。”讲到这里，话锋一转，“至于整军方案执行问题，当此抗战用人之际，可否暂缓执行？”

蒋介石一听也变了脸，大声道：“世界上无论任何国家，军政不统一，那个国家还有什么办法？”

邓汉祥辩驳说：“云南、广西、山西，军政尚未统一，也不仅四川一省特殊。”

蒋介石怒不可遏：“整军必须从四川开始！”

邓汉祥大胆地说："如果因贯彻执行整军方案而川军调不出来，怎么办呢？"

一句话触到了蒋介石的心病：如果几十万川军不出川，肯定妨碍他退守四川的战略打算。于是，他口气缓和下来说："暂时放一放是可以的，想永久则不可。"

刘湘从南京回到成都，淞沪会战已经打响了，川康绥靖公署决定在四川省政治、军事、经济、文化中心成都和重庆即日成立防空指挥部，做好六项准备：将川康各军高射枪炮集中成、渝，由保安团指挥应战；高射机枪照前项办法办理，设防空监视哨；设听音机；实行灯火管制；积极整理消防；设防情报班，成立工务队。

2. "驴友"锦囊献计

1934年春末，上海码头上，一位来自德国的"驴友"，牵着三只纯种的德国黑背，走下舷梯。他就是亚历山大·冯·法肯豪森，一位退役的德国将军。

亚历山大·冯·法肯豪森（1878—1966）

此人来中国的目的表面上看是游山玩水，其实他是蒋介石的德国顾问团团长塞克特推荐的最后一任德国顾问团长。这个德国人和拉贝一样，都是对中国抗战有贡献的人物。因为日本间谍时时刻刻在密切注视着希特勒与蒋介石的蜜月期，所以他只能装作"驴友"，护照上写的是"到中国旅行"。

南京的夏季属于高温，是长江上著名的三大火炉之一，与重庆、武汉齐名。每年夏季，国民政府都要去庐山，不是避暑，而是办公。高层军界对这位戴着夹鼻眼镜的德国佬礼遇有加，专门找些高官陪他旅游。军事委员会边塞组组长、参谋次长贺耀组陪同，专门配备一艘小型军舰带着他到长江上饱览风光。从南京下关码头出发，经过镇江、江阴到达黄浦江口的上海，再出吴淞炮台，沿海边驶往浙江的镇海。从 1934 年夏天开始，法肯豪森在军事委员会边塞组组长、参谋次长贺耀组的陪同下，对中国沿海沿江的江海防工事进行了视察。他们乘一艘小型的巡洋舰从南京下关出发，经过长江，从黄浦江入海，再往南驶往镇海和乍浦镇海即今天的舟山群岛一带岛屿对面的重要港口。从 19 世纪中叶起，中国便在此设立了一种居高临下、用砖修成的脆弱掩护工事，半圆形的暴露的炮台设施，以及堆集着的各种大小不同的炮，均历历在目。这些过时的炮台和落后的岸炮对于现代化的防御起不到任何效果。

法肯豪森指着半山上那些暴露的炮台说："即使这些军事设备尚有其存在和利用的价值，一旦打起仗来，在半明半暗的情况下，亦会预先被敌人发现，通过空中打击完全可以摧毁它们。"

在浙江北部的乍浦，法肯豪森看到，在海岸平原突出的地面上也筑有钢骨水泥的步兵防御工事。法肯豪森对贺耀组说："这些工事暴露在地面上，又缺乏纵深。此处敌军最容易登陆，而敌人一旦从此登陆，不但上海，连杭州也要受到威胁，这里的工事亟待改进与巩固。"

法肯豪森的巡洋舰进入长江口以后，溯江而上驶到江阴要塞。法肯豪森对贺耀组说："江阴一地很重要，长江在此骤然收缩而小，此地必成为前往南京、武汉的重要大门。"他们上岸，依山道登上江阴炮台。这里的工事多为前清修筑的，法肯豪森看后一个劲地摇头，说："江阴的防御设施需要整修或重建。"

贺耀组问："一旦战争爆发，顾问先生，您认为这里应该如何防御？"

"封江！"法肯豪森做了一个肯定的手势，"再加上新建筑的炮台和德国克虏伯厂生产的最新式大炮严密封锁，敌人是无法从这里渡过到南京的！"回到南京后，法肯豪森就将亟待改建的海岸、江防工事方案写成了报告。不久，他又前往海州港，去视察那里的防务。他还就南京和镇江的江防工事和改建计划，提出了方案。

法肯豪森通过对中国海防江防的视察，对未来战争的危险和防御工事的脆弱形成了一个很深的印象。他代理总顾问以后，对日的态度与塞克特有明显的不同，他强调说："中国必须加强对日防御力量，一旦日本进攻中国时，遇到真正的抵抗，日本对中国的压力就可能改变，它将形成两者实际上的对抗……"

但中国军队的落后状况，又使法肯豪森感到气馁。他说："这是一辆太破的牛车，你不拉它，放在那里要散架子，你稍稍动动它，走不出几里也将散架子。我只能仔细地观察它，争取一个部件一个部件地去替换，我的工作就是一个修车匠的工作！"

要修补中国这辆破旧的车，首先要扭转中国军队主要负责人错误的军事观点，而且不能得罪这些"地头蛇"。法肯豪森必须很圆滑地提出几个反驳在国民党领导人中间公开流传的观点。在军事委员会召开的军事会议上，法肯豪森站在地图前耐心地指出：

"尽管军队还没准备好打一场现代战争，它应当一开始就在沿海或黄河一带对敌予以抵抗。尤其是长江沿线，是坚决不能放弃的，尽管它很长，就像第一次世界大战时难以防守的达达尼尔海峡一样，必须以坚韧不拔的毅力去防守它，何况它还有重要的、有战略意义的首都南京。"法肯豪森强调指出，"同时要加强进一步增援平汉线和武昌到汉口的铁路沿线的防务"。

"顾问先生，请问您的战略思想与我国当局的防御思想是否有不一致的地方？"一个年轻的军官提出了这个较为敏感的问题。

法肯豪森谨慎地说："蒋委员长已经对他的敌人有了新的认识，在武器、装备、训练、素质都不如人的情况下，打算采取以空间换时间的办法。我的看法是为挽救国内外的危机，国防军必须扩充并加以革新，尤其陆军的任务更大，同时，由于中国幅员辽阔而交通运输特别困难的状况，对于空军的训练尤为重要。"

"顾问先生，你认为中国首先应当训练多少陆军为宜？应当怎样训练？比方它的内容包括哪些方面？"另一名军官提出了一连串的问题。

法肯豪森耸耸肩，两手一摊："这个问题要视情况而定，根据德国的经济，有十万大军足以保障国内的安全。但是中国就不同了，中国首先应当训练一支强健可靠而有战斗力的陆军，至少在质的方面要够水准，这是第一个应该达到的目标。德国军事顾问的任务是协助中国政府，通力合作，做到这一点。而建立中国国防军的训练这项任务的内容应包括：如何制造武器；如何饲养战马；如何使部队机械化；如何测量全国地形和维护海岸线；如何准备行军材料；如何注意运输、交通制度、防空；如何补充人事物资等，这都需要德国顾问与贵国政府通力合作、团结一致的精神。"

塞克特在首次访华时，向蒋介石提出《陆军改革建议书》，目标是建立一支现代化的军队。法肯豪森仔细阅读了这份计划书，并用心加以思考，以便去粗取精、去伪存真，制定一项新的陆军整顿措施。

法肯豪森根据国际形势作出了新的判断，他相信，日本在今后的两年还不足以准备好打新的战争，而 1934 年 10 月，江西的红军被国民党军打败，被迫离开根据地。这正是天赐良机，"如此使中央政府得有喘息的机会以致力建设计划，此计划首先要着重整建一支现代化而具有战斗力的军队，最先以十个师为限。其次逐渐将现有的二百个师裁减为六十个国防师。"

在法肯豪森的建议下，军事委员会拟定了《全国军事整理草案》《全国军事整理会议组织条例》。

军事委员会第二处处长龚浩原是唐生智的参谋长和军长。在 1930 年 1 月的反蒋军事活动中其部被杨虎城消灭，龚本人向蒋介石投降。龚浩的经历，使他对国民党军中的一些弊病了解较深。一次，他请法肯豪森同游中山陵，两人站在高处，极目湖光山色。龚浩说："金陵一地，相传王气很盛。中国历史上第一个皇帝秦始皇怕别人夺了他的江山，便派人开凿秦淮河以泄王气。"

"那以后怎样了呢？有没有人夺秦始皇的宝座呢？"法肯豪森问道。龚浩说："秦始皇派人搜尽天下的兵器，运到咸阳，铸成 12 个大金人。但秦始皇死后，天下很快大乱，秦国也灭亡了。"

龚浩的话，对法肯豪森启发颇深。鉴于国民党军队中，部属与长官之连带关系甚深，即长官多恃部下维护其地位，而部下又恃长官保障其生活的现象很普通，他首先建议，在整顿军队期间，被裁撤的各部队应停止补充新军；其次，宜将现有军用品包括枪械弹药尽早收集，使军队失去武力反抗政府的可能；再次，对这些被撤销军队中的官长，除一些降级使用外，其余的宜设法维持保障短时期内之生活，尽量避免纠纷，以此昭示公众，政府并非不念旧日功勋；最后，对于普通士兵，一旦被遣散的太多，流向社会非为乞丐便为土匪，法肯豪森建议可仿德国志愿工人队的形式，从事兵工生产，从事贫塌路和其他工程建筑，裁撤各部队中的可靠分子，可编入警察部队，隶属各者主席，担任绥靖地方的任务。

法肯豪森将这些建议转呈蒋介石后，蒋介石连连点头，他与陈布雷有这样一段对话：

“一个德国人，能对我国军队的情况如此熟悉，提供这么多好的建议，他是全心全意为我着想的。而我们的长官都是酒囊饭袋，饱食终日，无所用心。这怎么能行呢？我打算调驻赣绥靖预备军总指挥陈诚，在武昌行营设立陆军整理处，陈为处长，综理陆军整理事宜。”

陈布雷则显得很世故：“委座，中国有句古话，叫欲速则不达。民国十八年（1929）军事编造会议后酿成新军阀一系列混战的教训，以及现在‘两广’与南京的军事对立，恐他们会借机大做文章，又借口中央排斥异己，兴兵作乱，那就麻烦了。”

一席话，也让蒋介石深思不语，半晌问道：“先生，依你之见应如何？”陈布雷小心翼翼地说：“凡是法氏对中国军事的建议与措施，在外，要防止日本对此抗议；在内，又要防止贻反蒋派以口实，我认为要避免令人注意、编造不设整理机关，仅在武汉总部、南昌行营或绥靖公署下附设暂编处成编落处，对准备抗日的部队，更应该小心谨慎，千万别让日本间谍将情报窃了去。”

蒋介石在办公室里来回踱了几圈，对陈布雷说：“德国顾问的建议和实施情况，都属于最高机密，请注意亲自负责，知道的人越少越好，但要加紧进行，这叫内紧外松。”

一切计划，都在暗中进行之中。

以拒敌方初次攻击，并能用以逆袭，获局部胜利，阻止敌方攻击，如是方足启列强干涉之机。

法肯豪森认为，如果中方能增强自信心与毅力，从上述计划入手具体实施，而中国的地位可在短期内获得巩固和提高，减轻日本的威胁状况。

8月上旬，法肯豪森携带计划书上四川峨眉山去见蒋介石。

一艘小型兵舰溯滔滔长江而上。夏日消融，江河横溢，长江发洪水，所到之处，树木、村落皆泡在水中。兵舰经过汉口、沙市、宜昌、南津关，进入了两岸皆是险峰峭壁的长江三峡。陪同法肯豪森的国民政府兵工署署长俞大维说："顾问先生，这便是著名的西陵峡，过了西陵峡便是巫峡，水流湍急，地势比这里还要壮观，最后是瞿塘峡。三峡加在一起便有二三百公里，只有这一条水路到四川，江中还有无数急流险滩，自古以来，已有无数的船只在三峡中翻沉。"

法肯豪森不由赞叹道："太奇妙太雄伟了，这三峡是防御日本的最佳地形，如果一旦发生战争，根据地设在三峡另一端，那日本人怎样奈何你们呢？我们要在峡口和险要地段修筑要塞。"

沿峡而上，整个地形像一条巨大深长的巷道，两岸有赤身裸体、背纤拉船、顶急流而上的纤夫，悲壮悠长而高亢的号子声，打动着法肯豪森的心，他激动地写道："纤夫的精神便是生生不息的中华民族的象征。中国与他国相比，的确落后许多；但伟大的民族奋斗不屈的精神，是任何力量不能征服的。"沿长江的考察更坚定了法肯豪森抗日的决心，在制定抗日计划书时，心中便更有把握了。

法肯豪森进入四川以后，不禁为四川的特殊地理环境所折服。当时的四川周围全是崇山峻岭，除长江直通中下游外，其余地方几乎与外界隔离，是一个天然建设好的民族大后方和复兴基地。汽车出了富庶的成都草原，向西南方而去，崎岖不平的路，几乎将法肯豪森的五脏六腑都颠簸出来。

八月的骄阳像火一样，法肯豪森大汗淋漓，车行一日后，渐渐感到气温凉爽起来，第二天，沿途青山绿水，风景迷人，傍晚时分，终于来到风景秀丽的峨眉山下。眺望俊秀如画的山形，法肯豪森问俞大维："这座山在中国人的眼中的价值如何？"俞大维说："这是中国佛教四大名山之一，与安徽的九华山、山西的五台山、浙江的普陀山齐名。"法肯豪森若有所思地说："难怪，中国有句话叫天下名山僧占多？"

俞大维说："顾问先生，你看。"他用手指着远处林峰深处，"蒋委员长就在那里举办了峨眉山军官训练团。表面是为了'剿共'，轮训营长以上的军官，其实是为了先安内而后攘外。这次请你来就是这个原因。"

第二天一早，便有几名衣衫褴褛的轿夫抬着“滑竿”接他们上山。所谓滑竿是用两根粗壮结实的茅竹中间捆扎一张躺椅。法肯豪森和俞大维一人一副滑竿，当他看到瘦小的轿夫时不禁怀疑他们是否能抬得动自己，而俞大维则告诉他完全没有担心的必要。他勉强坐上去，在轿夫们的肩头上下有节奏的颠簸下，看着轿夫们健步如飞但汗湿衣衫的情景，便坚决要求下来，他对俞大维说：“这样太不公平，太不人道。”

俞大维舒服地躺在滑竿上说：“顾问先生，这是最人道的事情，没人坐滑竿，这些人都会饿死的。”

法肯豪森摇摇头说：“中国有好多事情都是不可思议的。”

俞大维半开玩笑地说：“正是你这种思想，你们德国人中才出现了马克思，大讲剩余价值、剥削的原理，惹得世界上的无产阶级要革命，要推翻旧的一切。而我们看来，如果没有人剥削人，那就没有世界，穷人和富人，都要统统饿死了。”

才走了一半路途，法肯豪森便气喘吁吁，再也爬不动了。他只好“投降”，又上了滑竿。等他适应后，不得不承认坐滑竿的确是一种享受。

峨眉山山色秀美，金顶上常年积雪，有“六月雪”的美称，真是一个清凉的世界。与南京、武汉、重庆三大火炉相比，法肯豪森觉得真是一个在天上，一个在地下。

在清音阁，法肯豪森终于看见了蒋介石，蒋介石一脸微笑早已等在那里了。“啊，欢迎你，尊敬的法肯豪森先生！”蒋介石热情地上前与他握手。“很荣幸见到你，尊敬的委员长先生。这里的确不同凡响，风景很美丽。”两人寒暄过后，蒋介石问：“顾问先生，中国东南到西南，很多地方你都去过了，对这些地方有什么感想？”

法肯豪森说：“从沿海到沿江，从平原到丘陵，从三峡到四川，我敢打赌，蒋委员长先生，你已经找到了真正的抗日大后方。”

蒋介石眼睛一亮，心想：“英雄所见略同，果然不假，看来这个法肯豪森的确不是凡人，胸中果有雄韬大略。”但他装出谦虚的样子，“哪里哪里！我还没有心思和精力考虑这些”！他用手杖指指北方，“在川北，有一块数百里泥沼草地，地图上叫沮洳地。现在‘剿匪’大军和川军从东南两面包围，已将毛泽东的红军困在岷江上游和大小金川之间。北上松潘是他们唯一的出路，但我胡宗南的天下第一军正在松潘张网以待，红军已陷入绝境，只有进入草地。草地里只有草和有毒的水，他们只能走向死路，即使不进入草地，严寒的冬天也会冻死他们。”他得意地说：“我在这里是坐镇‘剿匪’的，没有别的考虑。”

法肯豪森摆着手：“我在中国待过，也懂一些中国的计策，三十六计中有声东击西之计。而你，委员长先生，你是在声西击东。三年之内，你将和日本人在上海和首都作战。你再不找寻复兴基地，将意味着什么也来不及了。朱毛红军进入绝境，还不是死境，你如再这样下去，将会走上一条民族灭亡的死路。”

蒋介石服气了，拉着法肯豪森去他的别墅，走到办公室前说：“顾问先生，我承认，你讲的复兴民族基地，我已经找到了。来，你用德文，我用中文，各写在纸上，看看两人是不是想的一样。”他用起三国时诸葛亮借东风时与周瑜同时写在手掌心上的办法。

法肯豪森龙飞凤舞，流畅地写下“四川”，拿到蒋介石面前，蒋介石已工工整整写下“四川省”三个字。两人看完，都哈哈笑了起来。

蒋介石说：“不瞒你说，从 1927 年北伐时，日本军队在山东济南向我军挑衅，制造了济南惨案，便令我刻骨铭心。不屈何以能伸，不予何以能取？小不忍则乱大谋！有雪耻之志，而不能暂时容忍，是匹夫之勇也，也不能达到雪耻的目的。中国内战不已，朱、毛红军又捣乱于内，攘外必先安内，统一方能御敌，现在已到御侮的关键时刻了。”

两人坐在沙发上，蒋介石喝着白开水，侍从给法肯豪森送上了一杯浓浓的咖啡。蒋介石又接着说：“从‘九一八’到‘一・二八’以至长城抗战，我只考虑一个问题，抗战容易，如何使国家转败为胜、转危为安，我个人总想不出一个比较可行的办法。我到四川以后，觉得以这样地大物博人力众广的区域做基础，我们对抗暴日就有希望了。”

法肯豪森说：“委员长先生，四川只是持久抗战的后方。前线上海、南京、武汉、郑州、广州都是战略要点，不能轻易放弃；还有长江这个黄金水道要把守坚决。”

蒋介石说：“日本的兵舰先进，一旦打起来，不放弃长江恐不现实。”

法肯豪森认为：“现在就要筹划，打起来立即在江阴封江，阻塞航道。

中游保卫首都、保卫武汉，才能保住三峡、坚守四川。”

蒋介石手中的杯子重重往茶几上一放，里面的水都溅了出来，大声说：“顾问先生，好极了，你的想法很多与我是一致的。”

法肯豪森立即从随身带的公文包中取出《关于应付时局对策之意见书》：“委员长先生，这是我的抗日计划书，是我到中国以后考察了许多地方综合写成的，拿出了我的全部力量与真心，以备委员长参考与采用，不当之处，请钧座指出。”

蒋介石很慎重地接过说：“顾问先生，我委托你立即着手筹划对日作战，你先在这里住两天，观赏一下周围的山水风光，我要好好研究一下你的计划书。”

是夜，峨眉山月半轮，清光如水，万籁俱寂。蒋介石办公室内透出明亮的灯火，他正在一字一句琢磨体会法肯豪森的计划书，不时用笔记下其中的要点及心得。一个部署抗战的方案，在法肯豪森的描述下，与蒋介石心中的计划正合二为一。他决定，立即在上海到南京间修筑一条类似第一次世界大战时的兴登堡防线，该防线用一连串的钢筋水泥碉堡与坚强的防御阵地组成，在中德兵工专家合作下，应迅速发展军火生产。

3. 老蒋调虎离山

1937 年 8 月 20 日，国民政府军事委员会决定设立五大战区和四大预备军，川军为第二预备军，辖两个纵队。并发表：第二预备军司令长官刘湘，副司令长官邓锡侯；第一纵队司令邓锡侯（兼），副司令孙震；第二纵队司令唐式遵，副司令潘文华；担任平汉铁路方面的作战任务。26 日，刘湘以川康绥靖主任名义，发表《告川康军民书》，指出：

四川为国人期望之复兴民族根据与战时后防重地：山川之险要，人口之众多，物产之丰富，地下无尽矿藏之足为战争资源，亦为世界所公认。故在此全国抗战已经发动时期，四川七千万人民所应负担之责任，较其他各省尤为重大。我各军将士，应即加紧训练，厉兵秣马，奉令即开赴前方，留卫则力固后防。各界奉公人员与文化知识分子，更应集中精力，分配部门，一致努力予后方民众之组织训练与战时管理建设诸工作。

他还表示：

湘忝主军民，誓站在国家民族立场，在中央领导之下，为民族救亡抗战而效命。年来经纬万端，一切计划皆集中于抗敌。睹我七千万同胞抗敌情绪之高亢激昂与其意识之坚决，所以领导提挈之者，唯恐落后。今战幕已启，正吾人躬行实践之时，是非诚伪，正于斯时判决，我各界人士尚不及时奋然兴起，平日空言高论之谓何？务即摩顶放踵，贡献民族斗争。湘倘或不忠于抗战，愿受民众之弃绝；抑或各界人士反暴弃退缩，湘亦绳之执法以法其后。须知国家民族之生命系于此时，非可再容吾人之瞻顾与假借也。至敌我长短，政府知彼知己，早经分析；连日前方战报，亦已予吾人以事实上之证明。总之，我民族为自己生命及世界人类公理与正义而奋斗，势逼处此，虽赤手空拳，犹当与彼飞机重炮一角，何况我优势正多，前途利钝，只系于吾人今后决心与努力之程度若何。我各界人士，其共兴起，我各界人士，其共懔之哉。

28日，蒋介石致电刘湘：“成都刘主席勋鉴，四川各部何日可以出发？请速派邓锡侯或孙震部先行出发，限期集中汉中何如？盼复。”29日，蒋介石电贺国光：“最急，重庆、成都贺副主任元靖兄，请速催甫澄（刘湘）兄部队提前出发，否则派邓（锡侯）孙（震）各部先行亦可，如何盼复。”

8月30日，川康绥靖公署开会决定，出川抗敌部队，限于9月5日以前分东西两路出发。第一纵队由川北道出发，第二纵队由川东道出发，限各部在10月中旬到达指定地点。

9月5日上午九时，四川各界民众欢送川军出川抗敌大会，在成都少城公园（今人民公园）大光明电影院举行，情况热烈。川军出川部队，原定为十一个师，现增加绥署一个直辖师（第一四四师），两个直辖旅（独立十三旅、独立十四旅），第四十七军（第一〇四师、第一七八师），共计十四个师。1937年9月，遵照国民政府军委会命令，第二十二集团军以四十一、四十五、四十七三个军组成。

成都少城公园（今人民公园）举行的军民抗日宣传大会

第二十二集团军战斗序列列表如下：

总司令　　邓锡侯（三个月后即奉调回川改任川康绥主任）

副总司令　孙　震（1938 年 3 月初升任总司令）

下辖六个师：

第四十一军　　军长　孙　震（兼）

　　　　　　　　副军长　董宋珩

　　　　　　　　参谋长　杨俊清

下辖：

　第一二二师　　师长　王铭章

　　　　　　　　副师长　王志远

　　　　　　　　参谋长　赵渭滨

　　第三六四旅　旅长　王志远（兼）

　　　七二七团　团长　张宣武

　　　七二八团　团长　魏书琴

　　第三六六旅　旅长　童　澄

七三一团　团长　王文振
七三二团　团长　蹇国珍
第一二三师　师长　曾宪栋
参谋长　吴　畅
第三六七旅　旅长　马　泽
七三三团　团长　杨　熙
七三四团　团长　李蜀华
第三六九旅　旅长　陈宗进
七三七团　团长　胡子严
七三八团　团长　张　宾
第一二四师　师长　孙　震（兼）
副师长　税梯青（代行师长）
参谋长　邹绍孟
第三七〇旅　旅长　吕　康
副旅长　杨光明　汪潮濂
七三九团　团长　王　麟
七四〇团　团长　吕波臣
第三七二旅　旅长　曾甦元
七四三团　团长　刘公台
七四四团　团长　蒋永臣

第四十五军　军长　邓锡侯（兼）
副军长　马毓智
参谋长　朱　瑛（兼）

下辖：

第一二五师　师长　陈鼎勋
副师长　王仕俊
参谋长　孙贤颂
第三七三旅　旅长　卢济清
七四五团　团长　姚超伦
七四六团　团长　谭尚修

第三七五旅　旅长　林翼如
七四九团　团长　瞿联丞
五〇团　团长　张元雅
第一二六师　师长　黄　隐
副师长　刁世杰
参谋长　黄壮怀
第三七六旅　旅长　龚渭清
七五一团　团长　赵荣林
七五二团　团长　彭友朋
第三七八旅　旅长　李树华
七五五团　团长　罗纪纲
七五六团　团长　王智先
第一二七师　师长　陈　离
副师长　游广居
参谋长　沙韦青
第三七九旅　旅长　陶　凯
参谋长　沙韦青
副旅长　萧　成
七五七团　团长　王文拔
七五八团　团长　王潋熙
第三八一旅　旅长　杨宗礼
副旅长　陈　译
七六一团　团长　陈　玲
七六二团　团长　邹迪僧
独立第十七旅　旅长　杨晒轩（辖两个步兵团）
独立第十八旅　旅长　谢无圻（辖两个步兵团）

第四十七军　军长　李家钰
副军长　罗泽州

下辖：

第一〇四师　师长　李家钰（兼）

第一七八师　　师长　李宗昉

第二十三集团军战斗序列列表如下：

司令　唐式遵

第二十一军　　军长　唐式遵（兼）

第一四五师　　师长　佟　毅

副师长　罗洁莹

第四三三旅　旅长　戴传薪

八六五团　团长　杨子震(代)

八六六团　团长　刘郁文

第四三三旅　旅长　孟浩然

八六九团　团长　余　侍

八七〇团　团长　曾植林

第一四六师　　师长　周绍轩

第四三六旅　旅长　廖敬安

八七一团　团长　凌谏衔

八七二团　团长　马国荣

第四三八旅　旅长　梁泽民

八七五团　团长　何炳文

八七六团　团长　杨国安

第五十军　　军长　郭勋祺

第一四四师　　师长　范子英

第四三〇旅　旅长　刘儒斋

八五九团　团长　麦聚五（代）

八六〇团　团长　张昌德

第四三二旅　旅长　唐映华

八六三团　团长　郑绍文

八六四团　团长　唐映华（兼）

新编第七师　　师长　田钟毅

副师长　黄伯光

第一旅　　旅长　刘克用

一团　团长　刘克用（兼）
二团　团长　王凤麟
第二旅　旅长　孟存仁
三团　团长　夏　云
四团　团长　周大钧

第二十八集团军战斗序列列表如下：

总司令　潘文华

第二十三军　军长　潘文华
副军长　陈万仞
第一四七师　师长　陈万仞（兼）
副师长　杨　炽
第四三九旅　旅长　章安平
八七七团　团长　刘星耀
八七八团　团长　周瑞麟
第四四一旅　旅长　石照益
八八一团　团长　石照益（兼）
八八二团　团长　周极甫
第一四八师　师长　潘　佐
副师长　王怡群
第四四二旅　旅长　袁　治
八八三团　团长　饶正钧
八八四团　团长　林光裕
第四四四旅　旅长　徐元勋
八八七团　团长　余宗陈
八八八团　团长　张有铭

进四川，是德国顾问法肯豪森给蒋介石出的抗日计划的重要部分，也是蒋介石多年的愿望，几次被刘湘挡横，蒋介石心有不甘，这一次无论如何要实现了。

三、淞沪会战

1. 杨森——飞龙在沪

花开两头，各表一枝。淞沪会战爆发后，有两支出现在上海前线的川军队伍，分别是杨森的第二十军和郭汝栋的第二十六师。

先从杨森的人生经历开始说起。杨森，字子惠，出生于四川广安一个小官吏家庭，其父当过清朝典吏。杨森幼年就读于广安县紫荇书院，后考入南充市联合中学。适逢清朝四川总督锡良扩建新军，成立四川陆军速成学堂弁目队，杨森应试录入该队。1907 年，又考入四川高等军事讲习所。次年，该所改为四川陆军速成学堂，毕业后，被分到成都新军十七镇当排长。不久，升为四川陆军三十三混成协第一营右队队官，加入同盟会。1913 年夏，杨森在王陵基部任营长。此时，孙中山领导发动了“二次革命”，四川陆军第五师师长熊克武率部响应。王陵基团奉袁世凯之命讨伐熊克武。

杨森（1884—1977）

杨森便跑到熊克武处，参加倒袁。袁派滇军混成旅长黄毓成部攻破重庆，杨森被俘。黄毓成见杨森毫无惧色，浑身是胆，又见这位大汉身材魁伟，声如洪钟，便对其产生好感，留他在司令部当副官。

1915 年 12 月，在黄毓成推荐下，杨森到护国军第一军第二梯队赵又新部，他曾两次带领部队在纳溪和泸州附近牛背石，将袁军吴新田、金汉鼎部打得大败而逃。

袁世凯垮台后，北洋政府任命熊克武为四川督军，驻泸州滇军赵又新的第八师被改编为靖国军第二军，赵任军长，杨森任参谋长。

不久，川系与滇系两军为各自利益，反目成仇。川滇战事爆发后，杨森又转投川军，被熊克武任命为川军第九混成旅旅长，又提升为第九师师长。

杨森在龙泉山之战中，身上三处负伤，仍指挥部队猛攻。滇军大败而逃，杨部连续七十二个小时，追击五百多华里。接着他率部奔袭泸州，将赵又新部击败。赵仓皇逃跑被击伤；杨森赶到，命人将赵抬回城内，赵旋即毙命。杨森亲备棺椁收敛，并出资由赵之侄送灵柩回云南老家安葬。此役之后，杨森便在川军中崭露头角。

1921 年，北洋军阀吴佩孚以武力控制湖北后，川督军熊克武决计出兵援鄂，任命刘湘为川军总司令兼援鄂军总司令、第二军军长。杨森没有当上军长，便私下与吴佩孚联系。援鄂军与吴军大战宜昌，杨森按兵不动，遂使川军溃败，撤回四川。刘湘迫不得已，任命杨森为第二军军长，自己退居幕后。杨森接任军长后，遂与刘湘密谋，决定首先消灭熊克武，然后统一四川。

1922 年 7 月，杨森带领三万多人马，分水陆两路向驻忠县的第一军进行突袭，同时求吴佩孚派兵相助，第一军主动撤离驻地。杨森自恃骁勇，又恃有吴佩孚做后盾，便一味进攻；当追至达梁山西郊，第一军稍作抵抗便又撤走。他认为第一军不堪一击，便分兵穷追不舍。当其部王兆奎旅追至大竹锦屏铺佛尔岩时，遭第一军指挥官刘伯承部夜袭；第一军乘势发动全线反击，杨森亲率之第九师亦被击溃，只得向重庆撤退，途中又遭川军邓锡侯截杀，被包围在老关口，幸得王陵基出兵相救，才逃回重庆。川军赖心辉又举兵袭破重庆，杨森仅带少数部队逃往川东奉节县。

恰逢吴佩孚所派援军刘汝明旅赶到。正当杨森设宴为刘旅团长以上军官接风时，不料刘伯承率部追至，冒雨袭击，将其部打得四下溃逃，杨森只带了几位随从，仓皇逃往宜昌。

杨森便去洛阳请求吴佩孚相助，吴佩孚任命他为北洋军陆军第十六师师长、敌总指挥，王汝栋、赵荣华为援川军正副总司令，率领第十六师、第七师和第八师的两个混成旅，大举反攻；还令滇军袁祖铭率五个混成旅进兵川东，前四川督军刘存厚由陕南进兵川北，援助杨森作战。杨森率部由利川偷渡磨刀溪、箭竹溪袭取万县，串连川军将领刘存厚、邓锡侯，田颂尧、刘文辉等联衔通电讨伐熊克武。第一军为保成都，便从重庆撤出，杨森又兵不血刃占领了重庆；接着，挥军直趋简阳，企图越过龙泉山，夺取成都。遭赖心辉部及第一军的夹击，被迫退至隆昌、泸州一线。熊克武见杨森势力越来越大，便求援于滇军唐继尧。唐为了实现其“西南王”的野心，便派六个团从贵州入川。杨森率部退出重庆。吴佩孚见四川战事呈胶着状态，又给杨森增拨枪弹、军饷，同时委派其为四川善后督办，统驭反熊克武的各路川军，协同杨森反攻。杨部再次夺取重庆，并乘势进击三台，继克成都，将熊克武等逐至川南。

1924 年 5 月，北洋政府任命杨森为四川军务督办。他加紧扩军备战，开办四川陆军讲武堂，大力培训下级军官，建立兵工厂，日夜赶造枪支弹药。他还以武力夺取了自流井盐税，每年可收税一千多万元，增加了军费来源。正当杨森的势力日益强大的时候，吴佩孚在第二次直奉战争中惨败，曹锟下台。北京政府临时摄政段祺瑞便电令杨森交出自流井盐税，他根本不予理睬，并立即在督署召开“出征”大会，向军官许愿，“统一四川后，提高官兵待遇，参加作战者一律升官”。即分兵五路，向其他部队进攻，仅用两个月的时间，就占领了七十二个县，其军扩充到十九个师又十二个混成旅。

1925 年 5 月，段祺瑞明令免去杨森的四川军务督办一职，调其前往北京署理总参谋长，以刘湘取代其军务督办之职。杨森只在成都遥领参谋总长职，拒不去京。刘湘深感于己不利，使拉拢滇军袁祖铭组成“倒杨”联军，同时与川军邓锡侯、赖心辉、刘成勋等联合，公推袁祖铭为联军总司令，刘湘为联军副总司令。7 月上旬，联军与杨部激战，杨森先胜。

随即联军全线发起进攻，杨部不支，被迫退踞沱江右岸。其第一师师长王瓒绪倒戈，公然通电指责杨森排除异己，企图统霸四川。联军强渡沱江，全线推进，杨森无力再战，退守嘉定。随后向刘湘输诚。联军认为杨森是个野心很大又反复无常的人，要他交出全部兵权。在走投无路的情况下，杨森只好接受彻底解除兵权的条件，表示愿只身出川游历，乘船离开夔门去武汉。杨森到达汉口，恰逢吴佩孚打出讨伐奉系军阀张作霖的“十四省讨贼联军总司令”的旗号，招兵买马，杨森即被任命为讨贼联军川军第一路总司令，回川收集旧部。这时滇军袁祖铭、川军邓锡侯、田颂尧等因与刘湘分赃失和，也希望杨森回川共事倒刘，袁祖铭已带兵占领重庆，刘湘的部队被分别隔于上、下川东，不能集结，被迫向杨森谋求合作，归还杨的兵权，同时商定由他统驭川军，驱逐黔军。于是，杨森于1926年2月从武汉西返四川。先令旧部郭汝栋、白驹、吴行光、包晓岚、范绍增、杨汉域在万县集结，迅速扩充到十余个师，六十多个团。接着，他以“兵多地狭”为由，要求黔军让出广安、长寿等地，同时派兵进占开江。袁祖铭见杨森声势浩大、咄咄逼人，于是退出重庆。至此，杨森的实力和地盘大为扩展，控制了下川东各县，但终未达到其独统四川之目的。

不久，国民革命军开始北伐，8月底，北伐军与吴佩孚北洋军激战于汀泗桥，吴佩孚电令杨森火速出兵“援鄂”。杨森权衡利弊得失，采取暧昧的态度，如果吴军获胜，便以吴佩孚为后盾，继续图谋四川；万一吴佩孚打不过北伐军，可乘虚而入，把鄂西置于自己的控制之下，便可借北伐之机，扩大自己的地盘与势力。

1927年4月，北伐军总司令蒋介石以汉阳兵工厂为条件，电邀杨森出兵鄂西，攻打武汉国民政府。杨森以“奉命出兵，讨伐武汉”为名，带兵自万县东下，抵达宜昌。当时，武汉国民政府之独立第十四师师长夏斗寅被蒋介石收买，见杨部到来，即率部顺流而下。杨部不费一枪一弹，占领宜昌；继而进驻荆州、沙市；进至仙桃镇，向汉阳紧逼。武汉国民政府急调唐生智部向仙桃镇反攻。杨森一部被围，亲率部队增援，遭唐生智截击，几乎被全歼，只带了少数残兵败将逃回四川。

这时，刘湘已派兵进驻万县，拒杨森于夔门之外，正当他欲归无路，进退失据之时，邓锡侯、刘文辉等乘虚袭取重庆，刘湘无奈，只得同意杨森回万县，以共同对付邓锡侯、刘文辉，于是稳住阵脚。是年 11 月，吴佩孚被北伐军击败后，辗转入川。杨森为其设宴接风，邀请在私邸居住，并为吴夫妇修缮房屋，倍加关照。这一举动，遭到四川各界人士激烈反对与指责。南京政府也甚为恼火，明令免去了杨森兼任的各种职务，由其部师长郭汝栋取代其军长之职；并密令刘湘、赖心辉等对他“共张挞伐”。杨森千方百计削弱郭汝栋的力量，杀害了反对他的部属杨嘉芳，继而又赶走陈兰亭，使其将领人人感到自危，终酿成郭汝栋、范绍增等联合倒杨。杨森带领亲信部队将其击败，宣布仍为第二十军军长，南京政府无可奈何，只得改为对他“免予查办”。不久，杨森又与刘湘争夺地盘，败于铁山坪、张关一线，所属川东二十余县亦被刘湘所占，所部剩余无几。他只好避居渠县，偃旗息鼓。经过近五年的经营，力量逐渐得以恢复。

在这期间，红四方面军由鄂西辗转入川，开辟新的革命根据地。杨森秉承最高军事当局指令，派所属第五混成旅旅长夏炯带领四千多人，对接应红军入川的川北红军第一路军第一军进行“围剿”。

1935 年，当中央红军长征进入四川境内时，杨森派其驻南京代表，主动向最高军事当局请命，表示愿意听蒋调遣。他按最高军事当局的指令，派其第一、第四旅在叙永堵截沿川黔边境北上的中央红军；又派其第二、第六旅开到大渡河，阻拦红军渡河，但均遭到红军猛烈打击，损失惨重。此时，他既要投靠最高军事当局，又怕自己的部队被红军打光，失去以后生存的本钱，于是便派部队尾随红军之后，应付最高军事当局。后来，他又奉命拦击红四方面军南下，在绥（靖）、崇（巴）、懋（功）战役和宝兴战役中，遭到红军沉重打击，只好停止堵截红军的活动。

1937 年 7 月，杨森在贵州黔西县第二十军军部整编部队。卢沟桥事变后，杨森率先电陈最高军事当局请缨杀敌。蒋介石复电嘉许，令其率部开赴上海，第二十军遂为川军中最早参加抗战的部队。

9 月 1 日，部队分别从黔西和安顺出发，两县民众在南门外操场召开欢送大会。随即由副军长夏炯指挥，沿湘黔公路徒步行进，在湖南沅陵、辰溪，乘木船至常德，再换轮船经洞庭湖抵达长沙，一路受到人民群众热烈迎送；从长沙开始坐上火车，经过的车站、码头，都有群众为官兵送洗脸水和茶水。该部官兵高唱《义勇军进行曲》《马刀进行曲》等歌，觉得能为国家民族生存而战，虽死犹荣。部队到达武昌徐家棚车站，连夜渡江至汉口，再换火车，转运情景还被军事委员会电影队拍成电影，更加激发了官兵的爱国荣誉感和抗敌斗志。

第二十军在行进途中，该军军长杨森率第一三三师第三九七旅副旅长向廷瑞和军部参谋任敬修及成都某报记者张克明等，经重庆飞到南京，面见最高军事当局，说明对有现代化装备的日军作战，与过去内战迥然不同，要求先到南北战场参观，吸取作战经验。最高军事当局准予其先至上海郊区，继到山东胶济路沿线了解战况，发给旅费一万元，并电知沿途驻军，以便联系。

9 月 13 日，杨森被军事委员会委任为第六军团军团长，隶属第三预备军，下辖第一三三、第一三四、第一三五三个师。

杨森到达上海后，淞沪战场上打得热火朝天。白天战场上空全为日军飞机控制，我军调动均在黑夜进行，因此夜晚公路上很拥挤。

杨森先去安亭拜会了第九集团军总司令张治中，张向杨森介绍了前线敌我态势；接着杨森又在大场会晤了第七十一军军长王敬久，参观了该处的防御工事和掩蔽部等。

随即，杨森一行又到昆山左翼军司令部拜访陈诚。当时已有一位军人在座，陈诚指着他对杨森说："你们两位都是全国知名的将领，请互相猜一猜，对方究竟是谁？"

他俩都猜不出对方的身份，陈诚指着那位军人说："这是叶挺。"又指着杨森说："这是杨森。"

"久仰久仰！"两位名将都热情地握手寒暄，回顾北伐时期，差一点成为对手，而失之交臂，真是相逢一笑泯恩仇。

三位将领畅谈未来，对抗战前途都表达了必胜的信心。

告别陈诚后，杨森一行乘火车北去青岛，参观了过去德军的炮台，修理军舰的船坞、警犬表演及水族陈列馆等。

回到汉口时，第二十军官兵正从长沙坐车到来，杨森便对他们训话，说："我们过去打内战，对不起国家民族，是极其耻辱的。今天的抗日战争是保土卫国，流血牺牲，这是我们军人应尽的天职。我们川军绝不能

辜负人民的期望，要洒尽热血为国争光！”

第二十军旋即从汉口码头乘招商局轮船驶往南京，转赴上海，已是10月中旬。第二十军归第十九集团军总司令薛岳指挥。

川军第二十军战斗序列列表如下：

军长　　杨　森

副军长　　夏　炯

第一三三师	师长	杨汉域
第三九七旅	旅长	周翰熙
七九三团	团长	蔡慎猷
七九四团	团长	李介立
第三九九旅	旅长	刘席函
七九七团	团长	陈亲民
七九八团	团长	徐昭鉴
第一三四师	师长	夏　炯
	副师长	李朝信
	参谋长	郭大树
第四〇一旅	旅长	罗德润
八〇一团	团长	赵嘉模
八〇二团	团长	林相侯
第四〇二旅	旅长	杨干才
八〇三团	团长	李麟昭
八〇四团	团长	向文彬
第一三五师	师长	杨汉忠（该师再战后被撤销建制和番号，所部分配到其他两个师中）

第二十军指挥所设在南翔车站附近一号桥后一个院子里，副军长夏炯向杨森汇报：“我军这次参加淞沪会战，担任桥亭宅、顿悟寺、蕴藻浜、陈家行一线防守任务。右翼与大场王敬久军相连，左翼与阮肇昌第四十四师衔接。”

参谋长鲜光俊指着地图："惠公！近日，由日军白川大将指挥第九师团一个旅、近卫师团一个旅和其他特种部队共数万之众，以桥亭宅、顿悟寺、陈家行一线为攻击重点，企图从中央突破，形势危急！"

杨森大声说："形势不危急，要我们川军来上海滩干啥子？"

这时电话铃急促地响了，杨森拿起电话，里面传来第六兵团总司令薛岳命令：

"杨军长，奉大本营蒋委员长和第三战区顾祝同副司令长官命令：川军等各省部队初到战场，不谙敌情地形，命令将所属部队分割使用。现防守桥亭宅、顿悟寺一带的第三十二师王修身部队被日军突破，阵地失守，命令你军速派人收复阵地！"

放下电话，杨森问："我们哪支部队最先抵达？"

副军长夏炯对杨森说："惠公，我二十军先头部队最先到达南翔车站的只有第一三四师四〇二旅向文彬八〇四团！"

杨森第二十军有两个师，第一三三师师长是杨汉域，第一三四师师长是夏炯；部下各级官佐中杨森的子侄不少，士兵多来自四川广安，所以第二十军素有"杨家将、广安兵"之说。

杨森对第一三四师师长夏炯命令道："迅速组织反攻，收复桥亭宅、顿悟寺阵地！"

杨汉忠命令第四〇二旅旅长杨干才："干才，你急速命令向文彬团反攻，不得有误！"

向文彬，四川广安县广福镇唐家湾人，字光弼，川军将领。

杨干才亲自跑到驻地，对第八〇四团团长向文彬下达命令："你务必要收复失地，完不成任务，就不要回来见我了！"

向文彬胸一挺，雷鸣般回答："我团誓死完成任务！"

向文彬（1892—1987）

10 月 13 日，向文彬率部接防由盛宅到顿悟寺一带阵地。王修身转达上级命令：你部于夜间向敌反攻，收复阵地。

向团实际上只有步兵两个营，但向文彬平时治军，不仅注意提高技术，而且关心官兵生活，所以该团士气高昂，较其他各团更为能战。向团奉命后，即率团在夜间进入攻击准备位置，做好向敌攻击前进的准备。

第二天天一亮，日本兵趁中国军队在前线换防，阵脚不稳之际，上来就是一阵猛攻。向团官兵初临战地，斗志正旺盛。士兵们冒着枪林弹雨冲向敌群，迎头一阵猛揍。

敌人一时被打蒙，还手不及，丢下死伤，“呀呀”怪叫着向后撤去。战士们还未来得及喘口气，一架接一架的飞机轮番轰炸，硝烟弥漫，大家只得躲在战壕里无法抬头。

10 月 15 日黄昏，杨干才命令向文彬：“军座、师座严令，你团今夜出击，立即收复桥亭宅、顿悟寺一线友军失掉的阵地！”

暮色已临，气氛肃杀。向文彬带领营、连长，冒着大雨侦察地形。

向文彬分析敌我动态说：“我们只有两个营，兵力部署采取纵深配备，一个营在前、一个营在后，交替使用，让大家都有冲杀的机会，也能喘息休整。只有去死拼了！”

16 日黎明，对决开始了。向文彬先令一营出击，二营待命随时准备投入战斗。

日军倚仗火力的优势，枪炮如狂风暴雨般倾泻，之后，日本兵手持三八大盖枪，嗷嗷叫地冲上来，大刀片、刺刀枪相交，血肉拼杀，向团武器低劣，所倚仗的是全体官兵的同仇敌忾，气势上更胜一筹。日军攻势一波又一波，川军前仆后继，一营打残了，二营顶上去。令素有战斗力的日本士兵不敢再短兵相接。于是集中炮火，密密麻麻一刻不停地向川军战壕猛轰，阵地上、树上、壕沟里，到处是脚穿草鞋的川军的残肢。活着的人用战友的尸体作掩体，伏在上面还击……

向文彬满脸污黑，声音嘶哑着大叫：“弟兄们，就是只剩一个人，也要给老子坚持打下去！”

17 日，天近拂晓，昏黑阵地上血流遍地、弹孔累累，空气中充满硝烟味、血腥味……

这一场恶战，共打了二十多个钟头！经过反复冲杀鏖战，向团终将敌击溃，收复了桥亭宅、顿悟寺阵地，并夺获了敌军轻机枪、步枪、弹药等。

全团损失惨重，营长只剩彭焕文一人，连长非死即伤，排长仅存四人，士兵只剩一百二十余人。

四十多年后，向文彬回忆：“当时战场上遗尸遍野，受伤者还在血泊中辗转呻吟，我们便踏着他们的血迹，勇往直前……只听到杀声震天，冲锋号凄厉急鸣，这真是一场惊天地、泣鬼神的血战啊！”

捷报迅速呈报杨森、薛岳，直至大本营蒋介石处。

蒋介石立即在电话上传谕嘉奖，次日发来正式电文：“二十军第一三四师四〇二旅八〇四团团长向文彬，率部奋勇出击，收复桥亭宅、顿悟寺阵地，着即晋升为少将，并奖金六千元！”

向文彬在“一天中的三小时内，由中校升上校，由上校晋升少将”，被认为是川军勇于临危受命、誓死卫国的突出代表。

原来杨干才说完成任务后，即由李麟昭第八〇三团接防，此时改变原令，仍由向团防守。向文彬将残余官兵编成一个连，由彭焕文营长率领，连夜修复工事掩体，坚守待援。林相侯第八〇二团进入蕴藻浜阵地，掩护侧翼。第二天，日军一部分除与向团相持外，集中兵力，在飞机大炮掩护下，向林团阵地猛攻。双方激战一天，林相侯身先士卒，最后饮弹殉国。

林相侯最初是杨森的弁兵，后被送四川陆军讲武堂学习，毕业后历任排长、连长、营长、团长，素来作战勇猛。林相侯牺牲，全团伤亡亦大，只剩二百余人，编为一营，由营长胡国屏率领。杨森得知后，电话命令师长杨汉忠亲到前线指挥。

杨汉忠急令赵嘉模率第八〇一团增援。日军继续猛攻。赵团沉着应战，敌人多次进攻，均被阻止，伤亡惨重。日军又转向桥亭宅、顿悟寺阵地进攻，旅长杨干才命李麟昭团增援。李团昼夜前往，受敌攻击，伤亡颇大，但官兵激于民族义愤，且有向团榜样，顽强战斗，阻遏敌人攻势，阵地毫无动摇。

第五天午后，王修身师防守的陈家行阵地被突破。薛岳命杨森派部队反攻。

杨森急命杨汉域率第一三三师火速前进。其时第一三三师仅第三九七旅和第三九九旅徐昭鉴团赶到，第三九九旅旅长刘席函率陈亲民团尚在途中，于是杨汉域以第三九七旅为第一线向敌攻击前进，徐昭鉴团为预备队。

蕴藻浜左岸至陈家行，全系棉花地，旅长周翰熙和向廷瑞命令蔡慎猷团和李介立团分左右两翼，散开队形向敌疾进。前面枪声密集，只见王修身师残余士兵向后逃窜，但川军官兵则毫无迟疑与惧色，拼命向前。许多士兵还说："我们这次是打国战，就是牺牲了也值得！"

日军正追击王师残兵，冷不防忽然出现这么多兵力，于是双方对峙。接着，川军发起冲锋，全线冲杀，与日军展开肉搏。日军飞机大炮不能发挥作用，经过一小时激战，日军遂不支，向后溃逃，阵地完全收复，缴获一批枪支弹药。

这时，王修身师的梁副旅长前来交防，并说，蕴藻浜右岸还有一段阵地系他防守，现敌退回原线，必须立即派队占领。

向廷瑞和周翰熙决定派李介立团随梁副旅长前去布置防务，蔡慎猷团防守正面陈家行阵地，旅部位于陈家行后方战头桥，即横跨蕴藻浜之桥，左侧竹林内，以利指挥。时已薄暮，日军惯于白昼作战，夜间停止进攻，我军则利用夜间送负伤官兵，修补工事，补充弹药，准备次日战斗。

第三九七旅与敌连续激战三日。每天拂晓后，日军升起气球观察，然后飞机轮番侦察轰炸，大炮掩护，不断进攻。我军顽强抵抗，伤亡极大。支援的后续部队遭遇敌机，即潜伏棉花地里，待日机掉头，再跃进匍匐前进。这时，如果白天生火造饭，敌机看到冒烟就来轰炸，部队每天只能在夜晚烧饭，入夜和拂晓前各吃一顿。但官兵斗志旺盛，坚持战斗，阵地屹立不动。第三天上午，李介立团防守的蕴藻浜阵地形势危急，预备队余昭麟团仅剩吴伯勋一营。陈家行阵地只剩数名士兵。杨汉域无兵可派，即动用师部手枪连。下午，杨森转达薛岳命令，由广西部队廖磊第二十一集团军接替第二十军防线。不久，该部韦云淞第四十八军派队接防川军蕴藻浜、陈家行阵地。交接之际，日军一部向蕴藻浜阵地猛攻，接防部队刚入阵地，立足未稳，向后退缩。旅部立命李介立团继续抵抗，等阵地稳固再行撤退。李介立将敌击退，伤亡更大，第二营营长弋厚培阵亡，第一营营长刘龙骧、第三营营长罗光荣负伤；李介立手部负伤，师部又将吴伯勋第三营交李介立指挥；第五天中午，敌人又来进攻，战斗激烈。这时师长杨汉域打电话问："你的部队伤亡这样大，现在敌人又来进攻，你准备怎么办？"李介立回答说："师长放心，只要我没有死，阵地就能固守。如果我阵亡，请师长另派部队来。"

经过激烈的战斗，李介立团终于收复了陈家行阵地。至薄暮才交防完毕，入夜，李介立团随旅部撤到李家村，李介立被送苏州医院进行治疗。

冷月无光，尸骸遍野。

战后，军事委员会授予李介立陆海空军甲种一等勋章，升为少将。全旅士兵只剩四十余名，伤亡之大，前所未有。

第二十军淞沪激战共七昼夜，使日军未能前进一步，然损失惨重。师长杨汉忠负伤，营长弋厚培、王笔春、先纠华等阵亡，营长刘龙骧、罗光荣、田阡陌、吴伯勋、何学植、副营长陈瑄等负伤，连长、排长伤亡二百八十余人，士兵伤亡七千余人。

在这场战斗中，两位连长给人印象最为深刻。高峻参战前，把家庭地址报告上级，表示与阵地共存亡的决心，后来英勇牺牲。姚炯擅长武术，他用马刀、刺刀、手榴弹杀退敌人几次冲锋后，在电话里说，日本人怕马刀，请把直属队马刀供我使用！

姚炯收到马刀，高兴地说："这下可杀死更多的敌人了！"

第二天激战，他所在营的营长负伤，全营官兵冲杀，守住阵地，姚炯负伤流血过多，抢救无效，为国捐躯。

第二十军交防后，到纪王庙附近整编，全军编成两个旅，分由刘席函和杨干才率领，统受杨汉域指挥。然后到苏州、常熟一线掩护军民转移。这时，日本海军深入长江，陆战队在常熟登陆，企图迂回无锡，截断京沪铁路，将上海撤退部队歼灭在太湖地区。先头部队第三九九旅第七九八团在梅李以北地区与日军登陆部队遭遇，阻击日军一天，团长唐武城受伤。其余部队进入常熟、辛庄、巴城镇一线，日军在飞机大炮掩护下，又向第二十军猛攻，在常熟城郊战斗尤为激烈。第二十军官兵凭借国防工事，与敌激战两昼夜，伤亡二百余人，完成了掩护任务。

第九集团军总司令朱绍良转来最高军事当局电话，命杨森率部撤离阵地，到南京整补。当该部路过石塘湾车站时，三架敌机正轰炸、扫射车站，难民死伤十余人，川军用机枪步枪集中射击，击中一架，尾巴拉着长长的黑烟坠毁，其余两架逃窜而去，军民拍手称快。部队随即经句容到达南京秣陵关，稍事休整。

杨森刚回到南京鼓楼街第二十军驻京办事处，蒋介石立即召见，说："你的部队这次在上海打得很好，第一批进口枪械到优先给你补充。"并发奖金三万元以示慰劳。随即命第二十军到安徽整补，担负防守安庆的任务。

2. 郭汝栋拍马杀到

几乎与第二十军同时到达淞沪前线的还有川军第四十三军。军长郭汝栋、副军长刘公笃、参谋长萧毅肃，下辖第二十六师，师长刘雨卿、副师长王镇东，参谋长林鹤翔，下辖：七十六、七十八两旅。七十六旅旅长朱载堂，辖一五一团团长傅秉勋、一五二团团长解固基。七十八旅旅长马福祥，辖一五五团团长谢伯亭、一五六团团长胡荡。

那么，郭汝栋和这支队伍究竟是怎么回事呢？

郭汝栋（1889—1952）

郭汝栋，字松云，四川铜梁县永家乡人。其先祖郭文治，清代为洛阳总兵，由洛阳到鄂西，又由贵州到四川道宁任职，最后移居四川铜梁。

1910 年，同盟会会员、革命党人张培爵进入重庆府中学堂，任监督。在该校上学的郭汝栋在张培爵的影响下，萌生革命思想。

1911 年 11 月 22 日，重庆蜀军政府正式成立，张培爵被公推为都督，夏之时任副都督。次年 3 月 11 日，成渝两地军政府合并，改称四川都督府，尹昌衡、张培爵分别就任正副都督。在张培爵关照下，郭汝栋进入四川陆军速成学堂，1913 年秋天肄业，分发川军刘存厚第二师工兵营任排长。

经过十多年的摸爬滚打，郭汝栋由连长、营长、团长、旅长、师长，一路杀来，成为四川军务督办杨森手下一员大将。1924 年，在吴佩孚支持下，杨森兵分五路，向四川其他军阀发起进攻，郭汝栋与刘文辉大战于贡井的玛瑙洞，打败敌军，占领了资中、内江。

1925 年 5 月，刘湘与贵州袁祖铭组成联军，会攻杨森主力，在荣昌大战，川黔联军惨败。接着杨森命令郭汝栋向铜梁进攻，杨军两个团被邓锡侯部李家钰击溃，郭汝栋、范绍增分别后退，最终郭汝栋等八个师长、六个旅长等，通电表示服从刘湘。杨森只好乘船离开四川去武汉。以郭汝栋为首的“六部联盟”，俨然自成一体，刘湘只能暂时隐忍，采取羁縻态度。

1926 年 1 月下旬，黔军袁祖铭突然袭击重庆，赶走了刘湘的驻军。刘湘得知重庆被占后，经反复考虑，决定联合杨森，以达到赶走袁祖铭的目的。3 月下旬，郭汝栋等部假道重庆去万县地区集结，加入杨森行列，郭汝栋被任命为第三师师长，所部驻扎涪陵、秀山、黔江、彭水等地，他本人驻涪陵。

涪陵紧靠长江水道，川、贵两省的鸦片烟和川盐销售到外地，大多要经涪陵转运，因此税收丰厚，成为郭汝栋得以迅速扩军的经济基础。同年 7 月，北伐军乘胜前进，迫于革命形势，郭汝栋首先打出了青天白日旗。

1927 年，南京成立了国民政府，调杨森率部出川，进攻武汉国民政府的唐生智部。在仙桃一役，杨森被歼灭七个团，其部损失惨重。杨森只得逃回万县，压制部属，又施展“杀鸡给猴看”的故伎，借口第十一师师长杨春芳“阴谋叛变”，将其逮捕枪杀。郭汝栋经过多次军阀混战后，深感军阀间的尔虞我诈，于是决定效忠中央。

1930 年蒋冯阎大战后，湖北、湖南空虚，最高军事当局调郭汝栋到鄂西宜昌富裕之区。由郭汝栋负责“剿共”作战，但他采取“你不补充，我不消耗”办法应付最高军事当局。有一次，郭汝栋率部追击红军，前卫报告追上了红军，郭汝栋下令：“埋锅造饭，吃饱了好打共产党。”这时，郭汝栋的堂弟、无线电排长郭汝瑚感到奇怪，就问道：“你天天喊追共产党，怎么追上了又不打呢？”郭汝栋拉其到旁边说：“我一无补给场所，二无野战医院，打下来伤兵往哪里送？枪弹哪里去补充？”

1936年，国民党军整编，郭汝栋被任命为陆军第四十三军军长，肖毅肃为军参谋长，下辖第二十六师，师长为刘雨卿。同年8月，第二十六师在贵州都匀、独山一带围堵中央红军之后，该部驻扎贵州都匀、独山一带。

郭汝栋还有个堂弟、即著名的卧底将军郭汝瑰，他的大名可能比郭汝栋还叫得响。

1937年七七事变后，郭汝栋请缨杀敌抗日，奉命开赴上海前线，8月中下旬，第二十六师在师长刘雨卿率领下，从黔南驻地出发，先是步行，翻山越岭，徒步跋涉到湖南常德，作短暂休整，再乘火车、乘船沿江而下，1937年10月17日，第二十六师奉命接替第三十六师宋希濂部防守大场镇。

疲惫不堪的宋希濂对刘雨卿说：“刘师长，我们三十六师装备这么精良，也被打得几乎顶不住敌人进攻。你的川军士兵脚穿草鞋，身着土布单薄军服，武器又是川造步枪，而大场是日军主攻方向，你们要守住，难上加难啊！”

刘雨卿说:“放心吧，川军武器不行，但不是孬种，阵地交给我们了！”

刘雨卿（1892—1970）

刘雨卿，字献廷，绰号“刘确实”。四川三台人，毕业于四川弁目学校。1936年春，第四十三军军长兼第二十六师师长郭汝栋，保送第二十六师副师长刘雨卿、第七十六旅旅长朱载堂、第七十八旅旅长马福祥、一五二团团长解固基、一五六团营长强兆馥入南京军校高等教育班受训，部队称之为川军“五学员”。是年秋，高教班结业时，蒋介石单独召见了刘雨卿，赠送刘一笔巨款。

1936年10月，刘雨卿任第二十六师中将师长。抗日战争开始后，刘雨卿率部参加了淞沪会战。于10月15日黄昏，全部到达大场镇附近集结待命。

当时，第四十三军其实只辖有第二十六师，师长刘雨卿，副师长王镇东，参谋长林鹤翔；辖第七十六、第七十八两旅。第七十六旅旅长朱载堂，辖一五一团团长傅秉勋、一五二团团长解固基；第七十八旅旅长马福祥，辖一五五团团长谢伯亭、一五六团团长胡荡。

刘雨卿召开全师军官紧急会议，他声音沉重地说："我部阵地全暴露在日军主力面前，很不利于防守。连友军也怀疑我们这支装备太差的杂牌部队能否守住阵地。"

军官们悲壮地齐声吼道："兄弟们都留下遗嘱了，要与日寇拼命，坚决守住阵地！"

入夜后，部队分别进入阵地，在拂晓前接替完毕。16日，天刚破晓，日军发动攻击，第二十六师正式开始了与日军七天七夜的鏖战。

一上来，这一群来自大山里的瓜娃子一下子被眼前的阵仗整蒙了，他们当中有多年的老行伍，从来没见过这样的"立体绞肉机"：天上是成群的飞机狂轰滥炸，陆地上的榴弹炮、山炮和野炮以及来自军舰上的舰炮不停歇地轰击，天都打黑了，尚未接防便有几百个兄弟阵亡和受伤，我军受到很大的损失。最可怕的是，日军出动了坦克、战车，炮筒吐着火舌，横冲直撞，血肉之躯，犹如血肉盾牌。川军阵地上处处着火，到处冒烟，血肉模糊的尸体成堆，残肢断臂在竹林和树梢上随处挂着，令人见之惊心动魄，其牺牲之惨重，难以形容。一位久经战场的老连长说："老子身经百战，遍体创伤，从来未见过如此凶猛的战斗！"

当时，该师一个连仅有士兵八九十人，只有一挺轻机枪和五六十支步枪。有的枪使用过久，来复线都没有了，还有少数步枪机柄用麻绳系着以防失落，尽管使用如此窳劣的武器，全师官兵都有一颗热爱祖国热爱民族的心，谁也不愿当亡国奴。

在10月17日至24日的七天七夜里，日军几乎每天都要向川军阵地发动四至六次猛烈攻击和冲锋，阵地虽多次易手，但最终仍为第二十六师牢牢掌握。朱载堂与马福祥两位旅长的指挥所先后被日军炮弹直接命中，幕僚人员大部殉职，两位旅长仅以身免；一个连长牺牲了，第二个人挺身而出，第二个连长牺牲了，第三个人又起来带领。一天换几个连长，升几个排长，未战死的战士从尸体下爬出来，又用尸体堆积作掩体。

有个叫刘芳的军士，负伤不下火线，第二次重伤时还在说："为抗日牺牲，死而无憾！"一直坚持到停止呼吸。

第二十六师四个团，仅两名团长生还，此外，还有十二名营长和三百余名连排长阵亡。全师四千多人，战后收容所有前后方官兵（包括炊事兵、饲养员等），仅有六百余人。而日军则有大队长和联队长以下官兵约四千人在第二十六师阵地前毙命或受伤。经此一战，第二十六师打出了川军的威风，打出了中国军队的尊严。

10月下旬，第二十六师移交防务于五十八师朱跃华部。奉军事委员会命令，第二十六师奉调至江西石门街整训，归第二十九军陈安宝建制。

淞沪会战不久，郭汝栋第四十三军番号被撤销，所部缩编为第二十六师，师长刘雨卿。原有部队编为第七十八旅，旅长王克俊，下属七十八团，团长胡荡，野战补充团团长李佛态；将周志群的独立第六旅编为第七十六旅，周志群仍为旅长，下属七十六团，团长周剑钊，七十七团团长杨杰臣。一面由第七十六旅担任安徽东流、至德方面防务，一面对第七十八旅及师直属部队进行整训。同时利用后方伤愈归队和新介绍来的军校学生，于1938年春在四川江津招收的一批四川学生，办一所军士教导大队，组成两个中队共二百余人，于是年秋，刘雨卿派野战补充营长王子厚回四川接领新兵一千余人，编成五个连带到江西石门街师部驻地，军士队员分拨各连担任军士。刘雨卿部队基本是家乡人，因此凝聚力强。

四、虎落平阳

1. 大闸蟹放倒“扒壁虎”

“扒壁虎”是刘湘的绰号，那是刘湘与杨森争夺下川东时，刘湘落下风，地盘只剩巴县和壁山，被称为“扒壁虎”。

刘湘在南京，贪吃大闸蟹，拉稀摆带，张群揶揄：“大闸蟹放倒了扒壁虎。”

这一切是啷个发生的呢?

川军出川，分成二路。东路是以第二十一军军长唐式遵下辖第一四七、第一四八、独立十五、第十七旅为第二纵队，在重庆、万县等地集合，沿长江东下，经武汉，再北沿平汉线到新乡、博爱集结，准备应援北线石家庄。

第二十三集团军战斗序列表如下：

总司令　刘　湘（兼任）

副总司令　唐式遵

下辖：

第二十一军	军长　唐式遵
	副军长　刘熙鉴
第一四四师	师长　郭勋祺
第一四五师	师长　饶国华
第一四六师	师长　刘兆藜

第一六三师　　师长　陈兰亭（组建中）

第二十三军　　军长　潘文华（兼）

下辖：

第一四七师　　师长　杨国桢、章安平

第一四八师　　师长　陈万仞、潘　左

独立第十五旅

独立第十七旅

第一四九师　　师长　王泽浚

10 月 10 日，石家庄陷敌，我军右翼沿滹沱河南岸相继后撤，日军为配合进攻太原，调第二十师团、第六十师团一部及河边旅团一个联队，向西进攻娘子关；先头约两个联队抵达井陉附近。

第二十三集团军奉调南开，集中南京附近各县。

10 月 23 日，军事委员会任命第二预备军司令长官刘湘为第七战区司令长官，兼第二十三集团军总司令，唐式遵为副总司令，仍兼第二十一

从万县登船出川的川军部队

军军长。

10 月 29 日，蒋介石在国防最高会议报告《国民政府迁都重庆与抗战前途》，指出淞沪战事处境艰难，北战场亦形势不利。“但就全局来观，我并未失败。”“军事上最要之点，不但胜利要利于主动地位，就是退却也要在于主动地位，我们今天主动而退，将来可以主动而进，大体上说来是不足虑的。”

蒋介石的弦外之音，要刘湘本人出夔门，离开四川，好给他腾出地方。

刘湘患有严重的胃溃疡，省府秘书长邓汉祥曾劝其不必亲自出征。

刘湘发自内心的忏悔并担心：“过去打了二十多年的滥战，报不出账来。今天终于有了抗战的机会，不能不尽力报国，争取个人在历史上的篇幅。而且，此次出川作战的军队，约占川军半数以上，如果我不亲自去指挥，不到半年就会被最高军事当局分化消灭了。”

刘湘自以为能应付最高军事当局排斥、消灭异己的手段，并能掌握川军。蒋介石封他一个第七战区司令长官的头衔，因此，刘湘带病也要硬撑。

11 月 12 日，刘湘抵达南京。这一天正是上海沦陷之日。

第三战区下一步作战计划：“战区以巩固首都至目的，先期向平嘉、吴福既设阵地转移，以节约并保持国军战力，拒止敌人，待后续兵力之到达，再以广德为中心，于钱塘江左岸，转移兵力。”

因为蒋介石很忙，未予及时接见。于是，刘湘在赤壁路设立第七战区长官部，布置好作战室，立即就日军的态势，命令刚刚赶到苏浙皖战场的川军部署如下：

一、以一个师担任长兴、一个旅担任宜兴附近湖岸的警戒；

二、以两个师集结于五里店、广德、七里店、十八里店地区间，并推进一部至泗安镇附近警戒；

三、以一个半师集结于溧阳、张渚镇、戴埠镇地区间；

四、直属部队独立第十三旅集结于芜湖以东二十公里的清水河附近，独立第十四旅集结于芜湖，宪兵营驻南京。

空闲下来，刘湘一连几日忙着拜访京中的军政要员，询问和了解对中日战事以及上海弃守和保卫首都南京的意见。

一天，刘湘去百子亭唐生智公馆拜访。两人喝着茶聊天。刘湘问唐

国民政府军事总监唐生智

生智："兄弟我初来乍到，对这边的情况不甚了解，请老哥给我摆摆龙门阵。"

唐生智笑了："老兄是听真话还是客套话？"

刘湘抱拳："一家人莫说两家话。"

唐生智说："上海放弃，吴福线、锡澄线这些所谓的国防线靠不住，战事是不可能长久的，只有拖住敌人一个时候。我们必须利用这个时机，在后方休整部队和做长期抗战的准备工作。至于南京的问题，的确不大好办，守是要守的，就是没有完整的部队来守。"

"首都要不要守？"

"当然要守。不过，依我的看法，可以派一个军长或总司令率领几个师来守卫南京，以阻止敌人迅速向我军进逼，从而赢得时间，调整部队，以后再撤出南京，以拖住敌人。"

刘湘说："听老蒋的意思，准备要你守南京。"

唐生智摇摇头说："根本没有这个必要，他要我守，我只好拼老命。"

刘湘说："你看能守多久？"

唐生智手指向上："天晓得，天晓得。"

刘湘放下手中的盖碗茶："谢谢老哥的雨花茶，不过，我们四川人还是喜欢喝花茶。告辞！"

唐生智说："我送老兄上车。"

刘湘说："我这次在南京所见到的人，都不说真话。只有老唐你对我讲了真心话。"

16日上午，刘湘终于在富贵山地下防空洞中谒见蒋介石。寒暄之后，刘湘迫不及待地问："别的战区都有防区，我的第七战区防地究竟在哪里？"

蒋介石说："这个问题等等再说，我先问你，中央政府撤进四川，你欢不欢迎？"

刘湘郑重地说："委座，我向中央再表个态，欢迎中央政府迁到四川，并将重要资材后撤西南，四川再练兵一百万，到了那时候才可能乘日军战线太长、久战疲惫之时，挥师反攻，打退敌人。"

蒋介石面带微笑："依甫澄兄之见，你的部队应该如何在南京防御日军呢？"

刘湘说："我准备以川军大部在南京周围进行游击作战，少部牵制日军，一方面扰敌后方，同时可以进行焦土抗战。"

蒋介石脸一变，厉声说："我不是让你游击作战，我要你刘湘死守南京！"

最高军事当局此言一出，当时刘湘就知道坏菜了，虽然立冬已过八日，天气转凉，刘湘却大汗淋漓。踌躇半晌才说："委座，我刚到南京，队伍究竟到了什么地方，等我马上去弄清再回话。"

辞别蒋介石出来，刘湘心情惆怅，当车经过大街，秋风劲吹，"菊花黄，蟹脚痒"，又到螃蟹最肥的季节，刘湘见到有路人提溜着成串的青壳大闸蟹卖，当时就把肚子里的馋虫勾了出来，于是叫停车，让副官买了一串 12 只，带回大铜银巷办事处，唤来办事处主任："统统拿去洗净，上锅蒸了吃。守不守南京，过完瘾再说！"

办事处主任邱甲劝道："螃蟹性大寒，刘老总患有胃溃疡，不宜吃性寒之物，最多蒸一两只。"

刘湘哪肯让这些肥蟹再从餐桌上溜了，于是说："不碍事，不碍事！都蒸了。"

一会儿青壳子螃蟹被捆起，放在蒸笼里，蒸成澄黄壳，一掀开上盖，里面的蟹黄流油，刘湘立即蘸着酱汁，就着老酒，大快朵颐。

谁知一开吃便刹不住车，吃完一只又一只，美不胜收，于是就吃多了。

当天下午，张群又设宴招待刘湘，老饕刘湘又贪吃一碗莲子羹，睡到半夜胃溃疡犯了，疼得要命。想起白天老蒋让他来守南京，唐生智说南京是绝对守不住的，如果老蒋派他死守南京，不但要牺牲川军，而且失守南京的罪名将落在自己头上。想到这里，刘湘急火攻心，一口鲜血喷出，副官急忙掏手绢去堵，哪有半点用处？

他身边的高级幕僚傅常、刘航琛、邱甲、魏军藩等人都劝他回四川养病为好。

刘湘说："你们只知其一不知其二，我只要一走，我们的部队就会被老蒋分化瓦解，到那时哭都找不着坟头！"

翌日上午，刘湘昏迷。张群到办事处看他，候了半个小时也未醒来。张群笑着说："螃蟹放倒扒壁虎。"

张群临走时交代邱甲："敌机要大肆轰炸南京了，必须赶快撤走。"

于是，邱甲和大本营的联络员李御良等人，赶快去请南京鼓楼医院的德国医生马绍息士白来给刘湘诊病。医生诊了病却说，病人在昏迷中不能移动。于是又静养了几天，直到 11 月 24 日，蒋介石下令派船将刘湘送汉口治疗。25 日深夜，刘湘熟睡后，办事处才用救护车把他送到下关码头，抬上招商局轮船，经过一天一夜水上航行，撤退到武汉。

12 月 1 日，日本华中方面军下达攻占南京作战令。

4 日，蒋介石巡视南京周围阵地，部署南京保卫战。军委会组成南京卫戍军，以唐生智为司令长官。

12 月 7 日凌晨，因南京城施行灯火管制，一片漆黑，明故宫机场上一架飞机腾空而起，透过舷窗，蒋介石凝望着紫金山和长江，命令机长：不去汉口，直飞九江。这一天，进攻南京的日军突破卫戍军第一线阵地，我军退守复廓阵地。

12 月 9 日，日军进至光华门外，一小部日军突入光华门。

10 日，雨花台、中华门、紫金山同时遭到日军攻击。

13 日，日军攻陷南京。惨绝人寰的大屠杀开始了……

广德、泗安集结的日军第十八师团由安吉沿杭（州）泗（安）公路南犯。

2. "范哈儿"卧底

刘湘在汉口被专门安排住进万国医院。

汉口万国医院位于黎黄陂路 49 号。这是一家教会医院。1909 年由英、法、德、俄四国租界工部局各出纹银一万五千万两，以及租界内各国人士捐助纹银三万余两，于1912年建成。医院有二层砖木结构楼房一栋、三层砖木结构楼房一栋以及平房多栋，后加建钢筋混凝土结构四层楼房一栋。医院设有内科、外科、妇科以及传染病房，共有30张病床。医务人员来自21个国家，大多是天主教的修女，故称“万国医院”。

经过一个多星期的精心治疗，刘湘的胃病大为好转，已能够下地走路。他对主治医生说：“再过一个礼拜，我就出院回四川去休养了。”

其实，这一切都是戴笠精心安排好的。

11月30日，戴笠在汉口给南京最高军事当局一份密电，内容如下：

限即刻到南京军事委员会毛秘书庆兄亲译。密请转呈委员长钧鉴：生昨由长沙来汉……顷据报刘湘有今日抵汉托病回川之确息，刘如回川将来必不利于中央之长期抗战，对刘应如何办法，乞即电示。生笠叩。陷午。电示请由汉口警备司令部稽查处简处长收转。

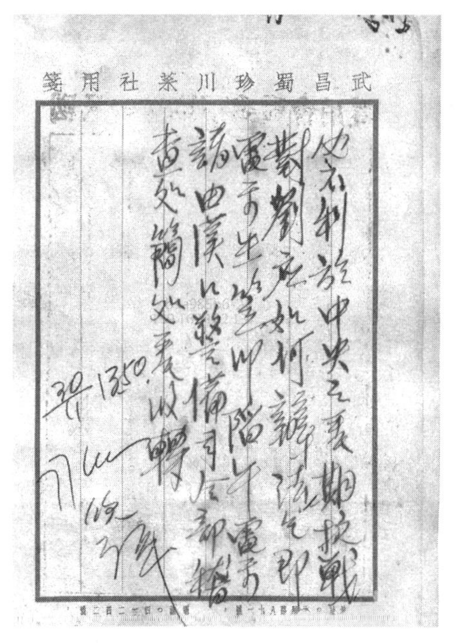
武昌蜀珍川菜社用笺

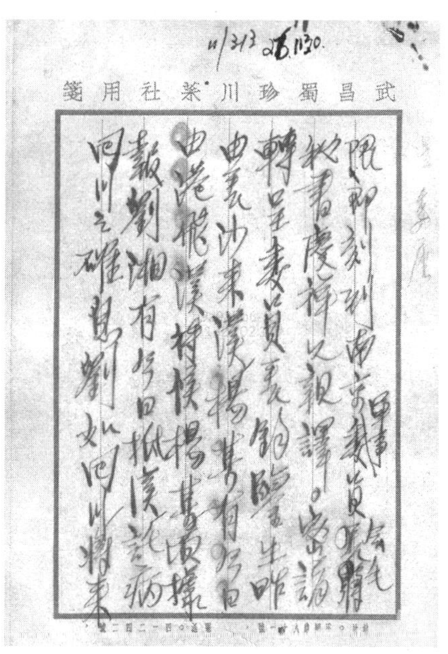
武昌蜀珍川菜社用笺

戴笠给蒋介石阻止刘湘回川电

这封电报的意思已经很明显了，即要蒋介石尽快拿出对付刘湘的办法，万万不能放虎归山。

刘湘也意识到身在汉口，在蒋介石股掌之中，无论如何要设法逃离。他是出了名的“粑耳朵”，电告成都，吩咐发妻周玉书派出那架速度最快的名叫“飞速号”的飞机，那是李宗仁、白崇禧代他买的，并特意交代周玉书必须亲自到汉口，接他回川。

戴笠截获这封电报后，立即派特务到九龙坡机场，秘密在刘湘的飞机上安放了炸弹。

12 月 18 日，“飞速号”从重庆起飞，因刘妻临时有事，没有随机同往；当飞机飞到宜昌与汉口之间的潜江县境杨家湖上空时，突然爆炸坠毁，刘湘回川之事暂时作罢。但“飞速号”的坠毁，让刘湘意识到了被暗杀的危险。

两天后，刘湘的军事联络员王海平和乔城到达汉口，向刘湘报告了川军的处境。一些将领认为川军出川之后，被人东支西舞的，弄得东一块西一块，长此以往也不是什么好办法，所以请求刘湘向委员长力争，无论如何也要将川军集中起来使用。

刘湘听了之后，眼睛紧紧地盯着天花板，许久之后，说了句：“他们的情况和苦衷我是很清楚的，希望他们各自保重，要注意掌握好自己的部队。集中使用问题是大家的心愿，我已经向委员长请求过了，还是要继续请求，大家一定要互相关照，有什么事要互相通气。”

刘湘住的万国医院小二层楼上第一号病房，一直处于特务头子戴笠的严密监视之中。

当时韩复榘率第三集团军由山东济宁准备向南阳、襄樊转移；与刘湘暗通声气。刘湘密令川军封闭入川之路，不让蒋介石和其部队进川。

范绍增也在汉口，戴笠在刘湘隔壁的第三号病房开了房间，找来与刘有旧怨的范绍增说：“我给你个任务，你在这里暗中了解与刘湘接触的各方人士；最近，刘湘与韩复榘之间经常有电报来往，就是翻译不出来。”叫范设法监视刘湘的行动。

范绍增，字海亭，绰号“范哈儿”，川军刘湘部师长。四川大竹

范绍增（1894—1978）

人。早年混袍哥，1915 年参加护国军。反袁胜利后，范被众推为袍哥首领，在大竹、广安、渠县接壤的山区占山为王。当时，川军第二师有个连长叫王蕴滋，在剿匪中将范捉获，劝其另找一条正途。范即投奔颜德基部，被任命为模范营营长，参加靖国战争，功升团长。1923 年，范绍增在杨森部任旅长，旋任师长及川鄂边防司令。他领的人马一不出操、二不训练，个个身穿大衫，赤足穿草鞋。遇战事只要每人发二两烟土，吸足过瘾后，人人冲锋在前，战斗力颇强。刘湘对范绍增的队伍早有觊觎。1927 年杨森被国民政府免职，刘湘派部下潘文华去找范绍增，劝其归降，连哄带吓地说："杨子惠（森）收容吴佩孚，被中央明令免职，所部统统交给刘甫澄（湘）整编。常言道：识时务者为俊杰。这一次你哥子再不肯过来，当心刘甫澄一个电报打到南京，说你伙同杨子惠反对中央，蓄意谋叛，那你哥子岂不是冤枉吗？何必为吴子玉（佩孚）背上这个烂包袱呢？"

范绍增的外号叫"范哈儿"，四川话"哈儿"有呆头呆脑、装疯卖傻、假装糊涂的意思。他打着哈哈说："中央远在天边，你哥子莫拿大帽子来压我。大哥二哥麻子哥，随便我跟哪一个。你不是让我给刘甫澄卖力吗？可以！只是有一桩，往后他喊我打哪个我就打哪个，但我不能打杨子惠！"

刘湘听了这话，高兴地一拍大腿说："我就喜欢范哈儿这一层——哪怕天下坏事都做尽，多少还讲点义气！"

刘湘直属部队有四个师，委任范绍增为第四师师长。

杨森退守一隅，联合李家钰、罗泽洲、谢德堪等部又来打刘湘。而范绍增在这次战斗中出了大力，一举击垮谢德堪部，占领大竹、邻水两县，获得了刘湘的信任。之后，刘湘又打垮了杨森，夺了杨的大部分地盘。杨森与罗泽洲只能龟缩在渠县、广安两县。

1933 年，最高军事当局令刘湘派四个旅出川到湘鄂西去打贺龙的红军。范绍增的一个团在战斗中被红军歼灭，范本人也受了伤，去上海养伤。在此期间，范绍增利用他三教九流的关系，通过贩运鸦片给杜月笙，结交上特务头子戴笠，从而与最高军事当局秘密接上了关系。

1935 年，川军内部又生矛盾，刘湘手下的师长王瓒绪、潘文华鼓动范绍增向重庆行营主任顾祝同建议：把刘湘扣押，改推唐式遵为四川省主席兼“剿匪”总司令。但顾祝同初来乍到，对四川情况不熟悉，未敢采纳范绍增的建议。此事后来被刘湘获知，便怀恨在心。有一次，最高军事当局召刘湘去南京开会，唐式遵又要范绍增通过最高军事当局的联络官，向蒋介石建议扣留刘湘。但蒋认为时机不成熟，没有同意这一建议。范的此举又被刘湘获知，两人的梁子结得更深了。正好，范绍增堵截红军失败，刘湘公报私仇，借机向最高军事当局参了一本，要蒋介石将其撤职查办。蒋介石正欲利用川军内部矛盾，见缝插针，于是顺水推舟，一方面给范一个撤职留任的处分，以应付刘湘；另一方面又拉拢、安抚范绍增。西安事变时，刘湘明升暗降，升范绍增为副军长，夺了他的师长的实权。又不令其到差，并暗中对其进行监视。范为保全性命，请求去上海养病。刘湘很高兴，马上设宴为其饯行。范绍增丧失了兵权，就伺机报复。

此时，在万国医院的刘湘更加焦虑如何集中川军而不被敌人消灭或被老蒋瓦解。他对身边的高级幕僚摊开地图，说：“南京失陷，敌人将大规模用兵，看来武汉难保。我有一个想法，将我们现在皖南的川军六个师集中用来反攻芜湖，得手后再调出十二个师来，集结于皖南和苏南，以黄山、九华山、天目山为根据地，设置第七战区防线，战区长官司令部设在徽州，以三分之一的兵力参加游击战，随时出没于京沪路、沪杭路，不断袭击敌之运输和据点如何？”

幕僚们纷纷点头表示赞同，决定由长官部参谋处周从化处长衔命到皖南青阳的第二十三集团军总部，将刘长官的决策转达给副司令长官唐式遵。

周从化（1895—1949）

周从化，四川省新繁县高宁乡（今成都市新都区清流镇）人。由士兵升任排长、连长、上校参谋。

1937年，抗日战争全面爆发，刘湘奉命率军出川抗日，担任第七战区司令长官。周从化随军出征，任第七战区参谋处长。同年底，日军攻陷南京、芜湖等地，沿长江西上，江淮地区战事吃紧，刘湘派周从化到第二十三集团军司令部代参谋长，辅佐集团军司令唐式遵率部在芜湖周围与敌周旋。1943—1945年，周从化先后调任成茂、潼蓬、剑平等地师管区中将司令。

五、山西作战

1. 曾甦元阳泉阻敌

车辚辚马萧萧，行人弓箭各在腰。

刘湘部署川军分成两路从 10 月起分三批陆续出川。

北路：第四十五军邓锡侯，下辖第一二五、第一二六、第一二七、第一二八师；第四十一军军长孙震下辖第一二二、第一二三、第一二四师以及李家钰第四十七军下辖第一〇七师等十万人组成第一纵队，由成都附近出发。

李家钰第四十七军由原来的驻区西昌一带出发。出剑门关，抵达宝鸡，再坐火车经西安、赴河南郑州集结待命。

孙震第四十一军（欠一二三师——师部及三六六旅留驻绵阳，三六九旅留驻陕南西乡）由原来的驻区绵阳、广元一带出发。

绝大多数士兵肩上扛着清末四川机器制造局生产的川造步枪，少数人使用的是汉阳制造局生产的汉阳造。这些枪使用已久，质量太差，射击的最远距离仅三百多米，而日军的三八大盖射击距离在千米以上。每人配三十发子弹、三枚手榴弹。很多团甚至连马刀这样的近身武器都没有。至于轻机枪，其数量甚少，每师多则十余挺，少则数挺而已。大炮方面，每师除数门迫击炮外，山炮、野炮一门都没有。

“两崖对峙倚霄汉，昂首只见一线天。”

长长的川军队伍光脚穿着草鞋破衣单衫，逶迤行进在剑门关狭谷隘口之中，两边石壁如斧劈刀砍，关外的怪石嶙峋，大剑溪水绕崖穿石，向北流出隘口，直泻而下。

出剑门关就出川了，许多川军兄弟恋恋不舍，川军作易水之别。

他们蹲在溪水边，捧着清澈甘甜的水大口喝着，情不自禁地流下眼泪，此身一出剑门关，不知何时成为他乡孤魂野鬼再能回还？

长长的队伍像游动的长蛇一般翻越郁郁葱葱的巴山，走过气象万千的秦岭，到达宝鸡时，时近深秋，西风萧瑟，砭人肌骨。川军的士兵每人仅有粗布单衣两套，军裤都是短裤，绑腿一副，单被一条，小草席一张，斗笠一顶，草鞋两双，大部分人脚上的草鞋在崎岖的山路上急行军，加之连日阴雨，草鞋磨穿而没有更换，不少官兵脚裂出血，休息时，用麻线将裂开处缝合，继续赶路。一步一个血印，走到宝鸡，终于看见了长长的铁轨，和喘着粗气冒着白烟的火车，大家总算看到了希望。

武器不堪杀敌，衣被难以御寒！

川军各部曾向国民政府军事委员会请求换发、补充武器装备与冬季被服，国民政府军事委员会答应到西安补充。官兵们满怀希望地认为，火车一响，黄金万两，有吃有穿，有枪有炮！

川军短裤绑腿草席背篓

当第四十一军从宝鸡坐上敞篷车和闷罐车，到达西安火车站，只见成千上万的群众手持彩色小旗，高呼“欢送川军抗战杀敌”“抗战必胜”的口号，高唱抗战歌曲，向车上官兵赠送民间自发捐赠的食品、鞋袜、毛巾、茶缸等慰劳品。民众的热情洋溢，使川军将士深受感动。

第一二二师张宣武的七二七团兵员二千三百人，骡马近百匹，所坐的敞篷车和闷罐车极其拥挤，行程五六百里，人困马乏，刚到西安，打算下车休息两小时。

但是火车刚到站，就看见一位军官，原来是西安行营主任蒋鼎文派来的参谋人员，手持最高军事当局的命令：

第二十二集团军所属各军立即由宝鸡乘火车直开潼关渡河，隶入山西第二战区的战斗序列，驰援晋东。

由于人多车皮少，挤着无座，而且正逢数日风雨交加，火车日夜不停，无法造饭，饥寒交迫，士兵痛苦不堪。

10 月 12 日，该部到潼关下车，有些士兵到终点站下车时，已两腿发直，随着铁门打开，人如茅草般倾倒而出。14 日再从渡口乘木船渡过黄河，至风陵渡入山西。

渡口摆渡的山西老乡问：“四川好远，你们咋来的？”

川军用特有的幽默回答：“好安逸，我们是站火车来的！”

“是坐火车吧？哪有站火车的？”

“确实站火车，从宝鸡一直站到这里，腿都不会打弯了。”

该部从晋南同蒲铁路的盂塬车站再次上火车开往前线。就在那天夜里，又有两列军车由晋南经榆次开到寿阳车站，原来是王铭章率领的后续部队。

邓锡侯、孙震命令集团军参谋长胡临聪、高级参谋张雨初、第四十一军参谋处长周静吾等于 10 月 15 日先行飞西安，向行营接洽有关第四十一军的物资补充事宜，不得要领；邓锡侯和孙震两位则于 10 月 20 日飞到西安，亲自向行营主任蒋鼎文请求：先给到西安的部队予以应有的补充之后，再行开赴山西。蒋鼎文官腔十足，说：“先执行命令，到太原找阎锡山补充。”

邓锡侯、孙震一对难兄难弟，从西安赶赴太原，向第二战区司令长官阎锡山报告所属部队的状况和武器装备的情况。

阎锡山绰号“阎老西”，是个有名的钱串子，心疼自家的东西，拒绝给川军进行补充，推诿说：“山西的一切武器弹药和军需物资，早已运过黄河储存于潼关附近，这样吧，我送给你们太原兵工厂生产的轻机枪二十挺，给你们作为见面礼。”

“有没有山西地图？”

“对不起，没有。”

阎锡山真是抠门的可以。

可怜川军惨了，单衣、草鞋，身背汉阳造、大刀片，不仅军服、布鞋得不到更换，就连武器装备也得不到补充，通信器材亦极为缺乏就不提了；尤使人感到痛心的是当时各军师团，连作战地区的军事地图都没有一张；不但敌我态势不明，就连自己所属部队的位置和行动也不清楚。

10 月 16 日，王铭章率队乘同蒲路列车北上，一列车只能输送一个营的兵力，当第一二二师第三六四旅所部刚到太原，还来不及喝上一口玉米糊糊，就收到第二战区的紧急命令：“娘子关战况甚烈，饬三六四旅不待全师集结，即转运晋东，受黄副长官指挥。后继部队不必再运太原，即由榆次转车，陆续至晋东参战。”

此时，在晋北娘子关方向日军向昔阳和平定方面突进，企图占领阳泉，截断正太路，包围娘子关和旧关，威胁太原。第二战区副司令长官、娘子关前线总指挥黄绍竑赶到太原，要求阎锡山抽忻口一些部队增援娘子关方面，以免影响忻口方面会战。

阎锡山掰着手指算了一会儿说：“忻口方面担任正面作战的部队，是不好抽调的。川军邓锡侯集团军已奉令调来山西，先头部队已到达风陵渡，即可由同蒲路乘车北开，预计是增加娘子关方面的。”

黄绍竑担心地问：“时间来得及吗？”

阎锡山接着说：“第二十二集团军第四十一军由同蒲铁路直运阳泉，归你指挥。”

黄绍竑即命第四十一军部队归第二集团军总司令孙连仲指挥，并限令在阳泉下车，不拘是一团还是一营，随到随即驰赴娘子关南侧的鱼口镇一带，阻击日军的迂回部队，并在上下龙泉附近掩护主力撤退。

第二战区副司令长官黄绍竑

10月22日，黄绍竑即赶赴阳泉，驻在阳泉煤矿局。第二天，昔阳县打来长途电话，报告敌人已迫近昔阳，要求派军队前往堵击。显然，日军已从右翼突破，平定、阳泉就是敌人进攻的下一个目标。

黄绍竑急得团团转，如果没有部队掩护主力撤退，将会被日军包饺子。

正在这时，第四十一军先头曾甦元第三七二旅赶到了阳泉。

黄绍竑悬到嗓子眼的心，总算落进胸腔里，他使劲握着曾甦元的手，激动地说："来得太及时了，曾旅长，你立刻去平定、昔阳方面阻止敌人。"

曾甦元从士兵手里拿过一支步枪，说："长官请看，川军的枪械很差，不但缺乏轻重机枪，连步枪也都是川造的，打了几十发子弹就要发生毛病。而且十有八九没有刺刀。"

黄绍竑摆手："别说这些了，你即率领所部连夜向平定、昔阳方向出发，堵住日军！否则……"

曾甦元，名宪悦，字起戎，四川广汉人，早年在川军田颂尧部任职，1931年任第二十九军旅长。

曾甦元率部立即登车出发，当夜到达阳泉，刚下车，黄绍竑又电令该部立即原车东开，到程家垅底车站，归第一军团军团长孙连仲指挥。于是全体上车，走了一站，站长又转达黄绍竑的电令，叫该部在移穰车站下车，后来又改在岩会车站下车。

23日夜间，第三六四旅到达岩会车站。次日午后，黄绍竑电令该旅旅长王志远："即刻出发还击西进之敌。"

至于敌从何来、番号是什么，兵力有多少，该旅有没有配合作战的部队，归谁指挥等，第三六四旅都不清楚，整个都是"晕车"。

是日黄昏，第三六四旅由岩会出发，七二七团在前，向东搜索前进。25日拂晓，部队到达平定县的东回村。正在埋锅做饭，村东忽然响起了枪声，该部尖兵与日军的尖兵遭遇。旅长王志远命令七二八团迅速占领东回村南山阵地，该团以一个营占领北山阵地，以一个营占领村东高地。团部和一个营位于村内，旅部设在南山上。

曾甦元（1896—1960）

上午九时许，部署尚未完毕，敌炮开始轰击我阵地，敌机也来投弹扫射。川军没有重武器，无法还手，只能任其肆虐。十时许，敌炮轰击我东山阵地，七二八团第二营伤亡百余人。半小时后，敌向我东山阵地嗷嗷叫着发起冲锋，每次四五十人，连续三次，均被我官兵用手榴弹击退。敌人第四次冲上来时，战士们的手榴弹打光了，就用砍刀与敌人展开肉搏。阵地上杀声震天，第一批敌人被砍杀殆尽时，敌人又上来一批。

情况危急。作为预备队的第六连，急速从半山坡向山顶增援。这时，日军使用毒气弹，该连官兵几乎全部中毒，生还者不到二十人。七二八团第二营只剩官兵一百多人，山头阵地遂被敌占。

下午二时许，日军一面佯攻北山阵地，一面主攻南山阵地。七二七团采取梯次配备，以有两挺轻机枪的第一营为第一线，防守山麓，以有四挺重机枪的第二营为第二线，防守山腰，以第三营为第三线，防守制高点，团部和迫炮连位于山顶。

敌人照例在步兵进攻之前，先以飞机大炮进行压制射击，七二七团伤亡二百余人，四挺重机枪被敌压制成了哑巴，一挺轻机枪被摧毁。半小时后，敌步兵逐渐接近，我官兵抡起马刀与敌肉搏。

七二七团第一营第二连连长邵先志被敌人的刺刀戳穿了左手掌，他挥起右手中的马刀却将敌人的脑袋生生砍了下来。

眼看肉搏占不了上风，敌人使用火焰喷射器射向我军，官兵被烧死烧伤不少，在前线抢救伤员的团部军医主任田兆鱼衣服着了火，头发被烧光。

第一营伤亡殆尽，被迫退守第二线。敌人乘势向我第二线进攻，双方又是白刃混战，反复冲杀。到下午五时，南山仍在我手中。

敌人在进攻南山的同时，也向北山进攻。战至黄昏，敌接近我阵地，七二八团第一营营长司吉甫下令用手榴弹打击敌人。敌被炸死炸伤多人，攻势顿挫。第一营乘机撤入东回村。

当敌我激战之时，旅部即以无线电向黄绍竑、孙连仲联系，始终呼叫不到。孤军作战竟日，七二七团伤亡八百余人，七二八团伤亡一千余人。入夜后，第三六四旅向西转移。日军不善夜战，没有追击，该旅脱离敌人七八里，就在山沟露营。

10 月 26 日拂晓，北面西回村、柏井驿一带枪炮声紧密，据探报，是第三六六旅正在与敌激战。第三六四旅决定北上，与第三六六旅会合。进至黎坪以北约五里处的一个村子时，忽遭敌拦腰截击，该旅措手不及，伤亡二百余，且战且退，回到黎坪阵地。27 日至 28 日，即在黎坪一带山地与敌周旋。

多日以来，第三六四旅与上级机关均联系不上，既无法报告，也无法请示。

第四十一军各部被黄绍竑直接割裂指挥，成团甚至成营地逐次使用到平定县的西村和阳泉、测石、赛鱼、芹泉一带作战，部队建制被分割得支离破碎，七零八落，像切香肠一样，一段一段地切，让日军一口一口地吞噬，结果分批被敌各个击破。

这时，曾万钟的第三军自旧关撤退，娘子关一带的孙连仲部向西转移，川军第三六四旅也随大流向西撤退。第一天退到水冶镇，第二天退到松塔镇。正在松塔镇休息时，由昔阳西进之敌约一个联队向松塔进攻，战至日暮，转移到阔郊镇。

10 月初的一天，第三六四旅到了上龙泉，这才与师长王铭章和第三六六旅会合在一起。越过寿阳，继续西撤，第三六四旅退到榆次以东的长凝镇时，才同军长孙震见了面。在长凝镇曾一度同敌接触，当晚宿营北田镇。

当师长王铭章赶到前线时，第四十一军已经打得不成形了，集团军总司令邓锡侯到达太原时，第二十二集团军的兵力只剩下半数了。

2. 邓锡侯太原落马

邓锡侯，字晋康，四川营山县人。少年家贫，父母早亡，全靠舅母文氏抚养成长，并供其念私塾，成绩优秀，深得塾师李樵赞赏。1905 年清廷废除了科举制，堵死了读书人的晋身之阶。他问老师前途，李樵说：“马上封侯，你去成都，听说陆军小学堂正在招生！”

邓锡侯下决心弃文就武，于是去成都报考了陆军小学堂，学习努力；术科成绩优秀，于是被保送到南京第四陆军中学堂，最后又被保送到保定军官学校第一期，完成了三级跳。后回四川加入新军，在第十七镇六十五标充任教练官和帮带。民国成立后，进入四川第四师刘存厚部任连长。

1915 年末，袁世凯复辟帝制，蔡锷揭橥护国运动大旗，川军刘存厚率先响应，时任营长邓锡侯配合蔡锷的讨袁军作战，因功升团长。每遇战事，邓锡侯指挥，总喜欢骑一匹黑色的乌骓马，他自信这叫“马上封侯”，果然，邓锡侯在四川的军阀乱战中脱颖而出，1918 年，一战而霸，成为第五旅旅长；1920 年升为四川陆军第三师师长，被北洋政府封为“骠骑将军”；1924 年又被任命为四川省省长，成为四川军阀“四巨头”（刘湘、刘文辉、邓锡侯、田颂尧）之一。

邓锡侯（1889—1964）

1926 年北伐战争中，邓锡侯易帜，

成为国民革命军第二十八军军长，并大力扩张队伍，其部队扩充至5个师。

1932年，四川最大的军阀混战“二刘之战”时，邓锡侯选帮刘湘，袭击刘文辉，遭到报复，后联合刘湘、李家钰，将刘文辉撵至西康，大获全胜。

1933年11月，邓锡侯军在广元、昭化与红军对峙，次年8月，被红四方面军打败，撤至广元；不久，邓锡侯部队的番号改变成为国民革命军第四十五军。

1935年，邓锡侯与红军几次作战都没占到便宜，只得命令部队与红军保持一天的行程距离，以便向“剿总”交差。一直“护送”红一方面军翻越夹金山。

抗战爆发后，国民政府将四川陆军十四个师编为第二路预备军，任命刘湘为总司令，邓锡侯为副总司令。邓为第二十二集团军总司令兼第四十五军军长。9月初，该集团军所部沿川陕公路急行军抵达宝鸡，转乘火车前往西安。因山西娘子关方面吃紧，军事委员会急电：“晋北忻口战况紧急，四十一军先头部队，应不待全军集结及换发装备，即向山西开拔，受第二战区阎司令长官部指挥。”救兵如救火，啥也不说了，该军奉命驰赴晋东。

10月22日，第二十二集团军总司令邓锡侯偕副总司令孙震抵达西安时，日军已越娘子关，经磐石、岩会进犯平定、阳泉，企图占领阳泉，截断正（定）太（原）铁路。

第二战区副司令长官黄绍竑赶到阳泉，日军已抵达昔阳，阳泉属于平定，正没辙时，川军先锋曾甦元旅赶到阳泉，黄绍竑便命令该旅向平定、昔阳方面阻止敌人。

11月1日，第二十二集团军奉命在太原南郊布防，保卫太原。邓锡侯总司令部设于马首村。邓本人骑马去寿阳面见第二战区副司令长官黄绍竑，商量下一步行动部署。随即将陶凯、王志远两个旅部署在寿阳、阳泉协助友军阻击日军。

11月初，第四十一军王铭章第一二二师由北田镇进至张庆镇。途中，遭遇敌机不停地轰炸，敌炮不停地开火，该部又有不少伤亡。

11月7日，第一二二师第三六四旅由张庆镇向太原南郊的秋村前进。

对面一群穿着灰布军服的人放羊一般，从北向南而来，一边跑一边大声疾呼："不要打，是自己人！后面有敌人追赶，你们快顶住！"

等到了跟前，才看清原来是集团军总司令邓锡侯和他的一些幕僚和随从。邓锡侯带的人不多，因为天黑，道路都是泥巴，邓锡侯也浑身是泥，在副官的保护下，由卫士架着一瘸一拐向南撤离。一问才知道邓总司令是骑在马上被摔了下来，腰腿均受了伤。

川军的单衣、草鞋和斗笠

七二七团到达南畔村时，忽遭敌人袭击。于是，该团迅速占领有利地形，摆开阵势，乒乒乓乓一顿揍，终于把敌打退。

11 月 8 日，太原失守。当夜第四十一军向南转移，到达交城，经文水到达孝义以南的义棠镇休整。此时，该军损失半数，原来全军八个团，只剩四个团了，每旅整编为一个团，军长孙震派另一个团的干部回川接领新兵。

很快，日军气势汹汹杀奔而来。仓促间，第一二二师投入战斗。在激战中，敌寇使用了飞机、大炮、坦克、火焰喷射器甚至毒瓦斯，王铭章师凭着旺盛的士气，用手榴弹与敌拼搏，血战数日阻击日军。

该师于 11 月中旬，奉命防守介休、沁源，并乘胜夺回平遥县城。晋东战役后，第四十一军部队即开洪洞整顿。

事后，第二战区长官部给予表彰："王师在晋东作战中，英勇善战，殊堪嘉奖。"

六、南京外围战

1. 郭勋祺太湖中枪

郭勋祺，字翼之，四川华阳永兴乡（今属双流天桥乡）人。川军中名将。

1912年，四川都督尹昌衡招募新兵。郭勋祺在成都应募为二等兵，曾入西康军官养成所学习。1915年投效潘文华部。1921年，潘文华率部投效川军总司令刘湘，潘任第四师师长，郭任第七旅旅长，后升为师长。他打的最有名的仗是与中央红军的土城之战。

郭勋祺（1896—1959）

1935年1月下旬，中央红军准备北渡长江，进入四川与红四方面军会合。此时，郭勋祺旅到达贵州温水，尾随中央红军主力向良村前进。郭接到刘湘密电，告知红军主力指向赤水，要他牵制红军入川。

1月28日拂晓，红三军团、红五军团在习水以西、土城以东的青杠坡，向郭勋祺发起攻击。由于红军的情报有误，认为郭勋祺只有四个团人马，没想到对方实际上有八个团的兵力。而且训练有素、指挥有方，越打越强。红军阵地一度被攻破了，郭部抢占部分山头后，步步进逼，甚至打到了位于大埂上东南方向一个叫“漏风垭”的地方，而那正是中革军委指挥部前沿。山后就是赤水河，无险可守。到了生死关头，毛泽东、周恩来、朱德都上去指挥，毛泽东果断命令陈赓、宋任穷率军委纵队干部团发起反冲锋。临危受命的干部团猛打猛冲，还是没办法击退郭勋祺。第二天拂晓，红军撤出战斗，迅速渡过赤水河。郭勋祺部随即进入土城，接到刘湘、潘文华的命令，继续尾随红军，于是尾随红军也四渡赤水，由川入黔，又由黔入川。

1935 年冬，郭勋祺奉刘湘命令，率全师开赴天全、芦山布防，堵截红四方面军南下。在刘湘亲自指挥下，郭部在邛崃西南的百丈关、黑竹关、夹关一带与红军激战三昼夜，双方损失惨重。红军向西康、甘孜地区转移。

1937 年，抗战爆发后，郭勋祺立即请缨，出川抗日。9 月 5 日，四川军民在成都少城公园（今人民公园）举行四川各界民众欢送川军抗敌大会。该公园建于 1911 年，从 1919 年五四运动至抗日战争时期，少城公园便成为成都各进步团体演讲、演出、聚会、募捐的首选之地。

郭勋祺率部参加了大会。会后，在友人举办的告别席上，郭勋祺感慨地说：“勋祺自从军以来，参加战斗数十次，全系阋墙之争。作为军人，不能保家卫国，反而自相残杀，令人十分痛心和愧疚，深感对不起桑梓父老兄弟姐妹。此次出川抗战，定要奋勇杀敌，光复河山，不赶走日本强盗，决不回来见大家，请诸位相信我。”最后，他用李清照的 “生当作人杰，死亦为鬼雄”诗句来结束讲话，获得在场者热烈的掌声和赞扬声。

1937 年 11 月中旬，第三战区下达淞沪部队向吴福线撤退的命令，战斗一周后，决定放弃该线，向锡澄线转移，20 日，日本华中方面军分三路向南京进军；由唐式遵担任卫戍军总司令指挥的南京保卫战已经开始部署。江阴和广德是日军进攻南京的必经之地，也是保卫南京的外线阵地。第三战区在作战计划中规定：“抽调一部，拱卫首都，待后续兵团到达，以广德为中心，转移攻势，压迫敌于钱塘江附近而歼灭之”；“续到之川军六个师，车运者，由南京用汽车输送至广德附近；船运者由芜湖、宣城，再用汽车输送至宁国附近集中。置重点于广德方面，攻击沪杭方面之敌。”

9 月下旬，第一四四师在重庆集结。10 月中旬，第一四四帅抵达汉口，从汉口乘平汉路火车抵达郑州。

11月11日，该部奉刘湘命令开赴新乡、博爱；13日，乘火车由郑县东开徐州，南下津浦线，抵达南京对面的浦镇；15日晚，第一四四师师长郭勋祺到达浦镇。

18日，郭勋祺在浦镇接到刘湘长官部发来的江苏、浙江、皖南的地图和命令。这时，刘湘已病倒，此令是最高军事当局命令参谋长傅常以刘湘的名义缮发的，其命令如下：

我军有拱卫南京之任务，该师于明（十九）日出浦镇出发，过江出中华门，到溧水集中待命。

参谋长林华钧随即下达次日行军命令，将部队分为两个纵队行进。其从浦镇出发到浦口过江；出中华门，一队经淳化到溧水，一队经秣陵关到溧水。全师在20日全部到达溧水。

在溧水，林华钧遇见川军郭汝栋部的参谋长萧毅肃、龙鸣越等，交谈中得知上海部队已经撤退到了苏州的情况。萧毅肃等对川军拱卫南京的任务有些担心，当然也鼓励川军兄弟部队能为保卫首都多多出力。在溧水待了一天；21日下午三时，林华钧又接到刘湘长官部（仍为蒋令傅常以刘湘名义缮发的）命令如下：

第一四四师参谋长林华钧

该师赓即开赴溧阳前方，在戴埠、新芳桥一线，占领掩护阵地。为了免受敌机威胁，通限于当晚出发。

因戴埠、新芳桥尚在溧阳前方二三十里，于是林华钧将命令转告各旅，并分派唐明昭旅、黄柏光旅在戴埠和新芳桥占领掩护阵地的任务。

当夜，漆黑不见五指，部队出

中华门，沿京杭国道向溧阳前进，这时，天降大雨，士兵只是头戴斗笠，全身上下淋得透湿。该公路全是碎石路面，川军都是草鞋兵，走不多远，草鞋被碎石磨穿，脚也走破，鲜血直流；虽想急行军，也不可能；二百里路程直到22日下午四时才到溧阳，遂未再向戴埠、新芳桥前进。

11月20日，第七战区司令长官刘湘，将刚刚赶到苏浙皖战场的川军部署如下：

1. 以一个师担任长兴、一个旅担任宜兴附近湖岸的警戒；

2. 以两个师集结于五里店、广德、七里店、十八里店地区间，并推进一部至泗安镇附近警戒；

3. 以一个半个师集结于溧阳、张渚镇、戴埠镇地区间；

4. 直属部队独立第十三旅集结于芜湖以东二十公里的清水河附近，独立第十四旅集结于芜湖，宪兵营驻南京。

23日，第二十三集团军总部唐式遵抵达宣城十字铺；综合各方面情况作了如下部署：

1. 第一四四师在长兴以北太湖西岸的夹浦、金村一线设防固守。并抽一部兵力支援长兴、新塘、李家巷之友军第一四六师，共同抵御由吴兴方向北进之敌，并随时注意监视太湖中洞庭山敌之动静，严防越湖抄袭我阵地侧后方。

2. 第一四六师布防于长兴之甫新塘、李家巷、吕仙镇一带地区。左与一四四师切取联系，右与长兴南侧之第一四八师联系。

3. 第一四八师布防于长兴西南侧面，沿虹星桥、林城之线。左与第一四六师切取联系，右与泗安、界牌布防之一四五师联系。

4. 独立十四旅，布防于吕仙镇北面至林城之线，协同第一四六师、第一四八师作战。

5. 第一四七师，集结于自岩、煤山、合溪间为总预备队，适时策应前方友军作战。

6. 独立十三旅，在梅溪北岸至中洒安之线布防，确保与守备泗安之一四五师切取联系。

7. 第一四五师，在长兴通广德公路之上泗安、中泗安、下泗安布防，确保飞机场、仓库之安全。

11 月 23 日，川军总部在宣城十字铺分别下达了所属各部作战地域命令，各师旅得到上述命令后，即开往指定地点，连夜构筑工事，准备迎击敌人。

第一四四师师长郭勋祺奉命后，从南京赶赴太湖西岸的夹浦、金村一线布防。

此时，有三个师团以上的日军已经占领吴兴，正沿京杭国道向长兴急进中；苏州方面的日军亦占据吴江，到处搜夺民船向太湖洞庭山前进，有渡过太湖向长兴包抄之态势。

23 日下午五时左右，第一四四师又接到刘湘命令（此令是刘湘亲笔所拟缮发的）如下：

（一）敌军已在浙江金山卫登陆，正在江浙境内激战中。

（二）我军有堵击该敌之任务，重点保持于广德、泗安方面。

（三）该师应在京杭国道（宁杭公路）长兴、宜兴间占领阵地，右与泗安、广德第一四五师切取联系，左与宜兴第一四七师切取联系。

当晚，该师又奉刘湘电：

该部向长兴前进，以师主力沿太湖西岸的金村、夹浦一线布防，构筑阵地。

由于师长郭勋祺没有同部队一起行进。于是参谋长林华钧找唐明昭、黄柏光两位旅长商量，发布了次日行军命令如下：

（一）师有堵击浙江金山卫登陆敌人之任务，明晨 6 时以战备行军之态势，向宜兴、长兴方向前进。

（二）由黄旅派张定波团为前卫，于明晨 6 时出发。

（三）唐旅，黄旅（缺张团）及师直属单位和特务营（即警卫营，全是手枪）为本队，在张团出发后半小时，依次出发。

11 月 23 日，黄柏光旅长从溧阳出发不久，因士兵手榴弹爆炸，不慎将黄右手炸伤，立即送后方治疗。由副旅长许元白率领，代理黄的职务，继续率领部队前进。

午后二时，黄旅到达宜兴城外，这时，师长郭勋祺汽车开过宜兴，向长兴驶去。他见公路沿途都是背背架、穿草鞋的部队，知道是自己的部队，于是停车，命令参谋："请林参谋长即来长兴！"

林华钧听说后，立即在公路上拦截了一辆军车赶往长兴，抵达时已是下午五时许，只见长兴房屋街道被炸，遍地瓦砾，但到处找不到师长，只好在城外住了一夜。第二天他又在车站附近寻找，不但没见师长踪影，赶上敌机前来轰炸，几乎殒命。只好沿公路回去找部队，路上一位骑兵迎面而来，林华钧问他去哪里。

他说："师长派我来接参谋长。"

于是，林华钧翻身上马，士兵步行。走了几里地，终于在路边的一个农舍中见到了郭勋祺。于是，几个人围在一起研究地图。

这时长兴方向传来机枪声，又有飞机盘旋轰炸。郭勋祺决定："先到的张定波团前卫营在夹浦附近和公路两侧实施警戒，掩护师主力向前方开进；令其余各团在南山后集结待命。"

郭勋祺带着林华钧和参谋处长谭伟登上南山观看地形。随即下达师防御命令：

唐旅担任右地区方面的防务，占领朱砂岭之线，迅速构筑阵地。

黄旅担任左地区方面的防务，占领南山之线，迅速构筑阵地。

师以唐旅唐映华团和师特务营作为师预备队，位置于金村后面森林中。

师部设在公路右侧一独立家屋内，命特务营在南山构宽掩蔽部，为师指挥所，卫生队在师后方路侧独立家屋。

这时，恰好有中央军炮二旅两个连共山炮八门随大部队向南京撤退，该团团长胡克先，与一四四师四三二旅参谋长是四川温江同乡，还是黄埔六期同学。经过郭勋祺示意，胡炳章劝说胡克先设法将炮留下来，协助作战。

胡团长感到为难，他说："我奉命退保南京，责任重大，稍事疏忽，必遭重谴！"

这时，第一四六师师长刘兆藜同第四三六旅旅长廖敬安、第四三八旅副旅长何炳文勘察地形来到这里。何炳文也是黄埔六期，不但与胡团长是同学，还同该团二营营长范麟是结拜兄弟。架不住大家再三请求，胡团长感到情不可却，便说：“这样吧，我留一个营，只能留四天，该营全是新炮车，行动迅速，你们两师，可以各配二连使用。”就这样，硬是把一个营的八门八点五公厘（毫米）山炮留下来了。

于是第一四四、第一四六两个师各配两个山炮连使用。

日军第十军（军长柳川平助）麾下第一一四师团（师团长末松茂治）步兵第一二七旅团步兵第六六联队占领并进入了长兴城内。

25 日上午，有日机三架在南山阵地上投下十几枚炸弹，一整天，只有小部队发起试探性进攻。

26 日清晨，夹浦方向传来激烈的枪炮声，不断有受伤官兵被送下来。

八时左右，长兴方面敌炮兵即向第一四四师阵地开始射击，打了几十发炮弹，整个山上狼烟动地。该师占领的阵地是江浙交界的山地，山虽不高，但能倚托，且有森林，可以隐蔽，加上又有工事，所以士气旺盛。十时左右，敌步兵七八百人开始猛攻。待前进到离阵地前一千米以内，川军的机炮才开始猛烈射击。中央炮兵对准其火力点——机关枪、步兵炮、装甲车和密集部队进行破坏和歼灭射击，打得日军人仰马翻。敌人两三个大队，完全被我近距离的机炮火力所击溃。午后二时，日军不再进攻，战场遂趋于平静。

再说夹浦的那个步兵营，除路两侧阵地被敌冲垮外，仍在山上坚守；官兵伤亡很大，约有百人。因无弹药，亦无法补充。前卫团长张定波要求将其撤回，郭勋祺准其夜间撤回。另一个张昌德团也有很大伤亡。据当晚师卫生队统计，负伤官兵已在一百人以上，阵亡官兵尚未统计在内。有一名连长被三八枪子弹从耳朵打进，面部穿出，他竟能自己走下火线，还能说话；其他伤员伤胳膊伤腿的很多，但每团仅有 10—20 副担架，实在不够用。

同日，在刘兆藜第一四六师阵地前，日军骑兵两连向我新塘疾驰而来，被守军击退；又有一部步兵选择高地掩护本队展开，约有两个联队集中向第一四六师左翼进攻，一部窜入长兴城。日骑兵一连，竟超过李团侧面丁荣昌营的阵地。丁营长立即命令全营官兵跳出战壕，以跪姿射击马腹，当时击倒二十余匹，敌骑兵见势不妙，立即勒马回逃。其步兵又分兵三路而上，整个黄旅都投入激烈的战斗，入暮敌军才退。

与此同时，敌第十八师团，在二十多架飞机、数辆坦克和大炮的掩护下，向李家巷、吕仙镇一带阵地发起猛攻，我一四六官兵沉着应战，阵地始终在我手中。

激战一天，打退多次进攻，敌人伤亡若干，始终无确切数字。

郭勋祺非常生气，说："各团只报敌伤亡惨重，敌军番号、主官姓名，一概不知道。这怎么行？用电话告知各团，活捉日本官兵，决予重赏！"

同日，师长郭勋祺致电刘湘［宥（26 日）未（13—15 时）］电，转最高军事当局：

敌机竟日轰炸长兴至五六次之多，现尚未停，已成一片焦土，京杭桥梁被炸坏二座，修复困难，始能到达目的地。已令黄旅张团之两营警戒金村至夹浦、南山之线，职今夜位置于夹浦。此次侧击任务之未能完成，一由情况变化，一由石子路将士兵携带之草鞋第一日即行磨坏，赤脚行进困难等情。

27 日晨七时，日军太湖水上飞机两架，飞来阵地扫射投弹，并在师部附近扫射机枪。

郭勋祺登上山顶，俯瞰战场，对各团营长指示："我们所占阵地很好，左边是太湖，敌人大部队不会来，中间是公路，只怕敌人用战车来冲。但敌人知道我们有山炮，在一千米以内的威力很大，战车也未必敢乱闯。只是敌人不知道我们的山炮已撤走了，我们在唱'空城计'。不过右边地形比较复杂，敌人容易接近，我们不可不防。"他特别指出："你们昨天打仗没有俘虏，不知敌人番号，主官姓名，是打混仗！打仗不只是打退敌人了事，要抓俘虏！"

这时，敌侦察机又在金村和师部附近投弹。郭勋祺等回师部时，见金村人已跑光，面前尽是弹痕碎片，师部门前落下一炸弹，瓦砾遍地，把守卫的士兵也炸死了。郭勋祺说："敌人昨天正面攻击未成，今天果然从右翼来了。”

三时左右，郭勋祺接张昌德团电话：“唐旅徐元勋团受敌人火力部队攻击，战斗很激烈。徐团似已稳不住，已向后撤退，以致本团侧背受到威胁，不能支持，请想办法。”同时，张定波团也来电话报，“敌人已向本团进攻”。

郭勋祺一面令张定波团死守阵地，一面告知张昌德团，立即派唐映华团增援。同时电话告知唐明昭旅长，要他坚决督促徐团不许后退。

有近百名日骑兵越夹浦抄金村附近侦察，随即敌机掩护其步兵分数路进攻。

郭勋祺带手枪连到夹浦督战，并令唐明昭旅长速率唐映华团到夹浦、金村间相机支援前线，又通知林华钧参谋长和山炮营冯副营长到南山的预定放列地点，在战事紧急时即开炮支援。

午后二时左右，敌之一部已至南山附近，预置在南山腹部的德国八点五公厘山炮齐向敌人轰去，敌攻击阵容顿时混乱，缓缓向后撤退。山炮兵又加高表尺，一千五百米以上射击。整个夹浦、金村间之敌大有动摇后撤之势。唐映华团从右翼增加上去，打了两三个钟头，即来电话报告：“敌人大约两三百人已被本团包围在朱砂岭的夹沟中。”

郭师长非常高兴，放下电话说：“打了几天，没有见着日本兵什么 样子，我今天非去活捉几个日本兵来看看不可！”

这时，师部炊事兵从十几里的后方把饭送来，摆在桌上，林华钧说：“师座，先吃饭，吃过饭再去不迟！”

郭勋祺说：“先去抓俘虏，回来再吃！”他高兴得饭也不吃，就带几个卫士冲过公路前往阵地。

突然，太湖中有十只木船和许多小汽艇，满载武装日兵而来。郭勋祺师长手提一支二十发子弹的驳壳枪，率十余手枪兵来到阵地前端，立即传令沿湖防守官兵：“待敌船艇接近我四五百米时，用排子枪一齐向船艇射击！只要洞穿其船艇，则必进水沉没，较打人更有用！”并传令唐映华团，速到金村附近的湖岸边，协助沿岸部队扼守，如敌海军陆战队登陆，应不惜一切代价全力抵抗，以保全整个阵地不受威胁。

不料，一部分汽艇突然由芦苇深处侧袭而来，机关枪、小炮密集地向岸上射击。突然一发子弹飞来，郭师长左腿负伤，卫士要背他下去，因见情况严重，郭勋祺坚决不下火线，传令军医处长夏道生到桥边为之裹伤。

这时，中央工兵第一团奉令，要将京杭国道的桥梁全部破坏。参谋长林华钧一问，工兵团的团长是傅博仁，与他是日本陆军士官学校同期同学。于是对该团士兵说："我师师长郭勋祺现已负伤，急需后送，待汽车将郭送走后再破坏桥梁。"他们同意了。

军医紧急进行处理，郭勋祺腿伤犹未上药，只能用绑腿将伤口缠紧，郭勋祺咬牙拿出钢笔，写了一条命令："师长职务由参谋长林华钧代理。"

汽车来后，郭勋祺随即被扶着上车前往南京。中央炮二旅的八门山炮也撤走了，随着"轰隆轰隆"几声巨响，京杭国道上的桥梁也被工兵炸毁了。

群龙无首。郭勋祺师长走后，第四三二旅八六三团团长徐元勋不服从唐明昭旅长指挥，擅自带着部队走了。林华钧急了，便派师部上尉参谋林文龙同唐明昭一路去追，到了宣城，徐元勋团已先经宣城到了宁国，待追到了宁国，不见徐元勋团，听说早已到了太平。

因为林华钧说唐明昭不能掌握军队，就冲这一句话，唐明昭很气愤，一气之下，拿着手枪对准太阳穴，林文龙眼疾手快，一把将手枪抢到手里，唐明昭放声大哭。

部队军心涣散，林华钧无法控制，非常着急，郭师长负伤，弹药缺乏，给养困难；伤亡官兵已达二三百人，重伤不能抬下来，轻伤自己走下来，看着极为悲壮；该部携带弹药不多，前线都喊要补充；各团给养也成了问题，有些村的老百姓已跑光，军队拿着钱也买不着粮食，官兵都仅吃早晚两餐……林华钧用无线电将情况逐一上报驻宜兴的第十一军团军团长上官云相，要求撤退。上官云相答应：即刻派队伍来接防，第一四四师可以撤退。林华钧请他给了一个撤退的笔记命令。当晚十时，各团交接后，第一四四师向宜兴张渚镇后方预备队第一四七师（未与敌接触）靠拢撤退。

郭勋祺到了南京后，医生都已跑光，未能治疗，到了芜湖才上药，耽误了三四天，伤口已经溃脓，后找船到汉口去了。

当晚十时，上官云相派来的先头部队已来接防，十一时，林华钧同唐明昭及师部人员离开金村，向张渚撤退。第二天上午，全师抵达张渚，午饭后向广德方向前进。四时左右，途中接到潘文华军团长派送该师及一四七师命令：“该师（一四四师）能于本月 30 日以前到达广德，否则，尔后到宁国集中。”

29 日正午，该部到达距离广德三十里的门口塘，遥见广德城内大火，烟尘冲天，于是部队问城内逃出的老百姓：“广德有无部队？”

“已是空城一座了，现在敌机正在投弹。”

林华钧遂令全师各部向郎溪方向前进。沿途还不时有日机轰炸，第一四四师约三日后到达湾沚，遇范子英副师长自川来到这里，林即将代理师长职务移交给范子英，范命令部队经宣城、泾县、茂林去太平。在太平谭家桥见到潘文华军团长后，林华钧将本师作战经过、郭的负伤经过、第十一军团接防经过等一一汇报。潘文华听了高兴地说：“翼之带伤，真是家常便饭。太勇敢！”

潘文华，号仲三，四川仁寿县人。四川陆军速成学堂肄业，同盟会会员。

1909 年，川边巴塘叛乱，成都三十三协协统钟颖部入藏戡乱，进驻拉萨。潘文华在巴塘一带作战，生擒头人哈巴龙，升为正排长，旋任连长。1911 年，辛亥革命成功的消息传到西藏，潘文华与郭元珍等同盟会会员率部起义。起义失败后，潘文华回川，在第三师钟体道部任营长。1915 年，潘文华升任团长，率部与滇军顾品珍部激战，旅长阵亡后，潘文华便代理旅长。不久，钟体道被刘存厚兼并后，潘文华将全旅由陕南带回四川通江，被委为独立司令，驻防通江、南江、巴中三县，在该地广种鸦片，收入甚丰。1920 年，川军田颂尧、刘斌为抢夺鸦片税收，攻向通、南、巴山区，潘文

潘文华（1885—1950）

华自知兵少力单，主动率部退向重庆，投奔四川陆军总司令刘湘，被任命为第二军第二旅旅长。不久，潘文华又升为第四师师长。1927 年，潘文华随刘湘响应广州国民政府北伐，他所在的第二军被改为国民革命军二十一军。

1928 年冬，刘湘、杨森两部为争夺四川的统治权爆发了下川东之战。杨森除自己拥有几个师外，还联络李家钰、罗泽洲、赖心辉等组成“倒刘”同盟军，一齐向刘湘进攻。潘文华见刘湘处境极为困难，乃向刘说：“击溃杨森主力，则李、罗不足惧矣。”刘湘便亲自带兵猛攻长寿守军杨汉域（杨森侄子）主力师。潘文华苦战两昼夜，左臂负伤，仍坚持战斗，终于击溃杨师，从而为下川东之战能打败杨森创造了有利条件。

1932 年，四川军阀混战中最大的一次战争“二刘”之战爆发。刘文辉在荣县、威远战场投入三万以上兵力，潘文华也屯兵荣县，与刘文辉部激战多日，战死三千余人，横尸累累，触目惊心。这一战，潘部虽然损失惨重，但守住了要地，立下了汗马功劳。

1935 年，潘文华为南路总指挥，执行刘湘对红军作战的“北守南攻”方针，统一指挥天全、芦山前线的两个师，进驻名山。

11 月，红军主力突然出现在芦山高地，集中火力向潘部教导师猛烈进攻。天全失守，红军占领名山。潘文华的天芦防线被打破，被消灭三个旅。

1937 年，抗日战争爆发，川军将领纷纷请缨杀敌，出川抗战。刘湘被任命为第七战区司令长官，辖两个集团军。潘文华任第二十三军军长，率一四四师（师长郭勋祺）、一四七师（师长杨国桢），由夔门巫山东下，赴江苏、安徽一带抗击日军。

泗安与广德地区，是日军绕太湖以南通向南京的咽喉，是拱卫南京必须扼守的要地。此地一丢，日军便可直驱南京中华门要塞。

于是守卫泗安、广德之任务就落在川军第二十三军肩上。

2. 饶国华自戕报国

日军第十军于 25 日作出部署：“以军主力在长兴、湖州附近集结，以第一百十四师团的一部占领宜兴，以第十八师团的一部占领广德，确保以后的前进据点。”

第一一八师团牛岛贞雄集结于湖州附近，自25日起，派出部队沿湖州至广德公路攻击前进。

防守泗安的是川军劲旅第一四五师。师长饶国华。该师仅有孟浩然旅的两个团，兵力很是单薄。孟旅长向师长饶国华请求，将佟毅的第三四三旅推进至前线，饶师长允其所请，亲自督促佟旅往前推进。

饶国华，字弼臣，四川省资阳市东乡人。川军重要将领之一，以骁勇著称。

1911年参加了新军——川军第一师。从伙夫干起，历任下士、中士、上士、排长、连长、营长、团长，成为刘湘最倚重的军官之一。

1926年，饶国华在下川东之役中，战关口、夺开江，被刘湘任命为第一师第二旅旅长。

1932年，在刘湘、刘文辉的“二刘”之战中，饶国华从刘文辉手中夺得川北、上川东等地区三十多县，为刘湘奠定了统一四川的基础。不久，饶国华升任第一师师长。不久该师改番号为第一四五师。

抗战爆发，川军出川，开赴抗日前线。饶国华行前告假回乡，与家人作最后一次团圆。离开资阳时，他对恩师伍钧老先生说：“此行为国抗战，不成功即成仁。学生幸得马革裹尸还，学生之家属尚望恩师照拂。”他又嘱咐妻子兰紫仙女士：“余此去，为国而战，义无反顾，自古忠孝不能两全，老母年高，望尽心奉养。”

饶国华（1894—1937）

在邛崃县各界民众举行的欢送大会上，饶国华将军慷慨陈词：“此次奉命出川抗战，誓竭股肱之力，继以坚贞，用尽军人天职……决心率所部效命疆场，不驱逐倭寇，誓不还乡。”

10月，饶国华率部由川北转万县乘船东下，与第一四四等师，作为川军的先头部队，首批向前线开拔。

11月23日，饶国华率领第一四五师乘火车抵达宣城，步行抵达泗安、界牌一带防守。他兴奋地对侍从副官顾廷兴说："我奉命出川，志在歼灭敌寇，还我河山，解我同胞倒悬之苦。幸而优先被派到前线御敌。战机就要来临，怎不叫我热血沸腾！怎能不叫弟兄们揎拳捋袖，跃跃欲试？"

同日，第二十三军总部作出如下部署：

着第一四五师坚守上泗安并适时出击。

着第一四六师设法向虹星桥方面抄袭，截断敌之归路。

着第一四八师以接近林城之潘左旅，向下泗安、林城间对敌腰击，并以左翼之袁治旅，支援第一四四夹浦、金村间阵地，务使太湖之敌不致登陆。

着在梅溪北面周绍轩之独立第十四旅，向中、下泗安南面地区的敌人进击。

着独立第十三旅推进至泗安一带为预备队，相机支援各部。

总部要求各师、旅务必于28日拂晓前，进入攻击位置，一俟天明，共同围攻中下泗安之敌。

泗安镇位于长兴县，地形十分平坦，只南北有浅山。该镇分为上泗安、中泗安和下泗安。

佟毅的第三四三旅刚到中泗安，遇见大约六千日军迎面而来，加上这里地形是一马平川，无险可依，孟浩然旅两个团寡不敌众，伤亡惨重。幸亏第一四八师潘左旅如旋风般侧击敌之侧翼，日军在慌乱中停止正面进攻，最终，中泗安还是沦于敌手。

28日拂晓，天还未亮，各部队在旅团营各级长官率领下，分别向下泗安攻击前进。其时，日军正在高枕无忧之际，不料睡梦中突闻枪声四起，知情况不好，仓促应战，竟致人不及枪，衣不及扣，秩序大乱。驻扎中泗安的日军，闻下泗安有失，不顾正面对峙的第一四五师，回师解救。

川军士气高昂，呐喊声震天，加紧四面围攻。天亮以后，二十余架敌机临空轮番扫射，力图掩护日军杀出重围，激战至中午，日本第十八师团抽调一个旅团的兵力，附坦克四辆、小炮四门、装甲车数十辆，沿林城急向下泗安增援。第一四八师潘左旅之张益斋团正由侧面斜进，当即进行阻击，敌即稍加还击，即由坦克掩护步兵夺路冲去。

独立第十四旅旅长周绍轩见此情况，用电话命令："刘克用团长立即组织敢死队截杀日军。"

刘团长大声问身边的卫兵连长胡荣程："你一向号称敢死英雄，今日是你大显身手的时候。今天敢不敢接受这个任务？"

胡连长大声说："报告团长，敢！"

随即他向全连大喊一声："弟兄们！国家养兵千日用兵一时，不怕死的，带一束手榴弹，随我来！"话音刚落，立即有排长赵学贵等二十多名士兵，各带一束手榴弹站到胡连长身边。在胡连长指挥下，他们弯着腰跑到敌坦克侧边，胡连长当先一跃而起，跳上敌坦克，拉开手榴弹导火引线，将手榴弹扔进坦克孔洞中，迅速跳下车，只听见"轰隆隆"爆炸声，敌坦克立即趴窝了。

赵学贵排长也爬上一部山炮车，将弹栓一拉，投入车厢，火光一闪，炮车立即炸倒。敌人见两车相继被炸，加强扫射，二十多名士兵无法再行爬车，刘团长一声呼喊："杀！"胡连官兵一起纷纷投掷手榴弹，随着连续的爆炸声，刘团长对第一营营长周蒿营说："你速率余下的三个连跑步向前与敌对战，我率预备队第三营来增援。"

周营长即率全营冲入枪林弹雨中与敌后续步兵展开搏斗。正值敌众我寡似有不支之际，第一四六师潘寅久团横冲而至，杨国安团亦从斜面插来。独立第十三旅之周伯强团，附有英造路易式轻机关枪一挺，刹那间弹如飞蝗一般射入敌阵之中。

下泗安之敌见有援兵前来，于是慌忙冲出一个缺口乘机逃去，与前来救援的第十八师团会合，且战且走，在下午四时许，脱离川军包围圈，分三路绕林城向南逃去。

是役，连长胡荣程、排长赵学贵及全连官兵全部为国光荣牺牲。

29 日拂晓，有数起三架一组的敌机，在各地上空侦察。十时左右，大股步兵在炮车的掩护下，向各阵地前进。有一个旅团的混合兵力，附二辆坦克、四辆炮车和十余辆装甲车的攻击下，向泗安方向攻击前进。第一四五师官兵抵挡不住，且战且退。午后二时，上中下泗安相继失守。师长饶国华指挥部退至界牌一线死守，双方相持到暮色苍茫，敌乃退回泗安镇。

师长饶国华担心明日敌人再次进攻，现存兵力难以抵挡，除通令佟毅、孟浩然两旅长坚守阵地外，连夜驱车去十字铺总部请示，争取多派援军。不料总司令唐式遵斥责饶国华不顾大局，哪有兵力增援你师？保卫南京外围责任重大，务必顶住，否则军法无情！

饶国华立即返回师部，通令所属旅团营长："国家养兵是为了保国为民！人谁不死，有重于泰山，有轻于鸿毛。现在该我们报国之时，阵地在我在，阵地亡我亡。望我官兵不惜一切努力报国，恪尽职守！"

30日黎明，川军各师阵地前都响起激烈的枪炮声，尤其是第一四五师界牌方向战斗尤其激烈。师长饶国华率手枪兵二十余人，冒着炮火在前线督战，虽暂时稳住了阵脚，但敌势凶猛，又有飞机协助，在狂轰滥炸下，左翼佟旅一部已退出界牌，纷纷向翼侧溃退。右翼军亦为之动摇，孟浩然旅长随部队溃退下来。饶师长立即喊住："浩然！此刻是本师存亡关头，绝不能再退，应拼命抵抗，我即到祠山岗，饬佟旅扼守，以待救援，万万不可仓皇溃退，导致全军覆没。"

孟旅长当即指挥曾、胡两团长拼命扼守。无奈敌势凶猛，部队被压迫到大道南面一带地区。饶国华又命预备队刘儒斋团投入战斗。刘不听命令，擅自后撤。敌主力直循广德方向公路前进。

此时奉命退祠山岗要隘之戴传薪团部署尚未就绪，敌步兵、炮兵在飞机掩护下，如潮水般分路铺天盖地涌来。戴团长即率该团向侧面山地转移，界牌落入敌手。饶师长赶到见此情景，痛苦万分，连声嗟叹！

由于泗安、界牌先后沦陷，部下又不听从指挥，饶国华师长心情十分沉痛，他紧握手上的雪耻刀对左右说："我从七七事变发生之日起，就渴望能到前线杀敌，洗雪国耻，收复失地，八一三事变后，国共合作抗日，引为平生快事。诸君还记得吧，我们离川时，蜀中父老兄弟姐妹曾举行盛大仪式欢送，潘文华军长代表我们川军将士致答词，表示我们一定要血战到底，收复失地，把日本侵略者赶出中国去，做到胜利则生，败必死，不成功，便成仁。我们要牢记当时的誓言，绝不能在敌人面前屈膝示弱，给中国人丢脸呀！”

随即他骑上卫士的自行车回广德城附近的后方师部，写下了致家属及唐式遵军长、刘湘司令长官的信。略谓：“团长刘儒斋不听指挥，以致大军失败，不惜一死，以报甫公。”他撂下笔，带着一个卫兵连向飞机场走去，命士兵向飞机场各仓库内的油桶发射，各个仓库相继燃烧焚毁。之后，饶国华回到广德城东门外，吩咐卫士铺好卧毯，饶国华坐在卧毯中间，面对日军进攻方向大呼：“威廉二世如此强盛都要灭亡，何况你小小日本，将来亦必灭亡！”之后，拔出配枪，对准太阳穴扣动扳机，自杀身亡。

饶国华以身殉国的噩耗传开，举国悲痛。其遗体由民生公司的“民俭”号轮船运送回川，途经各地时，各界人民都举行了隆重的公祭大会。国民政府在武汉举行了隆重的追悼大会，并追赠饶国华为陆军上将。

饶国华的遗体于 1937 年 12 月运抵重庆，巴蜀各地设立灵堂举行吊唁活动，政府要员、群众团体都敬献了花圈和挽联。饶国华的遗骸于 1938 年 1 月 23 日安葬在资阳市甘溪沟，安葬时，故乡的父老乡亲为他再次举行了隆重的追悼会。

抗战中期，四川省各界人士为纪念饶国华将军，在成都市中山公园内铸造了一座饶国华的铜像，以示永久纪念。

日军占领泗安后，除留一部分扼守泗安外，其主力继续向广德推进。刘兆藜第一四六师奉命以第四三六旅直接增援广德，与友军协同固守广德。

刘兆藜，字雨亭，四川省南充人。跟随刘湘，能征善战，由排长循序升到中将师长。1935 年，红一方面军由贵州入川。刘湘派刘兆藜旅赴川南阻击，同时指示：“此次同红军作战，是存亡所系，要特别小心谨慎，追击时，应保持 30 里的距离。”故红军从叙永方向后撤时，刘兆藜却未积极追击，因此遭到蒋介石的撤职处分。抗日战争开始，刘兆藜任国民革命军二十三集团军二十一军一四六师师长。

第一四六师沿途亲见敌军对我被俘和负伤官兵，绑住手足，浇上煤

刘兆藜（1902—1962）

油，就地烧死。对公路两侧五六华里附近逃离不及的平民百姓，无论男女老幼，全部枪杀。凄风遍野，尸体横陈，所有房屋，纵火焚毁。其惨痛之状，不忍目睹。我官兵无不咬牙切齿，悲愤交集，发誓要奋勇杀敌。

11 月 26 日，日军第十八师团由谷寿夫指挥，在二十多架飞机和大炮、坦克掩护下，向太湖附近李家港、吕仙镇我军一四六师阵地猛烈进攻。刘兆藜指挥有方，将士用命沉着固守阵地。第四三八旅旅长梁泽民率八七五团于 11 月 26 日午夜到达泗安西南约五华里的地方，得知情况如下：泗安已陷敌手，我守军已向宁国转移；目前占据泗安之敌，仅两个步兵中队和一个骑兵队五百余人。

于是，官兵不顾长途行军的疲劳，乘夜向泗安之敌进行夜袭。以手榴弹开路，马刀挥舞，奋勇冲杀，那叫一个惊心动魄，混战到天明，终于收复泗安。歼灭敌骑兵四十余人，残敌向东溃逃。该团夺获三八式步枪四十余支，焚烧汽油一百余箱，缴获军用物资及文件等千件；随后，立即破坏泗安公路桥梁以及一切军事设施。

次日，敌复出动飞机轮番轰炸，而后由步兵分头出击。刘兆藜即电令各部逐次佯退，诱敌至三华里长之狭长地带，予以伏击。当敌进入伏击圈时，我军八门山炮及其他轻重武器一齐发射。敌先头部队二千余人，正拟回师援救，又遭我军两面夹击，鏖战数小时，敌军溃败。是役，俘敌六名，击毁坦克三辆、炮车四辆、装甲车九辆，缴获山炮三门、野炮一门、机枪二挺、步枪八十九支。截断敌后交通联络线，阻击由长兴、吴兴续进之敌，策应广德方面之作战。

随即，师长刘兆藜令第四三八旅以一部扼守泗安要点，其主力向广德靠拢。第四三八旅旅长梁泽民率部进至界牌附近与敌遭遇，当时发生激战。敌装甲车五辆、卡车十余辆、约八百人遭我军猛烈袭击，又是一场短兵相接，双方展开肉搏厮杀。我官兵怒不可遏，人人争先恐后，以手刃敌兵为快，并击毁敌装甲车五辆，汽车十余辆，敌军四处逃窜，我军乘胜追歼残敌，冲锋号响彻战地。

这时，忽奉副司令长官陈诚电令："广德失守，已令后撤，该旅即向宁国转移，另有部署，切勿迟误。"

同时得知我广德守军已向旌德、太平等处撤退，于是奉令转移。

太湖、泗安、广德之战，是川军初出茅庐的南京外围第一战。在此战役中，表现了川军吃苦耐劳、顽强勇敢和相互支援、不怕牺牲的精神与美德，是值得大书特书的。据被俘的敌兵说："中国的草鞋兵很勇敢。"

这是对我川军官兵的英勇战斗的客观评价。

太湖和广德、泗安战役，虽没有完全粉碎敌人的西进侵略计划，但是敌人受到了重大的损失，在战略上取得了阻滞敌军的效果，为大军较顺利地西撤赢得了时间，并且为保卫南京京畿的准备和部署起到了极其重要的作用。

3. 唐式遵反攻芜湖

11 月 5 日拂晓，日军第十军主力由杭州湾的金公亭、金山卫、漕泾等处登陆成功，以一部从芜湖方面进入南京背后。

七七事变后，刘湘任第二十三集团军副总司令、总司令。刘湘患病去了武汉，第二十三集团军副总司令唐式遵召集幕僚人员研究作战对策。

参谋长周从化提出拟令一四四师刘儒斋旅向黄慕渡前进，伺机进占湾沚，并破坏宣城至芜湖一段之铁路，以阻挡宣芜铁路之敌的联络，完成任务后即向芜湖白马山攻击，打出江面以扩张战果；令驻繁昌之第一七四师陈万仞部担任主攻，向芜湖以西攻击。

周从化是第七战区参谋处长。刘湘派其去二十三集团军司令部代参谋长，辅佐集团军司令唐式遵。在周从化建议下，唐式遵采取了如下措施：

制订反攻芜湖计划，并呈报前敌总指挥薛岳；

通知各部队做好准备，听候新的命令；

召集团长以上军官，在青阳总部开一次军事会议，激励各军努力完成作战任务。

反攻芜湖的军事会议如期召开。唐式遵首先讲话："我军这次反攻芜湖，是刘甫公的意思，是他以长官的身份，对我们下达的一道命令。这是甫公稳定大局，鼓舞士气的一个伟大设想。希望各级将领，一定要发扬爱国精神，不遗余力地完成这个任务。"

唐式遵讲完后，参加会议的师长、旅长、团长都纷纷表态，一致表示坚决拥护刘司令长官的这一计划，竭诚遵命办事，绝对服从命令。

最后，周从化说："这次反攻芜湖，刘司令官是要我们发扬川军的善战威名，立一个大功，责任这样重大，我看还是要派个大将去督战，为他们打气，才能成功。"

唐式遵当即决定：派杨国才前往。

在进行了三个月的坚强抵抗后，中国军队撤出上海，日军跟踪而下。蒋介石并没有按照法肯豪森的建议，死守南京，而是象征性地抵抗了几天，便进行了撤退，导致南京在抗战中受到一次最大的浩劫。

1938 年 1 月 15 日，唐式遵下达反攻芜湖的命令如下：日军得寸进尺，贪心不已，仍继续向我内地疯狂进攻，其目的在于灭我中国。本军有保卫国家、救亡图存的责任。正宜乘日军在南京、芜湖立足未稳之际，先行反攻芜湖，沉重打击日军，截断其长江航运。四三二旅今夜宿营于南陵南门附近，16 日拂晓向距离南陵三十里的弋江镇敌人进攻，占领后，即转攻西河，务于本日将该两处敌人击溃。

当夜，第一四四师第四三二旅宿于南陵南门附近，16 日拂晓，随着三颗信号弹飞上天空，该旅向弋江镇的进攻打响了，该处只有两个连的日军，刚一接触，便纷纷后退，我军很快将其占领，许副旅长以邱绍文团为前卫，唐映华团为本队于上午十一时抵达弋江镇，午饭后即转攻西河。该处约有一个大队日军，交战一小时许，暮色苍茫，许副旅长即传令暂退数里宿营，待明日再攻。

同日，刘儒斋旅长以李唐团为前卫，张昌德团为本队，沿漳河右岸向石硊前进。午后二时，抵达石硊。

第一四四师副师长范子英接到反攻芜湖命令后，立召集营长以上军官开会，当即做出以下部署：四三〇旅今夜即宿在南陵东门，16日黎明即向距离南陵五十里的石硊进攻。由于挡在前面的青弋江水深岸阔，上下有二十里内均不能徒涉，刘旅长即令部队退返二十五里之黄墓渡，并命令李唐团先行过河，然后绕道进攻石硊。

范子英，四川资阳人，毕业于云南讲武堂第三期炮科，曾在刘湘部队任旅长。

17日，李团即向石硊前进，刘旅长立率张团渡河后随。十时，李团正向石硊之敌开始攻击，不意从左侧五里外的白马山下，冲过来五百多名日军，向李团拦腰侧击，李团猝不及防，被拦腰截断。正在此时，张德昌团跑步赶来，向该敌反抄袭，该敌才逐渐退走。李、张两团开始合力进攻石硊。

石硊之敌约一个大队，一千人左右，有山炮一门、重机枪十余挺，凭借凶猛的火力和坚固的工事，死扛不退，抵抗至晚，李团与敌彻夜对阵，张团则后退三里宿营。第四三二旅攻下弋江镇、西河后，正向湾沚前进，得师部参谋处转副师长面谕通报，谓石硊险固，约一千之敌凭河据险顽固扼守，又得白马山南端之敌侧援，夹击四三一旅之李团，以致两日尚未将此地攻下，该旅可分兵助攻，副师长明日赴前线督战。

范子英（1886—？）

许副旅长当即命令唐映华沿漳河下游东岸夜行军北上，俟敌次晨与我第四三一旅接仗时，出其不意从背后发起攻击。

第二天拂晓，张团以一个营阻击白马山之敌，其余五个营向敌石硊据点以北发起攻击，此时唐团向石硊以南发起攻击，敌人遭两面攻击后抵挡不住，一部向通芜湖的卡子口退去，一部向湾沚方向逃去。

十一时，我军占领石硊。随即师部移驻石硊。

据侦察，湾沚原有日军一个大队，日前一部分前往宣城，只剩四百多人，如能渡江袭击，不难一举攻克。邱团长立即率全团在距湾沚上游十余里处渡过青弋江；此时由石硊前进的唐团、李团，亦先后到达湾沚西岸，准备明日会攻。总部根据敌情变化和上级要求，重新部署如下：

日军第六师团以三个联队组成一个混合支队，约七千人，由该师旅团长国崎登少将率领，驻守芜湖，并在卡子口、白马山、鲁港一线与我军抗拒。

本军有击溃卡子口、白马山、鲁港之敌，并进取芜湖，截断日军在长江通行之任务。

第一四四师务于今明两日将卡子口及白马山东南部克服，在鲁港附近与一四七师会合，协同分向芜湖围攻。

第一四七师务于今明两日将白马山及白马山西部及其北端攻下，并取鲁港，与第一四四师合力进攻芜湖。

第一四八师立即出发，经石硊向青弋江之方村上下游分渡过江，到清水河附近宿营，会合该师正在该地区游击之余纯暇团，于21日潜赴芜湖东面之查湾、湾里地区等处，沿经芜公路，向芜湖城东面抄袭。在抄袭前，务用无线电与陈、郭、田、孟各部取得联系，以收分进合击之效。

独立第十三旅田钟毅旅长即率该旅经黄慕渡、石硊，至青弋江之方村附近渡江，次日指挥同来之四三四旅孟浩然部，分道渡过清水河，协同一四八旅进攻芜湖。

第一四五师除以戴旅之一个团合力进驻石硊外，转令四三四旅旅长孟浩然立即率该旅至青弋江方村附近渡江宿营，俟独立十三旅到来，即受田旅长指挥，再渡清水河，协同一四八师等进攻芜湖城南面。

第一四六师（缺一团）挺进至峨桥、白马山西面一带地区，为本军总预备队。

20日晚七时许，第一四四师张昌德团先行向卡子口斜坡潜行，以四川人所谓“夜摸螺蛳”的方式悄悄速进，距敌人约半里地，被敌发现动静，当即猛烈射击，我官兵一不作声、二不还击，敌人打了半天，见无人还击，误认为是听错了，遂停止射击，我先头丁营仍旧匍匐前进。此时，李唐团亦轻装抵达坡下，也按张团方法匍匐前进。

卡子口长约五里，分三层，日军在每层都架设了铁丝网，最上层有山炮两门，有千余敌兵把守。白马山有敌兵二千多人，有山炮十门，既可支援卡子口，又能支援鲁港。

我先头营进至卡子口约二里处，发现该处地势狭窄，横宽仅半里许，又被铁丝网所阻拦，无法过去。张团长立请范副师长命令工兵营营长麦聚五率部爬上坡清除铁丝网等障碍物。其余部队静卧在坡下等待。

另一路唐映华团在当地老乡带领下，从另一路小路狭沟攀登上去，约行三里地，部队停止行动，隐蔽不动。前面两里多有五户人家，大约有日军两个连兵力。再向北五六里，有一十余户人家的小村庄，驻有日军四五百人，有大炮四门，都架在卡子口山边上，以掩护卡子口的安全。

终于东方出现鱼肚白，随着三颗信号弹升起，张、李两团一拥而上，第一层铁丝网障碍已被清除，部队不顾一切，向上仰攻。敌方猛烈还击，双方激战；同时，唐团亦攻击前进五里多，与敌主阵地接战。天亮以后，敌军飞机临头，不断向我官兵投掷炸弹，大炮亦对着山下乱轰。我进攻部队伤亡颇大，张团第二营营长陈协阶中炮阵亡；李团曹之盘营长负伤，范副师长立即命令手枪营营长高少安率两连向卡子口增援，受张团长指挥。并传谕部队："前进有生，退后打背。我以三倍以上的兵力，难道不能消灭该敌吗？"又命令邱团长率两个营上白马山，支援唐团作战。并发誓："今日攻不下卡子口、白马山，绝不收兵！"

南京的日军第六师团得知芜湖方面情况紧急，火速增援，日军指挥官国崎登指挥约七千人马及山炮十六门，在卡子口、白马山、鲁港地区之防地，向我军一再进攻，仅剩下几个据点。

第一四七师石照益旅之李楷、吴守权两个团也于今晨分道攻上白马山，并与一四四师之唐映华旅取得联系，冒着日军的飞机轰炸和大炮轰击，向山顶之敌猛攻。

夏奇峰团已登上白马山北端山头，正会合石旅向该处残敌据点进攻，日军在山北端溃败。

章安平之周瑞麟团已逼近鲁港，防守鲁港的日军已将鲁港附近公路和铁路炸毁，彼此隔河对峙中。

第一四四师之张昌德、李唐两团及麦聚五工兵营已将卡子口铁丝网等障碍物全部清除，官兵们奋不顾身，冒着日军的炮火前进，一部已冲上卡子口顶端附近。

第一四八师午前已渡过青弋江，其先头邓仲侯团已渡过清水河，与余纯嘏团会合前进。孟浩然旅已渡过青弋江，田钟毅旅已抵达方村附近，正准备渡江。

第一四六师已逼近白马山、鲁港附近，相机增援前线，以达扩充战果之目的。

各处战报频传，唐式遵总司令大喜，命令："当面之敌已逐渐溃败，敌人要点已相继为我军占领。一四八师等部已绕过芜湖南面，正向东面迂回包抄中，预料在一二日内可能攻克芜湖，消灭日寇第六师团于股掌之间。希望我官兵鼓舞最后精神，再接再厉，一举完成刘长官给我们的任务，以显我川军健儿爱国为民英勇之气。"

这时，得总部通报："总司令刻奉薛岳总指挥电令云：日寇第六师团刻已全部向芜湖增加，另有第十八师团亦续向芜湖增援中。我军目的在长期抗战，逐次拖垮日军，不做一时侥幸之举。现芜湖既增加两个师团，不但攻克不易，纵然一时克复，转眼亦不能守。拟将前进各部队撤回，从事整训，养精蓄锐，以待时机。"

不久，敌军大队援军由孝丰赶到，我军田旅撤至南陵之马头镇据守，以策应芜湖的第一四四师，该师石照益旅之吴守权团，由峨桥向石硊、鲁港之敌猛攻。此时天降大雪，地上湿滑，官兵们冒雪冲锋，与敌优势兵力相持达三小时以上，伤亡枕藉。后撤退至峨桥整理。

左翼章安平旅以夏奇峰团为前锋，以周瑞林团为预备队，于19日晨向三山镇之守敌猛攻，一举拿下三山镇。

右翼石照益旅之吴守权团冲破芜湖西南白马山阵地，致使伤亡达四百人以上，周瑞林、夏奇峰两团，采取互相掩护前进策略，已攻过鲁港，芜湖大街已经在望，终以日军火力过猛，退回三山镇。

当时，川军反攻芜湖的战役尽管受挫，但正气势如虹，重新部署，来日再战。

21 日凌晨，第一四四师刘儒斋旅以两团兵力猛攻湾沚之敌，并破坏了江南铁路一段，使宣城之敌仓皇应战。前线战士们正欢欣鼓舞，以为收复芜湖在望。突然，奉总部急电：刘长官已于 1 月 20 日胃疾加重，病故于汉口万国医院。消息犹如晴天霹雳，川军官兵们顿时不禁潸然泪下。

至此，反攻芜湖之役，功亏一篑。

七、川枭之死

1. 唐式遵入壁夺符

壁，是古代的城堡或工事，符是虎符，即古代君主和将军之间的信物，是军权的象征。虎符分为两半，合在一起，就表示君主同意将军调兵，战国时信陵君要救赵国，请魏王的魏姬盗得虎符给信陵君。信陵君拿到军营中交给将军，但将军表示怀疑，被朱亥杀死，信陵君拿到军权，发兵救了赵国。这就是入壁夺符的典故。

刘湘因病住院期间，蒋介石收买刘湘的大将唐式遵，夺了刘湘川军总司令的军权，也就是入壁夺符。但这事是怎样的经过呢？

唐式遵，是个野心勃勃的人。

唐式遵，字子晋。四川省仁寿县郑子场人。父唐辅臣，清末秀才，后补廪。唐式遵幼时随父习科举。1905 年科举被朝廷取消，眼看前程无望。这时，四川新军于成都设立陆军弁目队，唐式遵决定弃文就武。他对其父说："当今世乱，毛锥何用，儿决心投笔从戎，以博万侯封耳。"其父气得差点吐血，说："斯文扫地，封不了万户侯你就莫进我

唐式遵（1883—1950）

家门！”

1906 年，唐式遵来到成都，考入弁目队，勤学苦练。1908 年毕业后，复升入四川陆军速成学堂。同学有刘湘、潘文华、杨森、王瓒绪、傅常、鲜英等。他与这些同学，在日后军阀长期混战中，形成一个利益集团“速成系”。

1910 年，四川巴塘土司谋杀了入川帮办大臣凤全及其随行二百余人，趁机勾结英国人作乱。川督赵尔丰命令唐式遵与潘文华所在的陆军第三十三协统钟颖进藏区平乱。开始势如破竹，不久，辛亥革命爆发，赵尔丰阳为独立，暗谋复辟，终致发生 12 月 8 日“成都兵变”，叛军大肆杀掠，蒲殿俊、朱庆澜逃避。此时，军务部长、同盟会员尹昌衡出面平乱，标统周骏应召派出三百人连夜入城，会同新津、温江、崇庆等地的保路同志军维持秩序。12 月 9 日，周骏等新军军官约集著名士绅徐子休、张澜等，决议改组四川军政府，尹昌衡被推任为都督，周骏被委任为军务部长。军政府迅速平定叛乱，并捕杀了赵尔丰，平定了局面。

赵尔丰的被杀，导致入藏新军失去后援，被藏军围困，大败溃散，唐式遵与潘文华从小路逃往印度，后潜回四川仁寿。其父见他狼狈而归，讥讽道：“万户侯就你这个样子？”唐式遵愤然离家，去投奔同学刘湘。刘湘当时在周骏手下任团长，唐被任命为营长。

1915 年冬，袁世凯称帝，蔡锷潜入昆明，会同李烈钧、唐继尧首举义旗，反对帝制，宣布云南独立，组织护国军。分兵三路，直取四川之叙府、泸州、重庆等地。护国军声势虽大，其实仅两万多人，而袁世凯北洋军，仅在四川就有四万之众，且兵精械足。袁世凯扬言于朝堂：“区区两万滇军，何难一鼓荡平，蔡虽英勇，不过一只螳臂耳。”

谁知蔡锷率领第一路军，从 1916 年 1 月 10 日誓师入川，截至 3 月 20 日，大小几十战，无不所向披靡，一鼓作气，攻克叙府，转攻重镇泸州对面之兰田坝。泸州守城部队正是周骏师刘湘团，刘湘与营长唐式遵商议，如何设防守城，唐献计说：“蔡军远来又历经战役，已疲惫不堪，不如聚舟夜袭，变被动为主动，强似设防。”刘湘一听有门，遂组织敢死队，偷渡沙湾，夜袭对岸蔡锷军，蔡军不备，被击退。袁世凯传令嘉奖，并晋升刘湘为第十五师第二十五旅旅长，授以少将军衔；升唐式遵为团长，授七等文武章。

唐式遵偷着乐，说："此非博封万户侯之兆乎？"

护国军攻泸州不下，北洋军吴佩孚又向泸州进逼，蔡锷令速成系同学张鼎臣、王学初二人，往说刘湘、唐式遵，希望他们反对帝制，维护共和，参加护国军，委任刘湘为四川第二混成旅旅长，兼领川东安抚使，仍驻防泸州。

刘湘心动，准备易帜，唐式遵认为"万户侯"目的未达，乃力阻刘湘："时局如转烛，云雨难测，且北洋军在川实力，尚称雄厚，如表态过早，可能贻噬脐之悔，不如暂作壁上观，静看大局变化，再作从违之计，不更稳妥耶？"

于是，首鼠两端的刘湘，虚与委蛇，始终未宣布就护国军之军职，采取脚踏两只船策略。

1918 年，护法战争开始，广东军政府委任熊克武为川督，刘湘任第二师师长，唐式遵任团长。1920 年，川滇、川黔之战，刘湘出力最大，熊都督任命刘湘为第二军军长，水涨船高，唐式遵升任第三混成旅旅长。

1921 年，四川士绅企图摆脱南（广东）北（北京）两政府的影响，乃倡议四川自治，成立四川自治联合会。唐式遵向刘湘说："熊克武现居幕后，公若出面主张四川自治，则全川权力，尽归于公矣，此机不可失也。"

刘听从其建议，力主四川自治，被四川省议会选任为省长，又被推为各军总司令。刘湘的军长一职，便由速成系同学、第二军第一师师长杨森兼代。唐式遵任第二军第二师师长。唐未能兼代第二军军长职，耿耿于怀，对刘湘不满之情由此而生。

1926 年，国民革命军总司令任命刘湘为第二十一军军长，唐式遵为该军第一师师长。

1932 年，"二刘"战争爆发，唐式遵出面联络孙震、陈鼎勋、李家钰、罗泽洲等九十多位将领，发出声讨刘文辉通电，并约各将领会盟于遂宁。刘湘与刘文辉在荣威决战。刘湘略感不支，唐式遵对刘湘说："刘文辉已作困兽之斗，我军如与硬拼，损失必大，何不允其暂时和解，以泄其士气，然后再图之，不胜于今日与之硬拼？"刘湘遂与刘文辉和谈，双方罢兵。

1933年，红四方面军徐向前部，由鄂西、陕西翻越大巴山，占领通江、南江、巴县；又击溃了杨森、刘存厚、田颂尧，西渡嘉陵江，解放川北重镇阆中及苍溪、南部、仪陇等县，再向南进攻宣汉、万源、达县，建立了川陕革命根据地，全川震动。蒋介石特派刘湘为四川“剿匪”总司令，积极组织六路军马，企图反攻。1934年2月，红军趁春节之际，袭击了胡家场郝耀廷司令部，郝耀廷战死，红军乘胜猛进，攻占宣（汉）绥（达县）等地。刘湘慌了手脚，任命唐式遵继任第五路总指挥，即进攻万源、城口，但均无进展。红军集中主力于万源大败唐式遵，唐部溃不成军，唐式遵只身躲入农家，才免为俘虏。所谓六路“围剿”军，到此已成土崩瓦解之势。蒋介石给唐式遵以处罚，刘湘来电请罪，并坚辞四川“剿匪”总司令和二十一军军长职务，蒋以大局为重，对刘湘力予慰勉，不便再处理唐式遵了。

抗战爆发后，唐式遵率部出川，在汉口集中，转车北上至郑州。适淞沪战事逆转，又奉命开往皖南广德、泗安一带，掩护部队从淞沪战场撤退，保卫首都外围。

其实，就在刘湘请缨出川抗战之时，蒋介石就通过刘湘的参谋长傅常，调动川军第二十一军、第二十三军参加南京保卫战。

傅常（1887—1947），四川潼南县人。清末秀才，1908年由四川弁目队升入四川陆军速成学堂，与刘湘、杨森等为同班同学。加入同盟会。次年毕业后，在滇军中任军职，不久潜往广州参加起义，时逢起义失败，于是潜往上海。不久回川在熊克武部第五师担任军职。“二次革命”时，奉命派往尹昌衡及川军各师旅中策反，颇有成效。护国军兴，随蔡锷入川，不久任熊克武部第五师参谋长。1917年以后，历任靖国军川北总司令部参谋长、四川江防区第六区江防司令、第九师独立旅长等。以速成系同学关系，入刘湘幕，历任第二十一军参谋长，川康绥靖公署参谋长，驻北京、上海代表，对内兼管军事，对外为刘湘联络各方面人士。抗战开始后，随刘湘出川，到达南京。与唐式遵联络，将川军部队调往皖南。蒋介石又将刘湘的军权转授给唐式遵。

1938年元旦，军委会武昌行营给刘湘送去了一份《日日命令》，其中刊载了一项命令：第七战区司令长官兼二十三集团军总司令刘湘，所兼二十三集团军总司令一职，毋庸再兼，着归该集团军副总司令唐式遵升充。

对于唐式遵入壁夺符的这个结果，刘湘没有一丁点的思想准备，而且事前也是毫无察觉，只觉得此事发生得过于突然，直到这时候他才反应过来，原来最高军事当局已经和唐式遵勾结起来了，对于唐式遵出卖自己的行为，刘湘极为痛恨。很快，蒋介石又升陈诚为代理第七战区司令长官，完全剥夺了刘湘的兵权。刘湘千算万算，还是被蒋介石、唐式遵摆了一道，几十年的心血，为他人做了嫁衣裳夺了军权，被气得两眼发黑，浑身颤抖，病情突然加重。

2. 长使英雄泪满襟

袍哥出身的范绍增相貌堂堂，出手大方，是个老江湖，而且很有女人缘。一度有人介绍孔二小姐给范绍增，使范绍增差点做了孔祥熙的乘龙快婿。刘湘住院期间，范绍增很快与专门看护刘湘的小护士刘翠英混得烂熟，刘翠英年轻貌美，范哈儿投其所好，带她逛商场、下舞场、吃馆子，看似无心，实从刘翠英的樱桃小红唇里得到刘湘不少信息。

一天，刘湘无意中发现了这个秘密，他看破不说破，使用了三十六计中的反间计，也从女人的弱点入手，花大钱给刘翠英买首饰衣服和高级化妆品，并许愿说要送其去美国留学，于是小护士上了刘湘的床，两人发生了关系之后，刘翠英便疏远了范绍增，樱桃红唇不再让范哈儿下嘴。从这细微的变化，范绍增知道被刘大哥抄了后路，信息源突然中断，急得哈儿抓耳挠腮，要把戏的躺平——无招了。

两位沙场老手，一个使美男计，一位用反间计，倒也都在兵法之中。范绍增只好扳倒树捉老鸹，使用笨方法，一天两三趟跑医院，亲自盯梢。

一天，范绍增发现一个军人模样的人来看刘湘，土黄色军装有点像中央军，但颜色稍浅一些，看打扮有些像第三路军，于是便报告戴笠。

戴即问：“是不是一个长长脸的单瘦高个？”

范绍增想了想，点头说："确实是这个人！"

戴笠叮嘱："要严密监视此人的行动，最近刘湘与韩复榘往来密电频繁，可能与此有关。"

范绍增是刘湘手下第一四六师师长，刘湘有意整他，不让他带部队出征，让刘兆藜继任师长。突然，该师八七五团团长潘寅久来到汉口见范绍增。

老弟兄们见面，不亦乐乎，于是范绍增请潘寅久去老通城喝酒，潘寅久一口一个"师座"，范绍增连忙摆手："师座姓刘，不姓范。刘师座对你好不好？"

"好个锤子，说我作战不力，撤了我的职。"

"狗日的，你咋办呢？"

"我就去长官部参谋处找老朋友徐思平，想通过他给上峰花点钱，搞个位置。我和老徐彼此很熟，不需要通报，便一头扎进到他的办公室。这位哥子正在聚精会神地写命令，我来到他身后偷瞄了一眼，见他写着：王瓒绪带两个师出川，占领宜昌，同即将到襄樊的韩复榘取得联络……"

范绍增眼睛一亮，催促着："说嘛！"

"你猜咋样，徐思平发现我站在他身后，急忙将命令用手捂住，还搪塞是写家信。"

"坟坝头撒花椒——麻鬼哟！"

原来山东省主席、第三路军总指挥韩复榘既怕蒋介石借抗战为名，排斥异己，借机消灭他的军队，又怕蒋介石借刀杀人，让日军消灭他的实力，于是擅自撤出济南、泰安，放弃津浦路，向鲁西南济宁撤退，从而使津浦路正面大门洞开，直把蒋介石气得干瞪眼。

范绍增一拍桌子："这其中一定有问题。刘、韩暗中联络，肯定有事，想必对委员长不利，你等着，我去报告。"

范绍增来到行政院院长孔祥熙家时，孔正在大宴宾客。范请孔离席，将所得信息告诉孔祥熙。说完后，孔祥熙认为事关重大，没再回到席上，立即过江，去武昌珞珈山报告蒋介石。

孔祥熙回来又问范绍增："是否可靠？"

范绍增带潘寅久去找孔祥熙对证。潘寅久保证："如果不属实，请枪毙我！”

很快，蒋介石便离开汉口，乘火车北上开封。

1938 年 1 月 11 日，最高军事当局在开封召开第一和第五战区师长以上军官参加的军事会议。会上，蒋介石以擅弃国土之罪名，训斥了韩复榘。会后军统特务逮捕了韩复榘，戴笠派专列将韩押解汉口，交付军事法庭审判。

1 月 19 日傍晚，参谋总长何应钦携带着由戴笠截获并破译的刘湘与韩复榘的来往密电，到汉口万国医院看望刘湘。

何应钦板着脸说："韩复榘已被关押！"

刘湘一惊，心虚地问："为啥子嘛？"

"叭——"

何应钦将夹有密电的文件夹掷于桌上，说："自己看！啥子嘛！"

刘湘看后惊骇万状，不知所措。何应钦与他谈了许久便起身离去。不久，刘湘便大口吐血，昏迷不醒。

第二天，刘湘便在汉口逝世。据官方发布的公告，刘湘弥留之际，曾口述遗嘱，略谓："今后惟希我国军民在中央政府暨最高领袖蒋委员长领导下，继续抗战到底，尤望川中袍泽一本此志，始终不渝，即敌军一日不退国境，川军则一日誓不生还，以争取抗战最后之胜利，以求达到我中华民族独立自由之目的。"

其实这份遗嘱的执笔者是第七战区秘书长郭春涛。

1 月 21 日，刘湘的原配夫人周玉书乘飞机赶赴汉口，与从皖南前线的第二十三军军长潘文华、师长陈万仞等一起来万国医院奔丧。

刘湘与夫人周玉书

潘文华、陈万仞也是刚遭到军事委员会通令"第二十三军军长潘文华，作战不力，撤职留任，戴罪图功；

第一四八师师长陈万仞，畏葸不前，撤职查办”，对最高军事当局一脑门的官司。

见到刘湘的遗体，潘文华等人就心存疑虑，原来尸骸上布满了青紫色的伤痕，这哪里像是胃病而死的？不就是中毒而死的征兆吗？

刘湘的遗孀周玉书大放悲声：“你死得冤啊！是被人毒死的啊。”

于是，潘文华马上把办事处主任邱甲秘密逮捕。据邱甲交代，和刘湘打得火热的小护士刘翠英已经找不到了。听护理刘湘的另一位姓陶的护士说过，负责治疗刘湘的外籍医生把一种不明的药水注射到刘湘体内。

潘文华马上寻找那位外籍医生和护士，两人却都失踪了。潘文华和周玉书意识到其中必有猫腻，于是向最高军事当局提出了要对刘湘验尸的请求，蒋介石冷冰冰地回复：“这对刘主席不礼貌，对党国不信任！”

武汉各界前往公祭刘湘

22 日，国民政府明令褒扬刘湘，追赠陆军一级上将；发给治丧费一万元。由何成濬领衔主祭，在武汉的党政军各界人士都前往祭奠，场面十分隆重。

23 日，高等军法会审判韩复榘，判决如下：韩复榘不遵命令，放弃济南及其他应守之要地，致陷军事上重大之损失，罪证确凿，已电请国民政府明令褫夺官勋，一面依照战时军律，判处死刑，以昭炯戒，而肃军纪。

2 月 24 日，国民政府明令给刘湘国葬。

同日晚七时，韩复榘在

武昌被执行枪决。

刘湘先死，韩复榘后被枪毙。这两个拥兵敢与蒋介石叫板的人，都被蒋介石打着抗日的旗号除掉了。他请陈布雷代撰了一副挽联，假惺惺地送到刘湘灵前。其挽联曰：

板荡认坚贞心力竭时期尽瘁，
鼓鼙思将帅封疆危日见才难。

刘湘的灵榇由水陆运回四川时，全川党政军和中小学生都戴白花前往迎送。

八、鲁南会战

1. 李宗仁收留川军

川军第二十二集团军在山西阳泉没抵挡住日军，退往太原，而太原也很快失陷。日军用机动性快速部队向溃军左冲右突，川军立足未稳，便被冲散，大军狼狈后退，沿途遇有晋军的军械库，便破门而入，留给小日本，还不如给自己人，于是便擅自补给。败兵之际，士兵无衣无食，沿途又无补给兵站供给食物，于是走到哪吃到哪，就地购买粮草，强买强卖皆在所难免，川军军纪和舆论形象因此受到影响。

第二战区司令长官阎锡山获悉后震怒，骂道："川军抗日不足，扰民有余，一群土匪臭要饭的，让他们滚蛋！"于是电请最高统帅部将川军他调。

请神容易送神难。统帅部接此难题，也是头大，于是在每日汇报中提出川军的去留问题。

蒋介石也很生气，说："第二战区不肯要，把他们调到第一战区去，问程长官要不要？"

于是，军令部次长刘斐便打电话去郑州给第一战区司令长官程潜，问他要不要川军？

程潜反问："好端端的为什么给我们？"

刘斐实话实说："打仗很烂，军纪败坏。"

程潜回答："难怪，阎老西这么抠的人都不要，白送给我？我不要这种烂部队！"

刘斐无奈，只好告诉委员长，请示办法。

首都南京丢失，蒋介石心情十分不爽，听到川军没人要，便勃然大怒，说："把他们调回去，让他们回四川称王称霸去！"

副总参谋长白崇禧便过来劝解："请息怒，我打电话到徐州去，问问第五战区要不要？"

12月下旬，津浦线战况吃紧，第五战区司令长官李宗仁感到兵力不够，正在发愁。

白崇禧一通电话打给李宗仁，把川军没有人要的情况讲了一遍，问："你要不要？"

李宗仁正为韩复榘不战而退，无兵可调在发愁，一听有这好事，白给为啥不要？于是连声说："好得很！好得很呀！韩信将兵，多多益善。我现在正需要部队，请赶快把他们调到徐州来！"

白崇禧说："他们的作战能力当然要差一些。"

李宗仁说："诸葛亮扎草人做疑兵，他们总比草人好些吧，请你赶快调来！"

终于有了下家，白崇禧做了个顺水人情。于是，邓锡侯、孙震从晋南赶到徐州，与李宗仁相见。

邓锡侯与孙震颇为尴尬，苦笑着说："一、二战区都不要我们，天下之大，无处容身。李长官肯要我们到第五战区来，真是恩高德厚啊！李长官有啥子命令，我们绝对服从！"

李宗仁摆摆手："过去的事情不必提了。二位和我都在中国的内战中打了二十多年，回想起来，也太无意义。现在总算是时机到了，让我们各省军队停止内战，大家共同杀敌报国。今后如能死在救国的战争里，也是难得的机会。从今以后，大家一致和敌

第五战区司令长官李宗仁

人拼命。”

“谢谢，谢谢，感激不尽！”

李宗仁又问：“二位，有什么需要尽管说，我一定设法解决！”

邓锡侯、孙震异口同声：“枪械太坏，子弹太少。”

李宗仁立刻电呈军委会，下拨新枪五百支，每军各二百五十支。又从第五战区库存中拨出大批子弹和迫击炮，交两军使用。

就这样，正所谓枯木朽株皆能用。第二十二集团军的四十一军和四十五军被指定为第五战区总预备队，于1937年12月底集结于徐州铜山雷王庙、砀山、虞城、商丘地区待命，总部驻徐州高提埝。

日军占领南京后，继续北上，企图与华北、山东南下的日军南北对进，会师徐州。

不久，南线日军十三师团，沿津浦路北上，被刘士毅第三十一军、于学忠第五十一军和张自忠第五十九军阻于淮河以南，被挫于明光一线，战局相对稳定下来；津浦线北线日军因为韩复榘避战而逃，日军指挥官西尾寿造指挥板垣征四郎和矶谷廉介两师团沿津浦路南下，夹击徐州。一部分骑兵做前卫，窜到邹县南的两下店，四百余名日军与我军一线部队对峙。

1938年1月初，第五战区司令长官部授予第二十二集团军的任务概要如下：

该集团军即时进驻滕县及其以北地区，相机进攻邹县并占领之，确保徐州外围地区，以待本战区各部队之集结。

该集团军以一部进出兖州、济宁之间，切断该地区之敌军交通线。

战区总预备队即交由陆续到达之汤恩伯军团接替。

该集团军受领任务后，以邓锡侯第四十五军陈鼎勋师长率第一二五师及一二七师之一部为先头部队，沿津浦线北路向滕县及邹县附近推进。

1938年1月9日，第一二五师抵达临城，第一二七师到达韩庄。这时，泰安方向之敌准备沿津浦线南下，我第二十二集团军赶到。

1月11日，陈鼎勋第一二五师进驻滕县。春节时分，该师又推进界河，并部署阵地，修筑工事，准备阻击日军南下。该师派陈仕俊团（七五〇团）进驻界河以北，选择阵地赶筑工事，与邹县两下店之日军四百余人以及邹县敌一个旅团敌军对峙。陈团长命令拆毁一段铁路，截断津浦线交通。

此时，城厢集镇的铁匠炉热闹非凡，风箱呼呼、炉火熊熊，打铁之声，叮叮当当，百十个铁匠铺都干得热火朝天，拆下的铁路钢轨全是好材料，部队请铁匠师父们锻打了六七百把马刀，作为敢死队员进攻据点时的标配。

当地距离山东邹县很近，属于“孔孟之乡”的地域。川军尊重当地的风俗和礼教，官兵不准进入民居，尊重妇女，买卖公平，严守纪律。因此，军民相处亲善友好。春节期间，老百姓络绎不绝地给部队送白菜、粉条、猪肉；天寒地冻，见川军脚上还穿着草鞋，便主动脱下自己的鞋并发动妇女做军鞋，送给战士们；还主动给部队带路和运送伤员。

春节过后，陈仕俊团奉令夜袭两下店，以第三营营长率领该营先后开展两次夜袭行动，可惜均未成功，反使日军增加了该处的兵力，加固了工事。

转眼到了 2 月 25 日，陈团再次奉命攻占两下店，以一、二两营为攻击部队，第三营为预备队。战士们把棉袄反穿，白色里子与明亮的月色相映，以减少视线目标，偷偷接近攻击准备位置，于拂晓前完成部署。

东方启明星还在天际，日军尚在梦乡，信号弹发射后，第一营在右，第二营在左，两个营同时行动，先从镇北薄弱点攻进镇内，紧接着又攻破镇南，七百六十多人利用民房作掩护，与敌人展开巷战。川军士气旺盛，用手榴弹和马刀片与日军短兵相接，猛打猛砍，敌军哇哇乱叫，被迫退缩在碉堡和工事中，用优势火力不断压制川军的火力，双方激战到中午，川军不支，退守在两处砖房中坚守。敌人数次进攻，均被川军的手榴弹和马刀片打退。午后三时许，邹县方面的敌援军赶来，与第三营激战，双方互有伤亡。战至半夜，镇内两支部队分头突围，由连长吴钦明和李银川率领冲出了二百五十多人，其余官兵五百多人，都英勇牺牲在异乡的土地上。

七五〇团随即撤离到两下店以南十多里的峄山支脉郭山地区，收容整理，布置阵地，赶筑工事。

2月27日上午，敌军板垣师团赶到两下店镇。午后三时，板垣师团先架起二十门大炮对准我军郭山阵地，狂轰滥炸。四时许，板垣师团兵分两路发起进攻。第一二五师旅长卢济清率三七四团姚超伦部及时杀到，与敌激战。半夜时分，卢济清第三七三旅部被一股日军包围，情况危急，七五〇团团长陈仕俊亲率第一营向敌侧背出击，猛打猛冲，打退敌人，解了旅部的安危，但团长陈仕俊也负伤。但是，日军主力直捣徐州之美梦，受到当头棒喝。日军后率主力转攻济宁，企图进犯归德，从而威胁徐州。我第二十二集团军友军迎头痛击。日军乘我军正面空虚，再犯两下店。到28日九时，日军主力沿津浦路南下，卢济清旅开始转进，各团相互掩护，逐段抵抗。马毓智第一二七师之林翼如旅也参加了津浦路正面作战。但因武器太差，尤其是川造、汉阳造，打了几枪不时卡壳，甚至炸膛，致使我军伤亡很大，不得不退到津浦路左侧微山湖东岸与敌周旋。川军第四十五军沿津浦路两侧逐段抵抗，配合第四十一军在津浦路沿线作战，阻击敌军南下。3月初，日军主力节节进逼，邹县陷落，滕县告急。

2. 王铭章死守滕县

此时津浦路南北段形势都很紧张，第五战区正在调运增援部队，严令第二十二集团军必须坚守滕县，不准撤退。此时因为刘湘病逝，2月上旬，蒋介石电召邓锡侯到汉口，征询治川方略。2月11日，邓锡侯被委任为委员长重庆行营副主任，邓奉调回川继任。所遗第二十二集团军总司令一职，由副总司令孙震继任。

孙震（1892—1985）

孙震，字德操。四川成都人。早年入成都陆军小学、西安陆军中学，1906年加入中国同盟会，后参加辛亥革命。民国建立后，入保定军官学校第一期，后离校赴上海参加反袁“二次革命”。

1915 年加入四川讨袁护国军。1920 年组织靖川军，驱逐滇黔军出川境，任川西北屯殖军副司令兼第二十一师师长。1926 年任国民革命军第二十九军副军长，参加北伐战争。1932 年任川陕边区前敌总指挥。1934 年任第二十九军军长兼川康“剿匪”第二路总指挥。抗日战争爆发后，任第二十二集团军副总司令、总司令。1938 年参加台儿庄战役，任第五战区副司令长官。

孙总司令转令第一二二师师长王铭章负责统一指挥滕县城防，阻敌南犯徐州。

王铭章，四川省新都县太兴乡人。父亲王文焕，以贩卖小物品为业。母亲邱氏，生他兄妹二人。稍长，父母相继病逝。1905 年，他投考新都县立高等小学。1909 年，入四川陆军小学。1911 年，“四川保路运动”兴起，同盟会会员乘机组织同志军发动武装起义，包围成都。18 岁的王铭章参加了同志军，参加与清政府军队的战斗。辛亥革命后，四川军政府成立陆军军官学堂，他即转入该校继续攻读。1914 年，王铭章从陆军军官学堂毕业后，被分配到川军刘存厚部供职。初任见习排长，后升排长。1916 年初，王铭章所在的第二师参加了护国之役，转战于泸县、纳溪棉花坡一带，王铭章升任连长。1917 年，川军刘存厚部与滇军罗佩金部、黔军戴戡混战于成都及仁寿土地坎。王铭章身负重伤，功升营长。1920 年，川滇之战又起，王铭章以功升川军第七师第二十五团团长。1924 年，川战平息，王率部移防德阳，晋升为第十三师师长。北伐战争开始后，王铭章任国民革命军第二十九军第四师师长。1932 年

王铭章（1893—1938）

冬，割据成都的刘文辉、田颂尧、邓锡侯为扩充势力、争夺地盘发生内讧。时任田部师长的王铭章，率部与刘军在成都市区展开巷战，尤其在夺取皇城内煤山的战斗中，战况激烈。王铭章攻取了制高点，被上司认为骁勇善战。1933 年春，田颂尧升为“川陕边区剿匪督办”，王铭章为左纵队司令，向川陕根据地发动三路进攻。1935 年夏，红四方面军突破嘉陵江及涪江西进，与中央红军会合，全歼第二十九军主力于嘉陵江及涪江地区。最高军事当局震怒，撤田颂尧本兼各职，由该军副军长孙震“戴罪图功”升任军长。不久，第二十九军改为四十一军，王铭章任第一师师长。同年 7 月，王铭章奉派赴峨眉山受训，被授陆军少将军衔，任第四十一军第一二二师师长。

1937 年 9 月 6 日，王铭章在驻防的德阳县广场召开出川抗日誓师大会。会上，他面对部属和地方群众慷慨激昂地宣称：“我王铭章此次出川抗日，不成功，便成仁！就是壮烈牺牲……我过去不知为谁而战，为谁而死，我率你们参加过多次内战，都是互相残杀，给地方和老百姓带来了多少灾难和痛苦……今天我们奉令出川抗日，是为了挽救国家危亡，为民族生存而战。愿与诸君，共赴时艰……”

随即他返回家乡，告别父老亲人，预立遗嘱：“誓以必死报国。将积年薪俸所得，酌留赡家及子女教育之用，余以建立公益事业。”

王铭章率全师士兵，手执窳劣枪械，身负粮秣给养，穿单衣草履，背竹席斗笠，徒步出剑门，过巴山，越秦岭至陕西阳平镇，改乘火车抵达西安。10 月 15 日，在风陵渡附近的赵村车站举行临战誓师大会上，王铭章号召全师官兵“受命不辱，临难不苟，负伤不退，被俘不屈”。

到鲁南前线后，王铭章对左右说：“以川军薄弱的兵力和窳败的武器担当津浦线上保卫徐州第一线的重大任务，力量不够是不言而喻的。我等身为军人，牺牲原为天职，只有牺牲一切以完成任务，虽不剩一兵一卒，亦无怨尤！不如此，则无以对国家，更不足以赎二十年川军内战的罪愆了！”

津浦路正面的第一二五师及一二七师在敌军强大兵力压迫之下，逐步后撤，王铭章师长即令王志远旅和童澄旅奉令撤入滕县城内，严阵以待。

进犯滕县之敌，为日军华北方面军第十师团和第一〇六师团、第一〇八师团各一部，有大炮七十多门，战车四五十辆、装甲列车两列，并有配合作战的飞机四五十架，共三四万人，统由第十师团长矶谷廉介指挥。

矶谷廉介，日本陆军士官学校十六期毕业，与冈村宁次、板垣征四郎、土肥原贤二为同期生。1915 年 12 月，陆军大学第二十七期毕业。1935 年矶谷廉介在日本驻中国使馆任武官，是日军中的“中国通”。

1937 年，矶谷廉介指挥第十师团入侵华北地区作战。1938 年 3 月，该师团之第三十三旅团沿津浦铁路线向徐州方向进攻，该旅团（也称濑谷支队）孤军深入山东省南部的大运河韩庄及台儿庄一线，与李宗仁指挥的第五战区第二十二集团军最先交战。该集团军将在台儿庄亘韩庄一线的总预备队第一二二师和第三六四旅旅部移驻滕县，同时第一二四师部由利国驿率领进驻滕县城内，由王铭章为第四十一军前方总指挥，统一指挥两个师对敌。

3 月 14 日拂晓，敌步、骑兵万余，大炮二十多门，坦克二十多辆，飞机二三十架，向我第一二五、第一二七师第一线阵地展开全线攻击，各部凭借既设阵地，激战一整天，除下看埠、白山、黄山等前进阵地被敌占领外，界河东西一面的正面阵地屹然未动。

在临城的孙震总司令，得到敌军大举进攻的消息后，立即乘火车赶到滕县前线视察。随后又在北沙河召集附近一些部队的部队长和幕僚长开会，指示作战方略。最后，孙震下令：“人人要抱定有敌无我、有我无敌的决心，与敌死拼！”全场士气大振。

此时，有敌机六七架飞临北沙河上空，反复投弹进行轰炸，并用机关枪俯冲扫射，正在构筑第二道工事的七二七团被炸死炸伤六七十人。

3 月 15 日，敌从我界河正面阵地进攻，最初未能得手，于是日军除以主力外，另派三千余人，向我第一线阵地的右后方龙山、普阳山迂回包围。但龙山、普阳山有我第一二七师部队坚守。敌猛攻竟日，亦未曾得手。同日，另一股步骑炮联合之敌约三千人，由济宁东南石墙出动，向我深井的第一二四师第三七〇旅发起进攻，该旅兵力单薄，工事简陋，苦苦支撑，死伤枕藉。

在滕县的王铭章总指挥为了巩固第四十五军第一线阵地，防止敌向我右后方迂回包围，急调担任城防的第一二四师第三七二旅驰赴深井以南池头集支援第三七〇旅。经过激战，第三七〇旅才得以守住阵地。

15日中午，王铭章为了防止敌人钻隙渗入滕县左侧，命令在北沙河的七二七团抽调一个营的兵力，到滕县西北十七八里的高庙布防，拒阻敌军。

当日下午，当面之敌不断增多，但我界河阵地正面阵地未被突破，龙山、普阳山亦在我手中。于是，日军复以万余人的兵力由龙山以东向滕县方向右旋迂回。下午五时，敌先头部队已分别到达滕县东北十来里的冯河、龙阳店，企图撇开我正面阵地而直接进攻我战略要地滕县城，迫使我正面阵地不战自弃。此时，滕县城关只有我第一二二、第一二四、第一二七师的三个师的师部和三六四旅旅部，每个师部和旅部只有一个特务连、一个通信连和一个卫生队，城防处于十分空虚的状态。而我军绝大部分部队处在前线与敌胶着，只有平邑的第一二二师第二二六旅未与敌人接触，王铭章以十万火急电报命令该旅回援滕县，但该旅尚在百里开外，恐缓不济急；再则也怕中途被敌人阻挡；王铭章向临城集团军总司令部求援。总部回电说："军委会已命令汤恩伯第二十军团约十万人北来应援，其先头部队王仲廉军已于十五日中午到达临城；但该军必俟其军团司令部到达后才能北上，因而不能指望他来解救燃眉之急。"

第二十二集团军总司令部在临城唯一留下的部队是第四十一军特务营，编制是三个步兵连和一个手枪连，为了支援滕县守城，只留下一个手枪连担任总司令的警卫，令营长刘止戎率三个步兵连星夜乘火车赶赴滕县，但还是缓不济急。

滕县处于万分危急之中。

下午五时三十分，王铭章直接打电话给七二七团团长张宣武下达命令：

（一）师决心固守滕县城；

（二）第七二七团除在洪町、高庙的一个营留置北沙河第二线阵地，暂归第一二七师指挥，该团长即率其余部队立即由现地出发，跑步开回滕县布置城防。

当张宣武带第三营从北沙河撤走时，"轰隆轰隆"几声巨响，在王铭章命令下，第三营将北沙河上大铁桥炸毁。

大约两小时后，红日西沉，暮色降临。张宣武跑步到达滕县北门时，老远就看见一个人十分焦急地在城门口徘徊，原来正是师长王铭章，只见他胡子拉碴，神情疲惫，一见张宣武就急忙迎了过来，把情况向张简明扼要述说一遍。这时，配置在城前镇的第三三六旅七三一团第一营营长严翔也奉调回滕县东关。

王铭章看看表说："再有一两个小时，刘止戎营就能从临城乘火车抵达，我命令你张宣武为滕县城防司令，统一部署守城事宜。"

张宣武立即命令："严翔营长，你营担负东关防御，你看，前面有一道土围子，可以做据点阵地！"严翔立即命令两个步兵连配置在东关围寨的阵地上，留一个连做预备队。

张宣武带领的三营有四个步兵连，既无轻机枪也无重机枪，团里有个直属迫击炮，有四门川造八二迫击炮，还有一个通信排，二十副竹制担架。他命令两个连分头担任城东与城北的防务。以一个连为营预备队；另一个连为团预备队，归团长直接掌握。

救兵如救火。当夜十时，刘止戎营赶到，一下车张宣武就命令该营直接上城布防，以两个连担任南、西城防，以一个连为营预备队。

半夜，一列从临城开来的军列吐着白气，缓缓开进滕县车站，原来是一火车的粮食和弹药，守城官兵笑了，"给东洋人预备的大餐来了"。每人屁股下面都有满满一箱整整五十颗手榴弹。

这天正是阴历二月十四日，一轮寒月挂在天际，趁着大地清辉，所有城下城上官兵脱光上衣，拼死拼活地赶修工事，一直到四周的村庄传来一阵阵的鸡叫声。

第一二二师师部住在西关电灯厂里，第一二四、第一二七两个师部同时住在北街青帮大佬张镜湖的宅第内，第三六四旅旅部设在西门里路南的盐店之中，团部设在东门内路北一家山货店内。

截至 3 月 15 日深夜，滕县城关的战斗部队共有一个团部、三个营部、十个步兵连和一个迫击炮连，另有师部四个特务连，加上来城领运粮弹的一二四师七四三团的一个步兵连，共约二千五百人，加上县警察和保安团共约三千人，不容乐观，战斗部队尚不满二千人。

3月16日的太阳升起来了，在滕县内外严阵以待的川军，个个神色坚毅，他们知道，在扛枪卫社稷的这群勇士中，命中注定，许多人看不到明天的太阳。但是，他们知道，这里是中国的地方，绝不容小鬼子横行霸道！

敌炮兵一个营十二门山炮在东沙河附近高地上开始试射，很快，排炮犹如山呼海啸般袭来。紧接着，十二架飞机飞临滕县上空，炸弹如疾风暴雨成排落下，满城浓烟烈火熊熊燃烧，硝烟弥漫。老百姓在大街上乱跑乱窜，向西关外纷纷逃去，半个小时过去，城内除了守军，简直成了一座空城。

驻在西关电灯厂的师长王铭章，见火光大起，炮弹轰炸如雷暴，抄起电话，大声询问城防司令张宣武："张团长，你那里的情况如何？"

"到处都是炮火，敌人尚未进攻……"

"好，我马上去一二四师部，我们在那里集合。"

王铭章赶到张家宅院，同陈离师长、税梯青代师长、王志远旅长紧急碰头，这时张宣武也到了。王铭章立即问：

"张团长，守城有没有把握？"

"守多久？"

"两三天！"

"城内现有兵力和敌情你清楚，你看能守多久？"

"守一天有没有把握？"

"担任城防的十个步兵连有六个不是我的部队，严（翔）、刘（止戎）两个营战斗力我无法估计，我不敢保证能守一天！"

王铭章说："我们的援兵最快也得夜里赶到，如果我们不能守一天，那就不如出城，在城外机动作战。诸位意见如何？"

"同意，出城在城外机动作战！"

王铭章拿起电话："我向孙总司令报告情况，请示机宜。"

王铭章把敌情及大家意见汇报后，电话机传来孙震的指示："委员长来电要我们死守滕县，等待汤恩伯军团前来解围，汤部先头部队昨天已到临城，其后续部队正在陆续赶到。我当即已催促王仲廉军赶紧北上，你应确保滕县以待援军。你的指挥部应当立即移驻城内，以便亲自指挥守城事宜。如果兵力不够，可把城外所有的四十一军部队通通调进城内，回守待援！”

此时，王铭章才下定决心，对张宣武说：“张团长！你立刻传谕昭告城内全体官兵：我们决定死守滕县城，我和大家一道，城存与存，城亡与亡。立即把南北两城门堵死，东西两城门暂留交通道路，也随时准备封门。可以在四门张贴布告，晓谕全体官兵，没有本师长的手令，任何人不能出城，违者就地正法！”同时，他命令副官长罗甲辛：“你去把师部指挥所和师直各部队指挥所全部搬进城内！”

这时，第四十五军第一二七师师长陈离直接给孙震打电话：“我的所属部队在龙山、普阳山作战，我的指挥所要一起出城去指挥我的部队。”

孙震同意了，陈离便立即带人出城。

陈离，字显焯。四川安岳人。1911 年，陈离毕业于安岳县立高小，适逢辛亥革命爆发，他和胞弟陈谷生赴重庆参加学生军。重庆独立，成立蜀军政府，创办蜀军将弁学堂，陈离报考被录取。次年春，成、渝两军政府合并，将弁学堂并入成都的四川陆军军官学堂，他转入该校炮科第三期学习。1915 年毕业，分发在刘存厚部川军第二师见习，后升排长。1917 年，第二师独立旅长邓锡侯驻眉山，陈离被调入邓旅陈光仁团李家钰第三营，任十二连连长。在军阀混战中，因功升团长；1925 年，出任陆军第三师第十旅旅长。

陈离（1892—1977）

1927 年大革命失败后，陈离秘密召集共产党员在陈部建立政治训练委员会，并建立了中共党组织。1930 年 10 月 25 日，中共川西特委决定在广汉的陈旅发动起义，起义遭到田颂尧部队攻击，起义失败。陈离当时在成都，被邓锡侯“撤职留任，戴罪图功”。

1937年秋，时任第一二七师师长的陈离随第二十二集团军总司令邓锡侯出川抗战。11月12日，陈离率部到山西洪洞县整训部队。

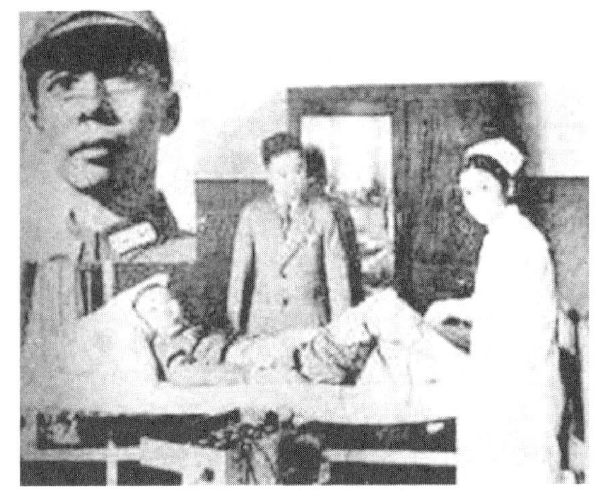

1938年3月，在滕县负伤的陈离将军在医院中

1938年1月，第二十二集团军调津浦线北段防守，陈离率军进驻滕县，升任第四十五军副军长兼第一二七师师长，担任前敌总指挥。3月16日，日军进攻滕县，陈离出城后，在南沙河与日军装甲车相遇，激战中右腿负重伤。

3. 将军难免阵前亡

16日上午，占领东沙河的敌炮兵足足打了两个多小时，东关、城内和西关火车站共落下三千多发炮弹，于是暂时停止炮击。

大约停息了半个小时，突然，炮兵集中火力炮击东关南半部寨墙，不到一刻钟，那段寨墙就被炸开了一个长两米的缺口。敌军又集中了数十挺轻重机关枪对准缺口猛烈射击，掩护其步兵攻击前进。当敌步兵进迫我阵地后，我守军七三一团第一连连长亲临缺口，集中六七十人，每人手握四五枚手榴弹，一声令下，只见漫天皆是黑疙瘩飞向敌群，炸得日军鬼哭狼嚎，遗下几十具尸体，狼狈而逃。

敌人第二次进攻依旧是步兵一个排，在炮火掩护过后，端着三八大盖嗷嗷叫着往缺口冲，就在冲上缺口一刹那，几百枚手榴弹像冰雹般从天而降，结果又留下几十具尸体退了回去。

第三次冲锋结局差不多，日寇被炸死三四十人，以失败告终。

此时，我东关右翼守军第七三一团第一连也伤亡近百人。营长严翔将该连的残部撤下，以营预备队第三连接替阵地，张宣武亦将团预备队七二七团第十二连由东城门内调至东关，作为严营新的预备队。

阵地沉寂了两个小时，张宣武趁机调动了兵力，调整了部署，修补了城内被摧毁的工事，将东关外和城内几家粮行和盐店的粮食和盐包搬到被敌军炮火轰开的缺口并加固寨墙；补充了弹药，官兵们喝了口水，吃了干粮。

下午二时许，敌人再次发起进攻，转向城关东北角，猛烈攻击。在严翔营长的指挥下，守军七三一团第二连连续打退敌人五次进攻，每次都以遗下三五十具尸体而告终。下午五时许，敌人发起第六次进攻，敌人炮火有所增加，飞机约十几架前来助阵。这次敌人攻击的目标是东关正面的城门，步兵改为一次三个排，每排相距百十米采用梯形攻击法，最前面的一个排几乎被我守军手榴弹全部消灭，可是我东关及两侧守军也几乎被消灭殆尽。严营长急将吴赞诚连补充进去，东关就像一个巨大的绞肉机，敌人第二次发起冲锋，双方进行了一场惨烈的肉搏战，我军杀退日军一个排，而吴赞诚连牺牲一百多名官兵，所剩一二十名士兵。这时，日军又发起一波冲锋，张团长一看不好，令团预备队何经纬连从东门内赴东关补充，严营长一看来不及了，令守东关南北部队都调上来，但是还是有四十几名鬼子冲进东关，但此时，夜幕降临，敌未增加后续部队，我亦无力反击，双方相距几十步形成对峙。何连赶到东关，对日军发起进攻，日军伤亡了三分之二，还有二十多个鬼子。

张宣武决心抽调守备城垣东、北面的七二七团第三营预备队张进如连驰赴东关，归严营长指挥。还亲自训话说：“如果不能把这几十个鬼子消灭，你们就不要回来见我！”该连士气旺盛，扑向敌人，一举成功，但牺牲了两个排长、死伤七十多名战士，东关城门失而复得。苦战竟日的严营长也大腿中弹而负伤。

晚八时以后，战斗停止。这一天，滕县东关、城内和西关火车站共落炮弹约万发，从东门内七二七团部至东关严营长营部不到五百米，一段电话线就被炸断二十五次之多，敌机从上午八时到黄昏，不断在滕县上空盘旋投弹、扫射，最多一次达十八架之多。

当晚九时左右，王铭章约张宣武到师指挥部汇报战况。一进门，王师长就上前握着他的手，感激地说："张团长，你太辛苦了。想不到我们这一点点人马竟能撑持一整天，你真有办法！"

张宣武说："这主要是士兵的勇敢和严营长的出力！"

王铭章说："严营长是勇敢善战，你是指挥有方，明天我直接打电话给最高当局为你二位请功！能把今天支撑过去就不要紧了。"他很是乐观，"我们在城外的部队马上要调到城里来，他们正在行动中，大约一两个钟头即可来到。"

"调进城的有哪些部队？"

"吕康、曾甦元两旅的两个团和你那个团两个营都有把握来到，只有童旅在路上可能要麻烦。今天我们不足一个团就能支撑一天，明天我们增加两三个团还怕什么？如果再把明天支撑过去，汤军团的援军就可以来解围了。"

当晚，吕、曾两旅先后从大坞、小坞一带脱离敌人，夜十时至十二时先后来到滕县。在洪町、高庙和北沙河一带的七二七团第一第二营此时也来到城内；只有在平邑的童旅（欠严营）途经城前时被敌阻挡，被迫绕道向临城方向退去。

王铭章重新调整部署，城里的粮弹充足，各部队都得到了充分的补充。部署调整后，各部队不辞疲劳地拼命抢修工事，挖掘防空洞，捆绑云梯。守城为什么还要捆绑云梯呢？原来，滕县城墙高且陡，而上城的道路每座城门旁只有一条路，当敌机投弹、扫射和炮火轰炸时，为避免和减少伤亡，城上只留少数瞭望哨，待敌军冲锋爬城时，再迅速登城抵抗，只靠一条道路，容易误事。所以每班至少需有一架云梯，以备迅速登城之用。而且士兵都预先揭开手榴弹的盖子，所以全体官兵一直忙到东方发白，也没有休息片刻。

这一夜，日军第十军司令官矶谷廉介也同样夜不能寐，川军英勇顽强的防守，导致日方死伤累累，猛攻两日而不能下，这完全在他的意料之外。于是，他调集了第十师团和一〇六师团的一个旅团，共三万多人的兵力，大炮七十多门，战车四五十辆，将滕县围了个风雨不透。

从上午六时许，先以五六十门大炮、野炮密集轰击，敌机二十多架临空投弹、扫射，恰如一场倾盆大雨，整个滕县炸点层出不穷，除了北关外一处美国教堂的建筑外，墙倒屋塌，硝烟弥漫，处处大火，遍地焦土，全城成为瓦砾废墟。

两个钟头的轰炸过后，敌步兵开始向东关进攻。以十来辆坦克车掩护步兵冲锋。同时炮火向东关全线和城内施行遮断射击，以牵制川军临时调动和后线增援。乌鸦群一样的飞机满天飞，疯狂地进行低空扫射。防守东关的第一二四师七四〇团（欠一营）犹如巨石下的小草，顽强抵抗，虽然死伤惨重，敌人也遗尸累累，激战至太阳当顶，东关阵地依然在我之手。

我七四〇团团长王麟与副团长何煜荣出东门督战，眼见不支，叫何回城将陈洪刚营及临时配属一个重机关枪连带出，加强前线，并严令各营不得退后一步。此时敌方炮弹雨点般打向东门城楼，遍地瓦砾，硝烟弥漫，城墙多处坍塌，守兵死伤累累。

一颗炮弹在近处爆炸，弹片打在王麟头部，鲜血顺着脸颊而下，王麟顿时倒地不起。何煜荣副团长叫几名卫士将王麟抬下，去了师指挥所。王铭章一见，虽然没有气绝，但昏迷不醒。

隆隆炮声，已是千钧一发，王铭章传令：让各部队长来师部商量对策，并向总部发电报告情况，电文如下：

立到，临城军长孙：（一）十七日黎明，敌即以大炮向我城猛攻，东南角城墙被冲破数处，王麟团长负重伤；现督各师死力堵塞，毙敌甚多。（二）敌以炮兵猛轰我城内及东南城墙，东门附近又被冲毁数段，敌步兵登城，经我军冲击，毙敌无算，已将其击退；若友军深夜再无消息，则孤城危矣。（三）独立山（滕县东南十余里，即汤军团预定到达地点）友军本日无枪声，想系被敌所阻，目前敌用野炮飞机。从晨至午不断猛轰，城墙缺口数处，敌步兵屡登城，屡被击退，毙敌甚多。职忆委座成仁之训，及开封面谕之词，决心死拼，以报国家，以报知遇。职王铭章叩

很快，各部队长赶到师部地下室，王铭章说：“我们竭尽全力，再熬

持一点时间，以待配合援军到来，再行反攻！”

这时，张宣武团长仓皇来报：“敌人已经进城了！”

王铭章一挥手：“各团长立即赶回去掌握部队。”

此时，东门的我军三个营都打拼完了，眼看敌兵纷纷入城或登上城墙，何煋荣向王铭章报告：“我西门城上还有部队。”

王说：“你快去！”

何煋荣到了西门，即与代师长税梯青、主任参谋罗毅威、旅长吕康、副旅长汪朝濂会面，决定突围出去。由于城门被沙袋堵死，仅可容一人通过，突围官兵争相夺路，无法控制，城上敌机枪、手榴弹不断向我官兵射击与投掷，吕康头部中弹，汪朝濂胸部中枪，接连伤亡多人，代师长税梯青由几名卫士奋力拉出城门，何煋荣及师参谋处长税斌、参谋张岐等挤出，幸免于难。

敌另一部向我东南城角攻击，先以强烈的炮火猛轰城墙，一二十分钟，硝烟散去，硬是将城墙炸开一个大缺口，紧接着是七八辆坦克车掩护百余名步兵冲锋。

这里的守军——七二七团（欠一营）二连也在拼死抵抗，勇士们先以集束手榴弹炸毁敌坦克两辆、炸毙日军五六十名。但该连也死伤殆尽，日军四五十人终于踏着死人堆爬上城墙。七二七团第一营营长王承裕立即命令第一营预备队第一连反击突入之敌，该连在两挺机关枪的掩护下，一阵手榴弹投掷后，几十把大刀在白日下闪着寒光杀进敌群，上下飞舞，左右翻砍，一场刀光剑影之后，日军非死即伤，而该连一百五十人，只剩下十四名士兵，连长张荃馨、副连长贺吉仓以下，全部壮烈捐躯。

下午二时半，日军以十二门十五生的榴弹炮猛轰滕县南城墙正面，敌机二三十架集中轰炸南关，南城墙被轰倒塌，几乎夷为平地，我守备南关的第一二四师第三七二旅七四三团的两个连被炸死一半以上，日军沿着废墟直接冲上。

防守南城的第一二四师第三七〇旅第七四〇团的蔡钲营，在遭到猛烈炮击时，血肉肢体与砖石交织在一起。敌步兵五六百人在十余辆坦克的掩护下，猛扑南城，密集的火力，汹涌澎湃。下午三时三十分左右，“膏药旗”飘扬在南城墙上。剩余部队被迫向西关火车站附近转移。

王铭章率师部参谋长赵渭滨、副官长罗甲辛、少校参谋谢大及卫士转赴西门，企图在那里掌握一些部队，谁知还未接近，西门已经被占领，日军从城上向下射击，不得已王铭章又转向西北门之间登上城墙，准备缒去火车站，正遇上侧面一发炮弹飞来，王铭章腹部中弹，几名卫士赶紧用绑腿把他系住，缒下城来。这时，西城门楼之敌又向他们密集扫射，王铭章再次中弹，身边的参谋长赵渭滨、副官长罗甲辛、第一二四师参谋长邹慕陶以及卫士十余人同时为国捐躯，只有卫士李少昆等二人幸免于难。

李少昆眼见师长牺牲，立即从他口袋中将其私章摸出来，又脱下他的大衣，掩盖尸体后突围出来。

午后三时许，东门城门洞全部崩塌。我东城墙上南半部的守兵被迫退守东城门楼，当敌人向东门楼猛攻时，张宣武与七二七团吴忠敏第二营和三六四旅王志远旅长在东门附近督战，在枪林弹雨中，张宣武右腿和双脚中弹，王志远旅长左臂亦中枪。黄昏时分，东门终落入敌手。

我军残部逐次退守东北城角和北城城墙，入夜以后，日军占据了东、南、西三面城墙，而东北、西北两个城角仍在我军手中。

深夜九时，我北城墙上守军二三百人在副营长侯子平、连长胡哨长的率领下，扒开已经封闭的北城门，有组织地逐次突围出城。

王铭章师长牺牲的消息传到武汉，童子军举着王师长遗像向民众宣传

四天半的滕县保卫战终于落幕了。滕县城已不复存在，三万余发炮弹暴风雨般地落下，几十万发子弹射出，使五千多名鲜活的守城将士们陨灭了，日军也付出了两

千余条生命的代价。在保卫滕县的日日夜夜、分分秒秒，川军在奋战，在流血，在死亡，从下士小兵到中将师长都在誓死捍卫着民族的尊严和中华的国土，这一仗惊天地、泣鬼神，打出了川军的荣耀和名声，川军在，中国不会亡！

滕县战后，第二十二集团军部队移散临城、枣庄一带。

第五战区司令长官李宗仁高度评价："滕县一战，川军以寡敌众，不惜重大牺牲，阻敌南下，达成作战任务，写出川军史上最光荣的一页。"

常言说，不蒸馒头争口气。可以说滕县一役是台儿庄大捷前光荣的序幕战，是由别的战区不要的川军打出来的，证明川军的血性和拼搏精神是不可估量的。

台儿庄大捷后，日军抽调了十三个师团，共计三十万人，分六路对徐州进行大包围。为避免与优势之敌拼消耗战，李宗仁从五月初开始做有计划撤退。同年五月下旬，日军占领徐州后，沿陇海路向商丘、开封西进，准备夺取郑州，再沿平汉线南下，一举占领武汉。

在日军即将打到郑州的前夕，蒋介石按照最后的抵抗线，命令驻守黄河郑州附近的军队炸开了黄河。

九、坚持晋南

1. 李家钰激战东阳关

1937 年 12 月，李家钰率领川军第四十七军开赴巍巍太行山区。在冰天雪地之中，川军肩扛着川造步枪，身穿单薄军衣，光着脚穿草鞋，走上抗日战场。

李家钰，字其相。1892 年 4 月 29 日生于四川蒲江县大兴乡，家境小康，13 岁进入浦江县高等小学；1909 年考入四川陆军小学堂第四期，1911 年毕业，恰逢辛亥革命，参加了学生军。1912 年考入四川陆军学堂第一期。次年因反对川督胡景伊，遭到校方开除。后进入南京陆军预备学校，参加“二次革命”。1914 年回到四川，继续插入四川陆军学堂第三期，1915 年毕业，被分到川军第四师刘存厚部任见习排长。

李家钰（1892—1944）

1916 年，蔡锷成立护国军，率第一军主力从云南攻入四川，刘存厚率部响应，与北洋军曹锟、张敬尧部对阵，李家钰作战勇敢，晋升为营长。后又升团长、旅长，1924 年升任川军第一师师长。

1925年，杨森发动“统一之战”，李家钰随邓锡侯参与刘湘等部倒杨之争，李家钰先后攻下荣昌、内江、仁寿等县，很快发展为六个混成旅，防区扩大到遂宁、安岳、乐至、潼南、资阳、新津等县。他在控制区内委任官吏，就地筹款，预征田粮，估提盐款，职掌了政治、经济、军事大权，被人称为“遂宁王”。

1927年，川军边防军总司令赖心辉被刘文辉等人扣留，被迫通电辞职。李家钰接任四川省边防军总司令，成为四川军官学堂“军官系”的扛把子。

1932—1933年的“二刘之战”中，李家钰投靠刘湘，突破刘文辉的千里岷江江防，生擒刘文辉手下师长陈光藻和旅长石肇武，并将“石老虎”枭首示众。

1933年10月，刘湘任命李家钰为四川“剿匪”第三路总司令，率军从遂宁、资中出发，开赴营山、蓬安，与红四方面军作战。较量几次，李家钰损兵折将，不敢与红军对垒，他的四川边防军被最高军事当局缩编为两个旅，李家钰被任命为陆军第一〇四师师长。

1935年11月，红四方面军紧逼名山、雅安，李家钰在百丈与红军交手，后红军西撤，李家钰遂防守西昌，最高军事当局让李部恢复成第四十七军，所辖第一〇四、第一七八两个师，驻西昌。

1937年9月，第四十七军从西昌出发，沿成（都）宝（鸡）公路，北上宝鸡、西安等地。该军从西安开赴新乡，到洛阳时，奉命转赴晋东南，改隶第二战区，隶属南路前敌总司令卫立煌指挥，划长治、长子、潞城、平顺、黎城、襄垣、屯留、壶关八县为该部防守地区。

李家钰本人驻守长治，以一七八师李宗昉部守备黎城东阳关。

东阳关在山西省黎城县东二十八里，是太行山的一处重要关口，东通河北省涉县、武安、邯郸，西通山西省黎城、潞城、长治，历来为兵家必争之地。清代在此设有巡检司戍守。只要突破东阳关，就可以视晋南为囊中之物。

第四十七军每个步兵团仅有四门二五迫击炮，每个步兵营只有三十节式重机枪四挺，每个步兵连只有捷克式轻机枪三挺，川造、汉阳造步枪七八十支，装备虽然简陋，比其他川军还是好很多。

12月初，全军到达晋南后，军长李家钰命令第一七八师守备潞城、黎城一带，第一七八师师长李宗昉遵照军长的指示，以一个加强团（一个团附一个营）担任东阳关防守；以一个团驻潞城北之微子镇，派出一个连进驻黎城。防守东阳关的加强团则以东阳关镇北通涉县大道上，右起香炉山经天主坳，左迄老东阳脑一线为主阵地带，并于上述三点，各以一个营兵力占领阵地，构筑阵地，加强戒备，其余一个营的兵力作为预备队，随团部驻东阳关。

李家钰在长治前线

集团军总部参谋长胡临聪回忆："时冰雪天地，战士却是灰色夹衣，赤脚草鞋，打绑腿，每人扛的是老套筒（川造土枪），背包上插砍刀一把，挎斗笠一个，所到村庄不打人骂人，不糟蹋老百姓，吃粮烧柴照价付钱，家中没人，将钱包好放在桌子上。老百姓对川军拥护又可怜，纷纷拿衣物、柴米支援。"

1938 年 2 月，日军向山西、河北地区大举进犯。在山西方面，日军沿同蒲铁路向南进犯，直趋临汾，进占风陵渡，威胁我潼关。在河北方向，日军兵分两路，一路沿平汉路趋新乡，近窥郑州；一路以敌一〇八师团下元熊弥部及伪军王英部，由平汉线上之邯郸经黎城进攻东阳关。

李家钰侦悉日军动向，2 月 13 日赴临汾，面见第二战区司令长官阎锡山、前敌总指挥卫立煌，要求拨给炮兵支援，未得结果。他命令第一七八师师长李宗昉加强东阳关阵地，俟敌来犯，予以痛击。

东阳关通信器材缺乏，仅师部与团部之间有电话联络，其余则靠徒步传达。而且，这一带山峦起伏，深沟陡坡，到战斗激烈时，各阵地间无法及时联络应援。李宗昉遵照军部命令调整部署，决定各阵地均配备一个营的预备队。

左翼老东阳脑由一〇六师三团第二营周策勋担任阵地防守，第三营赵前裕为预备队；团长孙介卿负此地区指挥之责。

李宗昉又派出一个营为前哨部队，进出响堂铺与涉县之间，以侦敌军之动态，阻击、抗击，迟滞敌之前进。第一〇六师一团则推进至黎城至东阳关之间，作为师的预备队，并加固师之侧后。

李宗昉（1892—1954），又名仲曦，今四川彭州市人。1909 年入四川陆军小学堂第四期学习，投入保路运动。嗣入四川陆军军官学堂第一期学习。毕业后投入川军邓锡侯部，历任排长、连长、营长、团长。历经护国、护法战争及四川军阀混战。1928 年任四川边防军混成旅旅长，1935 年任第一〇四师师长，1937 年任第四十七军第一七八师师长，随李家钰率部出川抗战，转战晋东南。

东阳关战斗是第四十七军与日军的首次作战。1937 年 12 月，河北省已沦陷，李家钰率领川军第四十七军开赴山西太行山抗日前线。1938 年 1 月，李家钰参加军事委员会在开封召开的军事会议后，与旧交刘伯承等一同回到长治军部，刘伯承在军部还留宿一晚，从中可见二人的同乡之情非同一般。而后李家钰亲自到附近老顶山一带视察，布置前沿阵地。

涉县位于太行山东麓，河北省西南部，晋冀豫三省交界处，隶属邯郸市，属第一战区，由孙殿英（即盗掘清东陵的军阀）部驻守，日寇进攻，炮火猛烈，孙部几百士兵哗变，阵脚大乱。

2 月 14 日，日军发起进攻，涉县告急。孙殿英电告李家钰，请求由东阳关派兵增援。李家钰急派罗时英团一营出关驰援，当晚，孙殿英见李家钰部到达，急向左右退却，致李部孤立，被日军左右包抄，该营与日军激战一夜，伤亡一百余人，撤回东阳关。

李家钰即命一七八师师长李宗昉加强东阳关防务，如敌来犯，即予歼灭。李宗昉命一〇六师二团第二营营长谢子奇部防守香炉山，第三营营长汪伯楷为预备队；一〇六三团第一营营长杨孟候（蒲江县敦厚乡人）部防守天主坳，一〇六师二团第一营营长罗功亮部为预备队，一〇六师三团第二营营长周策勋（蒲江县城政府街人）部防守老东阳脑，第三营营长赵前裕（蒲江县城南街人）为预备队。一〇六师二团团长罗时英指挥右翼香炉山阵地，中校团附王杰才指挥天主坳阵地，一〇六师三团团长孙介卿（蒲江县城东孙坝人）指挥左翼老东阳脑阵地。一〇六师一团

李家钰与刘伯承在晋东指挥部前
（右起：师长李宗昉，军长李家钰，第一二九师师长刘伯承，师长李青廷）

团长杨显明（蒲江县松华乡人）推进到黎城与东阳关之间，作为师的预备队，强固师之侧后，全师进入作战态势。破坏道路，深沟高垒，严阵以待。

涉县失陷后，2 月 16 日，日寇进攻东阳关外二十里之响堂铺，首先以榴弹炮袭击一小时之久，然后掩护其步兵进攻。我军一个营抗击敌军，敌人炮火轰击下，房舍倾倒、窑洞塌陷，民众伤亡很大。入暮，我军撤走后，日军一百多人窜入响堂铺宿营。狂妄自大的日军，万万没想到，夜深人静，我军派突击队夜袭响堂铺，电光石火，猝不及防，日寇被打死二十余人，突击队胜利撤回。

2 月 17 日晨，日军大炮排列阵十余处，在雾中即开始炮击；敌机四架，先后两次轰炸我军阵地，工事掩体多被摧毁，尘土飞扬，弥漫天空，枪炮声震耳欲聋。师长李宗昉、参谋长张持华率师部特务连驰赴东阳关前线。上午，敌攻打香炉山，我军据险激战，击退日伪进攻。下午，敌攻打天主坳、香炉山、老东阳脑，日军百余人，窜至一字岭，我军猛烈射击，将其消灭；又一股日军百余名窜至阵地前，亦被我守军完全消灭。第九连一名战士，负伤不下火线，手握手榴弹，跳出战壕，连续向敌投弹，打得日军东躲西藏，他也英勇牺牲。

日军三百余人窜至香炉山岩壁下，我守军使用每束四五个的集束手榴弹，连续投掷，将敌寇炸死在岩下。

日军猛攻老东阳脑阵地。周策勋营长率部与敌反复肉搏，将敌击退，周营长头部、腹部中弹，为国捐躯，牺牲时年仅三十二岁。

经过一整天血战，日寇攻不下东阳关，当晚，出动一千余人偷袭东阳关右翼的一个小山口——柳树口，那里守军仅一排人，日军攻下柳树口，直扑黎城，截断东阳关守军后路。这时，李家钰率军由长治行至离潞城县只二十里的南垂镇，驻潞城的第一〇四师第三一二旅六二四团熊岗陵部驰援东阳关，行至潞城东十五里之微子镇时，第一七八师援军在黎城东北四五里处与从柳树口窜入的日军遭遇，我军奋勇迎击，终因伤亡过大，退守黎城。

李家钰得知日军已由柳树口窜至黎城，将截断东阳关守军后路，电令东阳关守军予以重创后，迅即转移到长子县集结，以策应第一〇四师保卫长治，李宗昉奉命后，命阵地前线各营各派出一个班向当面之敌夜袭，以进为退。

2 月 18 日凌晨四时，我军撤离东阳关。在撤离东阳关时，第一〇六师一团第四连上尉连长黄高翼（蒲江县松华乡马南村人，遂宁军事政治学校毕业）率部留守阵地，掩护主力转移，任凭日本飞机轰炸、钢炮轰击，坚守不退，日寇冲上阵地，与敌肉搏，日寇用机枪扫射，胸部中弹数十发，壮烈殉国，牺牲时年仅二十九岁。

东阳关血战，毙伤日寇一千余人，李部官兵壮烈牺牲二千余人。其中包括营长周策勋、谭培二人，连长黄高翼等十二人，排长黄仕昌等二十余人，上尉附员龚海清，中士班长陈述清，一等兵廖吉平、杜云先，上等兵杨云、黄汉良，二等兵韩国义、安子良，下士周占云等人。

17 日，日军攻破东阳关后，沿长邯公路直逼盆地腹心。第一七八师余部突出日军重围撤退，与第一〇四师会合，共同保卫晋东南的中心——长治古城。日军和川军在黎城、百鼎角激战。守卫百鼎角的第一〇四师六二〇团奋起抵抗，连长李世英率部向日寇冲击，毙敌十余人，缴获轻机枪二挺、步枪十余支、掷弹筒一个。但最后还是抵挡不住日军。我军中午撤出黎城，据守潞城北潞河镇，隔浊漳河与敌对峙。川军利用山沟地形，击毙进犯之敌二百余人。晚上，日军攻势凌厉，南进至微子镇。同时日军飞机轰炸潞城、长治等地；19日，日军占领潞城；19日，日军晚进犯长治；20日晚，日军占领长治。

长治城失陷之后，第四十七军深陷敌后，与上级失去联系。李家钰率部到运城荣河，方才取得联系。此时集团军总司令邓锡侯已调回四川接替刘湘任川康绥靖主任，因此，军长李家钰将长治一役情形，分电川康绥靖主任邓锡侯和集团军总司令孙震：

长治一役，职部官兵誓不俱生，坚守长治四门，苦战累日，敌以飞机大炮联合轰击北门一隅，中弹千余，廿日午被敌击破，我军一面身冒弹丸，奋勇抗阻，卒以火力过猛，敌得冲入。我守城司令李克源旅长等督促士兵肉搏巷战，杀敌极多；副司令李克渊负伤，营长杨岳泯、连长夏抚涛、杨显模等血战不屈负伤自戕，此外负伤官长十余人，士兵伤亡甚多。

1938年11月，中央通讯社记者在长治、东阳关一带采访，写回的报道称：

李家钰部前在东阳关、长治一带抗战，其可歌可泣之事甚多。该军器械不如敌军，然官兵牺牲之精神，莫不令人敬仰。在长治城中，全团殉国死节；子弹打完后，继以枪头拳脚与敌巷战肉搏，毙敌达两千左右。官兵宁愿饿死，不愿掠夺，深为民众所景仰。现潞城至黎城途中，民众自愿为该军修建庙宇及纪念碑甚多，大小庙宇，皆立该军阵亡将士神位，堪为我军之表率。

在东阳关壮烈牺牲的连长黄高翼，遗体初葬于香炉山，后迁葬在山西平陆县张店。

第四十七军军长李家钰在墓碑上题词：“为国捐躯。”

后任第一七八师师长杨显明题词：“以热血头颅，灌溉民族自由之花。”

其兄黄仕杰作挽联：“入孝出悌，讲武练兵，做事做人深有道；修身齐家，精忠报国，一生一死最光荣。”

黄高翼家人于1941年正月在松华乡马南村为他修建了衣冠墓。由仁寿县人、国学名师尹庄伯先生题写碑文。

李家钰部将士在山西东阳关英勇杀敌，受到山西人民赞扬和爱戴，受到中国共产党赞扬。1938年7月27日，中国共产党南方局（驻重庆，周恩来、董必武、吴玉章等人领导）机关报《新华日报》报道如下：

在东阳关作战负伤的官兵李平白、周玉清等，经黎城县府收容治愈回部，携回黎城县长何公振函，称："东阳关之役，贵军官兵英勇抗敌，经一周之血战，日寇伤亡千余人，我忠勇官兵作战壮烈牺牲者亦在二千人以上。黎城民众对此可歌可泣之事迹，极为崇佩敬仰，久而难忘。除阵亡官兵由地方民众分别清查埋葬举行追悼及负伤官兵已由地方政府收容治疗外，并在东阳关建立'川军抗日死难纪念碑'一座。在皇帝陵建川军庙一所，每年二月十七日，演戏一日，以志不忘。"

1938年7月29日，《新蜀报》也以《黎城民众，纪念国殇，建川军庙一所》为题，作了同样的报道。

在山西东阳关抗日牺牲的英烈们，永垂不朽！

为国家、民族英勇献身的蒲江英烈们，永垂不朽！

2. 中条山攻守

1938年5月，第四十七军军长李家钰奉第一战区司令长官卫立煌的命令，由太阴山区南调中条山。

当时，日军牛岛实常第二十师团守备同蒲铁路南段临汾、闻喜、夏县、运城、风陵渡之线。敌军利用伪军、地方维持会，搜刮民间物资，推行以华制华，以战养战的策略。

第四十七军部队到达山西平陆地区后，军部驻南村，将两个师部署于中条山西麓，以李青廷第一〇四师占领夏县以东山地的刘黄岭、通峪、侯家岭之线，师部位于夏县西沟。以李宗昉第一七八师占领运城以东山地的陈家圪塔、张店、磨河之线；师部位于平陆的太宽。西向铁路沿线警戒，并派部对敌扰袭，伺机反攻。4 月 30 日，李家钰兼任第二十二集团军副总司令，奉命由绛县转移平陆。

其实，日军二十师团盘踞在同蒲铁路南段的临汾、闻喜、夏县、运城及风陵渡一线，占据风陵渡的日军在黄河北岸筑起炮兵阵地，不断对黄河以南的陇海铁路实施炮击，破坏陇海铁路，炸毁列车，成为黄河南岸运输线上的威胁。

5 月，李家钰接到命令，攻击安邑城之敌，迫使该敌退出风陵渡，解除其对陕西潼关的威胁，李部奉命攻击日军，以配合友军将日寇赶出风陵渡。

4 日夜间，李家钰先令一支部队佯攻夏县县城，搅得夏县翻天覆地，以此牵制夏县日军。9 日夜间，李家钰亲派第一〇四师杨显明的六二四团对安邑县城展开突袭，安邑城中的日军来不及做出反应被打得落花流水，死伤枕藉，剩余的鬼子没来得及向运城日军发出求援急电就向城外溃逃，安邑城被占领。

日军随即调动闻喜、夏县和解县的千余人反攻安邑，守城营长蒲继明在四个月前因抗战伤其一臂，人称独臂营长，他把一部分部队埋伏在城北的麦地里，一边破坏铁路、公路，一边守候，另一部分队伍则会同共产党所领导的安支队守城。反攻安邑的日军见城门紧闭，立刻找来梯子爬城，就在这时，独臂营长看见时机已到，立即命令开火，瞬息之间，城内城外，喊杀声、迫击炮、手榴弹、机枪步枪一齐打响，直打得敌人尸横遍野，死伤一片，狼狈溃逃。

敌人撤退之后，第一七八师一〇六三团长孙介卿率部进驻安邑县城，接替调走的蒲继明营。

5 月 15 日，第一〇四师一〇六二团进攻运城镇，在城东与敌激战。日军紧闭东西南三门，据城死守，其一部据守飞机场、面粉厂、高家垣一带，向川军炮击。

孙介卿部在杨显明（1935 年任国民革命军第二十八军第一〇四师少将副旅长兼五团团长。1937 年 9 月，随李家钰出川参加抗日战争，任国民革命军第四十七军第一七八师第五三一旅一〇六一团团长）的指挥下，分别向三处猛攻，川军中尉排长龚伯钧等阵亡，19日一度占领高家垣。该团一营三连连长罗玉隆率队夜袭日军，生俘日军中队长一名，士兵十余名，并缴获多件武器。1938年2月，杨部以劣势装备守卫长治东阳关，顽强奋战，阻击一昼夜，毙伤敌五百余人。但此时日军已在外围完成集结，从闻喜、夏县、运城三路进攻安邑，敌我力量发生重大变化。

营长赵前裕建议以一个营守安邑城，在东门外、南门外各派出一个营，互为掎角之势，但团长孙介卿已杀红眼，没有审时度势，而是采用守卫长治的老方法，全团退守城内，在城中和城墙之上构筑工事，并用石料将四个城门完全封锁，没等工事就绪，23日，日军完成合围，立即用重炮轰城，很快就将四个城门的工事摧毁，把城墙轰开缺口。孙介卿见敌破城，只得率部堵截，在城墙上，在街道中，同鬼子展开了惨烈的短兵相接，二营营长吴瑚被俘牺牲，三营营长赵前裕浴血突围，转战至东门外，中弹身亡，其弟赵前樑待天黑以后，摸到战场，匍匐寻得兄尸，背回后方，葬于陕县会兴镇；一营营副贾国华在安邑城十字街头与五个日军拼杀，壮烈牺牲，卢致生等五名连长、张才文等很多士兵都在巷战阵亡，日本鬼子非常凶残，用刺刀把没有断气的川军刺死，扔到旁边的枯井中。24日夜，只有部分士兵和军官冲出城外，余下的小部分隐藏在老百姓的家中，被老百姓化装保护起来，在黑夜中又乘乱送出了城。孙介卿仅率百十余人逃回师部，师长李宗昉大怒，请示李家钰后，以丧师失地、临阵脱逃罪将孙介卿枪毙。此战川军伤亡一千余人。

虽然川军在安邑战役中因孙介卿指挥不力、应对失措，但从大局看，同月25日李家钰部攻克平陆县城，30日收复解县，又联合各路游击队夜攻运城镇，迫使风陵渡日军进攻潼关受阻，再加上卫立煌部在垣曲围攻日军、孙蔚如部在永济大战日军，终于在中条山一线形成稳固防线。

1938年夏秋之间，夏县、运城等地日军及伪军二千多人，向我中条山麓两师阵地进攻，目标指向我西沟、太宽两师部所在地。

1938年至1941年5月前我方二十余万将士打退了日军十三次进攻，其中，第四十七军在山西作战两年多，伤亡一万五千余人，毙伤日伪军一万余人，从全局看，这粉碎了日军破山西、经陕西、攻成都的速亡中国战略计划。

十、武汉会战

1. 川军无为、巢县之战

1937 年 12 月，杨森率第二十军残军到达安庆，进行整补。该军属于江北守备军；担任安庆长江北岸枞阳、舒城、桐城、庐江和无为地区的防务。杨森被任命为第六军团司令，下辖第二十军。

1938 年 1 月 27 日，军事委员会任命杨森为第二十七集团军总司令兼第二十军军长，总部在安庆，所部改隶第五战区司令长官李宗仁指挥。

因为部队在淞沪会战中伤亡很大，兵员严重不足，杨汉忠的第一三五师被迫撤销建制，取消番号，该师兵员补充到第一三三和第一三四师中；但是还是不够。因杨森的部队大多由川南叙泸地方的人组成，什么是叙泸呢？有道是“金沙从雪岭而来，岷水经青衣而至”。温婉的岷江与刚烈的金沙江相遇宜宾（古称叙州）合江门，合为长江。这段就称为叙泸。

杨森的兵员即由四川叙泸与合川两个师管区负责，先后拨来六个补充团进行补充。

所谓师管区即对兵役管区的区划机构，就指定区域划分为各师管区，每一师管区之下分为三四个团管区，师及团管区的划分应力求与行政区域相一致。师管区司令部直隶于军政部，处理师管区兵役事务、在乡军人管理与在乡军官佐籍等事项。师管区司令由现役少（中）将担任，受军政部之命及兵役有关机构之指示，并商得本管区常备师长之意旨，处理兵役一切事务。

人员得到补充后，武器从何而来？因该部在淞沪会战打得英勇，损失也大，所以武器装备则由军政部全部换新。经过一番除旧布新，装备和编制都比以前大大加强，步枪大多为捷克式，每个营增加了一个重机关枪连，每个团增加了一个迫击炮连，军增设通信营，师、团各设通信连。在军事训练上，以战例和作战经验为教材，配以典范令训练士兵，并加强防空和工事构筑、实弹射击训练，军力又为满血。

在政治方面，除由战地巡回工作团对官兵教唱爱国歌曲、演出抗日活报剧外，还有政工人员上政治课和抗日爱国教育。

杨森还学习八路军、新四军的“三大纪律八项注意”，在此基础上，加以结合自己的需要，也编了一个“四大纪律，十四大注意”，规定早晚点名，集体诵读。四大纪律是：决心英勇抗战，服从长官命令，不要人民东西，坚固国军团体；十四大注意是：逢人宣传，讲话和气，爱惜武器，不当散兵，整洁驻地，买物公平，借物送还，损物赔偿，不乱拉屎，远让汽车，不嫖不赌，自己洗衣，负伤守纪，负伤交枪。

1938 年初，日军侵占长江边的芜湖后，其步兵配合军舰不断沿长江西犯。

川军唐式遵第二十三集团军奉调戍守皖南、赣东一带。守备地区东起南陵、繁昌，西至马当、彭泽长江防线七百余里。皖南地区属于吴头楚尾，大江奔流于前，黄山雄峙于后，中有马鞍、九华诸山，层峦叠嶂，奇峰突兀，东接太湖，西连鄱阳，有险可恃，自古为兵家必争之地。

唐式遵的第二十三集团军原属第七战区，自刘湘病故之后，该战区被军事委员会撤销，该集团军由副司令长官唐式遵率领，改隶原属顾祝同的第三战区，担任与敌对峙和袭扰远近纵深日军的目标；主要的战斗任务是阻击长江上从皖南到武汉的水路运输线，以策应保卫大武汉。

1938 年 4 月 29 日，日军占领徐州。在此之前，日军已经开始为进攻合肥的战役做准备。4 月 30 日午后二时半，两路部队分别进入巢县，巢县完全落入其手。巢县陷落让合肥岌岌可危。

4 月下旬，唐式遵第二十三集团军紧急命令佟毅率第一四五师第四三三旅戴传薪、第一四六师第四三八旅梁泽民，受第二十七集团军杨森指挥。

梁旅和戴旅以急行军的速度，于 5 月 2 日赶赴安徽无为，向第二十七集团军第二十军副军长夏炯报到。

夏炯，字斗枢，四川温江人，毕业于云南讲武堂泸县分校。历任川军排长、连长、营长、团长，1934 年任第二十军第一混成旅旅长，第二十军副军长。抗战时期任第二十军副军长兼第一三三师师长。

夏炯（1901—1950）

夏炯见到戴传薪和梁泽民，立即介绍敌情和指示任务："日寇一部由和县、含山向巢县攻击前进，该地只有自卫队，战斗力差，巢县失守。指挥部只有一个排保护电台，盼望部队到达。现在运漕河只有无为县自卫队看守，敌人一定会占领运漕河，使芜湖与芜湖水上交通畅通，以便直攻合肥。你们赶快到运漕河，要构筑工事坚守，否则无为县无险可守，敌人军舰已接近大通，就可以沿江直上，很快就会到达无为。"

运漕河位于安徽省中部，由巢湖流出，东经含山县运漕镇到芜湖市裕溪口入长江，为巢湖流域水运要道。

军情紧急，梁旅长立即带人赶往运漕河，这时已经有几十名日军工兵赶在前头，在岸边掩护搭桥。

梁旅长即命八六七团第一营向敌人发起猛烈的攻击，用手榴弹和大刀勇敢冲杀，双方混战在一起，日军虽有火力支援，也抵挡不住士气高昂的川军近身肉搏，加上我后方部队陆续赶到，掩杀过去，日军有的被打死，有的被逼跳了河，基本被收拾殆尽。但是河对岸的日军以轻重机关枪和掷弹筒对我军猛烈开火，川军在一片开阔地上无遮掩作战，伤亡惨重，咬牙坚持到天黑以后，两个团进行调整，重新构筑掩体。

5 月 3 日，日本轰炸机三架飞临无为县城上空，轰炸县城及运漕河我集团军驻地房屋，河对岸日军乘机用船只渡河，向我军全线攻击，并扩大下游的攻击点。随即，又有一架敌侦察机低空盘旋侦查并扫射我军阵地。一时间，枪炮齐鸣，波浪翻滚，上下游全是敌船，蚁拥蜂攒，载满士兵向我方岸上冲来。在离岸边三四十米时，我方岸上士兵跳出掩体，用集束手榴弹抛向敌船，炸得敌兵人仰船翻，纷纷向下游逃去，复被我机关枪追击扫射，死伤惨重。我官兵越战越勇，互相鼓励着："用鲜血换来的阵地，绝不能抛弃！"

在战斗中，八七六团一营营长郭维藩负伤，不少战士伤亡。

敌人的第一次进攻被打退后，敌机或三五架或七八架盘旋在无为县运漕河、大通、青阳等处，进行狂轰滥炸，无为县城所有的房屋都在轰炸中被夷为平地。

川军一线官兵天天要维修工事，加高加固，以便再战。

进入 5 月，南方雨水增多，潮水上涨，工事或被水淹，或潮湿难耐，官兵在泥水中生活、战斗，身上长癣、生疮、出脓，夜间又遭蚊虫叮咬，官兵们普遍体内淤积湿气，甚至得了疟疾，每个连都因为疾病造成了减员。

八七六团二营营长张弼臣因湿气病发作，转到后方医院治疗，不幸病故。其他体弱的官兵也多遭此厄运。

5月下旬，敌机活动更加猖獗，从大通到铜陵之间，聚集了敌舰十余艘，有两艘上驶，企图进犯大通、贵池；被苏联援华航空队发现，进行轮番轰炸。日军军舰上的炮兵都吓得溜走了，慌忙后撤。川军看了欢呼跳跃，士气大涨。

此时，巢县的敌人开始抓民夫，修公路，似乎有较大的军事行动。

杨森部为保卫巢湖地区，也是殚精竭虑，并且遵循了国共合作、实现民族统一战线的精神，开展多方联络。

在这一地区活动的不但有友军第二十六军徐源泉部，还有江防司令蒋炎、安徽保安司令漆道儒的保安第三团、保安第四团、廖运昇的保安第八团以及赵达源保安第九团、赵敦善抗日人民自卫军无为支队、高敬亭新四军四支队等抗日武装。

这些人中有几位值得一提：

高敬亭（1907.8—1939.6），河南省新县人。鄂豫皖根据地的重要领导人之一。

1932 年 10 月，鄂豫皖根据地第四次反"围剿"失利，红四方面军主力西走川陕。高敬亭率部由豫东南撤退到皖西，成立红七十五师。1934

年 11 月，高敬亭重组红二十八军，任军政治委员，坚持在大别山斗争。抗日战争爆发后，下山与国民党谈判。南方八省十三个地区的红军游击队改编为国民革命军陆军新编第四军，下辖四个支队。高敬亭部改编为新四军第四支队，共三千一百多人，是当时新四军四个支队中人数较多、武器较强的一个支队。高敬亭被任命为四支队司令员，由皖西继续东进到舒（城）、桐（城）、庐（江）、巢（县）、无（为）地区。在无为、巢湖的战斗中，高敬亭受第二十七集团军指挥，取得了巢县蒋家河口袭击日军的胜利。蒋介石为表彰蒋家河口战斗致电新四军叶挺、项英：

叶、项军长吾兄：隐电悉。贵军四支队蒋家河口出奇挫敌，殊堪嘉慰，希饬继续努力为要。中正。铣（16）日

为执行保卫大武汉，执行国民党的扰敌后方运输线的战略任务，9 月上旬，新四军四支队一部在桐、潜公路之范家铺附近，袭击南开汽车数辆，击毁一辆，内有敌官兵十余人，并有白种形似意大利人者三人，获长枪八支，文件数十件及其他军用品。支队令一部，三日在棋盘岭附近伏击敌汽车八十余辆，击毁三十余辆，毙敌四十余人，获步枪二十一支。

廖运昇（1901—1981）

廖运昇，安徽淮南人。黄埔军校第四期毕业。参加过北伐战争。历任国民革命军连长、营长、团长。抗战后，廖运昇先后被任命为安徽保安第八团团长、第十四师师长、第五挺进纵队司令兼阜阳警备司令和第一一七师师长；抗战胜利后为暂编一纵队、第一一〇师师长，后在义乌起义。

抗日战争爆发后，桂系第二十

一集团军总司令廖磊到安徽，成立安徽保安司令部，组建了八个保安团。廖运昇收编了一些地方自卫队，成立了安徽保安第八团（保八团），任团长，1938 年 4 月，保八团驻守在安徽巢县。

一天凌晨，日军谷寿夫师团的坂井支队一千多人在骑兵、空军的配合下，分乘数辆汽车，气焰嚣张地向巢县县城扑来。当时，保八团第一营驻在距县城数公里外的庙集，第二营驻在林头镇，只有第三营和团直属队驻在县城内的车站和附近的几个据点。日军首先攻占了巢县外围，又乘黎明前天色昏暗，在强大火力掩护下，扑向城内各个据点。在廖运昇的指挥下，第三营和直属队奋力抵抗，与敌激战一天一夜，争夺车站数次失而复得。次日，敌人增加了兵力，趁保八团第一、二营支援未赶到之机，发起了猛攻。第三营由于伤亡过大，力薄不支，被迫与团直属队一起撤出县城，退守到县城西北方向十多公里外的散兵镇，县城遂被日军占领。部队退到巢县柘皋镇和烔炀镇休整补充。不久，日军集结三千余人，兵分两路进攻柘皋，廖运昇迂回敌后，打起伏击战，埋伏在通往曹县的公路两旁袭击日军，打死打伤三百余人，缴获了不少步枪、机关枪等武器，后撤往繁昌一带休整。

1938 年 5 月中旬，合肥沦陷后，该部撤往霍山，与其他部队一起打击日军，支援武汉外围战。该部后被汤恩伯部收编，廖运昇为第一一七师师长。

赵达源（1911—1940），字德泉，云南省大理县人。初就读于云南省立农科高级中学，后投笔从戎。民国十五年（1926 年）入云南讲武学堂十九期步兵科，卒业后分发至滇军第五旅见习，历任排长、区队长、连长等职。1934 年来皖，升任少校营长，旋升任安徽保安第九团中校团附、宣城保安警察大队长等职。1937 年，抗日战争爆发，升任安徽省保安九团上校团长，时芜湖、安庆相继沦陷，他率部转战江淮。1940 年 4 月 10 日（农历三月初三），合肥的日军派骑兵千余人沿淮南路北上，企图攻占寿县城。赵达源据城固守，身中数弹，坠于城西门城壕中殉职。

当时，这几位活动在安庆以下到芜湖之间的抗日部队，都听杨森的统一指挥，齐心合力地打击日军。

我们熟知的巢县蒋家河口战斗，就是属于巢县、芜湖战役的一个部分。

在川军夏炯副军长的指挥下，各部对芜湖、巢县进行统一打击。高敬亭部于巢县东南地区，对敌侧背施行袭击及游击，5 月 16 日在巢县蒋家河口歼灭日军一个小队。

5 月 14 日，新四军高敬亭第四支队先遣队第九团一部于裕溪河（运漕河）西岸蒋家河口隐蔽设伏。16 日，日伪军百余人进入伏击区时，伏击部队突然发起攻击，敌被歼二十余人，其余逃回巢县，新四军首战告捷。

第二十军官兵与这一地区的各抗日武装齐心合力，打击了日军，直到 6 月上旬，运漕河之敌与合肥进犯之敌，在飞机大炮掩护下，向运漕河上游发动攻击，乘船渡河，八六七团坚决抵抗，逐渐不支；幸亏八七五团预备队及时应援，给敌人以迎头痛击，激战两小时，终于将来犯日军击退。

2. 第二十七集团军战斗详报

我们耳熟能详的新四军蒋家河口一战，就在夏炯的指挥下进行的，属于杨森集团保卫芜湖的一部分。请看第二十七集团军战斗详报。

一、战前敌我形势概要

自四月三十日巢县沦陷，步骑炮联合之敌三千余，沿淮南铁道及巢湖北岸，向合肥节节西犯，企图占据合肥后，北以威胁淮北我军侧翼之作战，南合海军会攻安庆。集团军奉命以打破敌人此种企图，使淮南友军作战容易之目的，特以一三三师三九九团蔡旅、一三四师四〇二杨旅，由（一三四师）师长杨汉忠指挥，暨漆副师长所率之安徽保八、保九两团、江防司令蒋炎所率安徽保三、保四两团，无为赵（敦善）支队、新四军高（敬亭）支队等部，相机袭占含（山）、巢（县）后与合肥二十六集团军徐源泉部，夹击由巢县西犯之敌，期于合肥以东柘皋附近山地间地区，而歼灭之。

二、影响战斗之天候气象及战斗地之状态

（一）巢县

攻袭巢县日期，为五月十三日晚，当时天雨隐晦，道路早经破坏，泥泞特甚，部队运动极感困难，与我原订夜袭计划，及行动之时间相差太远，亦不无直接影响于此次战役也。

巢县为盆地，且西南临巢湖，东北东西为淮南铁道，西为巢合公路，东北为巢含公路，西北有距嶂山，城内有牛山，而城郊除铁道公路外，均为水田，部队运动，限制殊大。

（二）运漕

运漕为由长江沟通巢湖湖河，暨掩护敌人修筑铁道之要点，界于后河前河之间，镇临前河，河宽约五十公尺，水深流缓，河西岸均为堤埂，我如由前河东攻运漕，较困难，如由东南大马村攻后河，以攻运漕较易。

（三）黄洛河

黄洛河一面临河，三面负郭，均深水田，自无为至石涧铺之交通路，又全破坏，部队运动，多感不便，此次黄洛河战役，致不能竟全功者，次不无关系也。

三、彼我之兵力交战敌我兵团队号，并主官姓名

甲、敌军

1. 巢县之敌，系福田部冈本联队。

2. 运漕、黄洛河之敌，为大野联队之一部。

乙、我军

参加作战部队

（一）巢县战役：

一三四师四〇二旅　师长　杨汉忠　旅长　杨干才

一三三师九九旅　旅长　蔡慎猷

安徽保安第八、九团　团长　廖运昇　赵达源

（二）运漕战役：

一四六师四三八旅　旅长　梁泽民

安徽保安第九团　团长　赵达源

抗日人民自卫军无为支队　支队长　赵敦善

（三）黄洛河战役：

一三三师三九九旅　旅长　蔡慎猷

七九七团　团长　陈亲民

七九八团　团长　徐昭鉴

三九七旅九三团　团长　周炳文

四、各役阵地占领及所下达命令之要旨

（一）五月一日午前四时，总部在合肥给予襄安蒋司令并转无为夏（副）军长之电令如次：

1. 一三三师三九九旅，一三四师四〇二旅，由杨师长汉忠率领，冬（二）日向庐江前进，其余两旅，仍集结安庆附近。

2. 蒋炎以主力在无为襄安附近，一部在上汤家沟土桥，巢无及其以南之守备，及江防。

（二）五月二日午后六时，在合肥给予罗副师长，暨宋司令世科之电令要旨：

1. 罗副师长率保七团及陈营，应在巢含宜北地区，不断袭击敌人右侧背。

2. 宋世科部应由柘皋推进至下关镇附近，相机袭击巢县之敌，对下关镇之敌，须设法歼灭之。

同日午后二时，给与夏副军长电令：

应饬属立恢复新港，并相机袭击以含巢之敌，以期局部歼灭之。

（三）五月五日午后二时，给与夏副军长（炯）电令：

对含巢之敌，应不断袭击，高支队并应以一团布防巢湖南岸，两团集结石涧铺待命。

（四）五月六日午后三时，集团军于怀宁给予巢（湖）南各部集作命第七号命令要旨如次：

1. 由芜湖先后渡江沿和县、含山道西进之敌四五千人，其先头部（约二千）进占巢县夏关镇一带，魏集附近有骑兵出没，和（县）含（山）和（县）全（椒）公路，敌正积极修复中。

巢县之敌，昨（五）日续增加四五千人，淮河附近之敌，其主力约一师以上，芜宣一带之敌军极为空虚，我右翼军（廿六）集团之二师，已到达店埠、合肥，其一部已推进至柘皋附近地区，我江南友军，正向芜宣之敌反攻，在激战中。

2. 本集团军（江北守备军）以拒止敌人由巢南地区西犯，掩护淮南我军右侧安全之目的，以主力守备怀宁及沿江江岸，以有力之一部进出于巢湖南岸地区，与右翼（廿六集团军）协同，准备攻击巢（县）含（山）之敌。

3. 夏副军长指挥江防司令部所部之保三保四团暨漆副师长所部之保八保九团配属巢县、无为、庐江各县自卫军，以一部担任雍家镇西侧上汤家沟江防，暨雍家镇北侧，三汊河运巢、巢湖东端以西地区之守备，应以有力之一部，控制于无为附近，并不时派队向含巢间地区游击，特须与右翼军（廿六集团军）及庐江附近之一三三师，切取联络。

4. 一三三师（欠一旅）附一三四师四〇二旅，由杨师长汉忠指挥，集结庐江附近，并与夏部及右翼军（廿六集团军）切取联络，准备尔后之作战。

对巢湖以南地区，应择要构筑工事。

（五）五月八日午后四时，给予杨汉忠师之命令要旨：

1. 杨汉忠指挥之部，迅向石涧铺前进，以三团位置于石涧铺，另一团进至芙蓉岭、银瓶山一带；

2. 保八团（廖运昇）以残余固守散兵镇附近；

3. 保九团由淋头向清溪附近地区之敌，不断袭击；

4. 保三团由运漅、铜城庙镇、陶家厂向含山之敌佯攻；

5. 无为赵支队由三汊河、下汤家沟向雍家镇、裕溪口之敌佯攻，并拒止其北进；

（六）五月八日遵副司令长官李（0712）（应为李品仙）作二命令下达各部之集作命第八号命令如次：

命令五月九日午后二时卅分

于怀宁总司令部

1. 淮北之敌，已进占双沟集龙亢，有向蒙城北进模样，其一部尚在淮河北岸，与我右翼军对峙中；刘府考城一带之敌，似已向北移转，我七军、卅一军，仍在淝河、涡阳河附近地区与敌激战中；

我右翼军（廿六集团军）以一旅，附宋世科部，驱逐夏阁镇附近之敌后，即向巢县方面前进，与江北守备军协力向巢县之敌佯攻，并相机占领巢县，保七团全部，即经昭关向含山之敌攻击，以牵制之，高敬亭部迅速进出全椒方面，实施游击。

2. 本集团军以策应淮北我军作战之目的，以主力向巢县之敌佯攻，并相机占领之；以一部守备大江北岸；

3. 一三三师（欠三九七旅）附四〇二团，由杨汉忠指挥，即由庐江向石涧铺推进，以三团位置于石涧铺，以一团进至芙蓉岭、银瓶山，其右翼锅底山与左董家山一带，特须侦探警戒并与右翼军（廿六集团军）暨夏副军长炯指挥之部队，密切联系，协力攻击巢县之敌，相机占领之，必要时得受夏副军长炯之指挥。

4. 夏副军长指挥之部队应依下列部署行动：

（1）保八团之剩余部队，固守散兵镇附近，

（2）保九团应由淋头向清溪附近地区之敌，不断袭击，

（3）保三团应由运漅、铜城、庙镇、陶家厂向含山之敌佯攻，

（4）抗日人民自卫军无为支队由三汊河、下汤家沟向雍镇、裕溪口之敌佯攻并拒止其北进，

（5）保四团仍续行原任务。

（必要时得指挥杨汉忠师）

5. 以上各部队，统限于九日黄昏以前，准备完毕，其作战指导，应依机动，并以优势兵力击破敌之某一点，即转移于他方面，不可呆滞使敌穷于应付，并与我右翼军（廿六集团军）切取联络，期收夹击之效。

6. 其余部队，仍续行前任务。

7. 通信、补给，另命规定。

8. 总司令部在安庆。

（七）五月十二日十二时在安庆用电报下达廿军夏副军长及杨师长汉忠集作第九号命令如次：

1. 约两千之敌已进占柘皋西南之龙泉山、双山、白马山、长临河亦到敌约两千，似有积极西犯合肥之企图。

我廿六集团军之一部仍在夏阁镇附近，与敌激战中。

2. 本军以策应巢、合友军之作战，遮断敌后方联络之目的，以一部向含山、清溪之敌佯攻，主力向巢县之敌攻击，而占领之，尔后即向巢县西北续进，与廿六集团军夹击巢合之敌。

3. 杨汉忠部，应由东关、淋头，及湾里南之渡船口附近一带渡河，

于文（十二）晚进出于鼓山、旗山及其以东地区，特须以一部注意清溪、巢县间敌之侧击。

4. 廿军夏副军长炯应以保三团（附正规军一营）由含山、清溪间向含山西门攻击，占领十字路、永胜桥及含山西门附近地区，阻敌西进，保八团应向清溪附近游击，并相机占领之，保九团一部位置于散兵镇，一部推进至斯港巷。

5. 其余各部，应注意敌由雍家镇、裕溪口北犯，及沿巢湖东南侵扰。

6. 各部队应于（文）午后开始行动，自定攻击开始时间，并呈报之。

7. 各部队特已游击部队将到达之公路桥渠，迅速彻底破坏之。

8. 各部队通信，应以有线电为主。

9. 总司令部在安庆。

（八）五月十六日下午下达各师之集作令第十号命令：

命令廿七年五月十六日六时于怀宁总司令部

1. 巢县之敌约千余，炮数门，刻仍据城内牛山与我军顽抗中；铜城闸、三汊河各有敌数百，大马家、晏家渡各有敌百余沿巢湖北岸西进之敌，于寒（十四）午进据合肥。我廿六集团军刻向合肥南西北各方面反攻。

2. 本集团军以策应合肥附近友军之作战，遮断含巢方面敌之增援之目的，以一部守备大江北岸，主力仍在巢县东南地区，为机动之作战；

本集团军与廿六集团军之作战地境，依中梅河——白神庙街、巢湖南端之线，延伸（线上属廿六集团军）。

3. 杨师长汉忠指挥一三三师（欠一旅）及四〇二团，任巢县及其附近之敌应以优势兵力迅速击减之必要时，得受夏副军长炯之指挥；

4. 夏副军长指挥高支队，江防蒋司令，保八九两团及无为、巢县、庐江、桐城之地方武力协同必要时得指挥之，至该部署，得依如下之要领行之：

（1）高敬亭部应使用于巢县东南地区，任敌侧背之攻击及游击，

（2）保安各团及无为自卫支队，应分任江湖河防，并拒止雍家镇之敌北进，

（3）各县常备队应在各该县境内担任江（湖）岸警戒及游击。

5. 各游击部队应将所到地方之交通（道路桥梁）尽量破坏之；

6. 一三三师三九七旅，应即准备待命向无为推进；

7. 一四六师四三八旅仍续行前任务；

8. 野炮兵第一连仍续行前任务；

9. 一三四师（欠四〇二旅）仍在集贤关附近，加紧整顿训练；

10. 各部通信，应以有线电为主，无线电副之；

11. 关于补给事项，另令规定；

12. 总司令部在安庆。

（九）五月十七日午前十一时，于安庆下达一四六师四三八旅集作命第十一号命令要旨：

1. 巢县之敌，仍与我一三三师在城东北对峙中，运漅于本（十）日晨被敌占领，铜城闸有敌数百；

2. 本集团军以巩固巢南防务之目的，即以一部向无为推进；

3. 四三八（梁）旅应于本（十七）日由现住地出发，取捷径向无为推进，［该旅驻安庆之八七五团，应于十七日黄昏以前，由安庆乘船至桂家坝附近登陆后，再徒步行军至无为，驻棕阳镇附近之八七六团，应于本（十七）日午后，由现驻地出发］梁旅防务，着由四三六旅八七二团接替。

（十）五月十八日午后八时，在安庆以电报给予廿军夏副军长暨杨汉忠师长之命令要旨如次：

1. 运漅之敌，似有继续西进与茶亭里之敌会合，以打通巢芜水道之企图；

2. 本军以确保巢湖东南地区之目的，即以巢县附近之部队转进于石涧铺以北地区，准备攻击南下及北进之敌；

3. 杨汉忠师应以一团向芜湖前进，任无为及其东侧地区之守备，主力即可向石涧铺以北地区转进至运漅西北地区转进，对茶亭里附近之敌，施行攻击；

4. 保九团应即转进至运漅西北之黄洛河附近。

（十一）五月二十一日，下达各部之集作命第十二号命令：

命令五月二十一日午前十时〇分于安庆总司令部

1. 巢县之敌，二千余，三汉河运漅镇均有敌三四百，茶亭里司家巷之敌，已被我肃清，敌舰十余艘，迭日在刘家渡土桥附近活动，并开炮击我北岸守军。合肥之敌连日经我徐军攻击，刻仍顽强，其警戒部队，尚在城西南之大蜀山、张安集、十八里岗附近，我正驱逐中。

2. 本集团军以在巢湖东南及大江北岸地区，拒止敌之西进，并遮断巢芜和间湖敌之联络之目的，以主力控置于巢湖东南，一部位置于巢湖西南地区，并依托巢湖、白湖及大江构筑坚固阵地带，准备尔后之作战。

3. 廿军夏副军长炯指挥高支队、江防蒋司令（辖保安第三、第四团）、熊副旅长（辖保安第八、第九团）抗日人民自卫军无为支队，任东关、襄安东北及东南地区之江防及游击依下列部署实施之：

（1）保安第三、第四归还江防司令建制，主力位置于襄安附近整顿，任凤凰颈、土桥（含）间之江防。

（2）保安第八、第九团无为支队集结无为附近整顿，并担任凤凰颈、洪家桥（虹驾桥）仓头镇东关以东地区之江防及警戒。

（3）高支队部应位置于陶家厂附近，担任含山、和县间地区，敌之侧击及游击，遮断并破坏含和交通。

4. 巢含巢芜间敌之联络相机袭占巢县城。

5. 一三四师杨师长汉忠率四〇二旅，任高林桥、盛家桥（含）间之湖防，主力应控置于盛家桥附近。

上列各部队之作战地境概示如下：

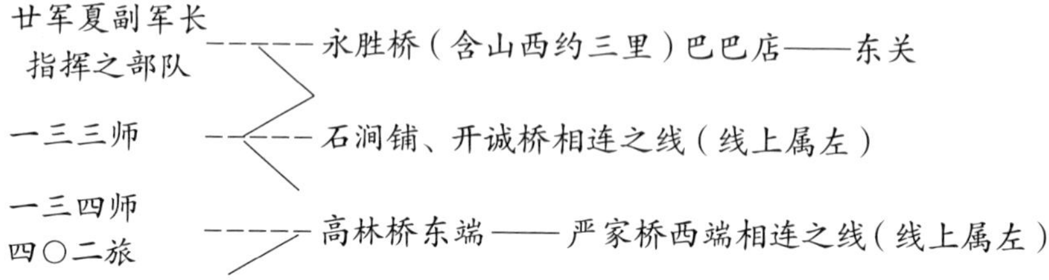

6. 廿三军（注：潘文华）陈副军长（万仞）指挥之部队应如次之部署实施：

（1）一四六师四三八旅位置于无为附近，担任附城工事之构筑，并准备对无为东南地区之作战。

（2）一四五师应以一旅由庐江取捷径开赴舒城准备策应巢湖南北岸之作战，限廿三日到达，另一旅暂位置于汤家沟附近师部驻庐江。

（3）一四六师四三六旅八七二团，任安庆、枞阳镇间之江防及安庆警备，丙掩护暨协同野炮兵第一连之作战。

7. 关于阵地构筑及河流封锁，依如左规定实施：

（1）石涧铺、严家桥以北地区东向及北向阵地之构筑，由杨师长汉忠计划兵实施之。

（2）高林桥、盛家桥一带之阵地构筑，由杨师长汉忠计划并实施之。

（3）白湖南端——黄姑闸——昆山——周家潭——老洲头间，应依托江湖构筑坚固阵地带，由佟师长（注：佟毅）派员指挥庐江、桐城两县民夫实施之。

（4）雍家镇通巢湖之河流应由夏副军长炯、杨师长汉忠分别饬重层封锁，确实阻塞之。

8. 野炮第一连，仍在安庆东门外既设阵地，续行原任务，但对十里铺附近之预备阵地须陆续构筑之。

9. 一三四师（欠四〇二旅）仍在集贤关附近整顿补充。

10. 关于通信卫生补给事项，另命之。

11. 总司令部在安庆。

（十二）五月二十二日午前九时，给予夏副军长之电令如次：

为打破敌贯通巢芜水道之企图，我各部队应依如下行动：

1. 杨汉忠属一团攻东关，一三三师七九八（徐）团攻黄洛河；

2. 四三八（梁）旅一团攻濡运镇；

3. 无为支队攻三汊河；

4. 各部攻击奏攻后，相机规复雍家镇、裕溪口，续向和含前进；

5. 杨汉域率周旅在无为相机随各攻击部队跟进。

五、各战场之战斗经过

甲、巢县战役

五月三日：

我高支队游击队百余于本（三）晚协同保八团三营袭击斯巷之敌，巢湖已派小船十只，每只派便衣兵三名不分昼夜，在湖西游击，我保三团之游击队十队（每队十人）本（三）日午前已到陶家厂，保九团之游击队十队，亦于今（三）晚，袭扰清溪附近之敌。

五月四日：

（一）含山方面：

我三团游击第一队到十字路，将场左端之木桥焚毁驱散修路民工并夺获敌福田部所发之良民证。是日晚我游击第三队，进袭含山，经五里岗与敌排哨接触，激战一时将敌击溃。

（二）巢县方面：

据我探报称：二十八九两日由和县开来日军颇多，五月二日开回巢县之敌两三千，当即由北门开去。

又保九团探称：含巢段之敌系补修老路，未修公路，巢县城外一带民房已被敌烧尽，其在城之敌，数目不详，但多系王一堂之伪军。

是日我八团（廖团）之第三营及高支队两连，进攻斯巷之敌（约百余），我军奋勇扑，敌不支向巢县内退，已将河湖两防恢复。

五月五日：

我保三团之游击一队绕至清溪之南端，发现敌哨，迅即潜绕至该哨左侧，予以猛击，当毙敌一、伤敌二，余犹顽强抵抗，我由右侧夹击，敌纷纷溃退，而敌援队于当时又赶至，复经战多时，我以众寡悬殊，仍安全撤回，午后七时，我游击第二队出袭含山西南门外之敌，敌亦无备，我第二队即奋勇夺回两村，继进至南门，敌闭门坚守，当将该地通巢之电杆十余，悉数砍倒。

五月六日：

是日晨巢县之敌，猛犯斯巷，我保八团节节抵抗，至距斯巷西二十里之散兵镇，当令立予收复，我廖团长于午后三时亲率所部奋勇反攻，卒将斯巷之敌驱逐，并占领该地。是役毙敌三十余，我亦有损伤。

五月七日：

是日晨，步炮联合之敌约千余，分三路向斯巷进犯，时天雨雾大，咫尺莫辨，战状激烈。我保八团之一营一二连，完全牺牲，营长因以失踪，二营五连亦全部覆灭，吴营长及该营两连长相继阵亡，混战至午，我保八团被迫撤至陵家山，散兵镇之线，敌乘势疾进，我保八团廖团长奋不顾身，率领残余之第四第十两连与敌往复肉搏，阵地卒已保持。

五月八日：

敌我相持，战况无变化。

五月九日：

夏副军长炯亲赴石涧铺全陷，对攻击含巢之新部署如次：

（一）一三四师之四〇二旅，暨一三三师之三九九旅，由芙蓉岭、银瓶山向巢县攻击，先肃清南岸之敌。

（二）对清溪方面，亦同时以游击队不断袭击。

（三）十日二十四时，以正规军一部，配合保三团，袭击冷山并相机占领之；九日十时须运动至陶家厂附近，并通知该攻城部队，有我二十三集团军指挥之保七团协同，由昭关南下夹击。

是日，我正作攻击准备，战况无变化。

五月十、十一日：

十日拂晓，我八〇四团朱代团长率领该团及八〇三团第二营由石涧铺出发九时将巴斗山大秀山占领，即派队将南岸之敌肃清，八〇四团位置于大秀山、项家山之线，晚十二时，我保九团遵命开始向含山之敌猛袭，敌据城死抗，激战至四小时，昭关方面之友军保七团仍无影响，拂晓我第三营之一部（十一连）已攻入西门城内，至十一日晨，清溪之敌五六百来援，我以疲乏孤军，不得已仍退出城外陶家厂潜伏。计是役我十连连长高益顺、十一连连长王衍庆及李排长阵亡，士兵阵亡有八十余名，十一日午后无战斗。

五月十二日：

午后三时我一三三师三九九旅（蔡旅）由东关渡河，向淋头搜索前进，即占领慈山，一三四师四〇二旅熊副旅长率八〇三团（李团）由东关钓鱼台渡河，经淋头东北前进，于傍晚占领方山口左右之线，八〇四团朱代团长于九时到达淋头，惟以东关淋头一带道路早已破坏，部队运动，极感困难，且为秘密企图起见，概系夜间运动，尤为不便。

五月十三、十四、十五日：

十三日白昼，为避免敌人侦知我之行动起见，我各部均在隐蔽并一面做攻击准备中。午后六时，我四〇二旅之八〇三团完全进入鼓山附近地区，至十二时以一营位置于鼓山，其余两营完全推进至包家、蔡家附近，至十四日午前二时，我八〇三团第一营之一连已由小东门右侧水硐潜入小东门歼敌守兵后即将小东门开放全部，得完全入城，遂开始激烈之巷战，毙敌三四百。我一三三师七九七（陈）团又由东北门之间前进，以一部直扑北门，以一部向北门外高地之敌猛攻，我八〇四团（朱团）之一营、附机炮各一连，于午前二时亦占领东关外杨梅岗至下家桥指挥，据熊副旅长转八〇三团李团长报告“十四日午后三时三十分我团一部已到岠嶂山”。同时又见城内火光冲天，城外黾山、城内牛山之敌炮兵指向南岸及夏家桥、雍家等地轰击。我为求确实占领巢县计，一面令淋头附近之七九八团（徐团）迅速占北门外高地，策应城内八〇三（李）团之作战，但我七九八团仅余两营，一营（何营）早已驰赴方山向含山、清溪警戒，以掩护右侧背之安全。午前四时，炮声枪声极为浓密，战斗至为激烈。

十四日午前五时，天已大明，我入城部队因被牛山敌炮兵之瞰射，复受敌逆袭；城外部队又为敌炮火所遮断，我入城部队大部作壮烈牺牲，余部仍继续与敌巷战，敌一部（五六百人）由西门外绕道北门，攻我七九七（陈）七九八（徐）两团；另一股（约四百人）出西门沿湖岸抄袭我东门外之八〇四团，激战至午前七时三十分，攻我往复冲锋，双方伤亡均大，我主力乃据鼓山前方包家——下童村——巢城东外江边一带，一部仍在城郭与敌混战，计是役我负伤营长三员，排长三员，士兵百余名，阵亡一百五六十名，失踪六七十名。

十四日午后一时，由裕溪口沿淮南铁路西进，应援巢县之步炮敌约千余人与我保三团之二连在铜城闸推进激战，似有向东关前进企图，当令我杨汉忠指挥以七九八团由鼓山附近转进于东关以东地区，歼灭该敌，又令运漅之自卫队一部东进侧击，斯时清溪已为我七九八团何（绍林）营占领。

十四日晚，我杨汉忠师续由城东北攻击城内之敌，激战至十五日午前二时，终以城内牛山之敌阵地坚固，及敌之炮兵火力猛烈，进展殊难，迄至十五日晨，计敌炮兵向城东北我军炮击约千余发，我消弹药，已消耗殆尽，始仍撤回原阵地，但本（十五）日自晨至未城内之敌由东门向我出击五次，均被我杨师击回。

铜城闸之敌于昨（十四）晚以一部（约三四百人）企图由铜城闸南

之张家渡进犯运漅，被我保三团（李团）击退，现我与敌隔河对峙中，敌以一部于本（十五）日十一时窜至大马家南之形家渡，我陶家厂附近之保三团主力调东关附近，与七九八团配合，准备猛击该敌。午后四时，又由雍家镇窜到三汉河南北之敌约百余人与我无为赵支队接触，激战至黄昏后始停止。

五月十六日：

由铜城闸西进之敌约千余人，内骑兵百余，其先头已到长岗集，与我七九八团接触后，我以歼灭该敌之目的，以一三三师三九九旅蔡旅长率七九七团（附特务连）向该方向前进，方山之何营于是（十六）日以任务交保九团接替后，归还建制；运漅、三汉河方面无战斗，我四〇三旅仍在巢县城东之鼓山慈山一带与敌对峙。

五月十七日：

午前四时，长岗集之敌被我三九九旅（蔡旅）先头部队击溃，向铜城闸窜去，三汉河与晏家渡之敌，合计约八九百人，于午前八时猛攻我运漅，我保三团不支，已退过后河我岸，敌向我保三团跟追，再退过前河。与敌隔河相峙。

我一六四师之四三八旅（梁旅）是（十七）晚由安庆向无为前进，我四〇二旅仍在慈山附近与敌对峙。

五月十八日：

午前十时，由合肥回援巢县之敌约二千余已由黾山进巢城，尚有木船五十余只由忠庙到巢，似为敌之辎重。同时巢城敌炮，向我慈山附近阵地射击二三百发。敌步兵数百又由城东冲出，被我击退。十一时巢县城东外由敌数十名，向我进犯被击退。午后二时，茶亭有敌木船数十只，满载敌兵约千余，登陆猛攻我保八团，茶亭又沦敌手，我保八团退守散兵镇，午后七时，运漅之敌一部正向三官店前进，似此敌人有一方面打通长江巢湖之河流，同时沿巢湖南岸西进之企图。我慈山鼓山之杨汉忠指挥之四〇二旅不能不向大秀山芙蓉岭之线转移。是（十八）晚即令熊副旅长率一团到高林桥，以一团开赴石涧铺，一三三师之三九九旅由黄洛河到开城桥、大岭。是晚我杨帅除以一小部留置淋头东关扼守外，大部均渡过巢河我岸。

乙、运漅战役

五月十九日：

午前各线均沉寂无战斗，正午十二时保八团报称：茶亭之敌仅四百余人，一部尚在斯巷，另一部已退回巢县。

运漅、三汊河之敌，经我保三九两团压迫已向后撤退，残敌正肃清中。

江面敌舰，土桥有四只，刘家渡有六只，并带有民船数百，十八十九两日，均向岸上炮击。

五月二十日：

午后一时运漅之敌又增约一二百人，黄洛河彼岸有敌约二百余，午后六时，斯巷之敌已被我击退过河彼岸。我一四六师四三八旅，已于午后到达无为城。

五月二十一日：

午前一时，有敌木船十三四只由炯炀河向巢县城驶去，午刻刘家渡之敌舰，以猛烈炮火向我刘家渡轰击，全场大半化为灰烬；午后一时土桥附近江面敌舰亦向土桥发炮，毁民房甚多，并以飞机两架，掩护其陆战队登陆；我保四团之守兵，沉着应战，将其击退；运漅三汊河东关、淋头、斯巷之敌，与我对峙，无变化。

五月二十二日：

正午十二时，我一四六师四三八（梁）旅之八七六团由无为出发，经上里城——七里村——苍头——樊家渡前进至运漅我岸魏家渡、凤凰桥附近，是晚十二时以前，完成战斗准备，我无为赵支队所部，于明（二十三）拂晓攻三汊河之敌，以策应四三八旅之作战。是日前线各部在攻击准备中。

五月二十三日：

1. 运漅方面：

午前三时，我一四六师四三八旅之八七六团第一营已攻占凤凰桥，敌退入场附近碉堡顽抗，但凤凰桥为运漅附近之要点，遂在该敌展开猛烈之争夺战，往复冲锋五次，我伤亡颇重。终以敌据坚碉，激战至午，仍相持于凤凰桥，我又以挑选敢死队士兵十二名，超越铁丝网数道，直迫敌之碉堡，以手榴弹投掷，该兵等仅余一名，负伤而还，余均壮烈牺牲。

至午后二时，敌由河内突增来小汽艇三艘，同时运漅之敌，亦增加四百余人，渡河猛攻我右翼，小汽艇上之敌亦集中机炮火力，向我左翼轰击，激战至午后四时，我第一营郭营长负重伤，官兵伤亡均大，午后五时敌迭次从水陆向我猛攻，均未得逞并被我击毁敌汽艇一艘于河中。傍晚我八七六团之第三营占领魏家渡至徐家拐之线，与敌相持。我第一营后移整顿。

2. 三汊河方面：

我无为支队赵敦善率刘风沛营于午前二时向三汊河之敌猛攻，激战约三小时，敌纷纷向雍家镇溃退，午前六时，我占领贾家桥。

3. 长江方面：

原停江心洲之敌舰八艘，今（廿三）晨向我发炮十余发后，上驶大通，沿江打捞水雷，刘家渡土桥间，今午又由芜湖驶来敌舰二艘。

丙、黄洛河战役

1. 东关方面：

午前七时东关附近之敌百余在西岸附近。

2. 黄洛河方面：

黄洛河之敌千余人，另有汽艇两只，已到黄洛河下流附近，五月二十三日午前八时，与我保九团二营激战互烈，该营官兵奋勇抵抗于敌舰猛烈火力之下（敌射击二百余发）伤亡约二分之一，卒能支持至午后二时，我一三三师三九九旅七九八（徐）团始赶到，向该敌攻击，我射中敌阵地，敌被迫撤退，我因渡河工具缺乏，仍与敌隔河对战，是时敌已窜入黄洛河西北之杨村小村，午后二时三十五分我七九三团（周团）已抵老虎湾七九七团（陈团）已迫近鲁公闸，激战甚烈，敌利用堤埂顽强抵抗，我七九七团二营营长张玉辉亲率所部，向敌猛攻，我七九三团团长周炳文亲率王营于午后五时卅分占领鲁公闸。截断敌归路，将敌三面包围，敌三面临河，遂张皇失措，双方战斗至为激烈，我张营长即于是时作壮烈牺牲。至午后十时，被围之敌，除一部突窜渡河外，其余均被歼灭，遗尸百余，俘虏十余名，当场被我士兵愤恨击毙。

五月二十四日：

午前十一时，运漅附近之敌，增至八九百人，有炮二门，主力仍在运漅西之百果圩附近，午后一时，河内敌之小汽船配有机枪、小钢炮，时向上下行驶，并用机枪扫射我沿河阵地，我守兵亦以机枪还击，老洲头、六百丈，有敌舰七八艘，又有小汽划子数十只，沿江打捞水雷，由巢县城内来援黄洛河之敌，今（廿四）午仍由淋头开返，但东关之敌仍有百余，淋头之敌，有数十人，前线无战斗。

五月二十五日：

午前八时，运漅之敌炮，向我沿河阵地轰击百余发并以机枪扫射，我守兵镇静，未予还击。午前十时，运漅之敌约四百人，钢炮十余门，向黄洛河方向前进。但黄洛河方面，竟日沉寂，午后四时，巢县西门外，敌放火焚烧，其企图未明，是日全线无战斗。

五月二十六日：

午前十时，凤凰桥附近之敌，以机枪掩护架桥，企图不明，三汊河、黄洛河、东关头各处无战斗。

五月二十七日：

午后四时裕溪口有敌汽船六七十艘，雍家镇增敌二三百人，三汊河约敌百人，马百余匹，似将南犯。全线沉寂无战斗。

五月二十八日：

雍家镇之敌，三百余人，昨已增援三汊河（内骑兵约一百余，步兵二百余，机枪十余挺）今（二十八）午前，似已到达运漅，又我四三八旅右翼新坝前方，亦发现敌百余人，午前九时三十分，运漅之敌炮兵猛烈向我四三八旅阵地轰击，我魏家渡附近阵地，悉行摧毁，我守兵一班人枪，悉被消灭。午后一时，敌步兵向我阵地猛攻，我守兵沉着应战，一面赶筑工事，故卒未得逞。计是役我伤亡连排长四员，士兵三十余名，三汊河、黄洛河、东关、淋头，无战斗。

五月二十九日：

昨晚（二十八）十二时，由杨泗庙偷过河之敌数十人，已于今（二十九）晨，被我一三四师之李团击退过河，午前九时运漅之敌沿河向我阵地攻击，企图抢渡，经我四三八旅之八七六团奋勇击退，并击沉敌橡皮艇三只，其余无战斗。

五月三十日：

本日各线之敌均沉寂无战斗，同时，巢湖南我军之大部又奉命转进舒（城）桐（城）方面矣。

人马伤亡表

武器弹药损耗表

工兵器材损耗表

右列各附表已并入怀（宁）桐（城）潜（山）战斗详报——详字第四号内

中华民国二十七年七月三十日　总司令　杨森

以上是第二十七集团军战斗详报，从中可以了解杨森部在长江以北的无为、巢县、含山、和县等地所进行的巢县战役、运漅战役、黄洛河战役的详细部署和作战情况。

3. 花园口以水代兵

1938 年 6 月，日军沿陇海铁路向东进犯开封、中牟等地，6 月 7 日，国民党军在黄河赵口附近河堤炸开决口，汹涌的河水阻止了日军的前进，打乱了日军进攻郑州，进而南下的军事计划。

当时中央社的报道：

七日敌轰炸黄河河堤，赵口附近河堤崩溃，水流经中牟、尉氏，沿贾鲁河南泛，敌我遂沿黄泛两岸成对峙形势。

而日方报道：

中国军队在三刘砦（中牟西北十七公里）及京水镇（郑州北十五公里）附近掘开了黄河。汹涌的浊流向东南方奔流，中牟首先进水，逐日扩大，从朱仙镇——尉氏——太康，一直影响到蚌埠。

其实，黄河决口以水代兵是蒋介石抗日计划的一部分。

1938年4月，中国军队取得台儿庄大捷，正在举国欢腾之际，陈果夫首先提出在黄河决口，阻挡敌军的建议。他在汉口向军事委员会委员长蒋介石呈函提出："惟黄河南岸千余里，颇不易守，大汛时且恐敌以决堤制我，我如能取得武陟等县死守，则随时皆可以水反攻制敌。盖沁河口附近，黄河北岸地势低下，敌在下游南岸任何地点决堤，只需将沁河口附近北堤决开，全部黄水即可北趋漳（河）、卫（河），则我之大厄可解。而敌反居危地。敌人残酷不仁，似宜预防其出此也。"不过，陈果夫的建议是掘开黄河北面沁河口河堤，将黄河水引向漳河与卫河。

1938年5月，日军云集徐淮地区。中国军队放弃了战略要地徐州，战事转移到陇海线方面来。17日，日军土肥原第十四师团一部，由新兴集向兰封以东的仪封前进。18日，土肥原部主力由山东菏泽南下，从濮阳渡河，向铁炉集南进，直插兰封，企图截断中国军队的退路。19日，进至仪封的日军与宋希濂部发生激战。到21日，该敌进至兴隆集附近，罗王砦、白砦附近均有战斗。俞济时、李汉魂、宋希濂三个军向兰封、杨堌集之线疾进。胡宗南军团由开封方面沿铁道东进，与进至罗王砦、三义砦的日军展开攻击。然而日军不断增援，又有一部已开始由陈留口南渡。在兰封方向，日军已突破宋希濂部战线。

5月28日，豫东战略要地归德（即商丘）沦陷敌手。另一路日军沿陇海路东进，29日，敌骑已进至宁陵附近。此时，日军对中国军队的合围之势已形成。第一战区司令长官程潜决定应避免与敌主力决战，命令各军向平汉路以西地区撤退。兰封西侧之敌，趁势向河南省会开封前进。

6月6日，中国军队放弃开封；敌占开封后，即分攻中牟和尉氏，旋即占领。

中牟距郑州不及二十公里，日军此刻如入无人之境，向西猛进。一旦占领郑州，控制了中国的铁路枢纽；再沿平汉线长驱南下武汉，而当时蒋介石国民政府的西退计划尚未完成，占领武汉，将意味着将中国一切两半，把工业物资、战争物资，都留在长江东岸，那中国的抗战大计，就会遭到彻底破坏。

在关键时刻，蒋介石决定实施以水代兵计划，阻止日军迅速前进的步伐，迫使其改道，退回长江一线，再逆长江西上武汉，而中国军队则可以沿江布防，节节抵抗，延缓日军进攻速度，为国民政府西撤四川赢得宝贵的时间。这就是空间换时间。

1938年6月8日清晨，豫东大地正是麦收季节，随着花园口“轰隆”“轰隆”几声巨响，滚滚的黄河洪水，失去了控制，没有了理智，向东南方向一泻千里，泛滥成灾，夺去了无数人民的生命、土地和家园，黄泛洪涛流入贾鲁河、淮河。

据国民政府的报告：百万人死于洪水，五百万人流亡他乡。

同时，日军和他们的战车、大炮及重型装备都陷入泥沼之中，狼狈不堪。日军的战略计划被破坏了。据敌方的报道：“黄水南流入淮，不仅对于华北战局发生重大影响，将来华中战局，亦将受其影响。”

蒋介石成功实施以水代兵的计划后，密令第一战区司令长官程潜对外宣传为“敌机炸毁黄河堤”；经手制造黄河决口的负责人之一的商震，奉命拟定“日寇掘堤”的对外宣传的电文；国民党中央通讯社还公开发表“敌机炸毁黄河堤”及“救济”灾区决议等三项报道。抗战胜利后，当年这段秘密，已大白于天下。蒋介石的这件不光彩的“抗敌”手段，至今仍遭到历史的谴责。

然而，向蒋介石建议“黄河决口”的“罪魁祸首”却另有其人。

苦难的豫皖苏三省百姓或死于洪水或流离失所

黄河泛滥后，日军的炮车、汽车等装备都陷在泥水中

此人就是蒋介石的“秘密之剑”——德国顾问法肯豪森。

1935 年，面对日本咄咄逼人的扩张，作为蒋介石的军事总顾问的法肯豪森内心十分焦急。7 月 31 日，法肯豪森当面向蒋介石陈述了他对时局的看法。蒋介石命其为中国统帅部制订抗日计划，法肯豪森奉命起草了绝密的《关于应付时局对策之建议》，在这封计划书中，法肯豪森将中日矛盾摆到了目前头等重要的位置上，委婉地批评了蒋介石对日的不抵抗政策，认为领袖若无抵抗的意志，会影响人民的抗日决心。法肯豪森指出：“本年五月间华北事件，显示日方军事政策之如何进行。此种政策，适合田中奏案范围，日本新闻纸不断明目张胆声言以‘占领黄河北岸，包括山东全省’为今后目标。则山西全省及遁北国境，自必胥陷敌手。”

法肯豪森在建议书中敦促蒋介石对日本的进攻实行抵抗，他认为，“华北事件”是“华方一味退让”，日方“用最后通牒式之空词恫吓”的结果。“深信日方苟遇真实抵抗，则局势迥异”。他批评蒋介石等在日军的进攻下消极抵抗的政策，说：“政府有坚韧意志，断无不抵抗而即承认敌方要求，沉默接受。鄙意民气是造成抵抗意志，故不容轻视。苟领袖无此种意志，则人民亦不肯出面抵抗”；“因为抗日的热潮是目前惟一能团结全国人民的气氛，不能使民众感到失望，降低人民的热情”。他警告蒋介石“若不倾全力奋斗以图生存，则华北全部包含山东在内，必脱离中国……而两广之独立基础，必益形巩固。如是则非特日方‘分化与控制中国’之目标可达，且造成他国顾虑切身利害，不得不予以事实上承认之局势”。

针对蒋介石等企望国际组织来干涉日本侵华的这一事实，法肯豪森说：“国际政局此时亦有研究之必要。目前异常紧张。列强一时无联合或单独干涉的可能。华盛顿之九国公约，实际早成废纸。中国苟不自卫，无人能出而拔刀相助。”唯一的是“中国应竭其所能，保全国图而自卫，或有遇外援之可能，万不可不战而放弃寸土”；“故必华方寸土不肯轻弃，仿二十一、二年（即 1932 年、1933 年）淞沪及古北口等处成例，方能引起长江流域有利害关系之列强取积极态度。中国苟不于其首时表示为生存而用全力奋斗之决心，列强断不会起而干涉”。他建议蒋介石丢掉幻想，对日实行坚决的抵抗。

关于日军进攻的方向，法肯豪森根据日本在亚洲的兵力部署情况，判断大致有三个：第一步使用驻东北两个师团，在伪军的配合下占领河北，破坏郑州铁路交叉点；第二步由朝鲜及日本两个方向出动，以约三个师团的兵力占领山东和连云港，破坏铁路交叉点徐州，然后占领之；第三步以四至五个师团进出长江，攻击南京，而后沿长江攻击武汉。他估计初次参加攻击的日军将达十个师团，而且必然“进行颇速”。

关于抵抗日军的兵力部署，法肯豪森设想的计划是：将作战部队集中于徐州——郑州——南昌——南京间，此外可向北、向东机动。向北为保存陇海路生存之设备，故将最初抵抗向北推进到沧县。为增厚其防御力，宜作有计划之人工泛滥。山东用当地兵力防御，在徐州设预备军，海州暂设防御。

东部的抵抗有两点至关重要。一是封锁长江，二是警卫南京。针对国民党内有人认为长江不能防守之议，他以土耳其达达尼尔海峡防御为例，说该海峡水面之宽远于长江，而且土耳其国炮台远不如长江炮台新，但能对最大战舰作有效封锁。所以，封锁长江中部最为重要，是国防之最重点。为此，防御务须向前推进，江防须用许多地险及天然地形，推进到上海附近。

法肯豪森认为南京作为首都，必须固守，除了已有的江防要塞外，还要增筑东正面及东南正面工事。

从这份计划书中，法肯豪森预测未来的中日战争：一旦中日军队发生军事冲突，华北即面临直接的危险。如果中国军队失利而放弃黄河以北，则纵贯南北的平汉、津浦铁路以及东西方向的陇海铁路以及铁路沿线的重要城市如开封、巩县、洛阳，皆面临直接危险，黄河防线有被敌从山东突破进而席卷而下的可能。为了防止出现上述不利局面，必须设法将日军引到东部。一旦东部出现战事，敌人侵入的路线有三：上海、乍浦和镇海，该三处俱在长江流域。敌如沿长江而上，迅速占领中国最重要的中心点武汉，将中国一分为二，切断国民政府西退重庆之长江水路，抗战大局将无法收拾。因此，“东部防御有两事极关重要，一是封锁长江，一为警卫首都（即南京），两者有密切之连带关系”。他驳斥了“屡闻长江不能守之议”，认为必须在上海、南京等地作坚决抵抗，迟滞敌军沿长江直达武汉。如此，敌军必欲打通平汉线，由郑州直达武汉，故最初抵抗区务必向北推进，“以沧县（沧州）、保定之线宜为绝对防御线”。万一敌军打到开封、郑州之时，法肯豪森建议：“最后战线为黄河，宜作有计划之人工泛滥，增厚其防御力。”这就是说：必要时将掘开黄河，以水代兵，挡住敌军的进攻。蒋介石心领神会，在旁边批示：“最后抵抗线”，表示赞同法肯豪森的建议。

这就是法肯豪森的抗日计划书，应该说对抗战最大的贡献，是为国民政府找到了抗战的大后方，中国复兴的最后基地——四川。没有战略大后方，就没有抗日战争最后的胜利。

4. 杨子惠痛失安庆

5 月 11 日，日军开始攻打合肥，企图占领合肥，北可威胁淮北我军侧翼作战，南可会合海军攻打安庆。

面对合肥东南防线的压力，防守该地的第二十六集团军徐源泉急调第四十八师的两个团，并撤回防守夏阁的一个团撤守店埠，在合肥城与撮镇一线，向东南形成防御之势。

日军从东、南、西三个方向围攻撮镇，守军向西北撤向合肥城，至下午三时左右，日军已进攻到合肥城东的五里庙一带。

14 日凌晨，日军集中炮火，对守军阵地开始了连续数小时的轰炸；

天亮之后，又调来三架飞机，开始轰炸守军阵地及城内守军指挥部。至上午八时许，守军阵地在千余枚炮弹轰炸下、在日军骑兵的反复冲击和飞机的轰炸下，阵地尽被摧毁，士兵伤亡惨重，无险可守的守军向合肥城西的大蜀山方向撤退。

总指挥徐源泉命令第四十八师师长徐继武向北门拱辰门外撤退，致使战略要地合肥沦陷。

6 月 1 日，日华中派遣军司令官畑俊六与中国方面舰队司令官及川古杰郎协商后，决定由波田支队与海军第十一战队、吴港第四和第五特别陆战队及第二联合航空队协同，从芜湖溯江而上，进攻安庆、马当、湖口、九江；由第六师团师团长今村胜治，在第三飞行团协同下，从合肥进攻舒城、桐城、潜山、太湖宿松、黄梅，策应溯江而上的部队。

6 月 3 日，日海军“中国方面舰队”接到军令部关于“协同陆军占领安庆附近”的正式命令。

6 月 9 日，因豫东河南花园口河堤被炸，下游诸地顿成一片泽国，形成了黄河改道；日军无法通过郑州南下平汉线进攻武汉，于是日军改变进攻方向，将其主力南调，配合海军，溯长江西上。

这样，国民党部署在长江两岸的部队的作用非常关键。

第二十七集团军杨森部为右翼军，原只辖第二十军两个师即杨汉域第一三三师和夏炯第一三四师。

因兵力明显不足，又从第三战区调来第二十一军，军长唐式遵，下辖佟毅第一四五师和刘兆藜第一四六师。以四个师担任江防，以安庆、桐城、舒城之线为主要抵抗地带。

佟毅，字希湛。四川成都人。历任刘湘连长、营长、团长、旅长。抗战爆发后任第二十一军第四三二旅旅长，第一五〇师师长，后为第五十军副军长、军长。

佟毅（1889—？）

6月6日，军委会致电第五战区司令长官：

即到。〇密。潢川李（宗仁）长官、六安李（品仙）副长官：微电悉。（一）立煌附近及霍山以西山地，将来情况迫不得已时，由徐源泉军以一部逐次抵抗后，以主力配置桐城、舒城、协同杨（森）军阻敌，以宿松为后方。

（二）杨森部将来情况不得已时，以英山或宿松为后方，须在安庆北方山地与敌决战，万不得已时即保潜山、太湖山地，对于怀宁以东江防，务以一部长久担任，妨敌上陆。……中〇

第五战区重新部署部队，以李品仙为第一兵团，指挥第二十六、第二十七集团军，以杨森部控制于怀宁、桐城及其以东地区，迟滞敌之南进并防止敌之上陆，务长久保持怀宁、桐城之线，不得已时退守潜山附近，准备向南侧击。以主力集结于六安、霍山、桐城、舒城地区，阻敌西进……

由于江防十分重要，防守正面过大，必要时还要策应支援长江南岸第二十六集团军徐源泉部抗敌，杨森自知责任重大。

1938年6月8日，杨森电告最高军事当局：

即到。武昌委员长蒋：寰密。查淮河附近之敌，积极西进，职部以主力转移至舒城、桐城、怀宁之线，逐部抵抗，尔后以潜山、太湖、桐城西北山地为决战地带。在目前兵力单薄情况下，自以此种部署为适当。惟敌人如以大部分兵力由合肥南下，与由长江西上之敌会合攻占安庆，则江南我军之正面太大，愈难防守，马当封锁线亦容易被敌突破，再沿北岸西进九江，武汉将受最大威胁。职意欲求江南防线巩固，欲确保马当封锁线，必须确保安庆及巢湖西南地区，且以舒城、大关附近山地及庐江、盛家桥、白湖南侧山地至江岸间地区之地形尚属良好，若以相当兵力布守，再以一部配合地方武力，在巢湖东南地区游击，必能阻敌西进。惟正面甚大，职部现有兵力不敷分配，拟请钧座抽派两师兵力以用之。兵力使用上述地带，以期确保马当之蔽武汉，巩固江南。如兵力过大，职不便指挥，则请钧座派大员负责，以利军机。谨呈所见，伏乞垂察。

蒋介石对杨森的建议完全赞成，6月9日致电李宗仁：

限三小时。潢川李长官：

（一）安庆屏蔽马当封锁线，关系甚大。

（二）希严令杨（森）部固守安庆及桐城北方之大关，以待夏威（八十四）军之到著。

（三）严令徐（源泉）部攻击由合肥向舒城转进之敌。

（四）李副长官（李品仙）速率有力部队至潜山，统一指挥。中〇

李宗仁也认为日军主力第六师团等将由合肥趋安庆，与皖南之敌兵联合，沿江西上；电令杨森督率所部确保安庆。

6月12日中午，日军舰队进至安庆东南约二十公里的铁板洲、将军庙一带停泊；下午三时，日军波田支队在安庆南北岸登陆，沿江堤向安庆前进。六时，经过激战，占领安庆飞机场，旋冲入城内。守军刘兆藜第一四六师八七二团和保安队进行一般性抵抗即行撤退；第二十七集团军为无为方面的敌军牵制，无法应援，随即安庆机场被波田支队占领。杨森因主力分散，失去掌握，又处于腹背受敌的境地，于是，下令放弃安庆，死守上下石牌、潜山、太湖之线。

安庆、舒城和桐城的失陷，使日军得以利用合肥、安庆公路，取得进攻武汉的有利态势。

蒋介石震怒，欲给杨森以“撤职留任”的处分，军令部长徐永昌说：“家鸡一打团团转，野鸡一打满天飞，请委座三思。”

蒋介石转了两圈，余怒未消：“好吧！你跟他说。”

军令部长徐永昌在给杨森的电报中说：“据报安庆之敌只陆战队数百，未经力战，轻弃各城，贻笑友邦，殊属遗憾。”话锋一转，又说：“委座对杨总司令森极器重，徒以御众关系，尚祈转致杨总司令努力前途，有以自见。最小限须固守潜山、石牌，以策马当封锁线之安全为要。至于舒、桐西方山地并太湖，如有余力，仍望兼顾，并请予徐克成（源泉）部切取联系。”

另一份公函显示：“抄安庆6月9日电：舒城于8日失守。我第

一四五师（师长佟毅）孟庆云旅及保安第五第七两团及宋世科一团退七里河，均无激战。士兵乱发空枪，纪律废弛，敌来即退。又：四十一师（徐源泉部）、四十八师（徐继武部）第一九九师罗树甲部战斗力甚弱，自官亭撤退未放一枪，沿途拉夫扰民则无所不至。”

杨森用手垫着电报说：“给老子留着面子呢，下次就没得这么便宜的事，搞不好要杀老子的头，老子就先杀你们这些龟儿子的头！”

6 月 13 日，日军第六师团坂井支队步兵第四十七联队攻陷桐城；6 月 15 日，日军第六师团坂井支队沿安合公路直下，从高河埠（今怀宁县县城）兵分两路，从北、东两个方向合攻潜山县城。杨森严令死守潜山等地。第一四六师周绍轩（原刘兆藜师长调任四川保安处长，周继任师长）的第四三八旅奉杨森总司令命令，到桐城附近占领阵地，掩护第二十军部队通过后，在潜山构筑阵地，固守潜山城。

第四三八旅以潜山东面塔山一线为主阵地，另派一营预备队于前面一千公尺处占领前进阵地。待第二十军步炮兵到达后，工兵搭好浮桥，由炮兵先渡河占领阵地，步兵大部分渡河。

日军于午后二时到达我前进阵地，照例炮兵炮轰以后步兵开始攻击，重点在公路两侧。我前进营主力在公路北侧，对沿公路前进的敌人，从侧面给予猛烈打击，迫使敌人派兵对公路以北发起攻击，以分散敌人的兵力。敌炮火猛轰靠山森林及塔山，其步兵在机枪火力掩护下，向我阵地发起连续冲锋，均被击溃。

天转擦黑，敌人又开始发起最后的冲锋，川军严阵以待，给日军以沉重打击，日军就连阵地上的尸体也不敢拖走。天黑以后，第四三八旅奉命拆去浮桥，实行转移。

另一部日军坂井支队直奔黄鹤塘附近的横山岭。

坚守横山岭的正是杨汉域第一三三师，战斗打响后，日军照常以大炮开路，一番轰击，山摇地动。川军居高临下严阵以待，日军在三架飞机配合进攻下，组织多次冲锋。一个机械化步兵师，四个小时打不进、攻不上，伤亡数百人。川军士气高昂，越战越勇，坚决阻击日军西进。

次日，日军分兵绕行，从万人岭经松茂冲、时恩寺到高楼、老岭头一带，千余日军携带轻重武器，从后面向横山岭袭击，包抄高枧口。从正面和背面分别进攻，对横山岭倾泻炮弹。

第一三三师猝不及防，腹背受敌，日军武器先进，火力强大。外加飞机不断投弹。川军死守两天，打退敌人进攻几十余次。顽强作战，在山岭上与日军短兵相接，展开拉锯战，最终伤亡惨重，拼至弹尽粮绝，横山岭就此失守。残兵只好退向潜山县城和石牌一线。

6 月 17 日，日军与川军第二十一军第一四五师军一部激战后，占领潜山。

6 月 19 日，日骑兵第六联队向潜山以南进攻，与唐式遵第二十一军之佟毅第一四五师展开激战后占领石牌。部队伤亡五千余人，眼看打得差不多了，这才下令部队转移到岳西县附近集中，后退守太湖、宿松。

潜山、石牌战斗结束后，第二十一军唐式遵部从第五战区又调回第三战区。

7 月 6 日，杨森第二十七集团军因部队损失过大，奉命调至黄陂一带休整，太湖防务交桂系刘士毅第三十一军接替，宿松移防后由六十八军刘汝明部接替。

原在无为、庐江一带战斗的杨汉域第一三三师，在桐城以南园塘铺与日军激战两日，该师三七九旅七九四团团长李介立撤到西城、桐城间十里铺大小关山与日军作战。因为天降暴雨，又不断遭到日军的进攻，日军主力已经截断了安（庆）合（肥）公路，该部与主力失去了联系，成为被围的孤军。李介立下令采取化整为零的方法，编成若干战斗小组，与敌周旋，一面利用夜间，取道潜江、太湖进入湖北浠水，最后退至武汉集中。杨森得不到该团消息，误以为该团被围，全团殉国，报请军事委员会“第七九四李介立全团殉国”，当时各报都报道了这一消息。

不想一个月后李团撤回，才知道该团已进入抗战“阵亡将士之列”，不管烈士不烈士，人活着也算是幸事。

5. 曾甦元背黑锅

徐州会战后，孙震的第二十二集团军撤退到湖北襄阳、樊城进行整补，第四十五军军长陈鼎勋，下辖王仕俊第一二五师与陈离第一二七师。第四十一军军长孙震（兼），下辖王志远第一二二师和曾甦元第一二四师（曾宪栋第一二三师留守四川绵阳）。7月中旬，由四川成都、绵阳调来四个补充团，分别补充到两个军里。

正当两个军整补即将完成之时，日军纠集了华北方面军和华中方面军两方面的主力部队沿着长江两岸和淮河流域广大地区开始会攻武汉。

9月初，第二十二集团军接到军事委员会的命令，参加武汉会战，经向上级请求获准：由两个军的部队新组成两个师，由一个军长领导。

第四十一军之第一二二师之七三一团，第一二四师之七三九团、七三四团编组成第一二四师，由曾甦元任师长。

第四十五军一二五师之三七九旅七四九团、七五〇团及一二七师三七九旅七五七团、七五八团等编成第一二五师，由王仕俊任师长。

这两个新编师统归第四十五军军长陈鼎勋、副军长陈离指挥。

陈鼎勋，号剑农、书农，四川简阳人。生于1892年（清光绪十八年）。先后任国民革命军第二十八军第三师师长、第二十八军第一师师长、第一二五师师长、第四十五军军长、第二十二集团军副总司令等。

陈鼎勋（1892—1973）

此时北线日军紧逼信阳，已占领固始。开始进攻潢川时，第五战区急调在襄阳整补的第四十五军加入信阳方面胡宗南第十七军团战斗序列，时值高温酷暑，挥汗如雨，两个师分别由襄阳、新野两地出发，驰赴信阳集中。当时胡宗南的部署是：以陈鼎勋第四十五军防守罗山地区，董钊第十六军防守信阳以东地区，胡宗南第一军位于信阳附近地区。

9月16日，日军第十师团主力分三路围攻潢川，切断光（山）潢（川）公路。守军刘振三第一八〇残部退向经扶县（今新县），日军占领潢川，兵分两路，日军一部由潢川西进，一部向息县前进，会攻罗山。

第五战区急调在襄樊整补的第四十五军至罗山，归第十七军团长胡宗南指挥，防守信潢公路及其两侧地区，防止日军进攻信阳。

9月下旬，第四十五军抵达信阳附近，看见沿途山冈和制高点都有高射炮阵地，一些森林中还隐藏着炮兵部队，公路上还有坦克部队的车痕，官兵们个个兴奋不已，纷纷议论抗战一年多来，无论在晋东、鲁南、台儿庄各地都未见过机械化部队配合作战，都是饱受日军欺负，如今终于有了扬眉吐气之感。

这时，日军已越过潢川，沿信（阳）潢（川）公路西进，胡宗南召集第四十五军团以上军官开会，宣读作战命令：

一、日军第一〇师团已突破潢川我五十九军阵地，正向罗山窜犯中；

二、我五十九军张自忠部已撤入大别山区，沿经扶光山逐次抵抗；

三、第四十五军两个师迅速驰赴罗山、息县之线，抗击敌人。军部必须在罗山方面指挥；

四、（略）……

9月19日，光山失守。当夜，第一二五师退守罗山城东小里墩及以北子路河西岸，第一二四师及军部在罗山、信阳之间的栏杆铺。

军长陈鼎勋派王仕俊第一二五师到息县占领阵地，防止日军由息县向信阳以及平汉线要点窜犯，亲自率佟毅第一四五师向罗山方面前进。

当天早晨，曾甦元第一二四师从信阳出发，沿信潢公路东进，经过五里店、栏杆铺，沿途都看见胡宗南部队的重炮兵和高射炮，拉开一副打大仗的架势。军部到达栏杆铺，罗山以东的竹竿铺已有枪炮声，军部当即将指挥部设在竹竿铺，令第一二四师继续前进，到罗山县城及其以东地区占领阵地。

在行军途中，师长曾甦元将团长们召集在身边，一边研究敌情，一边下达口头命令：

一、日军一〇师团正与我二十八师董钊部队在竹竿铺战斗中，估计明日有向罗山前进之可能。

二、我师以保卫罗山县城为目的，决定在罗山城东之任岗、城南小罗山及罗山地区占领阵地，阻止敌军西进。

三、第七三九团在右，占领任岗以东各高地，并派一个加强连进出于竹竿铺至小罗山小道，掩护右侧安全。第七四三团在左，占领任岗高地并沿信潢公路构筑陷阱以防敌军坦克部队进袭。

四、第七三一团为预备队，以一个营占领罗山南关车站及小罗山，团部率两个营守备罗山县城。

五、师部设在南关车站。

各团长领受命令后，迅速回到各团，召集营长们边走边传达师长命令，进一步落实各团作战任务，分赴各自指定地区，积极做好战斗准备。

第一二四师的三个团赶到罗山后，连夜赶筑野战工事，利用有利地形，设置侧方火力点。以一部分守罗山城，大部分占领城东七里井一带阵地，第一二五师守罗山城东十里墩及以北子路河左岸。

20 日晨六时许，敌之一部向正面攻击；另一部日军以战车、炮兵部队，接近我第一二四团、七三九团在任岗主阵地的前进阵地。激战开始，一个小时后，前进阵地的守军按计划撤回主阵地。日军步步紧逼主阵地，大战开始，敌炮兵猛烈向我左右主阵地轰击。为减少伤亡，该部只留小部队在阵地上监视敌军，主力部队都隐蔽在后等待敌军进入有效火力网后，才突然进入阵地，猛烈地发射各种轻重武器。当敌人以猛烈炮火向我方阵地射击时，该团指挥官电话要求胡宗南军开炮还击，谁知胡宗南已经将栏杆铺附近的大炮都撤走了，官兵们倍感失望。

九时以后，日军步兵在炮火掩护下，逐步进入川军主阵地前方的有效火力网之内。川军即跃入阵地，一时间，机关枪、迫击炮、步枪像泼水般射向前方，打得日军在稻田里乱窜乱倒，一时间，哇哇哀号，哭爹喊娘。日军第一次攻击就这样被打退了。

十二时稍后，日军的第二次进攻开始了，在猛烈的炮火掩护下，一部分日军偷偷迂回到我左右主阵地前，施放毒瓦斯，在毒气弥漫之时，马上进行冲锋。川军守军立即用湿毛巾捂在口鼻处站到较高的地点，等毒气过后，又迅速进入阵地，向着冲上来的日军猛烈开火，又将敌人第二次进攻打了回去。日军立即进行报复性炮击，炮弹如雨点般打来，而防守部队则撤出阵地，等待敌人第三次进攻。

下午二时许，日军第三次进攻开始了。猛烈的炮击过后，日军再次大量施放毒气。守军仍然坚持抗击，毫不畏惧。待敌人接近我主阵地时，又是如法炮制，将日军打得落花流水。一直到四点之后，枪声逐渐沉寂下来。

是夜，川军还派出小部队袭扰日军，一时间枪声四起，火光冲天，扰得敌人张皇失措，找不到目标胡乱打枪，一夕数惊。

拂晓以后，敌人依旧按照昨日战法，向我阵地发起一次又一次的进攻，但都被川军揍了回去。下午三四时，一股日军突袭罗山城南一千米左右的小罗山。小罗山其形如印石，类似玛瑙。狡猾的日军便衣队在汉奸的指引下，从小路钻到我军后方要隘。川军预备队在小罗山下南关汽车驻站有一个营，其中有一个排驻扎在山顶大庙中；日军便衣队摸到山顶，突然发起进攻，守军猝不及防，边打边撤，被赶下山来；紧接着，师部所在地的南关汽车站受到小罗山上敌人机关枪的瞰制，罗山城内守军也因敌人占领小罗山顶遭受极大的威胁。密集的火力，将师长曾甦元和预备队代理团长林肇戊封锁在房子里出不去。急中生智，师长命令卫士炸开墙壁，才逃了出来。

这时，前方的一些士兵三五成群地向信阳方向逃跑，状况顿显紧张。

小罗山这个据点失守，对该师威胁极大，曾甦元打电话到军部，向军长报告情况。陈鼎勋命令："无论如何夺回要点，努力坚守阵地，我立即派战车防御炮（即瑞士苏罗通公司生产的一款防空机炮。ST-5 机炮口径 20 毫米，炮管长 2.15 米，重 80 公斤，使用 20 发弹匣供弹。当时是第十七兵团将一个营的战防炮营长华之英部拨归第四十五军使用）支援你们！"

陈军长还派军部少校副官陶碧池、上尉参谋傅英道立即到信罗公路上鸣枪，督促后退的士兵立即返回第一线。

不多时，十二门战防炮到位，曾甦元下令狠狠地打。这些战防炮吐着火舌，对着小罗山山顶大庙猛轰，顿时山头火光冲天，大庙燃起浓烟烈火，窜据在大庙中的日军，没被烧死的慌忙逃出，大庙轰然倒塌，林肇戊立即派预备队一个营官兵，呐喊着勇猛登山，冲上小罗山顶，用轻重机关枪打死打伤很多敌人，夺回了战略制高点。

当夜，曾甦元考虑到日军既然能派一个先遣队秘密潜到小罗山，其主力部队也有可能采取迂回我军右后背的战法。万一敌人大部队绕道小罗山附近，或入侵小罗山以东与任岗之间的绵延山地，那时，我主力地带的两个团想撤下来却非易事。为争取主动，曾甦元立即与栏杆铺军部联系，找陈鼎勋商量，决定放弃任岗与罗山县城，转移到县城西南的子路河以西与栏杆铺接连的山地防御。曾甦元随即命令前线两个团在半夜十二点以后行动，经罗山县城向北转移，到十几里外再向西折到栏杆铺军部以南、子路河两岸防御。

第一二四师撤出罗山城后，第一二五师也逐渐被迫后撤。此时，第一二五师已由息县调回，担任罗山汽车站以西二三里的子路河以西的防御。第一二四师便在第一二五师右翼布防。

第二天拂晓后，敌机不断在信罗公路上往返投弹并低空扫射，同时在小罗山上空升起气球，指挥敌炮射击我军阵地。敌继续向七里井正面攻击。此时，军部人员和马骡辎重已经疏散到五里店东南松林坡隐蔽，当天下午，由于敌机炮火太猛烈，我军伤亡太大无法支撑下去。陈鼎勋用电话向胡宗南军团部请示，决定放弃罗山城，一二四师在右，一二五师在左，沿信罗公路南侧逐次向罗山以西的栏杆铺撤退，并在两侧掩护正面友军第一师第一旅陈鞠部作战。第四十五军军部向信阳方向撤退。

这时胡宗南部第一师第一旅及战防炮营在小罗山、张湾占领阵地，阻击日军，此时第一二四师在第一师之右侧，第一二五师在第一师之左侧，阻止敌军从侧翼进攻。两日后，日军正面向小罗山进攻，双方展开激烈的炮战。午后二时，大约一千名日军向小罗山左翼迂回进攻，并有飞机轰炸浉河西岸我第一二五师阵地，与第一、第二营激战，战至黄昏，该部奉命后撤，在信阳、罗山之间栏杆铺沿浉河布防。10月5日，敌主力向浉河阵地进攻，在飞机大炮的轰炸下，掩护步兵冲锋，敌机还沿河轰炸我沿河村庄，其中一架飞机被川军击落在浉河西岸，日军派队来抢飞机，被我军阻击，并派一个班士兵用手榴弹将飞机炸毁。不久，又飞来几架飞机前来报复，又有一架被击落在浉河东岸，被日军抢去。

次日，上午八时，敌军又大肆炮击第一二五师王仕俊第七五〇团沿浉河布防的阵地，之后发起进攻。王仕俊团长率第三营反击，双方伤亡甚大。十二时左右，终于把敌人打回河东岸。午后三时，敌增加部队，从陈团左侧背进攻，第三七九团未能与陈团衔接，空隙太多，掩护不力，敌大部队进攻，占领左侧几个村庄。敌人有四百多人围攻第一营第三连据守的一个村庄。一个排在村里，该连在村外的两个排被敌封锁，无法支援，陈仕俊眼看不好，急令第三营营长邓茂荣率两个连前往策应，掩护该连撤退。

日军用燃烧弹将村里的草房点燃，想逼迫该排投降，官兵临危不惧，展开殊死激战，并高呼杀敌口号，随着枪声逐渐稀少，口号声渐渐低弱，最后全部壮烈牺牲。

与此同时，王仕俊团各营连也与日军苦战至天色昏暗，情况才有所缓和。由于日军增加兵力，击破我河岸守军王仕俊第一二五师及第一六七师一部，渡过浉河；另外，敌一部主力由朱堂店向柳林车站前进，向我军进行两翼包抄，迫使胡宗南指挥各部迅速撤退。

第四十五军两个师在信罗公路侧翼撤退，奉令占领信阳以西山地，赶筑阵地。

敌增兵后，一部向我左翼明港，主力向我右翼青山店、溮港直趋武胜关柳林车站。

10 月 6 日夜，日军攻陷柳林车站，切断平汉铁路交通，柳林车站失守后，武汉与信阳的联系被切断，消息传来，大后方震动。

12 日晨，日军在炮火及四十余辆战车掩护下，突入信阳城，战至中午，信阳失守。第五战区李宗仁电令胡宗南自信阳南撤，据守桐柏山、平靖关，以掩护鄂东大军西撤。然而胡宗南不听命令，竟令其全军七个师向西移动，退保南阳，以致平汉路正面洞开，罗山、信阳相继失守。10 月 25 日，最高当局不得不弃守武汉。

第四十五军两个师在信、罗战役中，共损失三千余人，第一军第一旅在小罗山张湾对敌作战中击毙一名叫勉舍郎的敌军官，搜出进犯罗山的敌番号是第十师团第三十九联队。该联队从合肥出发时有两千八百人，由于连续作战，中间虽有补充，但此时只剩八百人，由此可见战争的激烈程度。

随后，第四十五军奉命撤回襄樊归还建制，整补部队。

武汉会战后，1939 年夏，最高军事当局召集长江以北各战区师长以上将领到西安开会，检讨武汉会战问题。当检查到信阳、罗山战役时，最高军事当局怒气冲冲追查罗山城放弃责任，胡宗南诿罪过于第四十五军军长陈鼎勋作战不力，给予陈鼎勋撤职留任处分；将失守罗山之责归罪于第一二四师师长曾甦元，给予撤职查办处分。

陈、曾二人倍感委屈，进行申述：川军装备劣势，又系临时组成之师，在罗山前线面对步炮空联合之敌，奋战三昼夜，因伤亡过重，不得已请示军团部决定撤守栏杆铺第二线。事实上已经完成掩护第十七军团主力集中信阳的任务，而后又在两翼掩护正面友军，共同进退，怎么能说作战不力？如罗山失守应由第四十五军负责，则信阳失守之责又该谁来负？何以未见有人受处分？

6. 王陵基兵出武宁

1938 年 1 月 20 日，第七战区司令长官、川康绥靖主任、四川省主席刘湘在汉口病逝。消息传来，负责四川全省保安工作的王陵基不觉食指大动。他认为，自己将是接替刘湘川省大权的最有力的竞争者。因为在资格上，他可与王瓒绪、唐式遵、潘文华比肩，而且他的优势是掌握了四川全省十几个保安团，加上原来的川军第三师，实力已经远超那三位竞争者。谁也没料到，两天以后，即 1 月 22 日，蒋介石任命张群为四川省政府委员兼主席。这样一来，直接捅了马蜂窝。刘湘旧部钟体乾、彭焕章以“刘湘新故，中央即命张群主川，实属趁火打劫，意图宰割四川”为由，当即在成都全城张贴标语，组织游行示威，表示反对。

刘湘主办的武德学友会中的川军将领彭焕章领衔，率同朱果、刘哲雄、周成虎、唐华灯等十七名旅长联名致电蒋介石，请求其收回成命。

王陵基在盛怒之下，支持武德学友会军官的通电，反对张群主川。

四川省政府秘书长邓汉祥等政界官员，拟定欢迎张群主川电文。保安处长王陵基拒绝签字，并发出通电，公开反对。张群主川引起的纠纷继续扩大。

不久，何应钦指使朱绍良来川摸底，到处游说。此举被王陵基得知后，公然扬言："哪一个敢到成都来，我王陵基决以机关枪、大炮、手榴弹对付他！"

这个王陵基究竟是何等人物？如此起劲地反对张群主川，他的目的究竟是什么呢？

王陵基，字芳舟。外号王老方、王灵官。四川乐山（嘉定）人，是川军中资格最老的将领之一。

其家经营绸缎生意。自祖父起先后在乐山、成都开设久成园绸缎庄，家境富裕。王陵基年幼时就学于秀才、留东学生郭开文门下。后弃文学武，1903 年考入四川武备学堂，1905 年毕业于速成科；奉派赴日本考察军事。次年 8 月 22 日在东京加入同盟会，被委为军事部部长。1907 年返国到山东省任福山、泽县县知事。1908 年回成都任四川省陆军速成学堂副官，结识学员刘湘、杨森、唐式遵、王瓒绪等人。后来，刘湘得势后，王陵基在其手下做事。但刘湘在人前人后还尊称他"王老师"，以示尊敬。王瓒绪却说："副官嘛，啥子老师？他不配。这就是刘甫澄的虚伪！"

王陵基（1883—1967）

辛亥革命后，王陵基任四川新军第二镇参谋长、上校标统，次年任川军第一师模范团团长。王陵基后投靠袁世凯北洋系，被委为川军第一师团长、第三师旅长，后为陆军第十五师师长兼重庆镇守使，被授"尚威将军"。袁世凯死后，王陵基仅谋得烟台镇守使兼烟台知事，干了一年多回川。

1924 年，王陵基被北洋军阀任

命为二十八混成旅旅长，归刘湘节制。

1926年12月，刘湘就任国民革命军第二十一军军长，王陵基任该军第三师师长。

1928年8月，杨森、李家钰等八人在四川遂宁组织国民革命军四川同盟军，企图消灭刘湘。王陵基力主分化瓦解、各个击破的策略，认为同盟军最大的力量是杨森，如果能游说杨森退出或观望，同盟军不难击破。于是，王陵基赶往万县与杨森长谈，但刘、杨恩怨太深，难以化解，王陵基快快回到重庆。此时，罗泽洲率先向刘湘发起进攻，王陵基认为，趁杨森尚未赶到之际，率本师主力先消灭罗泽洲，之后再攻打杨森。在得到刘湘同意后，王率部在江北将罗部击溃，并派部队在江北边境布防；同时派一加强团出其不意，向杨森侧背攻击，截其退路，致使杨部前后被夹击，只得向邻水方向撤退。王陵基率部水陆并进，迅速占领杨森的老巢万县。

1931年，蒋介石委任刘湘为长江上游“剿匪”总指挥。刘湘不愿离川，委王陵基为代总指挥，率队前往洪湖根据地，并占领宜昌与沙市。王陵基在沙市东北姚家桥一战中攻击失败，导致范绍增被击伤，于是王陵基集中部队准备在荆门地区与红军决战。不料红军已向老河口一带转移，王陵基不敢深入追击，只是令部队固守当阳一线。

1933年10月，红四方面军解放遂定（达县）、宣汉。蒋介石委刘湘为四川“剿匪”总司令，刘湘以邓锡侯、田颂尧、李家钰、杨森、王陵基、刘存厚为第一至第六路总指挥，兵力九万，向红四方面军实行反攻。11月1日拂晓，王陵基下令全线进攻，右翼兵团向宣汉进攻，企图占领县城，将红军压迫于后河地带而歼灭之。令左翼兵团向遂定城进攻，将红军压迫于巴河江陵溪地带。

12月1日，王陵基下令第二次攻击。17日，王陵基所部到达遂定河，渡河进占遂、宣县城；对马渡关要点进攻，王部第八旅伤亡约一千人，而红军的阵地依然未动。王陵基急眼了，将第八旅代旅长刘若弼叫来说：“你如果将马渡关拿下来，我保你当旅长不在话下！不然，军法从事！”在威逼利诱下，右翼兵团共伤亡二千余人，拿下马渡关；左翼兵团推进至达县以北山区。1934年2月上旬，王陵基的第七旅司令部，遭到红军突然袭击，副司令郝耀庭被击毙，官兵伤亡近九百人。

王陵基奉刘湘令去成都开会，一到成都即被软禁，免去本兼各职；刘湘另任命第二十一军第一师师长唐式遵为第五路总指挥。王陵基后去上海当寓公。1935 年，王陵基应刘湘之邀请，返回四川，任省保安司令部保警处长并代行保安司令，除了原带领的川军第三师外，又增加了十几个保安团，实力大增。

七七事变爆发后，刘湘出川，王陵基即全权负责四川保安司令部工作，并兼任武德学友会会长。刘湘死后，蒋介石任命张群为四川省主席，王陵基领头反对张群主川，正当舆论汹汹之际，王瓒绪却投靠蒋介石，领衔支持张群主政，廖诚孚、汪杰、严啸虎、郭昌明、廖震、陈兰舟、许绍宗等三十五名将领联名通电致蒋介石，表示愿意继承刘湘遗志，"誓竭忠诚，在中枢暨钧座领导之下，继续抗战到底"。这一来，矛盾公开化。在蒋介石支持下，最终川省主席一职落在王瓒绪头上。

不久，蒋介石电召王陵基到汉口，要求他出任三十集团军总司令兼七十二军军长。王陵基答应得很痛快，可是，他回到成都推三阻四，提出种种理由，就是不挪窝，还公开表达不满："我老了，没有钱，又没得兵，一个集团军总司令才带那点人马？王老幺（指王瓒绪）就这样让我走吗？"

王瓒绪也担心王陵基留在四川给自己捣乱，于是答应保警处积余项下四十多万元先行开支，让王陵基着手组建第三十集团军。该集团军共辖两个军，即七十二军和七十八军。

七十二军军长王陵基、副军长韩全卜，以万县刘若弼旅为基础，另调四个保安团，补充成新十三师，刘若弼任师长；以范南煊独立旅另加四个保安团为新十四师，范任师长；第七十八军以张再为军长，下辖新编第十五师，师长邓国璋；因邓国璋有事未去，后以邓国璋旅另加四个保安团编为新十五师，师长由吴守权暂代；新编第十六师：师长陈良基，又以驻西昌的陈良基旅为基础，另调四个保安团补充为新十六师。省政府原警卫团调为第一补充团，随集团军总部先行出发。各部再分头出动，先到沙市集中训练一个短时期，使各师官兵彼此认识，上下互相了解，再行使用。全军尚未集中，即奉令移防岳州。

6月中旬，新十三师在万县集中后，首先经长江水运到沙市。其余各部水运岳州，补充物资与弹药。

王陵基根据集团军编制，成立了第三十兵站分监部，委任周隽为少将兵站分监，万县补充兵大队长何治安被王陵基委任为第一科上校科长，负责交通运输；陈仲书为第二科科长，负责经理（经营管理）；周子骥为第三科科长，负责卫生；另成立直属分站，以周维祯为站长；一个直属仓库，以黄庭仲为库长，直属分站下设两个兵站派出所，基本任务是各补一个军。交通科下属两个骡马中队，以人力代（因为缺少骡马，以人力代，亦称代马输卒）。同时还有临时配属的汽车中队。

第三十兵站仓促编组后，即由成都到重庆集中，乘轮船东下，到达岳阳。7月，集团军总部由岳州移至长沙附近，各部在岳州集结待命。

这时，日军已逼近武汉外围的皖、赣、鄂边境。长江南岸南（昌）、浔（九江）地区，战斗甚为激烈。

蒋介石电约王陵基到汉口，当面对他说："现在日军除沿长江而上外，又有直趋江西之势，由浙赣路夺取南昌，该方面现无一兵。命令你部由岳州分成二路，一路由平江经通山到武宁，一路由岳州经长沙到修水至武宁。"

8月中旬，王陵基在长沙附近接到蒋介石电令：第三十集团军参加南浔会战，防守瑞昌、武宁公路一线，受武汉警备总司令兼第九战区司令长官陈诚指挥。

继而又收到陈诚电令：着该集团军推进到修水、德安地区防守。第三十集团军后勤装备具领缓慢，后勤部所拨车辆迟迟未到，粮弹军需品都还未到位，川军在盛暑行军，长途跋涉，挥汗如雨，气喘如牛，艰苦可想而知。不少弟兄半途中暑，得不到及时救治，死于道边。这时，集团军各部从长沙出发步行到江西时，天气炎热，官兵们挥汗如雨，一入秋季，疾病大发，伤病员大幅增加。王陵基将新十五师和新十四师一个旅，择其精壮官兵归并，与刘若弼新十三师和新十六师，由七十八军代军长夏首勋带领，统归第十九集团军总司令罗卓英指挥。

分监部为了使前方官兵不至于挨饿，先派部分人员，兼程赶往江西武宁，开设兵站路线，以两个兵站派出所进驻箬溪及德安前线。此时，后方粮弹均未抵前线，日军却向我军发起猛烈进攻，部队特别需要粮食，兵站交通科中校主任科员周骥赶到武宁县府石门楼镇，与武宁县长进行协商，请就地筹拨军粮，并征集船业公会所有船只，星夜发动群众，赶运到前线救急。饥肠辘辘的川军看见修河上百舸争流，船帆片片，火把照明，船舱中全是袋袋粮食，都激动地欢呼起来。兵站分监部进驻修水后，以直属分站驻修水城东北约四十里的三都，配属的汽车队则往返于长沙——南昌之间，执行运输补给任务。

第九战区司令长官陈诚

王陵基第三十集团军归第九战区指挥后，长官部给第三十集团军的任务是增援瑞昌方面友军，阻击敌人前进。

8 月 11 日，九江之日军主力猛扑瑞昌，企图占领武宁，以迂回武汉；以一部沿南浔路南下，企图占领南昌，以切断浙赣路。

8 月 23 日，长官部令其第七十二军之新十四师由岷山脚下推进至冷山亘城门湖、茨花山、鲤鱼山一带，接替第九十五师（罗奇）防务；以新十三师推进至新塘埠西北下马港附近地区，控制此处要隘。该部于是晚开始运动，限 24 日接替防务完毕。当时，第七十八军仍在车轮中间山、傅公山、陈家垄一带构筑工事。

这时，我军在南浔方面正在牛头山、金官桥、马鞍山、锡福桥一带与敌激战，由港口登陆之敌，则在瑞昌东侧至牯牛岭一带双方激战中。

8 月 24 日，瑞昌失陷。至 25 日，王陵基部因感到来自瑞昌方面敌军的威胁，乃以新十三师加入鲤鱼山、笔架山一带占领阵地。

26 日，敌一部约一二百人向笔架山方面攻击，该阵地很快被占领；第七十八军之新十六师（陈良基）之吴旅亦加入该方面作战。

27 日，新十三师及吴旅占领鲤鱼山、黄牛庵、大塘堰之线。是日晨，敌增加至五六百人，续向鲤鱼山、黄牛庵之线前进。午后四时以后，鲤鱼山、鸡鸣庵、马鞍山、黄牛庵之线，在隆隆炮声中，先后被敌占领。敌兵力逐次增加，已达一个联队之众。

该师唐旅之一团防线即被突破，而杨团反攻又未奏效，而且全集团正面达一百多华里，深感处处薄弱，而无预备队使用，不得已转移阵地。王陵基令新十四师向夏家洼亘大山、黄天脑、北极峰转移阵地，并派出一部占领尖门堰、曾家垄之线为前进阵地。新十三师及新十六师吴旅占领牛金山亘团树山、鱼山岭之线，以姚家铺、黄丝洞诸要点为前进阵地；新十五师韩旅迅移至岷山大屋附近集结，策应新十三、新十四两师，并以一部占领瑞德公路东西各隘口，施行破坏工作，更以第三团占领童子岭之线，第四团占领北极峰之线。午后四时，第三团当面即发现步炮联合之日军二千余，一面向童子岭正面进攻，一面向翼侧石头山扫击，该团派守该阵地之一连誓死不退，在敌人猛烈的炮火中全部壮烈牺牲。该团左翼被威胁，形势相当危急。又接到新十六师吴旅报告：该旅激战竟日，伤亡已达三分之一。该集团军为第一第二两兵团之中轴，决心集结兵力，死守岷山山腹，迎击该敌，以稳定战局。除令各师旅长督率所部死力抵抗，纵有重大牺牲不能再退一步。并飞调新十五师罗（忠信）旅速取捷径，经高家山、岷山山腹左移，会同新十五师韩旅、新十四师罗旅，侧击敌之左侧背，该韩、罗两旅除会同郑、罗两旅出击外，并固守岷山大屋南侧高地，扼堵瑞德公路。

新十六师吴旅固守刀背塄方家大垱、简家山之线。新十三师占领戴家山、代脑山、竹山之线，构成侧面阵地，并派得力部队威胁敌之右侧背。

8 月 28 日，日军已越过新塘埠并向北极峰北侧之石头山进攻。长官部令王陵基部务确保现在线并控制瑞昌通鸡公岭之公路，阻止敌于新塘以西地区，以掩护我南浔方面第一兵团之左侧背。而王陵基部之新十三师则已退至李家山、范家铺一带。

28 日夜十二时，王陵基致电陈诚并转蒋介石报告一线险情：

即到，武昌委座，最密。（1）敌波田支队于今（俭）晨拂晓，以飞机十余架及猛烈炮火，掩护其步兵向我鲤鱼山、笔架山阵地猛攻。激战至午，我唐旅伤亡惨重，不得已退守尖门堰亘黄牛庵、药山之线。敌继续猛攻，至午后三时，上述诸要点相继失陷。刻正与我十三师倪旅在大塘堰、姚家岭激战中。（2）职集团拟向黄天脑、北极峰、李家山之线转移阵地，其部署如下：甲、十四师向夏家虞亘黄天脑、王家洲至德瑞大道两侧之北极峰山腹转移阵地。乙、十三师（附吴旅）占领北极峰亘牛金山、团树山、李家山、范家铺前方、鱼岭山之线，以绕家岭、黄丝洞诸要点为前进阵地。其唐旅着迅速收容整顿，位置于李家山后山。丙、该两师之作战地境为新塘埠亘金家塘之连线（线上属十四师）。丁、十五师韩旅迅速移至岷山大屋附近集结，策应刘、范两师，并派一小部占领瑞德公路东西各隘口，施行破坏工作，罗旅仍守原阵地。

复据俭（28）亥电称：职军团自有（25）日接替防务，阵脚未稳，敌乘机突破笔架山、鲤鱼山，连日往复争夺，始将鲤鱼山恢复。宥（26）日晨起，敌复以空、炮轰炸竟日，职刘师唐旅、范师之唐团伤亡重大，致鲤鱼山、黄山庵相继失陷，乃转移阵地，决心死守夏家洼、冷山亘黄天脑、北极峰、牛金山、团树山、李家山、鱼岭山之线以扼守瑞德、瑞武、圣鸡瑞公路。查此线正面宽达六十余华里，用去兵力五个旅，其余唐、罗两旅则在收容整顿中。全集团已无预备队，拟请将现位置于傅家山、陈家垄之罗旅为总预备队，俾便应付战局。

29日，新十五师韩旅三团团长何镂与敌顽强抗拒，待至午后四时，仍不见奉命协攻之郑旅到达。当时新十四师郑旅、新十五师罗俊树旅奉王陵基命令，前往增援，刚出发不到两里，就被第四军第九十师师长陈荣机截住，声称“奉陈（诚）长官命令，你们两旅已拨归我指挥，不准他移”。于是郑、罗两旅长等不得已率部退守阵地。而且陈荣机还派队监视他们，因此无法完成支援任务。何镂团长一时不耐烦，盲目出击，致敌由侧翼磻石、王家洲空隙抄入，该团不支，秩序混乱，复被敌机炮乘势轰炸，致阵地失守。

王陵基很生气，认为：“岷山阵地为本集团正面，既因郑、罗两旅不能到达，势必被敌突破，其影响本集团之得失尚小，牵动全战区之关系甚大，该两旅被陈师长阻留，事前未接到九十师通知。”

于是他操起电话质问总司令吴奇伟，吴奇伟傲慢地回答：“郑、罗两

第九战区副司令长官、第九集团军总司令吴奇伟

旅调往他处，我之左侧背即有被敌威胁的危险。”

王陵基说：“你部左侧背并无敌踪，万一我正面被敌突破，吴总司令侧背必然会感受威胁。现在令调郑、罗两旅巩固我的正面，就是掩护吴总司令之侧背，所以恳请吴总司令允许该两旅前来增援，以挽回危局。”

但吴奇伟坚决不允许。王陵基曾于当夜将经过报告给陈诚并请示如何处置在案。

长官部乃令王陵基部务歼灭岷山大屋之敌，并应以左翼李家山之一旅及陈家垄方面新十五师之罗旅由东西两面夹击敌人。

日军依仗飞机大炮威力，专向七十二军正面岷山阵地猛攻，防守该地之兵力非常薄弱，加上预期增援之郑、吴旅又被阻留，致被敌突破，全线陷于不可收拾的境地。

8 月 30 日，敌继续攻击，王陵基部混乱溃退，岷山亦失，有一部敌人窜至小阳铺附近，王部主力向岷山大道以西撤退。但新十五师罗旅及新十四师一团仍在陈家垄附近。

新十四师罗忠信旅之杨垕团，自尖门堰被敌横攻，迫至岷山顶复遭敌机轰炸，该团长指挥无方，竟被敌击溃。新十六师吴旅被敌陆空联合猛攻，该旅死力据守，伤亡綦重，经新十三师师长刘若弼派队掩护，始撤至九渡源整顿。

王耀武第五十一师已向小阳铺方向前进，是日仅到一团。长官部以歼灭突入岷山、新塘埠一带敌人之目的，令在陈家垄之新十五师罗旅之一团归第四军欧震军长指挥，并由第四军加派一旅，由螺山及沿新塘埠、鸡公岭公路两侧向北极峰、新塘埠一带攻击；令王耀武第五十一师之先头一旅应恢复岷山而占领之相机策应第一线之攻击，令王陵基部主力由刀背垓、代脑山、竹山一带向前攻击。

王陵基奉陈诚长官命令，拨附王耀武五十一师，于 29 日占领岷山顶高岭以下地区，也遭到日军猛攻，伤亡重大。阵地被敌突破，五十一师退守毛家山、螺丝旋、东岭之线。

这一天，王陵基曾两次接到蒋介石命令，饬其部“死守北极峰东西之线待援，不应擅自后撤，牵动战局，应坚持必胜信念，发挥我擅长之山地战，与敌周旋”。但是，阵地已被日军突破，该军既无预备队使用，又不能撤回正面部队增援，愧愤之余，王陵基除严令各部督饬残部就地死力扼守，牺牲至一人一枪亦不得后退！并报恳请陈长官、薛总司令派队攻击阻敌南下外，当电蒋介石自请惩处在案。

第三十集团军总司令部仍作如下之部署：

甲、新十五师除留一旅在傅公山、陈家垄一带外，其余控制于岷山、大屋附近。

乙、新十四师主力占领冷山、大山、白马脑、黄天脑、北极峰之线，以一部占领尖门堰及其以东各要点为前进据点。

丙、新十三师附一六〇吴旅占领牛金山、团树山、竹山、李家山、范家铺之线，为主阵地，以洞山、黄丝洞山、大塘堰、姚家岭、仙女池、饶家岭、大岭山为前进据点。

当日军攻笔架山之际，其兵力不过一二百人，等笔架山被占领后，亦仅五六百人，我军判断敌之主力行动不过为掩护其瑞昌方面之侧背，俾便西进也。且由瑞昌至笔架山间仅有一条已经被破坏之公路，勉强可以通行，两侧均为湖沼，不能通行，故当时长官部指示王陵基部应歼灭该敌的命令非常必要。但王陵基拒不执行，命令所部径向后撤，于是日军有机可乘而逐次增加兵力，企图威胁我南浔方面之侧背。至 31 日，川军后撤各部，虽弹尽援绝，伤亡过半，但仍努力支撑，节节抵抗，致敌未敢长驱直入，最后相持于五台岭亘团树山之线。

至王陵基部撤退之理由，据王陵基说：“为因受敌飞机大炮之轰炸，同时现占领线地形不良，若撤至山地则必能死守云云。”

长官部鉴于上述情况下令薛（岳）总司令对左翼方面应加以注意，并务于车轮、北端山至车轮、中间山一带配置部队；同样令王陵基部务扼守各前进要点并确保冷山、黄天脑、北极峰、牛金山、团树山、李家山一带不得再退，阻止敌由瑞昌、新塘埠向沙河方面之进展。

9 月 1 日，王陵基部因部队混乱，战斗力全失，适第十八军（黄维）已到冯家铺附近，乃令星夜由山地向岷山、北极峰方面前进，向敌侧背攻击。

9 月 2 日，第十八军陈沛第六十师先头已至贺山垅、车楼下之线，彭山第十一师先头至狮牯山附近，至 3 日晨，在大木尖、岷山大屋一带与敌接触，进展颇速，第六十师旋占童子岭、屏风坳、大木尖、岷山、观音庵之线，第十一师占领岷山、大屋、北极峰、石龙庵、牛金山、代脑山、竹山之线，斩获颇多。终以由岷山窜至马回岭之敌，七十四军未能肃清；南浔路方面，金官桥一带之我军因感侧背威胁过甚，不得已乃决于 3 日晚转移至乌石门东西之线。

自第十八军担任岷山一带之作战任务后，因王陵基部新十五师韩旅、新十六师吴旅与新十四师罗旅之唐团，伤亡綦重，所余不足三分之一。长官部乃决调白水街、杨坊街（箬溪东北）一带整理，加紧训练，并于各隘口构筑工事，候令东出，策应乌石门、范家铺间我军行动。

国民政府军事委员会政治部第三厅厅长郭沫若

9 月 18 日，第九战区司令长官陈诚同国民政府军事委员会政治部同第三厅厅长郭沫若亲来武宁前方的箬溪慰劳该部队，陈诚对郭沫若说：“你的老乡王陵基就在附近翁家塥驻扎。我们去他那里看看。”

于是，几个人坐小汽车去了翁家塥王陵基总司令部。中午一时许，车到了翁家塥，陈、郭二人只见到参谋长张志和，王陵基去下面的师指挥部视察，郭沫若颇感失望。巧的是，他们在指挥部吃了午饭回去的半路上，遇见了王陵基的车。

郭沫若在日记中写道："照例是药片眼镜（注：王陵基终日戴一副墨镜，当年中医开的膏药颇像墨镜片，所以郭沫若说他是药片眼镜），用一口嘉定话（即乐山话），大诉其苦。据说装备尚未齐，而敌人集中火力攻破防线。友军自私，各不相顾。杂系和嫡系待遇不同。杂系挡头阵，嫡系督后队。送死而已，送死而已……复回翁家塥，同用晚饭。归时已七时半。"

郭沫若日记："19日礼拜一晨七时顷同陈诚往翁家塥，对王芳舟干部讲话。都是四川老乡，但军容甚不整饬。天雨，留中饭后始归……"

他们在王陵基部盘桓一天。

9月21日，江西方面敌第二十七师团由瑞昌向武宁推进。原守瑞昌的是李仙洲部的第二十一师，战斗不利，向武宁方向退却，逐次抵抗。

王陵基即命令第一补充团急行军赶往修水。当部队赶到瑞昌附近的岷山时，派往前方和友军联络的人员回报："友军已无踪影，前面尽是敌人！"

于是补充团只得后撤，择险据守，后队变前队，全部撤向麒麟山一线高地占领阵地，拒止敌人。

王陵基本人亲自率一个师从长沙经修水直趋武宁，后方各师全部采取轻装赶到武宁集结，各部到达前线后即奉命接管瑞昌的防务。

防守瑞昌南约三十公里的岷山是新十四师郑清泉旅、新十五师韩任民旅，经过顽强抵抗，但武器太差，伤亡较大，不能坚持，遂退下。

至9月22日，日军已接近杨坊街附近。王陵基令以两师在杨坊街附近对东北占领阵地，掩护第十八军之右侧，其余开箬溪以南修河南岸。王陵基遂令以第七十二军（新十三师、新十四师）占领阵地，以第七十八军开修河南岸。

7. 激战麒麟峰

9月25日发生在麒麟峰的战斗，是万家岭战役的一个组成部分。九

第九战区司令长官薛岳

江方面，日军第二十七师团在沙河车站受阻，绕向南浔线以西赛湖（沙河西北）南岸冲入瑞昌县境，师团长本间雅晴。该师团冒险深入麒麟峰地区后，薛岳就下令调集就近的第九十一师、第一四二师，连夜抢占了瑞武线上的要地南屏山，切断日军第二十七师团后路。堵住了麒麟峰，就堵死了二十七师团的出路。

冈村在获知第二十七师团陷入困境后，急令南浔线上的松浦淳六郎第一〇六师团从马回岭、星子等地火速支援。

第一〇六师团开进德安以西五十里的万家岭一带，与伊东政喜第一〇一师团一四九联队会合。该部在第一〇六师团长松浦淳六郎中将指挥下，企图“冲出白槎，窜扰南武公路”，以切断中国军队的退路。

此时，薛岳却看到一〇六师团孤军犯险，给了我军一个难得的反攻时机。于是，薛岳决心“抽调德兴、南浔、瑞武三方面兵力，包围万家岭附近之敌，捕捉而歼灭之”。万家岭战役至此全面展开。

万家岭战役的一个关键在于，麒麟峰是否能守住。守不住，本间雅晴第二十七师团冲过麒麟峰，推进白水街以东，接应上一〇六师团，不仅救出了后者，也给了自己一条生路；守住了，二十七师团自身都难保，一〇六师团自然顾不上了。

因此，第二十七师团必须不惜血本、不择手段要攻下麒麟峰。

长官部命令第七十二军之新十三师和新十四师之郑清泉旅占领麒麟山、倒岩隘、大洼山一线（在瑞昌西南沿瑞武路西南侧），阻敌向瑞武公路进窜。倒岩隘、大洼山的东北面都是百公尺以上的断岩，敌军攻击较为困难，麒麟峰北面坡度较缓，地面亦较宽阔，判断是敌人进攻的主要目标。新十三师师长刘若弼令郑旅防守后面两个阵地；麒麟峰阵地，则由该师负责防守。

9 月 25 日以后，日军第二十七师团在飞机大炮的轰炸中，以一个联队的兵力，先后向麒麟山阵地发起五次冲锋，每次冲锋都是先以飞机轰炸，再以大炮射击，之后步兵发起冲锋。

吴奇伟部和王陵基部以攻击前进态势，抵达万家岭。万家岭是介于瑞武公路和南浔铁路之间的一个据点。日军第一〇六师团主力由马回岭向万家岭方向前进，军事委员会认为敌该师团乘虚突进，威胁甚大。薛岳决心将该敌围歼于万家岭地区，从德星路、南浔路和瑞武路三方面抽调第六十六军、第七十四军、第一八七师、第一三九师一个旅、第九十一师、新十三师、新十五师一个旅、第一四二师、第六十师、预备第六师、第十九师与第四军共同包围该敌。

川军官兵沉着迎战，待敌冲至五六公尺处，一声令下，开始投掷手榴弹，炸毙日军多人。当日军冲至前沿二三十公尺时，阵地上官兵才跃出战壕，使用刺刀和马刀，奋勇向前与敌肉搏。营长杨毅高喊："冲锋！杀——"率先杀入敌阵。此时，有三名日兵围住杨营长，只见杨营长手持刺刀枪将最前方的日军的枪刺压向一边，向该敌腹部猛刺一枪，该敌惨叫倒地身亡；杨营长趁势刺向另一敌人，该敌也倒地不起，剩下的敌人一看不妙，转身就逃。川军士兵在杨营长的率领下，士气大振，呐喊着冲向敌人。日军畏葸不前，向后溃逃。在恶战中，我军白天没有水饭供给，只有在夜间才能吃上一顿干粮。在如此艰苦的条件下，我军坚持与敌激战三昼夜，麒麟峰数次易手，死伤惨重。仅 25 日夜，麒麟峰一地，日军即遗尸三百余具，其汪田大尉等四人被俘。

9 月 27 日，第二十七师团派出第三联队残部扑向麒麟峰。刘若弼向王陵基报告："我军官兵伤亡很大，已有不能支持之势，请示方针。"

王陵基对刘若弼说："你们打得很好，要继续督部坚守！"

不久，刘若弼又几次请示支援，最后说："预备队已经使用完了，没得法负责了！"

工陵基说："那也不得撤退，如果我们撤退，敌人就可包围、威胁右翼友军，迫使友军全线也不得不撤退！只有多勉励部下，顽强固守！"

参谋长张志和接过电话，对刘师长说："你们在前线三天对敌英勇鏖战，不但为国家、民族立下大功，而且为川军一雪'望风崩溃'的耻辱，恢复了川军能战的声誉。现在敌人攻我三天不动，他也是'一鼓作气，再而衰，三而竭'，他们精疲力竭了，我们只要坚持下去，就会胜利。请你把总司令部这一意图转告全线官兵，奋勇抵抗，坚守待援！"

刘师长回答："前线情况十分紧急，伤亡极大，又没有预备队了，敌人再攻，怎么办？"

张志和说："打仗之道，杀人三千，自损八百，我们伤亡既大，敌人伤亡也不小。我们拿出拿破仑'最后五分钟'的精神，一定可以胜利。至于预备队，总部已抽调一个旅兵力，飞驰前来增援，并望你相机出击，反守为攻，一定可以获得最后的胜利。我们等候你们最后胜利的好消息到来！"

刘师长说："就这样办吧！"

放下电话，王陵基恐刘师顶不住，和张志和商量后，立即命令后方所有部队，加以挑选，组织了两个团的增援部队，派一名吴旅长率领，驰赴前线进行增援，部队士气大振。

张志和（1894—1975）

张志和，别字致和，化名何渠安，四川邛崃人。就读于四川陆军小学堂、西安陆军第二中学，北京清河陆军第一预备学校毕业。1916年5月保定陆军军官学校毕业。1918年秋返回川军，历任靖国川军第一军第三师步兵团连长、营长、团长。1932年10月起率部参加刘文辉部对刘湘部的作战，1933年9月因所部战败被撤职，后脱离第二十四军。1938年出任第三十集团军总司令部参谋长、战地军官训练团副团长。

第四天拂晓，刘若弼举行反攻，士兵呐喊杀敌，一鼓作气，就把日军干趴下了，还打死日军的一名大队长，虏获了他的战刀和日记。

根据敌大队长的日记，得知这股敌人原是华北驻屯军的三个联队新编的第二十七师团，师团长是本间雅晴中将，1938年7月下旬由塘沽乘船，主力8月9日在南京集结，26日由南京出发，30日在庐山东麓集结，参加进攻武汉的行动。

当敌第二十七师团在武瑞路受阻，进展困难时，冈村宁次令第一〇六师团向南浔路、武瑞路之间的万家岭山区进攻，以策应第二十七师团作战。

激战至28日，日军仍被阻于主阵地一线，日军广部、上田、高木三个联队长被我军击毙。新十三师刘若弼协同第十八军之六十师陈沛部乘夜反攻，与日军实行白刃战，反复争夺数次，日军眼看抵挡不住，施放毒气，刘部损失颇大，未能得手。

在德安麒麟峰战斗中，该部副师长明继光缴获了一张重要的日军作战地图，并在该地图上题字：民国二十七年九月三十日与日人战于江西德安之麒麟峰激战旬日，击溃其近卫师团所获此图。

明继光，字益军，1896年4月生，今四川省彭州市人。十八岁投笔从戎，当上了四川陆军第三师第六旅十一团三营十二连二等兵，参加了护国讨袁战争和其后的护法战争。1926年，升至少校，任川军第一六一师第四团团长，领兵驻扎在重庆江北县的悦来场。抗战爆发后，川军积极要求出川抗日，王陵基编成国民革命军第三十集团军第七十二军新编陆军第十三师，明继光升任第一旅少将旅长，不久，又升为新十三师副师长。

9月28日，新十三师将来犯麒麟峰之敌击退，毙敌三四百，颇有斩获。长官部又令新十五师之一旅和新十四师之一团加入作战。

就在南浔路的中日军队厮杀得难解难分之际，武汉正处于危急之中。为了挽回颓势，军事委员会电令守备赣北方面的李汉魂、吴奇伟、卢汉与王陵基等部二十多万人发动攻势。令李汉魂为前敌总指挥，吴奇伟副之；并指挥卢汉、王陵基向南浔、瑞武路挺进，以牵制长江北岸之敌，阻止其向武汉进逼。

9月30日，敌第一〇六师团先头部队已进至万家岭一带，第七十四军冯圣法第五十八师一个团赶到，投入战斗。10月4日，日军后方部队逐次到达，实施反击，薛岳抽调的各军也从四面向万家岭靠拢。

薛岳令武瑞路方面转来的李汉魂部队向柘林以北地区转移，阻击从罗盘山东进的敌第二十七师团，不使其与敌一〇六师团会合。

10月5日，李汉魂令冯占海第九十一师、刘若弼第新十三师及吉章简预备第六师为第一线阻击部队，防守右起杨家、亘城门山、洼山、蒋家坳、排楼下、螺墩，左至河浒之线阵地。与此同时，参加万家岭地区围攻日军第一〇六师团各部队，踊跃杀敌。

10月10日，中国军队基本将敌第一〇六师团消灭，史称万家岭大捷。

新十三师配合吴奇伟部与敌苦战旬日，伤亡巨大，退守修河南岸，倚山布防。敌二十七师团长本间雅晴指挥部队至德安之河岸，遭到猛烈射击，中弹负伤，新十三师乘势反击，将正面日军击溃。

10月21日，第九战区作反攻部署，决定以武汉卫戍副总司令万耀煌指挥第三、第十五、第一三三等师及第七十八军新十三、新十五两师沿瑞武路反攻瑞昌，攻击时间定为10月25日，不想就在前一天，统帅部决定放弃武汉，反攻戛然而止。

瑞昌、武宁与马回岭、万家岭之战后，第三十集团军统计损失，新十三师损失一半左右，新十五师损失一部。

1938年11月25日至28日，国民政府军事委员会召开南岳军事会议，蒋介石亲自主持。会战主旨是检讨前一段作战失利的责任，对抗战作出新的部署。第三、第九战区师长以上主要军官一百多人参加会议。

武汉警备副总司令万耀煌是鄂军出身，在蒋介石系统里也是非主流，因此与杂牌军领袖关系不错。会议之前，万耀煌与第三十集团军总司令王陵基、第二十七集团军总司令杨森，由于担心蒋介石会用制裁韩复榘的招数再对付几个杂牌军首领，便在莆田桥第三十集团军总部密谈了两个多小时，想好对策。

在南岳军事会议上，军法执行部总监陈调元充当枪手，率先指责武汉会战时，长江北岸川军第二十九集团军代总司令许绍宗（王瓒绪）部作战不力，拖累了第五战区大局；接着矛头又直指武汉长江南岸的第三十集团军王陵基部率先败退，影响了全线；其部后归拨李玉堂第八军、王东原第七十三军指挥，反攻瑞昌时，王本人又不亲临前线，以致贻误战机。

当时南岳已是深秋，室外寒气逼人；会场里，陈调元的高调批评，使会场内外一片肃杀之气，也让两位川军大佬和在座的川军师长们个个脸色阴沉，与陈调元怒目相对，气氛十分紧张。有人窃窃私语道："追究责任，搞不好韩复榘事件又要发生了。"

王陵基只觉得后脊背汗津津的，坐立不安，非常担心自己的命运。

入暮以后，忽然，在会场的过道里和厕所中出现了不少"川军回川保卫大四川""此处不留爷，自有留爷处"的小标语，这显然是得到高人点拨。万一闹翻脸，王陵基率部返回四川，就是第二个刘湘，蒋介石的日子肯定就不好过，这样给了军事委员会以无形的压力。

果然，第二天会场风向大变，首先，陈诚检讨了长江两岸失败的责任，将川军的错误自己扛了下来，要求中央"自请降职"。接着，蒋介石突然对王陵基大加表扬，进行鼓励。当晚，陈调元设宴，请王陵基喝酒。席间，陈诚又安抚说："川军仍须继续保持声誉，抗战到底，以争取最后胜利。对于各军，中央当一视同仁，公平待遇，兵员粮饷，武器装备，当予尽量补充。"

一场狂风暴雨，化为风平浪静。

之后，王陵基重新编组三个补充团，成立新十五师；三个月后，王陵基率领新十四师和新十五师重返江西前线。

8. 棺材山战斗

1939 年 2 月初，王陵基返回修水、武宁地区，准备参加作战。

3 月，日军企图占领南昌，隔断与粉碎浙赣沿线的中国军队，发动南昌战役。第十一军司令官冈村宁次移驻德安，以日军稻叶四郎第六师团长、青木旅团（第十八旅团）及伪军一部，由九江出发，策应南浔线主力南犯。在炮兵、飞机的掩护下，向江西武宁发动猛攻，企图迂回南昌。以第六师团及松浦淳六郎第一〇六师团之一旅团进攻南昌方面守军，以一〇六师团主力进攻湘鄂赣边区武宁守军。

第九战区司令长官陈诚命令湘鄂边区挺进军总指挥樊松甫、第八军军长李玉堂和第七十三军七十七师柳际明统归第三十集团军总司令王陵基指挥。

王陵基将总部设在甫田桥，从武宁到武宁以北横路附近修水北岸的望人脑、棺材山、加白老、南岸之洞口、罗坪等重要据点，修筑工事。

棺材山位于武宁县箬溪镇之间，永（修）武（宁）修（水）公路之北。最高峰海拔578.3米，横亘如屏，峰顶豁露，宛如一口巨棺横卧于群峰之间。

王陵基认为棺材山战略地位重要，于是派出部队在山上修工事，进行防守。

稻叶四郎开始以一个师团进攻棺材山，遭到第八军李玉堂的顽强抵抗，伤亡颇大；总部即令新十五师应援；以新十四师固守武宁城北高地；以第七十八军控制武宁城外修水南岸阵地。继而日军又增加青木旅团，又遭到柳际明部的打击，一天一夜毫无进展。

新十五师赶到棺材山附近时，第八军伤亡很大，逐渐后退，该师就近占领阵地，掩护第八军撤退。日军以飞机大炮向我阵地轰击，并以骑兵向甫田桥总部袭击。总部在张志和参谋长指挥下，转移到修水南岸，部署第七十八军军长张再和副军长夏首勋准备打击日军，挽救颓势。

3月24日中午，日军出动大批飞机，配合陆军、海军全力进犯武宁，集中巨型炸弹、烧夷弹，把武宁城炸毁一半。各军之间电话线炸断了又接，接上又炸断，相互间无法联系。午后六时左右，日军陆军一部利用海军第二舰队沿修水河接近县城，与新十四师陈良基部终夜激战。

第三日，日军用十五毫米榴弹炮掩护步兵前进，一天就发射了炮弹二百零四发，阵地上狼烟洞地，一片火海。天黑下来，狂风大雨，电闪雷鸣。王陵基在司令部接到新十四师陈良基师长电话报告："各方日军冲击厉害，我军各部有退却之势。"

王陵基命令："请坚持住，我这就派援军支援你们！"

日军师团长稻叶四郎中将，又令第二旅团发起攻势，王陵基也命令预备队投入战斗。援兵对援兵，互不相让，犹如针尖对麦芒。

激战中，大批日机飞临川军阵地上空轰炸，又集中巨型炸弹和烧夷弹轰炸武宁城，城中烈焰冲天，一片瓦砾。战斗中，电话线断了又接，接了又断，通信兵几乎全部伤亡，王陵基与各部均失去联络。

下午六点，日军一部利用修水河岸低洼处作掩护，接近县城发起进攻，第七十二军陈良基部奋起阻击。

27 日，日军继续进攻。由新兵组成的新编第十四师表现不俗，重创日军。新十四师以集束手榴弹作为地雷预设在公路，并辅以迫击炮顽强抵抗，令日军举步维艰。日军向武宁的突击部队尽管以装甲车开道，但遭到意外顽强且有效的狙击火力阻拦，在迫击炮和集束手榴弹的打击下，两辆轻装甲车被打坏丢弃。另外，日突击部队还对中国军队的夜袭感到头疼。随着在修水以南井上支队占领靖安县城，南线战事底定，稻叶中将下令在箬溪警备的联队长若松平治第四十五联队第二大队加入今村支队。

王陵基下令将新编第十五师调回。27 日中午，新编第十五师返回了武宁县城附近原新编第十四师的阵地。打到晚间，新十四师部队开始溃散。

王陵基拿着电话与各方联系，“喂喂喂……”乱叫了半天，也无人应答，气得摔了电话，穿上雨衣，亲自带着督战队，冒着狂风大雨守住马路，要求各部誓死不退，努力坚持。直到 27 日午夜，我军各部伤亡颇重，王陵基忍痛下令撤出武宁。

28 日拂晓后，新编第十五师第二团与日军激战两个小时，上校团长黄从周求救。然而，增援的新编第十五师第三团一个营和新编第十四师一个营遭到日军火炮拦阻，来不及赶到，于是阵地就这样被日军突破了。

当天下午，日军从修水前线调来的独立野战重炮第十五联队和独立气球第三中队抵达了一线阵地，开始用重炮支援步兵进攻，突破口进一步扩大了。当然日军航空部队作用也不小，第七五飞行战队一整天对地面实施了三次协同攻击，出动飞机四十二架次，投弹二百四十六枚，对中国军队中的新兵造成巨大的心理威慑和杀伤力。

入夜后，守军两个师向后溃败，日军一步步逼近了武宁外围阵地。第七十二军中将军长韩全朴丧失了对部队的控制。新编第十四师师长陈良基率特务连督战亦拦不住溃兵。新编第十五师师长傅翼则将师部迁到了修水南岸，引发了武宁城内更大的混乱。

3 月 29 日下午，棺材山的李玉堂部第三师死伤惨重，难以支撑，告急电话不断打到王陵基的指挥部。王陵基正为难，驻扎在湖南醴陵的川军杨森部第一三三师，在师长杨汉域的带领下奉命长途增援。王陵基大喜过望，命令杨汉域增援棺材山，受李玉堂指挥。李玉堂给杨汉域下了一道死命令：无论如何，守住棺材山，阻止日军前进。在棺材山前沿，杨汉域命令第三九七旅旅长周翰熙负责攻击，第三九九旅旅长蔡慎猷所部为预备队。周翰熙到达指定地点后，先派出文伯诚一个连对日军作试探性攻击，以侦察日军的兵力、火力配置，作出应对措施。同时，又命令徐昭鉴团准备攻击棺材山，周炳文团准备攻击罗盘山。

第二天拂晓，川军发起总攻。两个团前仆后继几次攻上山头，均遭到日军的猛烈反攻，日军以飞机大炮轰炸，我军阵地得而复失，两团伤亡惨重。

周炳文团攻击罗盘山时，营长周烘言左手被打断，仍不下火线，坚持指挥。营长刘赞禹臀部被榴弹炸去一大块，血流如注，抬下山后，部队由副营长杨羲臣继续指挥。

武宁会战是从 1939 年 3 月下旬打响的。日军方面，担任作战任务的是第一师团。第一师团先以一个旅团展开进攻，在中国军队的猛烈反击下，日军一个联队几乎被全歼。

武宁失守后，王陵基将陈良基、刘若弼、吴守权等师撤往武宁城西三十里的甫田桥布防，总部设在澧溪。

日军以一个加强联队向第七十二军攻击，并以有力之一部千余人向第七十八军的柳山、荷山阵地进攻，遭到第七十八军反击，修河两岸之敌退回武宁。

日军占领武宁后，重兵渐次转移方向。第九战区长官部电令第三十集团军对东面敌军只留一个军进行防御；兵力重点放在北面，即湖北之阳新、大冶、通山、通城。集团军遂指定七十八军军部驻澧溪，新十三师在前、新十四师在后，注意武宁方向之敌。第七十二军驻三都，新十四师在后，新十五师在前，注意九宫山方面之敌；樊松甫的边区部队注意通山方向之敌。集团军总部驻修水南姑桥附近，各部部署完后，即抓紧整训。

王陵基在武宁三都镇召开战役检讨会议。认为武宁失守，首先是傅翼的新十五师之黄从周第二团抵抗不力，自行溃败所引起的。将黄从周处以死刑。同时，他致电蒋介石和第九战区司令长官薛岳，引咎辞职。蒋介石为了羁縻王陵基，复电慰勉，并发给该部奖金一万元。

一年后，王陵基重回武宁视察，只在城东北六十华里的棺材山就发现有三千多具穿短裤、穿草鞋或赤脚的川军将士遗骨。战况之惨烈程度可见一斑。王陵基顿时泪流满面，吟诵着杜甫的诗句："君不见，青海头，古来白骨无人收。新鬼烦冤旧鬼哭，天阴雨湿声啾啾！"

王陵基下令派人将三千烈士遗骸搜集到一起，安葬在武宁的公园内，以供民众凭吊。

十一、随枣、枣宜两会战

1. 许绍宗麾兵襄河

1938年1月，刘湘病逝后，中央便迫不及待地任命张群为川省府主席，遭到四川军政官员的激烈反对；秘书长邓汉祥却拟出欢迎电文，邀省府各厅长签名，只有保安处长王陵基拒绝签字。经过几番角逐，中央为缓和与地方上的矛盾，改任命王瓒绪为四川省主席，并令王瓒绪将刘湘留川的部队编为第二十九集团军，隶属第五战区，令该部出川抗日。

第二十九集团军战斗序列列表如下：

总司令　王瓒绪

副总司令　许绍宗

下辖：

第六十七军	军长　许绍宗
	副军长　王　士
第一六一师	师长　许绍宗
第一六二师	师长　彭诚孚
第四十四军	军长　王瓒绪
	副军长　彭诚孚
下辖：	
第一四九师	师长　王泽浚
第一五〇师	师长　廖　震

抗战爆发后，刘湘率部出川抗日。1938 年 1 月下旬，刘湘在汉口逝世。3 月 16 日，王瓒绪升任第二十九集团军总司令，在成都成立总司令部。由于刘湘去世，4 月 29 日，行政院会议议决：王瓒绪代理四川省主席一职；后被任命为四川省政府主席。

王瓒绪报请任命许绍宗为第二十九集团军副总司令。该集团军由王瓒绪的川军第二师扩编为第四十四军，与许绍宗开往湖北的六十七军合编为第二十九集团军，隶属第五战区。是年春，第四十四军出川，由许绍宗代理总司令。

许绍宗，字尧卿，河北青县人。1908 年入四川陆军速成学堂，毕业后分发新军第三十三混成协任排官。1910 年入四川陆军讲武堂，与刘湘等为同学。毕业后仍任原职，旋升任队官。1912 年在川军第一师周骏部任连长，随军参加历次川军内战，递升营长、团长、旅长。1934 年 4 月，升任第一六一师中将师长，直属四川善后督办公署。抗日战争初期，仍任第一六一师师长，留守四川。1938 年 3 月升任第二十九集团军副总司令兼第六十七军军长。5 月，代理总司令职务，率第二十九集团军出川抗战。

许绍宗（1892—1967）

是年夏，第二十九集团军所率两个军先后经汉口船运至黄冈的兰溪镇登陆，进至浠水，奉命受第二兵团总司令张发奎指挥。五天后，张发奎兵团转调长江南岸第九战区，第二十九集团军改隶第四兵团总司令李品仙指挥，奉命在浠水、罗田、英山至安徽宿松一线布防。集团军指挥部驻浠水附近张家塝，继又奉调至英山、广济一线，对安庆之敌布防。

许绍宗第六十七军在广济、黄梅一带抗击日军，经过数昼夜拼杀，与敌相持。不久，敌乘军舰溯江而上，欲抄我军后路，我第四十四军之一部，在浠水以南与日军相抗，击退来敌，并俘获荒木重之助等敌军数名。

7月中旬，黄（梅）广（济）战役爆发，中国军队在黄梅、广济地区部署了八个军，其中川军第四十四军、第六十七军奉命参战。日军第六师团全部及第二、三师团一部、佐藤旅团主力并配合机械化部队共七万余人，向大别山、太湖、黄梅、广济、田家镇一线大举进犯。

第五战区以许绍宗第二十九集团军、李品仙兵团占领黄梅西北一带山地侧击北进之敌，以李延年部守备田家镇要塞，刘汝明部守备黄梅、宿松沿长江各据点，与日军相对。

日军第六师团沿合肥至田家镇公路南犯，第四十四军在太湖、宿松一带阻击日军。在日军的狂轰滥炸下，宿松失守；廖震第一五〇师退守宿松南的九姑岭。

廖震在川军中也是一员猛将。

廖震，字雨辰，今四川省简阳市人。早年毕业于四川陆军速成学堂，在川军第二师刘存厚部历任排长、连长、营长、县知事、师长。七七事变后，廖震三次上书要求出川抗日，血脉贲张，喊出“不当亡国奴”的誓言。师长廖震与王瓒绪的一四九师合编为四十四军，并与六十七军合编为二十九团军，由王瓒绪任集团军总司令，廖震任副总司令兼四十四军军长。

廖震（1881—1949）

川军夜战，是拿手好戏，此番在九姑岭，廖震祭出“摸夜螺蛳”的法宝，决定由营长何占魁带队前往。

宿松城南墙不高，五米左右，年久失修。深夜，川军一个营的士兵，每人背一个沙包，差不多五百多个，悄无声息地摸到城下，用沙包在城墙下垒起一道斜坡。突击队员顺坡上了城，城墙上并无日军看守。突击队员用大刀干掉把守城门的日军，打开城门，部队开始进城。当行至西城门时，部队遇上一个撒尿的日本士兵，日本士兵狂叫大嚷，惊醒了正在睡觉的日军。但此时，大批川军迅速涌进城来，双方战在一处，显然日军不擅夜战，抵挡一阵便仓皇之间从东门撤走。

这一仗，第一五〇师大获全胜，歼敌一百二十多人，拿下了一个军需仓库，之后便撤回九姑岭。

恼羞成怒的日军，立即展开报复，上九姑岭山中进行“清剿”，被得到枪支弹药补给的第一五〇师击退，不得不龟缩城中，再也不敢贸然进山。

有人提议再搞一次“摸夜螺蛳”。师长廖震说：“吃不了了。日军恐怕早有防备，不如打他的交通线和运输队，叫他不得安宁。”于是，第一五〇师埋伏在通往宿松城必经之路上，伏击了日军二十五辆运输车，缴获大批军需品。

7 月底，日军占领九江后，进逼田家镇。至 8 月初，太湖、宿松、黄梅、广济先后落入敌手。第四十四军和第六十七军均退入合肥至田家镇公路以西山地守备。

9 月 29 日，日军终于攻陷了武汉的门户田家镇。第二十九集团军奉命撤守浠水，在浠水、上巴河一带布防。日军海军的一支船队，沿长江西犯，一部向浠水的兰溪登陆，准备堵截我第五战区退路。第二十九集团军赶到防地，立足未稳，自广济前进之敌第六师团已到浠水的兰溪，与我第六十七军接触，进行炮战。一部日军在湖北蕲春以西的黄柏城登陆。代总司令许绍宗令第四十四军王泽浚第一四九师赶往黄柏城阻击日军。王泽浚令第四四七旅先头团即八九三团第二营营长李秾连夜向黄柏城前进。

王泽浚，号润泉，四川西充人。王瓒绪之子。1918 年入川军第二师军士教导队，1921 年入川军第二军第九师讲武学校。历任排长、连长、营长、团长、旅长，1938 年 9 月任第四十四军副军长兼第一四九师师长。

大约在 10 月 6 日黄昏，先头团在黄柏城附近的九狼山与日本海军陆战队的一个大队遭遇，双方展开一场激烈的争夺九狼山的战斗。对方的枪炮互射交叉，打得夜空里像绽放着烟火一般。激战至半夜，先头团夺占了九狼山制高点，把日军压制在山腰。拂晓前，第四四七旅向日军发

王泽浚（1902—1974）

起冲锋。日军也急红了眼，纷纷扔下身上的皮背包，也操起三八大盖同我军拼命。川军的冲锋部队士兵们，个个手提着四川武器修理所制造的麻尾手榴弹（也叫马尾手榴弹，带尾巴的手榴弹，一个圆圆的弹体后面结着一根粗粗的麻绳，有点像中国古代的流星锤），用力甩向敌人，霎时间漫天都是"蝌蚪"乱飞，炸得敌军人仰枪飞，抱头鼠窜。战至东方发白，日军不支，在长江上的军舰炮火掩护下，仓皇逃向军舰，日军的枪支与皮背包全被第四四七旅所缴获。这一仗打得漂亮，击毙了日军大队长以下官兵一百多人，缴获了大队长的手枪、望远镜等五百多件战利品，生擒了曹长荒木重之助等人。

二营四连的一位叫孙能的小兵高兴地唱起金钱板："大头菜（指麻尾手榴弹，因为它外形像四川大头菜）真是好！日本鬼子吃不了，不是肚子来胀破，就是双膝忙跪倒！"

这一仗我军除了该旅营长周道昌阵亡外，还伤亡连长以下官兵二百余人。

日军曹长荒木重之助被活捉时，双手把他的三八式轻机枪高高举过头顶，嘴里哀叫着："大大的顶好！大大的顶好！"这家伙入伍前是日本早稻田大学的学生，能讲几句生硬的中国话。

这个俘虏兵一到后方就一个劲地要"咪西""咪西"！川军把手中的"锣锅饭"（即川滇一带能做饭又能当锣敲的食具，古代叫刁斗）递给他，他说："不卫生，面包的好，面包的要！"

后来将俘虏送到重庆，他竟向当局控告川军虐待他，当局不分青红皂白，给先头营营长记了一大过，罪名就是"虐待俘虏"。

10月18日，日军第六师团牛岛支队主力自广济出发，突破西河驿附近李品仙兵团防御阵地，当夜进入浠水东南二十公里的界岭，于20日上午渡过浠水，攻陷浠水城。

第二十九集团军正待组织抵抗，又接到总部自汉口发来电令：要该部速调一个军兵力回援汉口。许绍宗只得派廖震率第四十四军星夜赶往汉口。

许绍宗第六十七军撤至上巴河时，从团风登陆的日军已抄至上巴河我军后方，在被日军前后夹击的形势下，许绍宗当机立断：化整为零，趁夜突围，穿过花园铁道线，撤退至潘塘街。这时，武汉弃守，撤出的部队都乱哄哄地拥挤在这里，由于长途跋涉，途中又不断遭受日机的追击轰炸，到沙洋时，部队建制已完全处于涣散状态，只得在沙洋集结休整。我军整训后，正启程西行，送驾嘴、新河街的汉奸向日机发出报警信号，近万众的部队顷刻遭到了日机的轰炸，士兵死亡两千多人，百姓也有几百人遇难。沿途又遭到日军飞机、炮兵和骑兵的袭击，狼狈不堪。许绍宗与参谋长佘念慈商议决定：各部队自找向导，于入夜后寻觅山间小路，分散突围。

第二十九集团军总司令部和第六十七军军部及留在上巴河各部队在几条山间小路上互相拥挤，秩序混乱，军长许绍宗与参谋长佘念慈都已失散。白天，山下公路上有日军快速部队巡逻，天上又有敌机侦查，部队只得昼伏夜行，经过十数夜的奔波，才经由孝感附近夜间越过平汉路，经应城、皂市撤到沙洋镇渡过襄河（汉水到襄阳以后称襄河），到达河溶镇，迅即赶到当阳收容六十七军残部。

廖震率第四十四军在前往武汉途中，在黄冈被先期登陆的日军阻击，该部与第二十九集团军代总司令许绍宗失去联系。廖震等人率部经京（山）钟（祥）公路千辛万苦，辗转到达当阳第二十九集团军办事处时，状如丐帮。官兵减员超过半数。幸好，四川调来几个保安团补充，第四十四军建制勉强还算完整。

1938年10月底，第二十九集团军奉第五战区司令官李宗仁命令，该集团军总司令部位于当阳河溶镇，所属第四十四、第六十七两军，右接沙市江防司令部郭忏部，左接第三十三集团军张自忠部，沿襄河东西两岸布防，置要点于西岸。代总司令许绍宗令第四十四军军布置于荆门的后港，担任上述地区守备，第六十七军为总预备队，位置于河溶与荆门地区。第四十四军军长当令王泽浚第一四九师守备沙洋地区，并以一部守备襄河东岸的杨家峰；杨勤安第一五〇师守备马良地区，并以一部守备襄河东岸的旧口。

部队还未到达当阳河溶，陈诚便命令该军就地整编驻守，防守襄河一线（驻沙洋的是川军王泽浚第一四九师吴济光旅）。部队驻扎后，为抵御临近襄河东岸的日军，便抓紧修筑工事。

1939 年初夏，第一四九师调防，由江防军二十六军四十一师丁治磐部接防，继续修建丁字形工事，由两条地道组成。一条沿河边南北走向，从闸口至关庙；另一条东西走向，从正街口经向阳门至河边，与河边地道相通。建筑材料全是从尚未炸毁但房主又逃难在外的民房中拆下来的，整个地道纵横约三公里。

在与敌隔河相持的日子里，中国军队曾多次偷渡汉水，出没于日军腹地给予痛击。

1939 年 1 月底，寒风凛凛，日军第十三师团沿汉（口）宜（昌）公路，向西进犯襄河东岸的杨家峰，并狂炸沙洋地区。

杨家峰正是廖震第四十四军一四九师四四七旅八九四团团长何鑫的防守区域，何鑫当即指挥该团一二营与敌展开激战三天，敌军退据皂市。

守备沙洋地区的是第一四九师四四七旅八九三团团长李秾。

1 月 31 日上午，九架敌机临空而来，旁若无人地肆虐，盘旋、扔炸弹、低空扫射沙洋，其中有一架大型飞机十分明显。团长李秾命令该团四个营的重机关枪连进入既设阵地，十六挺重机关枪一起开火，对准敌机猛烈射击。其中一架大型飞机由于目标大，在地面猛烈的火力下，突然，一股黑烟从机尾窜冒出来，接着从空中机翼一偏，斜刺里栽向地面，坠落在沙洋镇东北方约二十里的襄河东岸。川军很快划船渡河，搜寻到坠毁的飞机。

这是一架日军大型指挥机，机身上的膏药旗下用红色油漆写有“天皇号”。机上有乘员六人，跳伞后在襄河东岸着陆，从老乡手里夺得一艘木船，企图沿着襄河逃往汉口。当他们驾船到沙洋镇附近的新城时，被李团河防部队发现，鸣枪令其靠岸，该敌反而向岸上开火，李秾命令新城地区的第一营营长杨怀本部予以还击。由于当天西北风很大，该木船顺风顺水，跑得很快。杨怀本亲自上河堤指挥从新城下游登船拦截，敌拒绝投降，并把随身所带文件、皮包等杂物扔向河中，其中有一人竟跳入水中企图泅水逃跑。杨营长命令开枪，将敌人悉数击毙，并把河水中的文件、杂物及尸体都打捞上岸，摆在东面的堤岸上：其中包括航空兵大佐渡边广太郎、少佐藤田雄藏等六名日军，以及文件、地图、日记、军刀、手枪等七十余件物品。在渡边广太郎的日记中，记述有他指挥日机两次轰炸重庆的经过，他的军刀上刻有“日本天皇赐”的字样。军刀后被王泽浚留作纪念，渡边广太郎的手枪由李秾留作纪念。这架被击落的日机残骸，后来被运到重庆中山公园展出。

是年 2 月，第五战区司令长官李宗仁令第二十九集团军暂归第三十三集团军总司令张自忠统一指挥，担任襄河西岸守备，且以一部分兵力进出于襄河东岸，阻击敌人，重点控制汉宜公路地区。第二十九集团军代总司令许绍宗召开师以上军官会议。为确保襄河西岸，使敌不能越襄河雷池一步，乃与第四十四军军长廖震研究：令王泽浚第一四九师与第三十三集团军联系，守备沙洋至马良一带；令张竭诚第一六二师与江防司令部郭忏所辖沙市部队联系，守备多宝湾至沙洋以南地区；令官焱森第一六一师派得力部队进出于襄河东岸杨家峰、五里店间，采取纵深配置，阻击敌人。其余控制李家市地区，随时接应王泽浚第一四九师河防；令杨勤安第一五〇师为预备队，布防于后港；令第一六一师幸春廷支队在多宝湾附近秘密准备船只，随时接应派往襄河东岸的阻击部队。总指挥部设在十里铺附近。

3 月上旬，日军派三架飞机投掷炸弹，轰炸位于汉水西岸的沙洋镇，继以低飞扫射。日军第十三师团附炮十余门及骑四旅团，进犯皂市附近。敌军分兵两路侵犯，主力进犯京山，一路沿汉宜公路西犯，先后在五里店与川军军官焱森第一六一师和第三十三集团军阻击部队发生激战。第一六一师尽力阻击了一天，撤至杨家峰与敌展开激烈的战斗，敌骑兵部队在猛烈炮火的掩护下，猛冲我阵地，官兵们冒着炮火和敌骑的冲击，用手榴弹和轻重机枪奋力还击，负责京山方面阻击敌军的第三十三集团军部队，也逐步退守客店坡、南汪家河、杨家山一带。代总司令许绍宗得到张自忠的同意，令第一六一师阻击部队乘夜由多宝湾撤回襄河西岸。此次阻击战，川军伤亡百余人。

3月5日，敌第十六、第十九师团猛犯湖北钟祥，一路沿京钟公路进犯，一路由东桥镇南犯，一路由旧口北犯，是日迫近钟祥城关附近。第三十三集团军张自忠部黄维纲第三十八师、第七十七军冯治安部王长海第一三二师和吉星文第三十七师等与敌激战，伤亡惨重，于次日撤出钟祥。

3月10日，敌乘势进至襄河东岸，与川军第一四九师发生隔河对战后，先后占领旧口、钟祥。第三十三集团军在洋梓、汪家河、杨家山一带继续战斗。不久，洋梓失守，该守军退至长寿店，敌我双方形成对峙。

2. 拯救名将吉星文

1939年3月初，日军第十六、第十九师团等部猛犯湖北钟祥，一路沿京钟公路进犯，一路由东桥镇南犯，一路由旧口北犯。5日晨，迫近钟祥城关附近。张自忠第三十三集团军的吉星文第三十七师、黄维纲第三十八师和冯治安第一三二师等部与日军激战，伤亡惨重，至次日撤出钟祥；渡过襄河，撤往荆门。

一天，荆门第三十三集团军总部突然打电话给许绍宗：“尧卿兄，兄弟我有事相求……”

许绍宗一听是集团军总司令张自忠的山东腔，于是说：“荩忱兄，不必客气，有啥子事情尽管说，只要能办到，绝不推辞。”

张自忠说：“我部第三十七师长吉星文兄，在撤退钟祥时，遭敌夹击，随身只带数人，被困于旧口以东的山地，现在下落不明。吉师长是抗日名将，如果落在敌人手里就麻烦了。我请求老兄派人无论如何将其找到，活要见人死要见尸。”

吉星文，字绍武，河南省扶沟县人。1923年，吉星文在堂叔吉鸿昌的影响下，从县立师范肄业，去冯玉祥部当学兵。作战勇敢，很快升为排长、连长、营长，后随宋哲元部驻防华北。

1931 年，日军发动九一八事变，随后攻陷热河，欲侵占长城要塞喜峰口等重要阵地，对第二十九军构成极大威胁。

吉星文（1908—1958）

1933 年 3 月 11 日深夜，吉星文营奉命夜袭喜峰口东西两侧高地的日军炮兵部队，大刀队手起刀落，一个个日军人头落地。吉星文营在这次战斗中，共击毙日军三百多人。吉星文因作战勇敢，后升为团长。

1937 年 7 月 7 日下午七时三十分，驻扎在丰台的日军第一联队第三大队第八中队，由中队长清水节郎大尉率领，荷枪实弹，在卢沟桥（宛平城所在地）附近的龙王庙进行夜间军事演习。晚十时半左右，清水节郎声称有一名士兵失踪，要求进入宛平城进行搜查，遭到守城团长吉星文的严词拒绝。蓄谋已久的日军进攻宛平城，吉星文下令坚决抵抗，全民族抗战由此爆发。

1938 年 3 月，奉第五战区司令长官李宗仁命令，张自忠部坚守临沂，川军第一二二师王铭章师长守滕县，各自阻挡了日军，保证了台儿庄战役的胜利。徐州会战失败后，国民党集结重兵加强武汉及外围地区的防御，吉星文所在的第七十七军也奉命由商城、潢川进入大别山区布防。

1938 年 10 月，第十九军团和第二十七军团番号撤销，合组为第三十三集团军，张自忠为总司令，冯治安为副总司令。武汉会战失败后，第三十三集团军经黄陂、孝感，开至荆门附近，吉星文师也随之进驻观音寺一带布防。1939 年 1 月，吉星文升任第三十七师师长。没想到在 3 月的战斗中被隔在襄河东岸，与集团军总部失去了联系。

吉星文下落不明，这么重要的抗日英雄如果落在日本人手里，会对前线士气造成什么样的影响，不言而喻。张自忠食不甘味，夜不能眠，思来想去，只好求在襄河边驻防的第二十九集团军代总司令许绍宗帮忙。

许绍宗当即一口答应，唤来第一六一师专门负责游击的游击支队长幸春廷：“给你一个重要任务，潜入襄河东岸，搜寻第三十七师师长吉星文，给老子听着，找不回来，你也别回来了。”

“襄河东岸，这么大区域找一个隐藏起来的人，困难！”

许绍宗对着墙上的地图，用铅笔在一个叫“旧口”的地方画了个圈圈，“应该在这个周围”。

“臼口”实际上是古代的“臼水”流入汉水的入口之处。明朝时期因为抗洪抢险，皇帝下诏时误把臼口写成旧口，说：“一年是旧口，两年是旧口，一个旧口修了这么多年，那旧口不就堆成了山”，从而旧口衍化成为“旧口”，为钟祥四大古镇之一。镇东有聊屈山，是道教圣地，山上有道观。

幸春廷支队在一个雨夜，寻了一艘大帆船渡过襄河，钻进了敌占区。但在第二天清晨，他们的船被日军巡逻艇发现，于是日军派出大部队进行搜寻。幸春廷支队躲在岸边的树林中，几次遇险，都以伪军的身份蒙混过关。皇天不负苦心人，他们四下打探，终于在钟祥东六十里旧口东面的聊屈山上的一座道观里找到了身穿道袍的吉星文。

幸春廷支队在夜幕的掩护下，在襄河岸边找到一只渡船，在星空下，划到了襄河西岸，来到了许绍宗总部交差。许绍宗大喜过望，说：“吉人自有天相！”

他让手下给吉星文烧水洗澡，吃饱喝足，脱下道袍，换了身新军装，又派总部参谋人员将吉星文亲自护送到张自忠的荆门总部。

张自忠一见，欣喜万分，用责备的口吻说：“吉星文，你这个民族英雄差点成为狗熊了。”

4 月上旬，从襄花公路西犯之敌，在第五战区部队反攻之下被击退，胶着于随枣地区。汉宜公路之敌被张自忠集团军阻击于钟（祥）京（山）之间，形成对峙。

随枣会战前，第五战区长官部驻地在樊城。基于敌情和地形判断，当面敌军可能的进攻方向有二：一是由汉（口）宜（昌）公路西攻宜昌，作为进攻重庆的准备；二是经襄（阳）花（园）公路进攻鄂北地区。

因襄河以东防线延长，指挥不易统一，长官部设两个兵团对敌。右翼兵团：兵团长张自忠，辖第二十九集团军、第三十三集团军等，担任沔阳、宜城间汉水西岸亘大洪山西侧之间守备任务；要点置于汉宜公路方面。左翼兵团：担任大洪山外翼，经随县至信阳外围之间守备任务。

李宗仁命令第二十九集团军许绍宗调有力部队向襄河东岸日军夹击，自行选定攻击目标，张自忠与许绍宗商量，各派一旅由沙洋渡河，在汉（口）宜（昌）公路的杨家峰一带阻敌进犯，以巩固襄河河防。张部在公路左侧，许部在公路右侧。日军一个联队由应城出发，先攻左翼，将张部击溃，再由正面进攻杨家峰之川军。川军与日军激战一日，傍晚，转移到下游多宝湾方向集结。

战前，许绍宗将正面沿河船只调集到多宝湾待命，等到半夜，令集结部队向杨家峰日军实行反攻，战至拂晓，敌向应城方向退去。于是许绍宗令攻击部队撤至多宝湾，乘船安全渡过襄河右岸布防。日军随即从下游挺进至多宝湾，见川军已渡过河对岸，当即在场镇宿营。当晚，许绍宗令廖震派兵一个营分别在多宝湾上下游渡河，夹击多宝湾之敌，敌人猝不及防，仓皇抵抗，被歼灭大半，其余向后方逃离。

第一五〇师师长杨勤安选定黑流渡为突击目标，令官焱森第一六一师幸春廷游击支队与杨团配合。

1939 年 5 月 1 日，枣宜会战打响。第一六一师以一个营猛攻黑流渡日军据点，以两个营埋伏于日军增援的路上。第二天，日军一个中队驰援黑流渡，进入我伏击圈后被四面包围。激战一个多小时，我军打死打伤日军三十多人，缴获机枪四挺、步枪二十余支和大批战利品。余敌逃回钟祥。宜昌江防司令部司令郭忏特派人送来慰问品和大批弹药。

第二十九集团军总部即由河溶进驻孔家湾，以宜城作后方，以沙洋作屏障。第五战区长官部担心日军改道向襄河上游窜犯，于是调第二十六军第四十一师丁治磐部接替第二十九集团军沙洋防务；以二十九集团军担任由旧口至钟祥北面布防，第六十七军复渡河到东岸之大洪山附近的张家集、竹林港，以袭击由京山、钟祥公路前进之敌。第四十四军仍沿河加强防务。

日军果然调集两个师团进攻河南南阳、唐河、邓县，以拊襄樊之背；

钟祥之敌约一个师团，又向襄阳、樊城进攻。第五战区总部退至老河口、光化县一带。

8月中旬，第六十七军将襄河河防交给第三十三集团军吉星文第三十七师后，第二十九集团军总部及第六十七军奉命分别驻扎在宜城、襄阳、樊城、桐柏、大洪山一带。第四十四军仍然守备钟祥对岸一带襄河河防。

3. “冬季攻势”的攻势

国民政府迁都至重庆后，日军调集精锐部队约十万人，向湖北宜城、襄阳、樊城、桐柏、大洪山一线发动攻势，企图攻入四川。

为防日军进攻四川，国民政府制定了“保卫国府中枢门户和待机反攻武汉的两大任务，长久保持桐柏、大洪山一线，以攻为守，打击日军”的作战方针。

10月下旬，最高军事统帅部决定转守为攻，消耗敌人而发动冬季攻势。这是以第二、第三、第五战区为主攻，其他方面为助攻，牵制敌人的一次大行动。

第五战区司令长官发布的作战命令：第二十二集团军（孙震）为战区第二线兵团，以第四十一军（军长孙震）在唐河、白河及襄河两岸坚强工事，扼要防守，并准备策应右集团（第三十三集团军）之作战。

第二十九集团军总司令王瓒绪担任湖北宜城地区的襄阳、樊城、桐柏、大洪山南麓、京（山）钟（祥）公路、襄河两岸守备的重要作战任务，守备湖北沙洋地区襄河西岸，隔河与日军对峙，置重点兵力于汉（阳）宜（城）公路方面，随时向武汉外围及平汉路出击，并要求“竭力增强襄河东岸部队，以纵深配备，坚决阻止敌之北上；掩护我左翼兵团之右翼防务的重要的军事任务”。

第二十九集团军总部根据第五战区司令长官李宗仁指示，作了如下部署：

（1）第四十四军军长廖震指挥第一四九师、第一五〇师在攻占王家岭、汪家河敌之据点后以主力直插京钟路之孙家桥（孙桥镇）与东桥（镇），截断敌之补给与增援部队，并与攻击黄家集友军取得联系。

（2）第六十七军一六二师向三阳店之敌攻击，并随时准备阻击由安陆、花园敌之增援部队，四八三旅以九六五团守备马寨、牯牛岭之线阵地，六九六团为机动部队。

1939 年 11 月底，冬季攻势开始。

12 月 8 日，江防军第二十六军四十一师在师长丁治磐的指挥下渡过襄河，将驻守多宝湾的两个日军中队歼灭大部，并烧毁了日军驻地德泰和商号。

1940 年 5 月 31 日，日军在宜城王家集、方家集、殴家庙一线强渡襄河；6 月 6 日占领荆门。同时，钟祥至岳口一线之前方兵团第三十九师团，南北呼应，以炮火猛轰扼守襄河西岸沙洋一线的江防军第二十六军防地，使我军腹背受敌。日军在一阵炮火猛攻之后，用橡皮舟载着队伍从襄河旧口与沙洋之间的严法子渡河，守军某团团长张某见部下抵抗不住日军的冲击，被迫下令连夜撤走。

川军士气极为高涨。为使主攻部队顺利攻击敌军，第一四九师之八九〇团一举攻占了王家岭东北小高地胡儿岭之敌，师主力一举攻下了王家岭，迫使敌退据汪家河据点。我军不怕牺牲，几次冲击，又进占了汪家河。为应援友军，该师又派出部队，迭次阻击由钟祥应援之敌，而我主攻部队在洋梓、黄家集敌之坚强工事前，虽予敌以杀伤，但因无攻坚火器，难以进展，与敌形成对峙状态。

第一五〇师为了配合友军对黄家集之敌进攻，与敌激战于孙家桥、东桥，敌凭坚固工事据守；虽迭次击退京山之敌的增援，终因伤亡甚大，进攻部队又过于突出，几次被应城增援之敌自我军侧翼包围，幸被第一四九师击退。

第一六二师进攻三阳店，敌凭坚固工事死守，我军采取昼夜轮番攻击，即使敌疲惫不堪，又消耗其弹药。经过十几个日日夜夜的艰苦奋战，我军已经逼近敌之主要碉堡，眼看胜利在望，不料敌人突然使用火焰喷射器，我进攻官兵的棉衣、枪托着火，难以扑灭，许多官兵被烧死烧伤，进攻顿挫，被迫撤下来休整。四八四团初到三阳店附近，该团团长何宝恒曾派员与驻平坝附近的新四军游击队进行联络。此时游击队送来情报说："由安陆增援之敌千余人，并附有炮兵部队，游击队准备在丘陵地带埋伏阻击，以迟滞敌之行动。"何团长急忙向师长佘念慈请示，佘师长另派四八六团阻击增援之敌，增加了工事防守，川军与敌形成对峙状态。

冬季攻势结束后，第二十九集团军经过整编，依旧守备大洪山，部署如下：

（1）第四十四军军部驻袁家台，杨勤安第一五〇师驻丰乐河、长寿店等据点，向钟祥、洋梓之敌警戒，保持流水沟通襄河西岸进出之渡河要点。师部驻杨家集。

（2）孙黼第一四九师守备跑马寨、牯牛岭、清风寨、猴儿寨、王家岭各据点，向黄家集、田家尖子之敌警戒，并搜索京钟公路敌之动态。师部驻客店坡。

（3）官焱森第一六一师集结于三里岗地区，向三阳店之敌警戒。师部驻三里岗。

（4）佘念慈第一六二师集结于张家集附近为预备队，积极整训。

4. 大洪山"老王推磨"

1940年1月，日军增兵向我反扑，第三十三集团军退至丰乐河、长寿店地区，第二十九集团军退至客店坡、三里岗之线整顿。

王瓒绪卸任四川省主席后，到达湖北大洪山张家集第二十九集团军总部，指挥集团军固守大洪山，观察各处地形，命令搭建营房、修筑工事。王瓒绪不是在成都任四川省政府主席吗？怎么又到了襄河前线呢？

王瓒绪，四川西充县观音乡人。幼年走科举之路，曾考取秀才。1908年弃文就武，考入四川弁目学堂，与刘湘、杨森等为同学。毕业后任过新军第十七镇第三十三混成协见习排长、连长、营长，辛亥革命时参加"四川保路同志军"，1911年冬，任刘湘第二师第八团团长。1920年调归杨森第九师节制。他凭借昔日与一些军阀、政客瓜分了川汉铁路借款，去湖北活动督军萧耀南的手下，从汉阳兵工厂买到汉阳造二千四百支，运到夔府，招兵买马，成立了两个团的队伍。后升为第九师第三十二旅旅长，带着队伍移驻成都，被杨森委为成都市督办。

王瓒绪（1885—1969）

1925 年春，杨森发动“统一之战”，任命王瓒绪为第一师师长兼第一路总指挥，由于杨森拨给他的武器少，王瓒绪十分恼火，说：“杨汉域当个骑兵团长，都存有子弹十万发，老子连杨汉域都不如。”刘湘听说后，便以盐运使相诱，又派参谋长鲜英策动王瓒绪，王瓒绪便改换门庭，被刘湘任命为川军第十六师师长。

1926 年，北伐战争开始，王瓒绪被任命为国民革命军第二十一军第五师师长；1928 年为川军第二师兼四川盐运使。他利用特权，实行“产主运销”，限制“专商专销”政策，与刘湘的财政处处长刘航琛结下梁子。1932 年，王瓒绪受盐商贿赂之事被刘湘侦知，刘湘逼其上缴，王瓒绪借口创办巴蜀小学校需要经费为由拒绝，后该校逐渐发展成为中学校。

在 1932 年的“二刘”之战中，王瓒绪帮助刘湘，打败刘文辉，立下汗马功劳。

1935 年，蒋介石的南昌行营参谋团入川，将王瓒绪拉入复兴社；蒋又任命王瓒绪为第四十四军军长，率十五个团在绵阳、江油、邛崃和大邑等地向红四方面军进攻。

1937 年抗战全面爆发。刘湘率部出川，王瓒绪留川坐镇。刘湘死后，各方势力角逐刘湘的位置，蒋介石急于控制四川省政治，任命张群接任刘湘的省政府主席一职。此举遭到四川军阀们的反对，于是蒋介石权宜之计，推出王瓒绪接任四川省主席一职。新官上任三把火，王瓒绪的第一把火听从了秘书张抚均的建议，聘张澜作省政府的高等顾问。张澜对他主政之道提出要求："为政之要，在于爱民简政，节省开支，严惩贪污。多一官员，多一贪污，苦了百姓。农村遍处骂道：从正（政）不如从良（粮），从良不如当娼（仓），当仓不如下乡（乡长），听了叫人啼笑皆非。你在承乱之后，更要求治。抓住机会，把川政搞好。在这抗战后方，也让老百姓松口气。"

第二把火，推行新政。王瓒绪将一年四征改为两征，减轻川民的负担；肉税附加，补充教育经费；查核减免壮丁费、草鞋费、军服费等；查办贪污积案，裁减贪污官员。

凡是改革，必定触动一部分特权阶层的利益，肯定要遭到抵制。同时，云南龙云赴武汉谒见蒋介石，路过四川，与刘文辉、邓锡侯、潘文华、王瓒绪等订立了三省（云南、西康、四川）政治、军事、经济合作盟约。事后，王瓒绪向蒋介石密报了此事，于是刘文辉、邓锡侯、潘文华暗中鼓动川康七位师长通电反对王瓒绪，列举其十大罪状；同时调动军队进逼省城，进行逼宫。

同年7月，王瓒绪又下令肃清全省私人所藏的烟土，彻底动了孔祥熙、戴笠的大蛋糕。1939年9月19日，国民政府命令："四川省主席王瓒绪，志切抗战，请缨出川，恳辞主席职务，英勇为国，殊堪嘉尚。王瓒绪应准率部驰赴前方，悉力御敌。在出征期间，所有四川省主席职务，着由军事委员会委员长蒋中正兼任，任命贺国光兼任四川省政府秘书长。"

官场险恶，勾心斗角，王瓒绪知道得罪了人，丢了四川省主席一职，于1939年12月底到达第二十九集团军所在地湖北襄河、樊城、大洪山一带。

大洪山脉位于湖北中部，绵延二百多里，连接武汉与襄阳，犹如一块盾牌，战略地位十分重要。

王瓒绪曾经告诫川军将士说："各位官长，各位兄弟，莫要开口说四川，我们是中国人，努力抗战不单为四川争光，是为中华民族争生存。第二十九集团军是崇信三民主义，拥护总裁的革命阵营，是国家的骨干，民族的灵魂，绝不是私人的武力。我们这个团体要使上官爱护，莫使上官厌恶，要配做一个革命军人，连营便是我们的家庭，抗战就是我们的生活。不畏难，不怕苦，见利不先，赴义恐后，既能流汗，又能流血，忠心耿耿，精诚团结。民族独立的金字塔，决心先拿我们用骨肉去砌成。要达到这个目的，非一洗过去的苟且偷生、争夺抢窃、分歧错杂、自私自利、虚伪奸巧、因循腐化种种恶习不得成功。”

结合地形，王瓒绪部署了作战计划：第二十九集团军以第四十四军第一五〇师为攻击部队，第一四九师为掩护部队，第六十七军为总预备部队。完成战略部署后，王瓒绪指挥部队自襄河东岸南下，以夜间突袭的方式打击钟祥、洋梓日军的重要据点，迅速占领了钟祥以北的汪家河、王家钟及王家店的日军阵地，取得了毙伤日军近万人的战果。

日军调集军队联合兵力猛烈反攻，对第二十九集团军形成包围合击之势。日军用火炮、飞机同时向我军阵地猛烈地轰击扫射，日军十三师团在二十多辆坦克的掩护下发动起猛烈攻击，妄图重新占领王家店。

王瓒绪身先士卒，率领第二十九集团军英勇决战，以血肉之躯与敌人的坦克相搏斗。全体官兵全然不顾头上的飞机低空扫射，奋力回击。战斗中，有的战士冒着枪林弹雨攀上日军坦克，将手榴弹扔进坦克里，誓死保卫阵地。

日军进攻受阻后，就兵分两路，企图分别向大洪山东西两面进行夹攻。王瓒绪率领第二十九集团军与日军连续激战了十余昼夜，双方均伤亡惨重。王瓒绪突发奇兵，指挥第一六二师向南面的猴儿寨出击，进行了反包抄，截击日军腰背，从而成功地击退了日军的进攻。

1940 年 2 月，为了严防桐柏、大洪山一线，王瓒绪以第四十四军守备跑马寨、牯牛岭、青峰山、王家岭、三阳店之线，军部位于袁家台；第六十七军在张家集、长岗店地区整顿待命，军部位于竹林港；以期全面阻击日军北进。

3 月初，王瓒绪率领第二十九集团军推进鄂中京钟公路大洪山一带，执行该区重要的攻防作战任务。这时，日军又发动更大规模的进攻：北犯襄阳、双沟，西犯随县、枣阳，严重地威胁到第二十九集团军总部驻地（张家集一带）。

王瓒绪率主力部队向日军实施反出击，在王家店、彭家岭、张家集一带，与日军进行了一场极为惨烈的战斗。至 7 日晨，日军终于不支，退守下大洪山西北要隘。随后，王瓒绪又亲自率军向日军阵地猛烈攻击，断敌归路，一举毙伤日军五千余人，缴获大批日军战马。随后，日军不断增援，全力反扑，王瓒绪率部与敌激战八日之久，敌人始终未能突破我军防线。

由于我军装备差，缺乏无线电通讯设备，有线电话无法普及，第四十四军军长廖震常奔走在各团之间，进行视察。这天，军部通讯兵接到报告说，有一个日军联队钻进了两个团预设的鹰隼崖埋伏圈，廖震觉得机不可失，计划次日赶到埋伏地。炊事班长要连夜赶制干粮，派一名小兵去镇上买盐，不巧被汉奸抓住。小兵经不起严刑拷打，把廖震要途经鹰隼崖的消息说了出来。日军立即派一个中队前往鹰隼崖埋伏。

次日，当廖震抵达鹰隼崖一处山坳时，遭遇了日军。他当机立断，往东退走。日军一路追赶，他与警卫边打边退，突然胸部右侧中弹，十多名日军向他涌来。警卫扶他时，他担心埋伏圈的两个团被日军抄了后路，让警卫去送信。他转身拔出手枪，对准太阳穴，准备自杀殉国，幸好被警卫看见，冲上来夺下手枪。

警卫们终于找到一条逃生通道，带着半昏迷的廖震逃了出来。警卫排长朱焕清清点队伍，一个警卫排还剩十七人。廖震伤愈后，带领部队在大洪山同日军继续捉迷藏，伺机歼敌。

3月下旬，日方认为第五战区主力部署于襄河两岸地区，而宜昌又是进入四川的门户，进攻宜昌可以给第五战区以沉重打击，因此，日军准备在五六月间发动一次大的作战行动。军事委员会判断日军第十一军有向鄂西进行会战的企图，第五战区根据军事委员会的指示制订了作战计划，决心以一部取广正面，分路挺进日军后方，积极施行扰袭，主力适宜控制后方，相机先发制人，于枣阳以东、当阳以南与敌决战。

第二十九集团军隶属战区直接指挥，担任大洪山游击根据地之作战，并积极分别西进北上，侧击京钟、襄花两路进犯之敌。

右集团总司令张自忠指挥，固守襄河两岸阵地，巩固大洪山南侧各隘路口，以主力控制于长寿店以北，伺机击破日军。

另一支川军为孙震总司令第二十二集团军，为预备兵团，暂位置于双沟。

日军于1940年5月初发起进攻，其右翼从信阳以北桐柏山区北麓向西进攻，第十三师团从钟祥沿汉水（襄河）东岸地区北上，直指枣阳；中路第三十九师团从随县西进，向第五战区中央集团正面实施突击。

第五战区针对日军态势调整部署：以第二十九集团军任大洪山游击作战，并侧击京钟、襄花两路日军。

左路日军沿襄花公路向西猛犯，击破汤恩伯第十三军张雪中的第八十九师；孙震第四十一军之陈宗进第一二三师、曾甦元第一二四师、陈鼎勋第四十五军和王仕俊第一二五师奉命撤退；桂系第一七三师在枣阳掩护其他部队撤退时，遭日军围攻，师长钟毅不幸阵亡。5月8日，枣阳被日军占领。

同日，孙震第二十二集团军之陈鼎勋第四十五军、陈离第一二七师收复鄂北关门山、向资山；11日，又克吴家店。敌军北窜枣阳，与桐柏、唐河西犯日军会合。

日军攻占枣阳后，陈鼎勋第四十五军乘机向敌后攻击，一部攻克随县附近的安居、均川等据点，断敌退路。陈离第一二七师克服随县西北吴家店。

日军南方兵团沿京山、钟祥公路向西进犯，与我第三十三集团军所部和第二十九集团军杨勤安第一五〇师激战。

5月5日，日军攻下大洪山顶峰阵地，并占领大洪山西麓长寿店、张家集、丰乐河诸要地，以及距襄阳九十里渡河点流水沟。位于双沟的第二十二集团军第四十一军的王志远第一二二师奉命驰赴流水沟以北之田家集，支援第三十三集团军作战。5月7日，该师在田家集附近与敌激战一昼夜，力不能支，乘夜退回双沟镇。

在南面，5月13日，第三十三集团军总司令张自忠到达襄河东岸，在枣阳以南方家集侧击日军。由于电台密码被截获，日军得知张自忠的位置位于宜城境内之南瓜店，日军第十三、第三十九两师团合围，16日，在炮火支援下，日军四面围攻张部，第七十四师与特务营伤亡殆尽，张自忠负重伤殉国。第三十三集团军经过一番激烈的苦战，仍无法在襄河东岸立足，不得已逐次退往襄河西岸。

5月15日，王瓒绪第二十九集团军在张家集、马家集与日军激战；

孙震第二十二集团军第四十五军与桂系第八十四军在唐河附近夹击日军。

16日，我军枣阳克复。次日，日军向枣阳东南增兵，在战车配合下，日军反攻枣阳，守军被迫撤退，向唐河西南、新野西北、白河以西转移。

不久，日军兵分三路再次向第二十九集团军驻守阵地进犯。一路从汉口沿汉枣公路向西直犯随县、枣阳和双沟，另一路从钟祥沿襄河东岸北进，直犯张家集、襄阳和双沟；其一路日军从钟祥由北南下，向我第二十九集团军防守的三乐河、长寿店、跑马寨猛攻；另一路日军骑兵千余人马和便衣队七八百人从长寿店北上袭击；第三路日军由牌坊河、张家集向东突击，企图对我军进行合围。

敌遂长驱直入，直捣双沟镇。王瓒绪发现情况不对，命令部队退入大洪山。

川军将士暂退，将一路日军诱到大洪山峡谷中，川军集中主力进攻，杀得日军遗尸数千。另两路敌人见状，立即仓皇溃逃。

日军久攻不下，遂改变战术，在第二十九集团军南面，以精锐骑兵自钟祥沿襄河北窜；北路则自信阳西进，攻陷桐柏、唐河，拟与南路会师枣阳，形成对桐柏、大洪山一带的我军实施包抄。

王瓒绪当即指挥第二十九集团军发起反攻，激战三天三夜，克复枣阳，迫使日军退却至随县。这时，由于我军没有重武器，无法攻坚，于是暂缓了攻击。

5月中旬，日军第四十师团再次以八千多兵力由随县经三阳店南下。王瓒绪将所属军队在客店坡、板凳岭、杨林河等处布阵。此时，日军从信阳、随县、钟祥三地同时发动对枣阳及襄河东西两岸的强势攻战，击破我第五战区中央兵团的军事戒备区。而王瓒绪率领的第二十九集团军奋力抵抗日军，顽强固守阵地，战事极为惨烈。

在这危急时刻，李宗仁电嘱王瓒绪：集中主力，从大洪山北上围击日军。王瓒绪即令其长子、第四十四军军长王泽浚率第六十七军一六一师，出板桥向日军发起攻击，经过一番苦战之后，终于收复宜城南瓜店，并收回了阵亡将士的遗体。

第二十二集团军王瓒绪采取了游击战术，利用有利地形，在大洪山区之中与日军周旋，死死地拖住日军不放。尔后，王瓒绪还数十次指挥部属对日军进行主动出击，偷袭日军，把日军牢牢地牵制在大洪山一线。

日军第八师团长谷川指挥两个师团猛烈围攻大洪山，王瓒绪率部在大洪山西麓、南麓一线与日军艰难地激战，王瓒绪本人也在战斗中负伤，全军八万多官兵锐减到五万人。日军在大洪山扫荡一年多，损兵折将，伤亡一千多人，其中将、佐级军官十人以上，第四十师团师团长天谷直次郎受重伤（此人在南京大屠杀时任第十一师团第十旅团长），付出了重大代价。

1941 年秋，日军企图夺取大洪山南麓的青峰山。王瓒绪指挥部队与敌死战，青峰山阵地几经易手，最终将日军击退。

王瓒绪率第二十九集团军在大洪山与日军浴血奋战了一年零四个月，成功阻止了日军向四川推进的企图。当时豫西、鄂北发生大饥荒，老百姓到了易子而食的地步。一向生活奢靡的王瓒绪，竟能与士卒共甘苦，食树皮草根而无怨，在艰苦条件下取得胜利，因此扬名天下，被当时的媒体称为“大洪山老王推磨”。

1941 年 12 月，第二十九集团军奉令转移防务，告别了大洪山，途经襄樊时，见市面上竟有白米出售。川军向来以不守纪律而闻名，虽然见到白米眼冒绿光，但是没有发生抢劫米店的事情，深得战区长官李宗仁的赞赏。该部后赴河南内乡整训，告别了战斗三年多的大洪山。

5. 襄阳城指挥混乱

第二十二集团军属川军部队，划归第五战区序列之后，总司令孙震告假。李宗仁指令黄琪翔兼代第二十二集团军总司令；但是黄琪翔并未接管该集团军总司令部，而是由自己的第十一集团军总司令部兼管该集团军的业务；当时第十一集团军总司令部同时又是“中央兵团”总司令部，黄琪翔一个总司令部监管了多种职能。因此顾不过来，实际上，第二十二集团军参谋长陈宗进继续行使第二十二集团军总司令部的职权。

枣宜会战打响后，黄琪翔的一职多能的指挥部设在襄阳城内，原设在樊城的第二十二集团军总司令部由参谋长陈宗进率领由樊城移驻襄阳

第十一集团军总司令黄琪翔

以西十五公里的泥嘴镇。对于第二十二集团军来说，有两个直接指挥其行动的总部，对来自黄琪翔总部的命令不能违，对来自陈宗进第二十二集团军总司令部的命令则更愿效命，实战中难免发生重叠指挥，造成一些不协调甚至矛盾、混乱的现象。

第二十二集团军辖有第四十一、第四十五两个军，分别辖有第一二二师、一二四师和一二五师、一二七师。第四十一军军长一直由孙震兼任，未再成立军司令部，也未设置副军长一职，军部的一切事务皆由第二十二集团军总司令部兼管。孙震请假回川后，临时指定第一二四师师长曾苏元暂行代理第四十一军军长职务，协助曾苏元指挥全军部队的是第一二四师师部，仍未另成立第四十一军军部。该军第一二二师师长为王志远，第四十五军军长为陈鼎勋，所辖第一二五师师长王仕俊，第一二七师师长陈离。枣宜会战打响之后，作为战区总预备队的第二十二集团军在战斗紧张之际被分别投入战场参加战斗，第四十一军一二四师和第四十五军一二五师曾参加襄花公路北侧、桐柏山南麓的对敌阻击战，但旋即便败退下来，未能起到扼敌前进、扭转战局的作用。

当日军南路兵团沿襄河东岸向北推进，与第三十三集团军和第二十九集团军发生激战并突破中国守军防线，占领大洪山西麓长寿店、张家集、丰乐河诸据点及距襄阳仅45公里远近的襄河重要渡口流水沟时，第五战区司令长官部下令位于襄阳以东25公里双沟镇附近的第二十二集团军第四十一军一二二师驰驱流水沟北田家集，支援第三十三集团军作战，合力阻击日军北进。

王志远第一二二师战斗力非常薄弱，不仅装备很差，而且所辖三个团中有两个团的战士是刚从四川补充，训练尚不足 3 个月的新兵，其中一个团还缺少一个营。第一二二师奉命奔赴田家集附近，与北进日军发生激战，激战一昼夜，力不能支，败下阵来，退回双沟镇。

到 5 月下旬，第二十二集团军第四十五军被留置在大洪山区进行敌后抗日游击战争，第四十一军的第一二二师、第一二四师和军直属独立团，在襄阳、樊城附近，负责襄樊防卫。

5 月初，当日军开始发动进攻时，黄琪翔部署作战任务时曾向部下强调：敌人绝不会进入大洪山隘口，不会越过大洪山以西。及至敌人攻占了大洪山、越过大洪山西麓时，黄琪翔又非常肯定地判断：敌人绝不会渡过襄河右岸（即西岸、南岸）。日军推进到枣阳、樊城，并深入到唐河、新野后，随即回撤，黄琪翔更坚定了自己的判断，认为日军不会渡过襄河作战，因此对位于襄河右岸的襄阳及襄河防卫未作周密计划和认真部署，未能预先构筑防御工事。对位于襄河左岸、唐河西岸的樊城防务，也较疏忽。经过枣阳反击及其此后的混战，日军一面部署部队回撤，一面明修栈道，暗度陈仓，集结兵力于襄河左岸，准备渡河作战。到 5 月底，北路日军渡过唐河、白河南下，与南路日军会师，抢渡襄河的意图已昭然若揭，黄琪翔才匆忙命令第四十一军沿襄河右岸自小河与王瓒绪第二十九集团军防区相衔接，至襄阳城约三十公里的河川布防，同时在襄阳、樊城设防。

第四十一军代军长曾甦元接到黄琪翔布防襄河及布防襄阳、樊城的命令后，即令第一二二师担任自小河亘刘集、欧家庙至襄阳城南门襄河右岸的河防任务，第一二四师担任襄阳、樊城的城防任务。军直属独立团原驻襄阳以东襄河右岸八公里左右的东津湾，仍驻防原地，作为前进据点，与襄樊构成掎角之势。

第一二二师师长王志远领受河防任务后，即令副师长兼第三六五团团长胡剑门指挥第三六五、第三六六两个团担任河防任务。第三六四团只有两营新兵，被安排在襄阳南关作为师预备队。师指挥部设在襄阳南门外周公庙。第一二四师对襄阳、樊城防务未作坚守的部署，各城只部署一个营兵力防守，以一个团兵力即卢高暄的第三七二团控制在第一二二师河防部队的后边，作为河防部队的后援。师部及其余部队则驻襄阳至南漳大道上距襄阳约十公里的刁家池及其附近地区。

5月31日即农历四月二十五日夜，正是月黑头，天黑得伸手不见五指，日军乘机抢渡襄河。他们首先在襄河东岸集中炮火猛轰襄河西岸小河以南第二十九集团军军部、小河以北第一二二师第三六六团阵地，继而惨无人道地施放毒气，接着开始强渡。日军渡河部队使用的是改装上动力机的船只，速度较快，他们乘着夜色，向对岸疾驶。

襄河西岸的中国守军河防阵地多为临时构筑，比较简陋，在日军炮击时，大部分被日军炮火击毁，但守军仍在残破的阵地上顽强抵抗。由于日军施放毒气，中国守军因无防毒面具，纷纷中毒，抵抗能力减弱。当日军渡河船在黑黢黢的夜幕下，出现在前面时，守军看不清敌人使用的是什么渡河工具，只见河面上影影绰绰的有许多庞大的黑影，发出轰隆轰隆的巨响，直向河这边驶来。第一二二师三六六团团长陈择善，自作聪明地慌忙向师部报告："敌人使用大批水陆两用坦克向我强渡猛冲。日军从第二十九集团军的新四旅与一二二师三六六团的小河、刘集附近突破中国守军防线，渡过了襄河。"

第一二二师部接到报告后，王志远既未到前线观察又未作认真分析，便急报黄琪翔。

黄琪翔已得到日军施放毒气掩护强渡的报告，担心河防有失襄阳不保，此时又得到日军使用大批水陆两用坦克渡河的报告，料定无法阻挡日军渡河，便急急忙忙带着指挥部人员及警卫部队，出襄阳西门向谷城方向撤退。

6月1日，驻在襄阳西北十五公里左右泥嘴镇的由参谋长陈宗进率领的第二十二集团军总司令部，虽距前线比黄琪翔远一些，又知第二十二集团军归黄琪翔指挥，但他们一直关注着所属旧部的布防和战斗。各部也一直不断地把战况报告给第二十二集团军总部，因此陈宗进暂负总责的第二十二集团军总部仍能遥控和驾驭第二十二集团军务部。陈宗进得到前方报告：日军强渡襄河，突破河防，占领了襄河西岸，小河、刘集均已落入敌手。陈宗进跌足，连说坏事坏事！因为他了解第一二二师、第一二四师的战斗力，估计日军渡过襄河后，势必北向进攻襄阳，靠这两个师不但无法阻止日军攻势，而且处境危险，将有全军覆没之忧。但若弃守后撤，没有命令又不能擅自行动。正当陈宗进进退两难、急得像热锅上的蚂蚁一样六神无主之际，得到黄琪翔已率部撤离襄阳的报告。陈宗进忙率随从到路口迎候黄琪翔，向他“请示”行动办法。黄琪翔当即写了一个手令：即着第四十一军迅守泥嘴镇至南漳之线，扼敌西进。

第四十一军代军长曾甦元接到后撤命令后，立即率领自己的第一二四师向南漳撤退。第一二二师师长王志远所率该师师部及师预备队第三六四团（只两个营）驻襄阳南关。王志远虽然已经知道日军突破河防占领襄河西岸，第一二四师已向西撤退，军直属独立团也已撤过河西，但因未接到撤退的命令，王志远仍留在襄阳南关原地未动。由于黄琪翔的指挥部、警卫部队及第一二四师防守襄阳城的一营兵力均已撤走，襄阳城内无兵可守，成为一座空城。王志远发现这一情况后，即令在襄阳南关的第三六四团进入襄阳城内布防，王志远把第一二二师师部也迁入城内。黄琪翔说来得好！即令第一二二师守备襄阳城。

渡过襄河的日军马不停蹄地分兵进击，其主力沿襄阳至宜城的公路向宜城方向推进，一部向北直扑襄阳。6 月 1 日上午九时许，日军兵临襄阳城下，随即发动攻城。他们集中炮火，猛轰襄阳城墙，并向城内延伸轰击，第一二二师师部及第三六四团都有所伤亡。众寡悬殊，王志远不敢恋战，遂由西门撤出，第三六四团退至西关外真武山、周公山一带高地，第一二二师师部退至城西五公里左右的云万山。日军随即进入襄阳。

第二十二集团军总司令部参谋长陈宗进得悉在襄阳以西与敌周旋的第一二二师仅有两营新兵，立即命令由东津湾撤到泥嘴镇的第四十一军直属独立团迅即开赴云万山附近，归第一二二师师长王志远指挥，与第三六四团合力拒敌西进。

日军西渡襄河的目的不在于夺占襄阳，最终目的是南下攻占宜昌，以威胁重庆。因此，日军占领襄阳后，并未做久占襄阳的打算，更不愿分兵固守襄阳，他们只在襄阳城内和四郊村庄进行了肆无忌惮地抢掠烧杀和奸淫，随即便放弃襄阳追随已渡过襄河的大部队南下了。

6 月 1 日夜，第一二二师师长王志远接到黄琪翔转来的蒋介石关于“死守襄阳”的电令，黄在电文后面附加命令：“等因奉此，着第一二二师师长王志远立率所部即日克复襄阳为要。”

6月2日拂晓，王志远亲率郑道东的军直属独立团为前锋，反攻襄阳城。前进途中，未遇日军，及至到了襄阳西门，才知日军已由南门出城，正向南漳方向转进。遂令独立团先头部队直奔南关，试图追击日军；正遇到日军殿后部队，随即开火；日军且战且走，并以强大的火力在城南五公里左右的幌山隘口布置了掩护阵地，城南关至岘山之间是开阔地，郑团追出城南关试图接近岘山，却被日军火力打了回来，前进不得，遂停止追击。

6月2日下午，左翼兵团总司令、第二集团军总司令孙连仲亲率第三十军部队从谷城方向前来救援襄阳，行至城西五公里万山村附近时，第一二二师师长王志远前往迎接，报告襄阳已经克复，日军攻向南漳的情况，孙连仲即率部向襄阳西南转进。黄琪翔在谷城得到襄阳日军转向南漳的消息后，急令第一二四师布置南漳城防，务必固守南漳。6月3日，日军展开对南漳的攻击。第一二四师等守城部队顽强抵抗，因日军攻势猛烈，守军力不能支，南漳遂告陷落。由于日军的大目标是南下攻取宜昌，因此并未在此久留，便于6月4日撤离南漳，转向荆门方向推进。

川军第四十一军孙震部，与第二军李延年部和第七十七军冯治安部猛攻南漳日军，次日克复南漳。

6月6日，日军再次南下。王泽浚率第四十四军官兵，勇猛围击日军三个师团后，遭到日军强烈的反击。此时，王泽浚不得不向父亲王瓒绪坚守的大洪山一带撤退。是日，敌陷荆门。

6月12日，日军北方兵团与南方兵团会合，攻占宜昌，宜昌于12日失陷。彭善第十八军、冯治安第七十七军、郑洞国新编十二军第五师、王仲廉第八十五军第三十二师反攻宜昌不克，枣宜会战于6月18日结束。

7月4日，在第五战区长官部所在地老河口举行枣宜会战检讨会，由司令长官李宗仁主持，军委会副总参谋长白崇禧出席并训话，继而各集团军总司令、军长、师长报告会战经过。在追究丢失襄、樊问题上，第十一集团军黄琪翔指挥作战不力，撤销番号；黄琪翔调任预备集团军总司令，调回重庆；第四十一军一二二师师长王志远撤职，交重庆军法处审判。

6. “新四军出动了”

川军的装备、后勤和训练，与国民党中央军相比，属于“臭要饭的”乌合之众，在各战区都不受待见。但是川军与新四军相处，关系还是比较好的。

在襄河一带活动着新四军豫鄂独立游击支队，司令员李先念、政治委员陈少敏。

在 1939 年的冬季攻势中，第二十九集团军第四十四军第四四七旅八九三团团长李稼奉命率全团和第四四五旅一个营及总部一个重机关枪连乘夜渡过襄河，深入京山和汉口以西的皂市一带去执行破坏和袭扰任务。李稼率部来到了襄河东岸，环顾四周，真是两眼一抹黑，既不知敌情，也不识地形，很容易被日军发现和剿灭，正当他们隐蔽在河岸边一片树林中时，突然哨兵来报：新四军派人来与我部联络。

李稼喜出望外，立即说：“快请！”不一会儿，哨兵带来三人。为首的一位浓眉大眼的中年人自我介绍：“我是新四军豫鄂游击支队司令李先念派来的人，欢迎贵部来这里一起打鬼子！”

李稼紧紧握着对方的手：“求之不得呀，初来乍到，我们对这边敌情、地形都不甚了解。”

新四军的干部用岸边的沙土临时堆了一个简易沙盘，向李稼等人热情地介绍了周围的地形和敌情，又直接诚恳地畅谈了搞好国共合作和抗日民族统一战线的重大意义，说：“国共合作和抗日民族统一战线是中国共产党的基本政策，是求中华民族的生存和国家独立的必需。凡是抗日的，就是一家人，就是兄弟，就是同志，我们的目标一致，就是要把日本鬼子赶出中国去！”

一番话让李稼既感到非常新鲜也很亲切，他认为中国共产党的抗日主张和统一战线主张的确很英明、很正确。

12 月上旬，当李稼团完成了破袭任务后，接到军长廖震的来电：“上级命令冬季攻势延期一月，令你部继续在敌后执行原任务，待命返回。”

不料，军部这道命令却被日军第十三师团长荻州立兵截获。他得知第四十四军一个团将继续留在襄河东岸执行任务，不由大喜，立即命令立花联队和川畈骑兵大队出动兵力包围这支孤军。

两天后的一个傍晚，隆冬季节，天寒地冻，一位农民打扮的人跑得满头大汗，气喘吁吁来到营地，要见李团长。说是李先念司令的游击支队队员，奉命来给李团长送信的。

看到来人焦急的模样，李秾的心往下一沉，估计是敌情有变。他急忙拆开信封，拿出信瓤一看，果然如此，只见信中写道："日军已派立花联队和川畈骑兵大队前来进袭，请你部注意。我们已向大洪山和汉口敌后挺进。"

李秾请送信人感谢李司令及时送的情报，并立即上报军长廖震。但奇怪的是，一直未得到军长的回电，李秾不敢擅自撤退。于是李秾立即调整了行动部署，做了"走"和"战"两套方案，做好了迎敌的准备。果然，李秾团被日军立花联队和川畈骑兵大队及京山、钟祥两县的伪军合围，双方激战了七天。廖震才来电，要求李团"突围撤回"。

李秾立即以一部向北突围，前往大洪山；主力向南突围，绕道撤回襄河西岸，躲过一劫。

事后，李秾认识到，这次如果不是新四军豫鄂独立游击支队及时将敌情通知到位，使部队事先改变了部署和做好准备，肯定会吃大亏。原来，新四军豫鄂游击支队在与日军战斗中缴获的日军作战计划、作战命令和地图标志了解到，军长廖震给李秾团"冬季攻势延期一月"的电报早已被日军截获并破译，幸亏李先念立即派了侦察员赶在日军到达前将情报送到李秾手中，才使该部免遭厄运。

李秾万分感激新四军的主动配合和及时支援。

1940 年 1 月，第二十九集团军奉司令长官李宗仁的命令，调守大洪山。这时，李先念司令员的部队已在 12 月统一整编为新四军豫鄂挺进纵队，也驻扎在大洪山地区。就在这一时期，国民党发动了第一次反共高潮，是年 3 月，第二十九集团军总部派第六十七军官焱森第一六一师第四八一旅偷袭豫鄂挺进纵队在大洪山的根据地葵花寨、芭蕉冲。挺进纵队事先得到来自川军的情报，主动向大洪山以东的敌后挺进，避免了双方的冲突。挺进纵队还致函第一六一师高层军官，印发《告川军书》，呼吁团结对外，共御外侮，在军事上给予一定打击后，不予追击，释放俘虏，停止攻击，使其退回原防。此后，鄂中的川军，大多数与新四军保持了较好的关系。在上级命令进攻新四军时，也能事先通报消息，使新四军有所准备。

是年 5 月 17 日，川军王仕俊第一二五师李团在安陆李家冲被日伪军包围，情况危急。新四军豫鄂挺进纵队第七团主动驰援，击溃伪军年静安、刘文光部。毙伤伪军四百余人，使李团得以脱围。

像陈离的第一二七师与新四军豫鄂挺进纵队均保持着合作抗日的友好关系。

1941 年 1 月，第三战区国民党反动派发动了皖南事变。第二十九集团军总部借召开联席军事会议为名，请豫鄂挺进纵队司令员李先念派参谋长杜时慕参加。当杜时慕参谋长率领警卫员到达第二十九集团军总部所在地双河时，立即被扣留。王瓒绪命令将其押送到第五战区所在地老河口去，谁料半途押送人员竟私下放走了杜时慕等人。押送人员回到总部说碰上了日军，在慌乱中人员跑散了，最后也就不了了之。

1941 年皖南事变后，当日军多次进攻大洪山王瓒绪所部时，由豫鄂挺进纵队整编而成的新四军第五师却不记旧怨，始终坚持合作抗日。

当时，李秾团负责防守大洪山南面，东面就是李先念的新四军第五师部队。有一次，日军进攻李团王家岭阵地，仗打得很激烈，李团右翼部队呈现动摇，有不少士兵向后逃散。李秾正准备撤退时，在附近高地上迫击炮连的观察兵伸出四个手指，特别兴奋地向李秾示意："新四军出动了！"

紧接着，就在日军的右侧，响起了猛烈的枪炮声、手榴弹爆炸声、滴滴答答的冲锋号声和呐喊声，新四军战士如同下山的猛虎，勇猛地冲向日军阵地。在新四军有力的支援下，李团左翼部队稳住了阵脚，李秾大呼："出击！出击！"进攻的日军如潮水般全线溃退。

如果不是李先念指挥的第五师部队及时从日军的右侧发起猛袭，李秾肯定难以扭转厄运。于是在胜利之夜，李秾口作七绝一首：

天兵突降敌侧方，顿时倭奴起恐慌；
祝愿国共永合作，吾侪执戈力更强。

在第二十九集团军守备大洪山的三年，无论其总部还是各军师旅团所派出的侦察人员到李先念的五师时，都受到挺进支队副政治委员陈少敏大姐的接待。事实上，陈少敏与川军是有仇的。

1939年6月12日下午三时许，驻平江第九战区第二十七集团军司令杨森所部策划反共事变，制造了震惊中外的平江惨案，陈少敏曾经的爱人涂正坤在这次惨案中壮烈牺牲，时年四十二岁。但是，陈少敏并没有因此记恨川军，而是为了共同抗日，热情地向他们介绍敌情，宣讲共产党的统一战线、合作抗日的方针政策。

某次李秾团部中尉副官吕志超前往李先念师部，回来后向团长汇报说："陈大姐向我介绍了日军的动态，还专门召开了座谈会。欢迎我们川军多去，欢迎双方合作，积极抗日。"

新四军第五师不记旧怨，经常给第二十九集团军以热情的帮助。第四十四军军长廖震、第六十七军军长佘念慈等数次派人从李团前哨出去，到新四军第五师地区去买食品与物品，都得到新四军的帮助，用马匹等帮助川军驮回驻地。

陈少敏

新四军第五师师部许多同志也常常来李秾团和军部等单位联系。在王瓒绪"老王推磨"的日子里，有不少士兵掉队，还有不少伤兵被新四军收容，伤愈后都被新四军送回来。

一次，新四军还专门送来一匹日军的大洋马，浑身毛色棕红发亮，请李团长转送给集团军长官王瓒绪将军，以表示敬意，希望两军加强合作抗日。

尽管蒋介石一再下令“清剿”新四军第五师，在大洪山区共同战斗的友军依旧保持良好的关系。川军一个连长甚至训斥部下：“哪个不听命令，向新四军开枪，老子就要狗日的命！”

十二、长江“盲肠”

1. 煤炭山的战斗

徐州会战以后，1938年6月，日军沿陇海线向郑州方向进攻，企图占领郑州再南下汉口。

眼看挡不住凶猛的日军，老蒋使出黑招，以水代兵！最高军事当局命令第一战区部队，在中牟的赵口和郑州的花园口决堤，水淹日军，让黄河改道，由东北转头向东南，形成一条新黄河和广大的黄泛区；逼迫日军的坦克、大炮无法在黄水中行动，不得不转回江南，再以长江黄金水道为主要路线，沿长江南北上溯，进攻武汉。中国可以赢得三个月的时间，把东南的物资、人员转移到武汉，再送往重庆。这就叫以空间换时间。

因此，军事委员会将第五战区部队配置在武汉以北的大别山区，第三战区部队配置在长江湖口到江南地区。中国军队在长江南北岸阻击日军，并截断长江水上运输就是破坏日军行动的一个重要的方面。

6月27日，第二十七集团军杨森所担心的马当要塞被日军突破，很快日军便攻陷湖口，从水路逼近武汉。

长江宛如巨蟒，沪宁为头，武汉为尾，皖赣为腰。因此，击其腰部，使日军首尾不能相顾，就能打乱其围攻武汉的战略决策。

第三战区为了截断长江水上交通，策应武汉会战，调集了三个炮兵群、部分海军布雷队、两个工兵营以及第二十三集团军为主力，沿长江东流、贵池、青阳、铜陵占领有利地形，掩护炮兵腰击敌舰，截断长江运输，使敌军粮弹不济，以解武汉之危。

煤炭山，西端距贵池约七里，东北端接江口查村、三范，其山脉延伸至梅埂郭港，全长约三十华里，宽不过几华里。该山原名馒头山，后因有原煤，有四大官股建有煤矿厂而得名，此处日产煤三万吨，有工人约两万人。抗日战争爆发后，煤炭山俯瞰长江，山峦起伏，观测、射击均为有利；又因井矿纵横，是防炮防空的天然坑道，兼梅埂两侧，淤泥沼泽，港湾交错，日陆军既难活动，舰艇亦难以通过。我军的一个炮兵阵地设在此处。

9 月 10 日，工兵少校参谋胡致周、见习参谋张代福、黄士伟到驻安徽青阳县城的第二十三集团军总部报到。

参谋处长陈霞说："日军于本年六月突破马当要塞，直趋九江、瑞昌、武宁等地，从水路进逼武汉；又派遣步骑兵攻占河南东南部潢川、罗山，进逼信阳，从平汉路进窥武汉，大战一触即发。我集团军奉命在皖南江岸，配置炮兵腰击敌舰，断敌江运，策应武汉会战。从八月份开始，我煤炭山炮兵开始在长江边腰击敌舰，击沉击伤多艘敌舰。连日来日军在长江南岸大通、贵池一带调动频繁，企图向我军进行扫荡。为了巩固煤炭山炮兵阵地，你们率领第十八工兵营张排长的一个工兵排，星夜前往梅埂铺设地雷，并设置铁丝网、鹿砦等障碍物，总部已令第一四六师四三八旅梁泽民旅长派步兵一个营掩护作业，所需的军需材料正在运往现场。"

接着，总司令唐式遵作指示说："你们要学做猫头鹰昼伏夜击，潜入敌我间隙地带，沿江岸进行作业，一定要避免敌舰炮火和水上侦察，要注意隐蔽，夜间不许露出火光，并防止声响。"

第二天晚上，行动队人员到达梅埂。在老娘娘庙附近狭长的鹅颈地带布雷，并设置铁丝网。这里是大江通往煤炭山的必经之路，两侧为淤泥沼泽，敌舰不易通过，步兵又很难行动。

月黑风高，在长江上游弋巡逻的敌炮艇时不时发射出照明弹和探照灯扫过江边，监视岸上的活动。我工兵趁黑摸索作业，掘地挖坑，用圆锹刨土，尤其打桩时用麻布包裹锤头，生怕被鬼子发现而招致行动失败。因此，作业迟缓，难度很大。但官兵们不怕疲劳，克服困难，经过两夜紧张的施工，终于在9月13日拂晓，启明星还高挂在天际之时，完成了紧张的工程。

正当布雷队员拖着疲惫不堪的身子回到老娘娘庙驻地时，突然江面上火光冲天，如同白昼。

由于中国守军煤炭山炮兵的有效封锁，所有敌舰只能利用夜晚时机经过该地，从而迟滞了日军依靠长江航运运输的进程。日军为消除煤炭山炮兵阵地对长江运输的威胁，9月13日凌晨，日军舰满载兵员在飞机大炮掩护下，由梅埂的左翼王家山附近登陆，突破中国军队阵地，乘势越过老庵，攻占老娘娘庙，试图控制进出于新娘娘庙之线。

当时，敌舰马达轰鸣，震耳欲聋；继而大炮声、机枪声、鬼子呼啸声，由远及近。天明以后，敌机临头俯冲投弹，爆炸碎片泥土，犹如暴雨倾泻、子弹如蝗，从四面八方飞来，行动队员被敌人包围在方圆不到一平方公里的湖畔洼地之中，只能依托湖埂进行还击，殊死抵抗，工兵张排长和一排五十余人，先后阵亡，无一生还。

参加布雷行动的参谋胡致周是游泳健将，脚部中弹，藏匿在芦苇丛中，一直等到天黑以后，才咬牙忍痛，泅水返回部队。黄士伟与张代福的右腿被机枪击中，坠入湖中。黄士伟将张代福拖起来，撕破衬衣为其裹伤，并脱下毛衣给他穿上御寒，两人依偎着，靠着野菱充饥。躲了三天三夜，幸遇一老妇茅舍，老妇听出他们是四川口音，于是自己忍饥，给了他们半盆稀粥充腹。傍晚，两人相互搀扶，走了十余里，到了初更时分，找到头晚相约的一位渔民。那人浓眉大眼，一脸络腮胡子，划着一叶扁舟，蛇行于湖沼港湾芦苇间，躲过敌巡逻艇和探照灯的监视，冒着机枪的扫射，终于在16日黎明，到达川军的防区。

梁泽民旅长见到这位朴实的渔民，叫勤务兵给他打赏十元钱。那位渔民笑着谢绝："谁要你的钱，你们川军千里迢迢来到皖南，为了抗日打鬼子，成千上万的官兵都牺牲了！你们用鲜血来保卫我们，这样小事情是我们分内的事！"梁旅长问他的姓名，他笑而不答，解舟操桨，一嗓子渔歌，悠然而去。张代福与胡致周后来都入了后方医院治疗。

守军一四六梁泽民旅与敌激战于煤炭山脚下。梁旅阻击了日军的多次进攻，固守了煤炭山炮兵阵地。

10月6日后，贵池至梅埂沿江各处，日军不断以铁舟登陆，多次被中国守军击退。为了避免无谓的牺牲，炮兵阵地采取不固定策略，四处流动。

第二十三集团军乃将炮兵分为皖南和赣东两个支队。皖南东流地区炮兵先后受范子英第一四四师、佟毅第一四五师掩护；赣东彭泽地区炮兵先后受章平安第一四七师和陈万仞第一四八师掩护。

2. 游动炮兵腰击日军

自1938年6月以来，日军派遣大批兵舰突破马当要塞，直趋湖口、九江、瑞昌、武穴等地，从水路直逼武昌；是年8月，川军孙震第二十二集团军配属的十余个炮兵连担任腰击长江上敌舰的任务，阻敌长江航运，以策应武汉会战。从8月至11月，仅三个月中，击沉日军大中型运输舰6艘、汽艇4艘，重伤敌舰106艘，轻伤敌舰337艘。因此，敌人多次集结兵力沿江扫荡，设立坚固据点，加强守备。

1939年5月，第三战区三个师协助第九战区围攻南昌；川军第二十三集团军第二十一军周绍轩第一四六师奉命掩护游动炮兵腰击敌舰，选中江西彭泽县杨家山设立炮兵阵地。但日军在杨家山和附近定山设置了据点数个，并构置了坚固的工事。要完成任务必须先扫除敌据点。

周绍轩，字家书，早年入川军，1937年川军独立十四旅旅长周绍轩出川；1938年3月任第一四六师师长。

周绍轩（1888—1973）

周绍轩师长命令徐元勋第四二

八旅去收复杨家山和定山两地。战前，徐元勋再三鼓励部队，说明这次战斗的重要意义。会后，徐元勋率部队从皖南至德县出发，很快到达彭泽县太平关附近。先将连以上军官集中于石涧桥，请友军第一四七师介绍杨家山和定山的敌情。据友军介绍：杨家山顶工事坚固，山顶及四周有交通壕，山腹突出部有暗堡，守敌约一百多名。定山是彭泽县后山，在靠杨家山一面的山峰上有一碉堡，有守敌一百余名，其最高处还有一据点，守敌人数不详。敌指挥所设于彭泽县城内。

在了解了杨家山和定山的布防情况后，徐旅长命令：八七五团担任攻击定山及守备该据点的任务，同时要阻击彭泽县城之敌的反扑；八七六团攻击杨家山，选择一个连作为敢死队，绕道杨家山后进行攻击，并派一个营协助夺取杨家山顶；其余部队担任正面攻击；由八七五团秘密接近敌据点后即发射红色信号弹，全旅一齐向敌发动攻击。

说完徐旅长看着在场的军官，问："哪个敢当敢死队队长？"

话音未落，八七六团第一连连长姜启超一跃而起，拍着胸脯："舍我其谁？"

"好！非你莫属！今晚八时出发！"

晚十时整，布满星空的天幕上，三颗红色信号弹徐徐升起。姜启超一声令下，身后的七十名轻装的敢死队员如同离弦之箭，向杨家山冲去。在距山顶约五十公尺处，前面横亘着带刺的铁丝网，敢死队员用剪刀剪开铁丝网，发出的动静惊醒了山顶的日军哨兵。"哒哒哒哒"机枪火力交替压制过来，姜队长命令战士们用棉被、军毯覆盖在铁丝网上，翻越而过；突然一颗子弹飞来，姜队长"哎呀"一声，扑倒在地，大声命令："严玉清，代替我指挥！"严排长答应一声，高喊："弟兄们，跟我冲！"没多少时间，严玉清也中弹牺牲。

眼看敢死队无人指挥，营长张劲竹即令："第五连正面出击！第六连从右侧冲上山顶！"很快，山顶的敌据点被我军攻占。生俘敌军两名，遗尸九十余具。

当晚，定山据点亦遭到八七五团攻击，由于地形险要，一时无法攻占。

第二天，彭泽县敌指挥所派出增援部队，向被我攻占的杨家山和定山据点进行疯狂反扑，敌炮火和轻重机枪火力全开，掩护步兵发起冲锋。我官兵利用所占领的据点工事，沉着应战，打到午后一时许，敌亦从侧翼进行半包围式进攻，被我守军击退数次。团部决定抽出一个加强连，对包围据点之敌发起突然攻击，攻破其一点，遂与据点取得联系，之后，阵地上吹起冲锋号声，川军一起向日军展开攻击，打退了日军的包围，之后，撤回主阵地。

第三天上午八时，日军开始对定山、杨家山和棠山等地全面炮击，之后沿公路两侧攻击川军阵地，八七五团一营阵地首先接敌，一连两次打退日军攻势。十二时许，阵地上空传来了阵阵马达声，只见三架敌机盘旋着，向我军阵地及后方投掷炸弹，地面上继续用炮火覆盖，其步兵则发动了波浪式冲锋。营长李萼指挥第一线部队在争夺公路旁的小高地的战斗中，壮烈殉国。

眼看阵地有被突破的危险，徐旅长急令守杨家山的龚华清营立即沿通往定山的公路出击，一下子打垮了敌人的反扑；紧接着又派师部联络参谋李锦春到第一线督战。龚营上来了，只见耀眼的阳光下枪上的刺刀闪着骇人的寒光，白刃战开始了。人与人之间开始了你死我活的杀戮，血肉横飞。日军坚持不住，狼狈后窜，我军乘胜追击，占领了有利的地形。

敌人吃了亏，岂肯甘心？又从马当、彭泽、安庆等地纠结了数百名步兵，于午后二时发动了新一轮的攻势，在重炮的轰击下，以优势兵力攻我右翼八七五团，激战约一小时，我阵地被攻破；紧接着日军又把攻击矛头对准石涧桥旅部指挥所，最后集中炮火轰击棠山。

我八七六团二营以一个步兵连和两挺重机关枪担任公路守备，其余部队固守棠山。敌转移攻击方向，目的是先拿下棠山，以便对石涧桥形成包围，最后切断我旅通往太平关之后路。

日军对棠山炮击近一小时，步兵在炮火掩护下逐渐接近我军阵地。长江南岸方面，也有二百多名步兵向棠山移动，在营长张劲竹的指挥下，二营连续打退敌人两次进攻；但我方也损失不小，营指挥所被炮弹击中，营长手部被弹片擦伤，传令兵伤亡数人，各连排都有伤亡，形势益发对我军不利。

5月6日上午九点，日寇从安庆开来三艘兵舰，增援敌军一千余人，在十架敌机掩护下登录后向川军反扑。一发炮弹在旅指挥所旁爆炸，徐旅长吐掉口中沙子，正命令各部继续反击时，周师长来电话指示撤退。徐元勋愤愤地下令，各部交替掩护，由石涧桥向太平关撤退。

第一四六师奉命掩护游动炮兵，夺取彭泽县杨家山，腰击长江敌舰，以策应第三战区各部进攻南昌的任务未能达成。

3. 川军三战贵池城

第三战区范围在浙江、皖南和江苏，司令长官是顾祝同，副司令长官为上官云相和唐式遵，该战区的主攻方向是截断长江交通。

贵池，位于长江中下游南岸，北临浩荡长江，南接黄山，东与铜陵襟连，控制此地便可遏制长江通道。

1940年5月初旬，川军第五十军郭勋祺之第一四五师奉命进攻贵池，遮断长江，掩护中央炮兵腰击长江中的敌舰。

郭勋祺之前在太湖金村附近受了伤，被送到南京时，伤口已经溃烂，因南京无医无药，辗转至武汉才进行治疗。郭勋祺伤好之后，在1938年2月5日被军事委员会任命为新建的川军第五十军长，下辖第一四四师和新编第七师。正当他要返回前线时，时任军委会政治部第三厅厅长的郭沫若为其饯行，并赋诗一首：

山河破碎不须忧，收复二京赖我俦，
此去江南风景好，相逢应得在扬州。

1938年春，日寇两个师团被我军围困在台儿庄。日军统帅部急令驻芜湖的谷寿夫第六师团北上增援。当时郭勋祺驻守皖南，决定攻打芜湖、南京一带，以牵制芜湖之敌北上增援。1938年4月，郭勋祺调动军队，巧妙布阵：令主力第一四四师正面猛攻芜湖以南的日军重要据点湾沚；令新七师、第一四五师分别佯攻芜湖及以南的宣城；新四军谭震林的第三支队，埋伏在湾沚附近，伏击芜湖出动之敌。此次战役成功阻止驻芜湖的谷寿夫第六师团北上增援，为台儿庄大捷作出了贡献。在湾沚战后，郭勋祺为了答谢谭震林的新四军三支队配合，一次性给了新四军三支队三万发子弹，一千套军装。

1939年初整训时，中国第一线部队第二次整训开始。川军第二十一军之第一四五师改隶第五十军。第五十军军部设在皖南青阳木镇，而新四军军部设在云岭，二者仅有五十公里之距。两军之间时有交往，郭勋祺甚至把蒋介石下达的防共密电交给新四军敌工部长夏育群看，要他们早做准备。

1939年冬，军事委员会为了给予日军更大的消耗，决定发动冬季攻势。

第三战区的任务：以主力约十一个师截断长江交通，分向湖口、马当、东流、贵池、大通、铜陵、荻港间，伺机进攻，一举突破江岸，占领坚固阵地；并以轻重炮兵火力及敷设水雷，封锁长江。

第三战区预定12月中旬开始，分长江沿岸，以主力五个军编为长江方面攻击军，分左中右三个兵团，从荻港至贵池约一百公里的正面展开进攻。日军发现第三战区在铜陵、大通以南约八十里的青阳附近集结兵力，于是在大通地区主动进攻，中国军队当即撤回青阳附近。此后，第三战区改变战法，以小部队分向江岸进行广泛的正面渗透，不断袭扰日军。

川军第五十军的任务是攻占贵池，挺进江岸，炮击长江，封锁敌军运输线。

郭勋祺将进攻贵池的命令下达给第一四五师师长佟毅执行。佟毅师奉命后即电话指示四三四团为主攻部队，四三五团两个营为预备队，四三二团仍固守原阵地，牵制当面之敌，不得转用于贵池方面。

四三四团团长罗心量为了更好地完成任务，召集全团营长和副营长们开会，共同商量进攻之策。营长们七嘴八舌，有人说川军武器窳劣，无法与敌硬刚；有人说进攻方式老套、单一，白白送死；也有人说以己之长，克敌之短，莫如奇袭或夜战。最后大家一致决定采取奇袭之法，利用夜战，出其不意，一举攻略为当。大家都说："这个法子好！要的！"

正巧，在开会之时，乌云密布，天空竟然下起雨来。罗团长说："下雨天好，敌人疏于防守，真是天助我也！进攻贵池时间定于今晚十时整。"

大雨持续下个不停，天黑如墨。

十时整，枪炮声突然大作，进攻开始了，川军头戴斗笠，足蹬草鞋，呐喊着向城头发起冲锋。他们利用竹竿、绳梯，在火力掩护下，犹如猿猴一般，奋勇爬城。

突如其来的进攻把日军打蒙了，他们万万想不到在这种恶劣天气下，川军竟会发动进攻，因而没能组织有效抵抗，不多时，西南城垣就被我军占领了。川军凭高瞰压制城内火力，日军仓皇退出城外，利用既设阵地，继续顽抗。

四三五团的增援部队被齐山之敌所阻，无法前进。天明以后，前来增援的敌军，源源不断赶至贵池，四三四团被强敌包围，罗团长只得下令利用房屋、街道为工事，与敌对战，坚持到天黑，撤出城外。

四天以后，四三四团再次奉命攻城，罗团长不改原定的进攻路线和战斗方法，但加强了两翼兵力，掩护攻城部队强行攀登，一举再次夺占贵池县城。罗团长当即以信号通知四三五团迅速驰援，以扩大战果，但日军卡住了川军援军的路径，又在齐山设防阻击，使援军无法增援。因此，所得战果又落入敌手。川军只得在敌援军赶来之前，脱离了包围圈。

日军虽接连两次丢失贵池县城，但也摸清了我方夺占贵池的意图，是为了控制这一段的长江水面，封锁上下游的水路运输；于是加强了在此的防务。特意派来军舰两艘长驻于此，还派有水上飞机数架，以加强防御；同时加紧修复城防工事，增强外围据点连接齐山，构成一道坚固的防御工事。

第五十军部为了支持第一四五师三战贵池，同意将第三战区苏式战防炮连拨归该师指挥，并增加迫击炮两个连、工兵一个连，统归由四三四团团长罗心量指挥，并特派师长孟浩然前来慰问。

孟浩然（1856—1950），四川梁山（今梁平）人，曾任刘湘部排长、营长、旅长，抗战期间任第一四五师旅长，该师师长佟毅在 1939 年 11 月被任命为第五十军军长，孟浩然被任命为该师师长。

孟浩然代表军长对官兵们进行训话，勉励大家努力杀敌，为国增光。官兵们莫不振奋，一致表示要坚决再战。团即分别下达作战任务，其要旨如下：

（1）第一营营长姚席丰率该营附战防炮三门、迫击炮两个连、工兵两个排，担任进攻通向贵池县城的敌外围主要据点陈家山阵地，一举攻占之。

（2）第二营营长张益斋率该营在第一营攻势得手后，立即加入战斗，以扩大战果。

（3）第三营营长王天位率该营附团属迫击炮连及工兵一个排，进攻齐山之敌，牵制其兵力（不得转用于陈家山方面），近时攻占其阵地。

（4）通信排确保团同各部作战联系及情报传递。

（5）团长罗心量、副团长沈清源分别担任陈家山、齐山方面之作战指挥。

（6）进攻时间为20日拂晓。

5月20日拂晓，东方刚显出鱼肚白，随着三颗红色信号弹升上天空，四三四团的攻击开始了，日方似乎也早有预感，立即以猛烈的火力还击。左起陈家山，右迄齐山，构成了长达数里的浓密火网。在我军不断地进攻下，在上午十时左右，我主攻陈家山的部队已拿下山腹中几个大据点；再往上仰攻，由于敌工事坚强，配备小炮十余门，重机枪二十余挺，火力炽烈，打得战士们抬不起头来，于是部队被阻于石壁之下；而且战斗地面狭窄，兵力施展不开。在对轰时，我迫击炮一个连就连中敌弹两发，牺牲惨重。尽管如此，我步兵与工兵协力作战，奋勇攻击，尤其工兵冒险犯难，对敌军层层障碍进行爆破作业，不断取得战果。与此同时，齐山方面的第三营也达到牵制敌人的作用，并占领了三个据点，夺获机枪一挺、步枪十余支，毙伤敌数十人。正当我军欲进一步扩大战果之际，天气晴朗，敌机前来助战，不断对我低空盘旋侦察和扫射轰炸；长江上炮舰也对我进行猛烈轰击，增援部队也陆续开到前线，形势对我越发不利。此时，军部所派督战人员陪同副师长许元伯到达前线，亲眼看见战况对我军不利，于是与军部通话，汇报实情，获得批准，于是命令第一线部队立即停止进攻，并撤走战防炮，其余部队入暮再行撤离。川军进攻贵池的战斗就此结束。

进攻贵池，挺进江岸，掩护炮兵，以腰击敌舰的这个具有重要战略意义的任务未能完成；只能重打鼓另开张，再想办法。

十三、“布雷”大战

1. “海归”出水

有句话，叫出水才见两腿泥。该林遵出水了。

1939年11月，重庆军事委员会部署了对日军发动“冬季攻势”，命令第二、三、五、九战区担任主攻，其余第一、四、六、八、鲁苏、冀察各战区对敌实行佯攻。

第三战区范围在浙江、皖南和江苏，司令长官是顾祝同，副司令长官为上官云相和唐式遵，该战区的主攻方向是截断长江交通。

12月16日，第三战区“冬季攻势”开始，战斗打响后，各兵团攻击皆有进展。19日后，因日军大举增援，长江攻击军队行动受阻。长江中游局势又渐趋平静。

日军瓦解了第三战区的攻势后，12月下旬，日本华中派遣军司令部洋洋得意地宣布：

长江中游残余的国军部队，已被扫荡殆尽。停航已久的长江航运线已告平静，近日内即将恢复长江航运。

冬天来临，天寒地冻，寒风凛冽。

皖南徽州在青瓦白墙的一片徽派建筑群中，有一座大宅院，院墙上面有“抗战必胜！日本必败！”的大标语。门前一对石头雕刻的狮子张牙舞爪，旁边还站着两个肩扛三八式马枪，身上挂着子弹袋，打着绑腿，足穿草鞋的川军哨兵。门框的旁边挂着一块木牌，上有青天白日徽，下面是“国民革命军第二十一军军部”十几个仿宋黑体字。

第二十一军属于川军第二十三集团军，下辖第一四六师、第一四七师和第一四八师。军长原是唐式遵，副军长范绍增，原属于刘湘集团，参加过南京外围广德、泗安之战。在 1939 年初整训中，川军第二十三军番号被取消，所属第一四七、第一四八师改隶第二十一军，该军原辖之第一四五师改隶第五十军。第二十一军军长为陈万仞。

陈万仞（1888—1961）

陈万仞，字鸣谦，四川仁寿人。毕业于四川武备学堂，之后曾在日本考察军事，并在日本加入同盟会。后在川军任职，深得刘湘赏识。抗战初期任第一四八师长，参加了南京外围战，并在长江边建立根据地，拦击敌舰，漂放水雷，阻止日军利用长江进行后勤补充。因战功显著，升任第二十一军军长兼第二十三集团军副总司令。

一天，几位身穿海军便服的军人来到了第二十一军军部门前，为首的自称姓林名遵，要求面见军长陈万仞，并说自己是第三战区长官司令部派来接洽公务的。

林遵（1905—1979）

林遵，祖籍福建闽侯，生于江宁，其家族为海军世家。父亲林朝曦在清朝海军中担任艇长。1917 年，林遵进入福州小学学习，毕业后升入格致中学。1922 年，随父前往南京，进入南京金陵中学学习。之后，进入烟台海军学校学习。1927 年，北京政府将烟台海军学校学员迁至福建马尾海校学习，1928 年林遵于该校毕业，被分配到南京鱼雷枪炮训练班当见习生。1930 年，海军部长陈绍宽派遣林遵、邓兆祥等一同前往英国学习海军技术，进入格林威治海军大学学习。1934 年，他们毕业回国，林遵在“宁海”舰、“海容”舰当枪炮员。后被调到福州马尾海校当队长，带学员兵。1936 年调任“自强”舰任副舰长。

1937 年 5 月，海军部长陈绍宽奉令参加英王的加冕，前往欧洲；这只是个幌子，他的主要任务是去德国商谈购买潜水艇一事；中国海军迫切需要这种利器。林遵作为陈绍宽的随员之一，他到欧洲的目的是去德国学习专门的潜艇业务。

七七事变爆发，陈绍宽提前回国主持海军抗战，林遵则留在德国学习潜艇技术。开始阶段，留学生在德国训练非常严格，课程也很严格。后来，德、意、日搞法西斯同盟，不让中国留学生登船实习，也不让中国留学生学习枪炮、鱼雷、水雷等课程。

1939 年，林遵等被迫回国。临行前，在林遵的主持下，留学生开会讨论研究回国后的抗日方案。

有同学提出疑问：“我们是海军，我们的军舰不是被日本人打沉，就是自沉了。抗战？怎么抗法？”

“对啊！我们是学海军技术的，船没有了，怎么办？”

林遵坚定地说：“没有舰，照样打日军。”

有位叫欧阳晋的同学说：“我在报上看到，国内的八路军正在搞游击战，以少胜多，以弱胜强，效果不错，我们是不是从海军的角度来考虑游击战的问题。”

此言一出，引发了大家的兴头，七嘴八舌：

“用水雷，几枚水雷就可搞掉日本的轻型巡洋舰，这个划算！”

“对，我们也可以搞水雷！到敌后去，打游击。”

林遵说：“听说海军部曾国晟在湖南，正领着水雷制造所一批人制造和研制水雷。”

“对！我们可以用学得的知识，参加制雷，指导布雷。”

林遵点头：“大家的意见对，我起草个抗日计划草案，回国后就去找陈部长商量。”

欧阳晋说："那好，就这么办！"

一行人从柏林辗转抵达香港，又来到了战时陪都重庆，林遵代表众人，带着抗日方案去海军总司令部报到。

当时，抗战局面不容乐观。上海、南京沦陷即将两年，广州、武汉也失陷一年多了，驻湖北咸宁的日军第十一军司令官冈村宁次由鄂中、鄂北分别集中主力部队约十万人于临湘、岳阳两地，积极准备向湘北进犯；第九战区司令长官薛岳坚决反对退出湖南省会长沙的建议，调兵遣将，第一次长沙会战即将爆发。由于牵涉到第六和第九战区，第九战区需要在湘江阻敌，而第六战区也需要在川江布雷，配合陆军在山地抗敌，并阻挡日军后方运输线。

陈诚与薛岳都与陈绍宽商量，希望海军能大力配合行动。陈绍宽因人手不够，正在发愁之际，林遵等留学生从海外归来了。

陈绍宽见了林遵，非常高兴："来得好，国家正需要你们大显身手！但我现在没有舰船给你们！"

林遵交上了携带的抗日方案，陈绍宽翻阅着，不断夸奖着："不错，不错，很有见解。水雷战的提法好，与曾国晟所见略同，正符合我们海军目前的作战特点。"

林遵谦虚地说："曾国晟是前辈，我哪能与他相提并论。"

陈绍宽说："不能这样说，还是后生可畏啊！"

林遵问："总座，下一步应该如何行动？"

陈绍宽说："日军正准备进攻长沙，你们先去洞庭湖，到沅江布雷队当队员，在洞庭湖布水雷，封锁日军。以后怎么办再听命令吧！"

海军布雷队在沅江的成功布雷，正面防御了日本海军第一次对长沙的进攻，日本陆军不能与海军配合，重要的物资无法通过水运送达前线，最终导致了进攻行动的失败。

第九战区的敌后游击布雷，取得很大的战果，也引起了第三战区的重视。在司令长官顾祝同的要求下，海军总司令部为长期抗战而提出总体的布雷游击计划，决定成立长江中游布雷游击队，协同第三战区游击部队，钻隙突入长江沿岸，实施水上布雷，相继切断日军的运输线。

在整个布雷计划中，海军总部将长江上自湖北监利，下至江阴划分成三个布雷游击区：

第一区为监利至黄（石）（城）陵（矶）段；

第二区为鄂城至九江段；

第三区为湖口至江阴段。

这项计划先以湖口至芜湖段作为布雷游击地带。组成海军长江中游布雷游击总队，下辖五个大队十一个中队，总队长刘德浦，布雷游击总队部设在第三战区长官部所在地江西上饶。

第一布雷区的游击范围，从湖口至芜湖沿江各地带，与第三战区进行联络。各布雷队带同漂雷，分别进入任务区，与该区各部队配合作战，由其掩护；并组建侦察组，深入沿江各地，从事侦察敌舰船的行动，准备布雷。

12 月底，海军布雷总队第五大队大队长林遵、第十中队中队长陈炳焜和第二大队大队长严智以及第四中队中队长郑天杰、布雷办事处处长刘国平带领所属的布雷队奔赴前线。

经过长途跋涉，冒着凛冽的寒风，风尘仆仆，第五布雷大队终于抵达皖南的徽州。

在一处青瓦白墙的老宅子大门前，林遵等人停下脚步。大门一侧挂着一个顶端有青天白日徽，下有“国民革命军第二十一军军部”字样的木牌子。

第二十一军属于川军部队，军长陈万仞。

陈万仞（1888—1961），字鸣谦，四川仁寿县人。

抗战初期任第一四八师师长，出川抗战，该部参加了南京、武汉保卫战，并在长江中游两岸建立根据地，设立游动的炮兵阵地，经常开炮轰击长江中的日本舰船，使日军不能充分利用江面交通。从 1938 年 8 月到 11 月，仅三个月的攻击中，共击沉敌大中型运输舰 6 艘、汽艇 4 艘，被击中的敌舰重伤 106 艘，轻伤 337 艘。陈万仞因功升任第二十一军军长，第二十三集团军副总司令。

对于第二十一军所部的军事行动，日军曾多次集结兵力沿江扫荡，设立坚固据点，加强守备，给该部的炮兵攻击带来很大的困难。加之 1938 年 11 月，武汉撤退时，配属于该集团军的炮兵团也先后奉命撤离，致使敌人在长江的航运更加频繁。经军长陈万仞多次请求，战区长官部仅拨来两个卜福斯山炮连，属于经常有炮无弹，迟迟得不到补充，难以扩大战果，该部的行动一度停顿。

经通报，林遵等人见到军长陈万仞，他们敬了一个标准的军礼，陈万仞还礼，林遵从公文包中拿出公函递上："这是第三战区长官司令部的命令，请陈军长过目！"

陈万仞打开，只见上写："第二十一军陈军长万仞，为阻碍敌部长江运输，加强腰击日军舰船，兹特遣林遵、郑天杰两布雷大队前往贵部，共同进行布雷行动。第三战区司令长官顾祝同。"

陈万仞看后，道："原来你们是穿皮鞋的海军，格老子我是穿草鞋的陆军，请问阁下到此的具体任务？"

"我们的任务是在长江上布雷，摧毁日军的运输舰船，希望贵军配合我们。"

陈万仞爽快地说："好说，好说！共同进行布雷行动，那我们就是一家人了。有啥子需要就直说！"

"那我就不客气了。"

"客气啥子嘛！都是一家人不说两家话。"

"我们需要一处办公地点，设立海军布雷办事处，还要有一处偏僻的仓库。"

"怎么，你们造雷吗？"

"我们不造雷，湖南辰州有专门的造雷厂，造好的水雷会专门运到各地。我们只负责存放和布放。"

"这个好说，有现成的李家祠堂，腾出来给你们做海军布雷办事处就可以。"

"我们深入敌后布雷，需要贵部派出掩护部队。"

"你们的布雷区在啥子地方？"

"我们的布雷区东自铜陵，西迄湖口，大约有七百里的长江沿岸。"

陈万仞摇摇头，提出不同的意见："要不得。这么长的地段要有重点布雷区，不然像鸡粪一样，一摊一摊，也不起啥子作用。要有重点！"

林遵拿出随身携带的地图，摊平在桌上，指着说："我们布雷区主要设在鲁港到铜陵间、贵池到前江口间、马当到湖口间，这些地区江岸复杂，敌军守备薄弱，便于我们布雷。”

“要的，你说的每段区域，我派离你们最近的一个团掩护行动。”

“那太好了！有了这些水西瓜，定让鬼子回不了东洋！”林遵等人欢欣鼓舞。

由于沿江均有日军的据点，我军为了达到打击敌人、阻碍长江航运的目的，需要加强掩护兵力，挺进江边，乘隙突入敌区，在敌人眼皮底下布雷。

陈万仞当即写命令：令第一四六师、第一四七师、第一四八师各派出一个团，配合海军布雷队漂放水雷行动。

在犬牙交错的敌我战线完成布雷任务，其艰巨性和复杂性非局外人所能想象。

林遵大队在繁昌、贵池之间的江边长途跋涉，布雷游击队是秘密的，为了不被日本人和汉奸知道，林遵等人全换上陆军衣服，臂章挂着“执法队”的番号。利用黑夜，乘小船选择布雷点。

在陆军第一四八师特工队的协助下，林遵等摸清敌人驻防与部署，悄悄隐藏在敌人的眼皮底下，驻在贵池县附近一个十几户人家的山村之中，决定在贵池两河口布雷。那里有条秋浦河，蜿蜒曲折，河道全长一百四十九公里，其中山区占百分之八十，隐蔽性很强，可以用木船把水雷运至贵池河口，再进入长江。

为了搞到船，林遵他们找过不少船家，但都被拒绝，原因是鬼子巡逻太严，搞不好就扣人扣船，或船毁人亡。最后，由当地一个士绅出面，说要在夜间运货到江北，货主肯出大价钱，约定了三条木船。

因为水雷每具重达一二百公斤，体大形圆，运输不便，从基地运至江边布雷，往返要六十多里。因此只能在天黑以后开始运输，拂晓前必须返回，而且圩内河沟纵横，堤埂狭窄，行动十分困难。布雷人员只能担负布放的技术性责任，其余抬雷运输、侦察、监视、掩护等工作，都需要部队负责。

1940 年 1 月 19 日，林遵带着布雷官欧阳晋和王国贵以及布雷队员三十多人，换上老百姓衣服，前去布雷。他们先到藏雷地点，在一个隐蔽的山洞中小心翼翼地把水雷取出来，加以伪装，再由当地的保长、甲长组织八十多名老百姓，一个雷四人抬，轮流替换抬着十五具漂雷向秋浦河而去。除了抬雷的群众、布雷队员，还有第一四八师两个排掩护、支援，一共二百多人。

在贵池至殷家汇这一段正是一四五师防区，而四三四团第一、第三两营正守备此防区。团长罗心量接到“挺进江边，布放漂雷”的命令，受领的任务是布放二十具漂雷，每具漂雷二百斤，需要四名士兵来抬。

他们绕过敌人据点，渡过秋浦河。这时天降中雨，不久雨加雪花，地上相当泥泞，不小心就会滑倒，非常困难。林遵就改由八个人抬一个雷。三四十里路，等到目的地时，比计划晚了一小时。

在江边，林遵用手电筒一短三长发信号，对面芦苇丛中三条船就悄悄撑过来了。布雷队员把雷装上引爆装置，再抬上船，等船划到长江航道，将水雷布到水里。前后十几分钟，布雷队再原路返回。

1 月 20 日，在贵池两河间，十来艘日军汽艇在巡逻时，其中一艘汽艇被漂雷触中，惊天动地一声巨响，汽艇当即歪斜下沉，艇上十五人被炸死，另有五人受伤。其余敌汽艇纷纷转舵，逃离该水域。

在三战区第一次布雷成功，使布雷队欢呼跳跃，兴奋不已。参加行动的三十多人，每人得到一枚陆海空军奖章。

2. 请太君吃“西瓜”

此后，担任掩护布雷队的部队先后有第一四五师第三四三团（团长罗心量）、第三四五团（团长曾植林），第一四六师第三四八团（团长马国荣），第一四七师第三四九团（团长骆周能）。

据团长骆周能回忆：

他当即部署官兵，事先选择好进行布雷的秘密地点，一个团的部队一大半担任警戒和掩护任务，剩下一个营的战士用扁担和绳索，将五十个二百斤重的水雷抬着前进。经过两夜的行军，翻山越岭，在布满茅草和芦苇的小路迂回到长江边。

1940 年 1 月下旬，在湖口下游的永和洲江面上，不时有敌巡逻艇驶过，强烈的探照灯交叉掠过江面，大雨不期而至，此时，鬼子巡逻队不再出来。

山道崎岖，道路泥泞，一步一滑，稍有不慎，水雷就会爆炸。严智的第二布雷大队和第四三九团的士兵们抬着水雷，小心翼翼前往江边，稍有不慎，水雷就会滚落出来，引起爆炸，不但完不成任务，反而会让敌人知道他们的行动。

江水拍打岸边发出的有节奏的“哗哗”声，在风雨中，一部分战士将隐蔽的木船抬到江边，再将漂雷搬运到木船上去。

黑暗中，几艘布雷的木船乘敌舰巡逻的间隙，进入水中，悄然而行。在第二大队大队长严智和中队长郑天杰的指挥下，船老大撑篙离岸，双手摇橹，向江中心航道驶去。

在到达指定位置后，四个人抬起一具漂雷，在布雷队员的指导下布放到水中。这些布雷队的军官多数是从英国皇家海军学院海军专业学成回国的，他们不怕苦不怕死，冒险犯难。之后木船迅速向岸边划去，否则等被回头的巡逻艇发现就有生命危险。

等到第二天夜里，布雷队员再次从几十里外来到江边，帆船再次出动，驶向主航道继续进行布雷。

这样的行动一般要持续几天，最多的要十来天。所有布雷队员置生死安危于度外，奋不顾身进行布雷。

白天，江边的山上，有布雷队员手持望远镜巡视几公里的江面，寒冷的江风呼啸着，砭人肌骨，瞭望员浑身都冻僵了，还在坚持观察。

1 月 21 日，在贵池、大通之间的江面上，与往常一样，一切正常。一艘日军运输舰溯江而来，一声巨响，水柱冲天，船上燃起熊熊烈火，运输舰船头倾斜，缓缓下沉，大批辎重皆沉入江中，敌军官兵死伤多人，损失惨重。

瞭望员热血沸腾，飞快地冲下山，将这激动人心的好消息报告给每一个布雷队员。

自从林遵第五大队成功布雷，接下来的十几天内，江上陆续传来比过年的鞭炮声还要令人振奋的爆炸声……

第一大队、第二大队也都有布雷成功的消息，敌人被炸沉、炸伤好几条船。

1940 年 1 月 30 日，和往常一样，日军的汽艇、运输船大摇大摆行进在中国的长江之上。日本士兵在船上来回走动着，咔咔作响的翻毛大皮鞋和迎风猎猎作响的膏药旗十分嚣张。

我军为破坏日本舰船专门定制的水雷

负责瞭望的日本士兵突然发现，水中有一顶破旧的草帽从上游漂浮下来，他叽里哇啦地喊着，汽艇慢了下来。几名日本兵过来，用一根竹竿试图将其拨开，刹那间，随着一道闪光掠过，惊天动地的一声爆炸，水中激起十几丈高的水柱，船体被炸裂，碎片和胳膊腿飞向四面八方，浓烟大火中，十三个士兵当场死亡，还有五人受到不同程度的轻重伤。

2 月 1 日，在马当和小孤山之间，一艘敌中型舰满载步兵逆流上驶，在扫雷艇的护卫下小心前进。一枚漂雷被运输船躲过，就在日本兵狂喜之时，又是“轰隆”“轰隆”两声巨响，该舰舰首在烈火浓烟之中缓缓下沉，除了当场炸死炸伤的，还有日本兵疯狂地跳进水中，在冰冷的江水中，被大浪卷入江底。

死亡的阴影像旋风一样，降临在每一艘日军舰船的上空。日军纷纷谈虎色变，精神紧张，都将这一段江面视为畏途。

2 月 4 日，在安徽东流彭泽附近宽阔的江面上，六艘日本运输舰船满载大批军火、物资缓慢地逆流而上。船上的日军高度警惕，提心吊胆，生怕遇上致命的水雷。

突然，岸边传来震耳欲聋的炮声，原来是隐藏在江边丛林中的中国炮兵对日舰猛烈开火。担任护航任务的日炮中型炮舰随即还击，却迎头碰上海军的漂雷，日舰来不及躲闪，只听到惊天动地的爆炸声，随即船中的军火发生一连串的爆炸，浓烟滚滚，伴随着烈火直冲半空。其中两艘中型舰船顿时下沉，日军死伤不计其数。

尽管日本运输船队采取了种种防雷和扫雷的措施，但是防不胜防，接二连三，还是有船舰撞上海军的水雷。这些海庚式水雷仿佛有灵性，主动迎击悬挂日本旗的舰船。

由于布雷游击队的游击战术令日军防不胜防，导致长江中游的航行，意外地发生严重的变化，致使日军的水上运输遭遇到空前的危险。

2月3日，日本船队报道部部长在南京侵华日军总司令部发表谈话谓：扫雷工作效果有限，党军时在黑夜秘密布雷，当此情况下，长江开放以后，水上安全日军不能负责。而在日海军和舰船眼中，视长江中游贵池、繁昌一带江面为“溃烂的盲肠”。

2月6日，在扫雷艇的掩护下，几枚漂雷被日军扫雷艇起获，日军得意忘形，拉着汽笛，招呼着远处一艘中型运输舰过来，顺利地通过了马当水域。这艘运输舰正在庆幸躲过前方水雷的袭击，没想到在彭泽附近，又被水雷击中。几声巨大的爆炸声后，舰体下沉，敌军死伤人数未详。

2月7日，日军十四艘船组成的船队在一艘装甲舰的掩护下行驶在汪家套附近水域。由于这一段江面不太平，船上的警戒哨和舰长都用望远镜努力搜寻江面，不放过任何可疑物件。一个类似水雷的物品在水中漂行，被船上的日军发现，用步枪进行射击。其实这只是一枚小水雷，在日军的枪击下，发生爆炸。日军放心了，开始继续前进，装甲舰舰长狂妄自大，认为他的舰是不惧怕水雷的。不久，该舰似乎被什么东西拦住了，舰长当即惊慌失措，只听得一声巨响，装甲舰底被炸出了个大洞，江水迅速涌进船舱，日军堵漏无效，该舰最终沉入江中，敌死伤人数不详。

2月9日，在彭泽附近，日军又一艘中型运输舰正在行驶当中，突然发现江面上游一枚漂雷随波逐流，船长立即命令左满舵，侥幸躲过水雷。船长正在用无线电通知后面的船只绕开时，只见江水上漂来一支被折断的树枝，船长让水兵用竹篙拨开时，顿时电光烈火冲天而起，隐藏在树枝下的大型漂雷爆炸，威力无比，当场有日本兵三十余人死亡。

2月11日，有十艘向上游运送物资的船队路过繁昌江坝头时，突然其中的一艘碰上水雷，发生剧烈爆炸，船上运送的被褥、军装、弹药、枪械随即燃起熊熊大火，该船沉没，敌军辎重损失甚多。

2月18日，有日军十六艘舰船在前江口大王庙附近遇到水雷袭击，一艘汽艇发生大爆炸，四十余名敌军死亡。

2 月 24 日，敌军在经过反复扫雷后，自信不会再遇上水雷，组织了大型船队，在扫雷艇的护卫下，包括巨型运输舰在内的七十七艘运输舰向武汉方面行驶。就在石钟山附近遭遇到黑色的星期六，一声巨响，一艘巨型舰触雷，发生了惊天动地的大爆炸，敌军死亡一百四十余人，伤四十余人。

长江中游水雷令日军防不胜防。

2 月 26 日，在前江口，敌一艘中型舰触碰漂雷，在一连串的爆炸中，该舰葬身水中，死伤敌人数十人。

对于海军的布雷行动和成绩，第三战区司令长官顾祝同、第九战区司令长官薛岳对布雷队取得的成绩予以嘉奖。1940 年 6 月，军事委员会对布雷有功的一四六师师长周绍轩颁发特等奖章一枚，为一四六师参谋处长李克猷、团长凌练衔、郭英、马国荣等颁发甲等奖章一枚，营长闫哲明、连长陈骏获得乙等奖章一枚。

海军布雷队的成绩也引起了蒋介石的高度重视，他专门给海军总司令部及各战区司令长官发了手谕：以我军采取游击布雷截断敌人水上交通，消耗敌人力量，较任何武器均有过之而无不及。饬各战区长官转饬部队，对于布雷官兵要特别保护。

1940 年 7 月下旬，统帅部派来海军布雷大队继续在贵池至殷家汇一段江面布放水雷，阻绝其长江航运，重创敌舰。负责掩护及协同布雷的任务由第五十军第一四五师选派部队担任，军长郭祺勋依旧将此重任交给师长孟浩然来执行。

他对孟师长说："青云兄，你师四三四团部就在桃坡，一二营正守备在这一线上，你看这一任务是不是交给你们？"

孟师长笑着答应："要得嘛！就交给罗心量。"

罗心量也很爽快："请林遵大队长，一起商量咋个办。"

于是，林遵到了桃坡，与罗心量头碰头，在油灯下，对着地图研究了大半夜，天一明就出发了，近中午才到达目的地。他们在图上定下来的布雷现场，又在齐腰深的水中，他们藏在芦苇丛中仔细观察，最终选定在贵池以西的包家圩和大龙圩之间。这一段江面较窄，流速缓慢，又是敌人的间隙地带，最适合水雷的布放。但也存在着不利的因素：

（1）贵池的日军经过我军三次进攻后认识到此区域的重要性，更增强了戒备，警戒线一直放到了江边，并配备了伪军在外围活动。

（2）由基地至江岸，共有三十里，加上圩内河渠纵横，堤埂狭窄，导致行动困难。

（3）水雷每具一百多公斤，又是球体，运输很不方便。

（4）海军布雷人员只能担任布防的技术责任，往返六十多里，又需要夜间出发，黎明前返回，陆军的运输任务非常艰巨。

罗心量回到团部，把问题摊在营长们面前说："三个臭皮匠，顶上一个诸葛亮，大家都想想办法噻！"

参谋长说："布雷就是打仗，我们多派部队掩护。"

团长说："不得行，布雷行动要隐蔽，大张旗鼓容易暴露目标，更容易被鬼子发现。"

一营长提出："我看关键的问题只有一个，就是如何不让鬼子发现我们的行动。六十多里，刚到地方就被敌人发现就完了。"

团长说："我们只有多派便衣，混到贵池城中，多方与爱国人士取得联系，只要发现鬼子的行动，立即返回报告。"

二营长说："这还不够，在沿途各村庄、路口、集市组织、发动民众，这一点要学习新四军，做群众工作，让老百姓都参与负责监视、联络、通信和向导等工作。"

"要的，相当重要！"

罗团长说："万全之策，部队一定要派，每次一个营，提前出发到指定地点，要潜伏下来，团属运输连负责水雷的运输，或者在布雷区中间找些隐蔽点，事先把雷藏好，可以减少路上时间；派两个工兵班协助海军的布放，也可以偷学技术，功劳不能都是他们的，我们也能布放。"

一切准备好了，到了布放水雷的那一天，夜晚，天下大雨，四野茫茫，我军使用船筏，每只船上安放一枚水雷，行经在复杂的河汊与狭小的堤埂之间。禁绝灯火，屏息声响，道路泥泞，一步三滑，战士们个个浑身是泥水，克服巨大的困难。在官兵的共同努力下，终于在拂晓前完成了五十具水雷的布放任务，安全返回了基地。随即罗心量向师里进行汇报，并申请准予不失时机，继续再布放五十具水雷。得到师部批准后，第二天晚上，雨过天晴，战士们轻车熟路，一切和第一次一样，外甥打灯笼——照旧进行。任务完成得很顺利，师长汇报到军里，郭启勋说：“关于布雷事务，经与布雷大队斟酌处理，报师部备查即可。”

罗心量得到授权，信心更足，和布雷大队研究后，改变方位，取道大小苏岭，在殷家汇以西江面上连续三次，布放了一百多具水雷。

连日来江面上爆炸声此起彼伏，炸得日军心惊胆战。该团总计布雷八次，布放水雷三百余具，炸毁、炸伤敌大小船只百十艘。

是年冬天，第三战区司令长官顾祝同积极部署对皖南新四军围攻作战时，发现第五十军军长郭勋祺与新四军的关系密切，秘密抓捕和杀害了郭的参谋处长，但未掌握郭通共的真凭实据。

1940 年 12 月 17 日，顾祝同将郭勋祺改任第三十二集团军副总司令，并送其去重庆陆军大学学习深造，以削其兵权，以副军长佟毅代理军长之职。由于佟毅与郭勋祺感情深厚，顾祝同仍然不放心，于 1941 年 1 月 1 日又撤销了佟毅代军长之职，将该军第一四四师师长范子英升任为军长。佟毅仍为副军长。

同年 6 月，第五十军军长范子英呈报关于长江下游布雷计划：

一、关于陆军第五十军布雷计划

第一　方针

（一）军以妨害长江航运之目的及遵照层峰迭电指示，应即加强编组有力之布雷队二组，轮番出动，乘虚突进江岸，积极实施布雷以达成尔后总反攻准备之任务。

第二　实施要领

（二）鲁港铜陵间贵池前江口间江岸地形极为复杂，敌军守备薄弱，空隙较大，为我布雷良好地区，应预备数个布雷点，俾便随时乘隙突进江岸，达成布雷任务。

（三）各师应遵照规定之编组装备编组编成布雷队，一队在指定区域加紧布雷，务求长期有效妨害长江航运。

（四）各布雷队应以精干之团长（或营长）为队长，以步兵一营为基干附海军布雷队及所要之工兵、卫生、输送队、政工人员等编成之，每队分为两组轮番布雷。

（五）布雷之先，需预为策定详细计划，尤贵充分准备，应先派多数精练干部谍报及特工人员化装潜入敌后从事侦察，进出路线及征集船只并与伪军警、自治会、土民等妥为联络，使我布雷队之行动容易。

（六）布雷队应以冒险犯难之精神与诡秘敏捷之行动，乘隙突进潜行布防为主，但必要时得加强掩护兵力，一举挺进江岸，强行布雷。

（七）布雷实施应不断零运、零储（埋藏江岸附近）、零放（到处布防），以出敌意表尤为有效，至实施时机应利用暗夜或大风雨之夜间行之为有利。

（八）所步雷力夫出海军布雷队原配属长外，应由师属运输部队尽量配用并得依状况利用民夫协助运输但须秘密我之行动为要。

（九）掩护布雷部队应不避艰险，须适时占领适切之掩护阵地，严密施行警戒，拒止敌人，务使布雷队安全达成任务。

（十）第一线守备部队于布雷队已挺进江岸遂行任务中，应不失时机发动全线袭击，以资牵制，使我布雷容易。

（十一）敌常用扫雷艇扫荡我漂雷，各部出击，游击部队应尽可努力挺入敌后，不断袭击，妨碍敌艇之扫雷。

第三　部署

（十二）军队区分

右翼师（第一布雷区）

兼指挥官第一四四师师长唐明昭

第一布雷队（两组）

长第三第四三三团团长张定波

步兵第四三二团第二营

海军布雷队第一大队

师属工兵营之一排

师属辎重营之一部

卫生部队一部

无线电一班

左翼师（第二布雷区）

兼指挥官陆军第一四五师师长孟浩然

第二布雷队（两组）

长第四三四团团长罗心量

步兵第四三四团第三营

海军布雷第五大队

师属工兵营之一排

师属辎重兵营之一部

卫生部队一部

特工人员一部

无线电一班

（十三）任务及行动

甲、第一四四师（右翼师）

1. 荻港镇至铜陵间江岸为军第一布雷区，应由该师长负责指挥，严督所编布雷队积极推进江岸，轮番加紧布雷任务，求长期有效妨害敌长江航运。

2. 该师应以牧家亭附近为布雷根据地并向荻港、鲁港、皇宫庙、坝埂头、三江口附近推进江岸，实施布雷。

3. 该师守备部队应随时准备策应布雷队之作战。

乙、第一四五师（左翼师）

1. 贵池至前江口间为军第二布雷区，应由该师长负责指挥督编布雷队积极挺进江岸加紧布雷，务求长期有效妨害敌长江航运。

2. 该师应以高坦附近为布雷根据地并应向贵池以西马家圩、西河口、乌沙夹、江口附近地区挺进江岸，实施布雷。

3. 该师守备部队应随时准备策应布雷之作战。

4. 贵池、殷家汇附近均为敌重要据点，我特种出击部队应积极挺进敌后，不断向敌袭击，以资牵制。

第四　通信联络及报告

（十四）各布雷队对后方之通信以无线电为主，递步哨为辅。

（十五）各布雷队应与该方面守备部队切取联络联系，以资策应。

（十六）各布雷队应将活动情况与布雷经过及所获成果适时向负责指挥长官呈报核转本部，切戒迟延误机。

第五　编给及卫生

（略）

中华民国三十年六月　日　　军长范子英

1941年秋，日军发动第二次长沙会战，在其海军配合下，向我第九战区各部发起猛烈进攻。9月20日，蒋介石为进行第二次长沙会战电令各战区司令长官：

国军决确保长沙，并乘机打击消耗敌人，第九战区努力巩固湘江两岸及汨罗江南，保持主力于外翼，求敌侧背反包围而歼灭之。第三、第五、第六战区自23日起，乘虚对敌发动全面游击，予以全面打击……

军事委员会亦向第三、第五、第六战区下达命令：

为使第九战区作战容易，第三、五、六战区应各以有力一部出击，策应第九战区作战……

并规定第三战区向当面之敌发动游击，以一部佯攻南昌。

为执行蒋介石和军委会的策应命令，第三战区司令长官顾祝同下令第二十一军所部和布雷队必须对长江上的敌运输线实行奋力攻袭。

布雷队第十分队上尉林巽遒说：

1941年9月，我们联合布雷队这次要渡过秋浦河，抵贵池县境内乌沙峡附近的江中布雷。当夜，天下起雨来，队伍衔枚疾走，只听见雨声和脚步声。当我们赶到秋浦河南岸渡口时，突然一道炫目的探照灯光从对岸敌碉堡内扫射过来，并向南岸发射小炮。我们立即卧倒隐蔽处，发现炮击漫无目标，敌人未发现我们，于是我们立即渡过秋浦河，赶到乌沙峡江边。这时，预先雇好的帆船已集中等候。

大家迅速把水雷分装各船，扬帆启航疾驶江心。所有队员都在船上紧张地安装各种水雷配件。船到江心后，摆正了船位，然后将水雷连续投入江中，随水漂流而下。布雷结束我们赶到秋浦河北岸渡口时，已不见掩护部队人影。只剩一只没有船工的小船。于是，一部分人跳水泅渡，一部分找船渡河。队伍中有一个刚从海军学校毕业来队的实习生朱星庄首先泅渡到南岸。他刚登岸就发现岸边设伏的敌人，他不顾自己的危险，大声高喊："有敌人，不可过来……"话音未落，只听到一声枪响，年轻的朱星庄为了全队安全，倒下了，长眠在秋浦河畔。

9 月 28 日晚，海军游击总队第一大队大队长程法侃和第五大队大队长林遵，在第二十一军第一四五师第四三五团团长曾植林配合下，共同执行布雷任务，两个大队的布雷队官兵共计三十六人，加上抬雷的民夫、士兵携带漂雷五十具，在陆军部队掩护下，冒着生命危险，突破日军层层封锁线到达贵池一带江边。

当布雷队在秋浦河口规定地点寻找事先隐藏在芦苇丛中的木船，发现全都无影无踪。无船如何布雷。林、程二人认为是不是记错了地点？于是命令队员们分头去寻找，一个多钟头过去了，队员陆续回来报告还是没有踪影。

这意想不到的情况使林遵和程法侃陷入两难。军令如山，完不成任务将受到军法处置。

程法侃认为：可能是布雷队的行动已经暴露了，日军已经将船弄走，可能周围还有埋伏；应该趁鬼子还没动手前尽快撤退，减少损失。

负责掩护行动的四三五团团长曾植林认为：此次出动了这么多部队，动用了这么多民夫，千辛万苦把雷运来，如果不布就撤，岂不是重大损失？更重要的是水雷怎么办？一颗雷要多少花费和人工，尤其在抗战最艰苦的时期，浪费不起啊。

时间在一分一秒过去，眼看启明星已在东方，天就快亮了。

林遵终于下定决心："步兵加强警戒，布雷队员泅水，六人一组，推着漂雷到主航道进行布放！我是大队长，我带头下！"

林遵脱去外衣，带领官兵跳下江去。当时的天气已经转凉，冰冷的江水寒彻肌骨，冻得队员们瑟瑟发抖。此时，两个布雷队员推一个雷，轮换向江心前进。进入主航道开始布雷，就这样一趟又一趟，天蒙蒙亮前终于完成了布雷任务。

突然，江边枪声大作。南岸的警戒部队已经与包围而来的日军交上火。

林遵大声命令全体队员游向秋浦河北，在滚滚河水中，奋力搏击，当大家精疲力竭之时，终于踏到岸边的泥沙，以为逃出包围圈时，还没等他们上岸，河岸上就有人喊话："喂！你们已经被包围了，快投降吧，不然死无葬身之地！"

这时，南岸的警戒部队很快就被日军压制到江边，有的跳水逃跑，有的被打死，还有不少缴枪投降。团长曾植林见大势已去，举枪自杀。

经第二十三集团军总部研究决定，掩护任务交给一四六师周绍轩师长全部负责，并指定师参谋处长李克猷会同林遵、郑天翔两位布雷大队长和一四六师凌练衔、郭英、马国荣等三位团长协商研究妥善布置战斗任务。

周绍轩（1888—1973），字家书，原籍广安县人，定居大竹。少时在绥定一家药材店当学徒，参加辛亥保路运动。入伍任连长职。民国二年参加讨袁。民国六年护法战起，投靠靖国军颜德基部，编入王维舟团任连长。后其部归属几经变迁，1926 年任川军十三师第二旅旅长。北伐军兴，归附武汉国民政府，与孟浩然两个旅分驻荆州、沙市两地。1927 年"四一二"反革命政变中，遭到夏斗寅部突然袭击，周率残部回川，依附范绍增。适范出任川鄂边防军总司令。周被任命为川鄂边防军第一混成旅旅长。1932 年范部改编为师，周任第十旅旅长。1933 年奉命在通江、蒲江大塘铺、挖断山一带对红军作战。1935 年川军整编，周调任独立十四旅旅长。抗日战争爆发后，周绍轩请缨杀敌。1937 年 10 月开拔出川，参与增援保卫南京外围的广德、泗安战役。1938 年，周绍轩率部掩护两个炮兵团在煤炭山、大风山、红草山构筑掩体，腰击长江上敌舰。属于川军中能战之将。

海陆军联合布置精密，参与掩护和布雷上下同心，因此爆炸任务胜利完成，炸沉日寇大小舰艇 116 艘，炸伤 161 艘，缴获汽艇 1 艘，日寇伤亡惨重，尸漂江里。

布雷的成功，战果辉煌。

令日军闻风丧胆，原来日军驾驶军舰船只在长江上如入无人之境的感觉一去不复返了，每次上船，战战兢兢，如临深渊，不知道哪一秒钟就会灰飞烟灭，沉入滔滔江水中喂鱼喂虾。

在徽州举行的一次第二十一军营长以上的集会上，军长陈万仞高度评价了布雷游击战在抗战中的地位和作用。他说："现在很多人热衷于打大会战，敌人伤亡惨重，便成为轰动全国的特号新闻。其实打大会战，我军的伤亡并不比敌人小，打仗就是要保存自己，消耗敌人。如果两败俱伤，或者我方损失大于敌方，那还谈什么大捷，完全是自欺欺人。我们对敌人要像蚕吃桑叶一样，一口一口地吃，积小胜为大胜，即是我们用很小的代价，换得敌人几倍甚至几十倍的损失，才是真正的胜利。我们炸沉击伤敌舰，我们用一发炮弹，一个水雷，只花几十元或几百元的代价，就炸沉敌人价值几十万元或几百万元的兵舰，这是一本万利的买卖，却被许多军事指挥官忽略了。"

十四、“哈儿司令”出征

1. 告密有功升军长

1938 年大年初六，重庆上清寺的范宅喜气洋洋。按旧风俗，范绍增起床后伸个懒腰，“哈哈哈”大笑数声，接着吩咐下人“送穷神”。

大年初六的老规矩中，最重要的就是“送穷神”了。全体家仆开始由内向外打扫卫生，角落也绝对不会放过。初一至初五积存的垃圾，一点不留的统统送出，同时也一并将穷神送走。

这一天，果然六六大顺，有着“哈儿司令”之称的范绍增，得到蒋介石的青睐和器重，给他一个军的番号。当然，这其中少不得财神爷孔祥熙的运作。当得知范绍增荣升第八十八军军长，孔祥熙特意酬劳他机枪九百挺，并表示，其他武器由第三战区司令长官顾祝同拨给，令其出川抗战。

范绍增也不含糊，将自己在重庆上清寺的公馆赠予孔祥熙作为回报。

1938 年 2 月 5 日，国民政府军事委员会发表任命：范绍增为第八十八军军长。

范绍增洋洋得意地说：“蒋介石认为我发现刘、汉勾结叛变有功，要我新成立八十八军，并宣布我为军长。”

第八十八军下辖新编第二十一师，原来的任务是担任后方守备，防地是川东涪陵。下一步就是招兵买马，范绍增找到四川省编练处，在大竹、合江两地成立新兵招募处，回乡招募士兵。

范绍增早年在家乡大竹县当土匪，又是袍哥的龙头大爷，抢了不少人家，祸害桑梓，遭人唾骂。后来当上团长，懂得兔子不吃窝边草的道理，又回乡专门请被抢的苦主吃饭，送礼，拿出白花花的大洋，赔偿经济损失，有的还加倍偿还，从而改变家乡人对他的看法，收获了人心。

此番抗日，他回大竹一带招兵，登高一呼，乡人一听是“范哈儿”招兵，认为跟着这个哈儿肯定没错，于是前来报名者络绎不绝，人都要不完。

新兵入伍时，因大多数人不认识字，连自己的名字都不会写，如何确定自己的番号和归属呢？

杀猪杀屁股，各人有各人的高招。范绍增按照袍哥的法子，士兵入伍后立即做刺青标记，先是用绣花针在手臂上刺出字样，最后用浸满墨水的棉花反复擦拭，墨水渗入皮肤组织，刺青就完成了。如新二十一师士兵刺上“21 师”，工兵连的即在手臂上刻“21 工”，搜索连为“21 搜”，卫生兵则是“21 卫”。

刻下的这些字，就是这支部队的魂，正如部队常喊的一句口号：“生是二十一师的人，死是二十一师的鬼。”其他部队的人问：“你们是哪个部分的？”新二十一师的弟兄们就会自豪地撸起袖子给他们看手臂上的字：“新二十一师的。”

范哈儿的队伍硬是有凝聚力，也不容易被打垮。

常言说：一个好汉三个帮。范绍增招兵买马，想到找个帮手，于是找到好兄弟罗君彤，绰号“罗驼背”。

罗君彤（1892—1969），四川营山县人。早年读私塾，曾中秀才。后入川军范绍增部。1938 年与范绍增一起筹建第八十八军，任副军长。

范绍增在组建军队的过程中，缺钱也无饷。他将自己在重庆上清寺的房产抵押出去，荷包里暖和了。不到十天，队伍就凑起了四个新兵团，范绍增又在军用仓库中搜罗了一批破旧不堪的旧枪旧炮，找到自己的老部下，说：“我自己出修理费，你一定要把这些枪炮修好！打那些狗日的小鬼子。”

1939 年春，第三战区司令长官顾祝同电令第八十八军从速出川，开至江西上饶附近集结待命。

4 月上旬，全军到南川县整训了两周时间，随即开赴安徽皖南一带待命，这是川军最后一批出川的军队，至此，川军先后共出动十一个军出川参加抗战。

第八十八军建制如下：

军长　范绍增

副军长　罗君彤

参谋长　刘展绪

参谋处长　高震寰

新编第二十一师长　范绍增

副师长　吴绍金

六十一团团长　高　鹏

六十二团团长　李文密

六十三团团长　黄君殊

军直属补充团团长　徐有成

新兵大队长　陈章文

该军从南川出发前，军长范绍增、副军长罗君彤曾集合全体官兵训话，范绍增说："过去打内战，都是害老百姓。这回抵抗日本侵略，格老子就是倾家荡产，拼命也要同你们在一起，把日本人赶跑。"

接着罗君彤说："我们过去在四川多年都是打内战，这回是为了反抗日本侵略我国。抗日的军队，要有个好样子，要人人争当英雄，不准出狗熊，大家要互相爱护，严守纪律，提出约法三章：一不怕苦，不怕累；二准不掉队，逃跑者重办；三爱护老百姓，不准拿人家东西和毁坏庄稼。"

部队开拔时，许多士兵都流泪了，此次一别家乡，不知还能不能再见巴山蜀水。但该军政治部提出"日寇未灭，何以家为"的口号，提振官兵们的爱国心；在行军途中，将士们看见沿途村镇都贴满了花花绿绿的标语，什么"抗战必胜""日寇必灭""欢迎八十八军上前线"等大标语口号，信心大增；政工队员还教唱抗日歌曲，士气为之大振，都想早日赶到抗日前线，报效国家。

全军穿着草鞋，徒步行军四千余里，穿越湖北湖南，到达江西弋阳附近待命。

可是，国民党中央训练委员会委员、军事委员会政治部第二厅厅长康泽却向第八十八军伸出了黑手，他派了好几拨人给范绍增添心事，意思差不多，大意说："罗君彤是文人出身，没有军校毕业的牌牌，现在部队出川抗战比不得过去在四川打内战，必须找几个军事学堂毕业的得力人才去才行。"

"罗君彤文不能做文章，武不能上战场，必须有人挑大梁。"

范绍增无可奈何，只得任命康泽的心腹马昆山，四川什邡人，为新编二十一师师长。接着，康泽的手下吴韶金又被任命为该师副师长兼参谋长，刘默操被任命为第八十八军参谋长，还有不少特务也跟着进了第八十八军各部门。他们拿着范绍增的钱却干起了招降纳叛的事来。

副军长罗君彤一看八十八军实际上已被康泽所控制，气愤地说："抗日军队已成了特务的大本营了，这还有什么搞头？"一气之下便离开部队，到成都办木厂去了。范绍增急电第三战区司令长官顾祝同，请求调八十八军开赴第三战区参加抗战，以此求得保护。顾祝同与范绍增私交极好，当即复电：

准八十八军开赴三战区司令长官部所在地江西上饶，列为战区总预备队。

范绍增终于一偿夙愿。

一到前线，第三战区司令长官部就为第八十八军补充了一部分装备，使其战斗力有所提高。康泽想要自己的心腹掌握该军，指使刘默操、马昆山、吴韶金等人在部队内进行挑拨离间、分化瓦解，使团与团、营与营之间不断发生矛盾，从中获渔翁之利，培植亲信，一度还企图将范绍增排挤出八十八军。他们与第三战区司令长官部政治部主任邓文仪勾结，拟定了以马昆山任第八十八军军长、吴韶金任新编二十一师师长等升迁名单，让邓文仪亲自送顾祝同审批。

顾祝同看穿了康泽、邓文仪、刘默操等为特务系统拉队伍的鬼把戏，将名单狠狠一扔，冷笑着说："范绍增这个军长我是不敢乱动的，他是校长（指最高军事当局）点名的，军政部长何应钦备了案，行政院长孔祥熙鼎力支持的，再说人家拉凑一个军也不容易，自己掏腰包出钱购买枪械，招募兵员，现在又到前线与日军作战，这有何不对？我劝你们少打这些烂主意。”

邓文仪碰了一鼻子灰，马昆山、吴韶金等人也不得不有所收敛。

特务们一走，范绍增去掉了一大块心病，又将罗君彤请到前线就任新编二十一师师长，并着手对八十八军进行整训。范绍增听说共产党领导的新四军制定了一个“三大纪律，八项注意”的规定，很管用，便叫手下人借来学习学习。他看后大为赞赏，便与罗君彤穿便衣到附近新四军营地转了几天，认为这是新四军战斗力强的一个重要原因。范绍增本想借来用用，又觉得拾人牙慧不好，于是，他与参谋们埋头苦思，想出了个“四大纪律，十二项注意”。这四大纪律是：决心抗日不当孬种，服从长官意志，不要人民的东西，坚固国军团体。十二项注意是：逢人宣传，说话和气，爱惜武器，不当逃兵，整洁驻地，买物公平，借物送还，损物赔偿，不乱拉屎，不嫖不赌，自己洗衣，负伤守纪。经过一番整训，第八十八军纪律严明，已和打内战时的“烂军队”“双枪军”（指步枪和烟枪）迥然不同，赢得了当地民众的关爱和支持，老百姓纷纷为其服务。妇女们也不怕兵了，为士兵缝补衣服，好像对亲人一样。这种鱼水情使第八十八军士兵们深受感动，决心奋勇杀敌，为国效命。许多士兵哭着说：“这辈子当兵打仗，从没有遇上老百姓这样关爱我们，我们为国打仗而死，死而无憾。”

1940 年 8 月，范绍增部在太湖沿线与日本军队激战。第八十八军前锋不力，纷纷后撤，范绍增与副军长罗君彤挡住去路，范绍增高吼：“王铭章师长固守滕县，以身殉国，何等壮烈！如果我们丢城失地，将来有何面目回四川见父老乡亲？！”

11 月，奉第三战区长官部电令，第八十八军隶属第三十二集团军总司令上官云相，即由广德开赴苏南太湖边张渚，接防刘秉哲五十二师所担任的太湖防线，并指挥原在该地的江苏保安旅张少华和江西独立旅黄振球两部。

第八十八军指挥所在张渚附近，以主力新二十一师六十三团黄君殊部担任鼎山、蜀山之线；六十二团李文密担任归径桥、徐舍之线为正面前沿阵地，由六十二团之一部担任龙池山、善卷洞、离墨山为主阵地，另一部固守徐舍、归径桥两个坚固据点，其间利用水网以联络之，对东氿水、西氿水实行水上封锁，主要对宜兴进行水面控制。六十二团的指挥所设在归径桥，以两个营配备在主阵地带上。后方阵地在戴埠、张渚以北，张少华、黄振球两旅担任游击、巡逻及侦察任务。

不久，刘默操、吴韶金私运鸦片到前线贩卖被发觉，怕受到军纪制裁，逃跑了。马昆山也觉得自己一个人在八十八军难以立足，便自动辞职，夹着尾巴溜走了。由副军长罗君彤任新二十一师师长。

12 月，第八十八军开赴皖南青阳地区，参加了“冬季攻势”作战。

12 月 27 日，顾祝同电蒋介石：

宥（26）日晚敌攻占牛毛尖、犬型山、青阳城、吴家冲，中央兵团即令第八十八军附第四十师各一部，向敌逆袭，虎形山、老虎尖、大岭于本感（27）日拂晓被我第四十师攻占，毙敌百余，内有敌官四员，缴获重机枪一挺，轻机枪二挺，步枪十六支，手枪二支。预十师向当面之敌攻击前进，于本感（27）日拂晓前攻占梅子岭、陆家村、查家村、安须山之线。同时，第六十七师攻占吴家冲并进出百子庙。以上三项，谨闻。顾祝同感（27）日。

1941 年 1 月，第三十二集团军部署消灭皖南新四军军部任务，苏南第二游击区之第八十八军担任苏南、皖南之守备任务。在皖南事变中，川军除第五十军刘儒斋第一四四师、田钟毅新编第七师直接参加了围攻新四军外，其他各部均参加第二次长沙会战。范绍增在太湖前线得悉皖南事变发生，急电顾祝同：“大敌当前，团结第一，内部大动干戈，无疑对日有利。”

在当时的情况下，范绍增不敢得罪最高军事当局，只得给顾祝同打这一电报来表示对新四军的同情和支持。同时，他又交代部属：“如有新四军失散人员，可暗自收容，将来交到江北陈仲弘（指陈毅）处。”

当月下旬，日军利用皖南事变所造成的正面国民党兵力空虚的有利条件，对太湖地区发动一次猛烈的“冬季扫荡”。

日军第二十二师团长土桥一次中将指挥所部，从宜兴水上东氿、西氿，以汽艇几十艘配合炮兵、空军轰炸，与地面日军协同进犯八十八军防地。鼎山附近的黄龙山、徐舍等地战斗尤为激烈，川军伤亡甚大。第三天正面战场被突破，敌军汽艇进入张渚市区，两个中队的敌骑向纵深突破，占了军部所在地张渚。军部令总预备队据龙池山固守，掩护各部边打边撤，逐次撤退至流动桥、门口塘，占领阵地拒止日军。

第三十二集团军总司令上官云相命令第八十八军："范师长，我命令你们立即迅速反击日军，如果把黄龙山、徐舍丢了，老百姓就会骂我们内战内行、外战外行，我们就无法向顾祝同长官和委座交代！"

放下电话，范绍增撇着嘴对罗君彤发牢骚："龟儿子，本来就是内战内行，刚在皖南泾县打掉人家军部，就想把外战外行的黑锅叫我们来背？"

罗君彤说："师座，据我观察，这几天日军的攻势虽然很猛，但据报告，日军占张渚以后，抓了大批民工正在构筑工事，看样子有久居模样。如果我部不迅速反攻，失掉太湖这个天然屏障，对战局就会带来很大的影响。"

范绍增敲着桌上的地图："一定要狠狠教训这一群狗日的，必须反击！但眼下的问题是如何教训和反击日军。"

罗君彤说："采用老办法，我们不断采用游击、运动战术，敌人南进，我们北进，用两翼包围的战术迫使龟儿子撤退。"

范绍增说："要的，以六十一、六十二团为主攻，重点在右侧向川埠、汤家山之线攻击前进，让张少华的保安团配合我们，向丁蜀镇方面进攻，牵制敌人。"

张少华原是常州的青帮头子，趁抗日之际，拉起一支游杂部队，被第三战区司令长官顾祝同委为保安团江苏省保安第九旅旅长。1940年9月，张少华部千余人在姜堰被新四军歼灭，他纠集残部窜至宜兴张渚山区，任江苏省保安第四路指挥部指挥。

罗君彤说："张少华成事不足败事有余，怎么会配合我们？"

范绍增说："不妨事，我以袍哥龙头大爷的身份，他不敢不给面子，再说让狗日的只是佯攻，制造声势就可以了。其实，就是让他掩护我军的右侧背。其余部队作为总预备队。"

罗君彤说："哪怕他狗日的放鞭炮，也让日军听个响！"

范绍增说："这次行动你和我各去一个团，去提振一下士气！"

果然，军长、副军长亲临前线，士气大振，攻击开始后，部队冒着敌人的炮火和枪林弹雨，前仆后继，嗷嗷叫着往前冲，第二天就抵达了汤家山地区。

日军出动飞机助阵，步炮协同疯狂反扑，战斗异常激烈，川军从军长、团长、营长都亲冒枪炮与敌奋战，连续发起冲锋，与鬼子兵拼刺刀，进行肉搏战；日军土桥一次少将也亲临汤家山要隘亲自督战，拼命抵抗。经过三天两夜的苦战，第六十一、六十二团死伤过半，终于将日军击溃，在农历春节前收复原来的阵地。在战斗的过程中，第六十二团第三营营长丁蜀川因伤住院，当一架日机被击中，起火冒烟，迫降在医院附近，丁营长立即督率伤病员，奋不顾身包围了飞机，将飞行员击毙，破坏了飞机。临近春节，当地人民扶老携幼，带上过年腌制的鸡鸭鱼肉、糖果、米花、绍兴花雕，沿着一百多里防线慰劳部队，使每条战壕里的士兵都吃喝上当地的年货。这使远离四川的官兵都受到极大的鼓舞，官兵们也向百姓表示：要狠狠打击日本强盗，以此报答百姓的深情厚谊。

战斗结束后，军事委员会和第三战区长官司令部命令嘉奖第八十八军，还派来高级参谋偕同苏联顾问到战地视察，总结战斗经验。

2. 范哈儿杯酒释兵权

根据第三战区长官部的指示，1941 年 7 月，第八十八军挺进到杭州附近，布防于青云、南涧之线，并派出一部深入敌后进行袭扰活动。

范绍增和罗君彤商量决定，由六十二团团长李文密挑选两位营级军官：第二营营长杨明与第三营营长黄长龄，各率一队加强步兵连深入敌后开展游击战，在共产党的敌后抗日武装和广大人民群众的支援掩护下，在佘前、良渚、留下、三墩、梅家坞一带进行活动，搞得日军风声鹤唳，草木皆兵。

一日，当杨明回军部汇报他们在杭州一带的情况时，坐在躺椅上看书的副军长罗君彤插话："你部要经常进出里西湖地区袭扰日军，替我和范军座去昭庆寺烧炷高香。"

原来秀才出身的罗君彤身边少不了书。此刻，他正在翻看明朝张岱的《陶庵梦忆》，于是问杨明："不知西湖的香市如今还有没有？"

范绍增不懂："啥子香市嘛？"

罗君彤解释："军座，香市就是四川的庙会，农历二月初二，就是龙抬头的那天开市，一直到端午节后结束，又叫华朝节。"

"在西湖边上？"

"一般在昭庆寺前，长廊两边都是，卖啥子都有，热闹得很。"

杨明说："现在西湖边上已成鬼市，哪有啥子花朝，只是昭庆寺烧香的香客还是不少。"

听得范绍增喜不自胜："能不能带我也去里西湖转转？"

杭州西湖以湖中孤山、白堤、苏堤将湖面分隔为外西湖、里西湖、西里湖、小南湖及岳湖五个部分。习惯上称孤山、白堤之北的湖为里西湖。

杨明说："这次就免了，等我先去昭庆寺侦察，下次一定带您老人家一起去昭庆寺烧一炷高香。"

9月20日，最高统帅部为进行第二次长沙会战向第九、第三、第五、第六战区下达命令，为使第九战区作战容易，第三、第五、第六战区应各以有力之一部出击，策应第九战区作战，并规定了各战区的具体任务，第三战区向日军发动游击。9月26日，最高统帅部下达各战区攻击时间，电令第六战区司令长官陈诚、第五战区司令长官李宗仁、第三战区司令长官顾祝同、第九战区司令长官薛岳：（一）第三战区于俭（28）日开始攻击；（二）第五战区于感（27）日开始攻击；（三）第九战区于卅（30）日开始攻击。

第八十八军接到命令，令部署在富阳、余杭一线的六十二团团长李文密为主攻；该团在1941年9月下旬浙东的第十集团军（总司令王敬久）的统一部署下，向日军第二十二师团（师团长太田胜海）所据守的富阳、余杭、曹娥、绍兴、余姚、奉化、溪口附近各据点多次袭击，数度袭入各该据点。

其中，第八十八军（军长范绍增）一部佯攻富阳，转移日军注意力，夜间由坎堤湾开进，与事先潜入余杭城内的突击队里应外合，突然发起攻击；三营营长黄长龄身先士卒，攻下外围的碉堡群，夺取了两座炮兵阵地，一举迫近城根；于10月8日夜间收复余杭城，消灭了盘踞在城东的一个日军大队。此后，日军几次反扑，均被我军打退，于是出动了飞机多次进行昼夜轰炸，余杭城内外尽成废墟；我六十二团以伤亡千余人代价，重创驻守日军，三营营长黄长龄身负重伤。13日，部队奉命撤出余杭县城。事后，军事委员会特颁第八十八军二级云麾勋章三枚、陆海空一级奖章六枚、二三级干城奖章二十四枚。

当地民众敲锣打鼓，抬着鸡鸭鱼肉慰问第八十八军，还召开各界人士劳军大会，请范绍增作报告。

范绍增说："这一次打败日本鬼子，为中国人出了口气，我们要是没有乡亲们的帮忙，给部队带路、送饭、送水、送子弹，是打不赢的，请大家看到，下次八十八军还要把仗打得更好，保护好老百姓，如果说了做不到，你们就朝我脸上吐口水，我范某人揩都不揩！"

1941年下半年，范绍增的第八十八军改隶刘建绪第十集团军，军长范绍增兼任钱江北岸防守指挥官。

一天，范绍增去第三战区开会时，司令长官顾祝同面带喜色，悄悄告诉范绍增："我已经签呈委座扩编第八十八军……"

范绍增一听："好事啊，委座咋说？"

顾祝同得意洋洋："委座说……会批下来的，让等命令！"

范绍增将信将疑，心想："我不是嫡系，这种好事屋里头打伞，咋会轮到我头上？"去电话给孔祥熙一打听，还真有这回事，范绍增心里美滋滋的。

果然，1942年2月，中央军赵锡田第六十三师改隶第八十八军。范绍增嘴角往上弯还未落下，罗君彤就嘀咕："咱们这个小庙，咋能容得下这尊大菩萨？"

还没琢磨出个结果，3月16日，范绍增就被任命为第十集团军副总司令。高升了！

罗君彤一道喜，范绍增骂道："你真拿老子当哈儿？明升暗降！要夺老子的军权！"

何绍周（1906—1980）

该集团军总司令为王敬久，副总司令为刘多荃，隶属第六战区。八十八军军长一职被军政部长何应钦的侄子何绍周给顶了。

何绍周，贵州兴义人，1924年入黄埔军校第一期，毕业后任排长，参加东征，后任连长、步兵中校、税警总团第一支队司令；1937年9月参加淞沪战役，后任第一九三师副师长、师长、第十一军副军长、第八军副军长、第八十八军军长、第八军军长等。

范绍增是老江湖，明白这是玩鹰的这回被鹰啄了眼。费神费钱费力，好不容易成立了一个军，煮熟的鸭子飞了。这戏法玩得和刘甫澄一样，失去军权球都不是。

不久，第六十三师又改隶第一百军；中央军嫡系部队、黄埔三期段茂霖的第七十九师改隶第八十八军；随后又抽调黄埔一期萧冀勉的暂编第三十三师改隶该军；加上罗君彤新二十一师，成为三个师的甲种军。川军变成了中央军嫡系。

很快，何绍周回任第八军军长，第八十八军军长一职由黄埔一期的刘嘉树担任；罗君彤的副军长职也被柏辉章取代，新兵补充都来自浙江当地，经过几番鸡蛋变鸭蛋，鸭蛋倒鹅蛋的刻意操作，第八十八军只有罗君彤指挥的第二十一师是川军的血脉。

3. “罗驼背”耍独角戏

罗君彤绰号“罗驼背”，范绍增嘲笑他是“后辈（背）反比前辈高”。罗君彤挖苦他是“驼背打伞，背湿（时）”。

“范哈儿”被明升暗降，夺了军权，恼火得很，离开了第八十八军，也不去第十集团军；不久，他又被任命为第三十二集团军副总司令；他依旧不去淳安，兀自回到重庆，拿一份副司令长官的干薪，又吃杜月笙、戴笠走私贩卖鸦片的红利，倒也逍遥快活。但他被老蒋摆了一道，始终铭记在心。

常言说：人在江湖漂，早晚要挨刀。1949 年 9 月，老蒋打不过解放军，跑到四川，找到范绍增，委任他为国民党重庆挺进军总司令，在大竹、渠县成立十一个纵队。不到三个月，范绍增毅然率部起义，又狠狠地摆了老蒋一道，这是后话。

改头换面的第八十八军，参加了浙赣会战。

1942 年 4 月 18 日，由杜立特率领的美国特别飞行中队十六架 B–25 中型轰炸机从由第 16 特混舰队护航的“大黄蜂”号航空母舰上起飞，轰炸了日本东京、名古屋、大阪、神户等地后，飞至中国浙江的衢州等地机场降落。这次的突然轰炸引起日本朝野和本土陆、海军的极大震惊，对本国的防空能力产生怀疑：十六架轰炸机在无战斗机护航的情况下，大白天在日本的主要城市上空飞来飞去而一架都未被击落，日本开始感到本土已不安全。日本大本营为防止中、美空军利用中国浙江一带的机场对日本本土实施“穿梭式轰炸”，当日即决定摧毁中国浙赣线上的空军基地和前进机场。

4 月下旬，军事委员会发现第三战区当面日军自本月中旬以来调动极为频繁，判断日军有可能向金华、兰溪、衢州地区发动进攻，第三战区司令长官顾祝同命副长官上官云相进驻淳安，指挥驻钱塘江北岸各部队；命第十集团军总司令王敬久指挥钱塘江南岸各部队及金华、兰溪守军。

5 月 14 日至 17 日，日军第十三军第一线部队先后发起进攻。日本大本营决定发动以占据浙江各机场和打通浙赣路为目标的浙赣战役。日军从奉化、溪口地区开始行动，各路日军在进攻途中遭到守军第八十八军、暂九军和预五师等部队不同程度的节节抵抗。

第八十八军是新军长何绍周尚未到任，而且改隶的第六十三师和暂编第三十三师只是一纸空文的命令，不见一兵一卒到来的情况下仓促应战的。

该军副军长兼新二十一师师长罗君彤部署如下：

六十一团徐有成部在枫桥占领阵地，监视章镇、绍兴之敌；

六十三团黄君殊位于茨坞占领阵地，监视萧山、富阳之敌；

六十二团陈章文部集结于安华附近；

同诸暨各区民兵右起梅花坞亘安华、布岱岭、师姑坪、滴水岩、同山岗、边村、九曲岭诸点构成坚固、纵深防御阵地；

绍兴、萧山地区有浙江保安军萧冀勉的游击纵队在活动（当时萧冀勉为浙江保安第一纵队司令，其部队为暂编三十三师）。

5 月中旬，萧山、富阳方面的日军开始进攻，当即遭到枫桥、茨坞各地民团的英勇抵抗，阻止了日军的前进。是夜，六十一团转进璜山、梅花坞之线；六十三团转进到布岱岭、师姑坪。第二天午前，九时日军发起强攻，与六十一、六十三团部展开激战。没多时，六十一团璜山据点被日军攻占；师长“骆驼背”团团转，下令“无论如何给老子夺回阵地，否则都完球！”该团硬着头皮，一度反攻，夺回了阵地；但随后又被日军夺得。罗君彤眼看梅花坞地形对我军不利，只得转移，继沿铁路线右翼之大陈、苏溪方面占领阵地。六十三团放弃安华，凭布岱岭阵地坚决抵抗。罗君彤令六十二团派去的搜索队，与进至诸暨西乡经五都、三都前进的日军先头部队进行“打转转”，稍一接触就后退；日军刚一命令前进，搜索队又从旁边冒出来打冷枪；等日军追过去，搜索队又迅速后撤。就这样打打停停，让日军的大部队十分头疼，直到太阳下山，才到达同岗山麓。

第二天天刚亮，日军就架起山炮开始轰击新二十一师阵地，我军沉着应战，当敌炮击时就躲进壕沟中的防炮洞里，当步兵冲锋时，“川猴子”又突然出现在阵地上，进行猛烈的还击，把日军打得哭爹喊娘，连滚带爬逃回出发地。上午九时许，敌机出现在阵地上空，多架次轮番低空扫射和大肆轰炸。日军地面部队趁势发起冲锋。我军又突然出现在阵地上，对着黑压压上来的日本兵，机枪扫射、步枪齐射，还一个劲地投掷手榴弹；有不少工事被敌机投弹命中，死伤枕藉，机枪掩体被击毁，官兵或阵亡或被埋在泥土中，生还者被救出来，能动的就立即还击；在我官兵浴血鏖战下，坚持了一整天，终于让敌人偃旗息鼓，抬着伤员逃了回去。

当夜，罗君彤命令各团调整阵地。六十三团占领师姑坪及白马庙纵深地带；六十二团占领滴水岩、九曲岭地带。此处射界开阔，工事坚固，依山傍村，又能得到当地民众组织和抗日后援队的配合。第二天东方发白，日军整队来攻。新二十一师与敌反复冲杀，血战竟日，阵地岿然不动。当夜，各团还派出一部袭扰日军，令敌胆战心惊，终夜惶惶。

双方打得正火热，罗君彤突然奉到命令：命新二十一师迅速脱离敌踪，隐蔽于北山、鲤鱼山、浦江、中余、马剑镇等广大地区，东不过浙赣线，西不过富春江，施行游击作战，拖住日军。

这道命令是新任第八十八军军长何绍周发来的。他带军部人员从鄂西出发，沿铁路线到达上饶，转到金华，先声夺人。人还未到，命令已到。

第三战区长官部下达给第八十八军的任务：率部在金华、义乌、诸暨一带打游击，诱使日军沿铁路向西运动，在铁路两侧相机实施伏击，并截断日军后援，配合金华会战。于是，各团奉令，与敌脱离接触。

4. 何绍周“拾大漏”

5 月 17 日，日军分别进至大市聚、长乐、诸暨以东、以西和新登附近地区。日军第十三军侦知在安华街、长乐、义乌间集结有第三战区有力兵团，判断第三战区的企图为守卫金华和兰溪，遂决定将进攻重点仍保持在左翼，一举捕捉并歼灭安华、长乐、义乌附近的中国军队；同时令一部进犯东阳。何绍周部署暂第三十三师萧冀勉部施行反击。

战斗至 5 月 24 日，第八十八军在安华、义乌及浦江各既设阵地给日军以一定的打击，后分别向东（阳）永（康）公路两侧和金华以北地区转进，对进攻日军实施侧击、伏击，进行牵制；日军各部队均已到达金华、兰溪外围地区，形成三面包围的态势。

5 月 24 日，日军第十三军发现金华城内有大火，又根据飞行队及各部队的报告，判断金华附近守军已开始撤退。为迫使其进行决战，第十三军决定将进攻重点移至右翼，以一部兵力进攻金华、兰溪，以主力向衢州追击。

第八十八军速派有力部队占领金华江北岸，掩护金华、兰溪后方。

此时第七十九师、第六十三师已归第八十八军统一指挥，显然，何绍周的面子和后台比范绍增宽得多。军长何绍周已抵金华北山指挥。

日军第七十师团及第二十二师团、河野旅团一部在二十余架飞机掩护下，于25日拂晓，开始向第七十九师外围阵地进攻，并以一部向竹马馆迂回，进攻该师右侧背。

26日全线竟日激战，日机数十架在阵地上空轮番轰炸，并在金华东关附近投掷喷嚏性毒气弹多枚，掩护其步兵冲击。至黄昏时，第八十八军段茂霖第七十九师防守外围阵地的二三五团和挺进第一纵队被迫向金华西北阵地转移。

27日至28日，战况愈趋激烈，日机在金华城垣上空轮番轰炸，守军核心阵地工事全被摧毁。为挽救败局，第七十九师曾从王牌、项牌两地右侧向日军实施反击，亦未奏效。

28日晨，日军突入城内，与守军展开巷战。第七十九师官兵与日军激战达四小时之久，终因阵地大部落入日军之手、伤亡过重，只得于黄昏向北山、大盘山突围，金华遂被日军攻占。

兰溪方面：日军第十五师团第六十联队在三十余架飞机掩护下，25日拂晓向百坎尖、高圣尖、石廓山之线守军赵锡田第六十三师外围阵地展开进攻。第六十三师官兵坚强抵抗。

26日，沿兰江东岸南下的日军第十五师团一部协同正面日军围攻兰溪城。

27日，竟日猛攻，第六十三师外围阵地全被攻占，兰溪城陷入混战。

28日，第六十三师不得已陆续向城东白石塘一带突围，于是兰溪被日军攻占。

同日上午，日军第十五师团师团长酒井直次中将在距兰溪城北三里处的三岔路口观察情况时，进入八十八军第六十三师赵锡田布下的地雷区，轰然一声巨响，酒井被炸成重伤，旋即毙命。

日军战史称：“现任师团长阵亡，自陆军创建以来还是首次。”

5月29日，日军进攻金、兰的第七十师团留守金、兰，第十五师团向龙游地区前进；第十三军其他各师团已进至龙游南北之线集结，准备进攻衢州。

第八十八军指挥的第七十九师、第六十三师及新二十一师、挺进第一纵队亦均已到达预定地域，继续以侧击、伏击遮断日军增援及补给路线，策应衢州战斗。

第三战区第八十八军的第六十三师等部在金华、兰溪一带抗击日军时，战区对衢州地区的防务，在原计划基础上做了适当的调整：令第十集团军指挥第八十六军、第四十九军、第七十四军担任衢州及其以南地区的作战，指挥所位于后溪街；令第三十二集团军指挥第二十五军、第二十六军担任衢州以北地区的作战。

5 月 30 日，日军第十三军侦知第三战区在衢州附近集结兵力，判断第三战区军“企图进行顽强抵抗”，于是设想“将第十五师团转移到衢江南岸地区，保持重点于左翼，由衢州两侧地区突破并分割敌阵地，一举歼敌于战场”。同时将小薗江旅团对丽水方面的作战推迟到衢州进攻战以后再开始，而将该旅团调至龙游附近（该旅团 5 月 10 日已在永康、武义间集结），防备北方的第二十六军及南方号称精锐部队的第七十四军的侧击。

6 月 2 日，第十三军令小薗江旅团派出 1 个支队（以 1 个步兵大队、1 个山炮中队为基础组成），进至灵山镇附近，对南方警戒，掩护军的左翼侧；令第七十师团以一部兵力担任龙游警备，并确保至金华的后方交通线。与此同时，其他第一线各部队均派出一部兵力驱逐守军的警戒部队及攻击衢州守军的前进阵地。至当日晚，相继进至守军主阵地带前沿阵地之前。

6 月 3 日拂晓，日军第三十二师团、第一一六师团在衢江以北，河野旅团、第十五师团、第二十二师团在衢江以南对衢州发起全线攻击。

负责固守衢州城郊的第八十六军军长莫与硕见形势严峻，竟以收容曹振铎第十六师溃散部队为借口擅离职守，出城向江山方向逃去，军直属部队亦大多随之离去（本会战后，莫与硕和其参谋长胡炎被判有期徒刑 5 年，曹振铎亦因作战不力而被撤职）。衢州防守战斗由副军长陈颐鼎接替指挥。

第八十八军辖第七十九师、第六十三师、新编二十一师，挺进一纵队于浙赣路两侧及富春江、桐江以南、兰江以东之间地区，主要破坏富春江、桐江、兰江水道右岸及浙赣路萧山、金华段敌人补给线。

自6月中旬以来，第三战区各军互相掩护转进，东自硖口、仙霞岭、广丰、上饶沿倍河南岸，西迄汪二渡之线，已完成攻击部署，顾祝同向各部队下达新的作战命令。

新二十一师六十二团在游击区马剑镇奉到何军长命令，立即攻入敌占区，截断浙赣铁路安华段交通，彻底破坏水下张铁路桥，限三日内完成任务，否则军法从事。全团在团长陈章文指挥下，连夜赶到唐仁，经过周密侦察：在安仁火车站有日军一个中队守备，水下张桥头堡有碉堡一座，有日军一个小队把守，人虽不是很多，但火力配备很猛，除轻重机关枪外，还有四支掷弹筒，而且射界宽广，不易接近。更具有威胁的是铁路上不时有铁甲车往返巡逻。团长决定第二天傍晚，派出一个连阻击安华方面来敌，由第一营营长刘光远率该营围攻碉堡，阻绝其出路；第三营附工兵一排，由营长丁蜀川指挥，强行破坏铁路桥的作业。

6月14日下午两点起，天气骤变，狂风大作，阴云四合，电闪雷鸣，暴雨倾盆而下，不大一会儿的工夫，平地水深丈余，我军决定立即去征集木船数只，利用农舍作掩护接近敌碉堡，再用集束手榴弹和六〇炮平射，将日军碉堡炸毁，全歼守军。又挑选了十几名水性好的战士和渔民，下到水中破坏桥基，因大雨导致山洪暴发，再加上桥基被撬挖，半夜竟訇然倒塌，整个桥面被大水冲走，桥基也严重损毁。浙赣铁路衢州段安仁铁路桥被破坏，交通被中断。随即，新二十一师就隐蔽在诸暨西乡一带进行敌后游击，活动于富阳、诸暨、浦江、金华地区，东面袭击敌人铁路、公路交通，西面沿富春江岸要点，阻击敌水上航运，炸沉敌运输船，阻止敌前后方的物资往来，使敌方受到很大损失。

日军出动了两个大队，在飞机的配合下，从诸暨和安华两头出动，向我夹击。天上是飞机侦察，地上是别动队袭扰。罗君彤决定出其不意，全师深入富春江边的龙门山地境。这里是一个地层断裂的洼谷。有几个村子，山清水秀，有当地人民的掩护，休整了一个星期。

再说，浙东日军攻陷衢州后，分两路继续西犯，以大城户兵团为左路，沿铁路西犯，于6月11日陷江山；另一部向广丰攻击；18日广丰陷落。以井出兵团为右路，沿常山港进犯；9日攻陷常山，11日陷玉山，15日再陷上饶。于7月1日，与赣东进犯的日军会合后攻陷横峰，浙赣线被敌逐次打通。

进入7月，浙赣线两侧中国军队发动局部攻势，并将富春江日军背后交通线截断；留在敌后的中国军队乘机封锁敌后，发动全面袭击。

日军自8月初，已把浙赣路全线打通，占领衢州机场。新二十一师在富春江三角地带受敌夹攻，活动区域受到限制。

一日半夜，罗师长命令紧急集合，部队立即转移。大家都不明白，纷纷吐槽，说罗驼背发神经。部队转移到另一个山林之中。天亮以后，突然有数十架日本飞机临空，在他们住过的村庄投掷炸弹，将那里夷为平地。官兵惊叹之余，纷纷竖起大拇指，说："罗师长能掐会算，是神仙下凡！"其实是罗的房东半夜起来煮饭，罗君彤问为啥子半夜做饭。房东说：近来观音菩萨降乩，这个村子一带要大祸临头，外逃可免。所以吃了饭就逃命去。罗君彤觉得有蹊跷，立即召集师部人员研究，决定部队拂晓前立即转移。后来才知道是一个从城里回来的村民得到的消息，借口神灵透露的。

不久，军部命令新二十一师相机越过铁路线，向松阳地区转移。罗君彤却按兵不动，天天手搭凉棚看天。各团长请示转移时间，他闭目养神，摇着芭蕉扇只说不急。一天，他突然说："今晚有大雨，准备行动。"手下团长望着大晴天说："咋可能有雨？"

他诡秘一笑："少啰嗦，快准备去吧。"果然，到了下午，天气阴沉下来，接着刮起大风，大雨如注。手下团长纷纷说："罗师长真是活神仙！"

在当地抗日武装的协助下，部队破坏了一段铁轨，大风大雨之夜，从长数十里的铁路线上通过，虽然日军在碉堡中盲目射击，但是田野一片汪洋，全师安然通过铁路，到达东阳，又经过武义、松阳，到达仙霞山脉的石仓原、大阴村一带休整。

原来，罗君彤住的屋子门后，有房东存放的一袋盐，是房东准备冬天腌菜用的。他每天伸手进去摸一下，别人不知道为什么。其实，他在摸盐粒返潮不返潮，因为他知道下雨前的盐一定返潮。

8月下旬，第三战区发起全线反攻，日军无法抵御，纷纷向原方向退却。

浙东的第八十八军长脸：暂编第三十三师首先于8月15日攻克温州，

敌小兰江旅团残部退至青田、丽水，向东阳继续后撤。该师于28日三度攻克青田，并于同日协同暂编第三十二师攻克丽水；日军奈良支队被第七十九师猛击之后，由松阳经宣干退东阳，该师穷追不舍一路追击，8月29日克松阳，30日克宣平，9月1日克遂昌，敌原田旅团退守武义与中国守军对峙。

8月23日新二十一师自松阳出发，向盘踞在缙云、武义、永康之敌攻击前进。六十一团在武义城下与日军大打出手，经过冲锋与肉搏，两天一夜的较量，将武义县城拿下。六十三团也不含糊，经缙云攻击前进，没想到在黄壁村受到日军的强烈反击。经过两天的反复冲杀，日军终于撤退到永康的仓前、溪坦一线。六十三团组织了一个加强连为基干的三个攻击波队伍，轮番上阵，劈头盖脸，连续击杀，不怕牺牲。终于，日军撑不住了，向石柱街方向撤退，利用那里的河川作依仗，凭借着既设阵地，继续与川军死斗。六十三团团长黄君殊除一部分部队仍在正面佯攻外，派出主力从右翼舟山村方面迂回，敌发现后，立即撤到永康城下，跟踪而至的六十三团又是两天恶战。9月1日，六十三团力克永康城，将残敌追到上、下茭道之线。日军与中国军队形成相持。

再看友军方面：8月19日，第四十一师攻克上饶，21日攻克玉山后，停止进攻。沿浙赣西段的日军第三十四师团残部，经中国军队不断攻击后，陆续沿铁道向南昌撤退。第一〇八、第一四七等师于8月19日攻克贵溪，第七十五师于21日攻克鹰潭，第十九师于22日攻克邓家埠，24日攻克东乡，29日第一〇八师及赣保安团攻克进贤。抚河、赣江之间的日军，于23日，因后方交通截断，向南昌撤退。第十九师一部收复浒湾，暂编第六师收复临川。

第二十三集团军方面：8月23日第一四五师收复常山。鄱阳湖地区的日军，自丢失贵溪后，立即分由信河及鄱阳湖向康山、南昌退却。中国鄱阳湖警备队，于8月20日收复余江，21日收复余干，22日收复瑞洪，23日收复鄱阳，24日收复都昌，恢复原阵地。

第九战区抚河西岸方面：新十一师25日收复李家渡，27日收复梁家渡，恢复原阵地。

浙赣战役，至此告一段落。

十五、第一次长沙会战

1. 赣北作战

1939年8月，日本平沼内阁辞职，阿部兴行大将出任日本内阁首相，以不介入欧洲战争，早日解决中国事变，竭尽全力侵略中国为方针。

9月，板垣征四郎出任派遣军总参谋长来华，便谋划“夺取长沙，压迫支那军于川黔内地”，以打击中国长期抗战之国策。

日军以第十一军冈村宁次部为主攻部队，配备有机械化兵团、瓦斯中队、海军舰队和陆军飞行队等，主攻方向为湘北：以第二十五军为主攻部队。具体部署：

赣北方向：第一〇一师团、第一〇六师团由南昌赣江东西岸及武宁、张公渡方面，逐渐向靖安、安义、奉新一带集结，进攻开始后向铜鼓、浏阳进犯。

湘北方向：日军将第十三师团由武汉铁路输送至羊楼司、五里楼，逐次向大云山以南地区集结；第六师团原在通城、岳阳间，受命后逐次向西移动；第三师团由武汉方面以舰船向岳阳方面输送；独立第十四旅团由九江、德安一带地区逐渐向滩溪、安义一线集中，攻击发起后该部沿粤汉铁路向长沙方面进攻。

鄂南方面：第三十三师团由咸宁、蒲圻、崇阳集结于通城及其以东地区，进攻开始后向湘北配合进攻。

从兵力部署上看，日军着重在攻粤汉路正面，赣北和鄂南是主战场。主攻方向显然在湘北、鄂南，赣北方向为助攻。

根据日军动态，第九战区长官部判断敌调动军队，准备应战。

第九战区战斗序列：第九战区司令长官陈诚，带司令长官薛岳。指挥系列部队：

（一）第九战区前敌总司令兼第十九集团军总司令罗卓英指挥第一集团军高荫槐、第三十二军宋肯堂、第四十九军刘多荃、第七十四军王耀武、第五十八军孙渡、第六十军卢汉；

（二）第三十集团军总司令兼战区副司令长官王陵基，指挥第七十二军韩全朴、第七十八军夏首勋；

（三）湘鄂赣边区挺进军（1939年成立）总指挥樊松甫，指挥第八军李玉堂、第一挺进纵队孔荷宠及边区地方部队；

（四）第二十七集团军总司令杨森，指挥第二十军杨汉域；

（五）第十五集团军总司令关麟征，指挥第五十二军韩全朴、第三十七军陈沛、第七十九军夏楚中；

（六）第二十集团军总司令商震，指挥洞庭警备司令霍揆章、第八十七军周祥初、第九十九军傅仲芳；

（七）战区直辖军第四军欧震、第七十三军彭位仁、第七十军李觉。

这些队伍中，孔荷宠是个另类。他是湖南平江人。曾担任湘鄂赣边区总指挥兼红十六军军长。后来当了叛徒，投靠了蒋介石。

抗战时期，武汉失守后，孔荷宠拉起队伍，自封为湘鄂赣第一游击挺进纵队司令，并筹建了一个军械厂，每月能够产出二十五支驳壳枪和两挺轻机枪。虽然数量不多，但在当时也足以令手执汉阳造的川军眼红。第九战区副司令兼第二十七集团军司令杨森就曾经提议要入股。

孔荷宠不傻，知道杨森想要霸占兵工厂；但他既不敢得罪杨森，也舍不得丢失自己的宝贝疙瘩，以各种理由敷衍搪塞，甚至避而不见。杨森更不能善罢甘休，居然带着兵包围兵工厂，想要强闯，孔荷宠下令，要进行试枪，将十来挺机枪架在工厂大门和高墙上，杨森只得放弃，灰溜溜走人。

这起事件过后，杨森心里已经对孔荷宠产生了忌恨。后来回到重庆，他就立刻上报孔荷宠“私自扩充实力，图谋不轨”。

1942 年冬，孔荷宠接到上峰命令，前往第九战区长官部开会，谁知刚刚到了会场，孔荷宠便被下了枪，随即被扣留，职务被免除。军法处又以种种罪名判处了孔荷宠 6 年有期徒刑，将其下了大牢。他人财两空，三年后出狱，这是后话。

王陵基第三十集团军主力在修水（城）、武宁间澧溪地区，对东北占领阵地，与武宁方面日军对峙。第七十八军控制于修水（城）附近，对武宁之敌采取攻势；第八军防守石良山——九宫山之线，准备同时与阳新通山公路各据点之敌作战；第七十二军为集团军总预备队驻修水；总司令部驻修水西渣津。

为进攻长沙，日第十一军司令部前方指挥所移驻湖北咸宁。

9 月中旬，日军开始向长沙进犯；驻奉新、靖安一带第一〇一师团和第一〇六师团两个师团主力在赣北反对牵制性进攻，企图夺取修水、铜鼓，之下平江、浏阳，与湘北日军相呼应；鄂南日军第三十三师团一部自崇阳南下，进攻湘北。另以奈良支队与第六师团由湖北向南，然后奈良支队与江西日军会师于朱溪厂，再向南转西，与第三师团会师于嘉义市转而向北，如此便可以将第十五集团军包围聚歼。

与此同时，南昌之敌主力向上高方面进犯。第九战区长官部电令王陵基第七十二军驰援上高。

修水作为长沙的左翼，既是前线的后方，又是后方的前线，战略地位十分重要。第一次长沙会战，主要在赣北、湘北、鄂南三个方向作战，战场均在修水及周围，因此修水成为第一次长沙会战的主战场之一。

修水地处湘鄂赣边界，北部为幕阜山脉，南部为九岭山脉，中为修河贯穿，可谓两山夹岸，一水中通。境内崇山峻岭，林茂沟深，是阻击日军进攻长沙的重要地域。在修水的中国军队主要有王陵基率领的国民党第三十集团军，其总司令部驻扎修水良塘下路源达七年之久。其第七十八军驻三都；杨森第二十七集团军所辖杨汉域第二十军军部驻白岭、太清；其陆军第七十三军驻渣津附近；樊松甫湘鄂赣边区挺进军，其总指挥部驻扎新湾、南茶等地；李玉堂第八军和第一、第三挺进纵队担任游击任务；湘鄂赣边区游击总指挥部，总部设修水，第九战区将湘鄂赣边区划分为四个游击区，修水属第四游击区。

1939 年 9 月 14 日，赣北日军第一〇六师团（师团长中井良太郎）和第一〇一师团佐枝支队为配合冈村宁次在赣北发动攻势，进攻会埠（江西奉新县）、高安，企图夺取修水、铜鼓，直下平江、浏阳，与湘北日军相呼应，和宋肯堂第三十二军、王耀武第七十四军在这一地区激战。

9 月 17 日，日军在湘北城陵矶以西之新河口登陆，又一批在新河口之西三支角登陆。后续部队向新墙河方向推进。

9 月 18 日，日军第六师团、第三十三师团在湘北新墙全线发动进攻，企图打通武宁、修水至湖南通道，以牵制长沙会战守军主力，以一部由奉新、甘坊经修水、毛竹山、沙窝里、黄沙桥进犯修水，企图与自通城来的第三十三师团协力围攻在修水县城即渣津一带阻击的杨森第二十七集团军和王陵基第三十集团军，继而增援长沙。

9 月 22 日，湘北日军在新墙河附近挫败张耀明第五十二军之第一九五师，攻陷草鞋岭。入夜，原在通城、岳阳间日军第六师团进至新墙河北岸，进行登陆。

9 月 23 日，日军主力分三路向长沙大举进攻，一路渡过新墙河进犯平江新市；一路在洞庭湖东岸之鹿角市及营田附近登陆，进犯桥头驿，与关麟征第十五集团军遭遇；另一路由通城南窜，与杨森第二十军、夏楚中第七十九军等部在麦市、长寿街附近发生激战。至 29 日，长沙外围各重要据点皆被日军占领。

9 月 25 日至 26 日，日军第一〇六师团主力开始向修水方向西进，经九仙汤、沙窝里突进至修水东南约三十公里处的黄沙桥，展开对中国第三十集团军王陵基部的攻击。

26 日，策应第一集团军作战的第三十集团军第七十八军新十三师三十八团在修水毛竹山遇日军第一〇 六师团某部，双方展开了激烈的遭遇战，战斗不久，该团不敌败走，敌军即向沙窝里进犯。

27 日，王陵基令第三十集团军第七十二军新十四师在黄沙桥对来犯日军予以阻击，日军即调集第一〇一师团佐枝支队主力绕道茅田、大坪，以飞机大炮开路，包围黄沙桥，新十四师抵挡不住，被日军击溃。

28 日，第七十二军新十五师向黄沙桥反击，稍有进展，但基本形成僵持。是日，新十四师奉令回攻黄沙桥，以掩护集团军侧翼；但至 29 日，黄沙桥战事进展不大。

30 日，战区司令长官薛岳遂令罗卓英增调宋肯堂第三十二军和第七十四军施中诚第五十七师，连同卢汉第六十军第一八三、第一八四师，将日第一〇六师团包围于修水境内的彭桥。

彭桥东西长约五华里，山峦起伏，丛林密布，一条公路从中间穿过。这里人烟稀少，居高临下，是个打伏击的好地方。中方几个师就选择在黄沙桥西北的彭桥一带布阵排兵，并构筑工事，对敌实行反包围。

开战之初，日军出动五架飞机并配合野战重炮向黄沙桥狂轰滥炸，而我军则坚守阵地，毫不动摇。日军误以为我军无力再战时，便集中炮兵、骑兵、装甲兵、步兵沿路涌进。

当日军大部进入我伏击圈及有效射程范围之后，三声信号弹腾空而起。顿时轻重机枪、步枪、迫击炮、手榴弹一齐飞向敌人，五里长的战场上一片火海，敌人被打得晕头转向，进退失据，鬼哭狼嚎，横尸遍野。

激战四天，尽管日军组织多次反扑并拼命肉搏，但仍然丢下一千二百多具尸体，三名负伤俘虏，狼狈而逃，损失惨重。此次战斗，我军缴获日军重机枪三挺，轻机枪五挺，大炮两门，步枪、手榴弹和其他军用物资不计其数。

10 月 2 日，第九战区司令长官薛岳部署湘北全面反攻，赣北方面：第十九集团军罗卓英部；鄂南为第二十七集团军杨森部；湘北为第十五集团军关麟征部，当日长沙外围山谷地区日军被切成数段，福临铺以北日军后路被断绝；但是，日军第一〇六师团居然于 10 月 3 日冲出重重包围圈，一股沿进犯时老路，朝沙窝里方向逃窜；一股经何市郭城、上奉、石街向铜鼓、大塅方向逃窜。

10 月 5 日，薛岳再次电令第十九集团军罗卓英、新三军（滇军）高荫槐、王陵基（川军）第七十二军所部，务必将日第一〇六师团和佐枝支队全歼。结果，当中国军队发起进攻时，该师团以反突击冲出重重包围，撤回武宁据守，赣北作战至此结束。

2. 杨汉域四战鄂南

集结于湖北通城的日军第三十三师团，在师团长甘粕重太郎中将指挥下，在鄂南发起攻势，由通城南犯后，首先以一部兵力向夏楚中第七十九军正面阵地南江桥进行佯攻，同时，另以主力准备绕过幕阜山东侧，经白沙岭向长寿街推进。杨汉域第二十军第一三三师在苦竹岭、南楼岭、葛斗山、桃树港，即白沙岭一带设防阻敌。

杨汉域，字继超，今四川省广安市广安区龙台镇人，陆军中将，云南讲武堂第19期、陆军大学将官班甲级第3期毕业，川军将领，杨森之侄。

第一次战斗。1939年9月22日，第二十军杨汉域第一三三师在苦竹岭、南楼岭、葛斗山一带设防。但因兵力单薄，在日军的进攻下被迫撤走。次日，日军第一四〇师一个团经过反攻，夺回南楼岭、葛斗山两高地。日军第三三师团被阻止于大白塅、鸡笼山、磐石、箭头、麦市之间，无法前进。

第二次战斗。9月25日，日军改向苦竹岭攻击，然后进入桃树港，向长寿街方向前进。途中又遭到第二十军杨汉域第一三三师、杨干才第一三四师在白沙岭堵击，夏楚中第七十九军罗启疆第八十二师及王甲本第九十八师在右侧面的侧击，到桃树港时，又被宋思毅第一四〇师侧击，敌伤亡较大，进展缓慢。

杨汉域（1905—1973）

第三次战斗。9月26日，日军遣四个联队一千余人重犯桃树港，企图切断修水与平江的抗日联络，是晚，川军第二十军军长杨汉域亲率第一三四师五千多名官兵，由当地群众带路，分三路袭击敌营，歼敌数百。日军仓皇逃窜，人马相践被川军穷追至苦竹岭。

苦竹岭位于崇阳县路口镇田心村山背芦西北 3.4 公里处。主峰海拔三百米，东连葫芦顶，西接杨叶山，西南接石门楼，为咸安、崇阳之界山。

薛岳急忙调李玉堂第八军和王陵基第三十集团军前往增援，同时命令湘鄂赣边区游击总指挥樊松甫，以大湖山、九宫山方面的部队由南向北尾击和由东向西侧击敌人，配合杨干才第一三四师对日军构成南北夹击和包围的态势。激战竟日，日军伤亡惨重，损失六百余人，弃尸遍岭，残部向通城方向狼狈逃窜。

特别是此次作战中，第二十集团军杨干才第一三四师的一个团，在白沙岭一线阻敌时，打死一个官职不小的日军军官。日军突然像发了疯似的前来抢夺那个被击毙的军官尸体。中国军队见尸体竟如此贵重，必有原因，便也发了疯似的用猛烈的火力打退抢尸的日军。于是，双方展开了一场抢夺尸体的恶战。结果，那尸体还是被中国军队给抢了过来，从尸体上的图囊里，搜出了第三十三师团的作战任务区分和标图以及其他极为重要的文件。得知，敌第三十三师团将从南岭攻白沙岭，再攻龙门镇，直下长沙，助攻长沙城。

当时杨森集团军是由西向东布防，重点放在准备阻击南昌方向来敌。获得了这个情报后，杨森果断地变更了部署，把主力都调来围攻由北而来的第三十三师团。结果，在长寿街地区，将敌围住，经一昼夜的激战，把第三十三师团主力歼灭大部，残敌遗弃辎重、马匹逃回通城。

苦竹岭一役，虽重创了日军，但是，我军自己的部队更是损失惨重、伤亡过半。于是杨汉域特地请一班和尚一班道士做个道场，为阵亡将士超度亡魂。亲自书写祭文和碑文，并在路口建了一座抗日阵亡将士纪念碑。

1939 年一个秋夜，皓月当空，杨汉域在苦竹岭下，左手端着一碗酒，右手执羊毫笔写下三排大字“蜀人杨汉域率精卒五千大破倭寇于此”，之后将酒泼洒于地，以祭奠在此壮烈牺牲的川军兄弟；并请来当地有名的石匠镌刻成碑，以作纪念。

石刻至今保存完好。

第四次战斗。9 月 29 日，日军第十三师团奈良支队自通城攻占南楼岭、平江，进抵朱溪厂、龙门厂、长寿街。9 月 30 日，鄂南日军第三十三师团主力与第十三师团奈良支队会师于三眼桥，东趋渣津攻修水县城，策应第一〇六师团。中国军队第二十军、第七十九军各一部在献钟、南楼岭、桃树港一带夹攻日军，主力向朱溪厂、龙门厂之日军追击。30日，奈良支队先头部队与第三十三师团在献钟以西三眼桥会合。日军两条战线连成一线，但预计包围的国军第十五集团军已经后撤。10月2日，第三十三师团开始后撤。

10月2日至4日，夏楚中第七十九军、李玉堂第八军、杨森第二十军及王陵基第三十集团军互相配合，多次对撤退的日军进行截击、夹击。鄂南日军分别向南江桥、麦市、通城方向退却；薛岳第十五集团军第三十七军、第五十二军、第九十二军等尾随日军追击，9日，奈良支队退回通城；10日，另一部分日军退回通山一带原防地。

3. 舒汉璧保卫修水

1939年10月5日，日军第一〇六师团所部于修水与夏首勋第七十八军吴守权新十六师遭遇，双方激烈争夺伤亡均重，但日军控制城西高地，新十六师鉴于地形不利退守修水南岸，日军遂攻占修水，并向新十六师左翼侧击，逼使该师退守张家山方向。

薛岳电令赣北十九集团军总司令罗卓英、第一集团军代总司令高荫槐和第三十集团军总司令王陵基等将领，要全力将日军第一〇六师团歼灭，然而日军主力已经向沙窝里、武宁方向撤退，围歼战也随即变成了追歼战。

8日，薛岳命令第三十集团军采取积极行动，于9日前驱逐修水之日军；该集团军以第八军赵锡田第三师和新十六师由东南进攻修水。

9日，日军退却三都，中国军队收复修水。

同时，南昌之敌主力向上高方面进犯。第十九集团军罗卓英部告急。第九战区长官部电令第七十二军韩全朴驰援；该军立即行动。

杨森第二十七集团军之第二十军应守备南江桥方面现阵地。敌以主力向湘北进攻时，先应利用阵地拒止敌人，继应一面进行逐次抵抗，一面向梅仙、平江以东地区敌之外线转移；而后待命向汨罗江以北地区攻击，切断敌军退路。

王陵基第三十集团军主力守备澧溪方面现阵地，以一部分控制于修水地区。采取如下对策：

（1）敌以全力由湘北进犯时，应以一部守备现阵地，以主力向金井以东地区前进，参加长沙方面的决战。

（2）敌军经修水向西南方面进攻时第一线部队就先应利用现阵地拒止敌人，继应进行逐次抵抗，而后依控制部队之参战，在铜鼓附近与敌决战。

（3）敌以全力向常德进攻时，应抽一部开长沙附近，归战区控制。

9月29日，第一〇六师团师团长松浦淳六郎中将下辖步兵第一三六旅团旅团长萱岛垣少将，半夜渡过修水，在武宁附近集结兵力，沿修水左岸地区向三都进犯，突破中国军队防线后，向马坳镇进发。

日军此次行动，企图解救在修水黄沙桥战役中被围困的日军第一〇六、一〇一师团一部，并伺机"消灭"驻防修水县城和郊区的第三十集团军总司令部及其有生力量。

10月初，日军第三十三师团师团长甘粕重太郎一部从平江进入修水之朱溪厂，然后经上衫杨梅岭、姜坑、长泥岭和东港的桂坳至渣津、黄坊，绕小路向修水县城进犯。

一天早晨，王陵基总部突然接到附近老百姓的传报，说日军已翻山向修水前进，王陵基立即打电话问三都附近的湘鄂赣边区挺进司令樊松甫，樊的副官接到电话说：司令官昨夜醉酒，一直未醒。王陵基立即赶往樊松甫驻地，闯入内室，揪起樊松甫问其情况，樊尚未酒醒，昏头昏脑一概不知，连正面的防御部队都被他酒后稀里糊涂调往他处。

王陵基大惊失色。

由于樊松甫失误，王陵基急调在附近的舒汉璧工兵营赶赴马坳坚守待援，随后又派手枪警卫营支援。他们埋伏在马坳、杭口等地阻击日军，并连夜巩固修水县城的防线。川军前仆后继、英勇无畏，誓死保卫县城区域。

舒汉璧，又名正钧，四川省泸州人。1927年考入重庆第二十一军军官学校，1938年随三十集团总司令王陵基开赴湘赣抗日前线。

舒汉璧（1907—1943）

第三十集团军司令部驻扎在修水义宁镇良塘村，舒的营部设在武宁县新溪源乡山中的一个祠堂里。王陵基立即下令舒汉璧：率工兵营赶赴马坳、杭口阻击日寇，战斗中他身先士卒，冲锋在前，奋勇杀敌，为修水县城民众安全撤离赢得了宝贵时间。

返回总部后，王陵基又下令手枪警卫营赶往马坳镇。随即手枪警卫营营长报告工兵营在马坳山上与日军发生了激烈的战斗，手枪营在渡河时遭到敌军炮火封锁，被压制得无法活动。

之后的几天里，第三十集团军王陵基总部被迫退入山中。后派出得力人员侦察四处，才知道第七十八军军长夏首勋率领刘若弼的新十三师和吴守权新十六师退到征村和对岸山区。

王陵基又令刘若弼部在三都地区与日军激战一日，日军攻陷三都；王陵基下令并连夜巩固修水县城的防线。川军前仆后继、英勇无畏，誓死保卫县城区域，与日军血拼。

工兵营等部在杭口镇、双井一带、宁州镇、黄田、夜合山、竹坪乡仙姑岭等地与日军发生了激烈的战斗。

10 月 5 日修水县城失守。

由于第三十集团军占有修水河谷两侧较高山地，日军占修水河谷及两侧较低山地，加上川军的誓死抵抗，我军取得了初步胜利，敌态势不利，被迫撤退，才保护了修水县城绝大部分居民安全撤离而免遭杀戮。1940 年冬，舒汉璧在湖北省阳新县百叠山与日寇激战中，不幸中弹被俘。日寇对他进行威逼利诱，但舒汉璧宁死不降，被割舌、去腭、剁足、断首、解体，1943 年壮烈牺牲，年仅 33 岁。烈士的遗体运回下路源村后，第三十集团军和修水县各界人士为舒汉璧举行隆重追悼会，将他安葬在下路源村胡家洞椅形岭。1941年春，国民政府追赠他为陆军工兵上校营长。1988年7月9日，中华人民共和国民政部追认他为革命烈士。

第七十二军在驰援上高途中，又收到集团军总部电令该军速返，向修水以东之三都前进，协同第八军克复修水城。

敌军侵占修水后，其主力已沿长（沙）武（汉）公路向武汉撤退。当第七十二军反攻修水时，盘踞该城的日军顽固抵抗，经第七十二军和第八军之赵锡田部奋战，猛攻一昼夜，日军被迫向九宫山鄂南方向逃窜，修水城亦告克复。

10月7日，进攻长沙的日本第十一军前方指挥所从咸宁撤走，长沙会战结束。日军第一〇六师团萱岛旅团自江西三都撤退武宁。

10月9日，第三十集团军所部克复湘北新墙河和赣北修水，迫使日军直奔九宫山方向而去。

杨森第二十七集团军第二十军主力在通城、平江间南江桥地区对北占领阵地，与通城方面日军对峙，一部控制于平江以北地区，总司令部驻平江附近。

10月12日，川军第二十七集团军杨森所部围攻鄂南通城，毙伤敌逾千人。

10月18日，杨森第二十七集团军与罗卓英第十九集团军在赣鄂边界九宫山地区夹击通城北窜的日军三十三师团残部，毙伤千人，生俘八人。

修水城克复后，集团军总部一面向各方告捷，同时调整部署，并查询奖惩，新十三师师长刘若弼指挥有方，沉着应战，卓有战功，升为第七十八军副军长兼师长。新十六师增援时行动迟缓，与敌战斗时又未作应有之努力，致修水城失陷，师长吴守权应予撤职。后经军长夏首勋申述，并负责保证，王陵基这才允许吴守权戴罪立功。湘北战役胜利后，王陵基因会战有功，升为第九战区副司令长官兼第三十集团军总司令。

4. 陈渔浦抓“母鱼”

1940年5月6日，军事委员会任命李玉堂为第十军军长。负责防守石良山——九宫山一线的第八军奉命撤销建制，取消番号，原部队第三师和第一九七师分别改隶第十军和第九十九军。

第一次长沙战役之后，第三十集团军七十八军军部驻澧溪，新十三师驻武宁河东，新十六师在其后，第七十三师驻三都，新十四师驻三都北面，新十五师在九宫山驻防，构筑工事，总部驻修水南姑桥。

鄂南通山之敌，乘李玉堂第八军调走，我军军力薄弱之机，派出千余人向修水、三都进攻。新十四师驻三都以北，新十五师驻防总部的第七十二军警戒阵地前，日军即分成两股，一股向船埠窜犯，一股向陈山窜犯。总部参谋处会同该军军部研究，制订了一套诱敌深入的歼灭计划。该军同师、团立即部署迎战作战。

第七十二军对两路窜犯之敌均进行了象征性的抵抗后，便佯装溃不成军，诱敌深入。窜往陈山之敌三四百人，于第二天拂晓登上六百米高的陈山之后，便气喘吁吁，解开军服，放心休息，没料到防守该处的守军新十五师第十三团，在该团团长陈渔浦指挥下，机智勇敢，突然由侧面和正面同时反击。

陈渔浦（1905—？），号国宾，四川达县人。毕业于中央陆军步兵学校将官班第五期。曾任第七十二军新编第十五师副师长、第三十四师师长。

在激烈的交火中，日军被打死三十余人，被我军活捉四人，其中包括一名女报务员。达县有浅水，陈渔浦从小在水中抓鱼，此次，日军有一名女报务员松子化装成男兵，抹了一脸血，躺在地上装死，被陈渔浦识破，抓了回来。士兵们搞笑地说："咱们团座名字有渔，一条母鱼差点滑脱，团座他老人家双手抓得好紧。"

川军还夺取电台及武器装备多种。

在商埠方向之日军，抵达商埠时已近中午，他们一面大肆抢劫，一面埋锅造饭。新十四师第四十二团乘敌人散乱之机，先以密集的炮火向其射击，同时隐藏在附近的丛林中的部队火力全开，敌顿时被打得晕头转向，号叫而逃，将抢劫到手的牛、猪和其他物资悉数丢弃，丢下百余具尸体狼狈逃窜，我军缴获武器装备多种，伤亡过半，敌人的扫荡被我军粉碎。

十六、上高之战

1. “西屏能打，还是让他那个师去吧”

1941年2月14日，日本中国派遣军总司令部召开各方面军和各司令官联席会议，确定以“灵活、短距离的截断作战”为1941年度的作战方针。为了节省兵力，不向中国军队做远距离、大纵深的作战，一般以进至中国军队师部所在位置十至十五公里为界。

日军第十一军自1939年3月攻占南昌后，以第三十三、第三十四师团等部队守备南浔铁路和南昌附近，与中国第九战区第十九集团军等各部形成对峙，两年来无大的行动。守备南昌的第三十四师团大贺茂师团长为改善防守态势，巩固对南昌的占领，强烈要求对第十九集团军进行一次惩罚性的打击。正好此时独立混成第二十旅团旅团长池田直三从上海调到南昌，于是，与第十一军司令官园部和一郎中将决定趁此次机会组织一场进攻作战。

其作战部署：以樱井省三第三十三师团为左翼（北路），由义安向西南攻击；以池田直三少将独立混成第二十旅团为右翼（南路），由南昌西南约十五公里的望城冈沿锦江南岸向西进攻；以大贺茂第三十四师团为中路，由南昌西山、万寿宫沿锦江向西进攻；三路人马分进合击，压迫、包围罗卓英第十九集团军主力于上高地区。日方将此次作战称作“锦江作战”或“鄱阳作战”。因为2月中下旬，南昌方面日军三四万人向第十九集团军防地进犯；第一线部队抵挡不住，节节后退。罗卓英急电战区长官部请求支援。

傅翼（1888—1952）

第九战区长官部急电王陵基派出有力部队前往驰援，并受罗卓英指挥。王陵基考虑半晌，将手中的铅笔往地图上一掷，对参谋长张志和说："西屏能打，还是让他那个师去吧。"

傅翼，字西屏，酉阳自治县钟多镇人。1906年赴成都考入四川陆军速成学堂第四队，后驻防西藏。1911年辛亥革命爆发后，傅翼随部经印度返回四川，依附于川军刘湘。1931年被刘湘任命为参谋长。1938年4月出任七十八军新十五师副师长、师长。

在长沙保卫战中，傅翼率部配合主力，指挥若定，有效地阻击进犯的日军。因此，王陵基派傅翼前往，并希望他不要给川军丢人。

长官部还急电第四十九军刘多荃部派兵支援，刘多荃派出原川系郭汝栋部第二十六师师长王克俊驰往增援，参加上高会战。

王克俊（1903—1975），号杰夫，四川广安人。早年入滇军，后入川军第九师教育大队；毕业后历任排长、连长、营长、团长；1937年任第二十六师第七十八旅旅长、1939年任第二十六师副师长、1940年任第二十六师师长。

3月22日，日军分别向上高攻击，防守上高城的是中央军主力第七十四军。罗卓英与军长王耀武一连通了几个电话，令其必须稳固正面，否则反包围势态功亏一篑。与此同时，罗卓英命北面李觉第七十军和韩全朴第七十二军全部南下，锦江南岸刘多荃第四十九军所辖第二十六师和第一〇五师也立即向上高正面阵地靠拢。

在罗卓英的战术里，于节节消耗中吸引日军到上高地区，在周边对其进行反包围。这里面的关键问题有两个：一个是正面王耀武的部队要坚守住上高城；二是增援部队，即刘多荃第四十九军、李觉第七十军、韩全朴第七十二军和夏首勋第七十八军能不能及时对日军进行反包围。

3月15日，战役打响，北路日军第三十三师团由安义向李觉的第七十军发起进攻。在炮兵和飞机的掩护下，突破李觉部阵地后，沿潦河盆地向西突进，占领奉新、棺材山、车坪，并继续向西追击。南路日军独立混成第二十旅在河嘎附近西渡赣江后，沿锦江南岸西进。先后占领曲江、独城等地，继续向灰埠前进。中路日军第三十四师团由西山、万寿山沿锦江北岸、赣江公路向西突击，占领祥符观、莲花山。

17日晚，中国军队主动放弃高安。日军企图以三路作向心突击，均以上高为目标，将两翼钳形内的中国军队都压制在附近，合围而歼之。按照日军的计划，北路第三十三师团压迫中国第七十军向南退却，但七十军节节抵抗向西北退却，3月17日退至上富、甘坊、苦竹岭之间山地，第三十三师团跟踪追击，反而遭到中国第七十军、第七十二军的围攻。

激战两日，日军受到重大损失，突围而出，于19日返回奉新。

中路日军第三十四师团于18日占领高安后继续向西突击，遭到第七十四军的坚强抵抗；直到21日，日军在得到独立混成旅的加强后，以三十多架飞机掩护轰炸，向官桥、泗溪第七十四军主阵地连续猛攻，双方反复争夺。

19日，日军赣江支队一部偷渡赣江，进犯樟树镇，在新市街遭到守军王克俊师的痛击，被歼过半，残敌退守江心沙滩。泉港敌人派部增援，轮船又被击沉，余敌向曲江镇方向退却。王克俊师一部由樟树迅速渡过赣江，在张家山、崇祯观一带猛击敌军，敌退守曲水桥北，继续向曲江方向转移。

到22日，日军一度突进到官桥东北约1.5公里的三角山，但第七十四军固守石拱桥、下陡坡之线，前进受阻。

南路独立混成旅团留下一个步兵大队（赣江大队）占领曲江、泉港，掩护左翼，主力继续向西突进。3月20日占领灰埠，之后北渡锦江，与敌三十四师团会合，以加上高正面的突击力量。

这时，第十九集团军令位于南昌以南的刘多荃第四十九军由市汊街等地西渡赣江，在泉港附近截击赣江大队，歼其大半，然后尾追独立混成第二十旅团，击其侧背。

3月24日，日军师团长大贺茂亲自督阵，并纠集池田残部三千余人，出动飞机百余架对余程万第五十七师下坡桥阵地和廖龄奇第五十八师白茂山阵地反复狂炸，守军阵地大部被毁，伤亡惨重。同日，第七十军李觉部南下杨公官桥一线，第七十二军王陵基部进至水口附近，与锦江南岸北上的第四十九军刘多荃部对日军后侧形成包围之势。

日军三十四师团正攻上高临近棠浦时，由师长傅翼带领的新十五师由甘坊南下，突然向日军三十四师团右侧背进行猛烈袭击，当武器装备、训练素质、后勤处处不如日军的情况下，只有靠英勇顽强、视死如归的气势才可与敌一战，战斗惨烈可想而知！

常言道：兵怂怂一个，将怂怂一窝。

只有当官的不惜死，才有士兵敢玩命。

在战斗中，新十五师四十四团上校团长张雅韵身先士卒，指挥部队冲向日军。

张雅韵，四川成都龙泉驿人，原系川军第三师王陵基部炮兵营长，作战勇猛，胆识过人，甚为王陵基所器重。抗日战争爆发，王陵基奉命编组第三十集团军出川抗战。

第三十集团军到达前线，在江西瑞昌、武宁一带多次与日军激战，伤亡惨重。鉴于部队缺乏作战经验，下级军官补充困难等原因，王陵基决定成立“第三十集团军战地军官教育团”，每期六个月，轮流培训下级军官，王陵基本人兼任团长，下辖两个队。就在这时，张雅韵由四川赶到前线，被任命为第二队队长。教育团训练地点在修水县，政治课以讲授《论持久战》为主。张雅韵在训练中以身作则，带领学员苦练杀敌本领。

他经常教育部下：“作战无官阶之分，只有勇怯之别；勇则成，怯则败。我们只有勇杀敌寇，才能不负国家。”

1940年秋，王陵基委任张雅韵为七十二军新十五师四十四团上校团长，第二分队宋文华为少校团副。

宋文华是四川乐山人，毕业于四川边防军军官学校。在第四十七军李家钰部任连长。1938 年 2 月参加长治血战，身负重伤，送回成都治疗，伤愈后即随第三十集团军新十三师再度出川，作战勇敢，由师选送到军官教育团任分队长。

这支部队有这样优秀的长官，能将小日本放在眼里吗？

1941 年春，南昌方面的日军突然攻击上高第十九集团军防地，第七十四军王耀武部不能支持，长官部急电第三十集团军增援。

王陵基令第七十二军新十四师及新十五师四十四团驰援。张雅韵率四十四团兼程前往，向敌侧背迅猛突击，给敌以沉重打击。3 月 24 日，在水口圩战斗中，日军出动大批飞机助战，四十四团团部指挥所被炸，张雅韵团长、宋文华团副同时阵亡。

张雅韵、宋文华两烈士的遗骸被部下运回下路源村后，第三十集团军和修水县各界人士为他们举行了隆重的追悼会。王陵基痛彻心扉，亲自选择墓地，将张、宋二位烈士合葬于义宁镇南桥村黄土坑的罗汉献肚山。

第九战区司令长官薛岳在长沙岳麓山修建“雅韵亭”以示悼念，追赠张雅韵为少将，宋文华为中校。后来，张雅韵被国民政府追赠为少将团长，他是上高会战阵亡者中军衔最高的将士；宋文华被国民政府追赠为中校团副。

3 月 24 日，第三十四师团师团长大贺茂因日军被中国军队包围，急电汉口日军司令部求援，日军派出增援部队二千余人沿九江湘赣公路南驰；第三十三师团一部自奉新再犯五河桥、村前街，分向棠浦、官桥疾进，以图救援被围日军。被围之敌得此增援，于 25 日晨，向中国左翼包围部队正面之坑口冷、介子坡、南茶罗一线猛扑，双方血战，伤亡均重。

26 日，傅翼新十五师攻占棠浦后，与王克俊第二十六师会合，该师是川军郭汝栋的部队。

2. “撼日军易，撼杰夫难”

王克俊，四川岳池人，别号杰夫。曾入四川军官团学习，历任川军连长、

王克俊（1890—1975）

营长、团长、旅长；1940年11月任第四十九军第二十六师师长，是一员靠打出来的猛将。

两路川军在棠浦各自逞强，奋勇围歼日军。王克俊奉命指挥七十六团在赣江阻击日军渡江部队。当时的战斗十分激烈，该团团长和副团长先后负伤退出战斗，作为师长的王克俊拔出了驳壳枪，上了一线阵地督战，终于将日军击退。战后，该部的官兵编了一句顺口溜："撼日军易，撼杰夫难。"

3月28日，第七十四军余程万第五十七师和张灵甫第五十八师在中路，向杨公圩、官桥追击；日军不支，退入官桥市内，第五十八师廖龄奇部乘胜冲杀，与日军进行巷战，至晚官桥克复，歼敌六百余人，日第三十四师团少将指挥官岩永汪毙命。

南路敌二十旅团15日在锦江、赣江合流之夏口，由飞机大炮掩护南渡锦江。渡江时遭我二十六师猛击，被击沉兵船五艘，敌浮尸千余具，锦水染赤。16日，敌窜至曲江。17日敌分三股：一股西窜坑里，一股西窜独城，另一股赣江支队窜后港。18日，赣江支队窜到泉港、河下街、经楼附近，一部由泉港偷渡赣江，企图侵扰樟树。当其先头部队窜到黄龙潭时，适逢我二十六师七十七团赶到，给予猛烈反击，并用机枪扫射后续半渡之敌，将敌逐回泉港；河下街之敌窜至张家山，亦遭二十六师七十八团迎头痛击，被迫与经楼之敌一同北溃，樟树得以秋毫无犯。该部有位排长叫曾天耸，是马来西亚华侨，祖居广东梅州，从小练就了一身好武艺，家里世代经商，家境异常富裕。在日军侵华后，他毅然决然回到家乡梅州参军，并担任机枪手，每战必奋勇争先，杀敌甚众。

曾天耸带着一排人防守一个叫经楼的地方。面对进犯的日军，曾天耸带着一排人与日军展开肉搏战，他自己挺着刺刀纵横挑杀，毙敌八名，其中包括日军少尉宫内同明。最后，曾天耸因气力衰竭，中弹身亡。

20日，中国军队尾追敌北路三十三师团后撤部队，克伍桥、车坪，我预九师、十九师随即转兵南下；与此同时，敌南路二十旅团残部北渡锦江与中路三十四师团会合，并配属该师团。

我第二十六、第一〇五、第一〇七等师亦跟踪北上，造成对敌合围之良好态势。20日起，敌三十四师团长大贺茂不顾南北两路的败退，孤军深入，向上高突进。21日，敌三十四师团在三十多架飞机掩护下，突破泗溪阵地，我第五十七师坚守云头山，第五十八师撤守猪姑岭，预九师、第十九师兼程南下，碰上敌行进中的野战医院和正向毕家开进的敌三十四师团指挥所及其辎重，当场给予重大杀伤。

我第二十六师渡过赣江，向石头街开进。22日，敌三十四师团推进至上高东北十公里处的毕家，在飞机支援下突破云头山阵地，向下陂桥疾进，其某中队十九人突至上高东北一公里半处的三角山，旋即被我消灭。当日，敌二十旅团一个联队又南渡锦江，突袭华阳，妄图进至上高城南，切断中国军队的后路。我第五十七师陷敌包围之中，第五十八师固守猪头山无力支援，锦江军桥又被日机炸断，上高危急。我第五十一师副团长吕健奉命率领两个营以每小时十五里的速度跑步驰援，他们冒着六架日机的轰炸，赶在敌人前头，一鼓作气抢占了华阳，控制了制高点。其中三营机枪连中尉排长周阳表现十分突出。他带领全排始终坚守在高峰上，击退了敌人多次冲锋，自己多处负伤，不下火线，直至壮烈牺牲，年仅二十岁。为纪念他的功绩，军用地图上的华阳峰后改名为周阳山。

这一天战斗激烈，敌我均伤亡四千余人，上高终于转危为安。

23日，敌三十四师团三百余人在三十多架飞机、百余门大炮的支援下，倾全力攻白茅山、下陂桥，一度突进至上高城北三公里处的山口，但很快被中国军队击溃。这天，中国军队击落日军94式双发动机单翼战斗机一架，残骸落在锦江北岸1724高地。事后清获文件，始知是日军远藤少将派来传送紧要文件给前线大贺茂中将的专机。

24日，我第十九师进占杨公圩，预九师进至官桥西南，由甘坊赶来的新十四、新十五师到达水口东南。中国军队共九个师将敌合围于南北五公里，东西十五公里椭圆形包围圈内。敌困兽犹斗，狼奔豕突，最大限度地发挥空军和炮兵的火力，十余次冲击我上高核心阵地，聂家、下陂桥时得时失。第七十四军顽强苦战，将窜至城北一公里处练仙屯高地的一个大队敌军击退。经连续战斗，敌已弹尽粮绝，仅赖空投接济。日军为鼓励士气，竟用飞机投下当天在南昌出版的伪《江西民报》，捏造战绩，还散发精印的所谓《告七十四军军长王耀武书》。

25日，两千多日军由九江到达南昌后，沿公路车运西援。在汉口的冈村宁次收到大贺茂求救的急电，也令樱井派两个联队前往官桥紧急驰援，大贺茂率部在几十架飞机掩护下突围，我预九师阵地遭援敌和逃敌两面夹攻，被突破一口，敌三十四师团残部狼狈逃窜，池田率部脱离大贺茂，逃往高安。这天，中国军队击落日机一架，机号为6832。

26日，我七十四军在上高东北毙敌三千余人，进占泗溪。

27日，我五十八师、新五师将敌三十四师团压缩于南茶罗一隅，歼敌大队长佐木手田以下四千余人。敌因要将两千余伤兵运往后方，又要掩护大贺茂撤出，乃于中午令残部千余，向我第一〇七师、新五师反扑，我方阵亡团长一名，阵地稍向后移。是夜，敌大部开始东溃，从南昌赶来的敌援军到达泗溪附近接应。我二十六师前往截击，夺获日军大炮两门。

28日，第七十四军冒雨出击，摧毁毕家、官桥的敌三十四师团指挥所，打伤敌少将岩永汪，击毙敌中佐森重义雄，敌三十四师团长大贺茂仅以身免，我克复官桥。当日，我南、北、西三方大军将敌三十三、三十四师团包围于龙潭、杨公圩、官桥、村前西南地区。

29日，我四十九军于龙潭、杨公圩一线截击敌三十三、三十四师团东溃残部，全歼敌野炮兵一个中队，毁敌野炮四门。

30日，敌三十三师团及三十四师团残部得到日军第二十旅团的接应，向东突围，三十三师团向安义、三十四师团向南昌溃退。

第七十四军王耀武和第四十九军刘多荃向高安方向追击；李觉第七十军和韩全朴第七十二军向安义、奉新方向追击。

3月31日，中国军队分左右两路追歼逃敌。右路二十六师31日克复高安，4月1日收复祥符观；4月2日占领西山万寿宫；同日，左路十九师克复村前，一名团长牺牲，收复儒里、奉新。敌逃回安义、南昌，恢复战前态势。

8日、9日两日，中国军队继续克服安义外围之长埠、宋埠、干洲、伏桶山、弯弓尖各要点，双方转入相持，上高会战遂告结束。

在高安追击中，王克俊所率第四十九军第二十六师表现突出，将日军残部追到一个叫蜀家堎的地方，经三天两夜的围攻，最终将其全歼。

上高会战结束，第十九集团军总司令罗卓英通电对川军新十五师大加赞扬，令师长傅翼将有功人员专案造册，报请勋奖，并优先补充其师员额。同时，罗卓英对川军第二十六师评价颇高，称其“战力极强”。

十七、第二次长沙会战

1. “只有二十军能胜任”

第一次长沙会战和上高会战后，第九战区判断日军第十一军势必还要进行第二次长沙会战，于是将主力部署在湘北方面，并利用横亘于此方向纵深内的新墙河、汨罗江、捞刀河、浏阳河等构筑多层阵地，将机动部队控制于东侧幕阜山、连云山地，以便侧击进攻的日军。

1941 年 9 月上旬，日本第十一军拟定了作战计划：

（1）作战目的：摧毁国民党军队的抗战企图，予第九战区军队一次沉重打击。

（2）作战方针：于 9 月 18 日展开攻势，击溃新墙河、汨水间中国军队，同时做好由长乐附近向汨水下游一线进击的准备。而后攻击汨水左岸地区的中国军队第四军和第九军，并沿新市——栗桥道路地区突破，以第十一军的主力将中国军队围歼于该道路以西至湘江地区。

为达此目的，在开始攻击前，以部分兵力协同海军支援部队向常德佯动；同时命令江西南浔沿线的警备兵团发起攻击，牵制第九战区湘赣部队。

9 月 7 日，阿南惟几指挥第六师团神田正宗部对湘赣边界的大云山首先进行“扫荡”。

大云山属于幕阜山脉，横亘于湘鄂边界、新墙河的上游，峰峦峭拔，森林茂密，东北循横溪达羊楼司，东南出北港至通城，西南经桃林窥岳阳。该地西瞰粤汉铁路临洞庭，东通湘赣边界之幕阜控两省，为进攻湘北必争之地。

9月8日，日军集中四五千人进攻大云山的制高点960高地。整个高地被炮火打得像马蜂窝一般，泥土被翻了个遍。

第四军军长欧震见这样下去势必全军覆没，乃于黄昏时分下令撤出战斗。

日军虽占领几个制高点，但对于方圆几十公里的大云山来说简直是向草丛中撒了两把沙子，日军几千人的部队“被淹没在巨大的林海之中”，彼此联络十分困难，补给也十分不便，只能靠军鸽进行联系。

正当日军第六师团在大云山吃紧之时，第四十师团已在桃林附近集结完毕，准备接替第六师团继续围攻大云山。

9月10日，经过四五天激战的第六师团伤亡惨重，疲惫不堪，只好与第四十师团换防。第四十师团为使主力做好攻击准备，于11日先命重松支队向沙港河畔进发。

重松支队出发时，师团长向其介绍情况时说：“第六师团已扫清大云山方面之敌，故沙港河以北将不会出现大量敌军。”但当该支队于当天下午进抵甘田北侧时，突然遭到第五十八军新编第十师的伏击，日军猝不及防，损失严重。

重松支队为应付眼前紧急情况，不得不将该支队的兵力一分为二。第二三五支队第二大队由大队长后藤寿文少佐率领向马嘶墩西侧高地前进。当日夜，后藤大队进占马嘶墩东侧高地，战斗彻夜未停，最后占领了一座五百米高的阵地固守。

当夜，重松支队主力进占团山坡未能成功，天亮后又成为第五十八军手榴弹、步枪攻击的目标，日军士兵像秋天的谷子一个接一个被撂倒。到13日夜间，该支队才在轴山岭构筑了防御阵地，算有了立足之地。晚上，日军人困马乏，抱枪而卧。刚进梦乡，忽然枪声、手榴弹爆炸声又铺天盖地而来。原来第五十八军夜袭队如神兵天降，左冲右突，日军在黑暗中狼奔豕突。夜袭队一直冲到重松支队的指挥部旁，重松支队长衣冠不整，举着指挥刀哇哇乱叫，连呼：“军旗危险！保护军旗！”

经半夜混战，日军死伤一片。天快亮了，第五十八军夜袭队主动撤回。重松支队长幸免于难。

13日这天，第四十师团的日子也不好过。

清晨，第四十师团主力由胡野溪南下，向鸡婆岭进发。根据各方报告，鸡婆岭一带已无中国部队。龟田联队也于晨七时开始向师团出发地胡野溪前进。约一个小时后，龟田联队抵近白羊田河。正在渡河时，埋伏在这儿的我军第五十八军将士突然发起攻击，日军被击毙击伤甚多。河岸上的日军，因猝不及防，也被打得抬不起头来。该联队命第一、第二大队攻击，但日军被打乱了建制，官找不到兵，兵找不到官。第五十八军乘敌混乱实施穿插分割，逼近两大队的背后，一直攻击到联队指挥部旁。龟田招架不住，向师团呼叫支援。师团派第二三五联队先期抵达支援，师团主力也不得不回过头来解决尾部的危急。

第五十八军和川军一样是杂牌部队。这支由云南各民族组成的部队装备虽然低劣，但很能吃苦，善于山地战，机动灵活。相比之下，日军虽装备精良，训练有素，但在实战中，却显得笨拙机械。有时还未搞清情况，就成了滇军手榴弹下的牺牲品。

日军第六师团刚刚从大云山脱身，第四十师团又陷进去，第十一军司令部阿南惟几司令官开战前那种趾高气扬的劲头早已不见了。此刻，他像关在笼子里的一只狗熊，焦躁烦闷而又坐立不安。

14日，木下参谋长赶到岳阳战斗指挥所，得知第四十师团的处境比在武汉听到的还要糟。为了解救被围的第四十师团，木下于15日二十时以军司令部的名义下达了下列命令：

一、本军为解除对第四十师团侧背的威胁，特将荒木支队投入战斗。

二、荒木支队无须等待集中完毕，应即以汽车运往甘田，纳入第四十师团长指挥。

荒木支队于16日午夜出发，行至甘田东侧时，遭到埋伏在这儿的鲁道源的新编第十一师坚决阻击。荒木一面指挥部队就地抵抗，一面令部队挖掘战壕，以阵地战的形式逐步攻击前进。

17日黄昏，一时陷于困境的重松联队，在师团炮火的支援下占领团山坡。荒木支队在中国军队的炮火下几乎是爬行，18日才与后藤大队会合。

此时，第四十师团的伤亡甚重，所遗部队疲惫不堪，力量消耗已达到极限。

初战失利，对日军这次战斗情绪影响极大，整个部队士气低落沮丧。阿南惟几对第四十师团虽然未作通报批评，但他指责青木师团长对这次作战“准备不周，未能以全力捕捉攻击的敌人，在进攻中墨守成规”等。

阿南惟几初次尝到了陷在中国泥淖中的滋味，想到下一步作战不知该会怎样，阿南的心头掠过一层阴影。

正当第六、第四十师团对大云山的“扫荡”失利而难以自拔的时候，阿南惟几将从第五、第六战区抽调来的部队陆续沿粤汉铁路向岳阳、杨林街地区集结。

9 月 17 日夜，第十一军所属四十五个步兵大队和三二二门各种类型的火炮，在从杨林街到新墙河下游二十多公里的正面展开。

拂晓，日军主力分四路强渡新墙河，向南岸中国驻军发动进攻，第四军欧震一部正面在新墙河南岸抗击日军，主力会合第五十八军孙渡部、第二十军杨汉域部在杨林街、步仙桥、洪源洞之线占领侧面阵地，准备侧击及尾击日军。

会战前，川军第二十军副军长夏炯指挥第一三三师已克复了通城。此时奉命向通城西南疾进，侧击南犯之敌。部队连夜赶到步仙桥以东地区，遭遇敌机的袭击，特务连急忙架起机枪还击，由于敌机火力太猛，该师伤亡惨重。待该师摆脱敌机后，继续尾追南犯之敌，进至捞刀河以北地区。

日军一部进攻新墙河南岸，第四军欧震部诱敌于步仙桥、双石洞、洪源洞、向家洞之线，协同第二十军杨汉域部、第五十八军孙渡部对敌侧击和尾击。

第九战区长官部急令第九十九军傅仲芳部、第三十七军陈沛部主力在汨罗江南岸设防；第四军欧震部、第二十军杨汉域部、第五十八军孙渡部对渡过新墙河南犯之敌攻击前进，迟滞其进军速度。

第九战区长官部命令所属十个军展开攻击：第四军、第五十八军、第二十军自平江以北向日军后方实行攻击；第二十六军、第七十二军、第七十四军自浏阳方面向日军侧背攻击；第三十七军、第十军、暂二军、第七十九军自长沙以东迎击日军正面。

敌主力第三、第四师团渡过汨罗江后，在飞机大炮掩护下，攻击陈沛第三十七军主阵地，该部抵挡不住，开始转移。

面对汨罗江南岸的失利，24 日，薛岳将第九战区长官部撤出长沙，移往湘潭。

战至 24 日，日军突破第三十七军防线；方先觉第十军奉命前来增援第三十七军、第二十六军，到达明月山、栗桥、福临铺、金井一线。日军趁方部立足未稳，向其进攻，双方激战竟日。

9 月 25 日，川军第二十军杨汉域部获悉日军第三师团与后方兵站联络线被截断，弹尽粮绝，遂攻占长乐街北之赤马江、三里牌，击毁汽车二十多辆，并将由长乐街出击的坦克队击溃。

激战至 26 日，方先觉部第一九〇师师长朱岳负伤，副师长赖传湘接替指挥。

赖传湘（1904—1941），字镇之，江西省南康人，黄埔军校第四期毕业。抗日战争爆发后，率部先后参加淞沪会战、武汉会战、南昌会战和长沙会战。1939 年，在鄂东南作战中，因战功卓著记大功一次，被授予陆、海、空甲种一等奖章，并晋升少将旅长。1941 年，晋升为少将副师长。第二次长沙会战开始，随第一九〇师开赴长沙前线，正面阻击日军南下。在战斗打响的第二天，师长朱岳负伤，赖传湘临危受命，代理师长之职，指挥部队作战，在突围的血战中，不幸中弹，壮烈殉国，时年三十八岁。

该部向福临铺突围。方先觉预备第十师亦被日军击破，全师溃散。

日军经福临铺南下，击溃汨罗江南岸设防的陈沛第三十七军、萧之楚第二十六军，越过金井、高桥，继续南犯，其一部经平江至长寿街，杨森率第二十七集团军总部退驻祖师岩山下杨坊。

长官部已电江西上高王耀武的第七十四军火速增援浏阳，阻敌南下。王耀武率领该军由上高经万载进入浏阳境内，连日的急行军，人困马乏。这时日军骑兵先头已到黄花市，该军第五十七师余程万部和第五十八师廖龄奇刚过浏阳不远，与日军第三师团骑兵联队迎头撞上，部队来不及展开，士兵尚未喘过气来，遇到骑兵冲击，顿时大乱，激战中，李天霞被迫缩短第五十一师两翼的阵地，向中央收缩兵力；余程万第五十七师也如此。这样，两个师之间就出现一个大豁口，敌第六师团一个特别攻击队由此突入，袭击了王耀武的直属队和军部。在日军袭击下，警卫军部的特务营被打散，卫士排除排长外，全部战死。排长为掩护王耀武而被俘。王耀武和长官部派来的联络中将高参沈久成就藏身路边的小树林中，险些做了俘虏。第五十七师步兵指挥官李翰卿阵亡。第五十七、第五十八师各损失一半。

9月27日，日军在飞机、大炮掩护下，突破第七十九军九十八师阵地，南渡浏阳河，攻击长沙，早渊支队自长沙东南角冲入市区，掩护其他部队入城。

10月2日，薛岳发布反击命令，夏楚中第七十九军向新市、长乐街追击；韩全朴第七十二军经平江西北山地向杨林街截击；孙渡第五十八军经浯口由长乐街、关王桥截击；欧震第四军进至株洲附近，第七战区增援部队已乘粤汉路火车到达株洲，下车后便急行军反击日军。

日军一看不好，转身向湘北方向回窜，杨森指挥杨汉域第二十军、孙渡第五十八军对日军进行阻击、侧击、尾击；傅仲芳第九十九军两个师分别在金井、麻峰嘴、青山市、马鞍铺自东向西截击；萧之楚第二十六军、王耀武第七十四军、邹洪之暂三军清扫浏阳、捞刀河岸战场；王劲修亲率第四、五、八挺进纵队于咸宁、蒲圻间截击；第六、七挺进纵队于新墙、杨林街及忠林街间截击。

各路大军齐心合力，使日军受到重大伤亡，杨森第二十军一直追到新墙河南岸，并缴获大量马匹、枪支、弹药，与日军隔河对峙，恢复原来态势。

战后，第九战区司令长官薛岳又将防守新墙河的任务交给杨森，并说："这个任务只有你杨子惠第二十军才能胜任！"

杨森听了很高兴，于是令第二十军正式担任新墙河南岸防务，军部驻水口桥，夏炯的第一三三师驻关王桥，担任洞庭湖右岸由鹿角至下高桥一线防务；杨干才的第一三四师驻杨林街，担任白羊田一线防务；右翼与孙渡第五十八军衔接。杨森总部由长寿街移驻平江甲三圣庙，以便对于第二十军就近指挥。

2. 捕捉军鸽得秘笈

鸽子是和平的象征，但是在战争年代，它却是战场上的“无名杀手”。早在日本明治天皇时期，日本就开始培育信鸽作为战场上传递信息的工具，在全国范围内大肆寻找优良的鸽子品种并对其进行精心培养。在中日甲午战争时，在朝鲜战场上军鸽传达信息取得了很好的效果。日本正式建立军鸽鸽舍，进行军事化培育军鸽的时期。果然，军鸽及时传递作战情报，大大提升了获胜的概率。在尝到军鸽传递情报的甜头之后，日本开始加大军鸽建设的投入成本，并进一步提高军鸽的规模和质量。

抗战时期，“飞鸽传书”也是日军惯用的一个伎俩，但中国军队对此却一无所知。在多次战败，以无数鲜血生命换来教训之后，我军一旦看到日军军鸽，一定会在第一时间击毙。

1941 年 9 月 30 日，长沙城郊之日军，经过王甲本第九十八师、赵季平暂六师在捞刀河南及城东郊内外夹击，精疲力竭。随即日军放出了求救传讯信鸽。该军鸽在捞刀河边被我第九十八师士兵用枪打下来，原本是为了吃烧烤，没想到发现鸽子脚上有一锡管，里面有一张纸，上有字却不认识，于是送到长官部，经过翻译，原来是日军的求救信号。薛岳看后，立即命令第七十四军王耀武部追击，并令第十一、第十二挺进支队在杨林街、长乐街及新墙新市堵住日军归路。为使日军进一步受到打击，防止其被援军救走，长官部传令各部只要在战场发现有日军军鸽，无论如何都要把它打下来。一些部队甚至规定，若发现鸽子要先立马消灭鸽子，再消灭敌人，如果不先消灭鸽子，要挨军事处分。只要能打下军鸽，一律立

日本部队中的军鸽

功受奖。

杨汉域向第二十军传达后，前线部队就开始组织战士打军鸽。但军鸽飞行速度很快，再加上部队神枪手极少，子弹又金贵，所以效率很低。杨汉域于是发动战士们寻找捕鸽子的方法。

没想到一些山区来的士兵还真贡献出捕鸽子独家秘笈。

有一位来自峨眉山的名叫潘娃子的大头兵，被抓壮丁前就是捕鸟高手。他说根本不用枪，老子就能徒手抓住鸽子。别人都嘲笑他“扯把子”。他不慌不忙做好一个网子，然后用竹子做了个鸽哨，等在小树林前。只要天上有鸽子飞过，他就吹起鸽哨发出阵阵声响，摇动树梢，再用一根竹竿，上面绑上布条之类，开始甩动竹竿，布条旋转着，果然鸽子便注视，飞下来，于是潘娃子用网子就迅速兜住鸽子，引得官兵纷纷叫好。可是，很多人学不好，往往还让快到手的鸽子飞跑了。潘娃子又开始扯把子，“你们这些哈儿包，看到鸽子飞下来，不会用枪打嘛！”

果然，八仙过海，各显其能，这一来，启发了战士们的想象力，有的用谷类、玉米作诱饵，设陷阱，有的用鲜花等抢眼物品吸引飞鸽的注意，还有的利用鸽哨发出哨音，鸽子被哨音吸引，就可以使用捕捉工具将其抓住。

这招果然好使，邵阳桥头，还真逮住不少信鸽。这些关于捕杀敌军军鸽的办法，在第二次长沙会战后，第九战区在总结作战经验的报告中，还特意提到第二十军的捕鸽经验：“捕杀军鸽法，于战场见飞翔之鸽，先发哨音，摇动树梢，再绕动旗帜等物，鸽便注视，乘而射之，即有效果，为战场搜索情报之一法。例如二十军在渡头桥射获敌军鸽，俘获重要文件，即用此法。”

而日军方面，由于军鸽被扑杀，伤心备至，有的还专门为一去不回的军鸽举行隆重的追悼会。

十八、第三次长沙会战

1. 阿南惟几的面子

1941年10月，第三届近卫内阁倒台，陆军大臣东条英机继任内阁首相，同时兼任陆军大臣、内务大臣和军需大臣。东条上台后，认为日本陆军久留中国战场已不能再有大的作为，但陆军配合强大的海军，在太平洋上还可以大显身手。因而日本为实施南下扩大战争的计划，便加快了准备工作。

日军大本营为此需在中国抽调部队七个师团，并准备将第十一军所属的第四、第六师团集结于华中三角地带，作为大本营的预备队。

这样，日本的中国派遣军总司令部不仅要确保武汉地区，而且要确保新占领区香港，就不得不将第十一军原来的占领地区进行调整，甚至提出了放弃宜昌和南昌的问题。

阿南惟几等人当然不同意放弃上述两个重要据点，特别是宜昌，他认为“开宜昌之锁，犹如放虎归山”。日军参谋部认真地研究了阿南提出的条件，改变了主意，他们确认宜昌可对重庆施加巨大压力，可牵制周围大批中国兵力，如撤去宜昌之防，恰如放虎归山，对武汉的第十一军显然不利。另外，如放弃宜昌，将使封锁中国大后方的效果大大削弱。

大本营还决定除第四师团外，不再向外抽出第六师团。为弥补第四师团调出的空缺，他们决定于11月中旬给阿南增派一个独立混成旅团，第十一军的作战任务和作战区域不变。

阿南争的就是这口气。第二次长沙会战，他的部队损失惨重，而鄂西的宜昌也差点丢掉，引来军内外一片指责声，使他成了众矢之的。这次如果大本营将其部队抽出一部，再将防线缩短，对他来说无异于雪上加霜。终于，新方案使得他在大本营中勉强保住了面子。

初冬的南京，黄叶满地，一派肃杀之气。

11 月 27 日，在这里召开各军司令官会议，关于太平洋战争开始后在中国进行作战的问题。会议开始后，阿南首先发言，他说："第十一军虽然应奇袭湖南、重庆为最后手段，但在目前应加强粉碎敌人之战斗力。与此同时，应一面加强侵略宣传，一面谋求实现局部休战，目标应置于'保境安民'的战略上。"

他的发言与从前最大的不同，在于锐气全无，由主动的进攻，而变为消极的"保境安民"。其他军司令官似乎与他不同，但大家没有发言，等待派遣军总司令部分派任务。

深夜，阿南更加睡不着。军人的荣誉在战场上；打了胜仗，凯旋而归，就是荣耀，就有发言权，反之，就应靠边站，从进入第二期作战以来，还有比第二次长沙会战更窝囊的吗？指挥上顾此失彼，部队在湘北被拖得稀里哗啦；伤亡这么多，不仅武汉，就连在南京的野战医院里也住满了第十一军的伤兵。

司令官会议快结束的时候，阿南听到了在派遣军总部流传的"长沙作战，反而给予敌人以反宣传的材料，很为不利"的议论。阿南更加烦躁不安，以至于晚饭也没吃。他于 25 日夜找到派遣军副总参谋长野田谦吾进行谈话。他表示，他对军部参谋人员和与会的各军司令官们对他的议论很是不满，他埋怨他们不了解第十一军所处的特殊情况。野田谦吾对阿南一味安慰，也未多作解释。从资历上，野田没有阿南深，除了慰勉外，他没有什么办法。两人一直谈到夜深才分手。

阿南带着满腹的牢骚和压抑的心情离开南京，这次各军司令官会议，除了听取派遣军司令部关于南下作战的任务外，对于他的思想情绪是雪上加霜。要改变目前的处境，只有再通过作战才行。阿南怀着郁郁寡欢的心情又回到武汉。

12 月 8 日，第二十三军司令官田中久一派出第三十八、第五十一师团等向香港进攻，驻港英军奋起反击。

为策应英军作战，我第九战区派出第四军和暂编第二军从长沙附近南下广东。阿南惟几得知第九战区的两个军向广州挺进的消息，便急让中国派遣军总部想办法牵制。

畑俊六接到阿南惟几的报告，马上予以批准。

12 月 12 日，第十一军参谋长木下勇和阿南惟几司令官认为有必要牵制第九战区部队南下的行动，便给第二十三军发出了“第四军的移动，对贵军有何影响”的照会电报，委婉地探询第十一军是否应采取牵制的行动。

木下勇是阿南惟几第二次进攻长沙的老搭档，两人荣辱与共。长沙会战后，他们受到日军内部的非议甚多，很想再从进攻长沙中捞回面子，急欲挑起战端。当晚，二人下定了再犯长沙的决心，于是便主动向中国派遣军总司令畑俊六请示。

12 月 15 日，第七课向参谋本部报告了第九战区两个军由岳阳东南地区经株洲开始南下的情报。参谋本部及时将上述情况通报给中国派遣军总司令部和驻华中的第十一、驻华南的第二十三军等部。

14 日，中国派遣军发出了如下命令：

（1）敌从第九战区，正向广州和桂林方面调集兵力，我第二十三军于 12 月 12 日夜攻克九龙，并继续攻克香港。

（2）我军策应第二十三军及南方军作战，立即准备对江南地区发动攻势。

阿南接到命令后，即对参战的第三、第六、第四十师团及独立混成第十旅团赤泽大队等作如下指令：

（1）20 日，第六师团于新墙向新墙河下游右岸地区集结，将主力推进到河岸附近，准备渡河攻击。

（2）21 日起，第四十师团又陆续进入托坝附近，23 日在篔口东方沙港河右岸准备攻势；第三师团大约在 25 日前将师团集结在第六、第四十师团中间的龙湾桥附近，主力准备从 25 日晨开始展开攻势，赤泽支队从九江乘船于 24 日到达岳阳。

（3）步兵第二三六联队第三大队，从武汉警备地区直接以急行军于 26 日到达战场。

12月17日，派遣军总参谋长后宫淳由南京飞到汉口，与阿南会晤，确定下达总攻击的日期。22日，阿南惟几偕参谋长木下勇来到岳阳战斗指挥所，23日下达了五条攻击命令：

（1）正面攻击敌人为第九战区，飞行第四十四战队协助我军攻击。

（2）军企图以第六、第四十师团从12月24日夜开始攻击，在新墙东南地区击溃新墙河左岸地区之敌后，再击溃汨水左岸地区之敌。

（3）第六师团应于24日夜发起攻击，在新墙西方地区突破敌线，捕捉该地区以西之敌，进入关王桥四五公里处之三江口附近。

（4）第四十师团应于24日夜发起攻击，在潼溪街东方地区突破敌线后，捕捉该地以西之敌，进入关王桥附近。

（5）第三师团应于25日拂晓，以一部炮击潼溪街附近的敌阵地，协助第四十师团的攻击。主力转移到第六师团的右侧，在新墙河渡河，捕捉所在之敌，进入归义附近。

日军这次进攻长沙的行动，由于是匆忙间作的决定，且带有阿南和参谋长木下勇两个人的私愤因素，因而从准备进攻时就暴露出这次行动的弊端。

12月18日，第十一军司令部主任参谋岛村矩康前往第六、第四十师团联系作战。其不在期间，汉口的司令部首脑之间，对进攻长沙发生争论。一方认为，大本营决定了太平洋战争，中国战场即成为次要战场。在华中地区应实行局部休战，在武汉周围实行保境防御，维持目前的局面。况且无论是大本营还是派遣军总司令部也没有主动要第十一军进攻的命令。这样突然决定进攻，准备行动也是仓促得很。另一方则认为，现在大本营已决定了向太平洋进攻，中国战场应以积极的进攻予以配合。况且中国军队为配合香港英军的作战，第九战区派出两军南下，因此第十一军应以积极的进攻予以牵制。

对于上述两种观点的争论，副参谋长二见秋三郎表示了他的看法：看来已决定的进攻长沙的方针不可违背，现在关键是看第一线部队的气氛是否一致，全体将士有无竟成的信心。

12月19日，第三师团长丰岛房太郎中将在部队集结的途中顺便来到军司令部，此时军司令部内两种意见正在争论不休。丰岛得知后，当场也表示了自己的意见：现在本师团全体官兵都明确自己的任务，即是开往长沙。军司令部不能再争论，应坚决进攻长沙。

丰岛房太郎师团在第二次长沙会战中损失较小，他是未陷泥潭，不知深浅的人。他的发言印证了第一线的部队好像进攻的气氛是一致的，而且有完成任务的信心。

副参谋长二见秋三郎等看丰岛进攻的姿势已摆好，也没有什么可说的了，只好同意进攻的意见。

12 月 22 日十三时，阿南惟几乘飞机到岳阳，临行前，木下勇参谋长和他商定了如下应注意事项：

（1）军司令部进入岳阳战斗指挥所后，为了适应目前的作战状况和对部队保密，不能透露进攻长沙的问题。

（2）因不能透露进攻长沙的问题，但又因其进攻的动机与进攻的目的、对象不明确，又因后勤的补充与准备无时间，因而二人对这次进攻都没有把握，阿南和木下二人怀着忐忑不安的心情骑上了虎背。

2. 薛岳祭出天炉战法

第二次长沙会战以后，第九战区司令官薛岳没有沉湎于胜利之中。他认为，只要日本第十一军驻在湘、鄂，就是悬在他头上的剑，迟早会落下来。因而，第二次长沙会战一结束，他便令各部队对这次会战的得失进行总结。

11 月 17 日，薛岳在长沙召集全战区军官代表举行防卫会议，在这次会议上确立了“天炉战法”的部署。具体部署和做法是：

第九战区以纵深配备，巩固长沙外围与核心阵地，并用炽盛火力及逆袭，逐次消耗敌人而求得时间余裕，待敌精疲力竭时，所属各部在外围部署完毕，形成四面合围，然后群起而攻之。

为达此目的，以第二十七集团军杨森部以部分兵力配置于新墙河南岸至汨罗江地区，王陵基第三十集团军主力调至平江地区，罗卓英第十九集团军调至浏阳、株洲、醴陵一带，与王陵基集团军在长沙西南形成侧击态势。彭位仁第七十三军从益阳推进到宁乡，在长沙西南处于机动态势。钟彬第十军坚守长沙城，在长沙城西湘江对岸的岳麓山上配属155毫米榴弹炮兵一个旅，支援城防作战。

1941年12月8日，太平洋战争爆发。为企图攻占长沙，打通粤汉线，牵制中国军队策援英美军作战之目的，华中日军集中第三、第六、第四十师团及第四、第五师团之一部为第一线兵团，直犯长沙。池上、加藤、平冈等三个旅团及外援支队为第二线兵团。第十三、第十五、第三十九、第一一六师团、第十八独立旅团之各一部、第十四独立旅团为第三线兵团，合计兵力十二万人，企图于1942年元旦攻占长沙，打通粤汉线，并以第三十四师团主力，由南昌向上高，第十四独立旅团之一部向修水进犯，企图牵制中国军队，遥相呼应，以利其湖北主力方面之作战。

第九战区部署概况：

一、第十九集团军（略）

二、第三十集团军

第七十八军新十三师警备潭埠、老鸭头、观音阁、火烧白及武宁城之线。新十六师控置三都整训。第七十二军之三十四师控置麻圆、温汤及警备九宫山一带地区。新十五师控置八都、吴都整训。

三、第二十七集团军之暂五四师警备斗米山、麦市、凤凰楼、九岭之线及通城、铁柱港、赛公桥、北港各前进据点。第一三三师、一三四师警备方山洞、草鞋岭、甘田、杨林街、四六方、潼溪街、新墙、荣家湾、鹿角、垒石三之线。第五八军控置黄岸市地区整训。

四、战区直属军（略）

12月初，奉第九战区长官部电令：日军十万人正沿粤汉路向长沙地区进犯，其海军部队已进入洞庭湖活动。第三十集团军李默庵的湘鄂赣边区挺进军仍执行原任务，集团军即令韩全朴指挥第三十四师担任武宁、修水地区担任守备外，工陵基率主力参加长沙方面会战。总部进驻平江附近。战区长官部令直属的三十七军陈沛部受总部指挥。该军当时正在福临铺附近同敌作战，同时命令各部立即将当面敌军击破，向逼近长沙之敌进行球心作战，聚歼敌军主力。

“天炉”的架子已支好，为保证将火烧得更旺，薛岳以战区司令长官兼省主席的名义，令所属及湘北各乡县彻底破坏战区道路，在“天炉”的中间地带实施空室清野、设置纵深的伏击地区。以军队为主体，以湘北民众为基础，从四面八方构成一个天然的“熔铁炉”，将进犯之敌予以歼灭。

为对付日军进行的秘密侦察，湘北各村在村头上设置瞭望哨，发现日军，便迅速在村子的另一侧举放狼烟，一个接着一个地进行联络，立即把情报送到部队。

1941年12月24日傍晚，湖南上空彤云密布，连日的蒙蒙阴雨突然转成大雨倾泻而下。不久，天黑如墨，大雨又转成漫天的飞雪，田野里的树上、稻茬上、田埂上、小径上积雪点点。刺骨的寒风给三湘大地吹来了一股杀气。

日军第六、第四十师团集结完毕，士兵们已进入出发阵地。大炮在风雪中昂起了头，士兵在寒风中紧张地战栗着。阿南惟几在岳阳的指挥所里，望着雨雪弥漫的天空，脸上露出得意的神色。他认为：这样的天气，薛岳的部队肯定都躲起来了，这正是日军进攻的好时机。他转过脸来，让作战参谋向各部队下达进攻的命令。

日军进攻一开始就碰上了硬钉子，这就是防守新墙河、由杨森指挥的第二十七集团军。

新墙河在汨罗江以北，是防守长沙的第一道防线。

薛岳为对付阿南惟几的三板斧，把参加过两次长沙会战的杨汉域第二十军和孙渡第五十八军摆在了第一线，由第九战区副司令长官兼第二十七集团军总司令杨森指挥。薛岳在所属的几个集团军总司令中，首先选择杨森出马，是颇具眼力的。

“杨家将不含糊！”

杨森始终保持了出川抗战的初心。在每次对日作战前，总要对部属说：

“过去我们一直打内战，内心对民族是有愧的，现在是我们赎罪的时候了。我们只有拼命死战！”

他挂在嘴上的话就是一句“龟儿子们，别给咱们老杨家丢脸，要像杨继业那七郎八虎抗击辽兵一样打击小鬼子”。

第二次长沙会战结束之后，第二十军从大云山拉到了新墙河南岸，在这里修筑工事准备抗击日军。

黑云压城，寒风刺骨。第二十军防守的官兵趴在工事里，手脚已冻麻木，但心中的血却在沸腾。薛岳给第二十军的任务，是在新墙河坚守十天，而后转移阵地至关王桥、三江口侧面阵地，对日军进行侧击、尾击向汨罗江北岸、南岸之敌。

杨汉域令夏炯、杨干才两师长，在新墙河南岸修成半永久工事和野战工事组成的网状防御阵地，即以据点式工事为支撑点，与野战的沟堑相连，形成纵深配置，做到防有韧性，攻有弹性。同时，他要求各师在使用兵力时，以一部兵力分置于各据点内，据险死守；以一部兵力据守野战工事，纵深配置，将另一部兵力作为预备队，机动使用。作战中，敌人如向据点中的防守部队进攻，野战工事中的部队适时以火力支援，或派部队反冲击；反之，敌人如向野战工事进攻，据点中的防守部队即以火力进行侧击或尾击，消耗敌人，迟滞敌人。

3. 烈士王超奎

12 月 23 日，第三次长沙会战开始。

日军乘着风雨和薄暮，强行渡河。行至河中间，中国守军的枪声大作，第一批日军就这样被怒吼的枪声淹没，死伤者随着新墙河水向西流去。

第六师团长神田正种的部队在新墙河北岸向杨汉域的一三三师阵地发起进攻。在河边的山上，他要看着他的部队向南挺进，对参谋人员大声吼叫：“让炮兵把沿河的工事轰成平地。”

北风呼啸，大炮轰鸣，空气颤抖。日军的炮弹在守军阵地上爆炸，满是泥水的阵地被炸成一锅粥。

大炮摧毁了中国守军的阵地，日军又开始渡河，但中国军队的枪声依旧，日军还是大量伤亡，能侥幸冲上岸者，不死即伤。

王超奎（1907—1941）

战斗逐步升级，日军的炮火越来越猛，守军的战斗意志也越来越坚强。傅家桥的防守部队为第二十军的第一三三师三九八团二营。团长徐昭鉴在日军渡河前两天给团预备队、二营营长王超奎一个条令："该营以排为单位，占领九个排据点，死守三天，完成任务后，到关王桥集合。"

王超奎，四川涪州鸭江庙垭（今属重庆市武隆县）人。幼年丧父，靠母亲和祖母抚养长大的他自小学习勤奋，成绩优异，考入了涪陵县立小学。

王超奎1930年参军，成为川军二十军杨森部的一名士兵。1937年升任陆军第二十军一三三师三九九旅七九八团三营九连连长。"八一三"淞沪会战爆发后，王超奎参加收复上海陈家汇的战役，在战斗中右臂负伤。1940年调第九战区干训团校官大队受训，后升任营长。1928年参加杨森部队，历任连长、营长等职。

王超奎与副营长杨羲臣研究后，以第四连何胜文守下高桥据点，第六连余煜星守谢子其据点，第五连及第六连一个排，加上营直属部队守新墙、相公岭据点。

王超奎率部像钉子一样在阵地上屹立不动。日军炮火猛烈时，他令大部队隐蔽，蜷缩在工事中，以逸待劳；炮火一停，便派出小分队到前线防守观察。日军久攻不下，神田恼怒至极，令师团大部分炮兵不分青红皂白，将炮弹向王超奎营阵地上倾泻，激战两天一夜后，敌人用燃烧弹摧毁据点前的鹿砦障碍，士兵被烧伤过半。

第三天下午，王超奎下令突围，他首先跳出战壕，令传令兵通知杨羲臣："你带几个士兵在后面高地掩护我！我在外壕掩护士兵撤退！"就在杨羲臣向高地撤退时，敌人的机枪三发子弹击中了王超奎……

杨羲臣带人抢回王超奎的尸体，不料又牺牲了两名排长，入夜残部撤回了关王桥。师长夏炯颤抖着脱下军装盖在王超奎的遗体上，抚尸号啕大哭。

战后，上级为表彰王超奎的英雄事迹，将湖南省岳阳县新墙乡改为超奎乡，相公岭改为王公岭。1988 年，中华人民共和国民政部追认王超奎为革命烈士。

杨汉域军长在关王桥的指挥部里坐立不安。令他头痛的是通往各部队的电话线全被打断，各部队音信全无。他相信他的部队能够抵抗住日军的进攻。前方的枪炮声时紧时缓，他再也忍耐不住，急步登上高地眺望：只见远方田野间正在混战，火光闪闪。他情不自禁地骂了一句："好小子们，有种！小鬼子！有你们好瞧的。"

后半夜，各师、各团的传令兵一身泥、一头汗地跑来汇报各处的战况：日军伤亡惨重；中国部队伤亡也很大，士兵疲劳至极；第一三四师一个排全部战死；第一三三师的一个班，战斗了三天，粒米未进，饥寒交迫，全部冻死在战壕里。

几天的厮杀，新墙河南岸弹迹累累，日军也遗尸遍地。杨汉域又命令部队撤至第二线阵地，继续抵抗。日军付出了惨重的代价，才攻破我军第一线阵地。

26 日拂晓，日军第三、第六师团合兵一处，向汨罗江突进。他们以一部向东迂回，企图包围第二十军。新墙河防御部队的侧翼受到威胁。

杨森急令孙渡率第五十八军的两师夹击迂回包抄之敌。第五十八军为云南部队。卢沟桥炮声一响，龙云即将云南子弟兵编成第五十八军、第六十军两个军出滇抗战。他们步行几千里，参加了台儿庄外围战、武汉会战，而后在湘、赣间与日军作战。吃苦耐劳，爬山野战是滇军的特长。

大雪纷飞，天气酷寒。第五十八军官兵反穿棉衣，内里白布与雪色融为一体。滇军生活在亚热带，不耐寒冷，许多人手脚红肿，冻裂流水。当天夜里，在凛冽的寒风中，许多战士被冻死，但他们有的依然紧握钢枪，枪口还指向敌方。

日军以排为单位，每一排间隔百米，波浪式地向滇军阵地压来。第一拨冲至阵地前，守军以手榴弹将敌击退。日军又以炮击掩护第二拨、第三拨向上冲击，阵前日军尸体横陈，阵地内中国守军也伤亡惨重。阵地失而复得，得而又失，双方展开了“拉锯战”。

27日，杨森接到薛岳要求后撤的命令，当即命令杨汉域转移，准备由正面抵抗转为侧击。孙渡率第五十八军亦逐步抵抗后撤，向东南方向撤至汨罗江南岸右翼山地，向敌侧后迂回攻击。

从12月18日前哨接战算起，至27日正好是十天时间，但要以日军24日全面进攻算起，才不过四天的时间；杨汉域有点纳闷，他问杨森应怎样算法。杨森捶一下他的胸脯说：“瓜娃子，这一下就够小鬼子受得了，再打下去，难道把咱的老本拼光吗？留得青山在，还怕没柴烧？回去把部队整理好，过几天说不定还在这个地方碰上老对手，那时的小鬼子就不是今天这个模样了。”

4. “野牛”入天炉

12月28日，进攻长沙之日军第六、第四十师团分别在新市、磨石滩等处渡过汨罗江。防守汨罗江的部队是陈沛第三十七军和傅仲芳第九十九军，两个军构成了第九战区在长沙以北的第二道防线。这两个军在国民党一百多个军中是数不着的。但就是这两个军，特别是第三十七军，几乎日军每次进攻长沙都要碰上它。它看着似乎是被打垮了，但是很快又站起来，还能再战，真有点打不垮、砸不烂的劲头。该军军长陈沛，这个毕业于黄埔军校第一期的广东人，似乎信心比前两次更足。坚守汨罗南岸的第三十七军是个钓饵，就是引诱阿南惟几来吞食。不出薛岳所料，阿南果然张开大口来吞食这块难咽的钓饵。就这样，薛岳按原计划将日军吸引到了“天炉”炉底之中。

久战师疲，日军似乎没有了刚开始时的那股冲劲。进攻一天，日军拖下来一堆死的、伤的，战况却毫无进展。

29日，天气放晴，日军在飞机、大炮掩护下，在长乐街架设浮桥。到晚上，日军终于渡过汨罗江。伤痕累累的“野牛”继续蒙头向前钻。日军渡河部队从正面压迫第三十七军，将增援部队投入战场，再次发起进攻。董煜第六十师守卫长乐街的一个排，采用虚虚实实游动防御战术迷惑消耗敌人，日军一个联队进攻了一天，中国守军全部阵亡后，才将长乐街占领，但日军付出的伤亡代价却数倍于守军。第三十七军被迫向东侧山地转移。

30 日，第九战区长官部已迁往湘江西岸，长沙已成为一座空城。撤出战斗的中国部队迅速占领两翼，薛岳支起的“天炉”，火还没有烧到旺的时候。

几天的小雨雪演变成漫天的大雪，汨水河畔，漫天皆白。阿南惟几以为中国军队在这样恶劣的气候下，抵抗不住日军的攻势，于是他发出了进攻长沙的命令。

阿南惟几进攻长沙的决定，在第十一军司令部和作战部队中激起了不小的波澜。

军司令部作战主任参谋岛村矩康中佐，对阿南司令官的决定感到不安。他明白，自开战以来，防守的中国军队不是被打退的，而是有计划的主动撤退，日军虽然渡过了汨水，却已极度疲劳，中国军队似乎部署在长沙及其周围地区等着他们。作为幕僚，岛村婉言提议：“司令官，在香港已被大日本皇军占领的情况下，进攻长沙是否应该慎重从事？”

阿南听了，一脸不高兴，训斥道：“作战主任对是否进攻长沙至今还没下定决心，这样怎能指挥部队作战？”

各师团接到命令，无可奈何地踏着泥雪向南挺进。

几天的雨雪，将中国军队的防御工事伪装得浑然天成，就是人走到面前，也发现不了。由于道路泥泞，日军早已把大炮丢在一边，甚至重机枪都难以携带，能带的只有轻机枪和掷弹筒。这样，日军的装备已降到和中国军队的装备不相上下的水平。日军前进一步都要经过战斗；每次战斗都要付出伤亡代价。一会儿那里响起了枪声，一会儿这里又投来几颗手榴弹。费了好大的劲攻上阵地，守军又不知去向。

第一线的日本官兵开始有一种惶惶不可终日的感觉，有的发牢骚：“这次作战是为了牵制中国军队增援香港，现香港已被日军占领，到 31 日可能撤退，回到武汉过新年。”但这只能是一厢情愿。

如果说湖南战场的其他地方是薛岳“天炉”的边或沿的话，那么长沙无疑就是“天炉”炉底，没有底就不会有炉，没有底还炼什么？将谁

李玉堂（1899—1951）

放在长沙？让哪支部队守长沙？无疑，这是关系到“天炉之战”能否成功的问题。

薛岳选择了李玉堂。

李玉堂，字瑶阶，1899年3月16日出生于山东省广饶县。1924年，考入黄埔军校第一期。毕业后，分配到国民革命军陆军第一师第二团任见习官，因作战英勇，后连续升任排长、连长、营长、团长、旅长、师长。抗日战争爆发后，李玉堂被任命为国民党陆军第八军军长。不久，第八军撤销建制，李玉堂调第十军军长，奉命驻守长沙。

李玉堂在长沙布置袋形阵地，部署了预备十师守岳麓山，第三师守小东门，第一九〇师守长沙近郊。第十军参谋长蔡雨时认为第三师防守阵地约三十华里，敌众我寡，无险可守，处处薄弱。因此，他与李玉堂研究，决定将方先觉预备第十师由岳麓山调往小吴门，接替一个营的阵地。薛岳接报，当即打电话质问：“预十师为什么过江？”蔡雨时说：“预十师过江接防第三师一部，长沙可确保……”

固执的薛岳半天没有吭声，最后狠狠地说了一句：“你小心你的脑袋！”

预备第十师过江后，师长方先觉命令所有的船全部调走，连通讯船也不留，抱破釜沉舟之决心，誓与长沙共存亡。方先觉还写了一份遗嘱给其夫人。

蕴华吾妻：我军此次奉命固守长沙，责任重大。长沙的存亡，关系抗战全局的成败，我决心以死殉国，设若战死，你和五子的生活，政府自会照顾。务令五子皆能大学毕业，好好做人，继我遗志，报效党国，则我含笑九泉矣！希吾妻勿悲。夫子珊。

写完后对副官主任张广宽说：“这封信马上派人送到后方给我家眷，无论如何明天以前要送到！”之后，方先觉师长亲自赴南门阵地督战。

12 月 31 日拂晓，敌在飞机、大炮的掩护下，向长沙猛攻，第一线第二十九团团长张越群（黄埔军校第六期毕业）指挥部队与敌展开殊死战斗，由于正面过宽，兵力单薄，在上午十时许，阵地被敌突破。当敌军即将向第二线发起进攻时，第二一八团某营长，黄埔第八期生借口向师长请示，擅自来师部，方先觉一言不发，手令将其枪决。接着，方先觉打电话给第二一八团团长（黄埔四期生）葛先才说：“艺圃，现在就看你的了，我全力支持你，第二十九团立即收容整理，统归你指挥，第三十团随时可以调用，你一定要顶住啊！”

葛先才充满自信地回答：“报告师长，请您放心，我们绝不能在薛长官面前丢面子！”

是日，第二线阵地硬是顶住日军轮番进攻。

隆隆的炮声，是辞旧迎新的钟声。成千上万的将士抱着枪，在冰冷的泥土上，和衣而卧。

当 1942 年的太阳向抗日将士迎面升起时，在飞机大炮的掩护下，敌人的冲锋显得比以往任何时候都要激烈。

1 月 1 日，日军开始进攻长沙。日第四十师团占据金井，并掩护侧背；第三师团向长沙东南郊发动袭击，守军第十军李玉堂、预备第十师方先觉部与日军激战。

预十师第二一八团指挥所的上面是一个修械所，这里成为敌我双方争斗的焦点。面对日军第三师团如湘江波涛一般的攻势，团长葛先才也急红了眼，挥着枪大喊大叫着：“誓与修械所共存亡，只要我还有一口气，就寸土不让！”

然而敌众我寡，在太阳光的反射下，三八大枪上的刺刀发出耀眼的亮光，终于杀上高地。葛团长手持电话，请求：“炮火射击！”

两分钟后，岳麓山顶的两个美式炮团怒吼了，成排的炮弹像长了眼睛，落在阵地上，霎时间尘土飞扬，硝烟弥漫，血肉横飞，不见天日。

高射机枪也开始狂啸，吓得日机不敢低飞掩护步兵；敌人受到严重的打击，锐气大挫，仓皇后撤。

见敌人逃跑，第三十团团长陈希尧耐不住寂寞，夜袭并消灭了突入白沙岭的一个敌中队，击毙敌中队长，得胜而回。当晚，还有一桩趣事可圈可点。有几个辎重兵喝酒，其中一个愣头青夸口说："老子用手里的扁担就能打跑东洋兵。"其余人讥笑他喝多了，吹大牛。惹得他火气，拿一条扁担就直奔敌营，逢人便打，吓得日本兵惊慌四逃。

敌第四十师团接替第三师团，强攻我预十师阵地不下；于是转攻李玉堂第十军东门第三师阵地和北门第一九〇师陈家山阵地。是夜，敌利用我守军在碉堡内瞭望角度小的缺陷，派遣突击队匍匐潜行到陈家山下，早晨趁着薄雾冲上山顶，第一九〇师陈家山阵地失守。我守军第五七〇团长当即组织部队反击，但日军主力的轻重武器已先一步到达山顶，居高临下，我军三次反攻均铩羽而归。陈家山的失守，给我军造成很大的困难。如果北门之敌第六师团和东门之第三师团连成一线，敌军合围长沙计划将得以实现。

是夜，杨森第二十七、王陵基第三十、罗卓英第十九各集团军及第九十九军傅仲芳部主力奉令向长沙包围，索敌攻击。

1 月 3 日凌晨，敌三个师团联合发起攻势，黄土岭几处阵地相继告急，尤其是识字岭尤为危险。此时，在天心阁上督战的第三师师长周庆祥对团长张振国说："你我都是李玉堂军长一手提拔起来的，长沙守不住，军长是挽回不来的，于公于私，我们都说不过去！"张团长把袖子一捋："和小鬼子玩命！"

周师长说："我陪你干！"

周庆祥当即联系炮兵对杨家山、妹子山、宽岭一带进行压制，张振国增加两挺重机关枪封锁窑岭至识字岭的道路，并增兵一个排前往固守，识字岭阵地的险情才得以缓解。

是晚，第十军军长李玉堂接薛岳电令：除第七十三军第七十七师（师长柳际明）仍执行原任务外，其余于黄昏进入长沙。

1 月 4 日凌晨，日军向长沙城郊全线猛攻，激战至八时，城南修械所阵地五次失而复得。

城北日军自拂晓攻击湘春路及南华女校阵地，攻势受挫。是时，长沙外围守军向日军进行合围与攻击。第四军攻占狮子冲等地；第七十九军到达浏阳河东岸；第七十八军追近春华山；第三十七军攻占金井，并向日军第四十师团发起攻击；第二十、第五十八军到达伍家埠、汉家山一带；第九十九军到达龙头，各兵团继续向前推进，进行合围。

蒋介石电令薛岳："此次会战，举世瞩目。各部务必不惜任何牺牲，发扬高度攻击精神，施行坚决勇敢之包围、聚歼残敌，以求获得空前胜利与光荣战绩。"

薛岳向蒋介石回电表示："本次会战岳已抱必死决心、必胜信念。"

为了振奋士气，薛岳向部队下达了如下亲笔命令："此次作战，对国家之存亡与国际政局的关系，至关重要。"

是日，敌再次向长沙发起全面攻击，城内到处是火光和硝烟。下午四时，敌第三师团工兵在韭菜园一带穿墙打洞，钻进市区。敌军善于爬屋，我反击部队也爬屋；敌军上楼，我军也上楼，双方进行殊死巷战，互相争夺制高点，敌军臼炮、掷弹筒、平射炮一起开火，打得我防守阵地的墙上到处是洞，敌我犬牙交错，乱成一锅粥。激战竟日，第十军所属三个师的正副师长，包括参谋长都在一线指挥抵抗，都没有回师部吃饭和休息；只有军长李玉堂和军参谋长蔡雨时对坐在指挥部的饭桌前吃馒头、喝稀饭。忽然，一颗子弹打穿玻璃击碎桌上的盘子，并把李玉堂的筷子打断。李玉堂扔了筷子，用手捏着桌上的大头菜就吃。

蔡雨时问："军座，我们是不是把桌子换个地方？"

李玉堂神色自若地说："不动，不动。"

蔡雨时又问："那我们就快一点吃？"

李玉堂摇头："不用，不用。"

看到军长如此镇静，在场的部属都有信心，认为一定能将日寇打出长沙去。

激烈的战斗持续到晚上，敌军攻势全面顿挫；突入城内的敌人固守待援。

薛岳打电话告诉李玉堂："我外围各军按战前制订的长沙决战计划，都已到达指定位置。各军现已开始全面反攻……请老兄务必再坚持一夜！”

李玉堂立即命令指挥部人员分头向部队传达这个振奋人心的消息。

第十军将士们提出“苦战一夜，打退敌人，守住长沙，要回军长”的口号。李玉堂命令第一九〇师副师长，黄埔五期的彭问津统一指挥，务必围歼市内敌兵；又令军工兵营配合两个步兵营，对残敌发起最后的攻击。激战数小时，我工兵放火烧屋，迫敌逃出，步兵发起围攻，逐屋逐街展开争夺，侵入市区一昼夜的敌军大部被歼，一部逃出城外。此时包围长沙的敌军开始撤退。第三师团由长沙东南郊向冬瓜山撤退；第六师团由长沙东北郊向榔梨市撤退。

日军要逃跑，这一切早在薛岳的预料之中。为了把握战机，歼灭敌人，特严令以下三项决定，希全军执行之。

一、各集团军总司令、军、师长要严格掌握部队，亲临前线，力图捕捉战机，歼灭敌人。

二、我薛岳如果战死，应立即由罗卓英副司令长官代行职务，按预定计划歼灭敌人。集团军总司令、军、师、团、营、连长等，如有战死者，即由副主官或经历较深的主任代行其职务。

三、各集团军总司令、军、师、团、营、连长等，如有作战不力，或贻误战机者，立即按照革命军人连坐法议处，严惩不贷。

为了截击日军，薛岳命令各路部队执行“超越追击”的方式沿途设置阻击阵地。

常言道：打虎亲兄弟，上阵父子兵。

杨森第二十七集团军的王牌杨汉域第二十军的任务是沿清江口—福临铺—石子铺进行追击。杨汉域命令杨干才第一三四师占领古华山，军长杨汉域率第一三三师赶至影珠山与第五十八军协力阻击。

影珠山位于长沙北面约一百里，是控制长沙通往长乐街与新市的要隘，日军通不过影珠山，就无法北上，在军事上是敌我必争之地。当日军突破我军第一道防线后，第二十军军部就组织力量控制这一地区。

当第一三三师抵达福临铺时，得知日军独立第九旅团已经越过汨罗江南下，当晚准备宿营在福临铺。副军长兼第一三三师师长夏炯经过和幕僚研究，认为必须先对付日军增援部队，方能使影珠山免于腹背受敌。当晚就派出三九七团夜袭福临铺，派第三九九团袭击驻场外村庄之敌。

川军拼得好凶，日军阵脚大乱。混战到次日拂晓，日军才重新整理完部队，随即对第一三三师的阻击阵地发起猛攻。激战竟日，伤亡惨重。

日军见强攻没能得逞，于第二天组织一个集成大队改道攻击影珠山，并成功攻至影珠山北面山腹地带，随后继续向山顶进攻。这股日军的冒死猛攻，使第二十军和鲁道源第五十八军的侧背受到严重威胁，尤其是两个军军部，更有被日军偷袭的危险。

如果影珠山丢失，不仅对我军不利，还将影响整个长沙会战。军部得知此情况后，决心调动部队，迅速全歼当面之敌。军部从第一三四师抽调负有盛名的李怀英营前往影珠山，受第一三三师夏炯师长指挥。李怀英营赶到后，夏师长讲明了当前的情况和作战意图，给李怀英营的任务是配合主力肃清当面之敌，必须在入暮前迅速全歼已经窜至背面山腰之敌。夏师长为了加强李营的兵力，特别要求军部将骑兵连归其指挥。

在此情况下，杨汉域急命所属骑兵连（其实都是无马步兵）以及从第一三四师抽调出来的四〇〇团第三营在日军与军部之间构筑起一道临时防线，并严令第三营营长李怀英必须在入暮前将日军歼灭，否则提头来见！

李怀英命第八连派一排人由左翼下山绕到敌后，向敌射击，第七连与骑兵连由上而下向敌猛冲。日军在炮火掩护下，有三百多步兵开始对守军阵地发起冲击。李怀英将重机枪班迅速调换位置，构筑侧射、斜射火力网，网中之敌非死即伤，被杀得落花流水。

三排长王庆余用重机枪猛击日寇，双方都杀红了眼，一日本小队长被机枪打中，手臂被打断后还疯狂往前冲，最后被手榴弹炸死。日军敢死队多次冲到阵地前，惨烈的肉搏战多次爆发，激战到下午五时，日军第十次冲锋被打退。此时，副团长陈仲达打来电话，日军大队已经突破捞刀河阵地，正在向影珠山方向增援而来，为避免被日军围歼，必须迅速撤离。

情况紧急，李怀英立刻让第九连断后掩护，日军又开始发动进攻，三排长王余庆在掩护途中，不幸被日军炮弹击中牺牲。影珠山腹地有一山谷，两边都是陡坡石山，为甩掉这股日军，李怀英当即命令一个连前去诱敌，将日军引入山谷，他则率领一部埋伏在山边，一部绕过日军堵住退路。

李怀英下令将所有手榴弹扔下谷底，炸得日军鬼哭狼嚎。随后，全营从山上冲下去，痛击日军。最先冲入山谷的日军有五十多人，日军拼死反抗，但由于地形受制，优势火力难以发挥。李怀英率领全部人马挥舞大刀、棍棒冲向日军，经过十多分钟的搏杀，日军大部分被歼灭。三个日本兵吓得将三八步枪举到头顶投降，嘴里大喊着“大大的顶好，大大的顶好”。

李怀英歼灭这股日军后，后续日军不敢再追，只得在山下向山上盲目进行炮击，影珠山阵地终于保住了。

第八连侧袭开始后，担任军部警卫任务的骑兵连连长杨汉烈带着部队猛打猛冲，直接突入日军阵中展开肉搏。由于杨汉烈是杨森的儿子，包括杨汉域在内的大部分高级军官都担心杨汉烈的安危，不让他直接参与一线作战。但杨汉烈在此情况下，却坚决要求出战，于凌晨三时接军部电话，随即率全连奋勇上山，利用地形地物隐蔽接敌，等待迂回敌后的迂回排的枪声。当迂回排的枪声响后，吸引了敌人的注意力，杨汉烈一声令下，战士们以迅雷不及掩耳之势，先是手榴弹招呼，漫天飞舞的手榴弹炸得人仰马翻；之后是明晃晃的马刀冲杀过来，待敌清醒过来，又成为我军突击队的猛袭目标，敌遂陷于我军三面包围之中，乘敌立足未稳之际，配合一三四师四〇〇团李怀英三营和军部特务连各一部，奋力围击。敌撤至山腰丛林坟园中，负隅顽抗。同时，山下第一三三师又将敌后续部队截断合围，致敌形成困兽状。敌虽以空中优势，曾十数次俯冲低飞助战，但因两军临近咫尺，空军不起作用。我军以坟园矮墙为屏障，短兵相接，部分官兵在矮墙外，集中全连手榴弹、掷弹筒，连续投掷，扑灭敌重机枪火力。同时，我轻机枪、冲锋枪发挥了充分之火力，从早到晚，战火激烈。军部迭电催促，迅歼顽敌。及至落暮，终将掩护撤退之敌三百余人全部击毙。计缴获轻重机枪十余挺，步枪百余支，战刀十一把，其他装备无数。并击毙山崎大队长、池田中队长等军官十数名。

杨汉烈，四川广安人，杨森次子。黄埔军校十六期毕业。历任国民党二十军和第二十七集团军连长、参谋、营长、团长，区保安司令、总队长、师长、副军长、中将军长等职。曾参加淞沪对日作战、长沙会战等。

战斗结束后，只见杨汉烈得意洋洋，骑着大洋马，身披一件日本军大衣英姿飒爽地回营，腰挎一支日本王八盒子，肩扛两把日军战刀，身后是骑兵连士兵，精神焕发，不少士兵身上都披着缴获的日本军大衣，扛着日本武器得胜归来；队伍中还有几名垂头丧气的日本俘虏。杨汉烈在向李怀英简单汇报战斗经过后，就去打电话给军长杨汉域报平安："军座吗？我是汉烈。大哥，小弟今天打了个大胜仗，对得起你，也对得起老汉儿，你对我家老汉儿说，要给我请个勋章……"直到这时，杨汉域才算是放下话筒，松了一口气，再摇电话机，向杨森报喜。

这次战斗，不仅保卫了指挥部的安全，也使山下两军彻底地完成了截击歼敌之任务，迫使残敌撤回新墙河以北地区。这是第三次长沙会战中影珠山战斗歼敌经过。

影珠山血战，大公报曾发表题为《三战三捷》一文："杨森将军亲自指挥强渡的杨汉域、鲁道源部在影珠山及其附近与敌展开两昼夜的惨烈争夺，始终未失守一个山头，并使南北攻山之敌伤亡惨重，没有逃走一人带走一枪，这是媲美长沙保卫战的精彩战绩，同样表现我军守必固的刚毅精神。"

杨汉烈（1917—1987）

影珠山的胜利奠定了第三次长沙会战的基础。对于这次战斗，日军战史曾有专文描写："天明后，在山上双方的混战，极为激烈，官兵们不断的负伤倒下，十时左右，我弹药用尽，在到处的草丛中，可以听到伤员的呻吟声和自绝的手枪声，山崎大队长负伤，满身是血，但仍继续指挥战斗。最后山崎大队长终于决心殉国，于是命本部附斋藤军曹突围向上级报告关于夜袭及其后战况与决心殉国等情况。……斋藤军曹走后，山崎大队长再度遭到迫击炮弹的轰击而死亡。接着士兵们就用刺刀互相刺杀或者用手榴弹自爆而死。”

再说第三十集团军。王陵基即电令第三十七军、第七十八军分两翼队，第七十八军在左，第三十七军在右，沿平江长沙公路向长沙进行球形攻击，聚歼敌军主力。

薛岳筑成的“天炉”对日军来说是进来容易出来难。日军各部队都拉扯着大批的轻重伤兵，仅第三师团就躺倒七百多人。如果一个伤兵需用两三个人抬的话，那么就有近两千人抬担架，战斗力大受影响。

第三师团司令部在石井联队的掩护下，经过苦战，于5日凌晨来到浏阳河畔，但随即被第四军包围，中国军队在嘹亮的军号声呐喊声中如同猛虎咆哮，宣呼而来，日军军旗被迫击炮炸飞，令敌人闻风丧胆。

第四军勇士迅速逼近日军师团指挥所，两军在师团指挥所前展开惨烈的肉搏战，直杀得日军死伤累累，鲜血遍地。正在这时，日军又一个联队赶到才算把丰岛房太郎师团长救出。

1月8日，困兽一般的阿南惟几，想以一次反击来提振日益颓靡的士气，他向重围中的各师团下令：坚决进攻青山市以北的杨森第二十七集团军，打开退路。

第六师团按照阿南的命令，全力向青山以北迂回，刚刚挪步，就被从榔梨、黄花市追击而来的罗卓英第十九集团军、欧震第四军和王陵基第三十集团军、夏首勋第七十八军包围。双方展开决死的拼斗，凛冽的寒风伴随着枪声、炮声和喊杀声，日独立混成第九旅团的山崎大队被全部歼灭，第六师团损失惨重，已是到了弹尽粮绝的地步，所在地区能找到的生米、生菜等可以吃的东西都吃了，几乎罗雀掘鼠。

阿南派航空军前来救援第六师团，但交战双方呈胶着状态，飞机在天上团团打转，不知炸弹往哪里扔。阿南接到飞机报告，大吃一惊。为挽救第六师团被歼的命运，急令第三、第四十师团前去救援。此时，第四十师团正在白沙桥一带被中国第三十七军围攻，已是自顾不暇。第三师团趁中国军队围攻第六师团之机，逃过汨罗江，死伤惨重，能参加战斗者所剩无几，也不能再去增援。

第六师团和第九旅团在青山市以北的重围中血战到 1 月 12 日，大部被歼灭。后来，在日军大批九七式轰炸机的轰炸掩护之下，神田师团长才得以带领残部，丢掉大批的尸体和伤员狼狈逃出重围。

王陵基第三十集团军两翼队向长沙进攻，除右翼队第三十七军当面有较大战斗外，左翼则只同少数敌军接触，敌军并未作激烈抵抗，即向西北方向撤退。两翼队先头部队进至距长沙约三四十里时，得知友军在长沙附近同千余敌作战。敌军主力何时由何地撤至何处，不得而知。

第三十集团军参谋处提出如下意见具申：

窜犯长沙之敌，鉴于国军以雷霆万钧之势向长沙进行球形攻击，敌军不敢再事突击和顽抗，刻下似只残置少数部队于长沙附近，诱致国军，而迅速秘密将其主力转移于长沙东北山区，隐蔽集结，退出内线作战苦境。俟国军进至长沙附近，再从我右侧背压下，企图予我歼灭性打击。如敌军战斗不利，已真正撤退，我军主力进至长沙，既无战果，反而迟滞尔后追击任务，因此，可将右翼队第三十七军即作梯次配置，重点保持右翼，逐渐转向北侧。左翼队（第七十八军）应即转为战备行军态势，准备向北面之敌追击。

第七十八军向平江以北超越追击，通过平江后，尚未发现敌踪。第三十集团军总部即令第七十八军在平江东北集结待命。

而在平江东北至粤汉路间截击敌军之杨森之二十七集团军，已集结待命。

1 月 15 日，阿南指挥进犯长沙剩余的残兵败将在飞机和炮兵掩护接应之下，遗尸遍野，经我各军沿途追击，终于艰难逃到了新墙河北岸。

1 月 16 日，第三次长沙会战胜利结束。

在会战中，箬溪之敌曾沿修水南北两岸进犯，因新编十二师采取了积极行动，诱敌深入，该敌狂妄进窜，进入我包围圈，发现被困，急忙缩回，返回原驻地。第七十二军到达平江后，接长官部电令：此次会战，我各军斗志昂扬，努力奋战，已将进犯之敌击溃，残敌已向岳阳方向溃退。会战结束，各部开回原地整训，速将有功官兵报请勋励。

第七十二军遵令开回修水，接受新任务。

第三次长沙会战是日军突袭珍珠港以后，在中国战区发动的第一次攻势，也是同盟国在太平洋战争初期一连串失败中首开胜利的纪录。

英国泰晤士报社评论："12 月 7 日以来，同盟军唯一决定性之胜利系华军之长沙大捷。"

十九、鄂西会战

1. 赵璧光跑丢帽子

王瓒绪第二十九集团军原属第五战区，下辖第四十四军、第六十七军，在大洪山打游击。1941 年 12 月底调离大洪山，在河南西部的内乡县一带整训。

1942 年 3 月初，王瓒绪第二十九集团军奉令改隶第六战区序列，由河南内乡出发，经宝康县等地到达宜昌三斗坪。从那里渡过长江，经毛家厂、羊毛滩等地，又经过月余行军，到达湖南桃源地区。全程一千七八百华里。总部驻临澧，第四十四军驻津市，第一四九师驻南县，第一五〇师驻安乡县，第六十七军及第一六一师驻澧县，第一六二师驻桃源县属宜窝潭附近整训。

1942 年春节后不久，该集团军南调湘北，担负洞庭湖以西及长江南岸防务。王泽浚第四十四军下辖第一四九、第一五〇、第一六二三个师，其中许国璋第一五〇师守备沿虎渡河各要点及南县、安乡县；孙黼第一六二师位于常德外围之凤凰山、太阳山，一部置于石板滩，构筑前进阵地，与守备常德的余程万第五十七师紧密联系，协同作战，保卫常德。

10 月，敌人以中、小队为单位，组成汽艇分队，在长江南岸沿滨湖地区的湖沼港湾中不断进扰。这些汽艇分队十分猖獗，艇上架设轻重机枪，自恃火力强射程远，行动迅速，经常突袭中方的巡逻兵，耀武扬威，还不断上岸来村中抢粮。

10月下旬，军事委员会根据各方面情报，判断日军将抽调兵力向（长）江（洞庭）湖三角地带进犯，以牵制消耗我兵力，如状况顺利则渡澧水、犯常德。于是我军排兵布阵、调兵遣将。

长江和汉水之间三角地带的沔阳、潜江、监利、新堤四县，处于武汉、岳阳、沙市之间，是一望千里、平坦肥沃的水田地区。境内湖泊水网密布，道路多为水渠两侧的堤坝。这里属于第六战区，战略位置十分重要。司令长官陈诚，主要任务扼守长江，屏蔽川东，保卫重庆。

1943 年 1 月，因第六战区司令长官陈诚调远征军任司令长官，第五战区副司令长官孙连仲代第六战区司令长官，调湖北恩施。

日军第十一军司令官横山勇指挥鄂北、豫南的第三师团，武汉的第六师团，荆门、沙市的第十三师团，南昌的第三十四师团，宜昌、当阳的第三十九师团，岳阳的独立混成第十七旅团等部发起鄂西会战。

2 月 15 日，是农历大年初一，王泽浚第四十四军被派至长江北岸的第一四九师四四五团正和宜都聂家河一带村镇和老百姓一起过年。

湖北民间风俗，春节民间巡游、跑旱船、观看鱼龙百戏、舞狮等民间杂耍等，非常热闹。一四九师师长赵璧光除令少数战士担任警戒外，大多数人都离开营房，去集市游玩去了。日军在伪军引导下，由伪军化装成老百姓，混在熙熙攘攘的人群之中，另一股悄悄包围驻军驻地，一声令下，突然发起袭击。

赵璧光早年入川军王瓒绪部，随其参加历次四川军阀混战，由排长升至团长。1935 年入峨眉军官训练团受训。抗日战争前任国民革命军四十四军二师四旅十八团上校团长。1938 年随国民革命军第二十九集团军出川抗战。先在太湖、宿松一带阻击日军，后又转战鄂、湘。曾参加过武汉会战、随枣会战、鄂西会战、石门慈利之战和常德保卫战等重大战役。历任国民革命军第四十四军一四九师四四五旅旅长、第六十七军一六二师副师长、第四十四军一四九师师长、一五〇师师长等职。此时的师长赵璧光正在喝酒，听见枪声，下令各团还击。然而身边哪里还有部队，他只能仓促间抓起枪，帽子都来不及拿，带头逃跑，部队都放了羊，边打边撤，阵地都没有人守。日军于当夜进至监利附近，于第二天凌晨便占领了监利城。

日军此次进犯，狡猃异常，先以万余人分六路侵占了我江北挺进军根据地监利、沔阳、郝穴等处。

第六战区长官部判断敌之企图：其第一步以求肃清江左，第二步为进攻江右。以打通长江水上交通，占领（长）江、（洞庭）湖三角地区。于是决定各部积极准备渡江攻击。

2 月 17 日，孙连仲代司令长官发布作战命令：分令第二十九集团军及第一一八师（师长王严，中央军嫡系）应即准备渡江反攻。第二十九集团军应以恢复江左（江左主要指长江中下游南岸的地区）原态势，并协力第一一八师战斗之目的，即令第四十四军（军长王泽浚）在监利以东地区，配属该集团指挥之第八十七师，以第一一八师在监利、郝穴地区分多数支队渡江攻击敌人，迫使沿江据守之敌向北撤退。

王瓒绪第二十九集团军、王敬久第十集团军及江防军的分段防御任务：第二十九集团军防守万林河口至茅草街一线，第十集团军防守茅草街（不含）经百弓嘴、公安、松滋、枝江至宜都一线，江防军防守宜都以西茶店子、黄家坝至石牌一线。

江防军隶属第六战区，由该战区副司令吴奇伟兼任。1942 年改称长江上游江防军。下辖第三十军、第九十四军和海军第二舰队和巴（东）宜（昌）万（县）要塞等部队。

2 月 25 日，孙连仲命令各部积极准备渡江反攻。王瓒绪第二十九集团军应恢复江左原态势，即令王泽浚第四十四军在监利以东地区，配属该集团军指挥之八十七师（师长张绍勋，隶属第七十一军，中央军部队），以第一一八师（师长王严，隶属第八十七军，中央军部队）在监利、郝穴间地区分成多数支队渡江袭击敌人，迫使沿江据守之敌向北撤退……

3 月 9 日，孙连仲令：第二十九集团军沿江守备部队，应始终在安乡、公安、斯家场、松滋之线以东打击敌人，不得推至该线以西……第六十七军（军长佘念慈）控制于常德附近之第一六二师（师长孙黻），应准备向澧县附近推进，待命参加战斗。

10 日，日军渡江大举进犯，分向华容、石首、藕池、横堤寺、斗湖堤等处。

第二十九集团军方面状况剧变。第六战区司令长官孙连仲令：王瓒绪以第六十七军控置于常德附近之孙皼第一六二师应即开赴临澧东南之鳌山附近，适时进出安乡以北地区增援。同时将属于长江上游江防军的第八十七军高卓东部归王瓒绪总司令指挥。

高卓东，河北丰润人，毕业于保定军校第八期炮科和陆军大学特别班第二期；所部第八十七军下辖三个师，乃中央军嫡系。他自视资历比王瓒绪不差，而且中央军嫡系部队各方面都比川军强，因此行动迟缓，以示不满之态。王瓒绪也知道这是个刺头，惹不了，所以私下和孙连仲商量，能不能调其他部。不料，孙连仲发了火，说："这都啥时候了，拽啥拽？我亲自让他积极行动！"于是他命令高卓东："你必须听王总司令指挥，此次江南作战，关系战区安危甚大，应恪守王总司令之命令，积极行动，达成所受任务，不可过于消极，致延误时机。那时别怪老乡不给面子！"

孙连仲是河北雄县人，离丰润不远，所以管高卓东叫老乡。

高卓东自然能掂量出其中的分量，尽管他瞧不起川军，但也明白不服从军令的后果，只得乖乖照办。

第六战区司令长官孙连仲

3月12日，孙连仲命令第二十九集团军及第八十七军：

此次敌渡江南攻，其后背长江与战地，多川流交错，湖沼纵横，故知一切后勤交通，厥为舟筏是赖，我如能将其所有舟筏悉予破坏，则不特使敌无法活动亦不啻瘫痪敌战力于无形，事关重大，特就所要指示如次：（一）长江及滨湖三角地区内，所有船只，务妥行统制分避，控置于安全地点，确实掌握；如无法撤运，或迫不及运时，应彻底破坏之，务勿为敌利用。（二）在敌后作战之我军，应以破坏敌之渡河材料为主要任务，凡敌控制之渡河材料，如帆布船、橡皮舟、木船、竹筏以及桥梁等，务联合当地民众，随时地设法搜获，加以彻底破坏，使敌不能利用，其破坏成绩，准列入战绩内，视优劣奖惩。以上二项，希转饬切实遵办具报。

第九战区配合作战，薛岳司令长官通报：已饬杨森集团攻击临湘、岳阳地区之敌，并已令汪之斌第七十三军于3月10日推进益阳、宁乡，当即复电薛长官，请饬该军于15日前赶到常德，归入战区战斗序列。

3月中旬，日军第十一军实施了洪湖地区及长江南岸滩头阵地作战，第四十师团率先行动，从临湘附近分成左右两个纵队，两路渡江，向监利方向前进。

3月16日，孙连仲对第二十九集团军、第二十六集团军及江防军下达作战令：

1. 第八十七军（欠一一八师）即移公安、官桥地区，准备策应沿江守备部队及江左方面之战斗。

2. 第九十四军之第一二一师即开聂家河附近，准备策应松滋方面我军之战斗。

3. 第十三师，除留一团仍归第七十五军指挥外，余即开太平溪归还建制。

随即，孙连仲自恩施抵达沅陵，带领六战区长官部指挥所进驻桃源。发出电令：

战区决迅速击灭窜入江南之敌，恢复原阵地；第二十九集团军应严督所部，限期肃清华容及其以北调弦口、石首、藕池口附近之敌，恢复原阵地。

他令第七十三军（属中央军嫡系）军长汪之斌：

第七十三军已奉令归战区指挥，著该军即以现在华容附近之暂编第五师（师长梁化中）暂归第二十九集团军王兼总司令指挥作战，其余归战区直辖，暂在常德附近待命。

第二十九集团军总司令王瓒绪先后接到司令长官两次电令，暂编第五师（师长梁化之，隶属第七十三军）加入战斗序列。此时，王瓒绪不由信心大增，亲自率领指挥所人员由桃源赴常德、津市一线视察，部署积极反攻。

3 月 27 日至 31 日，为策应王瓒绪第二十九集团军及江防军在华容、藕池口、弥陀寺地区作战，周喦第二十六集团军、冯治安第三十三集团军都加入了与日军的攻防作战。

3 月 30 日，第二十九集团军奉令以主力在万林河口、菜田铺、鲢鱼须、港子至茅草街之线占领阵地；以必要之一部，钻入江湖三角地区，占领据点，围困华容附近之敌，并继续在敌后袭击在主阵地线后特别是南县、官垱、禹山各附近，须择要点构筑工事。

至 4 月 1 日，日军占领藕池口、石首、华容等地，停顿于上述之线。

长官部判断：敌将以一部由沙市或松滋渡江，策应位于江、湖三角地区之主力，进犯澧县、常德，决定第二十九集团军第一线守备部队固守现阵地，其后方控置兵团一部固守津市、澧县，进出澧水南岸，连系第十集团军，击灭窜入该方面之敌。

王瓒绪在安乡召集集团军团长以上军官会议，当即宣布赵璧光和该师三个团长万德明、萧德宣、胡峦“作战不力，撤职扣押，交军法审办”。第一四九师被改为后调师。赵璧光后降职为副师长。

从 5 月初开始，进行滨湖作战。日军来势汹汹，攻势很猛。

第六战区长官部决定先行击灭由藕池口方面企图深入之敌，命令第二十九集团军：

（一）第七十三军于现阵地坚强阻击由藕池口南进之敌，迅速抽第七十七师（韩浚）施行反攻，对华容之敌，须注意警戒。

（二）第四十四军除留一部仍在南县附近准备策应华容即官垱方面

之战斗外，其余集结于津市、澧县附近地区，准备击灭由藕池口方面窜入之敌，并指定部队死守津市、澧县两据点。

王瓒绪奉命后，所部攻击安乡附近之敌，以解第七十三军之危急。并令所部在津市、澧县、安乡的部队固守现阵地外，并努力打击当面之敌，其余向夹洲、上三汊河以北地区攻击，尔后向老山咀、茅草街方面进出。

4 月 8 日，第六战区代司令长官孙连仲令王瓒绪：

该集团对津市、澧县，仰确遵前令，指定部队死守外，无论情况如何变化，不得放弃其守备，在羌口之第一六一师（师长何保恒）应与安乡之敌保持接触，并设法与第七十三军联络，搜索船只，掩护其渡河为要。

2. 林文波探访常德

1943 年 4 月 20 日，第六战区判断日军将以一部由沙市或松滋渡江，策应位于江、湖三角地区之主力，进犯澧县、常德，乃策定如下作战方案。

一、第二十九集团军著第一线守备部队固守现阵地，其后方控置兵团一部固守津市、澧县，余适时进出于澧水南岸，连系第十集团军部队，击灭窜入该方面之敌。

二、第十集团军对松滋、宜都间之敌，以有力一部，依江岸既设阵地拒止之，尽量抽集兵力适时向澧水以北地区进出，连系第二十九集团军对窜入该方面之敌而击灭之。

三、江防军应抽出一部，适时向聂家河方面进出，机动作战。

四、第二十六集团军，以主力向龙泉铺、双莲寺，第三十三集团军以四个师兵力向当阳攻击。

相持至四月下旬，各路日军增援至六万余，上至石首、监利，下至沿江重要地点，均配置重兵，并集帆船、汽艇六七百只，飞机数十架，有大举进犯之势。

5月初，日军攻陷南县、安乡，似有向南侵扰常德之势。

5月3日晚，蒋介石正准备上床睡觉，侍从室转来第六战区司令长官陈诚的电话："委座，据报白螺四月二十七日到敌机十二架，天门、岳口一带近日增敌三千余人，汉川南近日增敌伪军五千余人。潜江、沙洋、沙市各据点敌军雇用挑夫运兵频繁，判断敌军有向江汉间地区行局部窜扰的企图。"

蒋介石问："六战区执行军令部计划如何？"

陈诚："第一线部队及挺进军严密戒备，随时准备痛击来犯之敌，并按军令部轮袭计划，不断派遣部队向指定区域积极轮番攻击破坏，并详细侦察敌情。"

蒋介石："第二线部队要即日完成战备，务能随时参加战斗。各部队及前后方各要点，对防空要特别加强注意。"

陈诚："委座，此产粮区是支持我军民坚持抗战的重要基地，万一失守，九战区、六战区的军粮民食均将断绝供给，而该方面兵力不敷，令人忧虑。王瓒绪第二十集团军方面兵力单薄，万一敌人向监利、郝穴一带进犯时，除挺进军向敌后挺进反击牵制外，不能再推进部队渡江作战，另外滨湖防区为本战区之右翼重点，一旦有失，则恢复困难。"

蒋介石："告诉杨汉域和夏炯，一定要按既定战略执行，不要怕牺牲。这个问题会马上得到解决。第八军必要时推进公安附近，巩固鄂南防务外，担任部分运输任务。第二十九集团军应固守安乡至公安之线，第十集团军应固守公安至枝江线，江防军应固守宜都至石牌要塞，其余第七十五军、第七十七军和第五十七军应固守三游洞至转斗湾阵地。"

第二十九集团军总部奉到第六战区长官部命令，指定川军第一六二师（师长孙黻）参谋长林文波，指定其侦察常德地形，绘图呈报。

林参谋长翻山越岭，昼伏夜行，经过一周侦察，考察了原来工兵营构筑的半永久工事，符合守备要求，但为了扫清射界，必须拆除城东北区民房数万间。守备常德需一个军，以一个师（欠一个团）守备城区和对岸的乾缘寺。以两个师附一个团在外围河洑地区机动作战，阻止敌人渡过沅江，接近常德城，可确保常德。

5月中旬，敌军突然转锋西向；同时江口、董市之敌亦渡江南犯。国军在公安、枝江一带守军，被迫逐渐西移。

第六战区长官部判断日军可能由松滋、枝江地区向南进犯，决定为阻敌进攻，实行阻塞战，在枝江、松滋、澧县、石门的通道路线上，包括道路在内左右十公里，发动民工挖掘、构筑纵深的百余华里的阻塞工程。每隔二百公尺，挖十公尺长、四公尺宽、二点五公尺深的壕沟，平时通过时加上梯形小桥，不用时就撤去。其实。这样的工程，劳民伤财，既不能有效阻止敌军进攻，也限制了自己的军民行动，得不偿失。但不知长官部为何出此昏招，还专门派蔡姓高参等在澧县长官部召开各军、师参谋长、副师长开会。督催限期完成任务。

5月14日上午八时，身处云南楚雄远征军司令部的司令长官陈诚，正在聚精会神地为远征军训练、补充、整顿而尽力工作时，忽然接到重庆侍从室第一处主任林蔚的电话："委座要亲赴恩施，指挥六战区战事。"

陈诚意识到战事的严重性，当即告诉林蔚："请蔚文兄转告委座，准我回鄂指挥！"

救兵如救火。当天下午六时，陈诚的飞机已在重庆九龙坡机场降落。

16日，因恩施下雨，飞机不能降落，陈诚在重庆停留一天；17日下午，在云雾迷蒙中，陈诚抵达恩施。此时，由于战事紧急，第六战区代司令长官孙连仲已赶赴常德指挥。

对于日军企图，中国军队是早有防范的，陈诚一到恩施，详细研究敌情后，作如下部署：

王瓒绪第二十九集团军固守安乡亘公安之线既设阵地；

王敬久第十集团军固守公安亘枝江之线既设阵地；

吴奇伟江防军固守宜都亘石牌要塞之阵地；

周喦第二十六集团军的第七十五军和冯治安第三十三集团军的第七十七军、第五十九军固守三游洞（西陵峡东口）亘转斗湾间既设阵地。

陈诚召开紧急军事会议、参加人员有：第六战区代司令长官孙连仲、副司令长官吴奇伟，参谋长郭忏，第十八军军长兼巴宜要塞司令方天，第三十二军军长宋肯堂，第八十六军军长朱鼎卿，第十集团军总司令王敬久，第二十九集团军总司令王瓒绪，第二十六集团军总司令周喦，第三十三集团军总司令冯治安等人。

陈诚再三强调：江防一线，干系全局，即使常德、襄阳、樊城皆失，不致影响国本，仍可设法挽回，石牌为陪都的咽喉，必须确保安全，应“勿恃敌之不攻，恃吾有以待之”之原则，无论出现什么变化，其嫡系十八军第十一师都应固守石牌要塞，纵令全军皆亡，亦在所不惜。

陈诚讲完话后，参谋长郭忏作了兵力部署：

王瓒绪第二十九集团军的第一六二师（孙黻），仍集结于鳌山附近地区。第一五〇师（许国璋）主力扼守新洲亘澧县之线，其一部位置于夹堤、白羊堤附近；第一六一师（何保恒）由羌口附近开始向鳌山转进。

第十集团军，以第八十七军的一一八师于白羊堤亘汪家嘴之线；第四十三师于汪家以北亘中浪湖线，均采取攻势；以新二十三师守备孟家溪、公安、申津渡亘宜都之线；第一二一师第三六二团集结肖家岩附近，其余正由西斋向茶园寺附近地区集结；暂编第三十五师第三团集结于西斋以北亘茶园寺附近地区；第六十七师位于肖家岩、余家桥附近地区。江防军以第六十七师的第二〇〇团守备安春垴；第八十六军的第十三师守备茶店于亘乌龟山之线。

5 月 21 日，鄂西日军第十三师团攻陷王家畈后，以三千兵力于是晚由聂家河、庙滩渡、洋溪河，与枝江日军夹击江防军第六十七师。同时，日军第三十九师团主力在宜都北红花套附近强渡，与江防军第十三师进行激战。22 日，江防军第十三师阵地被突破，日军继续猛攻。23 日，鄂西日军占领渔洋关。随即，日军第三、第三十九师团主力在空军的掩护下企图攻占石牌要塞，威胁川东。

常德守军奉命开赴鄂西宜都、长阳前线。余程万第五十七师接替常德城防。

5 月 28 日，鄂西守军在空军的配合下，进行反攻，第八十七军第一一八师在师长王严指挥下，收复渔洋关。日军第三十三师团的后方联络线被切断，攻势受挫。

5 月 30 日，鄂西第六战区所部进行反攻，日军开始全线动摇，日军第十三师团主力被围困于宜都附近。31 日，鄂西日军全线撤退，鄂西湘北会战胜利。

鄂西会战之后，国际形势对日本越来越不利，日军不仅在太平洋战场上节节败退，其海军及航空兵也遭到毁灭性的打击。日军大本营“从战争全局要求出发，不允许中国派遣军进行任何进攻作战”。所以日军第十一军在鄂西会战结束后的四个月内没有向周边的抗日战争第五战区和第六、第九战区进攻，而这三个战区的部队也没有对日军进攻，双方形成“和平”相峙。

8 月，第六十七军第一六二师孙瀫部奉调湖北松滋、枝江两县，接替长江上游江第八军（军长何绍周）的荣誉第一师（师长汪波）的长江南岸防务。师部驻茶园寺。

二十、常德会战

1. 许国璋师长殉国

日军急于掠取对湘西战略要冲常德地区的决策核心攻势，日本大本营于1943年9月27日下达命令，规定日军第十一军负责常德会战。

10月，日军纠集四十五个大队和大批伪军向常德、桃园进犯。第六战区长官孙连仲令余程万部死守常德，令王瓒绪第二十九集团军在北面的滨湖各县节节抵抗，争取时间以待第六、第九两战区主力驰援。

王瓒绪命第四十四军与敌激战二十余日使敌未能前进，且有所缴获。但另一路敌军击破第七十三军，强渡澧水上游，直奔常德，使第四十四军被隔断于常德以东和以西地区。敌旋即迫近第二十九集团军总部所在地桃园。王瓒绪率余部退至沅水以南的郑家驿，令第四十四军在常德外围之太浮山和太阳山地区分别截击敌军。该军第一五〇师被日军隔断。

第一五〇师驻守南县。该县隶属于湖南省益阳市，地处湘鄂两省边陲，洞庭湖区腹地。南县北与湖北省石首、公安、松滋相连，西接常德市的安乡、汉寿两县，东临岳阳市的华容县，南与益阳市的沅江市隔河相望。

1943年11月初，敌军小汽艇分队利用河湖港汊不断向我军进犯。第一五〇师长许国璋多次接到日军汽艇前来骚扰抢劫的报告，下决心要消灭鬼子的汽艇。许国璋多次观察后终于发现敌人的活动规律，命令部下，要好好教训这些龟儿子，让他们尝尝川军的厉害！于是决定在岸边的芦苇丛中和渡口设伏。

许国璋，字宪廷，四川成都人。1917年入川军第二师服役，历任排长、连长、营长、团长。1935年6月，随第二十九集团军出川抗日。1938年，率部参加黄（梅）广（济）战役。同年10月任第一六一师第四八三旅旅长，1941年任第一五〇师副师长兼第四四八团团长；1942年10月，第一五〇师师长杨勤安升第四十四军副军长，许任该师少将师长。

许国璋（1897—1943）

一天黄昏，日军汽艇分队前来袭扰第一五〇防区，满载着抢掠来的粮食物资回程时，进入我伏击圈。密集的枪声在芦苇丛中骤然响起，子弹和手榴弹雨点般射向快速游动的汽艇，击溃日军一个中队，其余日军开足马力逃跑。此战伤敌三十余人，遗尸十一具；我军缴获汽艇三艘。

这次伏击的收获非同小可！除了艇上的轻重机枪和各类物资外，还有一件更珍贵的战利品：在一具血肉模糊的日军军官尸体上，挎着一个军用皮包，包里装有一张五十万分之一的军用地图。这张军用地图送到了师长许国璋手中，紧接着送到集团军参谋处作战课长、军长、总司令和战区长官部手里。

地图上标明，敌人其主攻矢标指向常德，助攻矢标指向桃源！于是作战课长立即将这一情况向第六战区长官部参谋长郭忏、参谋处长武泉远报告。

11月1日，日军以第十一军司令官横山勇为总指挥，分三路西起沙市，东至岳州全线进攻。11月2日傍晚，月上东山，长江南岸，从宛市、弥陀寺、藕池口、石首、华容一线，日军五个师团并列，向我第二十九集团军阵地发起进攻。我守军凭借既设阵地奋起迎击。不久，中方一线部队受命逐步后撤。至 11 月下旬，日军已从西北和东北两路逼近常德和桃源。

阻击西北一路敌军的任务落到了第二十九集团军肩上。集团军总部命令在南县、安乡作战的第四十四军许国璋一五〇师向西南转移，占领常德北面的太阳山，准备攻击敌后。太阳山是常德近郊的制高点，战略位置十分重要，只要占据着太阳山和邻近的太浮山，日军即便是占领了常德，也无法立住脚。

第一五〇师在南县和安乡一线迟滞敌人、辗转作战已经二十余日，早已伤亡惨重、残破不全。接到向太阳山转移的命令后，当即摆脱敌人后撤到达澧水岸边。可是全师喘息未定，右前方津市正面之敌已经渡过澧水，向第一五〇师截击而来！如果不赶在敌人的前头，部队就会被截住，加上后面的追兵，全师将在滨湖地带被敌包围而陷入覆没的困境。

许国璋当机立断，命令师参谋长林文波随第四四九团团长谢伯鸾作先头，迅速渡河，快马加鞭，衔枚疾走，急驰太浮山占领各要点。我部立足未稳，敌之追击部队便跟踪而至，谢伯鸾立即集合部队迎头痛击，乘敌尚未展开之际，拦腰冲击。待将该敌击退后，才分兵守备各要点；并派出小分队迎接师长及其他部队，用无线电与总司令部取得联系，根据总司令部指示，谢团长组织了两个加强营，向敌后袭击。

再说许国璋师长命令四四八团和四五〇团分头向太阳山和太浮山速进，自己则率师部和两连士兵跟进。

不料，晚了一步！从津市渡河之敌迅速突进，插到师主力和师部之间，截断了许国璋通向太浮山的道路。此时，尾追而来的敌人已经赶到，形成两面夹击之势。许国璋率部且战且走，被迫退到常德西面十来公里的陬市镇。陬市镇临河而建，另一面是波涛滚滚的沅水。

敌人紧追不舍，以为这是第一五〇师主力部队，在黄昏时，将陬市镇三面围住。

面对数倍于己的强敌，许国璋已经没有退路，他对参谋人员说：“与敌人战斗至半夜时，乘机钻隙到太浮山！”

此时，日军在做试探性攻击，许国璋对官兵说：“我们为国家尽力的时候到了。多打死一个日本兵，就是给守常德的部队减轻一点压力，尽到我们的天职。我们已经被三面包围，背后又是沅水，既无渡船，天气又冷，与其当俘虏被日寇辱杀，或被淹死，不如在前线光荣战死。我们前进是生路，我绝不离开阵地一步，战死在这里，这里就是我的坟墓！”

第一轮较量之后，敌已侦知陬市兵力薄弱，攻击越发激烈。许国璋身体瘦弱，与敌战斗已半月之久，疲劳困顿，又身负重伤，休克过去。部分佐属认为师长已死，抬至街市草房。

恰逢两名渔民欲驾船逃离陬市，自告奋勇，愿将许师长“遗体”送至南岸。翌日清晨四时左右，许师长逐渐清醒过来，问及左右，才知道陬市已被敌人占领，自己负伤后被运过南岸。作为军人的许国璋感到责任未尽，贻羞军人，着急地大声说道：“我是军人，应该死在战场上！你们把我抬过河，这是害了我！”说完又昏死过去。随员们紧急抢救，师长仍昏迷不醒，疲劳已极的卫兵们一个个禁不住睡了过去，天还没有大亮，猛然被身边的一声枪响惊醒，原来，许国璋苏醒过来，摸到了身边卫士身上的手枪，开枪自戕殉国，时间是 1943 年 11 月 20 日。

总司令王瓒绪闻讯，即令第一六二师副师长赵璧光接任第一五〇师师长职，到太浮山继续指挥作战。

许国璋殉国后，遗体被送回故乡成都市，因家无余财，无钱安埋忠骨，成都的一些爱国人士，向川康绥靖公署副主任潘文华仗义执言，提出要求，潘文华遂出资安葬。

太浮山方面，谢伯鸾派出的两个加强营袭击敌后，又迅速撤回太浮山阵地。日军派出一个加强大队向太浮山谢团发动攻击，谢团长利用有利地形，与敌周旋，而以有力部队，迂回至敌侧背，发动袭击，使敌首尾不能相顾，最后不得不撤退。谢团还在夜间，以连排为单位，袭击骚扰敌运输部队的宿营地，使敌一夕数惊，头痛不已。太浮山的部队对牵制进攻常德之敌，起了有力的作用。

日军渡过澧水后，以有力一部向第一六二师之前进阵地石板滩攻击，主力直驱常德。我石板滩部队与敌激战一天后，第四十四军副军长兼第一六二师师长孙黻见阻击日军之目的已经达成，如果再恋战，将有被敌包围的危险，于是下令该处守备部队乘夜撤回太阳山。待该师集中后，孙师长分兵三路向敌侧后及侧翼发起攻击；另将争夺德山，守住常德“生命线”。

敌军退守至滋口一线，形成对峙。二十九集团军遂奉命集结澧县待命。

2. 王瓒绪“按规矩办”

日军包围常德，但常德守军始终保持着南门一条交通生命线，通过这条生命线，常德守军不断撤走伤员并获得补充，对常德之战起到重要的支撑作用。常德战役进行到最紧张阶段，日军派出增援部队，会同德山镇的占领军，再次强攻这条交通线，企图掐断常德的命脉，此地成了反复争夺的所在。

此时，王瓒绪率第二十九集团军总部退到郑家驿，亲自给司令长官孙连仲打电话告急：“仿鲁兄，我的正面，日军攻势太猛，我军伤亡太大，兄弟我请求后撤。”

孙连仲听后，说：“治易兄，我们是老朋友，打仗就不能讲这些了，我已经对你说过，就照那样办，顶住！顶不住我是要按规矩办的！”说完就撂了电话。

王瓒绪知道按规矩办的意思，于是立命少将高参张一斌指挥集团军总部独立团，沿沅水扑向德山镇，保卫这条生命线。

第二十九集团军总部独立团是王瓒绪手中的王牌，也是他身边警卫总部的最后一支部队。总部少将高参张一斌受命，为总司令留下一个营，当即率领独立团两个营走了。独立团距德山镇二十余公里，张一斌在先头营中催兵疾进，前面的搜索兵报告：发现敌兵三百余。张一斌立即命令机枪连四挺重机枪占领右侧制高点，掩护攻击。敌军先发制人，机枪掩护步兵发起狠命的冲锋。张一斌以狠对狠，待敌人冲入射程，命重机枪连同各连轻机枪一齐开火，并立即发动反冲锋，迫击炮、六零炮同时伸延射击。敌人在连续打击下支撑不住，回头就跑。跑到德山镇，又遇川军友军从后方攻击，敌人仓皇渡过沅水退却。独立团大获全胜，解除了常德南面的围困，保住了这条重要通道。战区长官部因之奖励独立团一万元。

11月1日，常德会战开打。日军即借飞机大炮掩护及汽艇多艘，分十二路向烂泥沟子、百弓咀、章田寺、米积台亘新江门进攻；战区长官部指示第二十九集团军、第十集团军之第一线部队第一六二师（何保恒）、第一五〇师（赵璧光）和中央军第九十八师（向思敏）、第一八五师（李仲辛）、暂六师（赵季平）等，依既设阵地逐次坚强抵抗，予敌严重打击，对安乡尽可保有之。万不得已时，可留置一小部于敌后尾击、侧击，主力退守汇口、孟家溪、街河市、斯家厂、洋溪之线继续抵抗。第二十九集团军指定第四十四军以一个师坚守津市、澧县；王陵基第七十三军之第七十七师一个团守备合口、新安间及澧水南岸要点，主力即向笔架山附近集结。

3日，日军攻陷南县，第一一六师团及第六十八师团之一部前进至三汊河、东港、青泥潭等地。我第四十四军之第一六二、第一五〇师为避免被敌各个击破，遂以第一六二师一个营守备安乡，主力转移津、澧之线；并对滨湖西岸各渡口严密警戒。

7日，安乡经过一番激战，最终陷落。

8日，敌千余人由羌口进犯石龟山，与第一六二师对战，无法攻破。

10日清晨，日军由红庙强渡，激战至晚，敌军千余人突入津市。第一五〇师一营与日军展开巷战，师长许国璋亲率一个团，个个手持大刀、刺刀，呐喊着与敌人进行白刃拼杀，终于将该敌赶出了津市。

11日，青泥潭、大堰垱之敌三路进犯澧县。我第四十四军第一六一师、第一五〇师，在师长何保恒指挥下，将来敌击退。主力相机出敖家咀、西斋，断敌联络。

19日，第四十四军、第七十四军、第一百军皆拼尽死力，在常德湘北地区与敌决战。是日中午，敌陷临澧，由青化驿进犯鳌山。王泽浚认为第四十四军正面过宽，兵力薄弱，所部阵地处处告急，最终被优势敌军所突破，下令第一六二及第一五〇两师进入太阳山、太浮山坚持。日军第三师团由澧水南渡，直扑陬市、桃源，于太浮山西侧，与我第四十四军一部继续展开激战；21日下午三时，十六架敌机在桃源县上空投弹、扫射，继续以飞机投放伞兵六十余人，向桃源守军袭击，该处守军不足一营，被迫西移。桃源县失守。

22日，从洞庭湖西岸上陆的敌六十八师团，分五路进攻常德外围，余程万第五十七师官兵决心与阵地共存亡，前仆后继，拼杀至为惨烈，尤其黄土山之争夺战与河洑之巷战，失而复得者达五次之多。

守军坚守了十六日。在常德会战紧张阶段，在江西修水的第三十集团军总司令王陵基得到命令，令其派出有力一部驰援常德。王陵基派新十五师师长江涛率本部应命。

日军刚占领常德，中国军队五个师的援军就已经赶到，前仆后继冲锋作战。

江涛原是新十五师参谋长，接替傅翼升任师长。时该师远在江西省修水附近的九宫山，从驻地到常德有一千余里。江涛清楚，千里驰援，必须抓紧分秒，否则，后果是灾难性的。

冬天阴冷，风夹雨雪，新十五师官兵顶着寒风日夜兼程，徒步疾进。全师仅用十天便赶到常德，时机正好，友军正在常德外围同日军展开激战。江涛师位于敌之外线，占据着有利的形势，全师放胆迅速投入战斗，从德山据点的敌人侧后拦腰就打。这时正是第二十九集团军总部少将高参张一斌率独立团向德山攻击之时，日本鬼子没有料到侧后又冒出来一支生力军，被迫放弃德山镇，退守城垣。

德山镇是常德城的重要支撑据点。当初中方失守德山，犄角失掉一隅，常德守军陷于被动。现在，日军失守德山，形势颠倒过来。新十五师再接再厉，在常德西城发起攻城战。新十五师到达常德战场战斗到第三天，城中敌人在众援军的围攻下精疲力竭，终于弃城。新十五师在增援常德所表现出来的战斗精神受到战区长官部嘉奖，师长江涛、副师长陈渔浦以下，有不少官兵得到勋奖。

日军只在常德城里勉强待了六天，日军总指挥部唯恐深入常德地区的日军陷入灭顶之灾，下令日军撤退反转。中方截获了日军撤退的相关情报，但难辨真假，一时难以决断下一步部署。正在为难之时，守卫太阳山的川军部队送来了重要情况。

第一五〇师谢伯鸾团在师参谋长林文波的带领下占据太阳山后，不断向围攻常德的敌人发起进攻，从背面牵制敌人，另又以运动战方式，摧毁敌之运输线路，消灭敌之后勤力量。敌人恼怒万分，想打找不着对象，不打又挨揍。就在此时，太阳山的搜索排长报告：鬼子情况有变，现在从公路上往常德去的汽车全是空车，而从常德返回的汽车全成了重车！

师参谋长林文波立即同排长一道返回山麓的观察哨，查看观察哨记录，并亲自观察。发现两天来，日军已经有四个车队共一百二十七辆空车向常德方向开去，常德方向开回来八十八辆，全是重车。林文波作出判断：这是日军在向后运送物资和伤亡人员，是逃跑的征兆。林文波立即急电集团军总部，并建议总部向战区长官部报告。电报发出后，很快便得到长官部复电：分电各军，准备追击！

一天后，敌军果然退却，中方各路军马对日军展开大追击，杀得日军落花流水，最终退到会战发动时的地盘。

军事委员会犒赏三军，但第二十九集团军在滨湖作战时，被规定固守安乡亘公安之线既设阵地，没有大建树；常德会战时，孙连仲要他按规矩办；遇上长官部指挥失当，友军作战不力，增援来迟，致使王瓒绪第二十九集团军损失惨重。

当地百姓既恨日军烧杀，也怨第二十九集团军作战不力。王瓒绪深感处境维艰，想出一个万全之策。当时，他儿子王泽浚任第四十四军军长。王瓒绪便向蒋介石提出撤销第二十九集团军总部和六十七军建制，保留第四十四军的意见。这一请求，当即获准。

1944 年 3 月 6 日，王瓒绪由第六战区副司令长官改任为第九战区副司令长官。第四十四军调离第九战区，改隶第二十七集团军受司令长官杨森指挥。王瓒绪到第九战区司令长官部报到后，随即返回四川，兼任国民党陪都卫戍总司令。杨森令王泽浚将原第二十九集团军部队带到湖南宁乡改编。改编后，第四十四军下辖第一五〇师、第一六一师、第一六二师以及后调师第一四九师。第二十九集团军抗战初所辖四十四军和六十七军两个军，共六万六千余官兵，加上补充壮丁四万五千余，共计十一万余人。到 1945 年抗战结束时，仅存不到两万人！基本上是以牺牲几条性命去拼杀掉一个敌人。真正实践了王瓒绪将军出川时的豪言：“民族独立的金字塔，决心先拿我们的骨肉去砌成。”

二十一、豫中会战

1. 李家钰慨然断后

1944年1月，日本大本营认为由于在太平洋战场受到美军的压制，所以必须考虑确保西面的中国大陆和南方的联系，在海上万一发生问题，对在南方的五十万军队，不能坐视不救，于是决定进行一场纵贯中国大陆南北，连接法属印度支那的大规模野战。日军总参谋长杉山元向天皇上奏发起这场作战的战略目的：“摧毁中国西南要地的敌各飞机场，以保本土及中国东海的防护安全为其第一目的，打通大陆后，即使海上与南方的交通被切断，也可经过大陆运输南方的物资，以加强战斗力……”

经天皇批准，大本营于24日下午就下达了打通大陆交通线的《1号作战纲要》。

日军于3月12日向各军传达了计划，其作战目的是“击败敌军，占领并确保湘桂、粤汉及京汉铁路南部沿线要冲，以摧毁敌空军之主要基地，制止敌空军空袭帝国本土以及破坏海上交通等企图”。

4月，为打通大陆交通线，日军聚集了五十万以上兵力，发动了“一号作战”。即先从黄河北攻击河南，再沿粤汉路南下湖南，最后占领广西。

当时，日军攻打的第一步计划，即从黄河北岸中牟、郑州渡过黄河，攻击黄河南岸的中国军队。

一场大规模的作战行动是不可能没有迹象的，日军在黄河北岸的部队及物资运输等动作，自然会引起中国军队注意。

这时，在洛阳的第一战区司令长官召开军事会议，第十九集团军总司令兼第一战区副司令长官汤恩伯、第二十八集团军总司令李仙洲、第四集团军总司令孙蔚如、第十四集团军总司令刘茂恩和第三十六集团军总司令李家钰等以及各军军长都出席会议，商讨对策，准备备战。

军人对战争的敏感程度非同常人。远在西安大雁塔上游览的第三十六集团军的三位军官，像往常一样在摆龙门。一位是请假回四川老家休假的第四十七军参谋长张震中，一位是步兵指挥官陈绍堂，还有一位是第一七八师第五三二团团长彭仕复，他们从四川路过此地，准备候车返回部队，利用空隙时间，在古城闲游。

张震中说："早餐时，风闻日军将在豫东发动攻势。"

陈绍堂点头："我也听说了，说日本人在黄河对岸集结了十多万部队。"

彭仕复说："那我们还等啥子？赶紧回部队吧！"

于是三人急忙回到第三十六集团军办事处，收拾行装，乘陇海铁路夜车赶往新安县。天刚发白，三人就下车，简单吃些东西，马不停蹄赶往第三十六集团军总部所在地，即新安县北的吉村。

果然，就在他们赶往新安县的那天夜里，也就是 4 月 17 日夜，日军第三七师团及独立混成第七旅团首先在中牟一带强渡新黄河，与河防部队发生激战，至 18 日凌晨五时，防守中牟的守军阵地被突破；日军分路向郑州、新郑、洧川、尉氏等地进攻；与第二十八集团军总司令李仙洲部进行激烈的战斗。

午夜，吉村总部的电话铃急促地响起，将睡梦中的张震中惊醒。于是他披衣而起，拿起电话，里面传来第一战区长官部参谋长董英斌带有东北腔的声音："本夜敌军已在中牟渡过新黄河，长官部要求你部严密戒备当面河防。"

张震中所在的第三十六集团军负责孟津平庄迄杨家河河防。当时，集团军司令长官李家钰在洛阳开军事会议未回。张震中不敢怠慢，立即命令部队沿河加强警戒。

不数日，郑州黄河铁桥南的邙山头被日军攻破，日军占领了桥头堡阵地，主力则向西南锐进，进攻登封及虎牢关阵地，受到我军阻击后，主力南延迂回，钻隙并用，很快出现在洛阳龙门南一百余里的水砦，洛阳震惊。

战局突然恶化，第一战区司令长官蒋鼎文惊慌失措，为了便于尽快逃跑，他将部分军权交给副司令长官刘戡指挥，组成刘戡兵团。电令：

着第十四军（欠九十四师）、新六师、暂四师均归刘副总司令戡指挥，于明（5）日俟敌接近龙门阵地，攻击顿挫时即由龙门、伊川一带对白沙北窜入敌出击，一举而歼灭之。

第一集团军司令长官蒋鼎文立即率长官部从洛阳往新安方向撤退。许多器材、粮食、弹药来不及运输，扔在车站上和道边；还有大量的人员、马匹、什物、络绎不绝，夺路而逃，拥塞无序，向西而去，混乱的场面，触目惊心。

同样，新安镇上人喊马嘶，乱糟糟的毫无章法。各部队争着抢道，谩骂厮打向西、向南撤退……

军总部设在新安镇上的李家钰，目送着各个兵团仓皇而逃。黑暗中，几只手电筒闪着刺眼的光柱，李家钰大声地骂道："啷个狗日的龟儿子，点那么亮的电筒，也不怕暴露目标？飞机一来，要你狗日的命！"

对方也不示弱："活腻啦？也不睁眼看看？这是长官部的队伍，司令长官蒋鼎文在此。"

李家钰连忙迎了上去，只见人群中狼狈不堪的蒋鼎文。蒋一见到他便说："大势已去，大势已去！"

"蒋长官，你预备向何处去？"李家钰问。

"其相兄，我率长官部去宜阳，再去洛宁，到那里再想办法吧！你老兄应立即调部队开赴石寺镇、云梦山一线占领阵地，阻击从渑池方向东进之敌，掩护各部队撤退。"

蒋鼎文转身命令作战参谋："把电台密码本交给李总司令，随时与我联系。"李家钰接过密码本，还未及放进上衣口袋中，蒋鼎文一把拉住他的手："其相兄，托付给你了，刘戡、谢辅三、张际鹏、孙蔚如兵团还在后面，千万掩护他们通过。新安以东，还有很多部队。"

李家钰拍着胸脯说："铭三兄，放心吧，我来殿后。"

蒋鼎文的人马去远了，一批又一批的溃军败退而过。李家钰命令将其集团军总部越过陇海铁路，移至南面的东华沟。

天明时分，李家钰的第四十七军一〇四师吴长林团已赶到石吉镇、云梦山一线占领阵地，阻击由渑池方向追击而来的日军。

5 月 5 日，日军由机动步兵第三联队、坦克第十三联队和机动炮兵第三联队一部组成的龙门支队，到达洛阳的南大门龙门，分三路向洛阳城发起攻击；守军新六师、暂第十四军第八十三、第八十五师与日军激战，至 7 日拂晓，日军占领龙门东山最高峰。洛阳守军撤至龙门伊河西岸，龙门阵地被日军突破。

5 月 9 日晚，在夜色掩护下，山西方面的日军洋兵团从渑池南村、白浪渡口两处的黄河北岸，强行渡河。日军还出动飞机，派伞兵团空降，配合作战。

驻守在白浪渡口的是河北民军张荫梧部，兵力四个团四千多人，奋起抵抗，终因腹背受敌，血染滩涂。日军独立混成第三旅团长小原一明带领洋兵团抢滩成功，日军两个旅团源源不断地渡过白浪和渑池渡口，导致驻守洛阳一带的国军东面、北面、西面三面受敌。

5 月 11 日，三十六集团军掩护各部撤离后，接到长官部的命令，开始转移。

12 日，从清晨起，东西两个方向隆隆的炮声响成一片。西边，从洛阳方向尾随而来的日军进至铁门、云梦山一线；东边，从渑池而来的日军，与西线敌军相距不到七十公里。东西对进的日军已逼至磁涧，离新安只有十五公里。情况万分危急，李家钰总部的人员都催促赶快下令离开此地。

李家钰虽然心急如焚，但表面上很平静，说：“慌啥子嘛？心急吃不得赖汤圆。”

参谋长张震中说：“总座，你还有心情开玩笑，再不走就要当俘虏了。”

李家钰严肃起来：“友军孙蔚如集团，正由马屯向新安行进之中，我四十七军大部，还留在陇海铁路以北地区，我咋走？要走也要等孙集团通过再走。”

张震中说：“西边的吴（长林）团快顶不住了，北面的日军天兵团正向新安前进，要断我军退路。”

李家钰眉头紧锁：“将第一七八师的彭（士复）团拉上铁门以西，占领阵地，一定要掩护孙蔚如军通过新安。”

李家钰为何一定要掩护孙蔚如呢？孙蔚如属于西北军杨虎城的部队，都属于杂牌军。在中条山作战时，曾冒死掩护李家钰撤退。因此这份情哪怕是死，都要还的。

5 月 11 日，李家钰率总部驻在新安南约二公里之东华沟，命令第四十七军之彭仕复团赶赴铁门以西，占领牛心寨及王马廉沟阵地，阻止东进之敌（由渑池附近渡河之敌），以掩护友军孙（蔚如）集团部队南移。

军情如火，日军于白浪渡南犯，威胁李家钰侧后，搞不好李家钰部有被前后夹击的危险。

5 月 12 日，第四十七军之第一〇四师（杨显明）部，在云雾山及金斗砦附近地区与东进之敌竟日作战。

身在东华沟的李家钰心急如焚，表面上非常镇静，前方敌机不断轰炸正通过新安的友军部队，后方枪声由远而近，越来越密集。当他从望远镜中看到孙蔚如兵团已过新安向南而去，顿时舒了一口气，立即下令：“明早出发，向河上沟转移！”

13 日晨七时许，集团军总部与第四十七军通信中断，总部由东华沟西移。途中遇到韩锡侯第九军部队，告知一个坏消息：敌已越铁道而南，西进不可能！

不久，孙蔚如的部队正在往西前进，李家钰于是阻止，遂掩护其改道向北，与孙部一起抵达赵峪。行军途中曾遇敌机数度飞扰，似乎在侦察我军退却路线，所幸敌机未有投弹与扫射。抵达赵峪后，孙蔚如和李家钰两总司令曾一度面商今后两军之共同作战计划。

李家钰命令辎重团团长史耀龙指挥军部直属部队，和彭团一起，挡住敌人，掩护总部向石陵前进。

石陵在新安通宜阳之汽车道上，居民只有三四百户，但四周绕以高丈余之石垣。

当晚，总部刚抵石陵，突然，霹雳一声，大雨立至，行军的队伍中有士兵自喜自语："明天总是我们的天下，敌人总不能活动了。"

入夜，枪炮声、雷雨声互相唱和，终宵不断，李家钰翻来覆去睡不踏实。不时问上校参谋陈兆鹏："有没有彭（仕复）、史（耀龙）两团的消息。"陈兆鹏总是摇头。李家钰派出官兵三拨人分头外出寻找，一直到 14 日中午未见回报。

总部前进至江屯，突然接到彭仕复团长的电话："我部与敌战斗后现已转至河上沟。"

河上沟在江屯西南，李家钰问："你们为何不跟大队往西走？"

彭团长回答："敌人跟得太紧，不把他们引开，怕他们追上大部队！"

这时，电话中传来激烈的枪炮声，电话传来另一个声音："我团遭到日军三面围攻……"紧接着一声巨响，什么声音都消失了。

原来，彭仕复团长在河上沟附近中炮牺牲，时年四十三岁。

15 日一清早，天刚刚放晴，敌机就来活动，不断在石陵上空盘旋并投弹。各路行军队伍混杂，街道拥塞。参谋人员来报："天不亮时，十四军（军长张际鹏）开始南撤，现在大部均已通过石陵！只有一营在此留作后卫。"

李家钰思索片刻："我们避开新安通宜阳公路向南转移。"

当行军号吹响之时，天阴如晦，大雨如注，官兵们衣鞋俱湿，道路泥泞，足没步艰，甚至有士兵摔倒，跪泥淖中手足颤动，而不能起来。豫西山区气候特殊，已是初夏季节，却冻得官兵们瑟瑟发抖。尽管如此，部队在大雨中急行三十余里，途经南郭庄时，李家钰下令：避雨而就此宿营。

15 日，早饭既罢，李家钰向西去尹村，会晤集团军副总司令刘戡和第十四军同人，交换信息，得知此次日军使用兵力为三个师团，外加一个虎师团（这是由东京调来的坦克第三团改称），并配属伪军及杂色部队未计算在内。开战不到一个月，就将在河南的我军八个集团击溃，虽然失败原因很多，但就军事上言，敌军指挥之巧妙与部队富于机动性，甚至训练及装备等皆非我军所能及，李家钰认为："我们应承认失败，知失败则知所改进！"

李家钰第三十六集团军下辖第十四军、第四十七军，这时第十四军和暂四军划给刘勘兵团，因此，第三十六集团军只剩下第四十七军一个军了。

17日，李家钰率总部从石陵出发，向史村集、河底村、岳庄方向移动，在离河底村三里许，只见河底村一带浓烟滚滚，枪炮声大作。斥候来报："日军已追至河底村，与新八军胡伯翰的新六师遭遇，双方进行激烈地对战。"

李家钰命总部改道程村，但见土路狭窄，人马拥挤，无法通过。在河底村头李家钰与新八军军长胡伯翰相遇。

胡大喜过望，急忙上前招呼："其相兄，来得正好，谢辅三（暂编第四军军长）、刘戡（集团军副司令长官）、张际鹏（第十四军军长）、李宗昉（第四十七军军长）诸兄都在前面，群龙无首，不知下一步怎样行动，来来来，请移步暂四军军部开个会商量一下。"

李家钰在胡伯翰引导下来到一个叫翟涯的小集镇，与各位将领见面，诸将见到李家钰，好像有了主心骨，心里都踏实了一些。

刘戡说："我们的部队确实不少，如果不加整理，彼此相争，长此而行，又跑哪里去呢？请诸位商量一下，看究竟如何行动才相宜。"

胡伯翰说："这么多队伍，都拥挤在一路，争先恐后地行走，以致发生混乱，若一旦遇敌，就无法指挥，进退无方，大家都受影响。我提议请其相兄统一指挥，先行规划。"

李家钰说："这样多的部队都集结于此，驮马、车辆又多、又混乱，如果被敌炮兵发现，不堪设想。而且各部抢路，互相拥挤，都不得通过，行动反而迟缓。这样吧，各位请说一下下一步各自的打算，我也好重新规划。请放心，我李家钰愿殿后，绝不先行。从这里往西有三条路，各取所需。"

刘戡说："我决心率领部队到卢氏去找蒋长官鼎文，我选傍南点的道路前进。"

胡伯翰说："高树勋总司令现在宫前，我要去找他，我选靠北的路去宫前。"

李家钰说："好！大路朝天，各走半边，不要挤，不要抢，我走当中。"

胡伯翰要求李家钰以一部联系其左翼，占领阵地，以保障其翼侧安全，李家钰当即以第一〇四师（师长杨显明）担任并负责此项任务。

当时，第四十七军及孙蔚如部队均猬集于一条道上，驮马、辎重拥挤于途，成为敌炮兵目标，敌炮兵向我方炮击十余发，一病兵不幸被击中。

李家钰出了尹村，迎面遇到第四十七军部队抵达于村，李家钰立即召集第四十七军军长、师长会晤，商定第十四、暂四、第四十七三个军联系作战，第十四军对东、第四十七军对北、暂四则介于两军间，以构成守势构形。当晚，总部就在于村宿营。

次日上午，李家钰偕同全军师长侦察地形，指示阵地位置，这时，日军开始炮击，众人慌忙躲避，只有李家钰屹然不动，他的沉着大胆为在场官兵所惊服。

部署定后，总部仍南移，这时河底村已被日军迂回，于是总部决定改宿翟涯（村名）。仍与副总司令刘戡及张际鹏、胡伯翰、谢辅三、李宗昉（第十四、新八、暂四、第四十七各军）诸军长等筹商以后如何作战。议定诸军仍向西南山地进出，各自选择根据地，待机反攻。

翟涯是山中一个小镇，居民不及百户，大军云集，巷衢填塞，人嚣马嘶，终宵不休，因此，有不少士兵饿着肚子，彻夜未眠未食，川军战士之辛苦由此可见一斑矣！

次日一早，各部按路线依次西行。

此时，又一路日军从山西渡河，攻克陇海铁路的陕县，分兵数路南下，截击西退的国军各部，同时，西面的灵宝亦发现敌踪。

出发不久，西北方有断续炮声，一位带路的向导侧耳一听，说这炮声像是从陕县附近打来的。

李家钰对参谋长说："这样走不得行。总部及两师皆沿一道路行军，而且是一路纵队行进，此地与菜园、大营、陕县相距不远，一旦遇敌不易展开，危险性大！明日行军应分为两纵队前进，在通过陕县、菜园、大营等地区时，要派出右侧卫队掩护大队行军。"

此时，还发生了另外一件事，川军后勤工作很差，导致军纪败坏，民怨很多。李家钰为整顿军纪，颁布军法十余条，其中有一条为：落伍掉队者，不得擅自入民房，违者枪毙。此次部队冒雨急行军，有一掉队班长浑身湿透，冻得实在不行，强行砸开路边的民房，要柴烤火，还要吃的，被执法队抓起来。等到达雁翎关后，李家钰下令：执行军法！

该士兵在村头被枪毙。军法处张贴布告，晓谕全军。军纪为之一振。

2. 将星陨落秦家坡

20日黎明后，部队向东姚院、赵家坡头前进，山路崎岖，跋涉艰难，爬越两座大山，达到东姚院时已近黄昏。此时，先头部队第一七八师因跟在暂四军的后面，行动迟缓，总军部遂改宿于此，令一七八师在姚店宿营。

此时，一名姓宗的参谋携带高树勋总司令的信来见李家钰，信中说："敌人已于某日由陕州渡河，初为百余人，继增至千余人，刻在大营西南与我军激战中。四十七军徐副团长象渊率兵九连昨宿石原，今日已令与暂四军偕行……"

李家钰立即命令第一七八师师长李家英："赶紧派人去把徐团长找回来。"

随即，李家钰在东姚院西北坪上召集军、师长聚集开会，李家钰说："高总司令的信恐不确，敌人绝不可能如此迅速，加上我们官兵连日奔驰，未吃过一顿饱饭，附近村庄颇多，就此休养整顿。明日早晌午后出发！"

5月21日一早，李家英率第一七八师先行出发；总部还在休整。第一〇四师师长杨显明及五三三团长李克敦等匆匆来总部，报告："总司令，昨日在燕翎关东端出发时，敌已在我后跟进，相距三华里，且有少数落伍士兵都被敌人刺杀了。"

李家钰立即命令："李团长，速率所部一营在东姚院东南侧高地占领阵地，掩护总军部出发！"

十一时，第三十六集团军从东姚院出发。总部走在最前面，其后为警卫连，最后是第四十七军五三三团。

部队才前进数里，突然有敌炮弹数发落在前进的路上。李家钰决定折入南山，向秦家坡方向前进。

部队在路边遇到一竖立的电线杆，李家钰命令将电线杆推倒，砍断，免得为敌所用！

当过了赵家坡头，翻越一山脊后，李家钰与参谋陈兆鹏由西北山腹小道下行，张震中紧随其后，一个谍报兵跟在他身旁，低声说："刚才陕县县府职员同家眷数人已由此往南山上去了。"张震中追上李家钰说："总司令，为何不跟陕县县府职员走？"

李家钰回答："没得路。"

张震中向南仰望，见山头上已有一密集部队停止于其上，又说："山头上部队密集不妥。"

李家钰说："是家英的一七八师部队吧。"

张震中摇头："不像，一七八师在行军，必不会这样密集。"

这时，李家钰的卫士唐振尧背着望远镜跟在后面，张震中命令："取望远镜！"李家钰回头："不必看，听命令。我们往西再往南。"

这时，对山有密集机关枪声，指挥官陈绍堂对张震中说："我们先派两排兵将山顶占领后再上去如何？"

张震中答："要的！"

李家钰回头说："不要不要！"

张震中说："前面没得部队啊！"

李家钰命令："前面派步枪兵一班可以了。遇敌只准打步枪，不准打手枪。若是打手枪，敌人必知我为高级司令部。"

一行人又往前行至山谷底，有一小村，名朱家河，李家钰传令总部在此休息，寻觅向导，然后再登山。

当部队上坡时，当地几名老百姓在北面另一座山头高喊："喂——你们是哪个军的……山上有敌人，来不得啦……"

李家钰说："纵有敌人我亦应往！"遂命令一排士兵登山掩护总部继进。

总部警卫连和特务连官兵迅速登上山后，就地简单构筑掩护阵地，停止待命。

李家钰问向导："有没有路？"

向导说："山上山下均有路走，不过山上路小不能走头口（即马匹）！"

李家钰问："经西坡、双庙至南寺院道路是哪条路？你送我们到汽道路（即能走汽车的路），你就回去。”

张震中说：“有汽道路应该注意。”

李家钰又问向导：“此道路是否由张汴来？”

向导：“是。”

李家钰说：“既由张汴来，应该是本地人赴后山运柴草的，我知道此路较一般大车路稍宽，并非是汽道。”

这时，军特务营营长袁明刚已率领该营一个连赶到，张震中告诉袁营长总司令所决定路线，并指示：做梯次掩护！

总部又开始行动，由陈兆鹏参谋带步枪兵一班打头阵。他们下山后，上了汽道路折向南行，就看见西南二三百公尺处一较高地带上，有二三十人在移动。此时，后面响起密集的枪声；对面的人群也向他们开了枪。

李家钰问参谋长张震中：“仲雷，后面有枪声，怎么对面山上又打起来了？”

张震中说：“我们中敌埋伏了，你身边还没有队伍呢。”

李家钰说：“喊一班步枪兵来！叫他们不要打枪，免得敌人发觉是高级司令部，会打得更厉害。”

张震中急令谍报兵崔英前往侦察。走了没多远，就见崔英气喘吁吁地又跑回来：“报告总司令，我已经看清楚，尽是戴钢盔的敌人，服装很整齐，伪装很好，个个头上均插有麦子，不会说中国话，口中啊啊乱叫，向我招手，尽全是日本人。请总司令、参谋长坐起滑竿快些走！”

李家钰一言不发当即折返，张震中跟在后面，见情况危急，边跑边喊：“特务连准备开火！”

特务连连长左良俊立即率一些官兵都散开在麦地里，并向敌人还击。日军居高临下，架起数挺机枪一起猛烈扫射，士兵们抵挡不住，四下溃走。张震中的卫兵李俊明尚跟随其侧，大喊：“请参谋长快走！”

张震中回答：“已经看见钢盔还走得脱？我没你走得快，你们快走！”

日军冲下来，即将队伍冲散了。

一阵机枪响起，李家钰突然急剧抽搐着，浑身中了枪弹，仆倒在地。上校副官长周鼎铭、少将步兵指挥官陈绍堂、少将参谋处处长萧某等人皆扑向李家钰，也被日军机枪击中，相继倒地，总部官兵二百余人大都牺牲；参谋长张震中等被日军俘虏；仅有一个年轻的娃娃兵，滑下坡梁，全身都是土，逃回第四十七军军部，哭着报告："总司令死了。"

李宗昉（1891—1954）

军长李宗昉脸色大变，命令第一〇四师长杨显明："无论如何要抢回李总司令的尸体！"

李宗昉 1930 年在李家钰部任旅长，1937 年升任四十七军一七八师师长，随李家钰率部出川抗战，转战晋东南。1941 年所部担任黄河设防固守。1944 年升四十七军军长。李家钰殉国后，于当年 9 月升任第三十六集团军副总司令。

杨显明大声命令五三二团营长苟载华："立即组织突击队，无论如何要抢回李总司令的尸体！"

突击队跟着报信的士兵，贴着土梁往上摸，在缓坡上找了一圈，终于看到身穿上将军服的李家钰将军的尸体。在机枪掩护下，几个战士往上冲，轮流将李家钰的遗体背了下来。

太阳落下山坡，四野群山都暗了下来，战斗停止了。几名士兵用麻袋装着李家钰的尸体，随部转移。山道上斑斑点点滴洒着烈士的血迹。

第一八七师师长李家英听说胞兄李家钰牺牲了，带队返回，愤怒地朝着李宗昉直拍桌子，质问："你们干啥吃的？为啥没有保护好总司令！"

李宗昉也是万分内疚，众人都沉浸在悲伤之中。

李家钰牺牲以后，第四十七军接受刘戡指挥，前往虢略镇附近集结整顿。国民党军事委员会对第三十六集团军进行改组。

6 月 6 日，刘戡接替第三十六集团军总司令一职，刘祖舜、陈铁任副总司令，由文于一继任参谋长；其第十四军（军长张际鹏）改隶军委会直辖，由重庆卫戍总司令部代指挥；第四十七军（军长李宗昉）改隶孙震第二十二集团军；另调胡宗南的第二十七军（军长周士冕）、暂编第四军（军长谢辅三）隶属该集团军。12 月 27 日，又任命李玉堂、方先觉为第三十六集团军正副总司令（方先觉未到任），经过一系列调整，第三十六集团军成为中央军嫡系作战兵团。

6 月上旬，重庆各报均显著报道了李家钰将军殉国的消息。

11 日，重庆《新华日报》发表短评："我们哀悼李家钰将军抗战殉国。""李家钰将军在此役中杀敌殉国，是应受到全国尊敬的。"

17 日，故第三十六集团军总司令李家钰灵榇由陕西运回四川，是日抵达成都，各界数千人前往恭迎，白花如海，黑纱如云，泪飞如雨，全城都在为四川人民的好儿子、抗日英雄李家钰致哀。

著名诗人柳亚子在悲愤之余，挥毫赋诗：

挽李其相上将

万里中原转战来，前师急报将星颓。
归元先轸如生面，化碧苌弘动地哀。
军令未闻诛马谡，思纶空遣重曹丕。
灵旗风雨无穷恨，丞相祠堂锦水隈。

1944 年 6 月 22 日，李家钰被追赠为陆军上将，准入祀忠烈祠，并颁布对他的褒扬令，为其举行国葬，其遗体安葬于成都广福桥横街。

7 月 10 日，国民政府明令褒扬陆军上将第三十六集团军总司令李家钰：

陆军上将，第三十六集团军总司令李家钰，器识英毅，优娴韬略。早隶戎行，治军严整，由师旅长洊领军符。绥靖地方，具著勋绩。抗战军兴，奉命出川，转战晋豫，戍守要区。挫敌筹策，忠勤弥励。此次中原会战，督师急赴前锋，喋血兼旬，竟以身殉。为国成仁，深堪轸悼，应予明令褒扬，交军事委员会从优议恤，交入祀忠烈祠。生平事迹，存备宣付国史馆，用旌壮烈，而示来兹。此令！

1984年5月2日，经中华人民共和国民政部批准，李家钰被追认为“在抗日战争中壮烈牺牲的革命烈士”。

2014年9月，在国家民政部公布的第一批300名著名抗日英烈和英雄群体名录中，李家钰名列其中。他是抗战期间中国军队中牺牲的最高级将领之一。

二十二、长衡会战

1. “薛老虎”大意丢长沙

第三次长沙会战以后，至在第四次长沙会战即长衡会战前，第九战区活跃着两支川军部队，即第二十七集团军总司令杨森部和第三十集团军王陵基部。

第二十七集团军主力第二十军，以主力在通城、平江间南江桥方面，对北占领阵地，与北岸的日军对峙；一部控置于平江以北地区。第四十四军只有两个师六个团，兵力不敷分配，第九战区司令长官调新二十师师长李子亮、副师长李以劻，五十九、六十两团归第二十七集团军。

周翰熙升一三三师师长，三九九团团长陈亲民升副师长，彭泽生升三九七团团长，杨森为控制新二十师（粤系部队）将一三四师缩编为两个团，即五十八团、五十九团，编入新二十师。将四〇〇团编入新二十师五十八团，四〇一团由军直接指挥。

第二十军主力在新墙河南岸占领阵地，与北岸日军对峙；一部在汨罗江口至新墙河口间，担任洞庭湖东岸警戒。

第三十七军仍以一部分在汨罗江口、营田、湘阴、临资口之线，沿洞庭湖东岸警戒，担任湖防，主力控置于湘阴以东地区。王翦波纵队在通城、临湘间地区。总司令部驻平江附近。

第三十集团军仍以第七十二军在修水（城）武宁间、醴溪方面，对东北占领阵地，与通城方面日军对峙；一部控置于醴溪、修水间。盛瑜纵队以九宫山为根据地，在幕府山山脉活动。总司令部驻修水（城）附近。

自1942年春第三次长沙会战后，一直到1944年夏长衡会战前，在第九战区当面的日军只有第六、第三十三师团等，该战区本身并无大的战役发生。乃至第九战区司令长官薛岳认为自己只要再祭出“天炉”战法，日军不敢再进攻长沙。这就为第四次长沙会战即长衡会战埋下了失败的祸根。

1944年初开始，日军总部便制订了打通大陆交通线的作战计划。4月中旬，日军开始了豫中会战；华中敌第十一军亦开始异动，秘密集中军队于湘北蒲圻、崇阳地区，准备进犯长沙、衡阳地区。

此时，第二十七集团军之第二十军一部在油港河东岸及新墙河南岸，南山、段山、方山、潼溪街、湮口、新墙亘洞庭湖东岸、鹿角、垒石山之线，与日军第四十师团主力第十七混成旅团一部对阵；并不时派出轮袭营与第四挺进纵队在临岳、岳阳地区袭击敌后。主力在关王桥一带与集结汨罗江南岸之第三十七军积极整训，总司令部在平江。

5月，日军豫中战役取胜后，以击破中国军队、摧毁我空军基地、掠夺资源并打通大陆交通线、减除海上运输之威胁为目的，在平汉路南段、粤汉路北端、长江航路运输频繁。不仅第九战区赣北方面，就连长江中下游南北岸沦陷区，日军都在大量抓夫；湘北日军控制的各处不准中国人通行，而且日军兵力明显增加。

5月中旬，华中敌第十一军亦即开始异动。秘密集中军队于湘北蒲圻、崇阳地区准备进犯长（沙）衡（阳）。

基于各方面情报，集团军总部判断敌将向我大举进犯，即令各部迅速加强战备。

当时，湘北方面，第二十七集团军以第二十军第一三三师之一团及新二十师担任黄岸市、杨林街、新墙、八仙渡、鹿角之线警戒；一三三师控置长乐街附近地区。

5月23日，日军第十一军司令官横山勇将其指挥所从汉口推进至蒲圻，参战各部队先后到达进攻出发位置，他发现薛岳完全依照第三次长沙会战的老套路“天炉战法”进行应战。于是日军变招了。

5月26日，日军分三路南犯，其正面之敌第一一六、第六十八两师团攻破新墙河，直趋汨罗江北岸；其左翼第三、第十三师团经过激战，突破通城后，分赴渣津、平江，与我新十三师在青山铺、石城湾激战；其右翼第四十师团及独立第十七旅团一部循洞庭湖赴沅江、益阳，形成正面进攻。

日军突破新墙河李子奇新二十师防线后，其主力立即分成几个纵队，向新墙河、汨罗江以南迅猛推进。除以一部沿粤汉路南下，直扑长沙外，并以经过特种训练的山地特种部队，穿插到中国军队包括第二十军后方。

第二十军当面之敌四十师团一部及第三十四师团先头约三千余人，随鄂南通城方面第三师团之进展，突分由三港咀、彭子明、新墙、王街坊、七步塘、八仙渡，强渡新墙河。敌一股千余人复由忠防窜抵詹家桥，南冲经黄岸市，协同两翼敌分路南窜，来势汹汹。

第二十军第一三三师、新二十师在新墙河南岸大荆街、黄板桥、黄沙街一带，依既设工事，逐次抵抗、迟滞、消耗敌人。其余奉命向平江及其东南地区转进。这时，在平江发现敌人第三师团一部在平江以北、塔市附近。新十三师战况陷于不利。天岳关、龙门厂方面亦呈现紧张状况。第二十军一部在平江东北陷于苦战。军主力遂由总私桥、黄棠图渡汨罗江，沿途受到陆续增援而来的敌第三师团主力猛烈攻击，死伤甚重。军长杨汉域仅率新二十师脱离敌人，向思村附近集结。其第一三三师主力被敌隔断，留置于平江西北山地与敌苦战。

右翼友军第三十集团军方面，日军经麦市、桃树港窜抵长寿街、献钟；一股西进在安定桥与平江以南之敌会合，渡新墙河；在汨罗江南岸、栗山巷、新市、双江口一带与第二十七集团军激战。该集团军隶属的第三十七军，在薛岳的命令下，划归第九战区长官部指挥。

杨森为避免不利态势，缩小战斗正面，确实掌握部队，即令第二十军残部及总部特务营分布长寿街以东及思村以南山地阻敌，日军一路由通城经天岳关袭击杨森总部；一路由杨林街、关王庙、大荆街与第二十军激战；另派一路由关王庙、大荆街、大屋冲、新开岭直插谭家坊，截断二十军退路；又分兵一部由杨林街、大屋冲、红花尖照准第一三三师师部所在地洪源洞的红花尖而来。

该师第三九七彭泽生团与三九九陈德邵团在斗南尖、关王桥与敌激战，师部带少数部队在红花尖指挥。

一天黎明，师部特务长蒋秀廷发现红花尖山脚下的农舍中有阵阵炊烟，心想这里的老百姓因战事早跑光了，怎么会有炊烟呢？于是带领一个班过去侦察，果然发现了日军在叽里呱啦地说话。原来敌人已经穿插到该师部身后，埋伏起来，准备早饭后一举端掉第一三三师部。

蒋秀廷后背一阵阵发凉，当即下令开火，日军还击，双方打了起来，对方火力猛，蒋秀廷挂彩而回，向搜索连连长杨羲臣汇报。杨羲臣立即跑向师部，师长周翰熙问："哪里打枪？"杨羲臣大声报告："师座，敌人已穿插到红花尖了！"

周师长笑呵呵地用手摸摸杨羲臣的额头："你是不是发昏了，龙门阵摆到这里来。我们的部队还在前线作战，日军会出现在我们的身后？"

正在此时，红花尖附近枪炮声大作，山头浓烟滚滚，潜伏的日军开始发动进攻。周翰熙立即命令："不惜一切代价，保护师部！"

杨羲臣拔出驳壳枪，大喊一声："搜索连都跟我上！"于是带着战士们冲了出去，抢占山头阵地向下射击。弹如雨下，炮火连天，双方一直激战到下午二时，一排长熊江诚、二排长杨日轩先后负伤，伤亡的战士更多。师部和警卫部队完全被敌包围。天黑以后，周师长命令搜索连突围，一连几次都被敌人打了回来。

周翰熙急了，忙问："咋个办？咋个办？"

杨羲臣说："凉拌！我看只有向敌后公路突围。现在日军已将我军破坏的新墙到平江的公路修复了，但防范不严，我们只有从公路冒险突围出去！"

于是，周师长命令："由三九七团二营庞贵能带领，后卫由杨羲臣负责，掩护野战医院以及伤员、后勤部队，向公路方向突围！"

二营衔枚疾走，刚到公路边就看见日军运输部队，卡车一辆接着一辆停在公路上，二营趁着乌云遮月，摸上去烧毁四辆汽车，鬼子惊慌失措，乱作一团。二营掩护部队冲过公路，掩护师部冲出去。不久，敌人大批援军赶到，又将公路切断，搜索连过不去了，杨羲臣只得命令野战医院和后勤部队退往山林中隐蔽起来。一直等到第二天夜间才突围出去，经天岳关到长寿街，终于追上师部。

再说集团军总部以强行军赶到浏阳东郊南流桥。8 日 9 时，杨森得知情况如下：

一、由长寿街南窜东门市、官渡，沿溪桥、古港一带之敌第十三师团先头二千余人，其一部于本（8）日窜高坪、永和市，在高坪、杨司、庙冲、黄土坎构筑工事中。另由献钟经浏阳坳到达官渡之敌步兵千余、炮二三门、驮马三百余匹、满装弹药，其一部三百余、炮二门，经力田、大江冲至沿溪桥以南之上石王附近停止。

二、我第二十军新二十师李师长收容残部二千余人到达浏阳。

三、归欧（震）副总司令指挥之第五十八军（鲁道源）新十师、新十一师计程本（8）日晚即可到达文家市、蒋埠江地区，其一八三师于昨（7）日晚已到达田心、蒋埠江之线。

四、第二十集团军之第七十二军本（8）日午在白沙（东门市东二十华里）集中完毕。王（瓒绪）副长官已到铜鼓。

五、军委会别动第四纵队第一支队（美国装备）在浏阳附近完成进入敌后准备。

综合上述情况，总部判断当面敌之行动，目下似为迟缓，宜制敌先机，断然出击，即决心于明（9）日开始行动，期于官渡、沿溪桥间地区，与友军会师聚歼敌人。随作杨森作了如下处置：

一、令第二十军以逐次攻略方法，一部沿东门市浏阳大道求敌攻击主力为第一步；第二步确占古港及其以北山地；第三步确占沿溪桥及其以北山地；第四步，与第七十二军会师官渡、沿溪桥间，聚歼敌人，实施第二三步，骤时特须注意山隘之封锁及监视。

二、令第四十四军以一团在大小九岭地区掩护第二十军左侧之安全，其余军力须固守浏阳东北之线。

三、通报铜鼓之王副长官瓒绪及醴陵欧副总司令震，请饬第七十二军、第五十八军、第二十军于东门市、官渡之敌猛烈开始攻击。

四、与军委会别动第四纵队第一支队（附第二十军四〇二团）协定，该队宜以古柱峰为根据，由西北向东南山地以协力第二十军之作战，特须制敌于东浏大道以北山地之活动。

9日晨，各部开始攻击。这时，天空中传来隆隆的飞机之声，正在四处躲藏的官兵们一看，是中美航空大队的十一架飞机，来协同地上部队向官渡一带之敌军实行轰炸的。

阵地上顿时传来一阵欢呼声，日军阵地上一片火海。尽管如此，日军还是不顾一切向南猛力突窜，在蒋埠江、高坪、沿溪桥附近之线，与我第五十八军（鲁道源）第一八三师（滇军，师长余建勋）、新十一师（滇军，师长侯镇帮）、第二十军新二十师激战。只有第七十二军方面无战斗。

蒋埠江方面，我右翼第五十八军被敌续向南压迫，其后续部队陆续经长寿街、九岭向东门市前进，第七十二军奉命经东门市南下；左翼方面，敌二千余分路向第四十四军阵地进犯；集团军总部即令第二十军由双江口渡河，与新十一师切取联系，向东南侧击敌军；令第四十四军逐次抵抗，无论如何须死守蕉溪岭之线，不得让敌东窜。如情形严重，可抽调浏阳城防部队一部，增强蕉溪岭防御力量。

在滇军第五十八军的英勇抗击下，阵地前日军狼奔豕突。我军经孙家塅、亭子岭、荆坪到达净溪桥；第四十四军当面之敌已突破菖蒲岭、茼木岭阵地。集团军判断，经荆坪南窜之敌，似为湘北敌左翼兵团之主力；该敌将以有力一部直趋大瑶，协同菖蒲岭方面之敌夹击浏阳，后应有续窜醴陵之企图。

集团军当即调整部署如下：

一、令第二十军逐次向浏阳河北岸宝盖冲附近山地转进，以威胁敌后。

二、令第四十四军确保浏阳城，不得已时向浏阳以北山地转进，威胁敌后。

13日起，浏阳城北发生争夺战。王泽浚第四十四军守蕉溪岭之赵壁光第一五〇师主力，被日军由东南向西北迂回，在蕉溪岭东北陷于苦战。

翌日拂晓，进犯浏阳之日军，增至三千余，炮十余门，在炮火掩护下强攻。我南市街、宝塔峰、天马山阵地，因兵力单薄，被日军所攻占。敌于七时一刻，渡北岸西湖山及市郊，我核心阵地腹背受敌；已亭、熊家亭、百宜轩、花树岭亦相继被突破；日军遂攻击浏阳街市，与我守城军进行了激烈的巷战，逐街逐屋展开拼杀，此时敌机赶来助阵，对城里的目标狂轰滥炸，到处燃起熊熊大火。浏阳市郊，双方死伤横积。我守军开始向东突围，浏阳终于失守。

第二十七集团军命令除第二十军由官渡附近向枫林铺、大瑶攻击前进外，并令第四十四军在浏阳东北山地收容部队，伺机反攻浏阳。

2. 衡阳降下青天旗

沿粤汉路南下进犯长沙之日军，吸取了上次由东面进攻长沙，遭到岳麓山炮兵轰击的教训，除以一部分兵力进攻长沙城吸引我军外，另一部分兵力由长沙下游曾口渡过湘江，迂回到岳麓山后方，向岳麓山发起猛攻。

第四军军长张德能仅以陈侃第九十师驻守岳麓山，而以第五十九师与第一〇二师驻守长沙城。

6 月 16 日清晨，大队日军从背后袭击岳麓山，张军长傻眼了，猝不及防，而炮兵阵地又布置在山前，无法支援后山，部队顿时手忙脚乱。战至黄昏后，日军第五十八师团突破欧震第四军第五十九师修械所阵地，“第五十九师全部动摇，撤出妙高峰、天心阁核心阵地”。

在第九十师师长的请求下，军长张德能决定将军主力增援岳麓山，令第五十九师及第一〇二师各留一个团继续防守长沙市，其余部队于入夜时分渡过湘江，转移至岳麓山；但由于天黑各队秩序混乱，无法掌握，坠江溺毙者，不下千余。

18 日晨，渡江部队抵达湘江西岸时，岳麓山四面受敌包围，无法支持战斗，核心阵地已失，第九十师被迫退出岳麓山；被日军追击一直溃散到邵阳，为数不及四千。留在长沙城中两个团在日军猛攻下无法支撑，长沙城遂于 18 日下午十五时被日军占领。

长沙陷落后，日军主力沿湘江继续南下，进犯衡阳，从西、南两面将衡阳包围。

第十军军长方先觉守衡阳。

将兵力配备如下：

方先觉（1905—1983）

第一九〇师、暂编第五十四师两师守备江东岸，第一九〇师以一部（两个步兵营两个干部团）占领警戒阵地，主力占领范家坪、橡皮塘、冯家冲之线，暂编第五十四师一部（步兵一团）占领警戒阵地，主力占领冯家冲沿耒河西岸至耒河口之线。

新编十九师：预备第十师两师守备市区，新编十九师以一团兵力于来雁塔、望成坳、段塘地区内，构成强固据点，并占领警戒阵地，主力占领草桥、辖神渡甫岸、二里亭，亘马王塘之线。预备第十师一部占领月塘、高岑、陈家井、白沙洲之线，主力则占领马王塘、衡阳西站、欧家畯、黄巢岑1704高地之线。

预定第三师回衡阳后守备核心阵地。

23日，日军主力抵达衡阳近郊，与中国军队第十军开始接触，东攻攸县，西攻湘乡，继续南进，以牵制中国军队外围部队而孤立衡阳。

湘江东岸方面，经醴陵南进的日军，于6月24日攻陷攸县，扑安仁，一部奔向耒阳。中国军队急调第二十、第二十六、第三十七、第四十四等军，赴茶陵南北地区迎击该股日军。

7月2日，中国军队完成向西攻击部署，对日军猛烈反击。8日，克复攸县、收复官田，并包围耒阳的日军。

此时，中国军队第五十八军克攻醴陵，直逼湘江沿岸，日军在五十八军攻势面前不支，日军第二线兵团推进，又增调第二十七师团加入战斗，向中国军队反扑。

7月10日，日军再次夺得醴陵南进，先后又攻陷茶陵、耒阳。29日，醴陵日军向东攻陷萍乡，转向莲花。此时中国军队对日军重兴攻势，再度从日军手中夺回萍乡，迫近醴陵、莲花，并再次攻克茶陵、安仁，加强对耒阳附近日军的围攻；另一部挺进渡过耒水，策应衡阳近郊战斗。

6月22日，日军终于对衡阳城发起进攻。在飞机的狂轰滥炸下，城区东西两岸燃起了熊熊大火。中国衡阳守军面对日军包围，从此陷于苦战。

面对强大的抵抗，敌军知道从正面强行渡河不易，是日中午，敌军一部隔河佯攻，与我守河部队进行炮战；敌主力绕过我正面，在下游寻地点过河。

24日拂晓，渡过耒水的日军向五马归槽据点发起强大的攻势。衡阳市内的炮兵对该处守军进行炮火支援，炮弹越江呼啸飞行，声震数十里外。敌空军轰炸衡阳城，与中国空军在衡阳上空进行激烈的空战。

从6月27日，日军对衡阳城发动第一次总攻开始，到8月7日，衡阳城天天在血与火的炼狱中煎熬。开始城内的给养、装备尚能得到衡阳外围的支援，随着包围圈日益缩小，城外的物资送不进来了，就改用飞机空投。到后来，敌我阵地犬牙交错，空军已经无法再空投了。战斗越发惨烈，我军战斗人数日益减少，粮食和武器弹药得不到补给，处境极为困难。

时值盛暑，打死的尸体无法清除，臭不可闻，伤员得不到医治，伤口恶化，根本谈不上治疗的器械、药品，连棉花、纱布都没有了，不少伤病员伤口生蛆流脓，活活受死。有的重伤员开枪自杀，还有的央求医护人员发发善心，“给我一枪吧”。

能战斗的官兵空腹作战，能够吃的东西，包括天上的鸟，塘里的鱼，树叶、草根都吃完了。部队每分每秒都期盼援军的到来，但战到最后一刻，也没有见援军来。面对部队悲惨的境地，军长方先觉只感到五内俱焚，痛心疾首。

8月7日夜，方先觉在军部召开紧急会议。他沉痛地说：“情况我就不多说了，开会的目的是请诸位发表意见，是突围？是死守？是投降以待时机？”

经过43个日日夜夜苦战，弹尽人绝，方先觉愤慨地对部下说："不是我们不要国家，而是国家不要我们！"遂于8月8日率部向日军投降。因此，位于粤汉、湘桂两铁路交叉点的战略要地衡阳被日军占领。

3. 杨森孤军奋战

6月18日，第二十军已到达指定位置，继续与日军进行死战；同时得知由通城、平江经浏阳南窜之敌大部已渡过浏阳河。为了集中兵力，再行作战，军长杨汉域即向第九战区长官部建议：

一、以现在关王桥附近之第四挺进纵队留置汨罗江北岸，以在南江桥以东之新十三师留置平江附近，以在崇阳及平江钟洞一带之第三挺进纵队留置浏阳附近，袭击敌后。

二、以第四十四军、第二十军尾击由浏阳附近窜醴陵之敌，期求益张战果。

军事委员会指挥第二十军、第四十四军击破醴陵以北地区之敌；而后转移于第九战区副司令长官王泽浚所部左翼，协同向西攻击日军；同时，司令长官薛岳电令，饬第四十四军经官庄、第二十军经白兔潭向醴陵之敌攻击前进。

醴陵之敌，因侧背受我第二十军严重威胁，以一部千余人迂回上栗市，在关下附近与二十军激战；敌第三师团突破我军层层抵抗，经醴陵、湘东窜抵攸县附近；该敌与窜衡阳附近之敌合兵一处，加紧南下。7月1日，第二十军到达茶陵黄石铺。第二天，第四十四军到达攸县附近清水一带时，在衡阳近郊，日军与守军激战甚烈。

第二十七集团军命令第二十军先截击安仁、耒阳敌之后方联络线，即饬第四十四军以全力攻击攸县之敌，占领并防务攸县通往茶陵道路。

第二十军主力遂由望私桥、黄棠图渡过汨罗江，沿途受到敌第三师团主力猛烈攻击，第二十军死伤甚重，军长杨汉域仅率新二十师脱离敌人，向平江思村附近集结。周翰熙指挥的第一三三师主力被敌隔断留置平江西北山地，与敌苦战，刘席函指挥第一三四师也各自为战。

前三次长沙会战的“胜利”，让薛岳声名鹊起，目空一切，谁的意见也听不进去，因此。长沙失守后，杨森等人便不服从薛岳的命令。薛岳一怒之下，将第二十七集团军的指挥权从杨森手中剥夺，给了该集团军副总司、同属粤系的欧震指挥。所以，杨森手上只有总部人员及特务营。

因日军进逼平江，杨森即率总部及特务营旋越连云山、祖师岩到达浏阳北的古港。随即经江西铜鼓、万载、宜春，越武功山至莲花。这时，他指挥的第四十四军王泽浚部以及到达醴陵的第二十军杨汉域都被薛岳划归第二十七集团军副总司令欧震（粤系）指挥。

杨森陷于极端孤立的状态。他带总部在莲花时，突然电话不通，于是他派副官带军鸽前去搜索。下午四时，军鸽飞回，杨森得知有大部日军正向莲花疾进，于是率领总部迅速撤出莲花，刚出城时，特务营即与敌军交上火，杨森率总部又转移驻宁冈。

对于第二十军和杨森总部作战情况，薛岳始终未向军事委员会上报，以致军委会对杨森和第二十军情况一无所知。8 月中旬，出状况了，重庆大本营从日军广播中收听到：“湘北战将杨森在茶陵地区被围歼中。”

于是，最高军事当局当即电询军委会前线战况，这才知道杨森身边只有一个特务营，未有其他部队。于是，命令薛岳将欧震指挥的第二十军交还杨森指挥。

杨森集结第二十军部队后，继续对日军作战；军委会并令江西遂川飞机场空军支援作战，先派陆空联络班到总部联系。

8 月 21 日，美国陆空联络班到达杨森总部，地面部队随时与盟机协同作战，有了空军助战，这样一来，“士气甚锐”，对杨森川军是个极大的鼓舞和支持。

8 月 25 日，是个大晴天，万里无云，杨森的次子杨汉烈带领美军陆空联络班来到第三九九团指挥所，打开无线电指引，自九时迄十七时，中美二十架盟机先后临空作战，扫射日军阵地和补给线，炸得日军人仰马翻，抱头鼠窜。

川军士兵隔岸观火，吸着旱烟，高兴地喊：“巴适得很！也让狗日的尝尝铁西瓜的滋味！”

在空军的支援下，第一三三师连克邓家湾、黄泥铺，迫近安仁南郊。

曾经在茶陵作战的日军第二十七师团步兵第三联队第九中队乌泽义夫，在《第二访问中国纪录》一书中，叙述道：“在茶陵警备的五个月中，开始两个月，中国军队在茶陵的一支人数众多而有力量的部队就分布在周围，并反复从正面向联队发起攻击。与地上的中国军队相呼应，空军飞机频繁地进行突袭，联队中多数战死者是被飞机炸死的。”

茶陵的日军第二十七师团第三联队与增援的日军第三十四师团之二一七联队、第十三师团之六五联队，由攸县至安仁公路南下，企图打通粤汉路南段。杨森急令第二十军驰往安仁截击。军长杨汉域率全军向安仁疾进，并以三九九团为前卫。该团到达安仁附近，侦知敌军大部在安仁城南平原地区露营。团长陈德邵立即组织突击队，乘夜猛袭，打得睡梦中的日军惊慌失措，四下乱窜，人仰马翻。排长汤正谟奋勇当先，与敌冲杀，壮烈牺牲。激战至第二天拂晓，作战转移到山地，双方依然混战。这时，新编二十师杀到，师长李子亮以第五十九、第六十团由北向南，在公路两侧占领阵地，协同第三九九团阻敌南下。日军在炮火掩护下，兵分两支，一支向三九九团猛攻，一支向新二十师阵地猛攻。经过昼夜激战，新编二十师屡次打退敌人的攻势，固守阵地，但是伤亡很大。第二十军部即令第一三三师三九八团暂受新二十师李子亮师长指挥，接防该师阵地。第三九八团积极采取攻势防御战术，不断主动出击敌突出据点，将敌压迫回平原地区，其中屈占云和王朝浒两营，尤为亮眼，打得颇有章法，战绩卓著，让杨汉域师长高兴得直蹦，说：“传令给这两个营嘉奖！”

第三九九团和第三九七团两个营长伍明孚、任和清看着眼馋，大喊：“瓜娃子，给老子也长长脸！”

于是，任和清营掩护第三九七团绕道夜袭日军的后勤部队，毙伤敌军马二十余匹，焚毁了一批作战物资。次晨，我军逐步撤退，诱使日军前来报复，共二百多人进入我军伏击圈，被我军合力围歼，被打死二十多人。其余敌军在炮火的掩护下，狼狈向西逃窜。

第二十军所部歼灭了大量的日军有生力量，但自己的伤亡也不小，杨汉域令李子亮派第五十八团接替第三九九团阵地。经过八天八夜的奋战，日军伤亡惨重，最终放弃其沿公路南下的企图，改由羊际市小道南窜。军长杨汉域指挥全军，以陈德邵团及军搜索营为前卫，向敌尾追，并多次击溃日军掩护部队，直至郴州以西地区；杨森亦率总部及特务营由宁冈经酃县到达资兴。受到最高当局迭电嘉奖。

4. 川军增防桂林

鄂南方面，王陵基第三十集团军以第七十二军第三十四师（师长祝顺锟）及新十三师（师长唐郁伯）新十五师（师长江涛）等控置于修水附近。

长衡战役爆发后，东路由崇阳及青山铺南犯之敌，在高滩、瓦子棚瓦与新十三师等激战。很快，日军向通城地区进犯，第七十二军之新十三师对敌层层阻击，至5月底，与南下之敌在长寿街激战，至6月初在团山铺阻击日军，后向平江转移；川军第四十四军等在长寿街、嘉义、献钟南方山地各隘口阻敌，掩护平（江）浏（阳）我军右翼安全。

在浏阳方面，敌增至八千人，与第七十二军、第二十军激战，王泽浚第四十四军与敌一个师团对战，敌动用大炮、飞机掩护作战，第四十四军伤亡惨重。

截至8月下旬，第七十二军在醴陵、攸县、茶陵、安仁向提师塘、仙岳庙等地攻击日军；第四十四军续向茶陵之敌攻击；第二十军仍在安仁东端附近及黄泥铺、羊际市、石塘亘三眼塘之线与敌激战。

9月上旬，第七十二军祝顺锟第三十四师之一部攻入醴陵东门，在敌增援部队反击下，在电灯公司附近激战；新十三师为策应第三十四师，全面对敌攻击；第四十四军一部仍在严塘圩与敌对战，主力继续围攻茶陵之敌；第二十军为策应湘桂路作战；一部在西冲、三江口、园岭、泉塘二六一高地之线续攻安仁之敌。

长衡会战结束，日军主力南下广西，蒋介石命令薛岳指挥部队向西撤，薛岳却认为这是让他去给广西看大门，坚决不从。蒋介石只好命令第二十七集团军副总司令的李玉堂另设指挥部，指挥反击日军进攻广西。

长衡会战结束后，第二十军军长杨汉域引咎辞职，由副军长杨干才继任军长。

9月8日，第二十七集团军奉军事委员会训令：

一、沿湘桂路进犯之敌已窜至零陵、东安附近，有犯全县、桂林之企图。

二、国军以乘敌突进与以打击之目的决在黄沙河及全县附近夹击之。

三、杨副长官森率第二十军、第二十六军、第四十四军改向道县地区集结（第三十七军归入指挥），参加黄沙河、全县会战，向敌左侧背攻击。

四、李副总司令玉堂率第六十二、第七十九军一面迟滞敌军，一面向新宁附近转移。

旋因桂林告急，军委会命令杨森率第二十七集团军增防桂林，受第四战区司令长官张发奎指挥。

二十三、桂柳会战

1. 彭泽生壮烈牺牲

1944年8月上旬，日军攻占衡阳后，以打通大陆交通线和破坏中国西南空军基地为目标，把侵略的战火烧向广西境内。日军新设了第六方面军，司令部设于武汉，下辖第十一军驻衡阳，第二十三军驻广州，第三十四军驻汉口。总兵力在十万人以上。

第二十军自5月下旬以来，经过惨烈的长衡会战，原有步兵约二十一营之战斗力，经此四个月作战伤亡及新二十师被留第九战区外，尚存战斗力约七营。看着这样一支残兵败将，来不及补充、休整。军长杨汉域心在滴血，他的四川健儿大约一半以上都伤亡在异土他乡，成为野鬼孤魂了。尽管如此，只要一息尚存，还得继续作战，为国杀敌。此时，接到命令，他功升第二十七集团军副总司令，由杨干才继任二十军军长。

9月下旬，杨干才第二十军奉命由道县以南地区经蓝山、恭城道向平乐附近转进，湖南道县进入广西全县；10月5日，杨森率第二十七集团军抵达桂东平乐，辖有杨干才第二十军和丁治磐第二十六军以及罗奇第三十一军。这些都是从湖南战场溃退下来的部队，都严重缺额。据第四战区司令长官张发奎的回忆录所记，其中第二十军编制21578人，剩有4567人；第二十六军编制32397人，只剩4522人；第三十七军编制33390人，只剩2056人；王泽浚第四十四军编制42828人，只剩不足5000人（不包括非战斗人员）。

自10月上旬以来，日兵二万余人分布于湘南道县、江华和广西东北的灌阳等地，一部千余人进据湖南江永县与广西恭城县之间唯一孔道——龙虎关、麦岭各附近，又企图从湘桂边区南犯平乐、荔浦，进出柳州。

10月9日，第二十军到达平乐、荔浦间集结待命。

10月14日，杨军长奉到第二十七集团军总部于10月10日制定的《关于在荔浦附近反击作战计划》，要旨如下：

战斗前敌我形势概要：

长衡会战终止后，由道县、江华、永明、灌阳窜据龙虎关之敌二万余人将一部沿恭城以东大道经二塘墟，主力沿沙子街南犯平南方面，敌或有北犯蒙山，威胁集团军右侧可能。

集团军以占领有利地区聚歼敌人之目的，于敌进犯时，以一部协力西江击灭由平南北犯之敌一部，守备阳朔主力将敌包围于平乐、荔浦间地区之决战。

第二十军先以一部在二塘墟、沙子街各附近占领阵地，主力集结栗木墟附近构筑龙窝乡中华村、普益乡以南之线及栗木圩以东亘栗文德村线之二线阵地并对凤田屯、同古屯间公路东侧亘银坑、石盘屯、凤凰坪附近之线各山隘实施侦察，构筑必要之阻绝工事。

第二十六军（丁治磐）集结主力于荔浦以东地区，一部担任阳朔之城防守备，并对长洞大塘岭江口村、桥头屯、龙城屯、矮山街、田家河屯亘阳朔县城附近之线各山隘实施侦察构筑必要之阻绝工事；如敌突入平乐村附近时，一部应确保阳朔县城，主力待命，由马岭圩出击，于敌右侧而包围攻击之。

第三十七军（罗奇）协力西江方面军作战后集结于杜莫墟附近，于敌突入平乐附近时待命，自兴平圩出击于敌左侧而包围攻击之。

第二十军遵照集团军之作战指导，其防御部署大要如次：

第一三四师（师长伍重严）四〇一团（附无线电一班）为前进部队，以一部（一营）在二塘，主力在沙子街各附近占领阵地，迟滞来犯之敌。

第一三三师（师长周翰熙）占领凉亭坳、白马岭、鸡冠岭、铜鼓岭之线，先以有力一部占领五行村、天堂岭、坳山、狗藏岭各要点为前进阵地。

第一三四师(欠四〇一团)连系第一三三师占领银坑、石盘屯、三月屯、凤凰坪附近之线，先以一部占领普益乡附近要点，防碍敌人之渡河并掩护前进部队（四〇一团）之渡河撤退。

全军作上述之防御配备后，积极构筑工事，阻绝交通，加强战备。

10月28日，日军第六方面军下达作战命令，令第十一军和第二十三军向桂林、柳州发动进攻。

以五十八师团为主攻部队，在重炮第十四联队、第十五联队、战车第三联队等配合下，从灵川疾进，向桂林北门和西门进攻。

日军准备充分，来势凶猛，铺天盖地。

我奉命前来的粤军第六十五军第一六〇师和滇军暂编二十师因入桂路受阻，无法按期到达。张发奎向重庆发急电，请求空运两三个军到桂林、柳州，支撑危局。

日军使用毒气猛攻桂林七星岩阵地，双方死亡枕藉，七星岩守军终因孤立无援，阵地被日军占领。11月6日，日军利用七星岩作观测所，连日炮击桂林市区，造成市区到处火灾不断，市内房屋，焚毁殆尽。

日军由定桂门、中正桥、马王洲三处强渡漓江，定桂门方面，因漓江码头中国军队第一七〇师已构成绝壁，同时该师象鼻山侧防工事火力猛烈，给予日军进攻部队惨重打击，未能得逞企图。

由中正桥、马王洲强渡漓江的日军，向桂东路、叠彩路猛攻，致中正桥头堡三座沦于日军手中。不久，守军第一三一师防守的伏波山、风洞山、皇城等要点地区，均被日军突破，守将韦云淞率残部突围，桂林遂告陷落。

第一三一师阚维雍师长、防守司令部陈济桓参谋长、第三十一军部吕旃蒙参谋长、第一七〇师胡厚基副师长等高级军官，均阵亡于桂林。

柳州方面，10月28日，日军第三师团辖第五旅团、第二十九旅团共四个步兵联队和直辖炮兵、骑兵、辎重兵、工兵四个联队，在师团长山本山南中将指挥下，经全州、恭城、平乐，扑向荔浦、修仁，意图从东南包围桂林，同时策应柳州的攻势。

10月30日正午，敌先头部队约一大队已窜抵同安附近，杨干才军长当即命令赵嘉模副师长率军搜索营及平乐、荔浦自卫大队（共五个中队）为右侧支队，由栗木圩前往大扒圩、长滩街间阻击西窜之敌；同时将四〇一团主力由沙子街开至平乐南岸布防。

第二天，敌约步骑二千人、数门大炮，即由同安分向二塘圩南北之线进犯第二十军阵地。

杨干才用望远镜观察着对面黑压压的日军，狠狠地骂道："龟儿子们，来吧！大爷等着你们呢。正式开打喽！"

战斗分两方面进行。

上午八时许，由同安西进之敌其先头步骑七八百人在二塘南北之线开始，与第二十军前进部队四〇一团陈营接触，对峙至晚，敌后续部队增至步骑约二千、炮数门，双方激战；一部敌人仍在二塘南北之线与我对峙，大部向二塘西南之柳塘村迂回。

当日，第二十军奉到集团军司令长官杨森电：

一、桂平方面之敌以窜抵武宣，另一股私有窜扰象县模样。铁道方面之敌已窜抵永福，另一股已包围桂林城。

二、二十军以一部在平乐、荔浦间迟滞敌之前进主力，在修仁附近占领阵地。

三、二十六军（军长丁治磐）主力率四四师（师长蒋修仁）集结榴江，以四一师（师长董继洵）前往象县阻击敌人，掩护集团军之右侧背。

四、三十七军（军长罗奇）由蒙山取捷径限江（3）日前集结修仁待命。

军长杨干才奉到上述命令，决心以主力即夜向修仁转移，其部署如次:

一、令右侧友队于11月1日拂晓前接替长滩街、平乐东南岸迄牌头河之线，掩护军之撤退，务尽诸般手段迟滞敌人。

二、令四〇一团于11月1日拂晓前交防务完竣后，即经栗木墟、荔浦道向修仁附近转进。

三、令一三四师师长（伍重严）率五八团即往荔浦附近对阳朔分向之警备待命，向修仁附近转进。

四、令一三三师（周翰熙）即向修仁附近转进。

五、军指挥所于十一月一日拂晓开始由采木墟移往修仁。

11月1日傍晚，第二十军军部在修仁附近得知战况如下：

一、大扒圩、长滩街间本（1）日拂晓已窜到敌约一千二百人。

二、经沙子街南窜之敌，其先头步骑千余本（1）日午已已到平乐城。

三、我右侧友队刻仍在长滩街南岸亘牌头河之线阻止西进之敌中。

杨干才决定防御配备如次：

一、令一三四师伍重严师长率五八团、赵嘉模副师长率右侧支队用平荔间既设阵地阻击敌人迟滞其行动。

二、令一三四师四〇一团于二日十二时前占领老虎冲、闸门岭、三军岭402及其以北高地之线为主阵地，阻止西进之敌。

三、令一三三师于二日八时前接一三四师之左占领911.8大冲岭、苏山岭、料洞屯、六洞、龙隐岭之线为主阵地，阻止西进之敌并派一营为前进部队占领古侯岭341.4、300各高地之线，迟滞敌人之前进。

四、令炮十八团第一连归一三三师周师长（翰熙）指挥，先在烈士墓附近占领阵地，支援前进部队之战斗，尔后在八里塘、四平村间占领阵地，协力两地区之战斗，限三日十时前完成射击准备。

五、军指挥所位置稻香村。

11月2日，日军先头部队步、炮兵约六百人，骑兵八十余，渡平乐河后分成两路：一路由大扒圩小道，经出南、桂山、桂花树脚、大坳、秃尾冲、敏村、漕村直插修仁；一路沿荔平公路向荔浦进攻。

荔浦县自卫队第三大队奉令占扒齿左右高岭阻击日军，掩护川军撤退。上午八时，双方交战，日军被阻于龙窝、狗藏一带，战至十二时，日军伤亡五十余人；自卫队阵亡六人，伤二十四人，失踪十八人。因任务完成，自卫队遂撤离扒齿，经桂山至荔城。

此时，第二十军已有一营在栗木布防；自卫队第二大队则布置在城东的营盘岭、张王庙、古城岩一带。第三大队回防后，在占城、西大王岭、矮子岭、大岭坳一带，掩护川军守荔城。

3 日下午三时，日军搜索部队与自卫队第二大队交战，至 4 日黎明，敌搜索部队仍被阻于新村、穿岩一带。上午七时，日军炮兵及后续部队相继而至，猛烈进攻；自卫队不支，于八时二十分由渡尾撤入茶香。九时五十分，日军突入县城，与守城川军交战，敌我互有伤亡。至下午一时，川军撤出城西，在自卫队掩护下，向修仁撤退，荔城失守。

11 月 4 日，日军占领修仁县城。当日，约两千日军攻击第一三三师阵地，先向三九九团阵地发起连续猛攻，均被击退。战斗至午后，日军以一部仍攻三九九团；其主力在重炮支援下，沿公路向三九七团阵地猛攻，三九七团依凭工事顽强抵抗，三九九团则由公路北侧高地以火力支援。日军虽不断增援猛攻，均被击退，双方伤亡均极惨重。战斗至傍晚，已成对峙状态。

增援日军则乘夜由修仁城西公路以南小道，接近三九七团前沿阵地。翌日拂晓，在重炮掩护下，日军分数路向三九七团猛攻，由于敌众我寡，三九七团伤亡惨重。师长周翰熙亲临前线督战，又将师搜索连交三九七团彭泽生团长指挥，搜索连长杨羲臣奋勇当先，协同三九七团连续挫败日军进攻。此时，第一三三师忽奉第二十军部命令：“桂林失守，我军有受包围之势，应速脱离敌人，取小道直插柳州。”

师长周翰熙即令三九七团掩护撤退。下午三时，三九九团在三九七团掩护下，到达八里塘隘口。此时，凶狠的日军紧追不舍，负责掩护殿后三九七团彭泽生团长不幸中弹，壮烈殉国。

彭泽生在出川时为第一三三师步兵第一营营长，后升为团长。

彭泽生牺牲后，该残部由三九九团团长陈德邵统一指挥。陈即令两团二十四门迫击炮，沿公路两侧梯次占领阵地，集中射击日军炮兵阵地和后续部队；令三九七团努力反击正面之敌；又令三九九团一、三两营掩护三九七团及师搜索连。在第一三三师拼死抗击下，连续击退日军的进攻，于八里塘坳口附近，击毙日军大队长中井郡次郎少佐。傍晚，陈德邵指挥两团交替掩护，往柳州方向撤退，修仁、荔浦遂告沦陷。

2. 况复川军耐苦战

11月3日拂晓，由栗木圩西进之敌其先头步骑千余、炮数门，向芝麻岭、张玉岭、荔浦城之线猛烈攻击。七时左右，敌一部攻入荔浦城，迄3日傍晚，日军先头部队已窜抵荔江坪附近。

4日拂晓，敌继续向我前进阵地古侯岭341.4、300高地之线攻击，古侯岭一度失守；经我军奋勇逆袭，击毙敌官兵十余名，夺获一小队长身上的文件，证明其为第三师团3703部队。

战至4日夜半，敌后续部队到达后，即乘着风雨交加，向我烈士墓、旧县村阵地猛烈攻击，战斗至为激烈。此时，该师奉到司令长官杨森电话，命令其要旨如下：

西江及铁道两方面之敌已攻陷武宣、永福，似有箝击我柳江模样。

第二十军即以一师阻止修仁方面西进之敌，军部率一师兼程到柳江新圩村附近集结待命。

军长杨干才遵即作如下之部署：

一、令一三三师留置闸门岭、苏山岭、龙隐岭之线，阻止敌之西进。

二、令一三四师将闸门岭方面阵地于五日拂晓前交与一三三师，接替完竣后即经四排圩、榴江道向雒容前进。

三、军部及直属部队于5日4时出发，经四排圩、榴江道向雒容前进。

自11月5日一时以来，敌主力继续向烈士墓以西攻击，在八里塘、狗婆岭之线，与我一三三师反复争夺中，该师三九七团团长彭泽生奋勇击敌，已在八里塘附近阵亡，其余官兵伤亡惨重。

军长杨干才命令一三四师四〇一团在石墙口附近占领阵地，收容一三三师之撤退残部并令一三三师由四排圩、榴江向雒容转进。

同日十二时，杨干才在四排圩奉到第九战区副司令长官杨森电话命令如下（下达法：先以电话传达命令要旨，而后笔记交付命令受领者）：

一、沿铁道进犯之敌已窜至矩鹿寨约五十五公里之处。
二、二十军着即由四排圩附近改道向柳江转进。

杨干才即作如下部署：

令一三三师经岔路口、桐木圩、运江向柳州前进；一三四师（欠五八团）由四排圩经运江道向柳江转进。

军部及直属部队与五八团即用强行军，沿榴江麈寨道先向雒容前进。

在修仁西进之日军，经我一三三师及一三四师之四〇一团逐次抵抗、浴血奋战，两师大部已脱离敌踪。第一三三师已通过那榜村，第一三四师（缺五十八团）通过四排圩，正向柳江前进中，一部在四排圩附近阻止敌之西进，同时军部及直属部队与五八团大部抵达雒容附近，准备继续向柳江前进。

在修仁附近战斗中，我阵亡团长彭泽生以下官兵三百余名，总计伤亡七百余。

11 月 6 日，日军第十一军主力对桂林完成包围。其第三、第十三师团在占领阳朔、荔浦，并于修仁以东击退第二十军及第三十七军一部后，进至柳州东约七十公里的岔路口及柳州六十公里的中渡古镇。

11 月 7 日，第四战区下达作战命令，决心在桂、柳之间与日军决战，命令第二十七集团军指挥第二十、第二十六、第三十七军及第一八十八师（师长海竞强，即白崇禧的外甥）为中央兵团，以主力固守柳州，非有命令不得撤退；以有力一部于柳州以东地区联络右兵团，于以北地区联络左兵团，拒止敌人。必须确保柳江西岸要地，以掩护黔桂路及宜山之安全。

第四战区司令长官部即由柳州撤至宜山。

宜山是柳州西南方八十公里的黔桂铁路要冲，我军在这里存放了大量的军需物资；负责桂柳战役的日本第十一军司令官冈村宁次在日军下发给第三、第十三师团的电文中强调："余重视宜山胜于柳州。"

张发奎命令第二十六军固守柳州，第二十军协力第二十六军固守柳州外围据点，相机转移攻势。夏威集团（第九十三军、第七十九军的余部及新十九师）联系杨森集团，沿永福河西岸一带，占领阵地，阻止日军西进。第四十六军（第一八八师、第一五七师）为控置兵团，位于柳州以西三都附近，乘日军攻击柳州时，即协同守军，对日军转移攻势，策应邓龙光集团的攻击。限11月10日前，部署完毕。

11月6日起，双方自迁江经柳州亘柳城全线展开激战。8日，日军第十三师团及第三师团分别进至柳州以北六公里处和柳江东岸。

第二十军与日军第三师团激战于修仁附近，无法脱身，杨森、夏威两集团，均未能如期按计划部署，日军就此乘势南下，并以一部出中渡赴柳城，严重威胁柳州左侧背。为确保前线阵地，掩护柳州侧后安全，张发奎即令控置兵团的第一八八师，转用于柳州城，拒止由中渡向柳城迂回的日军。

同日傍晚，第二十军军部及一三三师、一三四师先后到达柳江西站、南站各附近集结。8日二十时奉副长官杨森电话命令，其要旨如下：

第二十军即以一部担任柳江西站亘新圩沿河之线防务，阻止西进之敌，以主力集结新圩附近待命。

我二十六军（丁治盘）与敌在柳江城郊激战时，第二十军须派兵一营确保鹅山国防工事，协力二十六军之作战。

这时，日军第十一军已进至柳州附近，第二十三军已攻占象县，突破守军第六十二军阵地，渡过红水河，逼近柳州。仅第二十军、第二十六军于7日夜，以急行军从第一线撤至柳州；第三十七军由象县撤至柳州以南。

杨森集团第二十六军、第三十七军联系邓龙光集团在象县、鹿寨沿河西岸占领阵地，阻止日军渡河。

进犯柳江之敌其先头已分窜至杨和村、马草塘及兵营岭各附近并向鸡拉街、窑埠村、兵营岭我二十六军阵地猛攻中。

我三十七军（罗奇）主力刻已在敬德街，其一部在岩中山、龙凤城之线阻击敌人。

邓龙光、杨森两兵团，在变更部署时，沿江进犯的日军，已进抵红水河南岸及柳江西岸地区，其一部在象县附近出现，迅速从柳州东侧渡河成功。

9日二十一时，杨干才接到副长官杨森电话，命令第一三三师主力即开洛满圩集结待命。

10日晨，柳江北岸的日军第十三师团一部渡过柳江，守备北岸的第二十六军第四十一师（董继淘）一三一团一个营与日军激战至11日，全部牺牲。

日军向鹅山要点攻击，另一部千余人在炮火掩护下，向柳州北市进攻。第三师团攻占柳州机场，守备南市的第四十一师一二一团遭敌轰炸，死伤惨重。11日夜，第一二一师团长赵凤铭率残部突出重围，向柳州以西山地撤退。柳州弃守。

战局突变。杨干才接到副长官杨森电话命令：

"该军长应相机令所部逐次抵抗，向柳江西北地区转进。"

各兵团于部署时，正碰上阴雨连绵，盟军飞机由于云层太厚无法活动，日军乃乘机对我军重施压力，致使我军无法转移阵地。

日军以有力一部，由柳城北方向西突进，中国军队以力保宜山，掩护黔桂安全，相机击破日军之目的，于11月10日，重新调整。

张发奎命令杨森集团（第二十军、第四十六军）转进三岔、中脉、小长安之线，掩护宜山左翼。

11月12日，邓龙光集团已到达指定地点——北泗、大塘之线。夏威集团在理苗、洛东之线，与日军激战。杨森集团以逐次抵抗向龙江河转移。而柳城西犯日军三千余人，乘杨森集团在阵地占领之前，由柳城附近的大浦向西迅速推进，被第二十军拒止于宜山以北地区。正面的第四十六军受到日军左侧威胁，向宜山东南地区转移……

11月14日，桂、柳间的永福阵地，被日军突破，第九十三军及新十九师陷于苦战。

宜山于15日失陷。中央命令四战区司令长官张发奎炸毁怀远以东十几列火车，其中包括美援装备武器、弹药、医药及通讯器材。因为实在太多了，张发奎命令卫队和特务团随意挑选卡宾枪、冲锋枪，拿不了的使将十几列火车的物资全部炸掉。但根据冈村宁次的说法，日军截获了机车11台、货车106辆、客车4辆；缴获反坦克炮两门、反坦克炮弹40吨、150毫米榴弹炮弹40吨、山炮弹90吨、15毫米机关炮弹17吨、20

毫米机关炮弹 10 吨、飞机 1 架、飞机发动机 6 台、炸弹 160 吨、油 17 吨、粮食 500 吨、煤 400 吨。

日军下一个目标——独山。

11 月 17 日拂晓，第二十军各部遵令转进，敌步骑千余亦跟踪追击；迄该日晚，敌先头部队已窜至祥贝乡东南地区，与第二十军后卫第一三四师之五八团激战中，宜山东北地区战斗至此结束。

3. 杨干才泪湿征衣

杨干才，原名臣栋，四川广安人。泸州讲武堂第一期步兵科、中央军官训练团第一期将官研究班学员队结业。历任国民革命军第二十军司令部警卫团团长、第二十军第一混成旅副旅长兼第三团团长、任陆军第二十军第一三四师第四〇二旅旅长等职。抗日战争爆发后，率部参加淞沪会战、徐州会战、武汉会战，1939 年以来任陆军少将、第二十军军长。

杨干才（1900—1949）

11 月 18 日十七时，杨干才军长行抵索敢圩，奉副长官杨森打来电话，口授命令，要旨如下：

约步七八百炮四门之敌，刻在怀阳镇东岸与我二六军隔河对峙中。

第二十军应遵长官张发奎巧（18）日中电话命令九柱、安马圩沿河西岸布防阻敌西进，右与二六军切取联络。

军即作如次之部署：

令一三三师于明（19）日拂

晓由棉洞隘口、褚舟洞地区出发，经索敢圩附近渡河，在九柱、安马圩之线；沿河西岸占领阵地，右与二六军（丁治磐）之四四师，左与四六军（黎行恕）之搜索营切取联络。

令一三四师于明（19）日拂晓由肯霸村肯才地区出发，经索敢圩附近含接一三三师末尾渡河后，以一团位置于中间，其余位置于莲花附近。

18日晚，日军敌约四五百人窜抵小隘360高地地区，向第二十军第一三三师方面攻击前进。

杨干才当即命令军搜索营先到隘口隘底北关索敢、养岗之线布防，候第一三四师到达后交之与该师接替；同时分令第一三四师刘席函师长以一团接替搜索营防务，其余位置庙底附近。

19日中午，第一三三师正向马安圩、九柱之线前进，占领阵地，不料敌先头三百余已由马安圩附近渡河，先于该师占领外山隘底之线，与第一三三师先头部队激战中。我一三四师四〇一团之一部已到达拉弄附近阻击敌人。

杨干才命令各部：无论如何必须驱逐西岸之敌。战至19日傍晚，安马圩附近敌有后继部队到达，西岸之敌仍在外山隘底、拉弄南端之线，与我军激战中。怀阳镇方面之敌亦正向我军右翼运动。

20日拂晓，西岸之敌已增至千余，炮数门，向拉弄北关各要点猛攻；同时拉冒附近集结敌三四百，似有由北关、索敢间渡河，直趋德胜圩之企图；第一三三师在九柱、辜独山474.3高地之线与日军激战；第一三四师在板会北关、索敢圩、养岗之线，与敌激战。

21日，日军第十一军令第十三师团向独山追击，下令第三师团向贵州都匀追击。

从19日中午至21日早晨，第二十军又伤亡官兵四百余。至此，该军之战力已不足四营，即不到两千人；而当面之敌已增至两千余，将我九歪、庙底的第一三四师阵地突破，军搜工两营亦加入战斗。

22日拂晓，敌迂回部队到达思恩，与我一三四师一部发生激烈巷战，二十军乃向思恩西北地区转进，继续阻止敌人并掩护总部之安全，德胜圩附近战闻至此结束。

第二十军奉命在思恩西北地区收容整顿。第一三四师以一营在和平村、平字亘大方之线占领阵地，以有力一部（一团欠一营）在独立亘叠石西北约五里高地之线占领阵地，阻止敌人。第一三三师集结甫仪村附近整顿待命。

11 月 23 日，思恩之敌开始北进，当与我一三四师激战于后团村、洛阳圩之线。

24 日，日军混成第二十三旅团攻下广西首府南宁，为南进越南河内打开了通道。

同日，日军第三师团与周翰熙第一三三师激战于翻背岭、古宾村之线。25 日，与刘席函第一三四师在李烈屯、驮敢之线激战，第二十军为达到迟滞消耗敌人之任务，不能不采取纵深配置。因众寡不敌，每当阵地沦陷时，我守军大多数均壮烈牺牲。

第二十军历时六个月，转战湘桂黔数省，几乎无日不战；从两万多人的大军，战死大半，只剩三个营，遍体鳞伤，伤患载途，补给维艰，缺衣少食，惨不忍睹，就连铁血悍将杨干才也止不住眼泪如雨。

指挥此次作战的日军第六方面军司令官冈村宁次认为：与武汉作战时期比，交战后感到敌军士气和战斗力素质下降。此次作战，中国军队约有 60% 遭到打击。目前六个军的实有战斗力只相当于一个完整军。

11 月 28 日，日军占领南丹，且越过黔桂边界进入贵州占领独山、都匀。

12 月 2 日，日军攻占独山。不久，日军接到命令，返回广西。于是将独山、都匀两地交通设施及军用物资全部毁坏，之后返回广西境内。

旋即杨森指挥率第二十七集团军第二十军、第二十六军收复独山、都匀。旋即奉命开往贵州的榕江、黎平进行补充整训。

至 12 月 10 日，驻越南的日军第二十一师团第八十三联队，由晾山北上接应，与由南宁南下的第二十二师团在广西南宁南面的绥渌会合，最后打通了纵贯中国大陆南北至印度支那的交通线。

1945 年 1 月 18 日，杨森调任滇黔绥靖公署主任兼贵州省政府主席，第二十七集团军总司令由原第三十六集团军总司令李玉堂调任，隶属第三方面军。

二十四、豫西鄂北会战

1. 杨显明收复玉皇顶

1945年3月24日，日军左翼第一一五师团主力进攻老河口。一部进攻老河口西北约四十五公里处的李官桥，控制汉水上游。第四十七军军长李宗昉率部，由豫西邓县调至湖北均县地区作战，从4月13日起至28日，第二十二集团军所部反攻老河口，与日军反复争夺外围各个据点。

接到反攻命令，第一〇四师师长杨显明接替友军在玉皇顶及将军山一带的阵地。当第三一二团团长苟载华率部前去接防时，发现将军山阵地上飘扬着日军的膏药旗，已被驻扎在挡贼口的敌据点派出的百余人所占据。

杨显明（1895—1952），原籍四川省蒲江县，幼年丧父，随母迁邛崃回龙，依靠祖父李玉印为生。后迁居邛崃临邛镇兴贤街。四川陆军第四师军事讲习所毕业，入四川陆军第四师（师长刘成勋），历任中下级军官，后升任国民革命军第二十三军杨显明（军长刘成勋）独立旅第3团上校团长。1937年9月，随李家钰（第四十七军军长）出川参加抗日战争，任国民革命军第四十七军一七八师五三一旅一〇六一团团长。1943年冬任国民革命军第一〇四师师长。1944年5月13日，日军进犯洛阳，杨显明奉命率部阻击敌军，掩护集团军总部及友军撤退。5月16日，杨部在河南新安县甘泉岭云梦山与日军遭遇。他镇定指挥，在将上的浴血奋战下，战斗至晚，以牺牲军官二十七人、士兵四百余人的代价，打退了日军八次猛烈进攻，掩护总部、军部及洛阳友军安全转移。事后，杨显明挥师潜行通过日军封锁线，赶上军部。1945年春，日军向湖北老河口进犯，第四十七军奉命转至丹江西岸的场县、玉皇顶、将军山地区与敌作战。其间，杨部击毙日军河边大队长及以下数十人。

为确保玉皇顶阵地安全，苟团长决心吃掉将军山之敌，为达到这一目的，声东击西，一面派人组织群众制造要夺取挡贼口的声势。

挡贼口是明清时期在李官桥附近一个关隘处由商民出资修建的一座城，墙宽二丈，高五丈。东西南北四面城门上有石刻“挡贼口”三个大字，后被日军占领。

第二营第四连连长谭绍云每天夜里派出一个班的兵力，在将军山周围放枪扔手榴弹，袭扰敌人，风声鹤唳，草木皆兵。一连六夜，干打雷不下雨，就是不派人进行实实在在的攻击。敌人也懈怠下来，认为川军就是瞎咋呼，放心睡大觉。就在第七天的夜里，苟团长突然来真的，派第二营第四连连长谭绍云率部在将军山西北攻进去，激战半个多钟头，毙敌二十余名，将将军山阵地一举拿下；残敌由南山小道逃窜。

将军山阵地被我军占领两天后的夜间，挡贼口据点里的二百多名敌人分南北两路，向将军山谭连阵地猛袭，激战约一小时，谭连抵挡不住，将军山阵地失守。苟团长得知，派副团长李卓夫亲赴第一线，指挥将军山撤下的谭连潜伏在我阵地前的山埂后，一面令重机关枪连排长陈石带领重机关枪两挺，摸黑抬上玉皇顶阵地中央，将重机枪安置在构筑好的掩体中。这时东方发白，李卓夫一声令下，玉皇顶的重机关枪率先开火，压制日军火力，乘敌立足未稳，连长谭绍云率领一个排由山北率先杀入敌阵，一场战斗，毙敌四十多人，剩余之敌狼狈逃窜。

4月上旬，挡贼口的日军在田边大队长的谋划下，调兵遣将，准备再向我玉皇顶阵地发起进攻，以图报复将军山的失败。第三一二团团长苟载华和副团长李卓夫商量，为了粉碎敌人的进攻阴谋，拟定了先发制敌的计划，报请军长李宗昉批准。

4月7日上午七时许，李团集中所有的炮火，向挡贼口敌指挥所猛击，随即前线部队亦发起火力攻击，敌田边大队长的指挥所被炮火击中，当场毙命，还毙伤十余人。上午九时许，中美空军联合大队两架飞机飞临战区上空，驻第三一二团的陆空联络组用报话机与飞机联络。此时，第五战区参谋长张持华在师长杨显明的陪同下，来到第一〇四师阵地，用望远镜观察挡贼口日军被炸情形，高兴地说："炸得好！要给空军请功！"战斗持续到下午三时，我军安全撤回。是役毙伤敌二百余人，长官部通令全战区表扬。

4 月 12 日，第四十七军一部反攻李官桥，被日军击退。

2. 汪匣锋血拼老河口

老河口原为光化县辖镇，因汉水水患，县城几度东移，明隆庆六年（1572）定治所于老县城。民国年间光化县政府由老城迁至老河口。

老河口因地处汉江故道而得名，挟蜀汉、扼新邓、枕太和、通秦洛，得舟楫之利、扼四省要冲，素有"襄郧要道、秦楚通衢"之称，享有"天下十八口，数了汉口数河口"之誉。

抗战期间第五战区长官部在此经营六年，后来美军专门在这里修建了机场。在 1944 年的豫湘桂会战中，日军摧毁了美国设在西南地区的一些空军基地。位于豫西鄂北交界处的老河口机场，对日军所造成的威胁很大，中美空军联合大队的飞机经常从这里起飞，袭击日军在华北、华中地区的铁路、公路、桥梁、仓库和军事设施，给日军造成了极大的损失。

为了拔掉这颗钉子，相机占领作为屏障的豫南鄂北地区，打通西峡口豫陕通道，1945 年 1 月 22 日，日本大本营批准实施覆灭老河口航空基地的作战计划。

1 月 29 日，中国派遣军总司令冈村宁次在南京举行的军事会议上，下达命令，将进攻老河口的作战任务交给了华北方面军驻郑州的第十二军司令官内山英太郎；确定采取南北夹击、中间突破的战术，令驻当阳的第三十四军第三十九师团师团长佐佐直之助所部由荆门向北沿汉水以西攻占襄阳、樊城、谷城，配合第十二军执行此项战斗任务；同时令驻山西的第一军一部向豫西陕县（今三门峡市）出击，策应第十二军作战。2 月开始调动军队，规定 1945 年 3 月开始行动。

3 月 1 日，军事委员会设立汉中行营，以第五战区司令长官李宗仁为行营主任，遗缺由重庆卫戍总司令部总司令刘峙调任。第五战区判明敌情后，部署如下：

以第二十二集团军总司令孙震、第二十三集团军总司令冯治安和豫鄂挺进军曾宪成第三、曹勖第六、李朗星第九纵队组成右集团，防守大洪山、襄阳、老河口一线的鄂北地区；以第二集团军第五十五军、第六十八军、豫鄂挺进军第一和第七纵队，以及高树勋的新编第八军组成左集团，布防在南阳周围。另以内乡县西峡口和淅川一带由第一战区第三十一集团军总司令王仲廉防守。

战前，第二十二集团军总部驻樊城，第四十一军军长曾甦元所辖第一二四师（师长刘公台），位于湖北谷城，该部担任唐县镇守备；第一二二师（师长张宣武）位于樊城附近整训；第四十五军军长陈鼎勋所辖第一二七师（师长王澄熙），以及豫鄂三个挺进纵队担任随县、枣阳、大洪山方面守备；长官部卫戍部队第一二五师（师长汪匣锋）在老河口整训；第四十七军军长李宗昉下辖第一〇四师（师长杨显明）、第一七八师（师长李家英）在邓县附近整训。

3月3日，日军第十二军内山英太郎司令官下达实施老河口作战命令。

3月20日夜，这一天是阴历的上弦月，月亮在半夜后影影绰绰出现。日军第三十九师团自荆门开始行动，用奇袭与潜进方法，一举攻占荆门附近的盘池庙、石桥驿，迅速逼近第五十九军阵地前。守军奋起抵抗，但阵地还是丢了。

几乎在同一时间，日军华北方面军第十二军以第一一〇、第一一五师团和坦克第三师团及骑兵第四旅团，主力由南阳、邓县、新野等地杀向老河口，豫西鄂北会战开始。

刘峙麻爪了，率长官部和直属部队撤离老河口，渡过丹江西岸，转移至草店，命令汪匣锋指挥第一二五师坚守老河口三日，阻击日军，以掩护长官部人员、家属和物资后撤；又令第四十一军刘公台第一二四师开吕堰；第四十五军王澄熙第一二七师开双沟，分别向构林关、太山庙、黑龙集方向侧击敌军。

深夜，第一二五师师长汪匣锋和副师长陈士俊和团以上军官开会商量坚守老河口三天的方案。

汪匣锋（1899—1952）

汪匣锋，四川简阳人，1919年6月入表叔刘存厚军士学校学习，毕业后历任排长、连长、营长，又入军官教导团学习，1927年任川陕边防军第七团团长，1932年任川陕边防军第二师第三旅旅长，1933年任第二十三军参谋长；1939年6月受同乡第四十五军军长陈书农邀请，任参谋长，参加随枣会战，1943年任第四十五军一二五师师长，参加常德会战，毕业于陆军大学特别班第三期，为人话不多，算得上是一个狠角色。

马灯下，只见他眉头紧锁，神情凝重地说：“诸位袍泽，眼下有些烫爪爪，高上要求我们师坚守老河口三天，大家晓得，兵力不足，第三七四团回四川接新兵还没得回来，说是一个师，只有两个团，唧个办？”

副师长兼三七三团团长陈士俊看看一屋子人都不吭气：“都哑巴了？说嘛！”

第三七五团团长黄崇凯说：“少扯皮，你说咋打就咋打嘛，怕个锤子！大不了一起过周年！”

其余团干部个个捋袖子，吹胡子瞪眼睛。

汪匣锋说：“诸位有信心就好！我率直属部队附战防炮营，加上三七五团守老河口城，陈副师长率第三七三团在距老河口五里的光化县城及塔子山，作为前哨阵地，阻止敌军前进！”他最后叮嘱各位官长，“拜托各位。回去要反复给弟兄们灌输，抗战守土光荣！当逃兵辱没先人，战死沙场是军人本分，全师上下团结一致，坚决完成任务！”

陈士俊说：“诸位回去动员部队，一定要修好工事！”

抗战期间，由于老河口地处偏僻，战火未烧到这里，因此，城内外未修工事，而城墙是土夯的，到处是缺口，而且城西南面就是襄河，背水为阵，无路可退。接到守城的命令，各部队就在防区内热火朝天地赶筑工事，老百姓也动员起来，军民都抱着与城共存亡的决心，都参加到堵塞城墙缺口和构筑巷战工事中。

3 月 28 日，东北方向烟尘大起，日军骑兵第四旅团经邓县、新野之间南下，由孟家楼向老河口前进，与我前哨部队接上火，当天中午，在大炮掩护下，大举进攻光化城和塔子山阵地，午后三时，前哨阵地被攻陷，并两次进攻第三七三团塔子山主阵地，我官兵奋力抵抗，将其击退。

3 月 29 日，城里的第一二五师与日军激战终日，约定与城外夹击日军的第一二七师攻击受挫，被迫后撤。

3 月 30 日上午，敌大炮向塔子山射击，老河口上空弥漫着硝烟和烈火。敌第三十九师团、战车第三师团等很快攻占襄阳、樊城等地。午后三时，敌大批战车接近光化县城，塔子山右侧又发现敌军大部队，判断是襄樊开来之敌。

此时，五十多名日本兵端着明晃晃的三八大枪冲杀进城，经过两个多钟头的巷战，被完全消灭；眼看城内兵力不敷，捉襟见肘，汪匣锋命令陈士俊放弃城外高地，集中兵力守城。

汪匣锋笑着说："咬紧牙关，只要坚持到十二点，刘总司令给我们守三天的任务就完成了。"话音未落，接到集团军总司令孙震的电话，"命令第一二五师由固守三日改为固守七日！"

汪匣锋当时脸就变了，"这一来，牙要咬碎了。"

当天深夜，陈士俊指挥第三七三团撤回城内。汪匣锋调整布防，重点置于化成门与西南角防务，化成门外街道房屋紧挨着城门，地形复杂，绿树荫蔽，是全城的薄弱环节，由第三七三团担任防守。汪匣锋又将战防炮营布置在化成门与城北地区，以防日军的战车攻击，另将预备队和几个机枪连均控置在化成门附近，师指挥所也置于化成门右侧从城墙角掩蔽所里，汪匣锋坐镇此处，观察状况，掌握全局；城东北防务交给第三七五团，并将两个团交由副师长陈士俊，统一指挥。

4 月 1 日上午九时许，日军集中炮火向化成门轰击，摧毁城墙多处，之后，出动战车数十辆掩护步兵进攻，被我守军打退；继而日机临空俯冲轰炸、扫射，掩护步兵第二次发起冲锋。此时，川军曾甦元第四十一军的炮兵，在河西岸发炮轰击日军，支援守城部队，可惜不久便被敌军重炮压制；但守城的战防炮还是击毁了两辆敌战车。战至黄昏，日军铩羽而归。

4 月 2 日拂晓前，迫不及待的日军就集中大炮四十多门，向化成门进行轰击，弹如雨下，尘土升空，城墙被轰塌了几个大缺口。天明时分，日军大部队就在战车掩护下，潮水般向我方阵地上涌来。

守备此地的第三七三团第二营两个步兵连立即还以颜色。在激烈的对抗中，官兵伤亡过半，日军乘机冲入城内八百多人。情况万分危急，我军立即调来三个重机关枪连十余挺重机枪，吐着火舌，向城墙缺口横扫，预备队发起勇猛的反击，激战一个多钟头把后继的日军打退，又使用师与团里的输送部队，加紧堵塞城墙缺口和修补工事。

其他几路日军则向城北和东门进攻，步兵呈散兵群接近城墙边。这时，天已大亮，我中美空军联合大队飞机前来助阵，对围城的日军轰炸、扫射，日军死的死、伤的伤，退潮般败下去。

冲进城里的日军占据了三条街道，与我部队展开巷战，逐屋争夺，激战至中午，被我军夺回两条街。但敌占据了两座砖墙高院作为据点，利用优势火力，坚守待援。

汪匣锋将师部警卫连剩下的两个排和团部守卫派都集中为战斗部队，由陈士俊副师长率领，对城内日军发起围歼，激战至午后三时许，还剩两个砖房据点攻不下来，陈士俊火了：“不投降就送龟儿子回去见阎王！”下令发射燃烧弹，高房被击中，燃起熊熊大火，日军撑不住了，从火中冲出来，我军便用机关枪和手榴弹猛烈打击，将冲出来的一部分日军打死在街巷中，另外三百多日军被烧死在砖房据点中，其中包括无线电队、摄影队和新闻记者；只有百余名日军侥幸逃出城外。此时，城外的日军也被我守城部队击退。

当晚，孙震派汪朝濂第一二三师三六八团团长黄伯亮率两个营渡过襄河，进入老河口增援，守城部队即将化成门以右沿城守备任务交给黄团接替。

从3日到5日，日军在炮火掩护下多次攻城均被击退。

6日晨，日军分兵三路再次向老河口城进攻。其主攻方向改为化成门到东门之间新接防的三六八团，双方死伤都很大，战至午后四时，黄团长屡次请求支援；师部即电请总部派兵。孙震于是派第一二七师副师长何翔迥率第三八〇团（团长陈筱文）的两个营渡河前来增援，担任化成门右侧防务，并接替三六八团部分阵地。

7日晨，日军大炮铺天盖地向老河口轰击，化成门一带弹雨如林，大批战车隆隆前进，掩护大批步兵攻城。化成门被炸开两个大缺口，日军千余人嗷嗷叫着冲进城，与我守城军展开生死搏杀。三七三团都杀红眼了，短兵相接，大刀刺刀、上下翻飞，你死我活，血肉四溅，连炊事兵都挥舞菜刀上阵，愣是砍死两名巷战的鬼子兵。恶战竟日，毙敌数百，击毁战车一辆，我军亦被打残。

同日，鹰森孝接替内山英太郎出任北支那方面军第十二军司令官，指挥部队继续向老河口进攻，要求不惜一切代价，夺下老河口。

4月8日拂晓前，日军集中了所有的大炮猛轰化成门和东门之我军阵地，天明时，城墙被轰塌几段缺口。日军大批战车掩护步兵向城墙缺口处攻击前进。我军战防炮待敌战车靠近后，一起开炮，打毁敌战车五六辆，暂时压制了步兵的进攻。日军集中炮火，向我战防炮阵地齐射，摧毁了我四门战防炮，战防炮营李营长血染当场，壮烈牺牲；继而，日军步兵在战车掩护下，再度向我阵地猛攻，分别从城墙缺口处攻入城内。

我第三六八团和第三八〇团预先埋设的地雷炸毁了敌战车两辆，日军步兵占领了公园的有利地形，逐步扩大战果，我机动部队和四个机枪连集中火力猛烈反击，经过三个小时的恶战，未能挽回危局。日军大部队陆续进城，在汪匣锋的指挥下，各部转入巷战，依靠一座房、一堵墙进行坚韧的抵抗，节节阻击日军。激战至午后二时，敌我各占据城区一半。汪匣锋与陈士俊电话紧急商量后，认为上峰交予的坚守七天的命令早已完成，到了撤退的时候了；并经过司令长官孙渡请准，要求各部坚持到天黑，逐次相互掩护，向东门撤退，渡过汉水，向西岸转移。

于是，汪匣锋立即派第三七五团调主力出城，占领东南高地，向日军逆袭；又派第三七一团一部占领二线阵地，以掩护第三七五团转进。

待天色逐渐暗淡下来，守城部队开始西渡，利用河边的芦苇地隐蔽，从下游的渡口渡河。第一二五师参谋长吴湛英和五十多名士兵被日军截断，留在城中，直到深夜，依旧还有间断的枪声。

此役，十三个日日夜夜，地狱般的煎熬，川军共伤亡一千六百余人，营长伤亡三分之二，连长、排长伤亡半数以上。日军亦伤亡千余人。

4月12日夜，曾甦元第四十一军、陈鼎勋第四十五军各一部反攻光化、老河口，由于后继缺乏，被迫退回汉水西岸，此后形成对峙状态。

18日，鄂北第三十八师克复樊城，至此，襄河以西恢复豫西鄂北会战前的态势。

战后，师长汪匣锋获青天白日勋章，这是川军在抗战期间唯一获此殊荣的军官；副师长兼三七三团团长陈士俊和以下作战有功人员均分别颁发勋章及奖章。

尾声：光荣属于川军

1945年6月30日，烈日炎炎，第二十九军在第四十六军协力下，攻击一整天，直到二十三时，终于收复柳州。

7月20日，川军第二十军奉命侧击百寿，左路周熙汉第一三三师担任主攻任务，21日向百寿城垣猛攻；战至22日拂晓。一部终于突入城内，日军据守顽抗，并在城外实施逆袭；当晚，突入城内部队又被迫撤出，激战终夜，始将日军击退。至23日七时，终于收复百寿城；终于形成三路包围桂林的态势。第二十军伍重严第一三四师于7月18日击退日军独立混成八十八旅团，攻占了大溶江与新安之间的五旗岭，控制了湘桂铁路与公路，遮断了桂林日军的退路。

日本第八十八旅团及第十三旅团担任后卫的第六十五旅团合力反击。经过激烈的争夺，24日日军夺占了五旗岭高地，困守桂林的日军第五十八师团在大溶江的独立混成第二十二旅团的接应下开始向全州撤退。

第二十军三九九团从榕江直扑桂林，三九八团也拍马赶到，第一三三师、第二十九军及第九十四军一部分三路加紧攻击桂林，于27日十五时，第二十军一部从五里街由桂林南门突入市区；同时第二十九军亦由南门继续冲入市区，日军凭借民屋拼死抵抗，经过激烈的巷战，日军不支，逐渐向北撤退。

入夜，第二十七集团军之第九十四军两师也进入桂林。7月28日胜利完成克服桂林的重任。日军全部退至全州。紧接着三九九团克服灵川，三九七团克服兴安。

1945年8月10日，素有火炉之称的山城重庆，依旧笼罩在滚滚热浪之中。直到太阳快下山时，嘉陵江上吹来一阵阵江风才带来些微凉意。

下午七时许，陪都的国民政府大楼的对面，驻渝美军总部中，突然传来一阵喧腾，许多蓝眼睛高鼻子的美军官兵手里拿着啤酒瓶，大声欢呼、扭动身体跳跃着，蜂拥着冲上大街游行；还有站在十轮大卡车上的美国宪兵口呼“万岁”，或伸出食指和中指成V字形，和欢乐的民众进行互动。

如梦初醒的中国人也疯狂地加入到欢乐的人群之中，尽情地嘶喊，高兴得流着泪、疯狂地欢呼着；伴随着人们的欢叫声的则是广播电台里激动人心的音乐声，大街小巷的人们汇成一片片欢乐的海洋……

“日本投降了！”“我们胜利了！”

再没有比这一幕更激动、更振奋人心了。

然而，身处抗日前线的广大官兵们还不知道这一巨大的好消息，他们还在同日本鬼子作殊死搏斗。

8月16日，川军三九七团与三九九团向全州日军发起猛攻，日军以坦克24辆、装甲车数辆、骑兵数百、步兵千余向我反扑，妄图作垂死挣扎。双方打得正激烈时，都有官兵在拼杀中倒下……

突然从无线电中听到天皇已宣布投降的消息，日军自乱阵脚，哀号声不断。我军军心大振，冲锋号再一次滴滴答答吹响，军旗猎猎，正待一鼓作气攻击日军，突然奉第二十军军部命令：

停止作战，日军投降了！

战士们疯狂了，朝天空射完枪膛中的子弹，瘫倒在地，大哭大笑：“格老子胜利了！！！”

第二十军随即奉命到衡阳，接替第二十六军看管日本战俘团的任务。从1937年八一三事变，直到1945年8月16日，川军第二十军整整与日军厮杀了八年，牺牲官兵数不胜数，终于迎来了抗日战争彻底的胜利。

无川不成军。川军的足迹遍布了全国的抗日战场，川军的血流成河，洒遍祖国大好河山，几乎所有的对日大会战中，都有川军将士的身影。民族危亡之际，他们以国家利益为重，深明大义，忍辱负重，慷慨赴死，穿着草鞋，破衣单衫，啼饥号寒，握着窳劣的武器，义无反顾地走上抗日战争的最前线，无数次与装备精良的日军进行殊死决战。奋勇抗战，浴血沙场，其参战人数之多，牺牲之惨烈，居全国之首。

巴山蜀水负重最多，眼泪最多。四川是中国参战人数最多、牺牲最惨烈的几个地区之一；有64万多人伤亡（阵亡263991人，负伤356267人，失踪26025人）。

四川服工役在340万人以上，抗日战争中，国家总计支出14640亿元（法币），四川就负担了约4400亿元。四川出粮也最多，仅1941年至1945年，四川共征收稻谷8228.6万市石，占全国征收稻谷总量的38.75%、稻麦总量的31.63%。

可以说四川在抗日战争中又是大后方，没有大后方，也就没有抗战的坚强后盾和民族复兴基地，因此四川对中国起到压舱石的作用，而为国捐躯的川军将士汇聚成为压舱石的重量！

中国抗战胜利，离不开川军！离不开四川人民！离不开四川的土地！

附 录

附表一

抗战以来历年各省配赋壮丁统计表

单位：人

省别	总计	1937 年	1938 年	1939 年	1940 年	1941 年	1942 年	1943 年	1944 年	1945 年
总计	22911266	1008310	1658915	2344569	2073043	2049782	1949834	1765537	1722096	1500000
四川	3256095	103837	174145	480000	480000	480000	464000	389652	315461	369000
云南	532511	——	96317	108000	28000	19392	72000	68401	68401	72000
贵州	579091	47149	35142	72000	72000	72000	72000	68400	68400	72000
广西	1040956	196691	228665	120000	108000	84000	84000	79800	79800	60000
广东	1035119	35247	80472	144000	156000	144000	120000	119700	119700	116000
福建	581728	29427	33499	96000	72000	72000	72000	68401	68401	70000
浙江	656616	22791	30448	96000	96000	96000	80333	77522	77522	80000
安徽	722107	44271	32832	96000	96000	96000	82980	97012	97012	80000
江西	964872	43230	154642	96000	96000	120000	120000	115000	115000	105000
湖南	1925000	190505	220745	240000	240000	240000	240000	216875	216875	120000
湖北	7932526	75805	95043	96000	90000	84000	94056	89311	89311	80000
河南	1712160	126964	324173	240000	238000	192000	192000	151800	187223	60000
山西	60000	——	——	——	——	60000	60000	60000	60000	60000
陕西	928249	37197	68679	120000	120000	120000	120000	113240	115133	114000
甘肃	393467	23774	40982	72000	6000	54000	51264	35340	29107	27000
宁夏	23609	——	4000	——	——	4000	4609	3000	4000	4000
青海	18009	——	2500	——	——	474	905	2130	6000	6000
西康	34503	——	——	5000	5000	5000	5000	4753	4750	5000
其他	574468	31422	36631	263569	116043	106916	14687	5200	——	——

资料来源：《中华民国农业史料》（二）《粮政史料》（第六期）

附表二

各省历年配拨军粮概况表

单位：大包

省别	品种	1941 年度		1942 年度		1943 年度		1944 年度	
		配拨数	实拨数	配拨数	实拨数	配拨数	实拨数	配拨数	实拨数
四川	米	2215000	2110657	2700000	2410000	2763675	2579476	2680500	2357500
西康	米	200000	168114	130072	87065	108700	68125	106000	106000
云南	米	800000	770500	1161932	711932	1150000	1025766	957000	809400
贵州	米	676667	430581	700000	48000	650000	550954	693000	552200
湖北	米 麦	500000 498000	420440 689697	675000 200000	614093 185886	431000 300000	431000 256634	507000 280000	407000 230000
湖南	米	2032500	2006163	2552898	2464096	2108500	1799475	1510000	1295000
安徽	米 麦	618100 340000	390100 310372	748683 420000	573451 400992	481000 438082	397093 245715	396000 318000	292000 269300
江西	米	475000	357067	1674493	1158458	1767500	1427456	375000	327000
江苏	米	——	——	60000	60000	100000	100000	——	——
浙江	米	430000	430000	459584	459584	160000	160000	300000	240500
福建	米	285000	285000	313824	282956	200000	227588	270000	231000
广东	米	675000	575000	262272	262272	190000	143324	798500	713800
广西	米	776000	633608	728940	544940	660000	660000	1563000	754000
河南	米 麦	—— 2236267	—— 2168980	—— 2080000	—— 2010220	—— 2800000	—— 2927655	—— 835000	—— 605500

续表

省别	年度 / 品种	1941 年度		1942 年度		1943 年度		1944 年度	
		配拨数	实拨数	配拨数	实拨数	配拨数	实拨数	配拨数	实拨数
山西	麦	450000	397027	493000	493000	616000	611722	300000	300000
陕西	米 麦	—— 2000000	—— 2129075	100000 2705024	100000 2551530	—— 2120000	—— 2120000	—— 2601500	—— 2124000
甘肃	麦	600000	600000	808906	748806	700000	503177	735000	644000
宁夏	麦	180000	100000	161382	161382	228000	172866	190000	190000
青海	麦	105000	100000	81300	81300	46180	46130	106000	104000
新疆	米 麦	120000 ——	120000 ——	—— ——	—— ——	—— ——	—— ——	—— 144000	—— 140000
绥远	米	——	——	278000	270079	400000	284363	300000	270000
察哈尔	麦	——	——	——	——	——	——	——	——
河北	米 麦	—— ——	—— ——	—— ——	—— ——	—— ——	—— ——	—— ——	—— ——
山东	米 麦	—— ——	—— ——	—— ——	—— ——	—— ——	—— ——	—— ——	—— ——
东北	米 高粱	—— ——	—— ——	—— ——	—— ——	—— ——	—— ——	—— ——	—— ——
台湾	米	——	——	——	——	——	——	——	——
合计	米 麦 高粱	9803267 6831267 ——	8693213 8658151 ——	12267698 7287612 ——	10208847 6903203 ——	10743375 7648212 ——	9570257 7258262 ——	10151000 5809500 ——	8085400 4876800 ——

各省历年配拨军粮概况表（续）

单位：大包

省别	品种	1945 年度		1946 年度		1947 年度		1948 年度		1949 年度	
		配拨数	实拨数	配拨数	实拨数	配拨数	实拨数	配拨数	实拨数	配拨数	实拨数
四川	米	1694620	1623000	681825	——	508632	——	1254550	——	496435	——
西康	米	43572	40546	72439	——	82629	——	80440	——	35396	——
云南	米	567973	451034	243437	——	106686	——	219392	——	60301	——
贵州	米	385965	274767	142500	——	99561	——	199944	——	46188	——
湖北	米 麦	919843 382000	514597 36175	593275 ——	—— ——	1104484 ——	—— ——	1367765 ——	—— ——	76980 ——	—— ——
湖南	米	585728	589728	232277	——	169192	——	635660	——	46188	——
安徽	米 麦	325954 358500	325954 358500	346987 ——	—— ——	506316 ——	—— ——	256500 ——	—— ——	—— ——	—— ——
江西	米	570737	570737	145115	——	111674	——	400491	——	——	——
江苏	米	1695577	1695577	2808199	——	2885586	——	2137138	——	——	——
浙江	米	356644	356644	141315	——	142011	——	306507	——	——	——
福建	米	87406	93407	55100	——	66381	——	426335	——	——	——
广东	米	683616	419187	282750	——	336643	——	958025	——	437392	——
广西	米	187500	111815	66500	——	84956	——	289330	——	179620	——
河南	米 麦	—— 1914378	—— 1798209	378333 1480000	—— ——	147000 1084866	—— ——	—— 180000	—— ——	—— ——	—— ——
山西	麦	994248	994248	997667	——	1628180	——	522000	——	——	——
陕西	米 麦	—— 896293	—— 1132850	20000 1186667	—— ——	—— 1759166	—— ——	—— 1923229	—— ——	—— 242962	—— ——

续表

省别	品种	1945年度		1946年度		1947年度		1948年度		1949年度	
		配拨数	实拨数	配拨数	实拨数	配拨数	实拨数	配拨数	实拨数	配拨数	实拨数
甘肃	麦	407140	407140	405000	——	499999	——	724502	——	——	——
宁夏	麦	180865	200900	115000	——	168733	——	268237	——	——	——
青海	麦	100206	100206	68338	——	28334	——	11250	——	——	——
新疆	米 麦	—— 419270	—— 419270	—— ——	—— ——	—— ——	—— ——	—— ——	—— ——	—— ——	—— ——
绥远	米	555524	555524	390000	——	360000	——	381665	——	——	——
察哈尔	麦	——	——	503333	——	539000	——	324998	——	——	——
河北	米 麦	—— 963542	—— 637297	285000 1046667	—— ——	956886 334330	—— ——	529625 ——	—— ——	—— ——	—— ——
山东	米 麦	—— 841176	—— 371662	213750 166666	—— ——	739250 378880	—— ——	245033 43333	—— ——	—— ——	—— ——
东北	米 高粱	875993 ——	875993 ——	819275 428347	—— ——	1594800 530100	—— ——	337250 ——	—— ——	—— ——	—— ——
台湾	米	380814	390314	117562	——	118558	——	557203	——	1982110	——
合计	米 麦 高粱	9361942 80132427 ——	8333300 7012661 ——	7595439 6354333 428347	—— —— ——	9766245 6380538 530100	—— —— ——	10201088 4379214 ——	—— —— ——	3330610 242962 ——	—— —— ——

附注：1. 表列年度系粮食年度。2. 民国三十五至民国三十八年度实拨数据尚未据结报，故未列入。3. 每大包 =200 市斤。
4. 材料来源：《中华民国农业史料》（二）《粮政史料》（第六期）。

附表三

全国二十二省主要食粮供人食用所占百分率表

省别	大米	小麦	小米	玉米	高粱	大豆	绿豆	大麦	荞麦	黍米	燕麦	豌豆	糜米	黑豆	蚕豆	甘薯	马铃薯	芋头
（加权平均）	81	72	74	65	39	57	66	35	72	67	64	55	71	33	67	72	75	79
江苏	86	72	77	66	32	40	71	40	78	79	44	67	85	38	69	74	71	84
安徽	77	66	61	58	37	37	59	34	65	83	60	47	—	57	65	64	66	—
浙江	81	68	50	56	32	51	76	27	68	—	—	73	—	50	70	61	62	—
福建	75	67	79	76	56	59	74	42	68	74	—	80	—	76	74	69	68	—
广东	73	64	73	78	47	64	74	60	69	53	45	89	56	66	82	64	66	76
广西	70	56	72	56	41	55	58	64	49	59	—	81	79	56	76	60	63	81
云南	84	71	44	42	17	47	66	25	54	—	49	54	80	55	44	74	75	—
贵州	76	56	60	48	34	69	70	49	61	67	50	62	—	68	62	59	62	—
湖南	75	65	68	62	39	56	65	45	58	79	40	67	74	70	63	66	67	92
江西	75	72	68	74	46	67	69	46	69	72	53	83	57	50	80	63	71	—
湖北	81	61	84	64	24	51	72	39	76	51	50	59	—	64	65	75	75	—
四川	82	63	73	45	23	61	70	38	55	70	52	52	63	58	56	67	70	79
青海	—	74	63	80	—	28	—	60	77	70	28	36	65	—	45	71	72	—
甘肃	81	77	62	50	26	45	54	31	67	69	47	30	61	18	45	65	68	—
宁夏	79	79	75	85	31	52	79	48	83	87	—	5	79	3	65	85	65	—
陕西	88	82	72	61	25	60	66	25	76	65	81	25	60	19	60	79	80	—
山西	82	80	74	66	33	57	59	18	79	73	83	38	70	16	71	85	84	—
河南	87	82	73	74	52	64	78	36	83	57	92	38	79	16	76	81	85	—
山东	92	71	80	80	56	47	49	42	82	60	79	54	68	21	71	85	84	90
河北	92	79	83	86	48	66	63	32	90	67	87	57	79	15	89	80	85	—
察哈尔	88	79	81	76	28	54	82	24	81	81	84	68	72	14	85	73	79	—
绥远	—	74	73	75	31	60	73	25	57	73	75	29	76	41	65	—	72	—

材料来源：根据民国二十七年十月经济部中央农业实验所出版农情报告第六卷第十期所载资料编制。

附表四

我国乡村人民每人常年食料中各种主要食粮重量百分率表

省别	大米	小麦	小米	玉米	高粱	大豆	绿豆	大麦	荞麦	黍米	燕麦	豌豆	糜米	黑豆	蚕豆
（加权平均）	34.3	15.0	12.1	11.3	9.8	4.2	2.2	2.1	1.6	1.4	1.4	1.3	1.3	1.1	0.9
江苏	45.1	16.2	1.3	9.7	5.6	4.4	1.6	9.9	0.9	0.3	0.1	1.8	0.1	0.3	2.4
安徽	54.1	17.7	0.9	3.5	8.4	3.7	3.0	3.2	1.4	0.1	0.1	2.1	—	0.2	1.6
浙江	81.4	51.1	0.4	4.7	0.1	2.9	0.4	0.8	1.3	—	—	0.8	—	0.4	1.7
福建	90.1	2.9	0.5	0.3	0.2	3.1	0.9	0.2	0.1	0.1	—	0.6	0.1	0.6	0.4
广东	90.6	1.3	0.6	0.5	0.4	2.3	0.8	0.4	0.2	0.5	0.1	0.8	—	0.9	0.5
广西	81.1	1.3	0.6	8.6	0.6	3.0	0.9	0.5	0.9	0.2	—	1.0	0.1	0.7	0.6
云南	70.4	4.3	0.3	6.9	0.4	3.8	0.5	1.4	3.9	—	0.3	2.1	0.3	0.4	5.2
贵州	59.8	3.9	0.7	20.0	0.8	4.8	0.9	2.0	2.5	0.3	0.8	1.6	—	0.2	1.4
湖南	87.5	2.4	0.3	1.4	0.6	2.1	0.9	0.9	1.1	—	0.2	1.0	—	0.4	1.2
江西	84.9	2.1	1.4	1.1	0.1	4.2	0.7	1.1	1.7	—	0.1	0.9	—	0.6	1.1
湖北	62.9	11.1	2.2	3.6	1.0	3.7	1.9	5.5	1.3	0.1	0.1	3.4	—	0.1	3.1
四川	75.1	5.0	0.1	6.0	1.2	2.9	1.1	1.5	0.8	0.1	0.3	3.0	1.3	0.3	2.6
青海	—	32.6	1.7	0.3	—	1.7	—	41.3	1.2	0.7	10.8	7.5	6.3	—	0.9
甘肃	0.8	32.4	11.6	10.0	4.4	1.9	0.4	8.9	6.9	5.9	4.7	3.1	7.5	0.7	0.8
宁夏	14.4	21.8	9.0	0.3	4.6	0.7	0.1	0.8	2.9	26.3	—	0.5	17.5	0.2	0.9
陕西	6.5	41.4	11.6	14.9	4.9	2.4	1.6	2.1	3.9	1.6	0.3	2.4	4.9	1.2	0.3
山西	0.3	23.1	28.2	12.6	12.2	2.2	2.3	0.3	2.2	4.3	7.4	1.0	2.6	1.2	0.1
河南	4.7	30.5	16.5	13.0	15.3	5.2	6.4	2.4	1.4	0.8	0.1	2.1	0.2	1.3	0.1
山东	0.4	17.1	18.5	16.3	28.2	11.2	2.4	0.8	0.2	0.9	—	0.4	0.2	3.2	0.2
河北	1.4	11.5	28.6	26.1	18.8	3.5	3.2	0.8	1.2	2.2	0.2	0.2	0.9	1.3	0.1
察哈尔	1.1	3.8	53.8	1.0	9.1	2.1	0.9	0.5	3.7	11.7	9.0	1.0	1.2	0.7	0.4
绥远	0.1	11.6	11.5	0.5	3.6	0.9	0.2	1.3	6.0	4.2	31.5	1.8	25.6	0.6	0.4

材料来源：《中华民国农业史料》（二）《粮政史料》（第六期）

附录五：代月、日、时电码表

地支代月

1月：子　2月：丑　3月：寅　4月：卯
5月：辰　6月：巳　7月：午　8月：未
9月：申　10月：酉　11月：戌　12月：亥

韵目代日

1日：东、先、董、送、屋　2日：冬、萧、肿、宋、沃
3日：江、肴、讲、绛、觉　4日：支、豪、纸、真、质
5日：微、歌、尾、未、物　6日：鱼、麻、语、御、月
7日：虞、阳、麌、遇、曷　8日：齐、庚、芋、霁、黠
9日：佳、青、蟹、泰、屑　10日：灰、蒸、贿、卦、药
11日：真、尤、轸、队、陌　12日：文、侵、吻、震、锡
13日：元、覃、阮、问、职　14日：寒、盐、旱、愿、缉
15日：删、咸、潸、翰、合　16日：铣、谏、叶
17日：筱、霰、洽　18日：巧、啸
19日：皓、效　20日：哿、号
21日：马、箇　22日：养、祃
23日：梗、漾　24日：迥、敬
25日：有、径　26日：寝、宥
27日：感、沁　28日：俭、勘
29日：豏、艳　30日：陷
31日：世、引

跋

川民抗战赴国难，不仅仅是川军，还包括每一个四川的家庭。抗战时为了打败日本侵略者，民众纷纷发起爱国运动，就连车夫、乞丐都捐出手中的铜板、毛票。此外，还有为了抗日而走出四川的更多的人。

1938 年，我的母亲罗象兰还是内江一名高小学生，这年 2 月，四川出了一件震动全川的大事，刘主席死了。当刘湘的灵柩运回四川时，各地民众都去迎灵，我的母亲带着小白，排着队，参加了内江的迎灵仪式。

那时学校里组织了抗日宣传队，我母亲演过川剧折子戏《花木兰》《穆桂英》，还唱过《义勇军进行曲》。由于遭到我大舅——一名中央军校成都分校学生的拦阻，兄妹俩在街上大起冲突，我外公是双河场的龙头大爷，我大舅认为女娃娃抛头露面，是败坏门风，强行要拉我母亲回家。没想到，他那弱小的妹子是个烈性子，转身就跳了沱江。被人救起后，我母亲从此离开了家，走上了抗日宣传的道路。

我母亲身上流淌着四川人的血，她就是一段传奇。十二三岁的一个女娃娃就敢外出闯世界，也就是四川人那股天不怕地不怕的个性。他们的精神和勇气是令人钦佩的，这大约和他们生活的自然环境有关联。这要是放到现在是不可想象的事情，当时在她们一代人身上就是很平常的发生了。蜀道难，难于上青天。就是因为看不见外面的世界，川妹子才要出去看看，为了国难，少小离家，走南闯北，老大难回。就因为多年前和我大舅闹过一场，以至于两人一辈子再没有联系，更不要说往来。

2021 年夏天，我回到内江双河场，找到了母亲住过的老屋，也在后山的乱草中，寻到了外公外婆的孤坟，替我母亲点燃了一炷香。

我对四川有一种特殊的情感，那里是我的外婆桥。

我的父亲是河南人。看过电影《1942》的人都不会忘记河南人在那场国难中泼天的贡献，为民族承担的苦难和付出，仅次于四川。他也是卢沟桥事变以后就投身抗日宣传的战场上了。

去年，和团结出版社的梁社长、张阳总编在贵阳为“国殇”系列第十一部《国殇：抗战时期的红十字医疗救护》一书做宣传活动时，为了2025年抗战胜利80周年纪念，特地共同策划了一部新图书《国殇：川军出川》。我义不容辞，再次披挂上阵。经过近一年的时间，终于完成了本书，谨以此书献给为了中华民族而牺牲的川军和为国家存亡作出贡献的四川人。

参考文献

1．中国科学院历史研究所第三所南京史料整理处选辑：《中国现代政治史资料汇编》（国民党战场节节溃败的军事），第三辑第27—45册（油印本）。

2．中国第二历史档案馆：《抗日战争正面战场》（全三册），凤凰出版社，2005年8月。

3．郭汝瑰、黄玉章主编：《中国抗日战争正面战场作战记》（上下册），江苏人民出版社，2005年7月。

4．王晓华、戚厚杰：《抗日战争正面战场档案全记录》（全三册），团结出版社，2011年2月。

5．王晓华等编著：热点战争档案揭秘丛书——《黄河魂》《江淮血》《楚天云》《东方祭》《远征颂》，中国档案出版社，1995年10月。

6．王晓华著：《国殇：国民党正面战场海军抗战纪实（第七部）》，团结出版社，2013年7月。

7．李宗仁口述，唐德刚撰写：《李宗仁回忆录》（全两册），广西人民出版社，1980年11月。

8．李默庵口述：《世纪之旅——李默庵回忆录》，中国文史出版社，1995年10月。

9．《民国高级将领列传》（第一集至第六集），解放军出版社，1988年3月—1993年11月。

10．陈诚著：《陈诚回忆录——抗日战争》，东方出版社，2009年10月。

11．张秉钧：《中国现代历次重要战役之研究——抗日战役之述评》

两册，（台）“国防部”史政编译局编印，1978 年 10 月。

12. 张发奎口述，夏莲瑛访谈及记录，胡志伟翻译及校注：《张发奎口述自传》，当代中国出版社，2012 年 7 月。

13. 中国新四军和华中抗日根据地研究会：《新四军的组建与发展》，军事科学出版社，2001 年 3 月。

14. 廖光凤、廖光嵩编著：《志在家国——纪念廖运昇文集》，安徽人民出版社，2022 年 6 月。

15. 四川省人民政府参事室、四川省政协文史资料研究委员会合编：《川军抗战亲历记》，四川人民出版社，1985 年 7 月。

16. 曹剑浪著：《国民党军简史》（上下册），解放军出版社，2004 年 1 月。

17. 刘绍唐主编:《民国大事日志》第一册、第二册，传记文学出版社，1968 年 6 月。

18. ［日］稻叶正夫编：《冈村宁次回忆录》，中华书局，1981 年 12 月。

19. 王晓华、张庆军著：《蒋介石与希特勒 1927—1938 中德关系的蜜月时期》，台海出版社，2012 年 1 月。

20. 韩信夫、姜克夫主编：《中华民国大事记》第四册、第五册，中国文史出版社，1997 年 2 月。

21. 何允中著：《抗日战争中的川军》（上下册），四川人民出版社，2016 年 8 月。

22. 耿成宽、韦显文编：《抗日战争时期的侵华日军》，春秋出版社，1987 年 3 月。

除上述文献著作外，另参考全国文史资料选辑、河南文史资料、湖北文史资料等。